Transpareodemic

An Island Memo of Hakunen and Seager[1]

至簡的備忘

哈古梌與少年西格的島嶼記憶

陳愷璜——著

謹以本書誌念陳通、哈古棆以及他們的家族

目錄

可進化的前言

只想問：「過去的真實，你還好嗎？」

庚子白鼠年[2]的書寫，讓少年生活變得更為通透、更貼近世界全貌。三歲、五歲到十八歲感覺的重製，是為了給進入老邁模式的你，得以繼續在世界好好地過活。

對著找不到音源的英文回音：「I have never been here before...（我從未到過此處……）」如夢似的？它發生過的一切，都只能當作自己未來傳記的時光回顧。

間隔每一道軟肋式的透明就是一個黑盒，你只需要應用它給出的接口，而不需要真的了解它內在機理。物理的時間差，直接解釋了科學、藝術與文學之間的纏綿；我們沒有人能夠合乎物理科學的印證活在當下，而是都流連在可及與不再可企及的一定過去裡面。

對於無名的人而言，存有的持存首先是透過意識的在場記憶、透過強力持續的空無之定現（meditation），才足以確認它絕對或相對的具體實存。但是，每一股奮力博取場域時間裡的空間皺褶卻未必都能夠真正被處理得成功得當，並且一如所願。

總是需要知道如何可能說出它的命名真實？如果只是為了要取得一個合宜的正式名稱，在耗費超過一個世紀時間長度甚至更久之後卻依然膠著，那麼這到底是什麼樣的一個事故？透過穿越國際地緣政治脈絡以來：長時延的清帝國異族歷史、接續的日本帝國殖民治理、二戰後美國扶植的中國國黨獨裁統治——國家主體的正常化必然得要面臨歷史的巨觀與微觀重整以及思辨的基進重建，近代生活與生命歷程時空交替、錯綜迴旋的編年紀事——讓從來不可能被主動提及的個體生命敘事與庶民家族歷史，藉由回復式的紀事爬梳、後設式獨白、評註、虛構的延伸與介入，得以刻畫時空裡另異他者一連串「庶民量測機器」的函化描述。試著重新組裝成一部具有由過去啟動未來、富歷史創造機能而且足以開始說出準確命名的書寫機器，不斷藉由再回顧、思辨生命政治與藝術在當時代如何可能的交錯超絕展開。

如今，一切都由時空拓樸向度所擠壓出來透明化的軟肋組織薄膜[3]，在絕對管制意義下區隔著既有的實體世界。可見但不可觸的界域開始叢集、蔓延、增生、跨接、疊層、交替、轉換成訊息的變動層理。那種種的記憶都在間斷時空流動裡晃動著，才得以成像並且顯影，沒有人再能「直觸」地生成任何的持存。

任意存有就在那裡：指尖不再敏感地就著所指之處的彼端或記憶之外隨意定格。它們若因此而帶點模糊感或者更不可預期的不確定——軟的鏡像材質曲折原來有限的框定現實，異化後的散逸作用更加劇惡化視覺的有效投射——視覺便必須先退化成接收裝置才能再度被啟動為具有掃描功能的新器官。影像遁入腦波正在逐次的離開視覺，影像也即時替代現實，畫面伴隨著數位空缺，遞衍著有限記憶的超知覺訊息。

從此人類之間不再能有任何身體的直接接觸，不論是基於生殖或者愛戀？橫亙其間的盡是被快速挖掘或者發明出來的各種異質型態化的透明物質，好阻絕不可見的人造記憶細菌傳播與毀滅，強度並且不斷變異、突變、再突變，無限繁衍。在還未擷取生命之前，它專門攻擊一切僅存的真實印記，逐步消融從人類個體到集體的記憶庫而達到消解後的徹底統治。它的基本機制：先是運用nG系列巨量超微偵測衛星進行個別資訊的對象鎖定、瞬間比對雲端的AI大數據資料庫，然後施以亂數化的數位拆解，因此作為任意的受體，將不會有任何生理感覺，當然也不會意識到任何的不適或者痛苦。只是腦智能的潛在階序都被巧妙地全面替換過……最終開始還原被重組置化並且被隱在地審查過、格式本身也是藝術化過的人造虛擬內容，就是以生理上好像記得又好似不記得的模糊感來合理化的進行著呈現。

作為人類的我們勢必多少都能夠接受身體因為年紀退化所伴隨的記憶逐漸不復存在。因此，更必須竭盡所能地快速寫下這些有限過去時空的至簡反饋，儘管「時間是可以改變的」！

時間約略就落在二〇二〇年一次白日夢境的偶遇。反轉年歲已居一甲子的啟煌同時也是西格——倏的白光模糊間，他卻無傷地仰跌進一個不太像是夢境的安靜空域裡，那裡沒有了時間與空間的明確標註亦無聲響，連他的年紀外觀也忽然就像被抹除痕跡般地不見了細節，所有界限都消失停滯而不可辨認，一切都朝著光滑且極度的透明性開啟！

空氣裡逐次浮現兩個便衣穿著的人，沒有配戴任何識別憑證來到他的跟前，通報他因為「不符當下生活規範云云……」必須主動到嘉義監獄——但那裡可是一個已經廢除監禁罪犯功能很久，早就轉制為國家獄政博物館的日帝時代扇形建築的老邁古蹟——去報到。並且，必要接受幾天監禁觀察的怪誕情節；更同時意外得到了這個揭示：該不會是監獄入口處天花板缺口上暗室裡那個特意設置的天照大神[4]神龕的緣故吧？也無法確定是否在真的夢境驚醒之後，他就開始能看見陳通，甚至是所有相關過往的家族成員？

超速創新建構或者找出必要的「透明軟肋組織薄膜」法則，或許正是這個超級加速度世界僅存足以黏合時空現實斷缺的最佳方案，並以正在自我完備的透明理論逐步自體繹生、增厚來重新開啟與世界過去、未來的連結……世界被迫半停滯狀態的後期階段，所有的色彩百分比都自動地開始刷得很淡、很淡，就像是個初步透明化的合宜策略；像軟骨一樣，儘管它自己隨著時間也能褪色、磨損、消失無蹤。透明化進程中，好似透明體液裡含著幾絲正在聚集又分散的膠狀專注，每一次都準備著朝向前後兩種世界邁進。隨著展開，它可能以各種叮噹作響的雜亂音聲起始，也可能因應著時空的交疊錯置轉而以富畫面感的場景被感覺著。

如果島嶼就是個體，那麼就不止是陳通能說什麼，哈古椧能說什麼，西格能說什麼。這不完備的跨代描摹，可完全無法回應家族傳記式書寫的常態規矩；有意無意地，它更是只想讓島嶼自主地透露出一些連曾經說出什麼的人都不復記憶的共有內容，讓他們都能感受得到一種銘記的深層愉悅！因為，除外就一無所有了。

因此不時的，在沒有任何徵候底下，島嶼都正在主動地說著什麼。

一道反身性[5]獨白：

持續數十年視覺藝術創作的觀念性塗寫外，無論長篇或短篇文學小說，從來都未曾成為我書寫形式的選項……可能會被命名為「小說」的文字，更是不曾想過有一天會進入我的意念！就算寫了，會不會因為年紀與難免拘謹的世代而與老派畫上等號？特別，從小就有著學習障礙疑慮並且逐漸步入老邁的年歲，書寫對我一路以來都是個磨難。年紀超過一甲子，忽然間卻試著要爬梳關於某種少年時期幾年間聽聞的模糊印記；儘管並沒有特意打算要寫些什麼或者準備要寫給誰看。只因為全球極端嚴重疫病的驅迫，讓人意識到不得不寫的存活困境。

偶然間的轉折，先是基於年輕時代的書寫欲念而跳躍式地走到這一步，有點像是一旦能夠完整的書寫便能夠幫助我們穿透活著的某種現實困境。它於是像極了受制於呼吸或飢餓進食的必要與自然一般，讓人得以透過文字的流瀉與再一次地流變，單純生成持存的意義信物，這不止是個體的、庶民的、時代的交錯與跨越；或許，它應該早已經拄在某個不起眼的角落很久了，等待著這個機會的到臨好穿越個人的喜好，迴旋在每一個他者的生命之中。

這個書寫並不基於所謂歷史小說的分類而開始，儘管它曾經非計畫性地在人、事、物每個特屬區塊都有過碎裂時間的訪談、記錄……等類似田野的過程，不過怎麼看它都更像某種以穿越「庶民書寫」可能性為基底的生活探索，它至多就既是彼時也是此刻更是未來的跨時序指認，這樣的作為更多的就只是對於脈絡空缺超展開之餘的自我強力回歸、反思與重構。頂多就是一種回不去童年的年老喟嘆吧?

透過書寫才發現文字的表達足以承載存有的根本擾動,它總是會因而說出什麼!盡量試著避免讓自己只能寫出那老掉牙的不堪過去,特別是書寫出「帶著怨氣的歷史老式徒勞」,那將會是對文學僅知的最大褻瀆!如果,這個書寫真要能證明什麼,那或許就是:透過高度流動性的書寫來證明過去的存在並沒有侷限在概念之中進行無關現實的生成。儘管我對文字的笨拙與無能駕馭,我確也知道無需對它有任何本質上的冒犯。

這本跨域式的小說,藉由幾個鬼魅型人物或者就是莫名流瀉成為鬼魅本身前後的亂錯時空,交梭穿透著翳翳話語在時間軸裡反覆翻騰。經由九十三則附帶透明感灰色標頭的軟肋段落,以及如動畫劇本式短篇開展的濃烈畫面,貫穿足以替代段落的影像化切分——藉以取消章節化美學政治的不必要干擾——讓它們時而連貫、時而斷裂地複寫、時而又只是素樸塗寫,「農鄉城市裡,一段大約不到百公尺的街區,一個大家族的跨代消長歷程與周邊事故……」

有限城市、有限街區、有限時間、有限人事物、極其有限對於記憶的感受、回覆與異想。透過陳通、透過西格幼年以及與他父親哈古桧的對應、透過美玉、透過能透過的所有有限傳衍。寫給五歲、寫給十五歲,還是寫給成年後半個世紀以前的世代。最終目的,或許就只能是:藉著書寫的說出也透過他人,試著讓自己得以重新進入生命存有的繼續可能之中。面對世界疫病數年蔓延的無盡苦難,俄烏戰爭的突然爆發,再加上世界地緣政治醞釀中島嶼可能面臨的驟然丕變!這漫漫書寫就只是至簡地透過一種能夠備忘好,同時安頓好有限脈絡的交錯記憶,保延在島嶼的基本生存方式。

註釋

1 關於本書英文標題：Transpareodemic: An Island Memo of Hakunen and Seager（疫透：哈古梌與少年西格的島嶼備忘）的三個說明：

1-a Transpareodemic係藉由幾個古源的拉丁文字字根 trans-（穿越至另一側）、pareo-（來自於 parere，表現與可看見）以及 demic（有關於眾人的，來自於希臘文 demos）所組合而成的自造字；用來對應「疫透」的中文多重隱喻：武漢疫病引發百餘變種病毒的世界性穿透、播散與蔓延，讓我們重新看見人類潛隱脈絡的各種另異路徑；無論是記憶、實體田野測度、誤衍交錯抑或是超記憶連結的無限展開可能。

1-b 哈古梌（Hakunen），日文有兩種發音方式：訓讀與音讀。訓讀是日文所用漢字的一種發音方式，是使用該等漢字之日本固有同義語彙的讀音。所以訓讀只借用漢字的形和義，不採用華文的音。相對的，若使用該等漢字當初傳入日本時的華文發音，則稱為音讀。此處Hakunen 的發音即屬於音讀。訓讀則是 Kaetosi。

1-c 「少年西格的島嶼備忘」（A Négapocalypse: Seager's Juvenile），是本書最早書寫階段考慮過的名稱之一，輾轉反覆之後成為回扣內文的副標。「島嶼備忘」又稱為「內格—譜卡裡樸思」（Négapocalypse）。為 negative 與 apocalypse 兩個概念的重構，既是一道對於遺忘的謹記，也是一股由過去到未來島嶼重建的必要路徑，既是備忘也是圍繞在世界毀滅危機周邊的啟示與警醒。為了避免流於「天啟」（apocalypse）式意涵的過度解釋，這個借喻直接以諧音轉換島嶼備忘為：內格—譜卡裡樸思，並成為島嶼真實永誌的一部分。這個重構概念，試著以「驅赴」過去、現在到未來的跨越交錯方式來書寫。反身式地，也是藉以對史蒂格勒「負人類世」（Néganthropocene）科技哲學批判與未來時空深刻反思的有限回應。更是二〇一九年與史氏闕渡相遇後無法共同推動預期跨國計畫，對他溘然長逝的致敬。

2 庚子年：生肖，白（金）鼠，納音：壁上土。庚子是厚德之土，地勢坤，君子以厚德載物。能克眾水，不懼眾木來害。因為木到子位乃破敗之地沒有了氣力。庚子年，納音為壁上土，戊土為雲戊癸化火，火為日，故為天雲日承。乃氣過乎虛之土。若得重土相資，則水木不剛，弱遇官鬼而不刑，則衰絕自保。水土同宮，子為刃，極至而反，盛於亥而衰於子，陽出而陰伏。

3 「透明軟肋組織薄膜」隱喻著二〇一九年底發生的「中國武漢肺炎」（Wu-Han, CHINA。CORONA-VIRUS, COVID-19）世界性瘟疫，災難景致下世界全面快速又徹底改變的人際交互、生活、工作與系統運作方式。跨越三年的疫病，導致全球超過二千三百萬人失去生命，數億人感染受難。

4 天照大神（天照大神／あまてらすおおかみ〔あまてらすおおかみ〕Amaterasu-ōkami），或天照大御神，是日本神話中的治天（天的統治者），也是地神五代之一。伊勢神宮內宮天照大神宮（三重縣伊勢市）所祭之神。在神道傳統上，被奉為天皇及日本皇室的始祖。在《日本書紀》中其弟素戔嗚尊以「姊」稱呼，因此一般被視為女神。但民間也有流傳天照大神本為男神的說法。

5 知識性地大概會這麼解釋作品的反身性：要做到反身性，不僅需要清醒的自我意識，還要充分意識到應該揭示自我到哪些方面，以便讓觀者不僅了解創作過程和最終作品，而且還能明確認識到這種揭示行為本身是有目的、有意圖的，而不是自戀或偶然的舉動。〔……〕只有當創作者決定把他對自我的意識變成一種公共的東西，並將其傳遞給觀眾時，我們才能認定這部作品具有反身性。（傑．魯比，Jay Ruby 1997:4）他直接定義：「反身性意味著創作者有意識地向觀眾揭示其暗含的意識型態假定。正是這種假定讓創作者以獨特的方式提出一系列的問題，以獨特的方式尋找答案，最後再以獨特的方式呈現他的發現。」節錄自《藝術觀點ACT》第七十四期，二〇一八年五月，林欣怡。

或者，當這個概念移到影像特別是電影時。廣義地說，電影的反身性是指電影凸顯自己各部分的過程。在一九七〇年代左翼的電影理論，便開始把反身性作為一種政治責任，這個時期的趨勢純粹是將「寫實主義」與「資產階級」畫上等號，認為這些主流劇情片抹去了產製痕跡，是退化與被動的產物而不具反省及革命性，當時認為解決的辦法，就是在反身性的文本中，強調或凸顯出跟產製有關的所有事物。節錄自Robert Stam著，陳儒修譯，《電影理論解讀》，遠流，二〇〇二。

我大概只會直觀地將「反身（性）」看待為存有必然發生的階段式回溯，感知與記憶成為概念後的反思過程，一種試著從過去直接前進到未來的日常基準作為。

那開始起響。此起彼落回響式序曲的必然動聽，如何能夠持續得夠久？再次探問，是誰在發出聲音？

其實根本從未真正見過陳通其人，就算從 Google 雲端的ＡＩ資料庫上也查找不到這個人曾經存在過的任何蛛絲馬跡。

唯一看過的，就是半個世紀前高掛在四合院大宅公廳側牆梁柱上，以黑色倒角圓弧細木邊框所裝裱的那幀——陳通出殯儀式上曾經使用過卻沒有依照習俗禮儀在事後銷毀的黑白半身像——照片中人有著滿臉濃密白長鬍鬚、頭微禿、已經被世界時間擾動沉降成曠世灰濁的雙眼，瞇眼凝視著前方某個特異位置，像是正在入神思忖著什麼依然膠著的無助深處，穿著素紋花、黑色蠶絲綢緞反射著恬雅光澤的長袍微胖老人。

「這咧，就是你吔阿祖陳通。」哈古榿語帶篤定的思念與驕傲口吻指著掛在宅院公廳算是比較私密角落裡，有點暗沉已經結上了些蜘蛛網位置的相框。藉由這僅存的一幀放大黑白照片，試著重新召喚記憶深處猶在的真情，向西格述說著陳通這個人；那個不怎麼開放空間裡的陳年塵埃，竟然也像是跟著哈古榿瞬時的肯定口氣快速地凝結起來，專注地停止了四處的飄散。

「但是，我從來沒有見過他！」西格直截了當又天真明白地回應著。

「你出生的前幾年，他就已經過世……」哈古榿欲言又止，對於重述他幹練祖父的過往點滴，因為時間的無法逆轉而顯得有些猶豫；更何況對西格來講，這根本就可能只是經驗之外一個繁複家族故事裡，極為虛幻的重要人物之一。

從一開始，就只是因為意識到個別生活節奏裡普通的日常展開，不光只是生物學式的蔓延閃耀，而且已經不是一般經驗所能承載，我們總會迴避著直面這種實際上極為困頓的生存尷尬，轉而回到有限的生活範圍之中，好吸吮著生命經驗汁液裡的各種紛雜滋味。這也就像是泛地球知識的如常啟蒙一般有限而且絕對，它總就是那樣地「不會走鐘」，有了陽光、空氣、水之餘，植物該是長成鮮綠光蠟的時節總是嫣紅不了枯乾的惆悵。

來到那個如今已然被時間徹底拆解、時代更替過的鄉下城鎮中心，就著那樣古稀脈絡被凝結的整體空間，它的轉換畫面就像是快速搭建起電影布景，一樣地錯落著架構在被記憶復現的幾個不等高度立體造型之間，又像是某種地面框架[6]拔地而起的超絕展開一樣。這才猛然發現五十幾年之後「複製島」（Cloning Taiwan）計畫[7]才要能夠出現的真實原型，其實早已在半個多世紀前的西格內心，就以一種暫時隱匿的本體方式被註記醞釀著。難道，這也就是島嶼亙古以來有待挖掘的潛隱本體？

橫斜的馬背屋脊，上下、之間，它們是由不同的原生材料所製造而成，時而透露著它們的真實年代，時而反覆著它們試圖要更快離去的世界未來。但是，無論如何當要嘗試趨高走在屋頂瓦片上好鳥瞰過往時空動靜的細節時，任誰勢必都要不斷地叮嚀自己務必要多加謹慎、保持平衡的同時還要盡量放鬆心情、放緩身體的重量、放軟腳步的輕盈，生怕一不小心蹬破了宅院脈絡以來不可明說的家承默契，發出無法被接受的清脆破碎而意外驚擾腳下屋內空間先祖們的安適神靈。

儘管，宅院的總族譜是被夾椁在那個沒有人會輕易去隨意探讀的樟木製雕刻神主牌裡。不論是誰發生不測，怎麼樣都還是要撿俗地依著祖傳的規矩，每次央請夠資格的識字者以工整娟秀細筆書法來寫就離世者的相應內容；這對西格而言，所有細節顯然都將成為某個特定未來會逐一被揭露的必然，要展開它只是時間早晚的問題罷了。

大宅院屋脊馬背上橫跨的居中軸線，有著一道由一吋厚清朝定制規格燒製薄方磚所砌成專供行走其上，用以進行必要修整屋頂的功能小徑；外部均勻敷塗的灰泥鎮咬了長時間日月星辰幻變的顏色而帶點粉黑甚至帶點純粹的汙漬，更帶點無法回到建築細緻原點的顆粒化難堪，在不同季節裡深淺不一層次逐漸地紛雜起來。

如果這樣的事態要能被講成一個稍微完整故事的話，顯然某種視野尺度的制高點，無論在哪個時代世界裡都是不可或缺的。那些個通透貫穿在馬背屋脊上緩步移動中的身形不只是線性地移動，也在拉長高度似地多向度膨脹著無盡想像，沒有時間的延遲也沒有空間影像的斷訊，一切如實地上映著能趨疲[8]的頹敗過程。

屋頂上，瓦片規則疊置的幾個小局部位置，鑲嵌著不到半呎見方而且不甚平整的透明老式玻璃，它們固守著來自日月星辰的閃耀像是仰賴著它們自己的天賦，屋內的世界才得以成為光、成為宅院裡生活的一脈明亮，似乎從那不時被太陽照射導引入內的光芒裡，灰塵飄渺中不時凝聚著家族的模糊圖像，一幕一幕地緩慢流動更替著，試圖將一個尚不成為故事的事情訴說得可以更像樣一些。

但是，幾乎無人能理解那已經是一種不能透明也無法再透明的透明，那是不會透明的最後象徵，那只是給人看而不是能用的誤解，因此透明玻璃的意義完全走樣，一如時間積垢對它的塵封，湛黃的玻璃板上急速褪色並且流動不已的家庭影像簿。

回復少年歷程記憶庫的舉措能夠成功嗎？

它連貫的是某種雙——雙核心：既是西格也是哈古棯。既是西格更是啟煌。

既是自己也是他的父親，既是自己更是他的童年、成年。

透過高密度、高強度節點的匯聚，生成一門反身式測量法的最新試驗。

跨越個體生命量測模組的雛形架構，於焉成形。

——TCHNOGRAMME

我時常清楚地記得的並不是人，反而是從前我和外祖父一塊住過的亞拉卡塔卡小鎮的老宅院。我現在每天睡醒的時候，都有一種亦真亦幻的感覺，似乎自己依然身處那所令我魂牽夢縈的宅院。[9]

「那個所在不是在嘉義市內的北門口嗎？怎麼會是你們現在所在的水上鄉柳仔林苦竹寺？」哈古棯在電話那一頭輕聲但有點急切地重複追問。

沒有人能即時回應他，連西格也沒有，徒留一片不知所措地安靜沉默。

是不是這樣的貿然到訪柳仔林，無端激起哈古桳靜置內心幾十年甚至是超過半個多世紀，事實上非常強烈對於他母親的刻骨回憶？

或許，他兀自想著：「我終將遺忘夢境中的那些路徑、山巒與田野，遺忘那些永遠不能實現的白日夢。」他很清楚，徒然回到自己曾經喜愛的地方也絕不可能重新目睹它們，因為它們不是位於空間中，而是處在逝去時間的老舊記憶裡，因為重遊舊地的人不會再是曾經以自己的熱情妝點那個地方的兒童或者少年。

因此，根本沒有人能即時回應他，更多的是因為其他人都是更年輕幾個世代的後輩，對於家族過往脈絡的事情，都已經不甚清楚而不知道該如何回答！

如今，哈古桳得了老人癡呆症[10]，記憶時好時壞，但也差不多已經記不得所有事情的細節，這一瞬間，他到底想再追問些什麼？

終究，告別海馬迴已經是一種不可逆的入老儀式；逐漸隨著記憶的淡化也會失去對所有過往深刻氣息味道的辨識能力。

不論如何，西格試著與哈古桳開始談論起家族與他相關的一些內容，問了很多，但他約略只記得他的祖父、父親、伯父是誰。其他都是以年代久遠不復記憶的皺眉頭、傻笑含糊方式帶過，表情帶著莫名地困惑與甚為顢頇的為難。甚至，經常連他自己家庭全部成員的合影照片中——西格那時候大概只有兩三歲——他也需要端詳許久，才遲遲確定哪個是他自己。而他的太太，西格的母親美玉，儘管兩個人相守過活超過半個世紀，卻怎麼樣都令他猶豫再三難以確定，子女們的名字就更難以一一確認地說出口了。

「你叫啥乜名？」西格試探性地問著。
「哈古梌。」
「你是啥乜時陣、幾年出世？」
「我是大正十二年[11]出世。」
「啊，你老爸是啥乜人？」
「……陳明智。」沒有多想哈古梌就脫口而出，回應著西格溫潤的繼續追問。
「啊，你老母啥乜人？」
「……黃素柳。」頓了一下，回答也還算平順。
「你阿公咧，啥乜人？」
「陳通！」毫無遲疑，鏗鏘有力的回應著。聽得出來他與父親，特別是祖父的互動關係是相當直接而緊密的。
哦，不，那都只是西格內心思索的心智回音，一種能透過空間場域傳遞的雜訊干擾罷了，不需要太介意。當然它是通透在所有的任意時空裡，有需要的話任誰都是可以隨時傳呼的。果凍狀晃動的透明層紋理將能生成一切新舊事態，包括影像與聲音的加密檔案，甚至是夾縫中的交錯日常；因為對它們而言，這些都只是記錄檔案投射的重複輸出或輸入，就像即時的腦波感應那樣容易啊。

註釋

6 指日裔美籍雕塑家野口勇（Isamu Noguchi）。名為「地面框架」（Floor Frame）的作品，二〇二〇年底移置成美國白宮藝術收藏。

7 「複製島」（Cloning taiwan），是關於主體測量系列創作，於一九九九至二〇〇〇年的創作計畫。

8 能趨疲是 Entropy 的中文音譯，又稱「熵」，被用來計算系統中的亂度。

9 引自加布列・賈西亞・馬奎斯的《百年孤寂》中譯本。

10 阿茲海默症初期以侵犯海馬迴為主。記憶力衰退，對時間、地點和人物的辨認出現問題，為兩種以上認知功能障礙，屬進行性的退化並具不可逆性；為神經退化性疾病，其腦部神經細胞受到破壞。

11 其實也就是民國十二年，西元一九二三年。但是，不管怎麼樣哈古桧都會以「大正」年代作為開始。

傳衍。偶然的遺傳跨越，父親的母親——只能成為母親——成為初始來源的一脈追索，雙柳合體柳仔林[12]。

讓渡給主動想要幫忙命名的熱切感，地方終究也能成為故鄉。

從衛星的空中之眼遠近縮放鳥瞰，只會知道它約略位在八掌溪畔，夾蹛在溪仔底、內溪州與水上、外林之間，它的規模呼應著周遭的歷時起落，數百年來的苦竹寺並沒有太大變動，亙老的茄苳樹也一直都在。

視閾降落地面，所有的碎裂小鄉區，全都自動溶接在一起，感覺變得完整、擁擠，卻是更形遙遠地陌生。

由型態已顯得模糊斑斕、狀似隨時都能坍塌的建築外觀作為臨時參觀的起點，透過「善德堂」陳金水這位曾經擁有日本總督政府核可宗教證照的日本和尚，他外孫阿崑仔所持有早年的訪談影音紀錄，透過老式的映像管彩色電視、VHS錄放影機，略微走音的類比式誦經配音、伴著不怎麼清晰的字幕與略微褪色的影像……一派老實地介紹起：「苦竹寺是台灣嘉南平原的四大觀音道場之一。寺名的來源：柳樹茂盛一片林，茫茫散野無人耕，苦修金色觀音竹，十多餘年護眾生。創建於清皇乾隆帝十九年（一七五四）。」

柳仔林在清帝國的早期隸屬於嘉義堡柳仔林庄。日治殖民時代改為隸屬台南州嘉義郡水上庄柳仔林，當時分作二堡：一堡為現在的柳林村，二堡為現在的柳鄉村，二次大戰之後改為隸屬台南縣水上鄉柳仔林，後來又改為隸屬嘉義市水上區柳仔林，一九五〇年代才正式改為水上鄉柳林村。

這種歷史性地頻繁交互隸屬不禁令人聯想起，法國小說家都德（Alphonse Daudet）的《最後一課》（*La Dernière Classe*）[13]名作，那般的叫人痛徹心扉、令人心神難堪。一個地方的住民對於歷史治權數次來回轉換的無奈以及人對地方認同深切又長遠的影響，足以導致文化宿命感的全面生命沉降。

根據清帝乾隆四十二年（一七七七）鄉裡耆老黃枝蓮、黃政、黃山海以及住僧缽傳等人集資重建佛殿。在重建碑記上還記載著：「佛殿秀瓦雕楹，宛若西天之故府瑤台金闕，居然南海之行宮，誠諸邑西南之一大寺觀也。」當時，苦竹寺規模之大，巍峨莊嚴外觀，幾可媲美南海普陀山的行宮，已經是嘉南平原的一大佛寺。存放在寺內側翼中庭石碑及西天東土歷代諸祖師的蓮座上也有紀錄：「越二十餘載，風雨飄搖，崑靈震動，殿宇有犄斜傾頹之堪虞。棟梁亦粉白、丹青之減色，前所謂輪奐粲然者，今不傳見矣。」

一直到清帝咸豐二年（一八五二），殿宇破損不堪，由住僧慈化大師及十方善信募資重建大殿，並延聘福建裔國寶級大師葉王[14]雕製鎮殿佛祖、火獅金爐、香爐、天官賜福……等交趾陶作品。歷經不同年代之後，又數度改建重修。

其實，整座恢宏苦竹寺廟宇最令西格傾心難忘的，不只是屢次修建的層疊建築，反倒是廟寺右側信眾靜休區庭院裡那棵已經高齡兩百二十七歲的老茄苳樹[15]，矗立不輟，高聳七、八丈，座處諸般神氣中悠然靈感綽綽有餘、無聲地坐實也看盡許多家族大業的興衰起瀲，迎領無數世代風起雲湧的脈動洗禮，噤聲在年歲的層理之中。黏附樹幹上青茸茸台灣老藤的細葉，嬌柔了老樹粗壯身軀讓人興起對它盈滿的擁抱念頭，想獲得更多來自年輪深層的時代記憶與秋風子葉獨特氣味飄散的細聲寬慰，在還沒有工業化之前，它便已開始在數百年前柳仔林的雲淡風輕裡搖曳著，如今世態皆異它卻依然生生不息。

二次大戰戰況最吃緊的後期階段，盟軍來空襲柳仔林村附近的水上機場，投下的大量炸彈都被傳說中苦竹寺的十八手觀音給推移到別處無人居住的荒地了，才讓這個村落與苦竹寺得以幸免戰禍的侵擾，完好如初。

千禧年後的這十餘年來，不時都會有一些不明來路的文化資產研究社群人士，悄然潛行往來柳仔林探詢考察「善德堂」的種種。但是，從來都沒有人知道為什麼後來成為民間重要畫師之一的陳玉峰[16]在年輕時期會來到這裡，承攬這個常民宗教信仰的藝術彩繪工作；而且那個時候他的心境應該非常雀躍愉快才對，否則怎麼可能會有如此全面性狂野奔放且大規模的作品，每個不同部位都親自落款署名。更令人費解的是，在這個全面性的作品完成之後，卻就此無故地沉寂了大半個世紀？他跟這個地方家族到底有著如何的關聯與淵源？這種形制規模、格局與內容肯定是獨步全島，絕無僅存的文化資產瑰寶。

必要知道，古早時代要來到這裡工作，一趟路從市內經過湖子內順著八掌溪周邊而下都要坐上大半天的牛車，工作時必要使用的各式精巧家私也都要事先準備齊全，特別遇到事頭需要住上好一陣子的時候。當時，陳玉峰畫面布局考慮，連轉換日治時代帝國治權的太陽旗象徵、酷似日本官兵的人物造型也都被巧妙地收攏轉化繪入他的作品之中，以保事主的家族興業、現實諸事都能平安順利；算得上是他體認到工作倫理中必要一併設想的職業周到。

不過，原來大廳後方的桁架高處垂掛著兩頂尺寸比實物略微縮小比例，以樟木手工雕刻的花轎子，如今顯然已經跟著時間的推移而不見了蹤影，獨留那空洞裡凝結著老散不去的青嫩羞澀氣息。那兩頂小花轎子，可是當年用來將入住的未嫁娘牌位迎接回來「善德堂」端莊盛禮儀式中不可替代的一部分呢。讓她們每一位都能在進入冥界的餘生轉換之前，了無遺憾地風光入住。

實體的阿崑仔在他充滿在地腔調又制式熟練的簡短講解之後，儘管使用的影音輔助介紹設備、方式都與時代嚴重脫節；吞了吞口水，像是切換了一個人似的，站在外觀其實已經殘破不堪的建築廳堂前，狀似要進一步導覽這個地方的過去，卻也像逮到什麼意外的機會般，快速地以另一種口吻與靦腆的神情說著：「真歡迎大家來參觀『善德堂』，伊是阮兜的老菜堂[17]。記得大概是我六歲吔時陣，有一日阮金水仔阿公出外去幫人誦經，阮一家勢大老爸母去田裡做工作，秀梅阿姨嘛出去賣臭柿仔[18]，厝內只有連我三個囝仔……真正是無意一瞬間，千光寺的金淨法師帶著兩名隨眾尼姑兀自進到家裡佛堂來誦經禮拜後，便順手將神房中的佛菩薩直接請走了。」[19]一口氣講完故事原委，阿崑仔像是據理力爭又像是辯解，更多少表達了他當時年幼的無奈與不堪，以及那已經很難再追索的佛菩薩神祇，竟然就在光天化日下被盜走的責任歸屬。

金水仔阿公過身了後，便有後來阿崑仔繼續與柳仔林地方上千光寺針對「善德堂」土地的產權爭議。到這個地步，只剩下鎮座千光寺內身形憔悴的古老佛菩薩神祇才有能力出面證明一切的真相了。當然官司最後，阿崑仔也落到只擁有破落傾壞中的地上物使用權。

阿崑仔大概萬萬想不到，就在他幫西格做過「善德堂」導覽介紹的一個月後，西格便試著從文資界多方查證確認這個正在急速破敗頹壞之地，其實已經被地方政府依文資法律，通過成為一處縣級的古蹟。只是，因為初次見面並不熟識，西格還沒有決定是否該告訴他們這個絕好的消息。

我們記憶最精華的部分保存在我們的外在世界，在雨日潮濕的空氣裡、在幽閉空間的氣味裡、在剛生起火的壁爐的芬芳裡，也就是說，在每一個地方，只要我們的理智視為無用而加以摒棄的事物又重新被發現的話。

那是過去歲月最後的保留地，是它的精粹，在我們的眼淚流乾以後，又讓我們重新潸然淚下[20]。

不知道是什麼緣故，一輩子都很難得聽到哈古棯主動提起他的母親黃素柳。只知道她是來自柳仔林的富豪黃嚴卿家族最長的大女兒，當時這咧所在隸屬台南州嘉義郡水上庄柳仔林的一部分，黃家是當時整個台南州廳，橫跨後來的台南、嘉義、雲林等地域界內，擁有巨量資產鄉紳巨賈排名第二多的大家族。

「彼時陣，柳營也叫作查某營，地方上劉家已經傳到劉明朝那一輩，是整個台南州廳排行第一富有的大家族，我大哥永靖仔十六歲就娶了他們家十五歲的女兒劉聘。光陪嫁的嫁妝就有十幾甲地之多，隨嫁婢的人數更高達五名。後來嘉義市區光明路上的瑩陽小兒科病院，就是他的大宅院舊址所在。」雨金舅公無礙流暢地講述給西格聽，感覺就像是昨天才剛發生的事情一樣。

「是啊，他太太娘家舅舅的表妹也是新營的大家族，一次拎著一大簍土地權狀來市內台灣銀行我工作地方，問我權狀能不能借錢繳稅金！……其實，那都是些幾十甚至百人眾多親戚共有的財產地契，根本不可能借到半仙錢。」在旁作陪的榮枝仔幫腔著補充回應那塵封已久錯綜複雜的大家族過往。

雨金：「你那位姨婆，銅鐘的親妹妹嫁到新營也是嫁給望族，她先生當年在上海租界洋場一次在酒樓裡刻意被人喚下樓梯時，就被國民黨所派來的特務給持槍暗殺而死。畢竟當時還是國民黨、共產黨與日本在互相爭鬥纏戰的年代，政商利益糾葛關係紛亂又複雜，所有的事情根本難以預料。否則之前活著時，他竟然都還能領著中國著名的日裔俳優李香蘭來島嶼訪問過柳仔林黃家呢。上海灘的風景明信片、相片也都還歷歷在目。但是，二戰之後也輾轉聽說他們家族裡的一個兒子，因為主張島嶼獨立而逃亡日本，一輩子再也沒有回來過島嶼。」

雨金一股腦地繼續說著：「阮老爸黃嚴卿跟他兄哥靖卿共同擁有土地、田產數量最多的時期就超過六百甲。最後卻被大兒子黃銅鐘——素柳同父同母的最大弟弟，與我同父異母的第二兄哥——身邊的人勾結綽號『蕃鼠仔』的代書私底下偷偷改辦登記，侵吞掉超過四百甲之多！」

結果，導致嚴卿兄長靖卿的子嗣宗鈴與銅鐘堂兄弟間的訴訟外，做父親的人礙於家族在地方上的顏面，只能默然在法院裡忍痛承認這其實只是個父子間的贈與協議，才免除銅鐘在法律上的責難與牢獄之災。不過，餘下的兩百多甲土地儘管後來分配家產時，還是均分到二十幾甲共有的土地，卻也陸續在國民黨據台後所逐步推動「三七五減租」、「耕者有其田」等土地解放、地主與社會階級鬥爭的放領過程中，以台泥、紙業、農林、銅礦四家省營毫無市場價值的國營單位債券、十年期的食物債券充抵；在一個還完全沒有股票自由買賣市場的年代，終至蕩然無存、一無所有。

「我現在真少在外面講這些家族過去的榮景與變動。因為佇這咧時代，無人也當擱再相信我講的內容囉，啥乜財產幾囉百甲土地。」雨金語氣極其認分甚至帶點自我解嘲，苦笑地說著。

看起來他對這一切家族的激烈變遷也已經老早釋懷！

對於近代家業大批土地被家人與親族拐騙出賣，以及後續被外來強權暴虐掠奪剩餘土地的不堪經驗，已經沒有一絲一毫的怨嘆，就這樣地認命、埋藏憤懟、徹底終結記憶與現實的落差，的確非常困難理解這樣的心路歷程。怎麼會有人能如此輕易地就完全原諒，甚至數十年後還願意掛著對於外來掠奪者的政黨名號出來競選擔任鄉長的地方官，這到底是如何的心境轉換過程？甚至，在他陳述那些過往人、事、物細節的當下，完全都還能感受得到他對外來政權政治意識型態的完全臣服、屈從與認同，開口閉口都還是老總統如何、如何，難道只因為他年輕時曾經在總統府的憲兵侍衛隊裡服過幾年兵役？

西格手機裡，透過視訊在彼端臨場陪伴旁聽的家人，莫不難解地以一種就是外人立場的表情回向螢幕裡西格皺著眉頭的狐疑視覺。聲音悠悠地由遠端輕飄而來：「真的完全沒有辦法了解！整個家族被迫發生那麼多無法挽回的激烈變動，怎麼還能有著這樣子的政治忠貞？」

「阮老爸六十七歲呾時陣，我則也得通出生。特別當阮老爸晚年已經徹底一無所有，被銅鐘敗光家產卻又暫時借住在『三泰』[21]的一段時間裡，幾乎都沒有什麼人在正常照顧，三餐是有一頓沒一頓的。」

雨金：「我得知狀況後，第一時間還趕緊差了火車頭附近，全嘉義市區僅有四部大華出租計程車公司的車子，將老爸載轉來柳仔林奉養。」

當時，黃嚴卿的太太端仔與她的大兒子雨金彼當陣，攏佇柳仔林。

「載轉來柳仔林老家了後，阮老爸經常在三餐用膳時都不願意主動夾菜，似乎餐餐頓頓都將自己融注在懺悔著對於他教子無方，以及無力再幫助其他後繼子嗣的深度虧欠之中。因此，只會是尾子雨金主動夾菜給他享用；不過，一旦離開視線後，他則又把菜緩緩地以他耗弱身軀的最快速度執拗地夾回盤內，他的內心該是完整無時無刻又無盡地悔悟著人生最後僅有的存在感吧？當根本意義已然徹底揮發，難免就帶著自虐式完全放棄繼續苟活下去的任何欲望，一切也就不再足堪珍惜。」

「經歷不同事故的連續打擊，導致家族資產一連串被掠奪的劇烈變動，連祖厝的公廳地產也全被已經失了魂魄的銅鐘拿去無情地聯貸，後來甚至被親族的後人嘲諷著恐嚇要雨金盡快買回！為了避免這種至極的家族羞辱，最後也只能由少年的雨金想辦法來購回公廳的僅有祖地，以保留家族幾個世代以來在柳仔林起碼的存續尊嚴。」

「那時我才十二、三歲，還真少年沒有什麼經濟能力。但是在很勉強的情況下只能先去新營找阮母姨借錢來贖回家裡僅有公廳厝幾十坪的一點土地。」雨金依然極其無奈地回顧著這些遭遇，臉上表情卻再也看不出有絲毫當時遭逢羞辱時候的苦痛經驗。

「真慘啦！原來國校仔畢業就很難想再繼續念書，因為家裡的經濟狀況非常不好，自己打算著去農場當農民工，但是我老母卻不同意，希望我至少能念書到中學以上。穿的、用的都是比我年長很多兄哥們的舊年代衣物；吃的，特別是每日的便當吃食，差不多都是曬乾臭香的番薯簽乾。」

「彼時陣，阮老爸已經非常蒼老，無才調擱再照顧阮規家伙囉。」

「銅鐘一出世無偌久，他老母，也是阮得愛叫大媽的就往生去啊。阮老爸嘛是歹命，就這樣前後娶了七個某，到了阮老母端仔是他最後一任細姨。阮老母雖然有念單薄的書，但是也只能多少照顧他，怎麼說，她都只是個一般的婦女。甚至，第六房的牽手最後精神失常，家裡大小也都是阮老母在幫忙照顧，沒得通計較。一家老小終究也沒其他地方可去，整個家族後來的過程都非常淒慘。」雨金似乎被西格勾起了沒完沒了的片段痛苦記憶。

彼時陣，雨金曾經想要挖個魚池養魚好貼補家用，讓生活可以多點融通，心境也能平和一些。結果在靠近苦竹寺後方那一側不小心挖到古代寺廟初創時期的牆基腳柱，竟然活生生、汩汩地流出一大攤酷似血水的暗紅色液體，慌亂間協力的眾親族趕緊將土方覆埋回去以免不明的事態繼續擴大。

井姑仔曾語帶猜測地說：「可能是雨金這樣的施工不慎就更徹底地破壞了家業的風水吧。」

十八世紀中葉，黃家開基祖決定落居柳仔林時，一開始蓋的是木竹結構土塊厝的混合式建築，儘管樣式普通，使用的卻是當時陣最細緻的工法；竹編結構敷上穀殼糯米土的牆面，每一個細部都還塗上必要的白灰泥與最外層的素樸彩繪修飾。拓荒墾殖年代，各種建材的取得極為不易，如此的建築擎構已經夠得上是特定時代裡的典型。

不過，二十世紀五〇年代雨金青少年時期被迫用贖回的土地重新改建家族公廳，完工後卻已經完全看不出早年他先祖輩的輝煌格局與氣勢，只剩下一般鄉間家族公廳的普通木建築意象。儘管順著時勢變遷，透過這個僅存的平凡公廳周邊卻仍緊連著知名柳仔林觀音苦竹寺、傳統齋教善德堂等具有歷史規模與價值的建築聚落，約略還是能夠想像出當年家族輝煌時期的整體影響力；巨賈大宅院包含著地方上的家廟、齋教堂以及許多歷年出捐給地方的無數地產，財富碩大著實難以草率估量。

歷史的滄桑進路並沒有徹底收斂家族參與地方事務的熱切意志，親族內不同世代多人先後都還曾參選出任過鄉長的職務；雨金也沒有例外，擔任過連著兩屆的水上鄉鄉長。

雨金：「一次去日本參訪時與當時駐日代表在東京鐵塔用餐晤談，才開啟我思考如何讓地球的經緯線標落在我故鄉地理上的想法——回國後，便積極爭取創立北回歸線地標公園——不過，一時之間那都只能算是初步的資源匯聚，難免引發後續的政治波動，導致後來一九八〇年代地方派系交手的複雜過程。演變成最後真正推動工程，蓋成地標公園的卻不是在我任內。」

「做鄉長等於是地頭，也只是為了固守家族在地方上僅存的一點資產，不了解的人還以為我愛當官呢！」完全是人治的時代，雨金的盤算也正是他內心的苦衷。

「雖然幼時即已經家道中落！總是與地方鄉親為善的脈絡還在，看是否能有機會復振家業榮耀祖先。」這是雨金當時能夠設想的僅有想望。

「整個家族頹敗失勢，連很多重要親族間的互動都盡量能免則免、省得大家尷尬。但是礙於禮俗，我再幼都還是經常成為宗族代表參與！」

雨金似乎依稀記得：「阮素柳姊五十九歲過世出殯前一日，柳仔林黃家的宗族長輩依照習俗慣例派我代表娘家，去到市內北門口陳家守著我素柳姊的房間。這種時陣娘家必須派人前來固守空房，才得以避免其他女人過快入住，影響素柳姊子嗣們後續的平安成長。儘管，素柳姊的孩子們多以成年；但是聽說那時候細姨寶治仔老早已經入住大宅院與明智仔姊夫在一起！但是，我根本不到十歲，什麼都不懂、也不可能做任何事。」其餘的生活細節雨金也約略只記得一個叫作「三泰」的地方，顯然與他的小學晚期、與哈古檍的國小教職工作，時間上確實有些奇異的交錯重疊，但是畢竟雨金與素柳姊差了超過五十歲，與哈古檍這個比自己還要年長十餘歲的外甥，一輩子也只見過少數幾次面，很難有什麼深刻記憶。

西格屢次由榮枝仔陪伴到訪柳仔林，試圖探尋素柳阿嬤過往生命細節時，越是追問便越趨模糊、零散，最終答案都只能是具體地反覆失焦。感覺似乎再也不可能有誰能再多說出些什麼。儘管心裡總意識著「時間是可以改變的」。

雖然越來越困難透過僅存的家族耆老就可以有能力具體回述家族變遷的諸多細節，也經常充滿著怪異的個人扭曲記憶、錯置片段以及可能獨斷地猜測，以至於最後甚至變成純然是個人的想像與連串譫妄；柳仔林黃氏家族的曾經輝煌也就更形虛幻。

「按照家譜流年紀錄的合理推斷，柳仔林黃家最早來台的曾祖父、世祖們應該是搭乘當時木製戎克船或者福船由中國漳州平湖地方的安后鄉大靖村，途經廈門後穿越黑水溝，抵達澎湖附近再輾轉跨越逆旅的黑潮帶，由南鯤鯓海岸進入八掌溪流域循著水路上溯來到柳仔林溪仔底附近，才最終落腳立戶的。」

「阮厝內的親族們私底下都稱呼這裡叫作糖行、鹽行，嘛就是糖間、鹽間，主要作為集散烏糖與粗鹽之用，是銷往中國廈門的小商埠結市所在。」雨金語帶補充地說著。

彼當時，八掌溪沿岸住民不多真少有大規模的開發，原生環境穩定溪流裡沒有什麼大量淤泥，季節性的水流尚稱充足仍可航行各式小型木殼船至非常上游的地區。

「黃家在此停滯幾個世代之後，流域附近的周邊環境跟著逐漸變遷，河道淤塞也日趨嚴重，後來那艘木殼船再也無法自在航行於此流域上下而就此長埋在公廳屋後的某處，後來烏糖與粗鹽也只能用牛車先運送去南鯤鯓再擱換船出海。」雨金攪動手並指著屋後的不確定處，凝視而望天虛無，因為連從小出生成長於此的他都再也無法明確地指認出真正隱匿先祖木殼船的所在。

如今木殼船體早已不知去向的被時間吞噬，成了未來人類學弱期待的緬懷之物；只能餘望如時間膠囊般的沉溺地景，能夠再次召喚歷史過境滄海桑田的無盡想像，快速瀰漫起一種超過知覺的無力感。

數百年來流民陸續移入，整個島嶼西岸各處河流周邊流域，諸如此類被棄置源自唐山的木殼小船該要有幾百、上千艘吧！

說到「善德堂」，七十幾歲的榮枝齜咧著像是十幾歲小孩的嘴，滿臉勝利的神情：「彼時陣若想要讀初中不僅家庭要有能力支持，還要參加競爭激烈的升學考試，怎麼樣都是家族內的大事情；儘管我們是鄉下地方，但是如果在學校進行課後補習，只要有人通風報信教育局的督學還是會聞風前來抓捕！於是，我們都是被集中在齋堂裡上課外補習的，沒有督學敢來到這種地方！」

「菜堂」完全是在地生活上屬於宗教領域的神祕性別域外，沒有瓜葛無人膽敢隨意來此叨擾，沒有佛道信仰相關緣由也絕不可能隨便踏進這樣的空間。它是屬於未婚便過世女性們神主牌位的集體寄居之地，讓她們得以繼續在極樂世界裡齋戒共同修持的性靈空間。蒙她們眾靈的冥冥庇蔭而造福鄉里間幾個世代小孩子們未來人生的不同際遇。

西格的懷想：「這種空間其實更是過去柳仔林地方上小孩子們人格啟蒙、文化養成很特出的場所，因為菜堂建築內部充盈著難以想像當時代著名畫師陳玉峰青年時期的滿室彩繪、壁畫，以及其他名噪一時匠師們的石刻、木刻……各式作品，數量與畫工之精良，在二十世紀台灣早期絕無僅有。但不免令人惋惜的是，將近百年後於今卻是個被歷史徹底遺忘，只顯破敗的家族、土地產權被侵吞、建築外觀即將頹傾的等待之地，等待著歷史徹底灰飛煙滅的隨時到臨。」

「咱來幫忙想想，看有什麼有效的法律方案能讓它盡可能的保留下來？」西格終究帶點無奈對著雨金舅公這麼說著。雖然，他也沒有把握能做到什麼程度。

哈古榿的母親黃素柳是十九世紀末柳仔林世家黃府的千金。對西格而言，這又是一個只聞其名不見其人的謎樣關鍵長輩，或許也是因為去世已久，哈古榿很少主動提起他的母親以及他母親娘家的種種傳聞。

那畢竟是哈古稔的母親娘家，不是嗎？哈古稔對此經常性的深沉靜默，謎樣的神祕感更加深西格不斷探尋的欲念。

不過，到底是什麼樣的家族緣由，讓無親無故的寶治仔姨嬤造訪此處？

小時候曾領著西格來到柳仔林黃家造訪的，竟然是沒有任何血緣脈絡或姻親關係的姨阿嬤寶治仔，她的細姨身分更是啟人疑竇的困難了解。有時候的確難以知悉大家族之間所有事情的梗概，一些不尋常與離奇轉折總在人生際遇裡交錯、翻滾、蔓延，以致跨了些時間之後，所有的細節便自動凝結成一團難以化解的空幻迷霧，也更無法再被追索。

姨阿嬤領著西格穿越一道連通祖屋公廳與苦竹寺之間充滿古意的磚牆石板路過道——家道中落之後因為產權更替此門才被封閉——只見姨阿嬤與許多擦肩而過的人打著陌生的招呼，卻也沒有真正什麼交談。這讓年紀幼小的西格更形迷糊困惑，不知道這到底是如何的一種家族關聯？

不，或許那正是寶治仔想做的事，她在陳家已經取代素柳娘的位置，總該要低調巧曲的四處探問才能知道更多過去的人事物內情與關聯，好妥當宅院內的諸般關係，她深知那是她在陳家宅院內安穩生活的必要；年輕時在台北風月場合的人來人往經驗提醒了她，要有起碼穩固的家族地位，一切看似無謂的細節都不宜輕忽！帶著西格出現在那裡並不是巧合而是個必然，難怪逢人便介紹這個小孩的來歷以作為轉移，減輕黃家親眾們不必要的疑慮。

長大後只聽聞過，柳仔林黃家是清領時代以來島嶼府城幾個重要大家族之一，富可敵鄉；改朝換代後，六女兒也曾遷移去上海投資做生意。

「你知道嗎？摩登新時代的鳥瞰形狀像是一把芭蕉扇，位在嘉義縣市交界處的整個嘉義水上機場後來擴建大部分的用地，據說就是她們黃家當年的物業產權。一說，是他們大度地對地方捐獻來做公益；另一說，則是二戰後當時國民黨軍政府蠻橫的強占，而事後卻只得到一個官方說法：等光復大陸了，再行歸還！」黃家就此不能再有任何的置喙，許多不足為外人道的家族沿革細節，也就隨著時間的推移自然逐漸模糊、黯淡、崩解，真假難辨。

連最早年代要進入嘉義市區的第一代彌陀橋，據說也是黃家所捐獻建造。

家族飛黃騰達的二十世紀初期，當地的客運業者甚至還因為探查到每日拜訪黃家的各地親戚賓客絡繹不絕，而自動在黃家門口設了個無站牌的停駐點，以符合當時家族的影響力與實際需求。

「乘客一上車只要通報司機說是要去柳仔林大庄黃家拜訪的人，往水上南靖的客運班車就都會自動彎進來村裡黃家大門口臨苦竹寺側暫停讓乘客下車，儘管並沒有實際設置的站牌。那種在地權勢的夠力，我們其實從小就都知道外公的威風凜凜。」語氣裡有種驕傲口吻的哈古桍這麼地說。

「每年光佃農繳來的佃租糧量，就能讓家族又自動多出一、兩甲土地，因此田產逐年的不斷增加、累積，也就不足為奇。阮老母黃素柳是黃嚴卿的大女兒，全家族排行第四，接著後面是個妹妹排行第六，嫁給柳營望族劉家去上海做生意。後來，因為戰爭，先生被國民黨派人暗殺，她自己也無妄地被當成日本人，特別是日籍台裔的漢奸而淒慘了一陣。」哈古桍的乖張說法不時浮現，而且很少見地一直說著。顯然，這些內容與雨金舅公所言略有重疊，顯然並非道聽塗說！

的確，他父母親兩邊的家族都發展得極為龐雜，許多的緣由細碎無人帶引根本無法知道，都只能是外在的胡亂猜測。

社會名望與權勢集於一身的家族，生活上必然就會有著一般人難望項背的闊氣奢華。哈古梌外公家前面的門廊就可以直通苦竹寺周邊廣場。門廊邊上飼養著很多花斑水鹿，有個專屬大概五丈見方大小、一丈高聳的竹圍籬鹿寮，只要屆臨年度重大節日家庭聚會之前，就會有宗族內專職的養鹿人前來處置生產力最差的衰弱鹿隻。一旦選定鹿隻後，都會需要一組四、五個壯丁兵分幾路的合力圍捕。必要從鹿角頭部五花大綁的繩索伺候外，總會同步使用一塊特別符合鹿隻頭型以手工縫製上面其實已經沾滿牠們同類風乾血漬的深色棉布頭罩，來凝結鹿隻最終的抵抗好遮住它們靈動的眼神，生怕驚擾了生存在牠們軀體內最後難以承受的生命驚恐。但是，這些人的揣測並不真的每次都能奏效，常常都要以逆反的結局消極地讓事情落幕，特別是當遇到生命最終衝力特別旺盛的鹿隻頑強抵抗時！眼下四布的濃郁腺體氣味、翻唇噴氣的憤怒嘶嘶聲以及磨牙的喀啦聲響，一切態勢都會讓整齣取命的劇碼變得難以收拾，是非常困難能夠輕易結束！事實上，牠們極佳的視覺與嗅覺遠遠超乎人類淺薄的理解。或許，人從來也就是以此展現對他物生命的無知，才可能經常都有新鮮的鹿肉可以吃？

哈古梌生性應該是與母親素柳比較相近，總是懼怕這樣的獵殺過程——裡面充盈著滿溢可感的生命衝力，用來抵抗人對其他物種的殘暴——心裡面也從來沒有那種驕縱氣可以這樣用來面對生命！

倒是那時候，只要陪素柳阿娘仔回娘家，靖卿伯公遠遠看見了便會嚷嚷幫傭下人：「柳倌與她的小孩子們轉來啊，緊來鬥招呼！」

對待素柳的小孩子們就像他自己的孫輩一樣非常疼愛。親戚回來祖厝，只要是對的時令季節，他也經常都會差人駕著牛車，載著全家大小到溪裡面去巡行戲水。溪裡的迎水梭行成了召喚久遠老木船汩流的對應儀式，儘管終究都是徒勞，卻像是藉著機會在水裡梭巡摸索，帶領後輩子孫多少記憶起回去原鄉的路一般？

「日本時代，靖卿阿伯是第一勸業銀行的行長，等於是後來的企業董事長，外交手腕能力相當周到、細膩。阮老爸則是擔任羅山信用組合理事長，當時就懂得以貸款買賣大量土地賺取豐厚利潤。因此民雄、南靖到處都有許多田產、礱米廠，許多協助他收取佃農田租的忠心員工，後來也有許多位都成了親戚。兩個兄弟不只事業相互合作，連餐餐吃飯都會相等，感情也的確很不錯。」雨金的口吻，伴隨若有所思的羨慕神情。

「咱黃家先祖們的確因為家業繁興，對地方公益不遺餘力，捐錢捐地，但是真正出任公職是我這一輩幾位兄長與我才開始落實公共事務的參與，也才理解到公共事務與私人利益之間的可能糾葛。咱做自己所在的地方官也不是為了錢財，總是想咱吔所在會當更發達、更好！」

「咱柳仔林古早到處都有釋迦園，栽植的傳統釋迦有粗鱗與幼鱗的品種分別，個頭不大、肉不多子厚大，但是果體的香氣都非常飽足、濃郁，溪仔底所在較早都是種粗鱗釋迦。」

「一九八〇年代尾我還在當鄉長時，一次起風颱做大水，歸村的釋迦園全部都被大水淹去，釋迦欉也過度泡水全都被淹死，從此之後就很少再見到有規模的釋迦栽種。當時拄好是阿輝伯仔李登輝做總統，伊嘛來關心過八掌溪的災情。當時，阮所有村民真正是攏總跑給水追啊，災情慘重！」

溪仔底所在，自日本時代就真正重要，因為離水上機場很近，戰鬥機都是藏在這一個方向的機堡裡怕被美軍轟炸。早期是這樣，崎仔頭的井仔邊附近，日本軍甚至還設置三道只給飛機行走的狹窄紅毛土堤道，溪仔底又是戰機必經的航道，所以若有任何災害，不管啥乜時代吔政府都會很注意。

西格印象中，那是許多既不熟悉也不認識遠房親戚的共同居住地，一大片相當有規模的紅磚四合院聚落，群集成為人聲鼎沸之地，鬧熱叱叱。

他就是低頭自顧走著，心想：「一個小毛頭應該沒有什麼人會真的特別注意？尤其是夾在狹小的巷弄裡的雜沓人流之中。」

少數幾次的到訪經驗，讓西格開始能夠對不同的大宅院有些私密的比較。但就只是安靜觀看著這一切的陌生。那的確是一種新奇的感受：讓自己全然籠罩在不一樣的凝滯時間與各自都正在衰頹的空間裡面。

突然湧現的一種奇怪念頭：「透過某種生活裡的不斷頹敗——不穩定能趨疲的世代轉換形成命

定的生命平衡——試著重新發現自己的前面到底是什麼？」

當時的陳家是嘉義市區的大富豪家族，娶了柳仔林大富豪黃家的大千金，在當時真可說是門當戶對，市區與市郊大戶結連理。黃素柳的父親黃嚴卿家業繁大，元配之外還先後娶了六房姨太太，最後兩位還是有點親戚關係的遠房姊妹。黃素柳嫁給陳明智之後，則先後生了十一個小孩（八個兒子與三個女兒）。能夠存活及長的小孩，依序是：哈古楤、柏嵩、柏洲、柏蒼、柏衡、柏川也是陳柏八郎（Chinhaku Hachilon）、二女兒綉雲也是瀧川京子（Takigawa Kyoko）以及最小女兒綉英；另外有三個小孩未及成長即夭折過世。其中，只約略知道哈古楤的大妹綉娥八歲時，因為牙病的牙齦感染引發嚴重敗血症，流血過多竟成了折翼天使。昭和九年初，出生同一年底即過世的柏青與昭和十二年出生隔年即夭折的柏興，是排行第五與第七的兒子。

至於「井仔」，則是陪嫁素柳到陳家的兩位十歲隨嫁婢[22]之一，到二十歲時才由素柳幫她辦理婚約出嫁，離開陳家大宅院。

「五、六歲時聽陳通阿公私下講過，說阮外公黃嚴卿跟他的父親，曾經在溪仔底開墾田地時，無意間挖到不明年代來源的古代黃金大甕才能一夜致富，買了一大堆田產。不過這個傳聞的真實性也已經無處確認。」哈古楤一臉疑惑又羨慕的異想著。

註釋

12 柳仔林是由柳林村與柳鄉村合稱，由黃素柳的先人黃天求帶著家眷以及弟弟在清帝康熙年間遷居此地，因現有村落地勢較高，村落西側有一陂塘，可以引水灌溉農田而有利農耕，因而選擇此地居住，在後來柳林國小西北側有一下湖（俗稱湖底），湖之四周遍植柳樹，茂盛成林，因此將村落名之為「柳仔林」。

13 阿爾豐斯．都德（Alphonse Daudet）於一八七三年發表《最後一課》。是他在故鄉普羅旺斯以參加巴黎革命戰爭的經歷見聞為基礎所寫成。被翻譯成多國語言，和《柏林之圍》一樣，是一部全世界愛國主義教育的典範小說。在法國，《最後一課》常常與《星期一故事集》中的另一篇小說《亞爾薩斯！亞爾薩斯！》一同被提起。

14 葉王（一八二六—一八八七），台灣嘉義人，為第一位台灣出身的交趾陶藝師。作品曾遍及全台，有「台灣絕技」、「台灣交趾第一人」之譽。

15 秋風子是茄苳樹的別名。據傳此樹是一七九六年，苦竹寺創立近半世紀之後，由住持僧所刻意種下。

16 陳玉峰（一九〇〇年三月一日—一九六四年三月二十一日），出身於日治台灣台南縣台南市的彩繪匠師，本名陳延祿，玉峰為字號，人稱祿仔司、祿仔仙或陳畫師，與潘春源同拜泉州畫家呂璧松為師。

17 齋堂就是菜堂。此處指「善德堂」。

18 臭柿仔就是番茄的常民俚語。

19 出自《水上善德堂歷史沿革與文化資產價值》內文，陳美、姚其中著，宏祥出版，二〇二〇年四月。

20 引自馬歇爾．普魯斯特（Marcel Proust）著名小說《追憶逝水年華》中譯本。

21 「三泰」為「三泰株式會社」在哈古桧家族內的通俗稱呼。

22 隨嫁婢。此處特別指井姑仔。

就像是一支斷離訊號連線滯空盤旋無盡鳥瞰的空拍機，照看、凝視著這一片已然模糊不堪的記憶景致。無聲中，每一個機器角度的轉向儘管都很分明卻已經看不進時間的深度內裡，飄忽的不再只是重量或尺度而是消逝時間的不可復現。

鏡頭景框中其實都盡是陌生與拉出絕對距離的斷裂。看似有關卻完全無法企及，絕對的透明阻隔就在那裡開始如凸鏡般增厚。只會有一種貼近的可能，影像也正如動畫鏡頭般由不可辨認的模糊到逐漸分明的聚焦、顯像過程，它顯現的階序終究取代了既有的現實。如實，亦如夢！

封建已然流浪數百年。它是被歷代移民浪潮移轉到島嶼的進化延遲擬仿物——還好，隔了一道足夠寬的海峽——因此，沒有那麼的原創就不至於那麼的殘暴，頂多就是那種時間變得非常緩慢自動降了等級的冷酷，這是被外來者侵吞之前島嶼的宿命，巴不得完全停滯在既有的現實距離上原地增生。

可是，瑣碎殘虐的後天之命卻依舊，當然也就可能繼續以各種父親為名，宰制可以沒有節制的化外蔓延。如果一切相遇都是無可替代的歷史命運，陳通、黃嚴卿，共同決定著不可預期未來於可預期現在各自家族的必然覆滅。

陳通與黃嚴卿同樣都是地方上擁有大量土地資產——一個是嘉義市內最有錢，一個是全台南府城排名第二的富豪——動輒幾十甲或幾百甲田地的仕紳，他們經常貫穿在市內外城裡與郊區之間，是不可能互相不認識的。儘管時代還是封建有加的農業社會，但是如果相互之間能夠有個婚姻上的結合，自然更能強化雙方的社經地位與實質的影響力。殖民年代運命的不確定性任誰都無法預期，陳通與黃嚴卿終究共同決定著兩個家族日後的賡續發展，相互連結勢在必行。

西格多次詢問綉英姑大宅院的過往時，她信誓旦旦地說起年輕時她母親曾親口告訴過她：「北門口吳鳳北路這個大四合院，是明智仔的父親陳通在清帝光緒晚期事業發達起來之後所興建，蓋好落成後，她才由柳仔林黃家嫁入這個市內的望族。比起柳仔林的鄉下宅第古厝，這裡完全是不一樣的城市型四合院，不只規模碩大、高聳，各種材料的使用似乎也都更為講究、細緻而完整。」樣式上更是很難預先就能擁有的空間經驗，住新厝可是她年輕時的美好回憶呢。

宅院空間裡所有的陳設都在在散發著它們令人難以忘懷的懷古與欣波氣味，帶點不明就裡閩南文化上的妝點與排遣。

儘管有著強烈地陌生感，整個大家族每個人也都在適應新環境，但大宅院坐落市區的便給，的確讓素柳的新婚生活少掉了很多不舒適的恐懼感。

彼當時，若有能力要起新厝特別是起四合院，攏習慣從唐山找來大批的傳統閩南建築元素、上等福杉原材、手工金屬鍛造套件、屋瓦與各種原石材料——以及懷有傳統工法能力現地製作的唐山師傅工班——來進行長時間的慢工細活。

清帝光緒末年也就是二十世紀初，連同周邊零碎土地，它粗略的規模曾經高達將近一甲之大。

將近四十年前的一九八〇年代後期，當大宅院家族後代們決定處分這個面積還剩將近三分地的四合老宅院時，竟然都沒有人持反對意見，或許是持份者眾，反對也將只是無謂的抵抗，卻無法有任何實質的改變。原來是由一個在地建商跟交通銀行借貸要蓋十二層高的住宅大樓，並且事前應允要給陳家大宅院兩廂子嗣各一個住宅單元來作為額外的饋贈，後來卻因為財務周轉不靈而只得全數歸還給交通銀行來自建。當時協議，作為回饋交換的整個四合宅院建築老件，都歸開發商所有：所有磚、瓦、木梁、窗花等木質組件，柱下的石墩、厚重花崗岩石板、庭院鋪面的石材，據說早一步全被開發商逐一細心拆解分裝轉賣，運至島嶼各地的民俗文化村樂園重組、重建，供人瞻仰。

四合院落成近百年後的這個決定，徹底終結大宅院家族的續存命運：灰飛煙滅地結束。除了模糊記憶就真的什麼也沒留下！

這多少正像是在聽聞遙遠而且事不關己的故事，對成年後的西格來說，一切都已經成為曲折離奇的家族傳說，陳通其人的時代他尚未出生。大宅院的最後時期他則剛好在歐洲念書、生活。前後始末的所有細節，都已經成為家族歷史的跨世紀塵埃，既無人在意也無人關心！

陳通其人儘管未曾謀面，倒是以一種攝影像的失焦記憶成為西格承繼的遙遠過去。因為，在從小屬於每一個哈古梌家小孩成長時期的紀念相簿裡，都共同地浮貼著一系列在那個年代算是地方上極為盛大陳通告別式的紀錄黑白照片，屢屢在裡面出現而成為當事人。一如日治時代他的另一重身分：地方「保正」那般的威嚴。像是透過哈古梌的感念傳遞，在不斷地對著子孫們宣告他曾有過時代裡輝煌的重要性。

「以我的年紀作為殖民地日本人，出生與成長都是時空間裡的常態，似乎沒有什麼太激烈的感覺。日本人已經進來島嶼二十幾年了……只能說怨氣啦，一切都是二等國民的對待！但是，他對品德吔代誌嘛攏真尊重。」哈古梌用著像是陳通的口氣與說詞回應著。

西格不解的追問：「這是什麼意思？」

「因為，他們總是針對人的品性種種條件在認定，必須符合他們的文化判斷才會接受所有的人事物，一點都不會馬虎。除了事業有成，阮阿公陳通本身也因為個性善良做人熱心處事又公正嚴明，被日本人委派擔任地方『保正』一職。差不多是掌理現在三、四個行政區那麼大的職務。」哈古梌補充著，生怕漏掉什麼對他阿公正面評價似的。

「當然啦，阮外公黃嚴卿是嘉義柳仔林的名望家族，也是嘉義民間所成立唯一諸羅山信用組合的創社理事主席，內公陳通也是他社內的理事之一。兩個人剛好都在水上南靖附近相鄰經營著碾米廠。同樣是地方上有著相當名望與社經地位的人，財力條件自然也都會被日本政府當作考慮延攬人選的因素。」

同一時期，陳通也在嘉義火車頭附近酒廠的正對面經營著「文益碾米廠」，只不過不大的店面裡頭並沒有實際設置任何碾米設備，而是個和洋混合式兩層樓的木結構建築空間，小巧又曲折有致，空間層次之細膩似乎成了罕見的特殊配備，反倒怎麼看都不會覺得是個販賣米糧的場所！主要都是販售各種農產品的期貨大賣為大宗，因此僅擺了點各種類必要的樣品之外並沒有囤聚的大量農產品，可算是當時買空賣空的主流生意。彼時陣，生意人王永慶、擔任縣長的黃宗焜實際上也都是陳通的股東，王永慶自己也在跑竹崎番路線做著各種山產生意。北門口大宅四合院外廓臨馬路居中那一間早年除了陳通自己在做農產加工外，也分租給王永慶部分空間，專做阿里山線沿路的農林物產批發生意，大家算是股東又可以同行結市，互相推抬，生意自然越做越大。

陳通坐落在南靖的碾米工廠，儘管從一大片稻田間捎帶突兀地拔地而起——木造斜頂的瓦片廠房卻有種融入平野環境的輕快悠閒，好似它們之間都講好了共謀生計裡的各自角色，生長與生產連成一氣——碾米廠已經具有最初階的工業規模，裡面設置一座跨了兩個樓層高、巨大的碾米去殼轉輪系統，好更有效率地生產白米來販售；工廠後方空地上便不時堆置著幾人高帶點渲染變化色彩的橙黃粗糠山。

哈古棯常跟著陳通阿公到礪米廠四處走動：「燒過的粗糠灰燼就會是最好的農務肥料，而且還帶著稻殼所在土地的獨特香氣，每個地方稻殼燒炙的氣味顯然也都不太一樣。」哈古棯的少年時期，陳通的確帶著他學會這些本事，難怪他有這樣別致的領略。

「於是，北門口大宅院裡很早就跟著出現了一座可以兼燒米糠與木料的大型兩用雙口灶。在一般家庭並不常看得到這樣的生活設施，每隔一段時間陳通就會差人以牛車運回大宅院一些粗糠料，供大宅院來做日常使用。」其實，這純粹是哈古棯記憶中的錯置，當時很普遍的家庭生活裡都有這種功能的雙口灶，普遍惜物又能節省燃料的開支。

哈古棯：「雙口灶的頂部後方，靠近煙囪旁邊都設備有一個鐵製的斜斗入口，以方便從後斜側流進米糠料較不影響灶中的火勢，燃燒的時候翻柴火的長柄鐵夾可不能混攪太過於用力，以免滅了大灶燃燒中的稻殼火苗。」

哈古棯很清楚這些點點滴滴完全是陳通靈活的盤算，加上辛勤工作與生性節儉，才造就了大宅院的榮景。但是這種承接家業的訓練對他來講不僅壓力其大無比，一切都還難以預料！

相簿裡已經徹底泛黃的曠時黑白紀錄照片，當中只有極少數人在溴化銀老影像局部反射的光澤下，還能約略分辨到底是誰在青壯年時期的樣貌外，幾乎是已經念不出什麼認識的名字了。並且不知道真實的原因，很少看到家族中的女眷們入鏡其間成為被拍攝者。那種規模的氛圍只讓人覺得，在自家四合院裡外空間舉行的出殯儀式，異常隆重而且非常盛大！

後來成為台灣巨富的王永慶，少年時陣就來嘉義市區陳通的碾米廠幫忙賣米、送米，隨時若有人叫米半暝散雨也都要出去送。休睏閒吔時陣，永慶仔也真骨力總會去三界埔幫人家趕鴨子，才好多掙一些錢幫助家用。幫忙陳通好一段時間，很快便學會了米糧、山產生意經營上的一些鋩角，永慶仔才在陳通的協助下出去自立門戶，這是他們之間建立關係的重要歷程。

彼當時，日本總督政府嚴格規定每個地方的農糧產品都不能私自運送到其他縣市去販售圖利，否則就算是違法。

經營農林山產一段時間之後的王永慶，因為疏於法律規定運送幾大卡車的農糧、林業物資要到台南縣市去轉售被隨機攔截檢查，導致違反糧食與林業物資販賣的重大法律而被送入嘉義監獄。

最後，靠著柳仔林親族當律師的黃宗焜幫他辯護，甚至出獄之後還與當時已經成為縣長的黃宗焜、昔日老闆陳通等三個人合資開設碾米廠。陳通出面協助王永慶後來的保外就醫，也才有機會順著時代趨勢到日本學習塑膠業的生產與經營。當然，磚仔窯建南貨運同姓的友人出面提供地方才能開始慢慢創業，也都是人生大轉變的關鍵。難怪，陳通過世出殯當時王永慶也來幫忙，以表達陳通早年事業上對他的提攜以及因為錯伐國有林原木、私運農糧入獄被關的相救之恩。

那個年代地方仕紳過世後所使用的棺木的確都很有分量，材料要嘛是唐山渡海而來壯碩如牛的福杉或者是台灣在地各式硬實的珍貴樹種：檜木、樟、俗稱雞油的櫸木……製作後整體的重量總是令人咋舌，搬移時總會需要至少十到十六個抬棺人，甚至更多！端看製作棺木的木材種類、尺度形式、置放時間長短而定，當然那同時也就代表了去世者社會政經地位的尊貴程度。

抬棺者依序一起出力，以及幾個後備人力或者年輕氣壯的見習者伺機替代輪流，如果目的地剛好是在符合特定風水要件的陡峭地勢上，那麼將會是一個極為困頓又不可能的必要任務。此刻，就像螞蟻的生物學典型一樣，頂上黑壓壓的一片群集，更是超乎想像之外包裹孵製死亡的永恆機器，它會以極為乖張能動的即時改變參與人數、重新組裝、不斷形變，抬棺人的身體互相摩擦、有機地擠壓著成為一體，直到定位嵌入預置的地勢方位之中，好生成回應前往來世人生的必要準確。

對西格而言，陳通人的確是過去了而且一直停留在過去，飄散的傳衍記憶卻一直擺盪在一種消逝影像尚未被完整爬梳過個體生命的陰鬱團塊裡。並且，經常伴隨著理解上的模糊與生成感受的連續困頓狀態。但是，也很難因為這樣的情況而得出什麼具體的家族形象，這種反覆甚至成為某種無法預期的延續性消耗，間歇地持續湧現陳通到底是何許人也的無謂謎團。

有一說，他只是個祖先來自異國窮困鄉下的平凡家庭小孩。清帝乾隆年間（十八世紀末）陳家的先祖帶著一整家人從唐山——福建漳州龍溪潁川，舊時清帝國的福建漳州府龍溪縣二十一都平坪堡寨仔墟庵頭社——遷移到島嶼來求存發展。世居台南州嘉義郡嘉義街字北門外；家族的傳承依然循著封建社會的所有步調，直到陳通的父親陳祥十九世紀中葉這一輩，才逐漸有了文化斷裂的意識變動。特別陳祥死後並沒有回葬中國故里而是遺志要葬在竹崎地方，以前他自己的田邊。那是個在還未抵達鹿麻產[23]之前的無名路口，由左邊彎曲小徑循路而下，穿越阿里山鐵道下方涵洞，進到裡面僻靜鄉間的竹摩邊；這個幽然狀似他能想像作為故鄉的桃花源離內埔也不是很遠。不過，二戰「耕者有其田」年代之後，那個地方就變成是個屬於陳祥佃農所擁有的地方，這樣的變動他能理解嗎？

陳通少年時陣就來市區開始學習做生意，能夠成為成功的生意人又當上半官的地方「保正」，殷實個性裡帶點不可免的機巧變化自然是必要，他確實也算是個反應極為敏捷的古意人。大宅院附近吳鳳北路、長榮街口正是他最早起家的所在——算是舊北門城牆外最靠近城內的區域——……他似乎就是從當時日常所需的粗紙[24]生意、傳統棕蓑生產以及後來碾米事業的同步經營裡，獲取非常可觀的利潤，逐次買下附近的街區以及鄉下到處的田產，最終才能蓋起吳鳳北路上的新四合院大宅，也才能讓他憑自己一個人就有能力養活全家四代三十幾口人所有的生活所需。

這當中，如何賺取差價的機靈謀略，在那個資本市場還很古老、初期萌發的時代，凡此種種就已經遊刃有餘地成為他日常操持忙碌的工作內容。

「少年兄！你蹛（tuà）佗位（tó-uī），是佗位也人？……欲來市內割啥乜物件轉去內山賣？」陳通總會熱情地招呼著不期而遇的陌生少年家商販。

「歐吉桑！我蹛梅山，是梅山人啦。」

帶點試探的陳通繼續追問：「最近竹崎附近內山的麻竹筍大出，恁敢有拿出山來交？」

「無啦！阮都是改種梅仔兼茶米……筍仔那來那少囉。」

「哦，是按呢？」

「毋緊！咱這冽所在，啥乜特別的物件，或者是大賣、小賣都有人佇做！我蹛對面店口，恁那有需要，我攏總通幫恁介紹！」

陳通的積極套路，就是他會拄著拐杖有意無意地閒晃到馬路對面的廉價販仔間[25]「嘉賓館旅社」屋簷下，與前來投宿的外地行旅小商賈們攀談、喝茶、周旋聊天，親切地詢問他們的來歷、出處與目的，藉由閒聊家常好取得信任，並藉此探得相關採買農產品原物料的最新情報。因為大宅院四合院地處嘉義市區前往竹崎、阿里山鐵道線的交通起點要衝。獲得足以獲利的精準買賣消息，隔日凌晨天還未亮他就會獨自起身拄著拐杖，徒步行走上幾公里或十幾公里甚至更遠到竹崎、阿里山沿線的特定地方，依著獲得的情報將相關物資先行全數買斷，稍後再讓販仔間投宿的買家們去探詢出新的所有者，以便待價而沽賺取差價。

……天亮之後營業客運車上，回程路途中，他才能安心假寐地放下他對維繫整個家族的重責大任。

有些時候面臨不同的生意態勢，陳通也總會要求哈古梒騰出時間跟著他，一起學著了解不一樣的事物。他深知沒辦法靠自己的兒子明智仔，只能更多的寄望哈古梒這個孫仔的及早開竅！

不論熟識與否，那個時代的生意，攏是嘴講一句話就也當準算、成交，大家互相都靠信用做代誌。

因此，陳通有能力能夠蓋起大四合院新厝、到處買一堆田產、土地，絕對不是偶然。而他的兩個兒子以及全家族的孫輩子女們，基本上是可以不用工作或者不需要刻意工作便能生活。甚至，連地方上重要的人脈組織、銀行、合作社理事工作機會，儘管陳通還是努力的幫忙安排，後輩們都仍然參與得意興闌珊或者離離落落，怎麼看成果都並不光彩。

陳通還在世的年代裡，因為多門生意的成功經營蓄積的財富，四處買了非常多的土地，特別是具有持續生產力的田產是他投入最多的投資；當中甚至還有位在中埔，單一塊水田就有十一甲大的田地，在地方上的地主圈裡都為人所稱羨。但他萬萬沒想到，二戰甫一結束，日本帝國換上中國外來軍權主政，竟然就把他的田產藉由「三七五減租」、「耕者有其田」政策——主政者宣傳說是土地改革，連哄帶騙的侵吞；有計畫地挪用中國共產黨清算鬥爭的實質伎倆——針對全島嶼各地方地主、仕紳，進行欺騙式的侵吞，落得幾乎是一無所有、家道中落。

還好在所有變動底定之前，他即撒手人寰，也沒有親眼目睹家族最終遭遇政治慘況的現實更迭。

「當時，宅院換來了一大車日後只能堪為壁紙的無用債券而不勝唏噓。陳通儘管是個謀財有方的成功生意人，但是歷來對待幫他耕作的佃農們，倒是都很平常心的信守承諾、善意相待，一遇年頭收成不好，他也很少怪罪佃農人家，甚至一筆勾消毫不計較。長年博得佃農們對他的感謝與敬佩。因此，儘管他已經離世甚久，西格小時候都還曾親眼碰到過老佃農的兒子滿身泥土的扛載著農產品來宅院裡送給哈古桳；因為後來成為地主的佃農特地交代他兒子在還有能力的時候，要記得不時前來表達對哈古桳祖父陳通的感恩之意。」

當然，老佃農與他的兒子都去世之後，這樣的事情自然也就跟著落幕，不復再見。

西格至今真正能擁有的印象，就是小時候吊掛在公廳堂裡側邊柱子上的陳通黑白影像，照片中他蓄著花白長髭，一種無所謂的瀟灑表情配著略微斜側的臉、上揚的下巴、微閉的眼神，儘管與哈古榁、西格有著在血緣上的撲朔迷離關係，卻似是深嵌著家人般的相同凝視。那種絕對視界裡的悠遠虛空，成為最終的記憶影像而深沉地貫穿在他們之間。

平淡不起眼、無名又帶點斑駁，
總是無聲蹲躓在大宅院的過道角落裡，
是個不容易引人注意卻會令人印象深刻的老物件。
它就是位在公廳堂裡丈餘高聳原木牆壁後下方，
一直有個形式並不特別出眾顏色深沉的樟木輕雕花、半高櫃，
上下櫃的門片表面均以墨色輕描出簡潔的幾個花卉瓶器圖像，
櫃內置放著綿長時間以來被眾家族刻意忽略並且盡量迴避，
卻是可以重複使用的喪葬儀式物品。
只有在需要的時候它們才會被帶離開木櫃，
取得在家族祭禮活動中的相應角色，
否則，自然就只能是沉寂的杵著木櫃的蒼涼氣味與陰暗一起交錯摺疊，
陳年塵埃是它們唯一的同伴，終究毫無生氣可言。
它的位置總是有種詭譎、不可測的氛圍，
像是個未開封的陰霾多寶閣，

開了什麼、什麼便開了，
感覺也並不是多麼地實用，
卻又一直都無人理會或者試圖了解它的存在歷程，
一如樟木櫃的來源本身。

「……印象裡最強烈、台灣最好的地方是在高雄寶來的錫安山。」
二〇一一年時候的哈古棯，一日不知因何而起突發的特異執念。

哈古棯一直不是透過一般家族世代倫理教化式的口頭講述，或是直接的刻意教導在傳遞他自己對家族大宅院的看法。他很清楚這是屬於他的家族，但他還是無法直接就以任何帶有批判的方式表達他從小便遭逢的所有不平或者憤怒。甚至經常是以低調不語的方式，讓下一代的小孩們自己能觀察、感受到些更不同的內在細節。

他當然深切地知道大家族之間迫於無奈雜居一起在宅院內並不真的有很多生活上的照應，必須試著各過各的日子是長年來的基本調性，甚至帶點不相往來的刻意迴避，儘管保持距離是個難免造作又具高難度的現實。因為他作為主要利害關係的當事人，其他親族成員從祖輩處得到的資源分配與哈古棯比較起來都相當懸殊，於是這種過近的距離卻只能造成並置的懸宕乖離感。

大宅院人多並沒有因此帶來更濃厚的安全感，遇到事情膽子就可能還是那麼地脆弱，只是多了點不能免的防衛心理。好似生怕活著或者逝去親族家屬倏的到臨，不時穿透著什麼不可預期的危險一樣。

從小陳通就會刻意帶著哈古檢一起去各處佃農的地方走動，一方面四處巡視田產外既認識人也領略與人相處之道；進而例行性地逛遍各地傳統市場，示範如何採購龐大家族日常雜用。也經常會邀他一起泡茶細說人生的閱歷點滴，因為哈古檢聰慧耿直又平實的個性，陳通也特別地疼愛他並且對於家族的未來寄予厚望。

「那個地方一直都很讓人害怕靠近！」阿娟不經意地透露了內心的恐懼，特別提到了大宅院建築居中的公廳。

「你是為什麼會害怕？」西格以一種並非完全不懂的語氣試探著反問。

「因為，感覺它就是一直跟死亡有著連續不斷的關係啊。從小有記憶以來，先是素柳阿嬤、陳通阿祖、伯公、伯嬤、四叔……感覺就是一直沒有停過，而我們家又剛好住在公廳隔壁的廂房。僅有的一堵木牆之界來區隔生死，小時候這對我來講很困難理解，怕死了！」

「家族全部重要的活動都是依例在這個大宅院的公廳裡治辦，長輩們的喪禮自不例外。特別是阿祖陳通的喪禮，因為他的輩分與年歲緣故，依例棺木必須放在公廳足足七七四十九天之後才能搬動，好依照禮俗辦理完整宗教悼念的出殯儀式。」

雖然這些往生者都是自己的親戚，但是死亡本來就是非常遙遠難解的事物，伴隨根本性的陌生斷裂感，縈繞著許多祭拜相關繁複儀式的聲音與氣味，更是叫人畏懼得想要盡量保持距離。

「因為要去參加每週例行補習的關係，為了縮短進出宅院的距離，必要上總是需要從那個地方經過，每次我都只能低著頭勉強自己用快步走的方式來穿越。」

或許不止是阿娟這樣做，西格從小必要在晚夜裡經過有著微弱燈光神龕大廳的方式，便是先杵在大廳前頭石板中庭的空曠處、深呼吸後屏住氣息、心中默念好某一組神祕數字，轉移好注意力之後，再一邊重複誦念一路往廳後側房的小徑衝去。並且，一定只從靠自己家廂房的側門進出，因為他總覺得隔壁廂房那一邊的對稱側門的幽闇之中，更黑、更曲折、更難理解，似乎存在著看不見的界線，他完全無意隨便冒犯，好似如此便可以平靜地穿越那不可見、不可測度的異域，避免掉落進一群完全不認識的先祖們群聚場所時空的幽冥危難裡。每個人自有一套辦法；倒也是真的，從未發生過什麼事，除了每一次必然的莫名緊張與瞬間心跳加速之外。

如果，試想著在原有基地上重新蓋回一座既有樣貌的老四合宅院，這幾近瘋狂的想法幾乎已經不復可能。因為，得先完整的擁有土地，並且徹底毀滅九〇年代末才蓋起來十二層的交通銀行高樓建築不可。直下到它原來帶著清淨色澤的厚實土層、數丈深水井的潛脈源頭以及難以輕易重新凝聚捕捉已然四散的家族氣息，甚至還要再更深入一點的接觸百年腐朽木樁基石上，才可能與過去的時空重新相遇、融接，並且毫無窒礙地召喚出那些突出地面卻已然被遷移到不知何處的遺物脈動，否則這一切終究只能是個徹底極端的白日幻夢。

因此，任憑隨意的一塊土地來進行老宅院再現，也不過就只能是概念式的回應重複的抽象幻念罷了，它將只會成為摒除時空之外的惡意替身，就只會在抽象概念裡留存那無法再磨滅的模糊印記。

不過，西格深具擴充潛力的敏感心思裡頭，日後真有機會倒是能夠以各種最華麗甚至荒誕的方案來概念性地重建它的規模、它的型態、它的層理、它的所有轉折氣味與亮光……以至於那不可名狀時間歷程裡無限的空間純粹刻畫。那正是一種他自己的徹底發現，當一切無力回天時的惆悵與無奈之餘，還能發動自己觀念上的至極創造。

註釋

23 鹿麻產鄒族語 Yomasana、Romasana，原來屬於鄒族阿里山八社盧麻產社舊址，清初期規畫生番地，設有土牛界碑於村內。

24 即現今衛生紙的統稱。

25 「販仔間」係一九五〇年代以前，在城鎮市區內只提供簡單臥鋪過夜的最廉價小旅店，不提供餐飲或任何其他服務。

作為姓名的「羅蕃薯」。

不論是島嶼地理型態上的直白隱喻、文化符號化象徵或者是民族根源的國族認同，全都指向這種平凡不起眼又重要的亞洲日常食物。

冠在任何可能的姓氏之後，或急或緩，蕃薯仔都將自動同化為支撐想像的共同體。它外表的個性溫和、生命力韌性卻很高、不論喜惡都富有相當軟綿的甜，沒有絲毫嬌貴，感覺起來就是平易近人的善良。

憑藉著澱粉的熱量優勢，仰看人生的徹底依賴，那是最起碼的遊戲規則。貫穿在世界各地許多被迫無法選擇的不起眼土地裡，落土爛。

沒有關係，那多少正是生存策略上掩人耳目的複層葉面偽裝，帶點鮮綠又同時充斥著多種青綠、甚至趨向淡海藍綠的怪異組合，只要能夠繼續存活在世的徹底伎倆，該要重新露出嫩綠，而且絕對叫人驚豔。蔓生的過程裡，儘管它也可能因為人為疏失，隨時過熟，粉塌成一地帶褐皮的稠黃，總是，這種帶點自嘲戲謔的自稱，已經通用好幾百年。

後來世代的幾十年間，不斷地升高作為一種唯名指認上自信程度的浮動指標。日常也在同步擴張，萬眾人流的移動與交替，陸續增添更全面的異質性，特別是各種隱喻澱粉根莖類與蕃薯的互相混種。

從作為平淡日常，曾經是舊時代人畜共食的同等級底層食物；透過日曬乾燥後便能儲存起來，隨時填補不時米糧的不足；於今進化成現代生活方式的生機飲食，它瞬間成為優生保健良品。

不再有任何絲毫的臭香與霉味，它直接就能擺脫島嶼生存的低賤。

每次只要談論到家族的真實來源出處，羅蕃薯的揣測傳奇就勢必會以各種擬仿世代傳承的交接方式不斷地被反覆提起，但是能夠更進一步被確認的清晰脈絡就總是原地踏步，很少能有什麼實質進展的新發現。冀望新內容的增添、修正與查考的對象，除了開始老人癡呆將近百歲的人瑞哈古檜與兩個極為年邁的妹妹之外，幾乎都已經不在人世。

其實也不真的知道該問誰，能問誰，如何問起。

「到底我是誰，從何而來？」已經成為哈古棯子嗣們一道難解的根源之謎。

「或者也就是一些無關緊要反覆再三的猜測、推論與臆想，已經沒有人說得準了。」

對西格來說，「羅蕃薯」到底是無處著落足以替代陳通這個真正的曾祖父，或者只是封建時代裡，避免生命無根尷尬的道聽塗說：陳明智與他的兄長陳陣兩個人都不是陳通所親生，而是透過產婆購買再領養回來的細漢囝仔，這到底是什麼居心的大宅院流傳說法？

哈古棯的年紀接近百歲，大部分的事情已經無從理解辨認，儘管看起來就像是個陌生人似地，偶而卻依然振振有詞地回應著西格對他的種種追問：「這可是有影有跡哦！」他腦中似乎還深度銘刻著他父親與祖父悄然沉落在大宅院裡的所有糾葛。

但是，哈古棯已經無法再自己回顧所有這些脈絡的細節，反倒是緊密照應過他的大女兒阿華曾經在宅院生活時期聽他提起：「林燕是陳通的元配，在生了多次女胎之後僅有兩個順利存活下來，卻一直沒有能再生下任何囝仔。元配是個性情頗為強勢的女人，因為無法擁有自己親生的兒子也因故無法再繼續生育，眼見在大宅院裡的地位岌岌不保；於是，想盡辦法從她娘家抱來一個剛出生不久應該是她親族裡遠房的小外甥或姪子，來給陳通過養充當大兒子，也就是日後的陳陣。幼嫩囝仔出現在大家族日常裡的生氣，總是得以暫時穩住她在大宅院裡的鬆動地位。」

「但終究不是自己親生的兒子，還是無法徹底解決埋在陳通心中至深的遺憾。再怎麼樣，傳統意義下的傳宗接代都還是陳通根深柢固的傳統價值。」

「至於二兒子陳明智[26]的來由，據說是陳通在例行四處田產與土地收租過程中，與一個熟識佃農人家女人的私生子。佃農婦人的丈夫壯年因病去世幾年，沒有子嗣，也沒有再改嫁，繼續幫丈夫耕守著陳通的田產，而她的佃農夫家就是姓羅。」「羅蕃薯」之說是否因此而生，屬於陳通個人的私密已無人知曉。

「陳明智方面大耳的一臉福氣相倒是真有幾分神似陳通，算是高壯的身材更是與陳通頗有類同之處，很難讓人懷疑他們不是父子！」

「大宅院內家族人口眾多，兩個兄弟還沒有分厝之前，每一頓飯都像在進行流水席式的辦桌活動一樣，人聲鼎沸、鬧熱吵吵。不過，每天三餐在大宅院公廳裡吃飯還是有次序先後的規矩，先是阿祖、阿公等男性大人，陪同的則是兩廂的長子們，再來是已成家的男人們與查某佬仔，最後才是年輕女人、小孩們與使用（傭）人。每餐都要辦個三四次輪桌才夠吃。」哈古梌每次提到這一切的日常開銷，全部都是他阿公陳通在張羅、處理，便佩服不已。

「阮陳陣阿伯沒有念什麼書也不識字，只能經常騎上貨用腳踏車，依著陳通阿公的吩咐，就近去各處佃農收取稻穀回來碾米。阮老爸明智就有念書、識字，彼時陳嘉義還無高校，只能是去外地台南或台中念書。他如願地考上選擇的台中一中第二屆，與後來地方的聞人劉闊嘴、黃芳來齒科等人變成同窗。阮老爸伊看到血就害怕，根本不可能學醫成為醫生。不管如何，這在十九世紀末算是讀很高囉。完成學業返來嘉義，因為陳通阿公的關係，安排伊去剛成立的嘉義諸羅山信用組合工作，卻因為工作內容千篇一律、過於單調制式，沒多久便待不住而辭去工作賦閒在家。」老歸老，哈古椧終究忍不住別人的提示引導，除了回顧往事還是帶點批評叨念了他父親幾句，抱怨中流瀉出了一些他還知道的混雜片段。

「囝市仔，對現在開始你要好好仔保重你自己，肚子內這個囝仔嘛愛先拜託你來幫忙照顧囉。厝內一切生活所費，我嘛攏也處理，你毋免煩惱。」據說陳通當時是這麼留下幾句結論式的獨斷決定，給了那個佃農家的女人。

就這樣，看似毫無波折的協議細節，總是，陳通便將小孩先行寄養在羅厝一段時日，稍長之後才抱回家過養，而且那時候這個囝仔，顯然已經合法掛在第二個太太商快的名下了。因此，日後他對於二個兒子之間總是明顯的鍾愛第二個小孩甚於第一個，而且對於第二兒子從小的念書栽培、成長後種種的出路工作安排都不遺餘力。哪裡知道，卻換來二兒子明智仔日後快速地不事生產、不學無術，終日在外花天酒地、吃喝嫖賭樣樣都來。陳通都還要跟在後面一路收拾殘局，但顯然也沒有太多怨言地默默承受！

只是，終究也常會在心緒不好的時候痛罵明智仔：「你這累羅（落）阿基主、活（吃）袂久！」[27] 一種充滿了複雜情緒的民間雙關說法，又是直罵、又是揶揄、又是強烈地對於自己血統上僅有之後的不滿詛咒，有種極度恨鐵不成鋼的深沉哀嘆。

註釋

26 有一說，明智仔是在柳仔林與市區間湖子內的佃農家出世。另外一種更揶揄的流傳說法：陳通在街市間看到有個來自湖子內被帶出來販賣的小孩，長相方面大耳、眉目清秀，是為日後的陳明智。那個年代，島嶼人煙稀少，總人口數不到三百萬，人的流動與置換都只能圈圍在極為有限，每一個固著的在地範圍內。

27 這種口語的說法或許源流上是有其真實脈絡可循的，也可能只是語言語音諧擬的結果。例如：羅亞族（Lloa），為台灣原住民族平埔族群。分布於雲林縣、嘉義縣市到台南市新營以北一帶附近。本族與阿立昆族（Arikun）由伊能嘉矩記錄到斗六柴裡社、斗六東的熟番自稱為「Hoanya」，後來的語言學家即將諸羅山社、打貓社、斗六門社、他里霧社、哆囉嘓社，貓羅社、南投社、北投社、萬斗六社等社番人，歸類為 Hoanya 族。然而根據鍾幼蘭、翁佳音等學者指出：洪雅是由閩南語 Hoan-á（番仔）轉化而來，台灣很可能並不存在洪雅族，認為羅亞族與阿立昆族兩者應屬於不同民族。目前因同化而難以辨別。Didier CHEN 提供資訊連結。

超脫遺傳的無謂細碎紛亂。一直都在，卻無法僅憑情緒起伏就足以立斷是非，根本不用等待會有仲裁的人就此出現，只有那看不見的封建遺風讓宅院內豎直了現實的障礙。

私底下，連雞毛蒜皮都可以形成日後無法預期的家族裂解；一點幫忙的時候、一點地方、一點足堪寬慰的同理心，一點水啊、一點散錢啊、一點人情倫理上的刻意忽略，竟然都成為會讓關係逐次霧化的源頭。

那種模糊也不過就是生活常態裡的自然承接，只是必須照著它的潛隱節奏出場。宅院前後園子裡的蝴蝶依然盡情飛舞。這由不得誰的意志，只能指向：迎著時代趨勢的超越性別，面對著一切脈動都還很穩固地在父權遞演裡頭。

「比較起來，大嬸都只顧她的兒子陣伯仔那邊，完全不理會我們這一廂的子嗣大小。」一時隔超過半個世紀，哈古棯依然忿忿不平地吐出這個帶有終極結論的評價，他可沒有老番顛到統統忘光那些不堪，還是依稀循著記憶裡的曲折緩步倒著帶呢！

但是，哈古棯卻隨即又補充了些臨時想起來，完全相反論點的描述：「宅院石板中庭裡陣列有四個半人高洗細碎灰石子花台，卻只有一口古井是在靠陣伯仔廂房那一側，而且配在古井邊一直置放著一只阮陳通阿公特地請工匠製作的厚重砂岩石刻大水盆。全宅院的人都會在此輪流取用井水浣衣、洗淨所有的日常必要，大嬸儘管強勢偏頗，習慣上卻也相當愛惜水源一點不浪費，唯有這點，還算是有規矩地照起工來做代誌。」

不過，宅院大家族的制式集體生活其實是很令人受壓制的，幾乎無法有理地有任何明確反抗。每當這種極度不公平的對待一旦發生，哪怕是才八、九歲年紀的哈古棯也都已經能夠理解，曾經忿忿不平地對著穿過他與商伕嬤廂房窗邊的大嬤嗆道：「嘛卡差不多咧，都是一厝內的人怎麼凡事那麼不公平啊！」大嬤受了囝仔的氣，也只能氣噗噗的在廚房裡大呼小叫發洩怒氣地回應哈古稔。儘管陳通最疼愛哈古稔宅院裡眾人皆知，但幼囝仔哈古稔還是不敢真的去灶腳面對大嬤理論。

其他說不出口的瑣碎抱怨，都成了無法思想的事，一切細節也就不再願意過度讓自己太清楚地牢牢記住，生怕就此渲染漫壞了童年的其他美好記憶。

綉英總是毫不留情面地對人說著：「阮老爸在二十世紀初，少年時陣台中一中高校畢業之後也曾到日本遊學，想要進入大學接受高等教育，但是幾次應考最後卻都沒有能夠順利考上大學。回台後，陳通阿公與他丈人黃嚴卿想幫他安排到「（諸）羅山信用組合」從事金融相關工作，也都被他草率因應敷衍、興趣缺缺，最後甚至不了了之。對伊自己的某子細小的所有生活雜事責任，自然就全部都落到他父親陳通的身上。他凡事都只想輕鬆過日，是那個時代標準的紈袴子弟。」

當時，由商界聞人陳際唐發起成立羅山信用組合，即後來的嘉義市第一信用合作社，經三百餘人連署、通過日本殖民政府同意才在大正六年營業，任命黃嚴卿擔任組合理事長，同時陳通也受聘為理事之一，市內、台斗坑、水上是主要的營業範圍。他們之間因為有姻親的緊密關係，雙方家族都有很多親人在組合內工作。黃嚴卿經常都是一身黑色燕尾服、高桶黑盤帽出席所有的正式會議與活動；例行每隔一段時間都還會搭郵輪去日本出差考察，學習現代化的金融經營管理。

儘管陳通想盡辦法地在為後輩們安排適合的工作；他排行第七的孫仔綽號叫黑龜仔的柏蒼，卻總是以令人難堪的齣頭到幾處信用組合分行巧立名目虧空公款，讓陳通尷尬至極非常地沒有顏面！結果每次都是以鉅額數萬元的賠償收場，屢次的匪類妄為，作為父親的明智仔卻也完全沒有能力處理，作為阿公的陳通也都只能默默承受，花錢消災。甚至，為此還賣掉大宅院後方頗為值錢，後來成為「林商號合板公司」的部分土地來賠償。

這個部分買賣、部分租借土地的交易，竟也埋下日後哈古棯必須承擔冗長官司的慘痛過程。

差不多就是接續的時期，哈古棯已經在東京遊學，陳通思索著既然在台灣不學好，乾脆也送柏蒼去日本與哈古棯一起磨練一下，看是否能夠因此有些真正的人生轉變。那時候，陣仔的長子裕德夫妻兩人早已在東京的大學學醫。陳通經常要明智仔幫他按期匯出生活費用給在日本準備念牙醫的哈古棯及其他家人。因為，都是同一家人的同樣經濟來源，於是匯款便與大房的長孫夫婦共同使用一個戶頭，領取後大家再行分用。但是，卻也因此哈古棯的生活費經常被大房的長孫夫婦侵吞獨享！要不就是根本沒有匯出被他自己父親明智仔私吞拿去賭博，而無法獲得基本的生活奧援。雖然都算是地處在日本帝國範圍之內，但是怎麼說都是遙遠國度，叫天天不應，叫地當然也不靈，經常要自求多福！

哈古棯只能靠白天打零工賺取微薄的生活所需，極度辛苦。迫不得已才決定先暫時念慶應大學的夜間部好適時渡過難關，其他想法則待日後再逐步做打算。最終，加上二戰戰況日漸激烈的複雜因素而無法順利開啟他預期的學醫之路。當時的戰爭態勢已經讓日本開始南進至東南亞各國，學校職員還慫恿他選讀南洋語言好報效帝國，他無心插柳地在慶應大學夜間部學習中國語，卻因此開啟他戰後回島嶼當國小教員維生的可能之路。

陳通後來也因為知道了哈古棯在東京是這樣的遭遇過程，一氣之下，就把一塊最靠近大宅院後方數百坪僅存精華土地以哈古棯的名義保留了下來。

「這個長孫裕德——陳陣的大兒子——從小就很會讀書，他可是陳通一路培養去日本學醫，他的新港人太太 sao（素娥），則是因為成績特別優秀而被保送去日本女子帝國醫學校學醫。兩人學成回台執醫後，陳通每次去診所看病，長孫竟然都還會收取他幾元錢的醫藥費！每次都是事後他的醫生太太素娥趁機私下才將錢返還給祖父陳通。」

「其實，裕德學醫回來故鄉後的醫生事業的開展並不順遂如意，後來經由親族引介輾轉先去爭取嘉義監獄當獄醫，那時剛好是王永慶被關押的期間，監獄內有人通風報信給王永慶，說是陳通的孫子陳裕德進來監所內擔任獄醫。也因為去監獄擔任輪值的醫生，幫王永慶看病時閒聊才知道與阿公陳通係舊識。回家與長輩了解確認之後，才有最終合力想辦法讓王永慶取得保外就醫免除牢獄的命運，脫罪離監。」

「幾年之後，王永慶由日本回到台灣成立塑膠公司，很快就占有了新興化工材料開創性生產的產業主導地位，營運上也迅速地成為頗具規模的企業。某個機緣下就讓陳陣那一廂的第三個兒子去他公司工作。一開始，卻因為志趣不合沒多久就辭去工作，隨即又換上另一個兒子，才留了下來，後來甚至還當到管理階層。」

「陳通家族早年輾轉幫過的忙，換得了日後陳陣那一廂許多子女陸續在日後台化企業集團裡的工作，以作為報答……明智仔這一廂的小孩則從未有任何人與台塑公司有任何牽扯。」

「終究陳通一輩子並沒有能夠從他培育晚輩們的苦心之中得到什麼具體足以榮耀家族的回饋。這雖然沒有人能夠確定，或許他內心對什麼是真正慶幸的、又或者相反地是極度失落的。」哈古桧心裡反倒一直惦記著這樣的現實難題，難怪他能做的就是往好處想，盡其所能地鼓勵自己的小孩多念點書，好能有機會翻轉人生；藉機轉換生活來榮耀他的祖父！不過，這都只是哈古桧一廂情願的猜測。

「夫妻從醫數十年，儘管時代歷來的變動劇烈，他們的生活過得算是相當寬裕富足，卻在退休之後不久裕德便因病去世，獨留太太 sao 一人。因為年輕時就擁有日本國籍，千禧年後她即呼應日本政府的徵召，晚年回到日本擔任偏遠鄉下無醫村的志工醫生。」

持續切分的關聯。

迎領時空的滄桑便必然地趨疲潰散，冥頑物質與愚鈍心靈也連袂頹敗地一致到臨；連同所有曾經簇擁過的高尚禁制，全部都進入無能迴避物派地墜落現實之中。必須能夠從脈絡的節坎裡洞悉如何繼續存活下去的基本道理，否則根本性強度不足，就只能面臨殘酷物理倫常肆虐的終究。

「人類世」[28] 的當代躁進概念，已然被置入世界內裡成為實然的批判視野。若僅有象徵性的鋪陳，很多時候必要性顯然趨近於零。但是，當它成為現實、就是真實，全面性地回溯批判便成為必然。

知道這麼說的速度有點過快，甚至帶點難以避免的含糊，但這並不是誰的任何堅持，只是時代給予我們一套存活本能記憶的即時反饋，必須有所遵循並且要能立刻回應。

促使逐次的切分替代勉強的持存，但是到底要怎麼切分、用什麼方法進行，已經成為一門獨特的倫常實踐運用。

無論如何，只要能夠被生下來，就能夠有機會成長，只要能活著，一枝草一點露。逐漸逸散消失並擴散成為內化持存的潛隱永續，這沒有人不懂。

萬物生命都一樣，為了保有生存優勢，必然緊咬著機能有序的切分藉以形成所有基進變異的可能。對人的傳演而言，特別當血統的遺傳連結不再是生成必然關係的基本內容時，現實上該是縱切？橫切？一分為二的「親戚」門，這倒是頗為吻合當代觀念藝術總成的基本原則。一如英國當代藝術家達米恩・赫斯特[29] 藝術創作的巧妙擴張：有機或有機化的，當它面臨一切再造的連結，那麼自該一律橫切、薄切，因為橫斷依然可能飽含整體遺傳印記的有效取樣，加成之後還能具體回應巨觀回溯的全體，但若只是成為功能性的樣板，則必將除外；非有機的、趨向絕對人造的，則橫縱切分皆可，因為它已經無法計較任何徹底斷裂背後的空無一物，但是那並非物質零度、那只是不期然的脫序，一樣斷裂、無效以及再也回不去的徹底崩壞。

圍繞在大宅院公廳中庭兩側的廂房，其實只是空間上的對列並置而不是真的串聯在一起——既沒有必然的對話也不再生成深度連結的利害關係——它們僅僅各自處在宅院建築一邊的趨疲角落裡不安地、隨時蠢動地對峙著，命定之餘已經難以存在任何弦外的情感融通可能，可預見的反而只會是一系列拔絲狀態的拉扯、糾結與膠著。公用的公廳空間一併逐漸長成懸置狀態，餘下的只會與隨機流動飄散無關緊要的落塵、不慎掉落在神祇與祖先牌位周邊力學跨距內的香灰以及努力織結蜘蛛網微小昆蟲的生命力度；這一系列微觀下同步堆疊的密度積量更足以回應血統遺傳斷鏈的永不可逆。

這一切看似無謂之餘，它們確實缺乏互信、溝通，無法形成與生命必然對應的生活對話，並置的情況自然也就無處可著力，只餘下逐步的徹底抹除、不斷退卻、重複斷裂與疏離。從所有外在實體的約略中間虛線進行無形切分，看不到任何的線，也不存在任何明確的標誌，但只要是身在其中的人，沒有不清楚生活上該是要如何的因應。時候一到，它就會迫使各種關聯自動拆解、分離，最終切分成回應生物機體終極的有限結果。

落在最後的生活裡面，就只能是實體大宅院建築也跟著一分為二：你過你的生活，我蹭我的日子；嫉妒與極度不安裡的各自平靜。

無論是作為真實的事件或者是道聽塗說的故事，基本上不同脈絡來源的兩個小孩，從小生活在同一個大宅院裡卻有著完全不一樣的成長歷程也沒什麼奇怪，只是過於巨大的落差卻著實令人難以理解！陣仔從小便沒有念過什麼書，可能十九世紀末出生的時空環境不對或者他根本沒興趣，一直就只是在宅院裡聽命地幫忙著父親陳通交辦的所有雜務。銜著父親的意志不踰矩地生活著，青年時娶了一位個性非常溫順的女人李紡為妻，陸續繁衍出不同發展的平順後代。子女中除了有留日的大兒子醫生，二兒子是小學老師，也學著祖父陳通在宅院的前庭店面兼做小型碾米廠的生意，其他有在大塑膠公司工作、高中老師……後代孩子們都算是很爭氣。至於明智仔與兄長陣仔只差五歲，從小陳通就讓他依著剛開始還很不普及的新式教育系統上學受教育，從吳鳳幼稚園、日本人的小學、台中一中高校再到東京遊學、學醫不成。成長青年後，卻是個標準遊手好閒的紈袴子弟，好吃懶做只想輕鬆過日，風花雪月什麼都來；他劇烈起伏的後代男丁們則一一形同被詛咒過一般：有勇當日本帝國戰爭的砲灰者、壯年病歿者、作奸犯科者、一事無成者、精神錯亂者；似乎只有哈古梌與幾個妹妹算是能正常地領受著人生，認分地安靜過活。

對於有機體或者伴隨著有機機制的機體構作而言，該縱切還是橫切，意味著幾何學、醫學甚至生物學上一定程度涵化[30]的整體概念，或者是絕對化的切分甚至斷裂。觀念上的遞衍、思辨也將藉由時間、空間諸種向度褶皺化而生成能夠被想像的藝術化狀態，一如當代跨領域觀念藝術家們最擅場的各種聲稱與宣言。那難以參照的次序好像是：兩個不同時間出現、不同地點聚合與無關脈絡連結的小孩，兜放在一起餵養成長。無法預期地各自生成家人、生成後代，但是兩者之間卻怎麼樣也難以聚合成為一種生物學上有所關聯的必然。

日後，西格帶點武斷的結論：「類似分離狀態下的各自疊加成為最直接的現實，親戚之名應該只能算是暫時留存某種家族關係的極簡象徵，毫無共同意義足以投射。因為這種切割並不是整齊平滑式的斷離，帶血肉的掙扎鬥爭難免會來到凸顯利害關係的掣肘。因此，那條線或許是凹凸有致的曲線，其中褶皺所叢集出的改變或許才是它不變的唯一道理。」

「到底是在哪裡、什麼時候能夠生成孩子，各種可能性的生成孩子，這件事情到底該如何理解，或許完全沒有規則可循，不過就絕對只是時代裡偶然的必然。」畢竟，時間是可以改變的。

註釋

28 人類世（Anthropocene）又稱人新世，是一個尚未被正式認可的地質概念，用以描述地球最晚近的地質年代。人類世並沒有準確的開始年份，可能是由十八世紀末人類活動對氣候及生態系統造成全球性影響開始。

29 達米恩・赫斯特（Damien Hirst）生於布里斯托，是英國青年藝術家的主要代表人物之一。他主導了一九九〇年代的英國藝術發展並享有很高的國際聲譽。赫斯特在一九八六年九月就讀於倫敦大學金匠學院。一九九五年獲得英國當代藝術大獎特納獎。赫斯特對於生物有機體的有限性十分感興趣。他把動物的屍體進行必要的連續（擴張）性橫切並且浸泡在甲醛溶液裡的系列作品《自然歷史》有著極高的知名度。

30 涵化（Acculturation）是指兩個或兩個以上的文化持續地直接接觸，形成一個文化接受其他文化的歷程和結果。文化涵化可能是單向的，也可能是交互影響。在文化涵化中，受影響之一方的反應有樂意而自然地接受，也有迫不得已地接受，主動調適地吸收或排斥抗拒。除了抗拒的以外，涵化是互相接觸的文化間近似的部分日益增加。

只有認命啦！

殖民地的新時代，也沒有能夠真正反轉封建以來世代流民基本的日常想望，隱匿的決斷式強權依然隨時都在身旁周遭，種族歧視與階級化正跟隨著社會摩登化的步伐在更加潛隱地惡化當中。

只見兩隻麻雀在地上互相追打著，一時奮力爭奪食物而各自昏厥、仰躺、僵直，這是生物殘酷的真實協議？抑或，良善的各自短暫止動、靜歇，好讓分享昇華成為普遍的共存？哈古棯漫步走著每天的上學路徑，巧遇這難懂的一幕，便好奇地用深藍色大圓盤帽子去捕捉；這直覺地趁勢而為，竟招來一群路過日本小孩的覬覦圍攻，想要平白拿走哈古棯捕得的兩隻麻雀。

一人以寡擊眾，不只麻雀被奪走，頭頂心也被石頭打出了一個叫作強權印記的傷口。輾轉被人帶去小學保健室敷藥，那時候也還不可能會知道，幫忙敷藥的護士將會是二十年後成為哈古棯太太美玉原生家庭的姑姑。

長不出頭髮的小疤痕終究成為哈古棯頭頂上，人生永誌照亮霸權的一道微亮的光。

「我是大正十二年出生，一出世就是歸日本人管。雖然不能講就是日本人，但是上幼稚園就開始正式學習日文，也沒有覺得什麼奇怪；雖然算是殖民地吔人我猶原是島嶼的出身。小時候完全沒有出國的經驗，不會有什麼跨國籍身分上直接的複雜遭遇，儘管心裡也清楚自己安身立命的島嶼就是正在被日本帝國殖民，但那終究是個有距離感又遙遠的異國相屬概念。」

談身世認同種種對哈古棯來說就一直是個糾纏著複雜性的族群宿命，有時候他的刻意懵懂讓這些困窘輕緩了許多。

「一直到台北州立第三中學第二年的畢業旅行，才是我第一次去到日本內地；當時是以殖民地學校團體身分去殖民母國，心裡面非常地興奮這個嶄新旅行的安排，卻一點不真覺得是要去另一個國家，感覺反而比較像是要去探訪帝國疆域內的某個遙遠、文明發達城市的熱切心情，奇異的陌生感當然是一路如影隨形，卻絲毫不影響我對帝國異域的期待。當然，參與的學生也不需要什麼特別的個人旅行證件，帶隊老師的一紙學校公文與必要的團體旅行文件資料，就順利處理了與母國殖民地之間的國境問題。從基隆港搭船出發，途經九州、穿越瀨戶內海到神戶後，才輾轉搭上鐵路到達東京。」

「不過，這的確是我第一次離開自己的島嶼，在此之前我對自己的地方竟然毫無特別感受。」看得出來帶著靦腆表情的哈古棯內心有種難以言明的懊惱。哪怕那一切的生活型態也不過就是徹底被給定的固定現實，任何人根本無力逆行。

哈古棯：「農業社會的生活方式原本就只有全面針對生活所需的各種農務與勞作，天哪透暗才能點起昏黃的油燈，電氣的各種使用才剛起步還很希罕。在非傳統年節假日的平常日子裡，根本什麼公眾娛樂都還沒有出現，連聽收音機廣播也都很奢侈。感覺大人們都只能拚命生小孩。」

「我母親素柳青年時期一如當時的已婚女性一樣，接連生著小孩。我反倒是由二嬸商快，陳通阿公的二房，阮老爸陳明智法定名義上的母親所帶大，小時候都是她哄著我睡覺。二嬸商快原來的先生因為意外事故過失致人於死，被判處無期徒刑而被關進監獄裡，形同終生監禁。商快嬸被迫離異後，夫家與娘家生世都不好，只能獨自一人繼續住在打鐵店暗街仔附近替人幫傭過活，日子不好過也無子嗣。阮阿公陳通有錢有勢，因為經常去暗街仔親家大宅院看望女兒而認識；看她古意也佮意，加上同情她的際遇就帶進來大宅院當細姨。」

雖然悲戚嚴厲的日常是日本時代生活氛圍的基本特徵，但是卻也可能處處都充滿情感偶遇的濃烈氛圍，生機盎然。

「一次與親族小孩在宅院廚房裡跑跳不慎撞翻一鍋滾燙的竹筍湯，淋得我滿胳膊皮都翻了！除了趕緊送醫敷藥處理外，醫生囑咐一定要每日換藥以避免感染擴大病情。縛著三寸金蓮的商快阿嬤竟然為了固定時間給我換藥，例行前往學校自不在話下，哪怕我去遠足還是蹭著她不易行動的小腳，拄著拐杖多走了三、四公里去河溝邊競馬町幫忙換藥，這讓我既感動又非常不捨。」很容易就能感受得出來哈古稔對商快阿嬤內心至深難忘的感謝。

講到讀冊嘛真奇怪，哈古稔對小學老師的印象總是很有感覺又特別深刻，他還能流暢地說出謹記於心窩裡的凹折細節：「一開始一年級的老師是陳慶元住在東門附近，二年級是羅福壽老師住暗街仔姑婆家大宅院旁邊巷子裡的第二間平房，三年級開始才是日本人老師鈴木正雄（Masao Suzuki），一位眼神嚴肅卻經常面帶笑容的中年先生。當時因為學區的公學校改制，我不小心弄丟了學校編發的留校證明資料，結果便被迫與同校叔伯兄弟拆散，一個人被候補調發到附近另外一個東門公學校（崇文國小前身）就讀。在此之後就都是台灣人的老師在教學。四年級林金賜老師教導了很多生命的道理，算是我人生重要的啟蒙恩師；五、六年級則是一位很嚴格客家人老師房金傳來當導師，什麼都要求按照步驟、中規中矩、不得馬虎。」

依照日治時代的教育規定，移居島嶼的日本人是念小學、台灣人則念公學校，是不一樣的；當然就會被視為社會階層常態的不公平！

因為皇民化運動，全島已經開始全面推動日語教學、鼓勵改漢名為日本姓氏名等舉措，因此一般公學校的老師絕大部分都還是日本人才能擔任，台灣人則是要非常優秀才能勉強躋身教師的行列之中，哪怕已經有資格，還是很難在公學校找到任教機會。因為地緣距離，九州來的日本人雖然是大宗，但是琉球人嘛有一定的數量。

哈古棯念台北州立第三中學時候的教務主任上原（Uehara）先生都自稱是京都人，他是為了怕被同是日本國內的人看不起而講的，他其實就是個不折不扣琉球來的鄉下人。

念完小學就稱得上是有受過教育的人了！可能的話，接著就可以打算念高等學校[31]的初中部。六年級畢業若未能如願就近考上台南州立嘉義中學校，便可以先念兩年制由三島（Misima）老師教的高等準備科。這起因於針對高等學校日本人享有全面的優先配額，有剩的餘額才會依學校別分配給台灣人——因此，成績不到一定水準，儘管有興趣、家庭又有能力還是很難有機會升學——更何況僧多粥少毫無公平可言。

「三島老師說我應該可以考上嘉義中學沒問題，結果卻沒能如願被錄取。」

哈古棯的眼神似乎飄回過去的某個時間點上，熠熠閃爍著年少逆旅時的必要堅毅：「只能不斷注意報紙與收音機廣播電台的放送，才先後接連知道了包括花蓮與台北州立第三中學新設高等學校[32]的消息。便不辭辛勞地從嘉義搭上來回幾天的火車繞行半個台灣去花蓮應考；報考新設的台北州立第三中學則是很後來的事情了。」

當時都是每個學校自辦獨立招生，因此只要有足夠經濟條件，機會還算很多。結果花蓮高等學校的報考哈古榿也一樣沒有能被錄取。後來偶然間聽說政府要在台北成立州立第三高等中學才順理成為報考目標。

「抱著姑且一試的心情，卻竟然能夠考上而且是在首善之都的台北市區。」純然的意外成果，哈古榿難掩心中的雀躍，開始與陳通阿公商議起怎麼來完成學業。

「倥傯開學之初，教育當局借用第一高等學校[33]後門附近臨東門網球場的三間荒置舊教室空間，充當臨時的第一屆校舍。大概一年多之間才購買後來的校區用地——早年它是個垃圾焚燒場，還有一根每日冒著濃臭黑煙的大煙囪——幾年間校區逐步蓋好才遷移過去。」

哈古榿都是早晨不定時伴著勤快興致騎腳踏車上學，台北城區的人事物正是這樣熟悉地印刻在他的腦海裡；一日車子骨架突然斷裂，考慮生活所費有限難再修理，就毅然順變成每天透早破曉便提早準時起床出門，由借宿樺山町附近遠房姨婆親戚家走路穿越淡水支線的下潄富所[34]附近，經過台北工業學校才到第三中學上課。

剛到台北第三中學，適應環境的一段期間內，不知何故哈古榿老是想起小時候的某些場景，特別是童年裡私密的遊藝畫面：「那種年紀除了必玩的玻璃彈珠、錠干樂、拍尪仔標、放風吹、各種童玩之外，屬於祕密等級的活動就是偷偷吆喝一群小孩子去製冰會社後面的水塘裡玩水。」

「一次一個不相識的小孩從水下潛水將站在半深水中的哈古棯由胯下抬起，讓他閃神整個倒栽蔥跌進汙濁瀰漫的水裡，瞬時間一切動作都快速地顯得凝結、變得緩慢，眼前卻逐步流瀉有限年歲裡的所有細密過程，每一幕都異常清晰，就像是在殷切提醒著它們都不是虛幻而是記憶裡的絕對真實。」

「剎那間，水底卻隱約傳來某種像是聲音的波動。雖然沒有真實的語言與音聲，卻是能即時理解的內容；別鬧了你還小，趕快上去迎接你的快意人生！瞬間水流湧動，哈古棯兀自吐了好長的一大口氣，順勢浮出水面後，卻又好像什麼事都沒發生過一樣。」那次，的確是喝了很多口汙濁的池水卻因而學會游泳兼泅水。之後，還經常自己偷跑去浸池杉木的大杉池練習，只不過就是要冒著被素柳阿娘仔拿竹鞭追著跑的危險。

這像日夢又像是囈境的情愫竟然規律地持續反覆了幾個月才逐漸消退；好似有個熟悉又莫名的存有陪伴著哈古棯初來乍到台北都城造成心理上的慌亂。

第三中學出業了後，哈古棯沒有參加畢業典禮就逕自起身搭船前往日本，好順時準備進入大學前的預備學習。儘管一九三八年底當時世局風雨欲來的氣氛相當緊繃，爆發二次大戰的態勢似乎已經箭在弦上，世界整體戰況正在逐漸加劇，卻沒有人能預知戰爭動亂的後續發展。但事前經過與阿公陳通多次的討論，還是決定直接前往殖民母國，應該會比留在台灣有更多念醫科大學的機會，總是世事難料，趁著年輕人生終究值得一搏。

誰叫哈古棯的人生也就是陳通內心最深沉的家族未來寄望，歲月不饒人，此刻不動身，一旦戰爭爆發就完全沒了機會，日後的人生更是無人能夠預期。

「剛到東京，一時間也沒辦法馬上有頭路，便借住在東京遠房親戚林仔尾人阿姑的姪子許德模那裡。幫忙看顧他兒子的空宿舍房子，也可以省下些錢。」哈古梞說著他那時事先安排的巧妙考慮。

但是，怎麼樣哈古梞都料想不到二次大戰的正式爆發會來得這麼快！整個帝國動員備戰的錯綜氛圍更是紛亂地令他忐忑難安——一切超乎經驗的發展都來得真不是時候——終究他是來自殖民地的異鄉人，他該如何面對這場戰爭？原本一生的二等日本人幻覺儘管還無法與帝國解放有什麼想法上的連通。但是，卻有種持續晃動難言的擔心就在那裡滋生著。

當時，從台灣前往日本內地一般都是從基隆港坐船，航程三暝四日到神戶，下船才能換乘國內線火車看要去哪裡。只不過彼一時，很多來往台灣日本間的郵船、貨輪，也都開始會被美軍潛艇刻意地打沉，戰爭連帶引發的危險連民生航運狀況也很難預料。

生活中開始不規律地被迫要走避美軍轟炸的空襲警報，並且很快地就成為每日生活的常態。

「原來是打算去東京學習牙醫，但是一開始並沒能如願考上。接續戰爭爆發狀況加劇又有工作生計問題，幾經考慮打算半工之外先念個夜間部課程，一邊度看看時局發展，等戰事緩和一點再重考醫學校，一切也好從長計議。與島嶼故鄉的距離，或許鄉愁裡的美好是能讓人更有尋根的意志。哈古梞雖然出生在島嶼卻從未正式接觸過漢學，口語上也只能講島嶼南部腔調的台灣話！便興起試著報名慶應大學夜間的中國漢語學部，申辦的職員還一直推薦著應該改念越南語、印尼語對帝國將能更有貢獻呢！因為當時日本正快速在推動南進的政策計畫。」

一邊說著，哈古桧就兀自唱起早稻田大學的校歌。就是一般別稱的〈西北之都〉（Miyako No Seihoku／都の西北）。

「這可是早稻田大學的校歌！」

「你怎麼會是唱早稻田大學的校歌呢？」……有人對此的好奇提問，已經不是第一次，哈古桧也不知道自己經常都重複著同樣的反應呢。

哈古桧：「那時陣早稻田與慶應大學都有許多互相合作又競爭的活動，每次比賽活動開始前都會先唱兩校校歌，聽久了兩校的校歌就自然都會唱。」

一時興起，哈古桧接著又唱起早稻田最知名的競技應援加油歌〈蔚藍天空〉（Konpeki No Sora／紺碧の空／こんぺきのそら）。

「紺碧の空 仰ぐ日輪
光輝あまねき 伝統のもと
すぐりし精鋭 闘志は燃えて
理想の王座を占むる者 われ等……」

「早稻田的歌都比較有感覺、好聽，我幾乎都還記得很清楚。」哈古檢唱完又補了一句。

「因緣之故，在東京先後與兩位中國北京人的包老師與曹老師學習正統的中國漢語。後來較多互動的曹老師，是因為我自覺能力不足私下又去曹老師家跟他學習寫作，他待我非常客氣，後來離開東京前，他還簽名送了本他的中國語詩集《迴首》給我，那本詩集保留超過半個世紀，卻在一九九九年九二一大地震的最後一次匆忙搬家後不見了蹤影。所以，我的中國語能力在東京時就已經有相當程度的流利，雖然還是沒有像日文那麼的好。」

哈古檢：「這時陣，日子已經真不得過，民生物資嚴重缺乏物價每日大飆漲——整個戰爭的狀況非常慘烈特別是在亞洲各處——日本皇軍明顯地節節敗退，儘管絕大多數國民還是非常忠貞地願意犧牲生活物資來配合戰事的推進，只不過既有恢宏的帝國氣勢幾乎已經殆盡！我那時候也開始處在一種不知該何去何從的焦慮與難堪當中，心裡頭其實是非常困頓地面對著這整場戰爭，它與我到底會是什麼關聯？……心思與情感上有時難免會有種異常困擾的錯亂！」

確實造化弄人，哈古檢旅居東京的時間剛好就是完整的二戰期間：一九三八至一九四六。

一九四四年二戰末期，整體戰況頹勢已現，日本幾盡快要投降……一九四五年八月六日、八月九日，美國分別對日本廣島、長崎投擲原子彈。兩次劃世紀的原子彈轟炸之後，同年八月十五日，日本便宣布無條件投降，二次世界大戰驟然落幕。

哈古檢：「我是一九四六年秋天過後，才輾轉曲折地能夠以殖民地人的難民身分，從日本橫須賀港搭上美軍的大型登陸艦被遣送回島嶼。到岸基隆港後，還用身上僅剩的日幣買火車票直接從基隆回到嘉義老家。那時候全島嶼還是處於無政府狀態，感覺得出來社會人心極度浮躁、氣氛非常紊亂，對未來生活的期盼也四處瀰漫著社會集體躁動的強烈不安，我自己的心情與精神也很難不是如此。只想趕快回去北門口的大宅院！」

隔年在中國被共產黨打敗的國民黨軍政府，以盟軍派令接管之姿才撤退進到島嶼，執行盟軍同意接收的委管協議。

回到嘉義後，為了生計，哈古棯便積極四處尋找工作——也透過短暫與各處家族敘舊，多了解一些求職的情報與鋩角——不管是北邊接鄰的民雄甚至更北至雲林古坑，到處碰壁很難有什麼適合的工作。後來，有個經常在銅鐘舅仔「三泰會社」出入的親戚建議他應該去市內大同國小試試運氣，他的確聽聞了一些徵人的小道消息！

結果小學真的有缺人。很快地，因為所有學校已經全面的啟動改為使用中國語教學，新的師資都需要經過教育局長的親自面試，確認資格、條件與語言能力後才能晉用。當時哈古棯的履歷上還是寫著台北第一高等學校畢業，換來很多學校職員覺得惋惜的眼光。更沒有人知道，他其實還曾經在東京浪流連過了幾年。在東京慶應大學的中國語學習果然即時派上用場，很快就順利通過面試成為正式的代用教員。正常教師的薪水都是一百一十餘元，哈古棯一開始的薪水卻只有月薪台幣七十元。

開始教書沒幾個月，台北就爆發天馬茶房前的二二八民變事件，抗議跟影響很快就蔓延全島各地。因為懂中國語的哈古稔甚至被地方上北門派出所推薦進教師團所組成的臨時商議團體，好推動與地方上中國軍政府的協調工作。在東京的時期總是見了點世面，行事沉穩、謹慎而沒有被牽連進事件不堪的任何相關，也才得以全身而退。不過，當時地方廣播電台都能聽得到，北部基隆港的慘烈狀況，國黨軍隊除機關槍恣意胡亂掃射街上民眾外，一批批菁英分子、知識青年、專業人士等，更被雙手後背地以鐵絲貫串掌心，從基隆港整船的載出去填海，數週之間港區內滿布外海回流的連串浮屍，前後受難者數以千計！

儘管當時已經同在大同國小教書，但是與美玉卻還互相不認識；她教低年級在學校操場的左邊一側，哈古稔則一開始就在隔著操場的右後側教室，教著高年級。

半年後，有個崙背來的李登財老師因為沒有教過六年級升學班，雖然受校長委託之命，卻害怕教出不好的成績而乾脆直接請調回鄉下。結果變成六年級下學期，一時之間沒有班級導師。校長情急下看哈古稔年輕又穩重，雖然已經過了上學期，全校卻沒有老師敢去接那剩下一學期的畢業班，便極力邀請哈古稔來幫忙！憨厚的哈古稔也就憨膽地銜命承接了下來，結果那一屆很多人：郭芳圭、侯榮邦、朱佩蘭……全都以第一志願考上嘉義中學、嘉義女中，出了不少日後各行業的傑出人士。放榜後很多家長都前來贈送紅包、賀禮致謝，哈古稔卻不懂規矩地一概都回絕婉謝，但是卻因此反而得到更多人的讚賞與尊敬。特別是家長會長林外科醫院院長林國川醫師——聽聞能教書又不收禮的年輕熱心老師——第二年就私下協調校長的同意要邀請哈古稔去教他女兒的升學班級。

林院長女兒的成績排名都在全班十餘名內，但為人父母卻還是很擔心考不上嘉義女中，哈古稔只能竭盡所能委婉地安慰家長，依照學習狀況理應不會有問題！那一年嘉女總共只招收三個班，一班五十人；考試結果哈古棯的班級就考上嘉女四十八個學生，轟動當時的嘉義地區。但是，名氣一旦散播出去隔年就害慘自己！準備讓小孩繼續升學的家長們蜂擁而至，爭相透過關係來關說校方要讓哈古棯教，結果一班變成一百多個學生，這到底要怎麼教、如何上課呢？桌椅滿溢到教室前後門都關不起來了。

連中央噴水池附近的熟人嘉義客運林經理，都耳聞他是升學考試界的考試之神（juken no kamisama）。大家的小孩，怕說以後不一定能被教到，便趁著學期結束前先轉學到另外的學校，按那時的規定新轉學過來的學生可以自行選班！等開學之後再轉過來指定班級讓哈古棯教。

不過，也因為一九四九年換來一個貪圖己利的新校長，把學校福利社當成自己的事業在投資；被哈古棯與幾位學校同事公開嚴厲地批評，哈古棯自然成為校長的眼中釘，一直想把哈古棯攆到鄉下去。

九月初剛開學，學校宣布將要在十一月底辦理全市學校的研究教學示範。所有老師都不知所措、驚慌不已，只有哈古棯臨危不亂地給了班上學生一個臨時的功課：把家裡盡可能收集到的雞屎、禽類糞便帶來學校。那時他的想法是，讓這些養分可以淺埋在校園最重要區域的花圃中快速發酵成為養分，學校則負責採購些能開花種類的苗木來栽植。

時間一到，十一月活動開幕時果然花團錦簇、繁花盛開美不勝收，贏得來訪教育局委員一致的贊許為全市最美校園。因此，該年度的校內總考核成績哈古棯得到教學與服務全校第一名的九十八高分，連督學來查核也覺得他的行政調動毫無道理，讓校長更是有動不了哈古棯的徹底難堪！於是，校長進一步與地方教育單位高層聯手懷柔說要讓他去鄉下當校長云云，也被他斷然婉拒。因為這時候哈古棯與美玉已經互相認識交往，他只願意留在市區。後來，才勉強調到同在市區不遠處的民族小學任教。

這個民族國民學校，與大宅院的距離還更近一點呢！

美玉與哈古棯結婚後的隔年，便因為懷孕而辭去教職、專職理家，哈古棯則一直教到一九八七年滿四十一週年，屆齡退休為止。

退休之後，哈古棯與美玉便開始周遊世界各大洲，甚至遠達南極大陸、北極圈內……一如哈古棯年輕時的殷切想望，確實地跨了時代的洲際移動——有大半的子女後代都移民在北美洲——在他們而言可能是累積更多與美好事物的遭遇。潛在地卻能夠了解更多他們與原來生活認知世紀的普遍差異，感受到的力度其實是非常激烈。

世界持續快速地改變也正全面衝擊著他們世代的價值觀，而他們到底能夠如何回應、需要回應多少這樣必然的變異？

註釋

31 就是後來的國高中統稱。

32 即後來的台灣師大附中。

33 即後來的台北建國中學。

34 「下湫富所」（Simocefusho）顯然是個非常哈古梌式說法的地方，似乎沒有人能講得出來它在台北市的確實所在。

漢和合體的所在。

傳統四合院建築能夠在島嶼展現大宅院的獨特形制，既代表現實上步步為營的家業有成，也彰顯著家族戮力維護故里榮耀的不可磨滅。

不過這裡面，有個生命凹褶卻是只屬於陳通個人對於唐山原鄉的精神寄託所致，讓大宅院帶點莫名的故鄉味好藉此徹底斷離，他與他的父親已經擁有在島嶼的永續生存。

那般倫理的文化生成超乎時代對應人的理解速度與程度，揭露精神深層的臣服恐懼，人一直就是基本上的普遍窮能。儘管就是順應時代的強勢轉換，是個起落，也是個回歸，家屋空間的本體調度則更多是偶然中的個體意志。

家長式的富裕：斷送了全家族新生世代的求生欲念。更何況是沒有血緣上的遮演，要如何教育與如何家族傳承，都變成極度不可預期的未來。

在沒有任何遠距離遷移可能或搬家計畫前提下，老宅院勢必糾結於得不斷面對生活內部空間的變動改造，四、五代人也立即面臨生活習慣激烈調整的多端挑戰。

長時延、變與不變的生活文化支持，對大宅院裡的人來說，怎麼樣都是充滿矛盾的雙面刃；勇於面對可能的改變，卻也必須謹守家長訂下既有且難以更動的潛在規矩。

生養小孩必然會立即面臨長時間生計上的多重壓力，西格能否順利出生竟然曾經是哈古棯與美玉共同有過的深度疑慮。他們經歷日治時代教育，多少開啟摩登世代家庭生活意識；不過戰爭剛結束，社會就立即被迫迴轉成為凡事嚴格管制的軍事獨裁年代。由於已經生養四個小孩，懷上第五個之後三心兩意之餘，美玉只能試著回去博愛路北港車頭徵詢母親周快的意見，最終也因為周快始終認為對於能夠擁抱新生命就是天命的堅決捍衛，西格於是成為哈古棯與美玉家的最後成員：第五個小孩。這個時期正是二戰後的第二波嬰兒狂潮，也頗符合政令宣導的常態雙關：「增產報國」。

戰後，每個家戶幾乎都有著許多小孩子，擁有很多兄弟姊妹的鬧熱早已司空見慣。不論貧富貴賤，那的確是一個很容易就能擁有具體快樂家庭生活的最後時代。

深受周快獨特庇護的西格也的確是個天生便很能吃苦、耐力與心性都很強健的小孩。他的堅毅性格與父母親那一輩的人倒是頗為相襯；一切的勇健是他們跨代的共同殷盼。

陳通的傳統世代家承觀念，只能夠容允他考慮如何讓每個世代的長子或長孫的家庭繼續留在大宅院裡生活，而且對於兩邊廂房的家人也必須同等對待。至於龐大人數的後代子嗣在他艱辛撫育成長之後，該離枝散葉自尋人生路的，本來就不是他能逐一關切的事；他傳承的家族文化讓大宅院原始的空間擘構[35]，就只能合乎傳統地象徵性回應這樣共同生活的家人數量。

因此，在結婚成家小孩陸續出世之後，哈古梒面臨家人空間需求的現實以及日後小孩成長的可能變動，便與宅院家族協議，將原有公廳兩側傳統廂房的牆面往前推擴至公廳立面兩側的廊柱之間——事實上兩邊廂房的世代相近，都有著不約而同的相似需求——於是公廳前，原來十呎的寬大前廊消失不見，而是多出兩邊廂房的新前廳空間，只餘留屋簷下兩呎半寬花崗岩走道，當作遮風避雨的空間餘裕。

在宅院右側廂房裡，一樓的六疊十二片榻榻米大通鋪更是早於這個時代，陳通便已經進行過這種既符合被殖民、認命又權宜的改造；睡在榻榻米上既是「成為什麼」的個人體認，更是封建與帝國時代環境轉換的異國調節。不過，那已經是哈古梒去台北念州立第三中學之前的第一波變動。

陳通曾跟哈古稔提過：「我出世以來就是從睡草堆到硬木板床，如今能睡上榻榻米床總是讓我心神寬鬆，感覺福氣啦！」

就在西格的大姊阿華、二姊阿娟即將陸續小學畢業之前，哈古稔與美玉顧及家庭成員的逐漸增長，最終決定進行廂房內生活空間的階段性調整；主要是為了給兩個女兒閣樓專用空間的闢建。這自然就包括了上下閣樓由基樺師純手工製作的那座亮麗有致的十五階台灣檜木樓梯，閣樓上配置著壓花毛玻璃可雙向開啟的日式天窗小屋以及閣樓榻榻米地板的鋪設。

好像這樣的階段規畫原本就在生活推進的預先配備之中？那著實是一道從哈古稔內心反覆思想起，然後在有限空間裡試驗著整體生活風格想像的個人實驗，他也並不清楚這樣決定的後果到底會是如何。一定程度地也撼動著哈古稔自己——因為人對生活空間索求彈性是很大的，伸與曲的能耐他都有過不同時空裡的切身經驗——但是他終究還是保持一貫的冷靜沉著，不動聲色！

在大宅院歷次廂房改造紀錄中，似乎也都會順勢置入些不同世代家人的不同美感，以及一直以來陪伴哈古稔與美玉成長文化裡的日本元素與時代變動的幽微特性，讓生活的深層喜好與實際需求可以盡量地被同時考慮，藉以回應他們共同喜歡的平和生活質地。

二樓新增的閣樓勢必會牽動一樓既有空間使用上的調整。改變後的使用方式，除了將部分的家人移動到不同的位置上之外，屬於家庭一貫的從容氣度其實並沒有太多的不一樣。

認知到空間樓層作為生活普遍現代化的空間概念，對島嶼上的住民而言，必須進入日治時代才開始逐步形成。因此，閣樓的夾層空間本來就是個不在原有建築功能預期內，經常會被遺忘的角落，天花板以上的塵封之處便成為生活的域外所在，是一種純然大度的非人之域，它只留存時間的封印而不為人所熟知。大宅院建築十五呎的總高度，讓它在落成之初，這個夾層空間就自成一個只可能是會被暫時利用的儲存空間，而且連一個固定的樓梯通道、梯子都不會設置。

陳通為什麼不依著年代裡單一樓層的通俗高度來興建這個四合宅院？現在只能模糊地與他當時的生意聯想在一起來理解。夾層以上，僅有一塊框在局部天花板的可移動層板、一次僅容一人俯身進出，充當通往閣樓空間的臨時出入口。閣樓裡除了經年渾厚的灰塵、蜘蛛網，夾雜著稀疏穿透玻璃小窗的光線，就是充滿大宅院所有粗獷的核心結構梁柱、牆面、樓板層理的交會之地，雖少有家人會無故上來這裡；但能夠有機會束集一處宅院建築的原初狀態所在，好藉由翻找尋常生活裡的隱匿異域，這種超乎尋常的潛藏探索卻煞是壯觀：與時間俱在的古老場域精神。好像只有這樣的空間高度才有能力保留必要的傳承！

哈古棯為了要能滿足兩個成長中女兒不同階段生活的空間需求，必要地徵詢過美玉的性別意見，其他細節就要靠他執行時實際遭遇的一連串進度來調整步驟的進退了，何況，很多的取捨也都必須考慮實際空間的條件才有辦法達成。像是閣樓的樓梯間寬度正是依著既有書桌的尺寸來依序決定的，模擬屋頂形狀的天花板製作角度則更是需要順著屋頂內部的空隙，完全無法隨性而為。最終所有的比照，也是考慮整體空間的協調，便照著一樓既有的主要空間元素來延續運用，好確保不同樓層之間整體感的完整銜接；由加壓甘蔗板製成的白色格子天花板、比單人床鋪更自由的榻榻米通鋪、隱祕可隨時啟閉的連開式門片寢具間，所有的配色、材料、器物都確定後就陸續開工。而真正的大工程，則是外凸跨坐在宅院公廳閩南式馬背上雙向日式通氣天窗的大改造！

儘管當時陳通已經不在人世。但是，這終究是個影響著老宅第結構安全的大改造，人命關天而且事關重大，哈古桧也不敢貿然進行。因此斟酌再三，請教過很多有經驗的老工匠師傅後，才放心地決定依計畫來進行。

最大的挑戰就是必須完整無缺地保留既有大宅院的龍骨主梁結構，又要去除它周邊局部的一些次要結構、桁架、瓦片、灰泥材料。最後又要能恢復天窗小屋周邊屋頂裡外的原狀。因此，真正的考驗是屋頂開口處整體的如何固著、強化，天窗小屋的擎構如何能與老宅院既有結構緊密地融為一體；成敗的關鍵包括宅院結構強度必須不能被破壞之外，還要能徹底阻絕雨水進入屋內並且隨時都能調整窗戶的隨意可動功能等日常需求才行，極富挑戰性！

這個改造階段，宅院裡的家族們都睜大眼睛看著哈古桧地「捙跋反」！心想到底會不會給大宅院帶來什麼無法收拾的災難，後患無窮？

結果是，隔年在陣伯仔那一廂的四合院前落，米店屋頂上就長出了功能頗為相似的第二座通風、採光小屋，只是製作的師傅不同，形制不太一樣……原本宅院前落的建築高度就比較低，氣勢當然也就與公廳主建築這邊哈古桧的通風採光小屋大不相同。

略呈狹長狀的橫幅六疊連續榻榻米通鋪，無意又必然地被設置在漳州式宅院廂房裡，空間因而少了些過於濃厚的日本風味。除了那通鋪木構不時逸散著幽然飄溢的台灣檜木香氣外，寢具與家人之間同步形成氣息的身體對位；空間改造後通鋪的睡眠位置依著客廳方向過來的次序就是哈古棆、美玉、西格、東格、阿嘉，取代過去的哈古棆、美玉、東格、阿嘉、阿娟、阿華。這個不可見卻輕易能嗅聞可感的事情，並沒有因為空間的改變或者人數的調整而消退，與身體有關的記憶終究是既難忘久遠又根深柢固，並且經常直入腦門深處又帶點沒有真實身軀的酸澀氣味。

生活空間裡也因為宅院廂房持續漫逸檜木天然氣味的洗滌，以至於過去跨年代的身體區位並沒有留下太多可尋的老舊印跡；只約略知道哈古棆一家是如何從以前的樣子過渡成為日後的面貌。難以言明的緬懷本來就超越任意直觀所能定奪。氣味的文化教育決定了為何當初選用台灣檜木作為改造和式空間的材料，來製作高架地面的仿日式榻榻米通鋪。這不只是因為哈古棆與美玉年輕之前的生命縮影，更因為他們前後幾代人都是跨越而且出生在日治時代，領受日本式教育到二戰結束後的年紀，才在無奈命運中被迫更換國族統治者。

因此，這個空間對他們兩個人來講，是可以在某種只是對應生活習慣而迴避政治性文化素材衝突時的有效轉換，也是私下復歸與日本文化私密會面的生活與生命空間，它的尺度撐持橫亙著大概有二十呎長、十呎寬，尾部一側略呈短角型的鋪面。位置就在大宅院正面大廳旁的右廂房裡，榻榻米也就成為廂房空間中生活的重要情境元素；那裡正是哈古棆全家小孩的孕育與誕生之地。全家小孩並沒有誰是在醫院裡出生的，每個小孩都曾經是那個年代產婆到府接生的生命事件中最重要的主角。

哈古棆先後盤算著針對幾個部分的廂房空間進行配置上的調整，原來是心裡早有著一連串飽含溫度層次的規畫想法，好盡力改善所有家人在有限生活空間裡的機能需求。

於是，右側廂房最前面地坪變成一個約莫五米正方形的新增空間，剛好可以作為家人與親友們進門後齊聚的溫馨客廳——雖然由一部分既有的廂房與一部分原來的前庭所合併，地板確實帶一點銜接不同空間而生的傾斜角度——但是，宅院歷來的生活不就都是有著不可預期的歪斜嗎？——卻是怎麼樣都會是向著宅院內部而降的細微坡度，宛如一片內置的緩靜平降沙灘一般，等待著迎接所有到來親友們所引發的心緒波動與互動起伏的陣陣漣漪，聚攏成為可以向內固著的共同歡樂記憶。

靠中庭玻璃木窗那一側，擺置著整套四件、分屬兩種不同款式的單人老式彈簧繃皮沙發與素樸的藤編實木椅。這是經由兩次不一樣的年終機會底下才逐次搜集來的，夾雜在沙發之間是個同樣藤編材質款式，桌面疊置透明玻璃的小矮桌。沙發旁邊則是一座左右側雙絡各有四個上下疊抽屜的台灣檜木製事務桌、配上老式的醫師旋轉椅；這似乎是哈古梒個人專用的位置，家人細小都知道不能隨意占用。相對靠通鋪的那一側，則是很後來才添購的ＪＶＣ勝利牌黑白電視機，讓坐在窗邊椅子、沙發上的人剛好都能看見電視畫面。

緊接著電視機後面的簾布隔屏之後才是高架榻榻米通鋪的所在，橫幅六疊連續榻榻米再往內過去則是個通鋪後方的彈性空間，後側窗戶旁常態置放著一只訂製的台灣檜木雙疊立式大衣櫃，以及角落裡被刻意遮掩，每日深夜才會悄悄派上用場的有蓋夜壺。這樣的配置，讓廂房整體空間前後呈現長條狀立體、凹凸有致的二十米跨距，廂房於是也像是一道盈滿著承載生活起居節奏巨細靡遺的時空隧道，有點深長當中內緣又充滿著不可預期的各種裝置變化，更像是個靈動小劇場的某個舞台布景的連番進退吞吐，也恰似為了提供家人每一幕出演生活劇情的準確。只有廂房前後立面有木格柵式的壓花玻璃窗戶，整個空間的光線算是充足卻也具備了該要有的含蓄式隱蔽，很少會被干擾！

當然，這個空間更細緻的原始配置也曾在某些生活階段裡因為使用步調的改變而有過一些微調，但是畢竟空間的尺度原本就相當緊迫，變化並不至於太大，只是依然很容易就能辨認出它不同時間裡的些許差異。

介於多功能客廳與榻榻米通鋪之間，是一道高度約三米的深墨綠色厚簾布隔屏，以一吋寬的工字形鋁軌道吊掛著數十個雙側滾動小輪來左右拉移滑動，由它隔開了不同的生活空間機能。西格經常會無意識地便走到簾布隔屏背後踮著腳望向高架榻榻米通鋪的三個側邊，它們都是由細檜木製作仿日式格柵門來作為區隔，因為年代的關係已經不再時興將厚棉紙糊上門框，取而代之的是以細檜木條格柵密集排列來作為修飾，內外僅能稍做空間區隔功能上的略微示意，裡外依然還是氣動通透而且看得一清二楚，視覺上總有種欲看還穿帶點模糊感的好看。

此外，一年四季不分寒暑，都需要在每日就寢前，花個幾分鐘全家通鋪總動員，掛搭起足以罩住整個榻榻米通鋪的大型訂製蚊帳以確保日日好眠，這很能讓小孩子們感到極大的興致與樂趣——全年無休地每晚上演——無形中便成為每日睡前例行空間與家人身體間的造型互動儀式，很少聽不到全家齊同歡樂的起落回音。

榻榻米通鋪與專用檜木製日式小方桌也就成為小孩子們日常一起圍擠著，邊做功課邊輕聲碎語的互相依靠，更是不定時自動配搭怪奇服裝的即興表演舞台、有亂兜劇情的騎馬打仗、安心肅靜的各式牌棋局、隨機起哄的零散枕頭仗，甚至是久久閃現一次有一搭沒一搭的鬼故事講古等各種適合夜裡跨文化玩樂的時空轉換。無論如何，家人、榻榻米通鋪與小方桌之間形成的場域情境便如此地捲進了成長歷程裡最深邃的共同記憶。只是，難免有時候會因為搞不清楚現實狀況變化依著習慣地耍玩，自然是可能遭到大人喝止斥責的：「趕快準備睡覺了！」特別是當哈古棯與美玉夜裡有外邊活動晚歸時。

榻榻米通鋪旁僅容一人之身的走道正上方就是一長列放置寢具與私密物件的隱祕空間，位置落在榻榻米通鋪與二樓閣樓之間，許多日常使用、不同季節備用的棉被、枕頭……以及哈古棯與美玉不算特別的物件收藏：竹質鏤刻的日式摺疊扇子、泰國傳統板扇、傳說中的老式綁腳專用純手工製作三吋繡花鞋、清帝國小青花瓷碗、南洋袖珍檀木櫃以及毫無關聯的整盒空氣槍鉛彈、手動伸縮的雙眼相機腳架零件……總是放置在各種不同年代的泛黃表面略帶磨損的厚紙盒或者生著鐵鏽花斑的馬口鐵盒之中。一堆看似珍貴卻又難以說上它們實際價值的物件，只能以道聽塗說的故事來終結它們可以被盡情把玩的各種出奇原因。當然，有時候那些夾層空間就自然成為小孩子捉迷藏的藏身之處，儘管還是一群乳臭，這當然也是幼獸們嗅聞彼此人生欲望真實氣味的起點，甚至躲藏到睡著大半天，其他小孩早已鳥獸散。

舊曆年前，哈古棯總會如鬧鐘般地提醒厢房的大掃除活動，他依例都會不厭其煩的正告全家人：「通鋪榻榻米下方床架的每一片檜木板上都有我親手編寫的阿拉伯與國字兩組符號，大家一定要依照號碼的前後上下次序來排列位置，放在這些板材上的榻榻米才能平整的歸位、復原，大家睡起來才能安穩又舒適！」

每一片檜木板的尺寸，大約是八呎長、六吋寬、厚度大約是半吋一點五公分，大掃除時要把每一片都依序拆卸下來拿到後院水泥池子上方鋪排著輪翻曬太陽、抹除灰塵；榻榻米當然也要記得比照辦理，才能密實地曬回稻梗的幽然香氣。

哈古棯很有耐性地反覆說著，生怕有人忘記：「清潔工作做好後，每個人一定要記得依原來的次序再放回原位。」西格總是一貫熱切地幫忙檢視著這些次序並且視為自己能夠投注的好玩連連看遊戲，這也是他僅有能夠理解掌握的少量文字。

「榻榻米在晾曬的前後程序都還要韻律地拿細藤條先抽打上一番，像是在對經年累積的塵埃與曬後的溫度施予逐一交換程序的熱情按摩，而且施力必須恰到好處才行，避免壞了榻榻米原本製作的緊實。那多少也都是逸離宅院壓抑生活的岔出可能之一，每個男孩都會爭著去擔任這個既出力又蹦汗的角色，以證明自己身為男兒的勇健與技藝精湛呢。」

「拆卸榻榻米下方木片後，整個檜木高架床的底部結構變得一清二楚，宛若一個建築性木結構歷史原型的考古復現，穿透著陳年的檜木香氣依然薰鼻，床下的空間在清洗地面時也就能一覽無遺，清掃蜘蛛網棉絮毛髮陳年塵埃以及無意間掉入的各式驚奇小玩物，掃水、趕水時都變得立體起來而且容易許多，在其間一邊穿梭著工作也就像是在玩樂般地樂趣無窮。」

「我總能準確地說出從哪個枕頭、棉被上聞到了誰的氣味。」西格經常如此地進行著他私密寢具與身體間家庭關係的鋪排對位。身體與之對應家人親密關係或許正是透過這樣古怪的方式，被他逐一、再三地確認，那是生活樂趣中認識過程的瑣碎細節，卻是根深的身體感知試驗，絕對很難被忘記，他的確天生有著這種對於氣味的敏感度。

就在同樣這個通鋪榻榻米場域裡，也曾岔出超乎理解的無端虛無，能夠確實掌握的就只是一個極端重複性的奇特畫面：「那是開始於西格幼稚園年紀時候極為強烈的經驗印記，大概有幾個月或者更長的連續密集時間裡。每日的夢境內容，就有個巨大像是黑拳頭不斷朝著他襲來的重複性夢魘。雖然，伴隨著成長時間層次逐漸淡化卻從未真正消逝，印象始終清晰不已。這不明時空遭遇的記憶風暴，或許連科學都難以真的給出合宜的解答。濃烈到超過半個世紀之後畫面仍然沒有徹底不見，只是不再日日出現於夢境裡，也不再伴隨任何恐懼或者是不安的氣息。直到現在，依然不清楚那個往復靠近的巨大黑拳頭畫面到底意味著什麼。難解的是，在一個如此年幼、基本上是充滿幸福感的小孩身上，那個黑拳頭又到底試圖想召喚些什麼。」

「黑、那一團矗黑，難道是哈古棯的欲望反覆進入了正在懷著西格的美玉身體之中？」

超過一甲子之後的此刻。哈古棯趨近百年的身體機能正在快速地流失，器官衰竭到只剩下他心靈感覺的沉寂節奏，依著空氣流動的微弱呼吸起伏被動地正在緩步離開生命的機制，雖然意志依然本著它天生的韌性撐持著等待這一生的結束，從跨了至少四個世代的島嶼家人、從手機螢幕裡看見來自世界不同角落、不等距離的關注與告慰。儘管他沒辦法再有爭取更多時間的氣力了，親人們接續著透過不同的媒介望著他說話，說上些什麼最不需要再有所遮掩而且冒著希望還能被銘刻進哈古棯最後記憶裡的至大善意，這應該也就是人生一一的最終道別，這一點他是絕對清楚的！

不論是言說一輩子深刻回憶的片段，要不就是幼時學唱日語歌的難忘歡娛，或者便是已經捺不住內心攪動的劇烈回憶席捲而來此生的感謝與深情熱淚。哈古棯都只能以微微顫動的右側眼皮卻再也張不開的眼睛來回應這一切。看起來已經是彌留狀態的他，西格心裡卻清楚的知道他聽進了這一切並且張開著明顯困難呼吸的嘴安靜的等待著，等待著生命的自然完成。西格差了外傭阿尼與他輪流以棉花棒蘸水濕潤著他還能略微顫動的嘴唇，一如他母親美玉在半個世紀前面對王走外公的臨終陪伴一樣。那種安靜之中竟然像是最後的擁抱，一道沒有音源也沒有回響，綿綿不絕的祝福聲音：「還在生世界的你們啊，大家對自己要保重囉！」

一切似乎都一如他天生的細緻稟性在推進著。感覺就像哈古棯預先便兀自挑了個大節日的前一週來收斂自己生命的圓滿歷程。他從來就是個非常日本式文化地不喜歡麻煩別人的老派島嶼人，連要離開世界都還選了個秋天傍晚的時刻，好在必要與家人足夠的陪伴停等時間之後，可以半夜裡不干擾任何鄰居情況下離開晚年所住宅的高層大樓。

哈古棯可能正在快速地回顧這一生的因緣際會，儘管在陪的子女們輪流坐在床邊訴說著心裡的感念，他的體態卻是一派輕盈地準備著迎向不可知的世界撒手人寰。

持續彌留三日後還不到中秋的傍晚時分哈古棯便安然離世。家人陪伴誦念著他晚年最喜歡的修行旋律，以熟悉的聲音引領他安心放下。深夜兩點一過，禮儀公司依約來了兩位徒手的後現代搬屍人，僅有的工具是一副剛拆封的新穎白色塑膠屍袋，外加前後壯碩的兩副高矮肩膀。離開家門前先按民俗禮儀向哈古棯念說了些聽不懂的咒語，依序包裝好哈古棯枯乾的身軀、拉上屍袋拉鍊，再次一番如禮行儀，他們瞬間便輕易地就將哈古棯瘦弱的軀體扛放在同側肩頭上。

行動一開始便示意著要家人跟著喊給屍袋裡的哈古棯聽。一開始：「阿公，過房間門囉——阿公，過房間門囉！阿公，出大門啊——阿公，出大門啊！阿公，出入電梯哦——阿公，出入電梯哦！跟隨的家人一一以不捨送別的語調複誦著，卻又生怕哈古棯沒能聽見。西格從未想過這副電影世界裡才會有的景象竟然就出現在他眼前，送別的竟然是自己的父親哈古棯，而自己就是跟隨著隊伍的劇中人。就這樣，作為當事人的哈古棯似乎是完全配合著放軟了身子一般，任由擺布地順利放上了地下室停等的大體禮車內，工作人員如儀地上下車鞠躬，好恭迎哈古棯前往最終極樂世界入口的「桃花源殯儀所」。

雖然不是在平常辦公時間內的殯儀所昏暗櫃台區，卻突然開啟了一個帶點冷白色日光燈通明的單櫃，反光中藍冽電腦螢幕前正襟危坐著一位看似沒有精神也沒有任何表情的辦事員，正快速變換著數據資料內容的填寫。從此確立哈古棯前往不同世界的起點，櫃台內外兩側因為武漢肺炎疫病特別隔起來的透明隔屏之間，似乎有一團不可見的支撐力量聚焦地辦理著哈古梌已經枯槁乾扁身軀的深夜入住手續。

迎著季節涼風，接續上場便是誦經室裡半夜三點起始的招魂儀式，道教法師先是端坐案頭循傳統方式用毛筆書寫新式牌位、招魂幡，再三確認姓名與生辰年月日無誤後，迎著更為幽暗天色，披上法袍後便開始搖響法鈴誦唱起藥懺經文；只見道袍法師不服襯戶外低殘溫度的滿頭汗珠，頻頻拭汗地繼續誦唱著只求能夠成功地引求哈古梌的魂魄來兮。斜靠在牆上的招魂幡竟也聞經搖曳地稍稍拂動了起來。這的確讓滿室在場親人的目光得以共同凝聚，好驅使著能夠順暢地在夜半瞬間便能完成招魂的必要，也好回應哈古梌總是不捨子女與他人為了他個人事情的漫漫辛勞，何況在這世界疫病 Delta 病毒肆虐仍然持續嚴重的二〇二一年中秋節前夕！

不論實體或虛擬，因為疫病慘烈的影響能夠親臨對哈古梌告別的家人終究都只能是少數。他終止生命狀態之後三天內，在侍子女阿華、阿嘉、西格……就以極速完成圓滿的最終記憶檔案封包的所有程序：深夜招魂、低溫暫厝、半封閉式簡單隆重的蒔花告別式、吉時火化、入塔北海岸的日光苑R層與美玉重逢。一方面是設想著讓陰陽不同世界得以盡速界接，另一方面子女們也有著一種跨國飄蕩的集體意志，希望這種封包能毫無阻礙的就將現實直接轉換成永恆的記憶真實，雖然大家都無法預期這種殘酷異境的降臨，更不論那到底是如何的國度，讓哈古梌得以盡速與美玉團聚；那終究已經懸置了很長一段時間，他們兩個人也需要點時間重溫舊夢。

遠從哈古梌收斂了他的對應言說後，便很少真的對人張嘴說話，剩下的就都只是以不定時的到訪者來橋接有限的記憶內容！儘管疫病改變了現實所能有的參與節奏，但是小量與少數從來就是他生存現實年代裡不斷反覆面對的真實，他並不陌生更不害怕。

哈古棯的離世哭得最傷心的竟然不止是他在場的子女們，更是疫病年代才開始照顧他一年多的印尼外傭阿尼。

對西格來說，無論如何，這個冬季過後的一切都將不再一樣；但是他知道哈古棯一直都會閃耀在他內心深處。

……………………………………

……………………………

……………………

……………

…………

註釋

35 統稱生活空間內裝的各種設置。

生物動力學的具體效應。不會只導致在單一或特定的感官上生成可以被覺察的反饋作用，它總是極致又全面地以合乎生命奧義的原理展開它最強悍的生機。

何以稱得上祕密基地？它好像就只是安靜的在那裡，對著所有人提供可以如何想像欲望的域外空間，潛隱著給予各種可能的心理暗示，這正是關於：超過只是在所有權議題心理上的空缺填補。基本上它並不需要在形上或形下之間有所選擇或轉換，卻極度的需要在場域認同中，成為自己有限的身體記憶。

西格蹲踞在一樓構作隆起的檜木梯口，低下頭歪斜著臉瞇起眼睛往樓上看，考驗著他自己怪異的視線方式：「盡量試著從貼近所有檜木階梯最外凸的階沿處，由樓下往上看向二樓的小木門入口處。它們一直在我眼裡擺動著記憶，忽大忽小地模糊著能真正被召喚出逐格連接而成的流動畫面，這可是實際的物理角度，並不是什麼科學的實驗幻覺啊。」

它就是榫附在廂房裡通鋪旁側的角落位置，緊貼著宅院右側的實木結構牆逆時鐘逐階而上，由厚實台灣檜木板材製作而成的十五階樓梯。上了樓，一跨進框著紗網透過尺寸略顯小巧的拼接木門，便能看見閣樓裡右側邊半牆高的長列書架上，依次有序地擺放著——只有西格能意識到——並不真實安靜的格林寓言、東方少年文庫、各種科學與文學叢刊、《讀者文摘》、《今日世界》以及數量有限的諸葛四郎漫畫書、各領域人物傳記小說等多樣且跨年紀都能夠閱讀的課外讀物；它們能夠生成的非預期知性碰撞聲響儘管當下聽不見，卻夠得上就是哈古棯個人對孩子們至高的教育意志吧！

以他有限的經濟條件盡最大的可能來供應孩子們可以因為自由閱讀而有更多被啟發的可能性。

其次，天花板頂部有著由大宅院原有閩式馬背屋脊改造而成，隆起於屋頂外側的仿日式風格的通風小屋，也就是某種因地制宜的獨特雙向天窗。天窗兩側延伸斜頂天花板下阿華、阿娟的雙拼書桌以及棉被寢具間的另一洞天，這大概就是西格姊姊們閣樓空間的梗概。但這都只是從空間內部視角的有限描述，或許哪個時候能夠有機會從外面看進來，肯定就會是完全不同的風貌了。

或許會是一種連續迴旋著時間視角距離的前進後退。顯然因此便能看見裡面的每個人物由小至長的成長歷程；它就會像是一艘飄蕩在大宅院時間之流中的宇宙飛船，昂揚著狀似羽翼的玻璃窗戶逆著時間之箭地往四面八方巡行。

潛隱的總體必然，就是人對空間永遠都存在著一種隨時臨在的渴望與擁抱。在生活環境裡，基於生存空間的心理需求與必要動力，所有混搭的空間元素都將會經常變動為有能力對應生活需求擴延的基本內容，它能夠回應的可能要比我們在物理屬性上的有限理解，來得更曲折而且更為綿密、深刻。

「除了十五階實木樓梯的改造外，我無法確定整個閣樓到底是什麼時候改裝完成的。反正，似乎從小懂事以來它就已經在那裡，並且一直是我在宅院內部空間探索的主要所在之一。」西格沒頭沒腦地臆想著。

「七個家人住在一起的最後期間，廂房空間的最大改變：一樓原來五個人共用的長條狀榻榻米通鋪，因為阿嘉、東格、西格三個男孩子逐漸成長。哈古桍與美玉再次商量後，決定縮短榻榻米通鋪的長度，好另外設置上下鋪的訂製鐵床。於是，一樓榻榻米通鋪的長度縮減了一半以上，從此所有小孩也都不再與父母親同床共眠。要登上閣樓的檜木製梯子腳，原來是固定在高架檜木床的木結構上，因為這個空間挪移的改造計畫，也順勢變成磚造敷清水泥的獨立基座。為了讓登上閣樓變得更為容易，整個基座打造出兩個小轉折的水泥階梯，於是登上閣樓或爬上雙層鐵床，感覺都可因此省去不少力氣。廂房裡多出來原有榻榻米通鋪的中段空間，剛好移置那口原來放在廂房最後面的訂製台灣檜木雙層大衣櫃，這也讓多出來的空間顯得更富有機層次，隨意擺上幾個椅子就能變身成家人可以隨時聚集聊天、相約活動的起居室地坪，一個既親密又奇異的微型室內廣場。」

「男孩們的雙層訂製鐵床則架在上去閣樓基座接鄰的最後方，也就是原來置放雙層大衣櫃的所在，三個男丁剛好輪流鎮守住廂房通往後院迴廊飯廳、廚房、浴室的厚重木門，無形中又多了些可以馳騁想像與日常惡作劇的樂趣。工廠訂製的雙層鐵床非常吻合量測的空間尺寸，以至於與水泥牆壁卡得過緊，安裝時候隨機地便自然磨掉些手工塗布的淺粉綠色油漆，而露出些許鐵材的銀黑本色，日後也因此增添了幾道硬是生鏽的多彩色澤。由水泥階梯上跨越兩步就可以輕易爬上鐵床的上層，那是西格與東格接下來幾年要共用的床位，差兩歲的小兄弟還是得一起分享家裡有限的空間，年長幾歲的阿嘉則自己睡在下鋪，好好地謹守著雙層夾層空間的管理員責任，睡覺時一直講話是會被他厲聲喝止的！」

對西格而言，上去閣樓，一直都是帶一點冒險感又充滿樂趣的事，因此他經常在需要自處的時候就會選擇安靜地爬上姊姊們的閣樓，看看他最鍾愛的圖畫書、漫畫，搬搬弄弄的好不快意。捻著腳步減少雜音上樓去就已經是個輕盈身心的自發鍛鍊，因為不想要被家人干擾而總是喜歡如此動作。上去之後，又進入家裡第二個鋪設著榻榻米的日式空間，對這種生活元素的鍾愛，應該就是哈古棯與美玉的日治時代成長背景使然，文化上的薰陶與日文的教育學習，生活空間的日本化元素運用，再合理不過。

循著十五階檜木樓梯上到閣樓，推開木框紗門先是兩個形式各異卻連成一排的獨立實木書桌，顏色一淺一深分屬阿娟、阿華專用，緊接著書桌再過去就是個固定半人高的全開式紗窗，看下去正是樓下前廂房的客廳。儘管視覺上帶點紗糊感，客廳裡可能發生的一切動靜，全都自動帶點鳥瞰又超廣視角地一目了然，經常畏懼或害羞面見來訪的賓客，特別是那些並不熟稔又不太來往互動的眾親戚，小孩子們總是喜歡爬上閣樓紗窗處，踮腳安靜觀察各種事態的經過，傾聽大人們有意義或無意識的談話內容，許多家族事情脈絡的展開正是這樣才略知一二。

儘管，觀看角度很不一樣，但這個所在卻被小孩子們發現是維護自我感受最安全巧妙的最佳位置，頗受小孩子們的青睞。當然，兩位姊姊平日就是睡在書桌與接近大人身材半牆高書架間的榻榻米上，方式與一樓的通鋪幾無差別，每日睡覺前後都會需要整理寢具鋪排一番。與樓下最大的不同，應該就是放滿半牆高書架上的各種雜誌叢刊，充滿故事性的文學與科普啟蒙讀物。但是，西格的注意力似乎只喜歡反覆瀏覽裡面的插圖、畫片或零星的漫畫書；只有文字沒有圖案的書還引不起他太多直接的注意，文字的閱讀對他來講終究是門難以克服的無形障礙。

閣樓榻榻米正上方屋脊處，因為考慮通風的問題，早年哈古棯進行內部空間改造時，就已經設置一個在大宅院閩式建築馬背屋脊上，隆起約四呎半高的仿日式風格小屋的雙側天窗，窗內兩側角落各附有一條懸垂的白色拉繩可以由閣樓內部控制氣門上、下擺的啟閉，以免落雨時造成雨水的倒流入內。榻榻米至天窗高度超過人的身高一倍有餘，因此平常是不可能直接從裡面看到天窗外的景象；西格曾經因為好奇到底能看到的外面會是長什麼樣子，而疊置幾張書桌椅子的高度，以取得對那強烈好奇心的滿足。透過那種像是馬戲團的疊高特技表演，如何擬仿技藝精湛地離地越高，他的確因此知道了更多關於大宅院的不同觀看視角。

當然，寢具間是閣樓上最不易被察覺的隱蔽空間。因為位在閣樓的最內緣，沒有窗戶又不透光並且是取用斜屋頂下的剩餘空間來運用。因此，不打開寢具間與閣樓牆壁同色的木門片，自然是不容易知道它的實際存在；這也就成為另一個幼獸們捉迷藏或者遐想的要塞之地。西格經常會獨自徘徊在這個地方，打開門片直身就躺在帶點樟腦味的棉被上，瞪著甘蔗天花板白皙格子上少數被雨水浸潤留下的咖啡色有機紋理發呆，好像真能在那裡面不疾不徐地挖掘、思索，看出些什麼與人有關的機巧。或者乾脆關上門片，讓滿室滲進絕對的烏黑暗暝，有時想點不愉快的事、甚至是令人傷心透頂的不平遭遇好跟自己說說話、流點淚，有時試著讓隨性想法跨進更遙遠的未知異域、或者別的陌生星球想像，只要沒有真的睡著，待門片再度打開的時候，心情就多能平復如常，日子照過。

「三泰株式會社」[36]。無論如何，都已經看不回歷史更早之前的痕跡。這列所在，是黃銅鐘二次世界大戰之前成立的民間融資公司，合法登記經營內容為會仔組合、借貸、存款生利，屬於舊式民間錢莊或者類似銀行之流的金融商業會辦。廣作各種跨業別的金流生意，獲利相當豐厚，自然就招引了各種極高的風險。特別是購置市區裡這座狀似城堺精緻華美的超凡木造歐式豪邸，便很難不成為各方覬覦的對象。

家族排序上，黃銅鐘算是哈古梒的四舅。成年後承接了部分家產，他四處散做投資經營與高投機性的事業，台北啊也跟著人家七洋八洋的，到處貸放款過於快速加上用人不當、人謀不臧，導致最終財務不良、惡性欠債。

二次大戰結束不久：「四萬元台幣換一元新台幣」。因禍得福的幣值轉換，讓他得以幾乎沒有了實際的債務，也就等於莫名地得到一筆戰爭財。不過起因於二戰前後的被親戚陷計侵吞，資產全失，終至倒了巨債而一蹶不振，最後還是被迫倒閉關門。

從脈絡關係上看，「三泰株式會社」應該沒有與日治時代三井物產[37]的直接關聯才對，但在脈絡複雜的商賈關係中，或許還是有著非常間接的歷史淵源。

這個既特別又不尋常的共同記憶，經歷過長時間之後讓人更難以理解：在不分性別前提下的多所詢問，不論是年幼時期、長大之後、已然半老或者稍微癡呆的家人，知道「三泰」的幾乎沒有人能夠對它有所忘懷。

二戰後開始的冷戰時期，「三泰」西式風格建築，曾歷經戰後政權接收的無端占用，轉租作為美軍顧問團的辦公場所，也曾出租作為「金門酒吧」的聲色場所，最後則轉賣給聖公會嘉義聖彼得堂，成為幼兒園。

「三泰」的衰敗，顯然矛頭都指向人為的複雜因素。大頭坤仔是北門口的大尾流氓，伊隨時都領著他豢養的德國狼犬四處張揚，他是大宅院後方公厝，阿琴仔伯的親姪子，與他的親大哥賣雞的班儀仔的個性南轅北轍，前者窮凶惡極，後者古意謙和有禮。

因為地緣關係又是哈古棯家的遠房親戚，大頭坤仔被素柳大弟黃銅鐘找去「三泰」，當起圍事的保鑣；引狼入室後加上銅鐘生性軟弱，大頭坤仔就此在錢莊裡作威作福，魚肉鄉民之事甚囂塵上。

遇人不淑帶來的連串厄運，終究敗壞銅鐘在地方上不易累積的所有善名。銅鐘自己的富家女太太與一堆親戚，特別是銅鐘同父異母排行第八的妹妹與妹婿的聯手謀外盜利，讓銅鐘的富業終至一蹶不振。

「三泰」這個難得精緻的歐式木造大房子，是黃銅鐘營商得利後間接從商社友人處購買而來，為當時市區極少數窮盡高檔奢豪的純島嶼檜木結構建築。屬於歐日合體現代樣式風格的房子，紅磚外觀建築物本身也是棟異常特出、細緻耀眼的主屋。「三泰」指的並非只有這一幢，而是約略環圍著一個歐式圓形噴泉池自成一格聚落建築群的稱呼；包含不同功能大小數量將近十棟，整個園區面積超過一甲又半。那個時代，整個嘉義市區只有兩輛私有自動轎車，這裡即有一輛黑頭仔車，並且還擁有自己的寬敞車庫。

二次大戰前，黃銅鐘與他六妹在中國上海也曾有房地產與物業的聯合投資，事業騰達。不過，隨著妹婿被國民黨人暗殺，大戰結束後所有的資產全都被共產黨沒入而蕩然無存。同時，緊接著戰後國民黨軍隊憑藉國際地緣政治性的託管轉進台灣，全面且肆無忌憚地占據了公私部門許多代表性的房產物業。當時的「三泰」自然也難以幸免，曾被隨著蔣介石敗戰而來的高階軍官胡姓將軍一家強占了很長一段時間，黃銅鐘與家人自然敢怒不敢言，只能逆來順受地暫時讓出整個「三泰」地方，以確保生命無虞。許多超乎法治想像滅族式抓捕、殺害的慘烈程度，正如後來二二八事件真實爆發後在島上四處蔓延的衝突景況。

「畫家陳澄波的女兒碧女與我是大同國小同事，我們都在嘉義車頭附近某個隱蔽的遠處看著他父親[38]莫名的被公開示眾、槍斃！中國兵應該覺得只是殺了個被派來談判的日本人走狗代表，沒有什麼大不了。除了家人，當下沒有任何人敢靠近、能靠近。」美玉晚年，曾經依然顫抖哀戚著無法忘懷的驚恐記憶，低聲回顧這些她青春年華時曾經親臨的不堪過往[39]。

戰後一九五〇年代初期島嶼人的生活，快速又全面地退入貧困深淵，節奏也都異常地低迷、奔波又曲折，生活裡外也仍然全部膠著在軍事與政治管控的恐怖之中。流落到島嶼的中國流亡政權只在乎它最後的政權保衛戰——島嶼唯一能自動對應的是基於生態多樣性自然永續原則的廣容涵納——除外就只是人謀不臧世紀災難的降臨！

各族群之間極度緊張，甚至莫名地繚繞起差異漢文語境的對立氛圍，跨地域的語言障礙成為適時社會最直接的溝通困難，瞬時間日文成為極端禁忌與分辨族群的偏差方式！持續無限擴散的獨裁黨政軍肅殺之氣，一時間讓社會上無論哪個族群的人，毫無例外地都是低調得不得了在討過活，生怕有任何無妄的政治不正確閃失，就會不小心把命打得更壞，甚至就丟了性命！

在國黨進入島嶼開始實施白色恐怖獨裁時代全面來臨之前的日本殖民時代後期生活，帝國的霸權宰制儘管不在話下，但是逐步趨近現代民生系統的平靜日子，卻有好長一段時間毫無懸念地延續著，都會化摩登已經成為島民四處生活的共同憧憬。

素柳經常在等去柳仔林娘家探望長輩之前，都固定會坐人稱興叔仔的三輪車帶著長女孫阿華、井仔，有時是女兒綉英作陪，巡遊過來這個她弟弟銅鐘在市區垂楊路大河溝邊附近的大豪宅「三泰」，與同輩、晚輩親族們有些輕鬆的聚會，方便知道大家的近況再轉回去柳仔林！

每次到訪的鬧熱喧嘩，都讓美玉第一個孩子年幼的阿華大開眼界。

戰後早期原來是興中街一號，後來成了興中街、康樂街轉角的興中街八號，一個隱祕在仕紳口耳相聞之間，璀璨華麗到足堪與公家國際招待所媲美的私人庭園大別墅。跨了兩個時代建築的風采依舊，但是殖民時代的特殊番號很快就完全被抹除不見了。

從街區外圍只能隱約意識到樹林後面似乎還有建築物，除外並無法一眼看見太多細節。沿著馬路邊先有著低矮半人高的連續岩山椒細葉植栽形成簡易綠籬的內外阻隔，往內進一層則是還算綿密超過人高的春不老的多葉樹林，參差地圍繞遮掩了起來——季節對了還會長滿細碎的小紅果——綠叢的妝點足以讓內部的華麗建築隱約間狀似沒有特別招搖。有了多層次的綠帶，沒有實際的圍牆也就不容易真的引起多餘的不必要注意。園丁阿樹仔例行的厚工維護，多少確保了「三泰」低調的神祕。

阿華在視訊電話裡，毫無頭緒又有點無奈地回應著西格對她的持續追問，那已經是她極幼年時期的童年往事，西格根本還沒出生。她努力回想已然失序的模糊記憶，重複好幾次試著對焦來描述「三泰」這個精緻大別莊：「從大門外往裡面看去，就是一條有著汽車寬度像馬路鋪面很好看的石板走道。再往裡面延伸進去數十米後，映入眼簾接壤的就是我印象特別深刻的歐式噴水池，它有幾個不同圓心距離的水圈噴頭，可以噴出不同高度的幾圈透明水弧線，水池雖不大，但是這在平常地方卻很少看到，感覺漂亮又有趣。延伸庭院道路過來是兩邊磨石子的裝飾性路籬，整體感覺就好像是在歐洲的某個庭院。」阿華回顧這個記憶時，已經是多次到訪過歐洲十數個國家經驗的人，童年記憶加上成年經驗，她能輕鬆地就說出歐洲的感覺印象。庭園別墅的占地相當遼闊，而且跟電影裡頭那種庭院深深的氣氛，實在就是一個樣子。整體看起來，輕易就能分辨也會知道別墅本身是一幢精緻的仿歐式華麗建築！

「我那時候還很小，建築裡頭到處都有著空間很大的整列奢華房間，相互之間的通道也都非常寬敞。以一個幼囝仔來講，我感覺就像是進入一個巨大的迷宮一樣。不只前面的主屋很大，主屋後方的庭園應該也有幾分成甲的地那麼大，栽植著很多不同的樹種，直覺就像個展示珍異植物的奇幻森林，林子中間還規畫一座有著環繞迴廊、同樣是純島嶼檜木的架高歐式亭台，非常漂亮、好看。一旦有機會去，我都會自己找空隙去繞上幾圈，好讓自己可以偷偷感覺一下什麼。」

阿華似乎若有所感地被自己源源勾起遺置已久的老邁記憶，不接下氣地繼續回頭補充著，從頭又試著描述了一次：「順著漂亮石頭鋪面走道，一進大門的入口處右側依著次序開始就是自動車的專用車庫，寬敞空間裡停著市街上極罕見，銅鐘舅公所擁有司機經常擦拭保持閃閃發亮的黑頭仔車，我每次經過都會不由自主地多看上幾眼，甚至幾次貼著車窗踮著腳看著車內黝黑閃亮的皮椅以及一些不知道是什麼功能的銀亮套件，但是卻從來都沒有機會可以真的坐進車內。緊接著車庫隔鄰後方，是個半開放式的大型鳥園，裡面餵養了數十隻以孔雀為主的各式華麗珍禽。不知何故，它們似乎也深知要能常態安穩地居於富豪人家，就必須善盡天分地努力表演，才能博得主人更多的喜愛，因此，不論誰每次只要有人靠近，經常都能見到它們斑斕開屏的迎賓絢麗身影，好博得眾聲喝采。接續鳥園右側，隔著種了零星孤挺花的零碎空地，連接著的就是囝仔書房與上鋼琴課的雙用空間。不定時會有不同的專聘老師來到這裡給小孩子們上課補習，發出的朗讀聲、琴聲，都成了伴隨這些檜木建築群展現空間層次的重要內容。沒有上課的時候，這個地方就變成那台 YAMAHA 平台式鋼琴獨自的輝煌展示場，很大一間，感覺都比我們北門口宅院的整個右側廂房還要大上許多。

「循著一旁的石頭鋪面走道往裡頭再進去，就是有著米白色石頭雕鑄裝飾的精緻圓形噴泉，圓徑約五米、高一呎半，居中是一座組合式的生肖動物石雕，周邊瀰漫的水氣與水落聲更不時增添著時間不規則的異階變奏。

「石頭鋪面走道的左側，一樣依序從大門口，隔著走道與車庫相對，先是一棟純檜木斜頂桁架、紅磚結構的單層挑高宴客大廳，足以容納近百人，有許多較為一般的大型賓客活動，就會在此處舉辦。」

二十世紀後期，這個園區幾經歲月易手——喧囂浮華的這裡竟然轉變成為基督教聖公會（Episcopal Diocese of Taiwan）的肅穆聖彼得教堂（St. Peter's Episcopal Church）——足以平靜歷來的一切人世波動！

「迴繞宴客大廳側後邊、噴泉的另外一側，便是招待來客使用的一整排穿廊長屋，像是俱樂部的屋內有著非常多的開放式小區與新穎廚房設備，似乎都是用來整備給家族的年輕人與到訪黃家的熟識賓客們所享用，風華與氣派都屬上乘。」

「每次我與素柳阿娘仔阿嬤來訪『三泰』時，經常都會在這個地方參與著一群家人、親戚、朋友的哄堂鬧熱。一群人，總是吃茶配著大盤的各式滷熟肉，玩著賭博四色牌戲與其他各式的棋局；吃的、喝的、玩的、聊著家族翹曲私密的八卦，應有盡有好不熱鬧，但是素柳阿娘仔阿嬤長年來的習慣，就都只是靜坐一旁安靜觀賞、聆聽，幾乎不怎麼參與其中。我還太小，也不知道她都在看想些什麼，就只是依著她有樣看樣！」

「回到步道盡頭稍稍繞過噴水池，依著地勢走上幾階高起的入口樓梯，就是庭院建築聚落的主屋。它的外觀大致上是個有著二樓前露天陽台以及兩側對稱廊道，看起來的確是棟難得宏偉大氣又精緻的木結構建築，厝內則是有著許多華麗房間的大迷宮。最內底，原來有一個豪華套房是數十年後家道中落嫁到東市場裡雜貨店，舅公最小女兒阿琴年輕時的專屬房間。有一間則是當素柳阿娘仔阿嬤來訪時，銅鐘舅公專門留給她過夜時所使用，偶而我也會陪著素柳阿娘仔阿嬤住在此處。所以，我也算是個從小就住過超級豪宅的人了！」電話的訊號非常不好，阿華發出這些莫名語帶炫耀口吻的遙遠記憶、飄忽著斷斷續續，更增添了難以掌握的真實。

「主屋的每個房間都是套房，房裡都分別擺置著許多來自世界各地各式各樣精緻的舶來裝飾品，卻不清楚到底是如何搜集而來。一整排精緻內裝房間之外便是空間挑高的迎賓大廳，橫跨樓層的歐洲式設計，偌大的圓弧迴旋木質扶手雕花樓梯串起了這個大空間的具體並且極容易地就能成為視覺的亮點，樓梯旁的鏤空處則垂掛著巨大、細緻又繁複巴洛克式的水晶吊燈，每一個細節都晶瑩剔透、華麗閃爍又耀眼輝煌，很難不令人特別注意！樓梯靠牆那一側隨著高度的變化，依序懸掛、布置著幾幀老式古典西洋油畫，雖然不清楚是哪些畫家的作品，但肯定都是真品！」

「整個空間感覺起來應該就是電影裡面的場景一樣，繁複奢華的程度令人咋舌。那肯定是我一輩子看過真正奢華豪宅的起點，往後有了年紀走訪全世界，如果不比較規模的話，也不可能再有相同的經驗了。」阿華語帶結論式的評論著，感覺得出來她心裡的讚賞與喜愛。

「原來大姊從小就已經開啟了這種生活美感的宏觀，難怪後來會保送大專家政科。」西格有點恍然大悟。

不過，這到底是得到如何的特許才能繼續這樣子的過日啊。在二戰剛結束後不久的時代，實在頗令人費解……不，那純粹只是徹底被未來所凍結的過去時間罷了，它的時空還繼續停駐在日治時代恣意昂揚的欲望綿延裡頭，卡躓在盡是美好日子的緬懷裡出不來呢。

手機影像似乎是無意之間便停頓了下來，阿華也暫停沒有發出任何聲音，但是並沒有真的斷線！螢幕上阿華看起來卻又好像想到什麼：「我時常會被允許蹲坐在二樓玄關的欄杆處隨意觀看樓下經常進行著不同變化的各式活動，擺桌宴、招待舞會以及外國賓客雲集的特殊場合，留聲機發出的各種音樂都很好聽流瀉著滿室的歡樂，大人們總是隨著韻律的變化搖擺著流暢成雙成對的身體，熱絡地互飲著酒、喧嘩著，很熱鬧，但是這些帶著強烈陌生感的事物也讓我非常地迷惑，讓我更不知道為什麼會有這些生活。」

「銅鐘舅公，當時是個大生意人投資很多生意，除了開錢莊也經營可爾必思工廠、參與合作社、買賣土地……應該不會特別注意到我這個偶而跟著素柳阿娘仔阿嬤來訪破敗姻親家族的細漢查某囝仔？」

一九五〇年代末期的某日，美玉正懷著大肚子身孕，帶著阿華到忠孝路上許世賢醫生的「順天堂病院」，去探望適時住院的素柳阿娘仔。看到三代女眷家人都隨侍在側的瞬間，素柳阿娘仔直說她想下床活動方便，移動雙腳下床時由美玉與女兒綉雲兩人攙扶著，卻在腳尖觸地時整個人忽然蹲坐了下去而不省人事！如此過世時陪侍在素柳阿娘仔身旁的就只有大女兒綉雲、幼小的孫女阿華、美玉與她肚中仍尚無名的胎兒。

這前後的一整段住院時間，明智仔根本沒有太理睬整個事情的發展。

這個看著極親近素柳阿娘仔阿嬤就在自己幼年眼前驟逝的畫面，七十餘歲的阿華談起來還是令她歷歷在目，驚恐不已：「人家說那就是『辭土』[40]！這讓人內心一直感覺真未得過。我媽也因為驚嚇過度，過沒幾日，當月初九就生下我第二個弟弟東格了。」

日後綉英的憤怒：「我出生後不久就被送人了。因為大阿嬤林燕認為家裡不需要有那麼多女孩。結果是我後來八歲即夭折的大姊綉娥不斷去養母家，連續三次把我偷抱回家藏在棉被裡冒著悶死的風險照顧著，她的無知堅持卻徹底惹惱收養家庭，好不容易讓我度過風頭才勉強被家裡留了下來。其實是因為我媽生我之後一直生病得很嚴重，差點死掉。病況間，我父親竟然就明目張膽地把酒家女寶治仔帶進家門。他在外面養這個女人已經好一陣子了，我母親一直氣不過！我大阿嬤便說我是個破格的小孩，我母親才會生病成這個樣子，應該盡快送人！」

綉雲也努力地試著回應！記起年輕時候一次她救回素柳母親時的細節：「我是家裡最長的女兒，從小就需要幫我娘做差不多所有的家庭庶務。因為她是大富家族的千金小姐，嫁過來陳家什麼也不會做，陳家家道中落後已無傭人，一切工作重擔自然就是落在我這個最年長的女兒身上，由我來幫她善盡媳婦的責任。我嫁人後一段時間內，都還要經常特地撥時間回娘家，幫全部的兄弟姊妹們洗衣服、整理生活空間，非常辛苦。」

「母親病到一次我剛好回娘家，才無意間發現她的頸部竟然出現碗形蜂窩狀的大傷口……而我父親卻毫不聞問，只顧著他帶回來的酒家女。在大宅院親戚的幫忙指點看顧下，我急忙飛快騎上腳踏車前往市公所對面的『奉天外科病院』，死命地央求醫生趕緊來家裡為我母親看診，才在託付醫生幾個月間數十次往返出診的細心照料下，救回了我母親一命。這自然也花掉了我婚後大半的私房錢。」

當然，此後一生阿華再也沒有機會可以去「三泰」了！那個對她而言，極年少時期曾經有過華麗質地啟蒙的一九五〇年代神祕豪華別墅，終究只剩下夢裡的虛擬奢豪幻象。

巧合的是，年紀最輕的雨金舅公曾經提起小時候，他父親年邁七十餘歲也已經家道中落，在乏人照料的情況下，父親要他短期間來市區投靠同父異母的銅鐘兄哥，好方便念離柳仔林比較近的民族小學。因為需要自己走路上學，於是被安排獨自住進這個充滿異國風情的豪宅裡。

「我知道他好像住在那裡有一段時間。」綉英答腔著回應電話裡西格亟想確認的提問。

「我都叫他阿 Kim 將。雖然不常見面，我倒是長他幾歲，不過輩分上我卻仍要叫他囝仔舅。那時候我因為經常都會陪你阿娘仔阿嬤一起去『三泰』，對於家族的繁瑣細節總是略有聽聞。」

「到那個時候，銅鐘舅的生意已經一落千丈大不如前，除了留雇一個負責照顧『三泰』整個占地的園丁發叔仔在做雜差外，每日總是與一個照顧我生活起居的聾啞阿秋姨仔作夥，比手畫腳、噫噫啊啊的，對細漢囝仔來講很難溝通，其實我也非常害怕。整個豪邸就只有少數幾個人住在大噴水池旁整排長屋的北樓樓上，我還經常半夜聽到有人嘈雜地在上下木樓梯發出劇烈聲響而驚嚇不已。不到一年，我就莽撞地趕緊搬回柳仔林。」雨金舅公情緒簡約平淡，卻顯然仍帶著鮮活懷想地說著。

「後來，銅鐘的事業也因為身邊親戚對他資產的意圖不軌勾結外人，導致他在忠義街可爾必思工廠的生意無法繼續。失敗時陣，曾命人拆卸一大堆工廠的大型馬達，載回柳仔林老家暫時存放。被倒債的人家，還刻意三步一跪、五步一哭來柳仔林黃家宅院討債，咒懺黃家到很難聽。」

「連一個從『三泰』帶回來柳仔林暫居的童養女婢阿娥，半夜裡也就跟著人家跑了！家道中落的我們，根本毫無能力、餘力，再出去尋找。」

「阮老爸往生一年，銅鐘隔年也跟著過世。」雨金淡淡地補充。

「阮老爸也好銅鐘也好，年紀都與我差很多。阮老爸死的時陣，我有請銅鐘等來厝內參詳——國用大臣，家用長子——不管怎樣，我還是要尊重他是大哥，看大家怎麼樣設法來處理父親的後事。後來的家道經濟頹勢，很難考慮後事要辦到多盛大。但也礙於過去家族在雲嘉南地方上的聲望，太寒酸更是有損家威呀！」

「光看日子就看了個把月，我們苦苦地守靈也已經守了四十幾天。等好不容易日子都看好，銅鐘卻來說他沒有了錢，他賣掉僅有的土地，錢卻被他兒子給整個拿走。是真的有影沒影，我也不知道。」經歷過那麼多事之後的雨金，也難再相信這樣的說法！

「我當鄉長的叔伯大兄永靖仔難免困擾，面子也不好擺！只得自己重新請人看日、擇期再辦，以免被親族、外界批評恥笑。」

「出殯儀式的這一天也不見銅鐘的影跡。那時來捻香祭拜的親族省議員王林貴，還問說為什麼儀式辦得這麼冷清？」

「伊一定是不敢轉來啦。」

「也不知道誰教他的，竟然私下請人預先拿著他長子孝男的麻孝衣，搭放在阮老爸的棺木上表示這個子女在外地不方便親自回鄉祭拜。儀式當下永靖仔大兄大發脾氣，很不滿地要人把麻孝衣給撤了下來。」

「隔年銅鐘中風往生時，他的子女有通知我家裡；死前，我母親都還特地去嘉義病院看望過他。」

我不滿地碎念了我母親：「你幹嘛還去看他？他連阮老爸往生都不看了！」

「一間那麼豪奢的大房子，竟然連個放祖先牌位的地方都沒有，最後還要放回來柳仔林古厝。」

「他一輩子的榮華富貴絕大部分都是靠父叔輩努力經營才得以累積出來的，而不是單憑他自己的努力。那時我叔伯兄哥也去告銅鐘，但最後還是因為長輩的不忍心而撤訴。那個年代做人老爸的都很害怕自己的兒子被關，既怕敗了家風也絕了自己的其他後代。」

「以至於叔伯二哥宗鈴在官司被長輩撤訴後，不滿地回去柳仔林公廳，將祖先牌位公媽龕拿去藏起來，並且在木質牌位背後寫上『祖先不靈，奉事不應』八個字，以洩憤怒。同時，騙了家族父執輩說他已經將『沒路用的……』祖先牌位投入屎沆仔[41]內底。老輩們緊張地趕緊差了還在的老長工下去大撈特撈一陣，除汙穢之物外什麼也沒撈到。」

「……我瘋了嗎？怎麼可能會真的將祖先神主牌丟進屎沆仔坑內底？」宗鈴依然不滿地回應著其他家人。

「我只是氣頭頂，拿去柴間藏起來。」宗鈴最後憤而離家，輾轉前往中國廈門的學院念書。

「彼當時，阮老爸跟他兄哥只能憤憤不平地在市區到處張貼『不孝子黃銅鐘罪狀』的公開告示。」不過，家醜外揚也已經止不住家族衰敗淪落的命運。

「連銅鐘從市區騎馬轉來柳仔林巡田，馬到了田邊看到長輩們追來後，都不再敢隨意走動！等到阮老爸拿藤條蹦過來要打銅鐘，連馬都能知道要原地後腳站立，像在懺悔似的數次起落身軀、不斷地嘶叫回應。」

「銅鐘的太太劉水的娘家就是後來俗稱的民雄鬼屋。儘管也是望族出身，但是夫妻相處一直不睦，劉水長年自己住在台北六張犁。當時陳嘉雄[42]家境不好，去台北念師範學校時經由親戚引介，就借住在我兄嫂那邊。後來他當上蘭潭國中校長時便啓用黃銅鐘的一個小孩哈仔（Hatse）去當學校的事務員，以作為回報。」說完這些細碎的片段，雨金也徹底沉默了。

與阿華的感受很相似，所有去過「三泰」的親族，都覺得它是一座迷宮般的精緻歐式木結構建築。特別聽得出來，從郊區鄉間前來市區的雨金他的不喜歡與極不適應，「三泰」終究對他來說更像是個偶發的奇遇夢魘。

都超過一甲子了。哈古檜竟然還對「三泰」這個名字有反應，並且記得他的舅舅黃銅鐘與「三泰」的關係，儘管不再有任何細節或者內容。

註釋

36 「三泰株式會社」與當時代的「三泰合資會社」不同。

37 係日本第一家綜合貿易公司。在「貿易公司」用詞還未出現的明治初期，作為世界上獨一無二的私人公司買賣各種產品，成為後來「貿易公司」的原型。三井物產源自一家雜貨店。三井高俊將之改造為「人們需要什麼就賣什麼」的企業。包括札幌啤酒、東芝、豐田自動織機（豐田汽車的前身）等公司都曾為其旗下的一員。第二次世界大戰後，財閥解體，一時之間解散。直到一九四七年七月二十五日，舊的三井物產系商社大聯合，成立現在的三井物產。三井物產在一九五二年成立日商三井物產株式會社台灣分店；一九九〇年五月四日，更名為台灣三井物產股份有限公司。

38 陳澄波（一八九五年二月二日—一九四七年三月二十五日），台灣嘉義人，台灣日治時期及戰後時期油畫家，決瀾社和藝苑繪畫研究所成員。

39 陳澄波女兒陳碧女的回憶：「三月二十五日，父親被載出來槍殺，到底是什麼罪我們不知道，也沒有通知什麼時間什麼地點要怎麼處理，我們都不知道，我們只是碰巧遇到。我還記得是一輛卡車，插著一支白白的旗子，就像現在電視上常看的連續劇，四個手被綁著的人背後各插了一支長長的五角形牌子，用大字寫著名字，由警察局押出來遊街，經過中山路到嘉義噴水池，再轉火車站。我們在中山路附近看到父親在卡車上，那時年輕人不管是台灣人外省人，出面都危險，我說：『重光，中山路人比較多我跟車子後面去，你走小巷繞道過去。』弟弟沿著中山路邊巷子邊躲邊跟，我跟在車子後面一直跑一直跑，車子開得很緩慢，路邊看到的人有的搖手，不知道在交換什麼訊息，有的敬禮揮手道別。我一路跟著，忽然間父親和我的視線碰在一起。我繼續跟，跟到車站，卡車還沒到車站先對著車站廣場右邊砰砰砰砰開槍，車站的人都逃走。之後，一個一個放下車來，下來時都沒有力氣了，有的是摔下來的。在開始槍斃第一個時我不知哪來的膽子，拉著兵仔的褲管，不知用什麼話講的，反正講得通就是了，我說：『這個是我父親，他是好人，你們要探聽清楚，探聽明白才能槍決。』他將我踢到一邊去，開槍一個一個開始槍斃。可憐的父親，是最後一個被槍殺的，最後一個最痛苦，第一個被槍殺不知人事就算了，父親必須保持知覺看著第二個、第三個在他身旁被槍殺。兵仔和父親距離三公尺，第一槍沒有打到……第二槍才打中父親，父親可能不甘願，沒有向後仰，向前倒下去。四周的人看了，哭的哭，都安安靜靜不敢講話。不知過了多久，好像很久，家人去借板車，借不到，去借東西都借不到，所有親戚朋友都一直疏遠我們，怕我們會連累到他們。後來五叔拿塊木板，連同弟弟和幾個五、六十歲的人，年輕人都看不到，一同去車站將父親屍體扛回，放在客廳裡。我也不知怎麼回到家的。到家，古早人說死在外面的人不能進家門，母親說：『不行，要讓他進來，他是冤枉死的。』將板子鋪好，放在客廳裡，被打到的槍口血水一直往外流，一直往外流，家裡的棉花不夠，去買，沒人敢賣給我們，一個平日交情最好的醫生，姓張，他也不敢來，誰都不敢來。後來五叔弄來一捆粗棉，往傷口一直塞一直塞，到底有幾個傷口也搞不清楚，拚命塞。這時，家裡附近什麼人都有，都是在監視我們的。塞到血流稍止時，母親將他身上平常常穿的西裝稍微整理一下，不知道是母親叫人來拍的，還是母親親自拍下父親死後躺在客廳裡服裝整齊的寫真。我第一次看到這張寫真是在民國四十多年，母親親自將父親死後躺在廳裡的相片藏得很緊，我們都不知道，後來她身體越來越差，才拿出來交代弟婦。我從小就是一個開朗的女孩，蹦蹦跳跳的，幼稚園參加跳舞啊、同樂會啊，父親都跟緊緊的，最疼我。父親受難時我在家裡是最大的孩子，卻不能救他，是我一輩子最大的遺憾……他是一個好父親。他在牢裡面被凌虐時自己也有覺悟，從警局偷寫信出來……父親明知自己快斷了這口氣，信中還是充滿對藝術界的關心。」參考自太陽花民主學院。

40 辭土也稱謝土、踩土，指的是有年紀的老人家彷彿知道自己的臨終之日，在人往生的前幾天會進行一些動作，彷彿在告別這個世界……如果是重病躺在醫院的老人家，通常在臨終前都可能忽然清醒並恢復體力，且急著下床讓雙腳著地。

41 屎沆仔＝糞坑＝現代的廁所。

42 陳嘉雄，字奎融，嘉義縣朴子市人，日本昭和二年（一九二七）十月四日生。一九七三至七六年曾任嘉義縣長。

百年幼稚園。任何一種一百年都能輕易說服人心，因為它超過一般生命的長度。幼稚百年聲稱了純真也告白了人生學習的起手式，套套簡易系統的生活教學法開始進入日常，各種細微突變的重大也於焉開始。

凡事只要能超過一般人生命年齡的物理長度，應該都足以聲稱是具有關鍵性或者就是重要本身。

哪怕只是個與幼稚園階段有關的事情，一樣都能反轉成巨大歷史尺度、有影響力的決定性部分。綉英說：它最早在地方上的通俗名稱，叫作：Akemono youchien（亞契者幼稚園）。真的是這樣嗎？這種命名，正是幼稚心智成果的刻意沿用，添油加醋地、刻意讓它更朝向被某種宗教脈絡已然定調的處所。於是，一整排大王椰子樹都可能被聲稱是青仔檳榔樹。

「這是按呢，『嘉義幼稚園』是日治時代大正四年、一九一五年創立的。彼時陣全島嶼只有四所公立幼稚園，基隆、台北、嘉義、台南等城市都各有一所；所以咱嘉義算是有真正受到日本人重視的所在。」哈古桧一貫的說法，都會這樣自褒式地加註評論。

「嘉義幼稚園」是嘉義街仔唯一的一所公立幼稚園，只允許日本人的囝仔就讀，除非是身家獲得日本政府官員認可的台灣人子弟，否則是不可能進入一起就讀的。哈古桧出世的前一年（一九二二）設立的「嘉義第二幼稚園」，才是專門給台灣人囝仔就讀。這就是殖民地的現實，你永遠就只能是排在第二，或者更後面，甚至永遠都不可能排得到。

哈古桧以少有的一臉鎮定表情：「我攏是走路去吳鳳幼稚園上學，經過北門派出所頭前穿越古早的北門城牆位置——這咧所在後來變成民權路——穿過馬路進入對面小巷子依著路的曲勢斜著直走一段路，自然就能抵達幼稚園的後門。一次經過派出所旁邊，碰到一個日本小孩獨自在河溝邊玩，我下意識地竟然就把他推落河溝內。當那小孩開始呼救之後，他家人從派出所旁跑出來一看究竟，附近看到的人家才告知是保正陳通的孫子所為，日本人也只好忍氣吞下肚，不敢進一步追究！小時候也算是仗著我阿公擔任保正的威勢報復日本人啦！他們不分大小專門找機會欺負台灣人，有時我也會無故氣不過，才會有這種下意識的突然舉動吧！」

「古早，諸羅城北門的內外就是在這個所在區分，城門也就是在這個位置附近。阮二姑，陳通阿公的二女兒就嫁在舊北門城門內附近打鐵仔街上的名望人家，也是個老四合院建築——這裡也是陳通阿公認識二嬤商快的街區——後來城市現代化日本人拆城牆的時候，把北門城門遷去嘉義公園內大門入口右側的地方轉置成為公共涼亭。」

「北門派出所外的河溝邊上，早年有一個紅毛土蓋的告示碑正是我保正阿公陳通捐錢建設的，署名其上。」哈古棯以好像在講什麼獨門祕密似的口吻接連說著。

「嘉義幼稚園」到了一九五〇年代更名為「吳鳳幼稚園」。西格就讀的時候，每年依然有很多市民的小孩甚至市外城區家庭跨區遷戶口來報名，而且需要通過簡易的智力測驗後才能確認錄取，甚至還會有公告錄取榜單的官式慣例；是有名額限制的公辦幼稚園，既老牌又搶手。

哈古棯一家幾代人，除了阿華沒有念幼稚園外，幾乎全部都是這個百年幼稚園的跨代校友。

就讀創校超過百年的嘉義市立吳鳳幼稚園，也算得上是一種傳承的奢華。一整個家族幾代人都念過，好像這個事情便有了繼續的必要，而不是它到底真能怎麼樣。

西格是國黨統治後起算的第十九屆學生。大正昭和年代交替之際，哈古桧與他父親明智仔也都是念這個公立幼稚園，它同時自然也是許多嘉義在地家族，接續著幾個世代念過的老牌公立幼稚園首選。

「吳鳳幼稚園」大門入口左側一列大王椰子樹，樹幹高處依稀可見散落二戰留下的機槍掃射彈孔，斜橫的流散成深邃的波浪狀小窟窿，成了各種小動物臨時躲藏的空間。入園後右側則有幾棵不規則排列高聳三層樓的老榕樹，這先後兩排列的老欉植物總能撩起小孩子的連篇鬼話、囈語，光怪陸離的奇幻想像飄蕩在榕樹鬚根周遭，一如前來棲居的小動物們那般莫測的流動著。

西格：「應該是『吳鳳幼稚園』畢業年後的小學二年級吧？曾經一次懵懂之間，穿著吊吊皺皺母親自製的平口褲、汗衫、腳撐著拖鞋，就像著魔般恍惚莫名地在一天裡跑去幼稚園裡的升旗台降下了國旗！結果被劉園長發現，她已經不記得我是誰，喝令我罰站在升旗台後方；片刻之後，我卻又在一溜煙之間從幼稚園消失，匿蹤般地回到宅院廂房裡。從恍惚回過神後，卻完全不記得到底是發生了什麼事情。」從未衣衫不整就出門！讓這整個事情變得就像是徹頭徹尾的白日夢遊。

其實，作為校名，那曾是冠上一個被日本殖民帝國編撰並揑造過的傳奇故事。之後，輾轉又被接續的中國獨裁政權予以變本加厲轉置為族群共融的地方民族英雄，卻始終仰賴政治錯亂的國族認同來欺矇社會。時代的連續錯置方案，自然荼毒了那個時代以來為數不少世代與不同族群的人。

直到今天，吳鳳相關的一切道聽塗說，已經透過轉型正義的步驟，逐漸消逝進歷史的塵埃與人們的忽略之中。不過，公辦的吳鳳幼稚園至今卻還使用著既有的名稱，也仍然還在營運，延續著它悠遠的百年大業。

童子尿。甚如流民，也必然都會逐一的感覺著每一個能夠屬於今天的獨特位置；那不是建基在任何有關所有權的問題上，而是如何屈居身體的陌生協調。需要急迫調度與考慮的是：如何可以短暫停留與如何得以延續！如何安頓一種不時全面襲來的基本存在感，哪怕是臨時的每日居所，都應該要能讓人靜得下心，來得及對應躁動的空間場域與不乖的身體；這很少需要刻意曲張，頂多拱起身來盡量彎折成貼近像山的形狀。於是，島嶼上隨處都能過活。

複合成島嶼的存有、成為動物：民俗尿療法與一支山。矗立島嶼上，海拔超過三千公尺的高山就有二百六十八座之多。走在島嶼任何隆起之處，如果不會令人產生必要暈眩或畏寒的，應該都還進不了可以稱之為「山」的名單裡。那可都是超過千百年到幾萬年以上時間的地殼、洲際板塊運動才足以構作完成。否則，任誰恐怕也只能在那些隨意高度的渺小裡，灑泡尿了。

豆枝嬸家算是大宅院內哈古梌家唯一有實質互動的另一廂房親戚。西格一直對於豆枝嬸家裡擁有在郊外某處的那一支山有著難解的懸念，可是島嶼上到處都滿布著類似的山丘，有數千、數萬座，根本難以勝數，山丘也容易因此便自動模糊了各異的青綠長相。幾次前去山上時，都要與宅院另一廂的堂兄姊們擠在那台很威風、藍灰色裕隆小貨卡的後座平台；人滿為患地有趣，吱喳不停、顛簸不已、暈頭轉向。

搖晃瞬間就會如腦霧般地在腦袋裡讓一切準確地暈開，小貨卡車與山丘忽然間都頓失了具體，消失無蹤。徒留豆枝工廠與這些原本無關事物的一連串細節跳接，只因為它們都發生在豆枝工廠裡頭。

正是因為豆枝嬸的師傅們每天都需要搬運豆枝工廠裡的原物料重物，四肢五體很容易煞到，便迷上了民俗療法中的尿療。那並不是民智未開的產物，純粹是民俗療法中極為科學的獨門偏方，各種災難故事裡總也會因為有它關鍵角色的救人身影，而低調地聲名大噪，舉世皆然。不過，也因為透過人身體器官循環的排泄而蒙上汙名。反觀一般勞動者顯然宏觀得多——其實他們更貼近科學——並沒有因而貶低它們可能會有針對氣瘀、煞瘀等症狀的根本療效。民間自然很信任這種雖然帶點難堪卻又充滿神奇的身體調理，不論年紀的人，都很容易因為篤信這種常民文化的傳承，而來一趟自然法則的嘗試[43]。

不過尿液的來源必須是十二歲以下嫩男童的尿，才能更具有傳統中聲稱的顯著療效。豆枝廠阿嬸的製豆枝師傅阿泉、阿興來要討童子尿，便是照著這樣的傳聞而來的。

但是，這下可是嚇壞了毫不知情的西格。

關於要討童子尿的事情，所有細節西格已經刻意讓它變得模糊，只因為內心終究難以承受那種既封建又強制地極度不友善難堪。雖然那時他還沒有上小學，仍然是個終日腦袋裡飄過一堆古怪奇想意念的小毛頭，敏感地在宅院裡外東奔西跑的，不愛睡午覺並且視之為畏途的他，對於被大人糊弄、截住愛動身體取尿應該會是相當驚恐才對。

幾隻大手忙著七上八下，一個蹲下身子抱住西格的上半身體，亮出小禮物好說歹說地試圖說服、安撫他起伏不寧的心緒，這樣的突兀卻更是引發他不明就裡的焦躁；另一個一手拿著取尿提壺、一手急著小心脫去西格的短褲，還要期望能看見那預期中的神液如實地奔流而出，並且依照巧妙斬頭去尾取其中段，好順利完成取液的神聖任務。

天啊，這到底要如何叫人接受呢？

那種民俗療法的玄奧巧妙，對西格來講似乎就像是充滿異國風俗的奇亂異想般難以理解，雖然不無吸引力，但瞬間他能感受到的，就只是徹底的被侵犯！

「原來所有的這一切都是能被預謀好的？」

倒是有一幀西格與兩位來請討尿液師傅的黑白合照，至今仍然留存在他的私人相簿裡，自在地珍藏著：年輕的阿泉、阿興師傅們身穿帶點油膩汙漬的白色工作汗衫，蹲下身來好與西格身高相仿一起入鏡，他們三人面帶靦腆的笑容足以證明的確雙方都已經成功地取得了各自需要的東西，大家愉快合作的正式宣告有影為憑，才能持續發酵著記憶中難以消散嫩童的尿騷氣味。

不過，到底後續有無真實療效，似乎也不再有人追究！似乎只有適時拍照的哈古棯才知道事情的整個原委。

那可是唯一的一次救人經驗，之後的西格便拒絕再度配合，儘管他得到了一顆讓他忖度再三的軟式棒球作為禮物。

至於與尿療並沒有直接關聯的那一支山。純粹是因為豆枝嬸也剛好擁有那另外的具體傾斜，掛置在充滿著奇門玄奧式的地理情境之中。雖然，西格去過幾次，但是最特別的細緻感受，就是距離感裡頭竟然不斷地生出迴旋的遮蔽效果，方位的失序、暈眩，像是身上失去某種能夠再被言說與記憶的可能內容——一如時代裡面的百般叮嚀，不能講的千萬別記住——因為感覺就是在嘉義的某個山上，直覺應該就是往東面阿里山脈或者中央山脈的方向前進。有個常態中總會有的小斜坡，上去有個不甚新穎的房子也是帶點習慣性地傾斜感。總之，觸目所及的事物似乎都是斜向一邊——一如取尿時的誆騙斜槓——一如任何哪一支山的任何一個斜側一樣，都必然帶點玄想式的重力角度。

事實上，在那個年代如果經商生意真能有所成就；那麼，必要地在一日之內可以來回的距離買上一支屬於自己的山，那麼身分就自然會與眾不同。當然，要去山上閒逛，不管有沒有特別的事情要處理，基本上也是要有自己的私家車與司機才稱得上是夠當道的成功生意人！

那時的豆枝阿嬸家，應該算得上就是這等流的成功生意人身分吧？

這些細節儘管橫跨了半個世紀，依然不斷回溯重複提醒著西格：「某種正在無聲加速度改變著的日常生活，不免要讓心裡面屢生疑慮，大力傾斜演化的全面出現，一路傾斜之外到底還能再生成些什麼？」

註釋

43 在《本草綱目》中記載：童子尿氣味鹹，寒，無毒，降火甚速。亦稱童子尿為輪迴酒、還元湯。主治寒熱頭痛，溫氣。童男者尤良。如同中醫的理論框架一樣，人尿治病有其玄想的奇幻基礎。小兒為純陽之體，代表著無限生命力的陽氣、元氣充滿全身，尿液是腎中陽氣溫煦產生的，雖然已屬代謝物，但仍然保留著真元之氣。不過古人並不是任意使用童尿，還是很有講究的：如童尿用十二歲以下的童子；童子要忌食五辛熱物；男用童女便；女用童男便；童尿則必須斬頭去尾等。

本體的鍛鍊。半個多世紀前才正式出現在現代建築上的有機弧線形式，併同飄懸著西格童年時期難以被確認的高宏尺度，以便在大宅院三口水井之後的家居生活裡，透過流動曲徑的灑布，掌握一切可能合壁的拓樸演繹。

水的潛隱來源，以手掌般大的小片濕地汩汩湧泉作為始源起點，涓涓細流蓄積的無限動力場。這種效應從來都困難成為我們在生活裡的直接關注，似乎越來越是如此。看天吃飯著實離科技太遠，更何況，科技的體現直接需要仰賴一切有限的資源。

意識與流動之間，從指向地心的垂直性開挖、導壓、湧現本質的奔流；人工系統性的水平性布施，甚至是逐步立體的疊置、拓延、爬升，在這種過渡之後才形成日常生活的便利。

水井完整回歸成為人類學的歷史遺物，系統性的供輸則以現象的到臨與本體並置。

在大宅院的空間擘構裡頭，神祇祖先公廳前的四合院中庭，尺寸大約有六丈[44]長、四丈寬那麼大。地面是由一片片，一呎寬、兩呎長、三到五吋手工鑿打成形厚實的觀音石、砂岩、花崗石材所參差鋪設而成，四個風水方位點上則各設置有一座洗石子五邊造型的花台，其中靠陳陣廂房那一座花台旁邊也構築一口位置相對特出、深度相當艱澀，看似「可以通往任何不知名另異世界」的深水井。完全無法知道它出現在宅院中庭內的真正底細，到底有著什麼樣預知的風水布局，好贏得什麼眾家人命運的美好將來，或者全部都只是巧合並置的無知妄斷？或者，其實根本就只是一口滿足生活功能平淡無奇的水井罷了！

整個四合院前後共有三口水井，這幾口水井的位置剛好都落在宅院生活機能的熱點上，或許最早應該要有四口水井，不是嗎？但是，西格打從有記憶以來就只見過其中的三口。遺落的那一口，理當位在與四合院中庭靠陣伯公仔廂房那一口的對角線位置上？那就是臨馬路店口倉庫後門出來的角落。可是，那個區塊的地面早已經以老水泥封固，並且以手工技藝精湛地描摹著石板的皺褶質感，狀似埋藏了什麼不能說的不堪。不過為什麼不直接以同樣的石板來覆蓋？這啟人疑竇的「祕密」，經年地在光天化日下更成了粗澀乾扁的明顯「假貨」，卻從未聽聞過宅院內有人議論！另外兩口則都位在主建築物公廳後方，陣仔、明智兩兄弟各自後廂房的兩側，對稱地左右各一，那時候宅院的廚房大都設在這個位置附近，因此水井構築於此處以方便打水，合宜地供應全宅院的人一切與水有關的生活所需。

地下水位看起來距離地面大概有一丈餘深，並不是特別駭人。不像西格公園阿媽家的那口屋內水井就幾乎深不可見底，井口雖小卻底部寬大，站在井口邊只覺得陣陣涼氣上竄冷冽逼人一年四季皆然，像個印加的神祕深潭或是史前文明洞窟般，深不可測。西格總幻想著遲早該會有什麼遠古動物，終有一日要爬出洞穴，穿水而出。宅院這三口深井的水質都算清澈很少有雜質，不過有趣的是三口井水的本源氣味著實各不相同，與大宅院兩側的廂房文化如出一轍。

豆枝嬸阿玉仔那邊的井就總是帶有濃重土澀的水青味，而他們的豆枝產品都是直接使用這樣的水製造出來的，並且必要添加了當時還未被嚴格禁止的許多種人造添加物、人工色素、糖精……都是些西格看不懂的整大袋進口添加物。最終，置放各式條狀、球狀、片狀油炸豆枝於三呎圓徑大鐵鍋中，依序一批次、一批次地人工拌炒熟成、染色、糖化添味，彼時發出的化學刺鼻氣味是很難想像它將在冷卻、包裝後，賣到像是街角早餐漬物店中去銷售，然後進到日常大眾的肚腸之中！

靠西格家廂房的井，就位在日後他與東格被分配到新訂製雙層鐵床所緊鄰的窗戶外邊，每日睡前或醒來扳開木框玻璃窗戶就能瞥見的那一口井。從小他們家就是以這口井，搭配著需要每個月繳交水費的自來水合併使用來過渡快樂日常。

距離井口大約五米後廂房的大灶門口兩側，有兩盅大型半人高、深紅棕色帶點簡易繩紋的老式陶製水缸。也就是灶腳大鼎旁木門外兩側各置放上一口。既是習慣形制上的必要，也是用來儲備從古井提上來的水，減少一道每次需要用水時的繁複工序；同時也讓井水在時間靜置之後得以散去一點不適的水青味。稍長之後自來水系統更為普及，也就不再汲井水使用。大水缸內的水也就全部換成自來水，只是蓄水靜置的習慣依舊——那可是獲取時間芬芳的另一道竅門——從自來水管讓水安靜流蓄在大缸中，慢慢與空氣交替呼息，似乎能讓水變得更為貼近自然水質的純淨。

或許也因為木製雙固定柄的缸蓋是由檜木材料製作又被長年洗刷得帶點純淨色彩的潔白紋理，看起來確實有種純粹時間裡的乾淨分量，足以蓋得住這一缸的深邃，讓水帶點檜木清香的甘甜，入口當然就能夠益發芬芳。

西格：「小時候，我總是有事沒事就會去掀開水缸的木頭蓋子，對著缸內自己歪斜的倒影發出聲音、自言自語地講話、說著不成文的故事、甚至就唱起歌來，說唱個不停，時而調整臉與水面的距離，時而搖頭晃腦的擺動身體的位置，藉以改變回音音質來增添自娛的樂趣，清透的水、那看得見的缸底，只要調整得宜、改變兩眼的聚焦處，就總是帶來一種聲音的莫名深沉感非常地吸引我，儘管不是每天都會做的事，但是只要想到了，我就會進行這種相當個人的發聲、靜默、冥想或者就只是徹底地對著水缸內的闇暗空間發呆，更乖張的是有時甚至會一次掀開兩邊的水缸蓋，忙碌地兩邊往復進行同樣的個人感知活動。」

兩口陶製大水缸，原來都成了西格私密的身體修煉樂器呢！

當然，水缸裡的水面有時也會不可預期地直接出現，其他小孩的鬼臉、大人斥喝的倒影，輪流穿梭在他的背後。以不到十歲的小孩而言，這樣的個人遊戲自然都還是盡量要挑大人不注意的時候讓它發生，才能愉快盡興。

每年總也會有少數幾次需要清洗水缸內壁，好讓缸壁保持必要的潔淨，這時體重輕盈、富有做事熱情的小孩就會得到無薪又難得的工作機會，進入水缸內輕盈地刷洗缸壁。

其實，小孩子站起來多少還是會比水缸高出一個頭，缸沿就是最穩固的扶手，因此玩樂性質頗高，是個固定區位，幾乎沒有什麼危險性的額外活動。有機會將半身泡浸在沁涼的水裡灑玩，當然讓每個小孩都爭先恐後地樂於承擔，但是體型過大、過重的一概都被姨阿嬤悍然拒絕，生怕一個不慎弄破大水缸將會讓她很難對宅院家人交代。

這口水井的角色，因此就只能在非常必要的時間點上才會突然盛大地出現了。至少是例行季節性的上場，多少證明它並沒有因為生活條件與社會系統的改變而失去存在的理由。儘管大部分時候，它都依照季節天候的變動而配合著自動升降井內的水位，一如宅院裡的呼息；如此才得以固守持續性的水源供給。這種老空間的一切宿命就是這樣，所有的設置都在那裡，拚搏著低調回應自然的規律索求。

意外地成為囝仔們夏季戲水池以及舊曆年前的四合院大掃除的水體來源，都是需要它屬於既有系統之外的重要貢獻，源源不絕的提供來自地底下被引流而出的地球體液，如此也提供家人維持少數家族感的敏感時刻，它的角色忽然間或許變得不是太現實，卻牽動著更不一樣且難以預見的必要價值。

即使沒有使用的時候，西格偶爾也會偷偷地去掀開——那平時被大人們口頭恐嚇、層層覆蓋的井口，生怕有人不小心掉入其中，特別是一堆愛瞎玩的小孩子們——藉以窺探那個更為悠遠又深不見底的世界通道，他想不透地想像著可能是某個可以潛往別國的祕密通道，可能是連結不知名異域的超驗捷徑，或者根本就是個屬於地球祕密內太空的人際轉換起點？

至於，四合院中庭僅有的那一口水井，則相對顯得功能更少，或許是因為它的位置更為顯要，以至於似乎毫無用處可言。感覺上只有在非常必要之時才會掀開頂蓋，否則根本也沒有幾個人曾經瞧見它的廬山真面目。

「這口古井早就沒路用啊，它老早就沒有在家族生活內底囉！」哈古棯說著，獨留一種另異而且聊備一格的弦外眼神。

「後廂房裡的大灶可是每天都會需要使用的日常設施，因為宅院舊式建築的形式關係，家裡一直還沒有全面換裝瓦斯爐或電能熱水器來汲取日常所需的熱水。一方面既是宅院世代以來的生活習慣，另方面也是因為將近十口人，大灶的確可以節省生活能源的龐大開銷。」這是早於半個世紀以前的景況。

西格說他十二歲以前：「宅院後廂房的廚灶每天兩次，都要運用人力方式讓這口大灶能夠順利地起火燒柴，提供給全家人熱開水的基本需求。非常老派地在每天早晚供應當天所有熱水瓶、水罐、茶壺們開水所需的填充；傍晚那一次則要激烈濃炙得許多。宅院裡一天下來需要洗熱水澡的人，則會一個接著一個的緩緩燒著熱水，燒開之後以三角錐狀水瓢逐瓢裝入鋁製水桶中，再提著滾燙熱水到淋浴間攙和著浴室裡另一口大水缸中的冷水來適溫使用。進行方式雖然相當古老，十餘米的距離來回，提水往復更要穿越大灶所在的雜物間、飯廳、廚房等三個房間的門檻也異常辛苦。日復一日的提水過程竟也成了家庭日常的行動表演內容，不斷地重複卻有著每天不同的巧妙。到了過節時日，這個大灶隨即變身成為蒸年糕、發糕、蘿蔔糕、水煮粽子、雞鴨禽隻……處理各種應景美食的重要資產。獨門的設備因為尺寸夠大溫度均勻完整，蒸煮出來的食物都相當美味可口，令人垂涎。」

可以想見作為宅院生活的核心器用，每逢年節基於感恩之心便有著不可替代的重要性。

「每逢舊曆年前姨阿嬤寶治仔總會鄭重其事地準備這件事情，默默地祈求全家一整年的生活順適，敬拜廂房前後幾處灶神、地基主也都成為她分內主導的重頭戲。舊曆年初一凌晨，天未光便要起身來烹煮饒負盛名的素菜鍋。首先是，摸黑著就要去對面豆腐間購買凌晨現時出爐的板豆腐，回家後接著片豆腐並且逐一乾煎至表面褐黃，才能鎖住黃豆的香氣。同時泡洗乾香菇，洗淨帶粉紅色根的整株菠菜好連根一起食用，代表惜物與完整的平安賜福，綠色皇帝豆或長豆莢則去頭去莢邊。備好菜料後先以蔥段簡單爆香，再依拌煮的快易程度將備料依序先後下鍋，以少油少水方式慢火燉煮至熟成，素菜完成後必須靜置趨涼以求味道純淨……然後，要先行淨身更衣，才能輪流在宅院廂房前後幾個灶前擺置素菜，捻香，開始念念有詞，為了一整年的平安有序，逐次地虔誠敬拜一點不敢輕忽、怠慢。」

因此，每個小孩似乎也都耳濡目染地具備了在大灶邊起碼的顧火能力，適時的添加柴火、何時該關上小生鐵閘門，又或者如何以專用的火鉗打開小生鐵閘門讓空氣溜入，都成了全家大小必要的基本生活技能。特別是冬季降臨的時候，一大早許多家人都會自告奮勇的守在大灶口邊上，拿著火鉗感受那暖烘溫度的洗禮、安慰，好不快意。

雖然沒有聖誕節的西方宗教爐火畫面，卻是如假包換的人生溫度之極。是故在每日的宅院灶腳空氣裡，總會早晚兩次的嗅聞到木柴燃燒的嗆鼻煙燻所轉化的幸福氣味。

井與大灶連成的水火意象，更是在家人遠離或者是某種特殊原因的替代之下顯得難以忘懷。兩種物件都是無法伴隨著人而有所移動的，可是卻都一致性地輕易讓人有著滿懷的情感印記。它甚且有能力勾起記憶裡最是深刻的味覺。

哈古稔猶記得，在二次世界大戰前期自台北第三中學畢業。不論學制，一如那個年代的所有學校制度一樣，第一與第二中學是給日本人念的，後來的第三中學（師大附中）才是給台灣人念。隻身在台北的外地生活，許多時候就是會有來自故鄉古井與大灶所連成水火意象的想念。之後，更由島嶼前往日本做預備進入大學學醫的準備生，這種遊學式的打工暫居東京，更是容易有這樣的日常懷想。

特別在那個年代裡，許多社會階層仕紳家庭的普遍做法，就是讓年輕人藉由遊學得以趨近於日本人進步的摩登化生活，間接維繫必要的社會地位。

不幸地二戰爆發，六年的東京寄居，除了培養哈古棯頗為流暢的日文、中國語能力之外，連後來真正的日本房東都不知道他其實是個如假包換島嶼來的人。戰後他並沒能如願進入日本的任何大學就讀牙醫，除了相當程度是家庭發生變動的複雜因素外，戰爭所導致現實世局的困難，似乎也讓他下定決心離開日本回歸島嶼故里。此後的人生便很少再聽聞哈古棯主動提起去日本念大學的往事！

無論戰爭或日常現實，水火意象的虛實交替最終都既畏懼了人，也召喚了人。

「我也不知道為什麼我會有這樣的人生。我一出生就是日本人了，但是我一直還是屬於島嶼的台灣籍。」哈古棯終究選擇輕描淡寫地回應！

註釋

44 一丈約為十台尺，三公尺左右。

移轉認同。

異常落差的認知尺度卻可能牽引出清迁的幸福感。就它作為文化根柢的一個流動環節而言，各種類型上並不是那麼的相近或相同，有的會是每日的時間摩挲，有的則會是隨機的嵌入。或者，也就只是偶然的現實因應。

這些終究都不是單一的文化說詞，存在著多元的文化體，差異才是唯一的根本同質，它們不必然有著相同方法與內容。

當然，它們的確都面臨了文明整體的不斷疊加、轉進、再疊加、增生或覆滅、再重新疊加。於是清迁（瘀）從來都不會是某種絕對性的說法。

關於讓宅院小孩子們期待的神祇公廳每年一度年終人掃除，也就是必要壓抑著家族從來就不整齊的耐性，逐塊擦磨清洗傳統六角紅地磚，烘托一切家族過往莊嚴的宅院公廳活動——仔細擦拭越發不堪的現在，無奈地越是想洗淨過往塵埃——但是，家族真的還有未來嗎，還是年代夠久遠到已經徹底擺脫了方向？

哈古桧總會說：「早在我出生前祖父陳通就已經蓋好四合院大宅，每年都是這樣敬畏地在進行著年度的公廳掃淨，既是對神祇的敬拜，也是對祖先起碼的感恩與維繫。」

之後，經歷幾個世代家族人數的增添，降臨在生活裡的不斷變動也就跟著逐一浮現。時序飄移在幾十個寒暑的歷史動盪之中，因此整個宅院大廳、廂房……到處的六角紅地磚鋪面，都直截了當地就呈現了某種時間機率與重力推磨的一致性趨疲展演，該稍微變色的、該形成痕跡轉折的、該要出現小局部傾斜與龜裂、稍微塌陷缺角的，所有現況都顯得直白地正常也就沒有什麼違和感。

所有的消融及早地預告了宅院建築本身映影著周邊市區緩步發展的地景變動——像是日後吳鳳北路的馬路拓寬——整體時空間退卻感自然也將非常地鮮明。

每年一度的年終大掃除，儘管再不願意，但只要還住在大宅院裡的家庭，大概都會心照不宣有默契地協調排定宅院裡的各家，多少派出一些人丁參與宅院公廳的共同清洗與整理。這種大宅院傳承的潛規則，倒是沒有人會有任何異議敢違逆。一旦協調好日期宣布過後，哈古梒便不再逐戶通知。反正，他總有足夠的大小家人可以來幫忙，最壞打算時就當作自己家的日常了！

進入公廳前，得先跨過大約一呎二吋高、兩吋半厚的福州杉木門檻，檻背上由手工製細銅釘依著邊線釘覆整片壓花的銅箔，形成公廳入口更為耀眼的細緻裝飾，同時也避免門檻被人常態的踩踏導致磨損、凹陷。如果不熟悉基於常民文化禮俗的傳統建築形式，這個高度並不真的容易跨越，任憑誰都應該會輕易地被它的威武感震懾住，就像是要跨進某個莊嚴廟堂裡一般，總會令人莫名地打從心裡敬畏起來。

「傳統女眷像阮綁小腳的二嬤商快，每次進出公廳祭拜，都得要扶著門壁緩步曲身逐步而行，身體一派的敬畏也才得以順利進出這個折騰人的莊嚴裡外。」哈古梒以強調語氣用力地說著。

幾乎已經不曾再關上的兩大扇公廳大門。厚甸的實木門片，每片約有四呎寬、九呎高、一吋半厚，門片上是由早年請來的福州畫師手繪的守門神祇白臉的秦叔寶與黑面的尉遲恭[45]，來分別顧守左右，好一個碩重威風的門面。經過近世紀的淬煉，儘管帶點斑駁卻更添風華，門片上各自配有一副銅錫合金製成的大型厚重門扣拉環；大門旁兩側公廳立面的前壁，在人的高度以上至屋頂梁下，盡是些忠孝節義歷史傳說內容的鏤空實木雕刻大型窗花，大概也有個一丈半高，很是壯觀。

西格：「怕被無妄斥責，當沒有大人在場的時候，經常就會把公廳門檻當成自己專屬的椅子，那無疑是個關注宅院中庭裡所有動靜的最佳位置；更著迷於這些廳廊上精巧的木質雕刻物件，常攀趴在公廳大門外側邊的客貨腳踏車後座、長椅條凳上，一個人出神良久地細細靜靜端視著那些飽受風霜變化的木質紋理。它們骨化的層疊就像是極微觀的遺世地景，帶點參天古木渾圓罩臨所衍生微型梯田的有機與隨和，整體的溫潤早已經擺脫近百年前雕鑿時匠師的刻意與銳氣；古樸之餘仍不失其崢嶸氣度！」

哈古棯：「阮陳通阿公講過，鏤空窗花雕刻頂頭漆金的部分，都是以純金箔黏貼覆拓、再補以金仔粉拌透明生漆塗繪出來的，早年都是伊拿出金仔角給雕刻師傅磨成粉末，再來配合金箔手工調製塗布完成的。」歷經滄海能留下的金黃遺痕幾難尋獲，但隱約之間仍能想像當時公廳金碧輝煌的耀眼光彩。

「我小時候看過的情況，的確是還有不少細碎的金色殘痕，並不是像現在這樣全然地黯淡無光啊！」

進入公廳後一抬頭，二丈多高的廳堂上方正中央清晰地便能看見主梁上的鎮煞八卦圖，麒麟獸鎮踩著祥雲數寶氣勢軒昂，儘管長年炷香煙燻帶點暗沉，幽微中仍具威力似地把持住了整個公廳不散莊嚴的磅礡氣勢——屋脊的諸多細節，也能看得見全屋頂部細梁的結構分布以及瓦片的排列方式——廳堂的配置除了主神桌中間身形纖細的觀世音菩薩神祇，右側則是供奉陳氏歷代祖先牌位的實木鑲嵌雕刻神龕。

這座高度剛好二呎八吋、寬一呎五吋——以虎頭造型簡化過的三趾座腳，氣勢穩固四方的神龕本體——有著等比例精緻做工，全部是以樟、櫸不同的島嶼木種材質互為鑲嵌的天官、童子以及持爵向天官進酒「加官晉爵」人物以及「天官賜福」等傳統圖案配置而成，立面的中央與左右兩落六扇門片，每一道門片都能以手指輕巧地開啟、關閉，雕刻得非常細密，很難不令人注意。神龕內則置放著幾座不同時代的祖先牌位，明顯都是橫跨了近代歷史長河的產物，抽開卡榫式的實木牌位，在它中間內壁，可以輕易看出曾經委由不同的人於不同時代以細筆書法工整鏤寫著可考的家族來源樹狀族譜。實木牌位形式從清皇到日治都有，世代輩分內容則著實跨越了前後兩百多年以上，色澤低調但字跡清秀而分明。

很難理解，這樣的物件竟成為沒有任何家族親眾會要的遺留物？

此外，公廳主神明桌案前的左右兩側，各自依著木牆垛擺置著共八張做工還算精良的傳統閩南式樟木製類太師椅，每兩椅之間都擺置了一個以精簡線條表現為主要雕工的深棕色素雅高腳方桌，既作為座位附屬的區隔，也是一種生活美學形式的傳統沿用。

偶而沒有玩伴的時候，西格會不由自主地去坐在那裡——依序輪流坐進每一個座位——就像是兀自逐一在感覺著什麼。每一個方桌也即刻就能變身成為他馳騁特異想法的遊戲平台，抽屜也能跟著開、合、起、閉地透過聲響配合著他即興臆想的劇情來發展物態表情。

針對這種略顯傳統威嚴儀制又富裝飾性的居家擺置，除了西格會注意之外，似乎並沒有任何家族成員曾經提出任何看法或批評意見，或許家族裡從未有人能有多餘的興致關心這樣的瑣碎事情，傳統就傳統吧，到底也沒有妨礙任何人。

清洗之前，所有人都被告知必須一起將廳內所有家具先行移至廳外庭廊暫放，接著眾家的花色布巾紛紛出籠遮鼻掩口後，拿出曬衣長竹竿接綁掃帚、各式長柄的自製改造工具，以一種堪稱變奏的韻律方式將公廳內高處凹折空間裡積壓一整年的蜘蛛網、粉塵，小心翼翼地輕盈敲除、滌淨。迴盪在公廳裡的工作聲音並不嘈雜，是頗能令人專注的一道道發自被過去時間迴盪蓄積過的音源匯聚；每年來上一次，確實能有些溯源的感受。小孩子們則被告知去把前後幾個塞在排水孔已經乾扁卻仍收擠著去年度髒汙結節成束的破布取出，好為稍後的水洗工作做好順暢排水、清淤的事前準備。

緊接著，先由青壯者提幾桶後院難得開張的古井水，將全室地磚潑濕。一開始，很容易便發現所有地面的水珠都還是裹著不易被徹底掃除的經年粉塵，透明的小水體表面混雜著那近乎可以被眼睛剝除的粉體結垢，分布方式像極了外太空嶄新乍生阡陌眾生的星體排列，越滾越大相互吸引，不易散去，像是正簇等著遭遇什麼救世軍的完全自由解放。接著再以洗衣粉泡打的肥皂水重複上場、四處潑灑分布在暗紅色的地磚上，瞬間淹沒粉垢小水體，四處便開始裹上一層白皙新鮮的泡沫，經過幾支新舊的長柄拖把刷，數次來回用力的逐塊摩擦、搓洗、刷沖。時間不同的雜灰色調變成了白色泡沫的昨天，暫時裹起了每一年不易忘懷家族間可見的不愉快瑣碎與難以化解的各種不悅痕跡。

整個清理過程算得上是年度宅院中小孩子們最為歡樂的時刻，根本就是在泡沫遊戲場裡的驚聲尖叫、好不快活。大人們其實也清楚這種歡樂的氛圍在大宅院裡並不常見——一年才一次，因此一般不會太過干涉——只要工作能不中斷地進行著。經過來回幾次的重複刷沖、趕水掃淨動作，的確一整年的塵埃是可能被大量移除的，包括時間裡人心的所有複數陰影。在意的與過意不去的一概統統掃淨，好讓無奈擁擠在一起的生活得以繼續！

這種每年一度藉由歷新以復舊的公廳清迂活動舉措，事實上全部都在回復家族歷史可被共同記憶的有限流動過程，透過空間裡質材光澤的翩翩召喚，試著讓家人們能夠重新看見每一階段的過去起點。西格並不確實清楚這些元素在生活裡能起到什麼程度在傳承上的連動作用，他當然還小，理解上自然是更為困難。不過，從小作為旁觀者，他也只能沉默地因應著每個部分的潛在挑戰，或者其他家人記憶上的主動分享。

像家廟似的公廳堂上主神祇桌旁兩側，各有一道通往後院的側門，這兩道無門片的側門上方，各自高掛著一幀畫師手繪的先祖穿著清帝國官服畫像[46]。可是，家族裡從來沒有人真的當過朝官。這應該只是清帝國的民粹遺緒，民間的富豪仕紳們於事業有成，過世之後都會請畫師偽造主人的著官服像，藉以展示社經地位彰顯家威。當然，這些官服像還是自動避開了官方正式的龍騰鳳翔忌諱，也因此成為民間家族的重要傳承。

西格國立藝專畢業後，因緣前往法國留學，期間並不知道家族決定拆除大宅院、賣地、分家、親眾各奔人生。偌大家族至此完全結束在島嶼跨了四代人，百多年來的安身立命之處，也一併終結大半親族原本就沒有的血緣牽扯。

幾年後西格學成回到島嶼，就再沒有見過大宅院建築與那兩張祖先的偽官服畫像。

人去樓空之餘，唯一遺下儘管做工精細卻沒有人要的那間有著鑲嵌雕刻安置祖先牌位的神龕，卻僥倖地被深情的哈古棯給留了下來。經過完整卸除宗教任務的儀式，擺置儲物間數年後，最終輾轉流落北海岸，成為西格家中置放銅塑作品的穩固台座：無論是「馬偕上岸祈禱」、「彎腰的島嶼」、「動觀音」等。儘管它們所屬宗教各不相同，但是這些複合式的黃銅、鍍金塑像們，的確都具有某些精神信仰上的共通象徵，全部都穩立著對於人精神意志上的寬厚包容與祈求承接。

西格多少自認為那就是家族遺傳裡的根本脈絡，這一點他是深切清楚的！

公廳裡的地板，每一片鋪置的六角嫣紅陶磚，跨徑尺幅大概是一呎左右，剛好是不疾不徐的一個小步伐的寬度，交互來往過那麼多的人流脈動，壓實了無數的生活苦難，近百年來卻並沒有真的缺過任何一片，儘管略微裂角與龜裂都在所難免。如此，每一片大紅色的陶燒地磚都厚實地跟著經歷近百年的庶民家族更迭，見證數代以上島嶼的歸屬轉移與一連串家族的死亡消長。

不過，最終它們還是都沒有能夠在幽紅的光澤裡刻畫出任何可能帶滿亮光的世界印記。特別是陳通家族的這一塊！

「大宅院家族」終究還是結束了，而且就只能這樣黯然消逝。這會是哈古棯與西格的喟嘆嗎？

「這一輩子，除了陳通阿公總會帶著我教授一些男人該要學會的做人、處事手腕之外，我從小的家庭就是個父親完全不會有心思放在小孩身上的組成，連我晚上是否有回家睡覺他都不會在意！一切都必須要靠自己的自信才活得下來！所以，我總是不斷地反覆下著決心告誡自己，有一天如果有了自己的家庭，一定要好好照管自己的家人細小，讓他們覺得有父親關心而且一直陪伴、支持著他們。」這的確是哈古梌持續擺盪在內心至響的音聲。

註釋

45 據《隋唐演義》，唐朝太宗李世民在成就帝業期間，殺伐太多，有一段時間晚上常做噩夢，聽到臥室外邊鬼魅呼叫，拋磚擲瓦，夜夜不得安眠。唐太宗將此事告訴群臣。大將秦瓊說：「臣戎馬一生，殺敵如切瓜，收屍如聚蟻，何懼鬼魅？臣願同敬德披堅執銳，把守宮門。」李世民欣然同意，當夜由二位大將把守宮門，他一覺睡到天明。雖然李世民不做噩夢了，但兩位大將每天徹夜把守實在辛苦，李世民遂吩咐畫師，繪製二位將軍的真容貼到門上。以畫代人，倒也頂事，邪祟自息。秦叔寶即秦瓊，尉遲恭即尉遲敬德。

46 這種稱為「畫喜神」的風俗，多用來彩畫遺像，通常都是凜然一式清朝官服，面目也都呈官相；畫喜神主要是為了祭奠先人，緬懷祖上的光輝榮耀。其實大宅院裡每一道門都有門片，只不過這兩道側門有將近半個世紀沒有關上過，讓西格誤以為原本就沒有門片。

從鈍角難行到臻於流暢的圓弧。演化上「能人」的出現應該也有個百萬年之譜。渡讓百萬年後，輪圓的概念可以成為腳踏車上輕巧的個體技術。

自從具有能動性的輪圓被人類挖掘並發明出來之後，在數千年之間，的確經歷過無數次繁複重大的觀念與技術變革，它的根本特質幾乎是不可能會退出人類的生活圈了。轉動依舊繼續，不論摩擦力的數據如何透過各種往復性的降低、消失、徹底改變，因應力矩轉動的形式勢必也會是永恆。

騎乘腳踏車需要申辦鋁製牌證的年代；那是塊大小剛好可以圈繞在腳踏車龍骨上的地方稅籍編碼。量好長短位置後，再施以老虎鉗鋁鉚釘固定，真正意味著：它在工業的系統化路徑上與所有零部件的發明生產一樣，除了是手工外也都還很低階，只是毫無選擇快速地想要擺脫傳統農業的一切艱辛。

很慢也不明顯，島嶼世界正在啟動全面性低度的模組化，對應時代裡人的思維還停繫在舊式的農業社會，的確稱得上是場嘗試努力跟上時代，全面推進熱力學的生活變革。

事物改變的數量與速度自然都還不是太多，感受上的強度卻逐漸增強。那裡面當然也開始形成社會階級化的初步線索，至少是等級制的系統開始被理解並且飛快地廣被接受。

鄉下城鎮，日子的變化速度難以像都會城市那般快速清楚地察覺、被發現，卻也是固執地帶著點獨斷式的立體，跌撞著一路悄悄跟進。

獨裁年代儘管時空處處都有各式人為的嚴格管制，在地生活馬路上的交通流動普遍就是駕牛車、坐上名為犁阿卡的各式人力三輪車、騎乘腳踏車之外，走路終究還是四處移動的最主流方式。偶而的確會有汽車駛過，但是數量寥寥無幾，終日之間難得看上幾回！因此，哪怕地方再小與每一個人、事、物天生就都有著互為依存的場域牽扯；不管是哪一種藉口——除非被環境逼迫或者無法排除的困難，否則不隨便遠距離移動的宿命約定便是一生的懸念——就在出生地過活哪裡都將不會去！

當尺度能夠如實地回歸在地，弱微環境本身未必存在真實的箝制，只是極其有限存有裡連串的欲望都還沉寂在非現實的保守象限之中。如果沒有生活現實的迫不得已，很少有人會隨意想要離開一個出生、成長熟悉的地方，特別是感覺上就是屬於自己的根源。

各種動力車輛還相當稀罕，也還沒有生成那樣的系統生活需求。在平常日子裡，走路以外能有機會騎上腳踏車，就已經夠得上是某種氣派等級了。

北門口街區之間，的確有幾個小店鋪是做著與腳踏車有關的生意，但一般都只能算是正在摸索著店務的開拓可能——保守是時代被迫的普遍民風——因此也會兼做些生意上的不同延伸，好增加額外收入；各式雜貨鋪子兼做一點腳踏車簡易修理、各種品牌的二手車、有限數量的新部品販賣，而且很多部位都還要套著並不甚合尺寸的透明塑膠套以示珍貴，以及最受小孩子歡迎的出租學步小車等買賣。

在那個腳踏車萌發的年代，因為絕大部分的品牌都是拼裝車，因此差別並不會太大，都是藉此慢慢培養可能的潛在客戶。

這裡面，最多人喜歡去的「榮忠車業」技術水準應該算是比較好的一家；其實，從來也沒有家人提起過什麼，而是私下不斷聽聞它的生意最好。任誰憑著感覺都不難做此判斷，是街區裡少數專門經營腳踏車生意的店鋪，規模自然也是相對比較大的一家。由長榮街出去就在與忠孝路的角窗上，常態生意相當興旺終日不時的忙碌著，店裡面的師傅、學徒非常多，直覺就是車子一進來就能得到比較全面性又快速的處理與修護，排隊等著修車更是常有的事情。

每次送修腳踏車的過程就都像極了不同齣的短劇上演——不同的故障便能引發人與腳踏車之間不一致的互動方式，特別是身體上的因應——有時候卻是十足難以想像的激烈。輪子整個歪掉卡住不再能旋轉，需要有人幫忙，一人掌著方向把手另一人拎著抬高輪胎，前進腳踏車店修理！

一般常見的問題，西格就會站在車子旁邊定睛地轉變著身體姿態，仔細看好師傅的熟練修理。甚至，經常都還要勉強自己的個性，靦腆地喇咧問清楚發生故障的原由，好多少能偷偷地學會一點什麼，總想讓腦袋就此理出個所以然來。不出幾年，只要遇上腳踏車的簡單故障，幾乎就都在家自己處理了。

事實上，剛開始學騎腳踏車時，都是由當大哥的阿嘉負責拿出五角、一元錢的大半天租金，租了部沒有煞車最小型兩輪學步車開始練習，而且每次租車都要練到超過租車時間才不甘願地回去還車。

阿嘉總會嚷著：「你自己要試著用兩隻腳的腳尖持續蹭地，好讓輪子盡量保持轉動。我都會在你後面幫忙扶著坐墊，你毋免驚！」

甚至，也可能是推著騎乘者的後背來讓車子可以繼續向前直行，初學者總是在一陣試圖平衡與往前踏步前行衝力不足的情況下，努力輕微搖晃著腳踏車龍頭好盡可能擺脫摩擦力，藉此將車子足以向前滾動的時間拉長，並且獲取最大動力的平衡狀態。

這樣的過程必須重複非常多次，不厭其煩的整天、數天、整週甚至是數週的練習，一直重複再重複，讓平衡感越趨於穩定，搖晃龍頭的顫抖狀態亦趨於緩和，才能逐步順暢地讓輪子自然往前滾動。這種純然與重力妥協、與時空對應的內化過程，其實也不過就是人生的主要旋律之一：學會如何讓世界的基本節奏進入你的生命之中並且結為一體的把戲。對小孩子而言，只是要學會騎腳踏車並不難，一般大概花不超過幾塊錢就能學會吧？

真正困難的，可能是後續一連串非預期的變動狀態，讓人不知道該如何處理甚至面對。那時候一般腳踏車的製作、組裝都還在起步階段，所有試著進入工業量產世界的工廠都還在土法煉鋼地摸索著，也因此製造的零部件密合度都還非常的粗製濫造、整備低落，材料的使用也因陋就簡完全無法講究。容易掉鏈子、破輪、電鍍掉漆、煞車線強度不足經常斷裂、龍頭鬆歪變形、一堆極容易生鏽的各式螺絲組件……不一而足，經常性的小故障是很常見的。總是會有的製造精度不良、品質落差，似乎也成為現代化生活過程裡不可或忘的常態基本練習。

一旦學會基本的騎車技巧，那麼人生也就跟著真實啟動並且開始跨越不同距離與速度的接觸面貌。不論距離或空間向度、一切都依著對應的相互關係、速度與尺度規格……簡單講，生活中各種知覺層次的豐富質地一次性的全面襲來，令人快意的整體感受也就接踵而至，時間上的加速自然很難捨棄，空間裡的跨層次穿越更是叫人無法忘懷。與走路最強烈的不同，在於一旦騎上腳踏車之後，迎面而來的風雨姿勢必然角度更大、更為劇烈明顯，聲音的變化開始產生局部的斷裂經驗，氣味雖然慢了點，卻還是以伴隨著風的吹拂來提取它該要有的極不客觀感受，聲音則總是慢了四分之一拍才進到耳朵裡，沉沉地依著緩緩波動老實迴盪著。

從此，西格成為騎腳踏車的能手，很容易就可以與任何一台無名的腳踏車交上朋友——像騎獨輪車般地放手騎車，既是速度也是互信的起點——經常每日一騎十餘公里，上學之外逛風景、讓風吹、無奈獨處……騎去運動打球、奔向野外露營的熱切。無論如何，人與腳踏車之間的風景，建立起透穿孤獨的絕對移動時空。靜時時間浮現，動時空間上演。每日上學路途過程中的騎車時刻，自然成了西格最大的自我愉悅，日日陶醉樂在其中。

人生會否輪轉。

有時是純然命定，有時就只會是充滿意外的偶然。如果，能把打針當作人際交往的私密內建方案，在島嶼脈絡裡很容易便會覺得應該是千禧年之後才能有的後現代，它卻在一九五〇年代就開始了這樣不同前衛的人際互動舉措。

跨越一個世紀，的確沒有人能預知如今施打各式疫苗針劑竟成為全世界的生活常態！以「注射」作為社交模式，是現代化幾百年來人的社會變態，醫學原初的角色位置逐漸被擱置、轉換，甚至退居到最後，僅成為不可預期的生命搶救。

過程裡沒有底限的愉悅，越發乖張的歡樂，甚至是無端的狂喜、總體放肆，爆烈僨張的化學聚合物都在拚搏那微細的物理可逆機會，產製沒有底限與生命對立的沉溺、上癮，以至於成為時代裡難解的各式奇觀。

儘管時代不同、方式細節上一直有些調整，結論卻都是一樣不變的沉淪、再沉淪、持續沉淪到無以復加。

除了是島嶼上最大農林平原的主要核心區域之外，山林溪野遍布原本就是嘉義地方最具體的地景特徵，林務局的林業試驗所，二戰後除了承接自日本帝國全面開發掠奪島嶼資源的系統外，也正在逐步轉向初階的山林管制、研究與經營。因為軍事戒嚴的山林海管制，也就更全面地形成對於不同部族原住民文化資源傳統領域的國族侵占；建制相當規模編制的各式研究與管控單位，因為這種繁複需求而養活了一大批公務員工。

前去林管處試驗所附設醫務室——給擔任護士阿端姐的母親梠治（Kumugichi）姨[47]打

針——就是在地小區域生活裡最緊密的人際體驗。桾治姨早年曾在看護婦講習所受過專業嚴格的日式醫護訓練，二戰後轉制仍然是個合格的護士。圓潤溫暖的臉龐完全烘托出她個性像極了土地特徵般地熱情，待人極富愛心，到處幫人義務送藥兼到府醫護服務，人緣非常好。她從小的日文名字便極特殊也巧妙地隱喻了她畢生的真實工作，是小地方上大家經常稱頌的健康衛士。

阿娟：「我忘記那時候都怎麼稱呼 Kumugichi 姨了？我與阿端可是從小的手帕交，平常好像都是跟著她一樣叫桾治姨媽媽的！只要見到桾治姨對人打招呼的笑容與聲調，不管哪個小孩子自動就會覺得很放心、安全地讓她打針。」

「她們家一屋子人也沒有幾個男生，我們還經常一堆小女生，擠在唱盤邊一起大聲聽著謝雷[48]的黑膠唱片，非常自在、有趣極了。」

一九五〇至六〇年代的醫療系統承襲戰後日治的遺制，發展上還未有全面健康保護與臨床的完整觀念建置，島嶼四處仍盛行著肺結核、小兒麻痺、烏腳病、天花、腦炎……多種高流行性的時代傳染病，在有機可乘之下到處是密醫並不是什麼天大的祕密，只要不被查到也算是普遍的常態，大部分人還是以理解傳統漢醫的鬆散態度在看待西式醫療。

西格：「要先爬上十餘階的大門樓梯才能上到那個診間，不時地充滿著人來人往的愉悅感與談笑聲，裡面的消毒藥水氣味一直是帶著欣甜的獨特味道，感覺沒有一般醫療場所那麼地辛嗆、拒人於外，並且不至於令人畏懼。最特別的是記憶裡似乎沒有看到過穿白袍的醫生，或者並非每天都會有醫生前來看診，於是非緊急的簡單醫療行為統統都成了桾治姨的平日工作內容，醫生囑咐最基本的配藥、打針是那個年代解決身體苦痛的最直接方法。因此，只要醫生同意幫病患打上一針，大概病患都能含笑愉悅地離開醫療診所，道謝再三。這使得桾治姨每日的工作繁重不已，她也總是笑容滿面精力充沛地忙碌著。」

因為阿娟與阿端是互動極為親近的同窗，兩人的母親也因為祖母那一輩的舊識更成為莫逆的結拜好友，幾次較為一般的生病發燒，都是由美玉帶孩子依著醫務室醫生的囑咐來讓桾治姨打針，某方面的確是特定時代的獨特人際交往方式。如此的人際溫度也就會是不需要刻意迴避的事。但是基於醫療安全的考慮，實際經驗的次數似乎也沒有特別多，美玉總也會想著有打過就好了！

林管處試驗所原來是個獨立機關，隸屬阿里山林場。二十世紀末期全球化之後才改制整併成為公務單位。坐落的位置雖然還在原處，只是舊時代的一切已經人去樓空，改建成乏味經濟林業發展形式水泥的多樓層辦公建築，取代了昔日的日式仿大阪式檜木結構建築。隔著忠孝路對面的一整片「檜町」[49]倒是還在，只是好一大片都成了另一個時代的觀光客樣品屋。早年聚落屋舍的局部實木圍牆以及隔鄰間維持關係的各種含蓄樹籬與喬木果樹，已經完全被鏟除，並且敞開成為歡迎光臨的文創商品化景點。消失的其實就是那難以再回復美學感受上的準確，而不止是褪了色的記憶：「獨留眼前被複製出來連續雨淋板的冥想飛揚構造，悄然啟動空間的無形召喚；那一大片的房子，一直都是西格幼年時候的夢中之屋[50]。」

註釋

47 桾（台語發音似「錦」）即「黑棗」。落葉喬木，葉子橢圓形，漿果長橢圓形，熟透後呈黑褐色，可以吃，亦可入藥。

48 謝雷（一九四〇年二月二日—），本名謝茂雄，出生於台北市大稻埕地區的歌手。謝雷自一九六四年出道以來已持續出版超過百張專輯；他是台灣第一位出版國語專輯，也是專輯銷售破百萬張的男歌手。

49 「檜町」。即後來被保留修整的「檜意森活村」（Hinoki Village）。為全島僅存規模最大的日治時代建築群。

50 日治時期島嶼各地的日式建築，和當時日本國內的日式建築有著具體明顯的差異。島嶼各地有著多樣的發展形式：包含純和式、和洋混合、官建築、民建築等各種不同形式和等級。建築屋頂大部分和日本的樣式也並不一樣，更接近泰國或寮國的東南亞樣式。二〇一六年，日本建築士渡邊義孝在 Google Map 上製作一份「台灣日式建築地圖」，標註幾千棟日治時代島嶼的日式建築。

「吳百發診所」。早期漫布島嶼四處的診所，包括合格醫生以及各種無奇不有密醫的總數；並不比半個世紀後醫療發達的合法診所數量來得少太多。

不過，無論年代也無論合法與否，所有型態的診所都只能盡力、完整地回應人世間不循規律的人性崎嶇與病症的萬象多元。

西格總能回想起以前哈古榿曾經對他說過的一些嚴肅評價：「百發醫師與大姨丈的診所，是不能比較或者必要比較的兩種不同醫療類型哦！」橫亙它們之間的就確實只是醫學倫理體現程度上的不同，如此而已。

的確，如果沒有機會與深沉生命直接遭遇，那麼任何醫生都可能淪為一個擁有特殊職業證照的彆扭屠夫……？

跨過爆烈時代之後，每一位醫生其實都各有其生活裡的癖好與跨世代熱衷。什麼打高爾夫球、把玩水族熱帶魚、喜好威士忌與紅酒等美味鮮食、診間裡的電動蒸汽小火車、鎮日聽著西洋古典音樂、彩繪油畫成癡、空中樓閣左派思想以及各式政治的社會實踐……要不，或者就只是每日拚命地在救人？

每個醫生都在思忖著該如何回應他者生命裡所敬重以及被交付的挑戰，只是當他們醫學倫理濃度改變的同時，醫學的整體價值觀也正在被系統性的框架所遮蔽、扭曲、進而轉向。

於是，醫學可能必須快速地試著學會如何更靠近富有美學感受性、同時也飽含資本流動可能的當代藝術倫理。

在成仁街開設診所的吳百發醫生，是哈古榿的小學同窗，兩人之間自幼就有著一定的認識與熟悉。他是一位外貌斯文一如他的長相，微胖身軀頭髮不多卻梳理得很整齊，臉上架著霧亮少見的金框眼鏡，有時候也會拆下來變個樣子瞇著眼成為談吐更溫吞的醫生；經常性掛著內斂微笑的紅潤表情，展示著他的專業親和。整體的直覺就是一個日子過得非常營養的人，在那個年代這種差別是具體分明的，任何年紀的人都能輕易分辨、看得懂。

他們兩人都受過正統嚴格的日式基礎教育。哈古梌成年後的職業是國小老師，那個年代還沿襲著以日文稱呼為先生（せんせい／Sensei），這個禮貌的敬語除了是針對老師之外，自然就是醫生以及令人敬重的社會賢達。他們都具有彼時被尊崇的社會地位——日本時代以來，嘉義就出了很多醫生；只要能念書成績好，就會被鼓勵從醫——但是前一種只能堪稱有才，後一種就真是有財，哈古梌應該可以算是前一類的一種吧？兩種職份的人自然是更珍惜彼此，怎麼樣互相都會有點惺惺相惜，更何況小時候還是同窗的關係。加上哈古梌算是國小的名師，當時小學升初中是要考試的，競爭者眾，而吳醫師的小孩也曾是哈古梌的學生。因此，知道如何在尊崇之外給點微薄薪資的國小教師實際上的優惠，也算是夠意思的人情世故。

因此，「吳百發診所」便就近成了哈古梌全家小孩緊急時刻較常光顧的家庭醫生，特別是當小孩子的身體若有突發狀況，需要注大筒仔好即時降下體溫時。哈古梌也甚為清楚，哪些問題該去哪個診所處理，並不貪圖特定減價的優惠待遇。他總是也清楚諺語的提醒：「免費的藥難醫病！」的真諦。更何況過重的人情債，他也沒有能力償還啊。

「吳百發診所」算是有著小型醫院那般的規模，一進門就是濃重撲鼻的消毒藥水味道，令人不由得身心都會緊張起來，生怕不小心給醫生洩漏了什麼不妥當的個人私密一般。比較難理解的，只是因為醫療發展還不夠先進，那個時代的各種醫療診所、醫院裡都會有種既震懾又駭人的奇特專業消毒水氣味，藉以宣示醫療的權威。

吳醫師診所的建築是棟三層樓的獨立鋼筋水泥洋房，外觀立面以連續的圓弧窗戶構成。除一樓是診所空間外，其他樓層都是私人用途範圍，完全不對外開放。因此，更成為西格眼裡的神祕地帶，特別是那座杵在一樓診間旁看起來能將人帶向樓上的寬大磨石子階梯。全屋內外處處都是那個年代的所謂進步象徵；空間裡盡可能是排列有序格子狀框銅線的磨洗石子地面，感覺經常就是一塵不染的樣子，來看病其實有種很乾淨的放心。診所內部全室的白色牆面，再次強化了醫療效果的印象，天花板高處角落有著同樣是白色的細緻鏤花嵌在界接處，讓相對嚴肅的空間有了點緩和的氣息，也帶來平心地優雅安靜。高靠背的白色原木條狀長椅子，則更讓到處看起來都顯得新穎、乾淨、專業有效，有著空間完善整體感的掌握。

診所空間裡的這些準確條件都更增加了看病者的痊癒信心！高聳及胸的掛號取藥處，以磨砂玻璃區隔裡外，霧茫茫的看不到裡面護士的操作細節，只能揣測著、依著護士的聲音去快速做出回應，所以去看病時也需要隨身帶著一定敏捷的神經感官來適時回應，生怕遺漏了什麼醫生、護士接連輕聲地特別囑咐。

整體空間感的低調素雅一塵不染，顯然異於診所外的一般街區環境。熟悉的病患們當然清楚那整棟建築三個樓層都是醫生所自建擁有的產權，可能是這一點的奢貴氣，自然陌生的外來者比較少進到這個診所來，它算是東市區裡面幾個街區間居民的獨享之地。所以在那個年代絕對稱得上是街坊的富貴醫家。

不論年紀，最為駭人的環節該算是打針這件事吧！一次性使用物品的文化在年代裡還沒有形成也沒有這樣的對應系統，所有的醫療用具全部都是一用再用、用到不能用才能棄置，甚至更改用途繼續再用，直至毀壞不堪為止。因此打針的針筒都是玻璃燒製的各種不等大小尺寸；至於針頭則是一概的粗壯，叫人看了都畏懼。那些輪流進入不同身體的尖銳也就是構築共同經驗的絕佳媒介，一戳、二戳、三戳、不斷地戳進所有到臨的相異身體之中，像極了消滅各式病毒的另類暗器或私密武器，長相也都異常的強悍笨拙而毫不俐落，每一次打針留下的大針孔更是令人戰慄不已。

那時候的醫護人員，每天有很大的工作負擔就是在小心細膩的處理工作前後各種醫療器具繁複消毒的整備工作，因為人命關天，馬虎不得。

幼年成長期的西格應該至少在「吳百發診所」看過十來次病吧？

相較美玉在嘉義竹崎鄉下的同父異母大姊，她的夫婿也是個醫生，而且分明就是個史懷哲式的傳奇人物了。

大概是念小學前後的年紀，西格曾陪同母親去到訪過年歲與母親差距頗大的大姨媽麗玉，儘管次數不多，西格卻一直感懷在心而且深刻難忘。那可就真的是個超乎想像破落的小診所囉。可能是缺乏周全的醫療資源，似乎沒有什麼醫生願意來到這個窮鄉僻壤的小地方工作。因此，以鄉下所在來講，雖然診所外觀本身甚不起眼甚至帶點時間後撤的停滯感，但是由周邊鄉鎮前來看診的人流卻也算得上是門庭若市。

首先，令人驚奇的是診所裡外的地坪竟然都只是夯實的硬紅土地面，經常被踩踏的區域甚至帶著略微凹陷的深褐光澤。外觀則完全沒有什麼門面可言，破舊中隱含著難免的寒酸，一呎寬、兩呎長的直式招牌也僅僅是一塊以毛筆書寫著「回生醫院」四個字，墨色已經跟隨時間交替明顯斑駁，板身有點扭曲變形的單薄原木料；木板上字跡倒是工整運筆有勁，感覺得出來書寫者有種對現實不屈不撓的潛隱壯志，應該是大姨丈自己的筆跡？

診間內的確是有個綳著黑色龜裂皮面簡易型的醫用診療床，以及尺寸很小卻裝置著排列整齊診療器具的白色木框玻璃櫃，好像只有身體狀況很不好的病人才有機會能夠躺到診療床上使用櫃中的醫療工具。此外，診所空間裡靠牆處還有一張缺了一根橫木，陳舊木質也已褪成青灰色的原木等待長凳，那是蹇促空間中唯一一處病患可以好好等著讓醫生呼喊自己名字的地方；一旦聽到自己的姓名都還要脹紅著臉趕緊低聲回向嚴肅聲音的來源處。牆壁上視線的位置連續掛著兩張以同樣陳舊木框裝裱的日本長崎醫大日文學位證書以及島嶼醫管單位核發的醫師執照，才稍稍緩解滿室過度簡陋的疑慮。否則，以這一切的醫療配置，真的很難讓人覺得它是個能醫治人、救人性命的所在！

其實，大姨丈陳正中的出身有著極為戲劇性的時代脈絡。他最早是日治時代台北帝國大學理農學部農學科第三屆的學生，天資聰慧而且成績極為優秀。一出業就開始在總督府的農林單位服務，但是沒幾年，很快他就發現當醫生的往日同窗們生活都過得相對寬裕，比較能夠施展自己人生的抱負，便起心動念開始考慮著怎麼樣能夠轉進到醫學的專業領域發展，好徹底改造自己的往後人生！於是與剛完成婚約幾個月的大姨媽麗玉商量之後，年內便毅然起身前往日本九州的長崎醫學大學[51]繼續深造。那時候已經是瀕臨二戰前期的醞釀階段，日本帝國剛在中國東北勾連清朝遜帝、軍閥成立滿洲國[52]。

因此，許多求學者的日後發展考慮或許都很難只是理想上的決定，時代牽動的一切變化都超乎可預期的想像！

雖然是在日本的不同城市，時間上卻與哈古梒在日本的期間似乎有些重疊，但是當時哈古梒與美玉還未相遇也不認識。七年多年之後，哈古梒才可能逐步從美玉的嘴裡知道了這些親戚曾經在日本發展的點滴細節。

「經過再三思索與準備之後，我父親終於如願考入長崎醫科大學的醫學部開始習醫，六年之後卒業獲得非常優異的成績，拿到學位後便得以開始在長崎的大醫院服務。隔年即因為戰爭的緣故，日本政府派遣他及一些年輕醫生前往滿洲國的醫院服務以支援戰事的需求，結果前後竟然一待就是整整七個年頭！期間，生了三個兒子，等母親懷了第四胎末期才獨自回到島嶼生產，臨行前父親特別叮嚀她，如果是生下女胎就趕緊拍電報通知他！如果又是兒子，寫信就可以！」正中的大女兒智惠平和地說著她自己的奇特來歷。

「此時戰爭的複雜度節節升高，多國的介入更讓戰局撲朔迷離，不過動亂顯然已經開始轉向！那時候總特別覺得露西亞（Russia）的兵士都很驍勇凶暴，但是對醫務人員倒是都非常尊重；相較來自其他國家、區域軍人的狀況，很容易就能了解戰局的真實走向。」

他們一家可是住在滿洲國存在於世界的一半時間，這到底會是何等的深刻體認？滿洲國的落幕，影子卻仍然活在時空的軌跡裡。

二戰後對東北亞、中、俄擴延的影響既全面又慘烈。有個老套的說法：「就算日本人早已經忘了滿洲國，滿洲國卻永遠不可能忘記日本人。」同樣，二戰後島嶼長時延的推移發展，面對的積累困境何嘗不也是如此！

直到二戰結束前後滿洲國瓦解，正中才領著麗玉與全家小孩經由九州一起回到島嶼故里嘉義。像這樣非常特出在東北亞之間移動路徑的心路歷程，幾乎就是近代亞洲地緣政治變遷脈絡的重要歷史縮影。

一切戰爭的變動在他們回到島嶼之後總算暫時塵埃落定。不過，令親族們難以理解最終的決定卻是選擇了前往鄉下地方竹崎村來行醫[53]。成長年歲裡生活遊歷所回應極度壓縮的時間脈動，加上歷經國族認同的激烈動盪、轉換，外人並不容易理解真正對一個人內心變化的實際影響。

正中原本的開業算是家醫綜合科病院，甚至婦科生產的工作就交由在日本學過助產科有執業證照的麗玉來負責。卻因為地處偏鄉，醫生必須要有足夠能耐可以立即處理各種突發的身體狀況，精細分科的醫學專業在這裡，常常顯得毫無現實意義，緩不濟急。因此，自然時刻都考驗著醫生的醫術廣博與實際經驗上的應變能力。

甚至，偶而連蓄養的大、小型家禽動物有了緊急生理上的狀況，儘管需要面對表情一貫嚴肅的正中仙醫生，也都要趕緊來臉紅委婉地問過醫生該如何處理才好呢。

竹崎村雖然是窮賤鄉下，但每一條命不分人、畜，在醫生夫婦正中與麗玉眼裡可都是貴命！

掛號領藥處也是個由褪色原木板材簡單隔間的區域，窗口低矮的小板桌，雖然很小卻油亮著光，只是那光的微弱回返就像是在呼應著來看病的人：很抱歉收了你的錢。這種謙沖氛圍，不免令人開始擔心懷疑起那些藥物的真正療效了。

就是這樣的價值觀才讓自己得以繼續下去。西格更聽美玉私下講過：「凡是當場付不起醫藥費的人，你大姨丈就要病人照著他的口訣，先跟窗口先生娘大姨媽打聲招呼講一下，好讓自己記得等有錢的時候再依約定來還錢。甚至，窮到根本也不可能有朝一日能還得起錢的人，只要是住在附近鄉里，聽說醫生也都早已在櫃台列管在案，考慮鄉親大家的自尊心就先不用繳費，就說：『要回去幫家人拿錢！』（其實就是免費啦！）如果真正是艱苦古意人，醫生還要特別囑咐麗玉先偷偷和著藥包點錢給他們暫時生活救急支用，其他的事情，一律以後再說。」這對西格的人生還真是起了個絕大的影響，從此瞧不起這個行業中只顧枉心賺錢的醫生們。

但是這對只有加速勢利發展中的真實世界而言，可是一點都沒什麼影響啊。日後的醫學系統真的會有什麼重大的變化嗎？我們半個世紀之後再說吧！

註釋

51 長崎大學（ながさきだいがく/ Nagasaki daigaku / Nagasaki University），前身始於一八五七年荷蘭海軍軍醫 Pompe van Meerdervoort 開辦的醫學傳習所。一九〇一年設立長崎醫學專門學校。一九二三年成為長崎醫科大學，簡稱長大（ちょうだい），是一所位於日本九州長崎縣長崎市的國立大學，前身之一長崎醫科大學是戰前六所醫科官立大學之一，也是世界唯一毀於核爆炸的大學。

52 日本關東軍於一九三一年在中國發動九一八事變占領滿洲後，在中國東北的占領區，以清朝遜帝溥儀為元首執政（一九三四年即位為皇帝）政權所成立的傀儡國家。雖然名義上為獨立國家，但日本透過簽訂《日滿議定書》、關東軍持續駐紮滿洲等方式，使滿洲國變相成為日本殖民地。國防、政治的實權皆操縱在關東軍手裡，為日本侵略中國的軍事經濟基地，一九四五年隨著日本的戰敗而瓦解。

53 有一個說法是，世居竹崎鄉下蕭豆的親大哥盧仁賜的善意引介，才讓正中非常便宜買下這個鄉下醫院所在的住所，開始了他在鄉下的執壺生涯。

脆弱時代的強度生活。

當日常起伏全面都被單一化得極為扁平時，對世界的理解勢必就只會貼近模仿自然主義式的寬慰；那般的人造光澤或許一時之間看起來極為美好，那個時候還沒有任何跨越的必要與可能，一切都還在次第地緊追著好跟上系統化的起點。

混搭、連結與距離之間也正在緊鑼密鼓地啟動協議；從華格納[54]的總體藝術到布萊希特[55]的間離化，從李歐塔[56]的後現代到布希歐[57]的關係美學。

曾幾何時的時代跨越，是應合著每個人能夠認識的邏輯在進行，特別是隔著虛擬距離的回想，美好遮掩了所有的瑕疵，所有的斑點都固態化了記憶空間，並且夾雜著各種炫目的斑斕色彩。

那個皺褶空間是一種僅僅對於它自身才可能會有的強度連續體。在其中，因為流變，人才能夠贖回無意指與去形式的強度與張力，重新找回一個「純粹的強度世界」。

舊時代的樸灰日常——天空總是清透著可愛的明晰湛藍，無甚聲息生活裡的一切明白，儘管難免刻意卻毫不虛憍——既沒有透過什麼精心設計的橋段，也完全不可能是被安排出演的特殊角色，卻在靜謐街坊間滿溢張懸著非典型的庶民戲劇性。隔著十字路口，兩個略微斜向街角小商店的強烈對應：由一對異常斑老夫妻在斜屋簷下經營的童玩攤與設有可摺式長窗販賣檯面的仿日式漬物店。

「應該是因為牙齒快掉光了吧？」每當西格有點零花銅板時總愛光顧流連童玩小鋪，也總會見到店主夫妻兩個人配著一些不是太容易辨認的深色配菜和著稀飯，而且一律都是稀飯或者至少是些黏稠狀的食物，不曾見過別的。

這個童玩小鋪的坐落位置，根本就是在街道轉角屋簷下增生出來小斜坡屋頂下的幾坪空地所搭建的夾層空間。那個年代真正會有理解上的直接困難，除了搭建物裡外的實用功能——應該沒有什麼人會知道卡夫卡[58]的異質[59]夾層空間，到底是如何可能足以與這樣的增生空間推移出異國島嶼生活的綿密對話——或者該如何理解這種超出既有的空間經驗類型才好？

因此，潛意識所能直覺的推斷：下個世紀的前繼時代一旦過去了，什麼就都可能會全部消失。

從小的生活經驗，西格倒是經常見識了那樣的克難場所；必然帶著島嶼熟悉的濕潤暗沉、混雜著褐灰色硬土的地面，是那個年代裡標準的節儉古樸。沿著隔壁長屋三角窗泥地而建的瘦斜面屋頂小鋪，為了爭取最大內部空間，傾斜角度的過於急促讓斜屋更顯非常態的囧迫、褊狹長窄與矯小，後半部甚至就直接消失在兩屋交錯的銜接裡——就只能是符合各種變異斜率的無限增生、滿溢，不然就只是小空間裡面必然會有的各式曲折乖張鋪排——斜頂的高處只見幾根如手臂粗舊木料的隨意搭接組合，外面則覆蓋著波浪狀已呈深褐色生鏽斑紋的鍍鋅鐵皮，感覺似乎經受不起太大的天候折騰；卻因為昏暗光線讓它顯得像是南歐洲老教堂裡，久被遺忘的幽古角落？

這一對垂暮老夫妻，對於只有幾歲的小孩子來講，看起來就是有一百歲那麼多，男者清瘦臉上鶴髮蒼白、指甲長而彎曲帶點暗沉的黃色鳥垢，一年四季且不分季節地總是斗篷式的連身長服；女者面容平和、稍微駝背、彎腰佝僂，額頭上經常縛綁著一條日式湛藍色的碎花布巾，也經常是罩衫式連身長服不離身。當他們一起出現在昏暗空間時，分明就是從幻境裡出走的伴侶神仙，看起來，兩個人全身外露的皮膚紋路皺到像是跨越恆常時間的編織物，蒼老的程度也遠遠超過能夠描述的稀古斑白，是筆墨難以形容，更超乎小孩子能有的生命經驗。每次與他們夫婦幾角銀或者最多到幾圓錢的交易，其實，小孩子都帶著某種難以說出口的害怕感覺。只會讓人覺得他們似乎並不太適合直接出現在現實世界裡。

這肯定又是個特別的宿命使然，否則怎麼可能會是這樣的境遇呢？但是，它竟然是個有顧客導向的小鋪子，只賣小孩以及小小孩的東西，幾乎不會有什麼大人去那裡光顧。

西格不改一貫輕易地疑惑著：「難道街區裡的大人之間又有什麼不想讓小孩子知道的曲折故事嗎？它就持續交會在那對極老夫妻與街區小孩的生活之間，不會、似乎也不準備容許有更多的質疑參與其中。」

至於，漬物店的可摺式長窗販賣檯面，一方面是因為它單純的坐落所致，不偏不倚地就在街角的轉角立面，配上一旁像是作為招牌的電力公司木質帶點柏油漬的霧黑電線杆。另方面則是它的特異風格，一物數用的節省空間運用考慮——台式國民風配上極晚期的混雜日式風——玻璃窗戶一打開即變身為買客櫃台，內外買賣檯面兩者連成一式。買賣雙方算是能夠近身互動的平台設置，有點新穎，特別是那些帶點仿日式風盛裝漬物的器皿，可以隨著顧客的喜好內外檯面移動，機動性很好，難怪常有人喜歡湊在檯邊與老闆瞎扯。其他的應該就都是標準早期台式的氣魄了！所有的操作都並不具有足夠的細膩，卻是個沒有什麼特殊職人感的漬物店，不論哪個時代應該都是很難被接受的吧。

善於料理食物的美玉常說：「無論是製作哪一種日常漬物，都需要按捺性子經過手工勁道的特別撫慰，在時間裡依著次序好好地安理揉捏，更需要個別的時間緩慢等待，最後才能夠如獲珍寶般的與識貨者分享美味成果。」

「因此，一切都應該會是比慢動作稍微快一點點來處理每一個動作的文化才對。」而這完全不是這個漬物店的風格，這也是它讓人印象特別深刻的原因，像是跑錯時空般地冒了出來，有種時空錯置的可議魯莽。

過了一定年歲，當越來越多人以各式早餐替代天天吃稀飯之後，沒有持續太多的光顧與注意，它也就自動悄悄消逝於街角——很顯然混搭風格還不適合在那個年代裡出現——惋惜也低調參與讚嘆那個時代的默默交替。

漬物店與路口對角的童玩攤，相距二十米卻感覺相距甚為二十年的倍數遙遠以外，直到一九八〇年代末期，吳鳳北路拓寬為四線道後，兩個店都被規畫沒入時間皺褶裡消失不見在馬路流通的某個虛構點上，而真正成為異質空間裡的一道時間記憶銘刻；也必須藉由這種場域整體的徹底虛擬化，它們才有可能永遠回復在記憶當中，存在於所該要有的不可測度重量裡面。倒是，從來沒有意識到道路拓寬將會一併驅散街坊裡小孩子與老舊世代間的例行群聚。

註釋

54 威廉·理察·華格納（Wilhelm Richard Wagner, 1813-1883），德國作曲家、劇作家，以其歌劇聞名。因為他在政治、宗教方面思想的複雜性，成為歐洲音樂史上最具爭議的人物。

55 歐根·貝托爾特·弗里德里希·布萊希特（Eugen Berthold Friedrich Brecht, 1898-1956），德國戲劇家、詩人。

56 讓—弗索瓦·李歐塔（Jean-François Lyotard, 1924-1998），法國哲學家、社會學家和文學理論家。

57 關係美學（relational aesthetics）又被稱作關係藝術（relational art），是當代藝術實踐上所呈現的一種模式或者趨勢，最早提出者為法國哲學與藝術評論家尼古拉·布希歐（Nicolas Bourriaud）。

58 法蘭茲·卡夫卡（Franz Kafka, 1883-1924），是奧匈帝國德語的小說家，被舉世評論家認為是二十世紀作家中最具影響力的一位。

59 簡單的說，「異質空間」所指的是同一個空間曾經存在不同時間的過程。

存有逕自朝向成為擬想式的直觀練習反覆邁進。第一時間，也都是某種絕妙瞬間，超越文字，不過無法排除的當然是與廣義的閱讀有關。盯著腦眼看、直看，從眼到腦、從視覺到思維的無間差轉折。

說是擬想的威力，不外乎虛構加上想像，因為沒有足夠能力可以對於天生使然的事物有更合乎科學分析的說法。直觀於是就跟著直接上場。

如果只有生理的視覺能夠奏效，這個世界將會是徹底盲目的，不斷的移動腳步，不斷的開啟新的焦點，概念上不斷的強力實踐，並試著跨越現實。

「我從小就是會直覺地盯著翻看任何印刷物、書冊、雜誌、畫報上，各種藝術家對於未來世界多元擬望的猜測臆想圖，持續很長的時間。沒有任何原因也不清楚是什麼緣由，就是會被那些——尚不存在的事物卻能夠被無限想像還能被具體成任意圖像——無故地吸引住。看它們構作的特出與怪異，看它們與世界的奇妙關聯，就是一種對還不清楚來源根本源頭的無盡想像吧。」

西格補充著：「嗯，那些畫面隨便都能讓我獨自反覆臆想上大半天，甚至更長時間！童年習慣性的發呆，竟也成了長大以後展現創造力的最強佐證。當時，大人們偶爾還要不解地追問我是否一切安好。」

「三十幾年後我最小的孩子西恩，似乎從小也會隨機的在烈日、任何情形下站在什麼不知名工地挖土機或任意的獨特機器前面看上好久。甚至不懼日曬汗流浹背地拄著看！只要被他盯上了，沒有看夠之前，怎麼樣都拖不走。不清楚這到底是什麼樣的遺傳。」西格不解的說著連他自己都難以明白源由的跨越世代性格！也只能直觀地掌握這般怪異的定睛關注。

單純就只是天生？還是起因於那些科學與人文雜誌、影片的啟蒙？《今日世界》、《讀者文摘》、兒童科學叢書……甚至《神機雷鳥號》懸絲偶戲系列影片，所激發的潛隱巨觀影響？或者，就僅止於是個不明源由的巧合？

在上小學之前每一期《今日世界》雜誌的封面裡頁，編輯在風格上總會置入幾幀主要由美國的科學家組織與畫家聯手對於未來世界的發展想像圖——不論是飛行載具、太空船、海底科研基地、能源設施、外太空研究站、星球探索艦、特殊運輸車輛……總有描摹不盡的奇幻異想——每每都令西格為之震撼不已，真想不透它們的「前面」到底是什麼。

那些事物到底又是如何的機緣，讓這樣的圖像能夠具體浮現，預言者的擔當或許才更是令他迷惑難解吧。他們總是能夠把夢想幻化成現實，應該才是真正吸引人的創造性魅力所在。

哈古棯確實考慮到小孩子對於未來的認識廣度，很早就開始訂閱當時稱得上是非常時髦的國際翻譯雜誌：《今日世界》與《讀者文摘》作為家裡小孩子的課外啟蒙讀物——它的難易度又是雅俗共賞，頗適合全家人閱讀——當每一期寄來，特別是《今日世界》，西格總是家裡第一個搶著看的人！並不是他對特定的文字內容額外感興趣，反而是在據為己有的短暫時間裡——總想盡辦法地試著看進去封面裡頁屬於未來性繪圖的某些想像裡，好像這樣才能進到未來——讓自己可以因此投注在更陌生的世界之中。

再三確認那些令人忘形神迷的未來世界想像圖，得以成為輸進他心神記憶裡的片段印記，或許這也就會是他對於未來的真實想望。他總是相信「時間是可以改變的」！

至於，《讀者文摘》則是裡面飽含著富有畫面感的雋永短文才會成為他能聚焦的關注。當然，日後這種注意力自然也隨著成長而有所調整。

半個多世紀後的時序，讓西格回顧了日後西恩的遺傳行徑。從三、四歲起，西恩也就會對著隨機的機械、車輛、器具……長時間的直面。猜測可能是得自西格某方面的遺傳外，還真令人不知道他到底都在看些什麼，這些弦外之音連西格都無法僅從合理來解釋！

《神機雷鳥號》的系列影片則完全不只是以遊戲、玩具的方式來理解，它們自主地溜進西格的意識之中，更甚的可能是超出科學意志的社會化啟蒙，並且挾帶著足以貫穿生命過程的力度在激起知識可能會有的各種螺旋分裂，那種意識加速度的逐步影響很難是可見的。沒有真實的聲響只聞其虛幻的內在回音，卻有能力逐次召喚出奇特時空皺褶，由科學常識而來舉措上的可見光。

西格：「一九九〇年代網路才剛起步，所有使用的硬體介面都還長得有些古怪，等待魔電[60]的撥接聲就是連向另外一個世界窗口的回響。曾因為偶然間從網路上獲得小道情報，便帶著小西恩特地從島嶼北海岸開車直奔鹿港鎮上，找到鹿港國中附近的文具兼模型達人店，購藏日本進口限量復刻版的『神機雷鳥號』，物件說明表上聲稱它是原件一百比一的模型？長度約四十五公分，機身製作相當精巧甚至還帶著點手工塗繪的髒汙，每個部分都可以預擬分拆——原來，實際四十五米長的機身長度，是何其大的一艘太空母艦？——當然可以一邊自己手動所有細節，一邊預想著緩緩發展的驚悚劇情，讓自己得以完全投射、融入其中。儘管整體製作精良非常難得，售價卻也實在不便宜。」為了一圓小時候的科幻夢想，西格還是心甘情願地奉獻了自己一個月的所得。

那半個多世紀前萌發的科技想望，不只鏡像到兒子西恩身上，也竟然全面的轉移到他自己日後數十年在創作不輟的歷程中所面對二十一世紀的科技欲望。對生活表層的觀看，對任何物件的觀看，對世界的觀看，對未知人生的觀看，對絕對存有的觀看，凝視的無垠卻總是回頭指向不可名狀的純粹現實。

註釋

60 俗稱魔電。就是數據機（Modem，是 modulator-demodulator 的縮寫），將數位訊號調變到類比訊號上進行傳輸，並解調收到的類比訊號以得到數位訊號的電子裝置。屬於上個世紀末網路系統使用端，必要外掛的資訊科技配備，才能傳收資訊。

觀看的純粹：人生被迫瘋癲。為什麼瘋癲會要這樣的出現於世？原因或許正在於它是一種巨大不安的深層象徵，時時被迫激發、提醒、暗示，從對瘋癲的戲謔嘲弄轉向對死亡的嚴肅探問。

它必須離去然後徹底消失。驅逐瘋人讓他漂泊的社會行動，所代表的意義：是一種嚴格社會區分與絕對的過渡和淨化儀式，在這種過程中，瘋人被賦予了絕對邊緣的流放地位。

毫無選擇，它必須盡快離去。它的意義是曖昧且紛雜的，既是被威脅者又是受嘲弄對象也正是塵世無理的暈狂，瘋癲和痟人變成了重大的普世現象，必然也成為世間至大的笑柄。

阿川是哈古檢最年幼的弟弟——全家族排行第九——是明智仔的尾子。青少年時期即被認定是個畢生會有精神狀況的生命，在那個不斷回返封閉的時代裡，幾乎就等同直接被宣告為此生絕命的悲劇。

但是，生命不都會自尋出路嗎？

難道是阿川主動地以自己這般精神亂錯的無意識出軌方式，來適時回應家族於時代中所承受社會的壓抑創傷？還是歷來封建宰制、帝國殖民、獨裁年代裡大家族與社會體制間的宿命糾結所致？或者就只是如江湖算命仙講的：這根本就是他自己的命底！真夠人受的？僅有的出路就是照著這個命格去過活，別無他途！

「他出生的時陣就是個完全正常的小孩啊，而且還長得很緣投！」綉英總是這樣描述她的么弟。

打從西格懂事以來，就知道有個最小的叔叔住在公辦安老所裡。在那個醫療系統化還不整全嚴謹的時代，既沒有什麼正名的迫切感，也沒有衛生醫療照護的支持系統，痌病院與安老所的界線刻意被混淆、模糊化。而且，一定要盡量降低直接輕易地就會成為某種足以讓家族顏面掃地的恥辱分類才好——那種地方自然也就成為談論的禁忌——這種下場，意味著他的遺傳可能出了不可逆的狀況，父母親的可能不適或者是祖上家族運勢的傾頹，就是一種從現實到非現實倫理上連坐的詛咒，這般影射的控訴將會是無人能接受的不堪現實！

因此，公開場合家人從來不提也盡力避免提起，好似家族中根本不曾存在過這個人似的。能夠有辦法時時刻刻巧妙地讓他人間蒸發最好。

有時候或許就是需要這樣，夠小的小孩子常常是成年人適合帶著一起去面對某種世間不幸人、事、物的最佳搭檔，既不易啟人疑竇，也容易博得額外的同情。

因此，西格獲得了許多窺見世間生命差異與不同過境的人生際遇，沒幾歲就曾陪著姨阿嬤寶治仔去過幾次痌病院。好聽的說，既是去探望自己的尾叔，卻也同時看見社會苦難與不幸規模的諸般匯聚。這種機會的確容易令人熟成，並噤聲成為世間苦難的見證者，對於同理心的培養的確有很實際的成長效果。

儘管是去探望自己的尾叔，但那是西格人生第一次進到痌病院裡面，其實是非常害怕的，畢竟他才五歲，距離所有可能的人生病痛與變異都還相當的有距離。姨阿嬤一手拎著盛裝日用品的麻布袋子與圓筒疊置的現煮食物鋁製提籃便當，另一手拉著他裹足不前、顫抖猶豫著的手。

穿過安老所大門警衛門房後的迴繞樹廊，才發現這個院區並不真的是個完全封閉的空間，後面羅列著一些零星不甚起眼的木造建築，看不到什麼鐵窗與鐵門的隔離設施，每種功能空間都是院生可以隨意進出的。但四處移動的人顯然並不多，看到的穿著也都顯得凌亂而隨意，甚至帶點見不得世面的寒酸。

從很暗深的模糊印記裡，西格才慢慢地回返到吳鳳北路令人難懂又處處膠著的現實之中。

只不過，還是有著相當令人詫異的一群精神上發生各種怪異狀況的院生，大部分都停駐在最大的那一棟川叔所住的寢室空間裡。感覺得出來，每個院生都緊緊固守著那被依序岔開排列的單人床位——每個位置上都半罩著塌皺蚊帳，也與周邊四鄰的床位保持著兩、三米以上的間隔距離——那些床，好似撒布了什麼窮凶魔咒在一片精神海裡的眾多孤島，一埼一埼地從此彎折曲繞著各自的欲念。床於是成為每一個身體唯一的孤獨依靠，成為一道難以跨越的無形界線，也就成為每個他們人生的絕對範圍。有些院生在床上蜷曲身體的樣子，看起來就是不會再有勇氣離開他自己的島嶼了。於是，每個院生的生理實存也就跟任何一種動物不再有兩樣，都只剩下對於存活的莫名驚恐！除了床位本身，再沒有什麼其他東西是屬於他的，因為都不再需要。

只要固守好自己島嶼化的床——沒有任何人會敢要進到這裡來——就等於是保有世界的一切！

大宅院裡並沒有任何家人曾經事先告訴過西格，為什麼得了精神病就需要送去住在安老所裡面？精神病到底是什麼，會不會傳染？安老所又是什麼，接著會把人帶往何處——沒有讀過書的姨阿嬤寶治仔，也不知道該怎麼跟西格這個還沒上學的小孩說明這一切——要西格作伴同去探望阿川，說辭上是帶他去關心還很不熟悉的尾叔，或者只是多少用來掩飾她不得不面臨當人細姨媽責任上的不安吧？畢竟，當那一天她被明智仔帶進陳家，她也就被迫接受這個非親生小孩一些照顧上的責任與義務；阿川的母親素柳過世後，只剩下細姨寶治仔這僅有的恐怖依靠。因為兒子的瘋癲，礙於面子，父親明智仔並不會真的去安老所看他，一次都不會。

試著回想這已然面目全非記憶的西格——內心很顯然是極為尷尬的——他可能也害怕因為記錯什麼而再次無意間傷害了誰。

綉英：「這一切的緣由，應該是二次大戰前的一次日常意外。一如往常，店門口小孩子們只要逮到機會，就會突然爬上運載貨物馬車的後車架上耍玩，哪怕只是一瞬間的空檔！」

「永遠不知道會有這一次！小孩子們無意間鬆脫馬的拴繩讓車子往前動了起來！阿川來不及爬下突然啟動的馬車而後仰跌落車下，導致後腦勺有過頭部創傷。儘管摔落馬車當時並沒有任何立即的傷害，家人也不以為意，僅依著舊俗喝喝涼水、哭鬧一下、壓平厄氣、收個驚，過一陣子自然就會沒事。直到一九五五年的農曆八月十五那天，突然之間阿川在夜裡發病，精神上開始出現異於常態的失神，持續幾日盡說著無法讓人理解、毫無頭緒章法的內容，言談、舉措非常怪異，接著開始會無故對著空氣罵人甚至動手打人。宅院裡上下頓時沸騰著難以排解的各式驚恐，都一致認為他一定是沾染上了不祥的『歹乜仔』！」

焦急的素柳開始不辭辛勞地帶著尾子阿川四處宮廟求神問卜，看遍各類醫生、神棍甚至是密醫，心力交瘁之餘獨力的勞累卻毫無依靠。甚至，儘管不認識也並非信徒，還是透過女兒綉英的陪伴帶著阿川去了隔壁基督教會，懇請馬德生牧師帶領祈禱降靈驅魔；結果還是無法消除災厄恢復正常。持續一段相當長的時間，最終也不得已在素柳去世之後幾年——因為家族無力也沒有專人可以繼續照顧——此時，綉英與阿川都已經受洗成了基督的信徒，便再次透過教會的關係，幫忙送去靠近公園附近公辦的博愛安老所：這裡竟成為阿川人生世界的盡頭。

二〇一九年底中國武漢肺炎開始肆虐全世界，跨了三年的疫病無限蔓延，導致全球千餘萬人死亡——恰如島嶼的半數人口——數億萬人被感染。病毒不斷突變、擴散，從英國 Alpha、南非 Beta、印度 Delta、祕魯 Lambda、哥倫比亞 B.1.216、日本 Mu、Eta、南非 Omicron、Omicron 亞型 BA.2、BA.3、BA.4、BA.5、BA.7……上百變種病毒接踵而至；近代以來從未有過的全球性劇變使得末世的氛圍無處不在，生活方式驟變，各種隔離性的生活實況成為世界新常態。

疫病未止，二〇二二年二月底，俄羅斯更藉口消滅新納粹主義全面入侵烏克蘭，爆發二十一世紀以來最為慘烈的新一輪民族主義戰爭，世界正式揭開新後冷戰「複合式疫病政治意識型態鬥爭」的序幕。

總體無人載具武器的騰空流竄精準戰鬥，多層次的全球動亂成為不分時區人類面臨的新共同災禍！

接下來的世界也將會以這種世紀持續正在被毀滅的坎坷音像，重新面對未來充滿超越人類所能預言的狂亂！

「二〇二〇年四月下旬的二十六日，阿川孤獨過世。當晚，你八叔柏衡最小女兒婉玲來打開我的房門，開了桌燈就靜靜站在那裡不敢立即叫醒我；我眠眠地感覺到遠處亮光，眼睛一睜開嚇一大跳。」綉英繼續跟西格倒述著那一天的情況。

「阿姑……博愛安老所打電話來通知，說阿川半暝死去啊。這嘛厝內底存咱兩個人，咱就要來去看伊囉！」婉玲以略帶啜泣的冷靜口吻告訴綉英。

「已經是半暝兩點多，兩個姑孫仔穿卡燒咧，婉玲騎機車載我，我緊緊抱住她的腰間，抱得很緊、非常非常的緊。我忽然間有種錐心的焦慮，感覺自己身上好像正在失去什麼！」雖然還是初春季節，半夜裡的溫度依然只有十來度，淒風似乎作勢要讓人更直接地體會孤獨過世的悲涼！

「好一個春寒料峭孤苦亡的悲慘寫照。」

「直奔安老所醫護室。阿川就躺在窗戶邊的診療床上只露出略微浮腫的上半身，照護人員作勢還要急救給我看，被我厲聲制止！人都黑掉了，不要再弄他了！」

「快速辦完必要手續，我摸了阿川的手默念祈禱。天光也逐漸翻亮，陪伴著遺體驅車直奔火葬場。」

在前往火葬場車上綉英對著薄棺木裡的阿川呼喊著：「Chinhaku Hachilon 你現在在天堂了，享受啊，放心去吧！」

負責的葬儀社只知道是由安老所轉介過來的社福部門案子，一如往常，也沒有多問過家人，抵達火葬現場，就以非常快速簡陋的道教儀式草率完成了招魂與祭拜。

站在棺木旁呆若木雞的婉玲：「阿姑，我是基督徒，剛才的儀式我都沒有參拜。」

「沒關係，阿川伊也是基督徒你當然不用拜，而且他已經在天堂了，很好過日。現在，每天都能跟著我笑。」綉英冷靜篤定的回應著。

「阿川其實是我們全家上巧、上緣投的囝仔。」

「但是，我老母死後他就歸給那個細姨寶治仔佇照顧啊。不知道什麼原因，每次他被細姨打，他就直抱怨阮老爸老母為什麼給他取『柏川』這樣的名字。」

那個細姨啊是真夭壽佇打他。一次，阮阿嬸的女兒秀月仔跑去稅務局叫我趕快回家：「綉英、綉英趕緊等去你厝啊，阿川快要被你寶治仔打死啊！」

不明就裡的寶治仔把阿川衣服全脫光，拖進灶腳的暗缸下一直打一直捏扭，為的就只是頭前店口租房子的愛哭女孩阿惠仔說阿川摸了她一下。她母親竟然投告寶治仔：「你痟阿川打我厝阿惠仔，你要還給我一個公道。」

「我剛好輪值在稅務局顧福利社，二話不說立即收工鎖上門趕快騎腳踏車回家。年輕那時候我可是脾氣足赤！真正準備跟她輸贏。」

回到家，我直接從她背後推嗆她：「嘿，你是生伊頭也是生伊腳，憑啥乜把囝仔打成這樣！」我可不怕阮老爸、我敢跟他嗆。

「結果我老爸一回來知道了，直抖、直跳、直罵，真正有夠勢表演。」顯然是要演給細姨跟他老爸看的。

「雖然我痛恨我老爸但我老爸卻是最疼我的。拿著藤條追進我房裡，實在還沒打我，我就有默契地發出了極大有變化的哀號聲。只聽見店門口傳來細姨與穿縫棕蓑的一堆人贊許的訕笑聲：她老爸在打她囉！」其實，藤條只是狠落在一旁的棉被上。

「我老爸那時是里長，急忙中又出去聯絡處理里長的事。我正少年，很赤！他一出門，我便又跳出去房外跟細姨嗆囉，那次的經歷最為奇妙。」

我又嗆她：「你做人家的細姨害阮這些大媽子會死就好，那毋死，你是會老、阮是會大，你上好給我注意囉！」

哇！這組穩死啊。一剛對著細姨仔講完，阮老爸真的又回來閃現在我房裡的眼前，而且聽見了，便開始真的作勢打我，但不管怎麼樣還是輕輕地打了幾下，好讓我藉機會大聲叫喊。

綉雲：「阮老爸畢竟就是最疼綉英這個小女兒。但是，打我就親像地損牛仝款。因為細姨仔都在跟我老爸使弄，說我都在幫我阿娘做代誌，她恨透我替我娘做家事；可是我娘從小就是富家千金，她什麼都不會做啊，而我是她最大的女兒。」

「第三次我就不再出去大宅院嗆細姨囉，驚家己衰又被打，算袂和。」綉英悻悻地碎念著。

「講到阮兄哥哈古桧，實在是個很好的大哥。從來都只會照顧弟妹，從未打過、罵過我們。那時他還沒有結婚，他的同窗好友郭芳型老師經常來家裡走踏。因為代替我娘的工作，哈古桧的衣服都是我在負責洗滌，洗完都還要用米飯水以手工去漿過，乾了之後再以熨斗燙平。」
「深受日式教育的關係，哈古检喜歡乾淨又筆挺的日式白衣物。有過一次，我剛燙好衣服，哈古检走過來嫌我沒有燙平，要我重燙一遍，我就準備噴水重燙。」
「哈古检不要那麼龜毛啦！有個這麼好的妹妹幫你弄到這樣，你還在嫌？」郭老師聽到後的不平嘮叨。
「老爸沒在管教，從小我們做錯事，大哥哈古检也不會打罵我們。頂多就是在宅院廳埕裡用粉筆畫個圈，命我們去站在裡面反省，別人叫出來不行，一定要他說時間可以了，才能離開。」
「有啦，哈古检的便當也都是我在準備親送啦！一定要現煮的菜飯，送飯時可不能讓湯汁滿溢弄混了飯菜才行，否則那餐他寧可不吃！他是對生活規矩很有堅持的一個人。他最愛的水果就是芭樂與甘蔗，經常幫他準備便當都會要求要有這些水果哦。」綉英這一路說下來，忍不住有點爭功勞的說著得意。
綉英：「因為地方上姊妹人情的關係不好意思經常拒絕，美玉嫂難得隨姊妹團去關仔嶺遊覽一天，阮兄哥哈古检則一樣去國校教書。剛好那天東格發燒我帶他去吳百發診所看病，阿嫂交代我要記得飯後才餵東格吃藥。東格就聽話又無聊地在公廳門檻前兩隻胳膀撐著下巴，無謂地發愣坐著等吃飯。」
剛好秀嵐來：「東格，你那坐咧這?那吔干焦你一咧人佇這?厝內底是死嘎無半人啊嗎？」
隔壁廂房豆枝嫂阿玉仔聽到了，趕緊從側廂房偷跑過來廚房告訴我：「那隻『火雞母』來啊！……我正忙著幫阿華準備明天的便當，還來不及弄飯給東格吃，更何況他要飯後才能吃藥呢。聽了這番糟蹋，氣得我隨手拿起掃把直往外衝、想去趕人，還好被在場的教會蔡小姐給攔住安撫下來。雖然我還未嫁人，還在教會裡浪流連，但就是氣不過。等到哈古楡下課回來，我才告訴他這個事情的原委，他也覺得有道理而轉告了美玉，並輾轉告訴她養母快媽；似乎沒有必要到人家家裡，無緣無故地那麼過分羞辱人全家吧？滿嘴咧甲無一塊好。」

哈古楡：「綉英，沒緊啦，較忍耐一點啊！看我的面子，莫追啊啦！」

「阮阿嫂那咧煮飯要給東格做便當，我都想盡量早點回來幫忙，總會站在廚房門口看，多少也可以學著做飯。」

「嗯。nori（漿糊）啊！」平常親家母就都這樣嗆叫著她幫我取的綽號。

「你袂轉來吃飯啊嘛？真歹勢啦，頂一日哼阮查某了都較歹教示，害你歹做人。」

「這下，連我都不敢回去吃飯了！」

「阮兄哥哈古楡都會問美玉嫂，綉英怎麼都沒有回家吃飯？」

連阿嘉都調皮的學著叫：「綉英，緊等來吃飯啦！」

卻被一時性子卯起來的哈古楡賞了一巴掌：「綉英是你咧叫也嗎？叫阿姑！」

好不容易才緩和的事，美玉也不平的罵起了哈古楡，怎麼為了這種事亂打小孩？其實，哈古楡與美玉一輩子幾乎沒有打過小孩，都是用講道理的文明方式來溝通。

親家母快媽買了一袋荔枝來。

「嗯，我這些荔枝是要給我金子玉孫吃的，別人都不通吃哈！」

買大明蝦來也是只買哈古棯與美玉、五個小孩等人的剛好數量。

「我大嫂人很好寧可她自己不吃，每樣菜都會均分給家人分享。我那時就是在給大哥哈古棯養，我也不知道菜是親家母買來的！」

她就坐在餐桌旁，邊看說著：「這項是我買的，那項也是我買的，我把大明蝦夾還給哈古棯，哈古棯又夾進我碗裡。我飯趕快扒一扒就想走開，卻被她攔了下來。」

有時候回去，想說五分鐘趕快吃完飯走人就沒事。但是只要湊巧被她碰上，便會喝止我：「擋咧，要等所有人都吃完飯，碗筷都洗完再走。」

這種時候，美玉就會發出嘖音：「媽，那也按呢啦。」連哈古棯心裡都不免想著，管那麼多幹什麼啊？但他也拿他岳母沒辦法，但就是不敢真的說出口。

「我都直接叫親家母 yasi（青仔欉），以回報她都叫我 nori（漿糊）。」綉英清冷熟悉、極平順卻嗆意十足地說著。

「阮老爸夭壽愛摃囝仔，摃阮柏洲兄哥才是可憐。差不多就是以要把他打死的方式在對待。那時阮第二兄哥柏洲才念初中，是唯一還能自己想辦法賺點零花錢給我老母做所費，安排給弟弟妹妹們生活零星所需的人。當時，哈古棯與匪類七弟都還在日本遊學。細姨看不過就經常在使弄阮老爸，這咧伊賺錢都在給他老母享受。一次，故意找空隙設計好帶著棍棒叫來我二哥，並要我老爸質問他，到底要不要繼續參加升學考試？柏洲心想阿公雖然很有錢，但是非常節儉要跟他開口拿錢著實不容易，而且阿公已經那麼老，一個人養活全家族幾十口人也很不簡單，就直覺回了：我不想再考試，想袂去吃頭路或學做生意。於是就即時得到老爸連續棍棒重重直落在正頭頂心的下場，瞬間血流如注、滿面紅。打到連阮老母也驚嚇不已，家裡一時沒有人，沒辦法趕緊跑到前面廂房租人家當撞球間的地方，喚那當老闆的房客天送仔來幫忙解圍。」

「天送仔，拜託你緊來救阮子哦，伊快被他老爸打死囉……！」

天送仔跟著從靠馬路店面一路跑進來宅院裡：「陳桑，你怎麼打囝仔打成這樣啊？毋通擱打囉！」

細姨站在一旁補話：「打給死、打給死！這個是最曾瞪我的。」

「但是，哪打我就不對囉。阮老爸是最疼我沒毋對，但是我毋驚伊，敢跟他對嗆！一次阮老爸坐在院子邊竹躺椅上，細姨在旁邊縫棕蓑，我走過去不小心踩死一隻她在飼養亂跑的小雞。這步死囉，我趕緊跳過去，想要盡快離開現場，卻被我老爸制止『擋咧，你給我過來！』」綉英自信無懼的口吻依舊。

「我只好硬著頭皮過去，他叫我要幫他扯腳皮以作為懲罰。我就故意把他扯到皮破流血，疼痛不已。」

「怎麼把我弄到這麼痛啊？」

「未痛？啊你做人家老爸，不時叫子幫你扯腳皮，子當然嗎驚你啊？」綉英趁勢教訓起老爸。我更趁機真的教訓起他：「你娶那個細姨進來管家痲、管細小、苦茶阮老母，按呢敢對嗎？」我老爸聽了竟然開幹：「姦恁娘，使恁娘咧！……你共恁爸較細緻咧……」

「……啊，彼號細姨仔過來囉。」明智仔終究不捨地暗示著綉英。

「我驚啥！」細姨聽到了綉英不屑的回應：「袂得啊，直跳、直跳，使弄阮老爸一定要打我。」

「其實我老爸最疼我，根本不太願意打我。」

「二哥仔[61]一次從台北第三中學念書放假回來，正招呼著弟妹們齊聚大通鋪榻榻米上一起分享著他帶回來，台北名店李亭香餅鋪的糕餅時，倏然眼後陰影卻飛來一柄黑剪刀[62]，他趕緊跳開閃過這突如其來的錯愕，只見瞬間剪刀已斜插在榻榻米上！」

「起因是匪類七弟柏蒼即將被徵召入伍當兵，需要一點所費，為此哈古桧先前跟細姨仔寶治借了根精緻銀耳扒去典當，好先給弟弟充當盤纏。這個家族也真的非常奇特！很有錢，但是一切所需都要跟大家長陳通阿公商量、不斷姑情，才有可能拿得到錢，但也著實不容易拿到啊。跟阿公要不到錢，素柳阿娘直哭啊。作為這一房的大哥哈古桧只能盡量想點辦法應急。憑著阿公的土地地契主要都在他名下這祕而不宣的家庭私密，他也才能跟細姨仔商量借貸。但還來不及去贖回銀耳扒，按捺不住性子的細姨仔卻直接去跟阮老爸直叨、告狀。」

「阮老爸一來踹開木門二話不說便射出黑剪刀，哈古桧反應快，及時閃向大廳逃過一劫。」

「我嚇了一大跳直嗆叫：你嘛較差不多咧，是袂射給伊死嗎？」年幼的綉英即時開罵她老爸。

「……」

「對小漢開始阮老爸打我打上忝，但是後來卻跟我拿錢拿上多，惦惦來阮夫家找我要錢。還都會哄誘著我說等他賣了佃農那塊地，再還我錢。最後土地是沒有了，規世人也無還嘎半仙？」綉雲怨嘆著、氣著說。

「啊，你就嫁上早又嫁到好人家，細姨仔當然想辦法叫你老爸來騙好康囉。」綉英立即補話回應。

「老實講，阮老爸最疼我。上會打某囝，他與細姨仔我尚痛恨，疼我無路用；他都只為了那個細姨仔，寶治仔從來也不敢惹我。」綉英繼續說著不改一貫的直接批評。

西格終其一生只在幼年時期的安老所裡見過阿川九叔幾次面。疫病當年，卻是在無意間才聽到了他的死訊。

阿川終究孤獨過世；但與武漢肺炎疫病無關、與現實有情世界的運轉無關、與他早已經遠離的大宅院無關、與那決定讓他離開親人的最後意志也無甚關聯。

僅與那被稱為孤島撐持他將近七十個寒暑折磨，相擁而眠的床以及絕對籠罩的連續時間無從割捨。除了綉英雙掌合手最後對阿川的安魂禱告外，他的孤乾身體，長久徹底斷離家人的必要撫觸，畢竟他的人生是獨自在那純粹孤獨裡伴隨著有限、零星家人名字一起無聲度過的。

與家人的身體感通，未知來世將成為他的絕對欲念，或許「時間是可以改變的」。

註釋

61 「二哥仔」是兄弟姊妹間對哈古桍在大宅院內兩邊家族總排行的親暱稱呼。

62 此黑剪刀，應該就是出自知名的台北士林刀具店。

體的展開與被展開來多少了解過去時間殘刻裡的恣意扭曲：曾經無意間在榻榻米通鋪上方壁櫃裡找出一雙舊時代手工製作的三吋繡花新鞋，它有限度地指認出被歷史形變的身體接觸，是歷來禁忌的絕對化象徵。那的確是依著滿清朝代、日本帝國、黨國獨裁年代不斷地斷裂，而致有所終究的身體解放。

小打工仔意外的共享體味。交換跨世代體細胞（somatics）[63]的生活模擬方案。透過身

對於身體局部受難的初步認識，並沒有辦法在人的世代交替之間便形成可能的意義改造，宗教或許能夠提供相當程度超越性的有形、無形撫慰與救贖。但是，對於身軀的文化毀壞卻依然無能改變。

如果對暴虐父權歷史文化印記能夠延伸反思，那麼，從性別生命，一開始就以徹底刻意毀壞身體來生成禁制。它的宰制文化需要被徹底解構的急迫性，絕對更甚於歷史時代裡鬆散地去除文化自身的無知。

貧乏的日常生活，只能試著以薄荷的清涼氣息掩蓋這足以隨時被替代的有限；透過散落一地不可見的非遺傳體質，一路尋找著更劇烈的清涼氣味。

樸實的生活轉化視角下，都只能一角銀、一角銀的使用，一仙五釐都是經驗裡極度難忘的甜美結果。每個人幾乎都曾經擁有帶著不等大小裂口能夠充填小額資本的圓長條狀私密空間，經常是私密的、甚至是隱祕的，儘管它只是極其一般的天然材料，但是也必須時時刻刻檢查著每一個狀況下的剩餘容量，好進行不同階段的型態轉化；那種時候經常就會以柴刀侍候，以便促成一切必要的運

用目的。

那種決定也經常生成各種可能的關係脈絡，牽動了很多人從小就有的愉快出處或者傷心掉淚結局。

「如果不是身上沒有半毛錢，那就都只能一角銀、一角銀的積攢著用錢。感覺就是一個極不容易長出錢的現實時空，一仙五釐才可能會是艱苦難忘的甜美結果。並且，好像永遠都會跟某種密集的純粹勞力捆縛在一起。」

「較有趣味的是經常型態至上地它就被決定了所有的後續可能。」西格連續說著如謎語般的窘迫日常描述。

「當生活瑣碎枝節裡面還能有很多的運作都是以『角』的錢幣單位在計量時，便不難察覺時代裡的普遍匱乏與窮困。」

「每個成年人都只能在社會整體非常有限的國家資本與被限縮極不發達的經濟環境裡，盡量爭取兼職外快的機會以貼補生活。小孩子們在這種生活文化現實中能有的理解或想像，自然也就極其有限地學樣著成為每個家庭裡長輩們的揹背人，好獲取最底層的額外生活花用；真正多樣的多『角』生活。」

「這種成為既有系統中的幽微系統，很早就在生活裡面被縝密地實踐著，既固守了如何獲取生存利潤的最根本方式，也算是很普遍的一環家庭教育。只不過，賺得的經常都會是伴隨著帶有『五鶴標』圖騰，濃重薄荷味的銀色一角、兩角以及五角銅板零用錢。」

「在那種時態生活裡總會有許多的即時或者偶然因應，好促成明顯差異的調整與改變。這些步驟總是牽動著逐漸展開中的資本與市場流動，一開始可能非常地緩慢、幾乎不容易察覺到它的真實存在。但是就在幾年之間也算快速，島嶼南部便成立『加工出口區』，藉以回應政策與全球化的新興市場波動。瞬間就在無意識的生活節奏裡讓人體察到某種無法抑止的加速度，悄悄地正在全面加速展開。那也正是新一波理解島嶼與想像世界關係的方式。」

「那樣的嶄新速度變動，基本上又難以跟每一個人牽扯上太直接的關係，特別是在只有幾歲的小孩身上，還非常困難！」

「西格！來幫阿公捶個背！……姨阿嬤嘛愛。」明智仔吆喝著。

儘管明智仔年輕時是個紈袴子弟，有了點年紀之後與細姨寶治仔卻得依賴長子哈古棯來扶養，因此哈古棯一家細小自然是他最為熟悉的。西格在隔代遺傳的長相上其實五官臉面還是有點像明智仔，表情上則有點像素柳的不苟言笑，總是帶點凝望式的孤高眼神。愛屋及烏吧？明智仔總是要製造一點機會給西格——經常有意無意就會找他來捶背——好讓他多少賺點零花小錢。

那是一個位在廂房隔壁的最外圍廂房，房門直對著宅院側廂房往大灶的空間。裡面早已經改造成了一個四疊半大小的榻榻米通鋪，雖然沒有什麼特殊的設備卻有著容易感覺的舒適——一大一小的窗戶，光線適中，配上櫥櫃、立櫃各一，一幢長桌——對他們的年紀來講是足夠生活使用的。房間門還是老式的兩片式木門式，門片上也是手繪的花草圖樣點綴。

當然，這樣的房間並不適合需要盈滿光線年紀西格的日常！但是作為偶爾打工的地方其實還是令人愉悅舒暢的；西格有時候也會捶到睡著！不過睡醒之後總能發現床邊躺著一枚深橙黃色五角硬幣的「工資」。

在庄腳都市普遍的所謂安適小康生活——可能被回應的都只是些極其零碎的可憐機會，童工的機會當然更少——小孩子要如何才可能因此有些額外的零星錢花用？大宅院內幫長輩們捶背應該算得上是那個年代，許多年幼小孩被自主「打工」的共同經驗吧？但那可不是以時薪計算而是基於某種流俗的父權式約定，是選定小孩後捶一次給多少的零和遊戲。時間或長、或短、或早、或晚，大概都是以次為單位，每次給銅板一個吧。那個還在使用以「角」為基本單位的生活年代，著實對許多不同世代的人而言，會有著困難理解的斷裂式陌生感。

每一個一角的到位，都意味著絕對的獲利也伴隨著濃重的「五鶴標」薄荷條的老人味而生——難免刺激鼻孔又睜不開眼的沁涼辛辣——但是為了能去童玩攤買點自己可以主意的小東西，小孩們經常就是奮力地搏拚，用力的、有耐性地持續讓各位「老的」客戶們滿意，很顯然最為重要。

哪怕是微薄的一仙五釐，能夠經常領取銀色的一角、兩角或橙黃色五角大銅板一枚，自然就都能成為嘴角上美好笑容的最終現實。

註釋

63 體細胞是相對於生殖細胞的概念。這類細胞的遺傳信息不會像生殖細胞那樣遺傳給下一代。高等生物的細胞大部分都是體細胞，除了精子和卵細胞以及它們的母細胞之外。體細胞產生的突變不會對下一代產生影響。

身體在空間裡的過渡。

在島嶼的二十世紀中葉，反而是退回去完全的封建禁制與極權管控。一般人被迫只得接受權力宰制的空間關係，只能閃躲在每個個體得以尋得自我解放的偏移路徑上，成為某種不嚴格、散漫的漫遊者（flâneur）才能獲取相應尺度上的生活自由。

因此並不時興特別住在城鎮裡，或許成為野地裡的農人，更貼近這種漫射縫隙中的自由自在。這與巴黎城市完全無涉，至少直接的地緣脈絡上不是那樣形成參照的……試圖透過日本維新文化的篩濾作用影響，來引證一點班雅明[64]的種種論調，純粹是因為他的人生歷程裡，令人難以設想的至極苦難；他總能因此意會殖民地裡的所有細節，都是為何而起。

在島嶼的生活漫遊，既沒有已經被系統化的認識基礎，也還沒有能具體投射的本體意義。普遍透過游趖樂、賴賴趖[65]的庶民形式，綜攬著偶而透出的生活強度。多少還帶點江湖味道在溫度上的不確定感，我們的小城裡就免去了那些歷史的繁複層疊與遠古文明的脈絡萌發。

不過，儘管日日城市的漫遊，我們並沒有辦法真的就這樣隨意召喚班雅明，哪怕只是出於一時的心緒擬構。

因為學會騎腳踏車，西格開始間歇地漫遊嘉義市區——或許一開始只是出於一種對恰當城市尺度的感性直覺所致——以散漫自娛的游移方式，四處探索著足以取代任何能夠被聲稱為固定場域的正統了解；這種個人化的認識方式顯然讓所有生活內容得以排除可預期方式的外在壓力，便能夠簡單、自覺又自主地依序出現。

起先的無序理解總是會夾躓在有限的空間環境之中，他老是重複說著那個時代裡一直有某種感覺得到的鼓譟能量，驅動著人們往它的匯聚之處前進，你不會真的知道那是什麼，但就是能肯定它就在那裡。

年幼西格的內向懷想：「腳踏車讓我更合理的不用直接地與人接觸，必要的保持距離能夠看得到就可以！」

潛藏在探尋過程裡已然展開鋪排的細節們以及夠簡潔的純粹性，對西格來講全都極富吸引力。事實上，漫遊本身更暗示著空間領域概念的無目的增生與地域觀念的可能直接湧現、開啟，當然也是有限身體與環境之間感性關係的互為確立，悄悄地生成著有效的空間內化與擴張，儘管根本不清楚這種影響到底會是什麼。

不間斷小尺度的身體移動與穿越，更貼近那被寬容、允許的某種現實極致：製造與所有動態細節意外相遇的機會。在西格很年幼的時候，經常就是以類似的方式在進入各種陌生環境之中。

西格若有其事的強調著：「我總是會騎上腳踏車漫無目的的到處巡遊一番，就好像有什麼無形意念帶領著我在時間裡恣意穿越；如果時間不至於過得太快，那就更有機會讓一些事情能夠回應日常擺盪中的節奏並且試著自己找上我。這真的會發生而且經常如此！至少是那一堆不知道從哪裡長出來、反覆不定的漂移念頭，它們總是知道如何隨機地找上我、與我相遇然後鬧出奇異的想法與做法。」

想像著，在更早的年代裡成為兀自對話於班雅明的漫遊者的這種憧憬，卻非常困難發生在都會化程度低落的島嶼各處。我們如果得以試著站在班雅明的歷史視野來審視西格的狀態，那麼曾幾何時的那個一九六〇年代，正是個完善尺度的小縮影，屬於城市化漫遊者的啟蒙時代呢？不只是島嶼西部的嘉義，在很多其他鄉鎮都有近似不等尺度的現代化格局，像是島嶼北部的新竹、東部的關山小鎮。

可感的不等幅奏波動……終究足以替代巡行的不可見路徑，那肯定是會一直在心裡面無限發酵的。

不得不說，它還是個帶著濃厚日本化影響的城市生活享用，雖然不免已經開始破敗但是風華猶存。機能的寫照還是在人的基本生活裡被不斷的套用、複製、蔓延，已然被內化的文化精緻儘管面臨了新的國族認同挑戰，潛在與表象終究是不會一致的。儘管都是些被裁切、混搭過的新時代「裝飾藝術」[66]影響，但至少是已經隨著時代正在逐步開啟當中。

在庄腳小城市裡漫無目的的遊蕩，不時都會有著盈滿的隨機式觀察夾敘其中，在在激化著稚嫩敏感神經的梭巡，使得看似毫無目的的鬆散移動過程都充滿著足以對小孩子產生非比尋常、都會生活啟迪的潛在作用。這完全不是有規模的大都會與純然的僻靜鄉下人所能理解的超絕感性。尤其在小城地方特色緩慢時序裡的生活步調，讓時間多了些空隙可以令人梭行其間，一條崎嶇小道、一株無名的樹、一個擦肩而過的陌生面孔、一道突然出現的溝渠、偶然揚起的某種氣味、長得不平靜的矮牆、某個已經徹底被遺忘的道路號誌、不知何故受傷橫躺路邊的人……所有的細節都能被以極致的方式反覆觀看、觀察思忖，它因此而激起的組構與分析、想像力都甚於學校的體制教育；這一切的效用，自然不時回應著西格幼小心靈對於城市最初想望的具體化。

能被看到的各種細節都正在隱祕的發生，這正是漫遊的必要。成為他人、成為他人以外的他者，城市真正的鏈結就在那個已然成形的不同觀感之中，並且盡力地相互交換著感受上的落差。

原來，西格從小就是個具備本體性的漫遊者了；長大後有機會到巴黎留學，更不可能不是如此。他看似淡定的眼神裡就是會有那種猜不透的不信邪！

註釋

64 華特·班雅明（Walter Benjamin, 1892-1940），德國哲學家、文化評論者、折衷主義思想家。

65 意思為「遊手好閒、無所事事的閒逛」。

66 裝飾藝術（Art Decoratifs，簡稱 Art Deco），是第一次世界大戰前首次出現在法國的一種視覺藝術、建築和設計風格。

短暫離開人的尺度。天生就熟悉迴圈的島嶼住民，當直面文化的餵養與傳承時從來都不會將自然天候的巨大變動，只看待為災難一途。在穿越多個世紀之後，如今同樣的這些大自然反饋，就真的只剩下「災難」了，而且是無盡的破壞與傾頹，一切都極難以再回復成原來的樣子。

說好的自然饋禮，全部都在極端氣候、全球暖化下化為烏有，並且幾無異議地讓渡給了政治經濟圈，幾乎沒有人能再期盼它規律式的經常到臨，我們自然回不去當年單純非災難的文化體驗之中，僅餘下無邊的想像。

我們極可能正在持續地犯下重複性的錯誤，讓我們永遠的失算了，再也回不去的未來世界現實。

颱風與地震這兩種大氣現象，一種是有時有陣，一種是喝來就來；但是，兩者之間卻是大氣科學裡的基進密友！稱得上是老天給予島嶼最獨特又無法拒絕的自然饋禮。每年季節的颱風低氣壓正不斷地引發著連番的慢地震，一種它們兩者間亙古以來私謀協議過後均衡的布施，因此無論每一次翻騰得多麼劇烈，之後我們都依然安在，見識了住在這個生動星球上的不易常態，該要學會敬重地更貼近地球的蝙蝠脈動。儘管，上帝或老天時有失落不解的闇黑，當然這也是最具代表大氣的大自然強度徵候。它例行發散的布施大地、調節巨觀地球的震顫，藉以滌淨人世間微觀叨擾萬物的難免瑣碎與百般汙穢。

意思也就是說，數百千年來的文化習慣，我們未必只會將它們看待為純粹的災難，更多的時候反倒是因為它降臨在不同族群生活文化之中，勾連起不同涵意的存在與相異作用，甚至只是世代的不同，它就有了截然不一樣的認識方式與可能外延，因此生成的生命樂趣與自然關聯，各自更演化著必然的多樣性。永不停歇低頻的震顫與蠕動，絕對地回應著島嶼上一切生存的必然，儘管這些內容的專業性實際上都超過一般人所能理解的程度。

不過，畢竟會親臨島嶼的颱風與具有身體感覺的地震並不是每日生活的必然，島國人們對此是清楚掌握的——或許它們也總是刻意以各種猶豫不決、頓挫著複雜人世的所應然，才顯現了它們的威力，不過不可預測地、純然機遇的結果更常造成它們在現實裡終極被評價的命運，它們成了每一次最激昂的展演—— 儘管它們有著加劇中更為巨大的天然破壞力，但是真正強大的該是它們潛在的一切誘發力度。

遊刃有餘的轉換之間，便可能鑄成無法逆轉的生命徹底改變。島國人們除了視為機率上好壞運氣的賭注外，還是會自然地把它們視為自己真正日常宿命的一部分，那種認命才該是獨特於地表的可愛群性，直接對應著「啥乜攏毋驚」的島嶼庶民特質。

「你知道嗎？中央噴水池旁緊鄰著新台灣餅店的嘉義大戲院，就曾經發生過幾次猛烈的無情大火。傳統的木造排屋，一旦起大火，中山路上最大的消防隊一出動，被努力擴大尖銳嚎啕的警鑼聲，連一公里外的我們也總會知道，並且一定盡力的跑去觀看；同時間，放眼望去跟著平移速度外的所有市區街道上，可也是一大堆零零落落騎著腳踏車、跑著、快步走著，一樣趕著去理解火災現場狀況的熱心市民，那就像是戳了大螞蟻窩後的逆反狀況一樣，全部散出去後又對著某個焦點逐漸聚攏。因為這可是在城市最鬧熱的點上，城市的居民無論如何，不管男女、老小婦孺都會趕著來參與見證城市的任何波動，很少人願意錯過，更何況是個放映電影的知名所在。那種焦點式的圍聚觀看，確實充滿了小地方人群的難得情愫：「那吔按呢，發生這種代誌，毋知有人怎樣無？」但是，同時也必然帶有一些很難理解的小幸災樂禍。畢竟，小資本家在那個年代還是很容易被歧視的，只因為資本的概念，還不在一般人的腦容量之中，誤解居多。不過，我的確曾經在瀰漫的煙霧中看見過像極了英國畫家透納[67]水彩畫裡的火與煙的斜貫綿延，低矮房舍引導煙囪效應的緩慢、富詩意的停格，最終的極速、擴散蔓延……」西格瞇著眼，對著忘形空間迷離地述說著，好像他正站在火災現場一樣。

「在那個低矮磚造木結構建築作為大宗的城市，這種火災事件，很多時候都是由地震所誘發。因此，伴隨不同方位深淺的地質震顫，在無法預期的搖晃機率裡必然牽引火的可能進身出場。它生發的尺度非常貼近人，因此每一次都充滿災難之外的至極殘美，非常極端而且徹底的殘酷。」

西格真正遭遇過最大規模的地震，捨棄他已經相當年歲後一九九九年的九二一世界級地震外，最為人熟知應當就是一九六四年，他四歲時候的「白河大地震」，震度高達六點三級，震央就在台南白河地區附近，儘管餘震震度大小不一——嚴格定義下島嶼每天都有一百多次的無感地震綿密分秒地在發生——一連串有感的餘震不停搖晃，持續跨越了幾天之久，嚴重到許多人根本不敢進入房子內長時間待著，總是匆匆忙忙地進出屋子內外拿取日常所需。房子終日間斷發出各種低鳴撼人的奇異聲響，連灶腳的碗盤櫥櫃都鎮日跳著令人難解的異國踢踏舞步，間歇地多重喀喀作響。小孩們此起彼落的驚嚇呼吼恰似即興地和聲伴奏，日落之後隨著地心引力的改變頻率稍沉，宅院裡的不同家人不約而同都在中庭席地晚餐，迸現一種難得看見的災難性大宅院融洽。並且就地鋪上竹蓆仔，枕頭、棉被全部都自動出籠，和著露水蒸散的清涼，那幾晚大宅院裡全面家族，極為難得的伴著皎潔月亮與星辰一起輕鬆入眠！

平常夜間廂房裡的私密全被夜宿中庭星空伴眠所取代，連夢境都愜意開放了許多，持續的地牛翻身搖擺，都成為徹夜裡的大地搖籃曲，大家免驚！

最為慶幸的該是所有的小孩子吧？既害怕又高興，好像老天正在給予什麼不可預期的表演似的，這裡竄，那裡兜，真正是讓一切活命徹底生動了起來。大人驚異，小孩既驚恐又驚喜，在獨裁年代裡，也是少見災難中不可多得的額外遭遇；極制生活裡，樂趣上求之不得。

「那時候的年幼西格根本不知道白河大地震，竟然嚴重到奪走了百多條人命。」

至於，每年伴隨颱風而來所生成各種形式的積水，則是實際上島嶼對水的日常需求。可能的災害幾乎大過於能夠取樂的情況，但是對小孩子而言，總會有辦法的。每年的颱風數量不等，但是幾乎不可能都沒有。年復一年，這既是島嶼的生成特性，也是島嶼存活的永恆宿命。它們兩者都是關於帶來什麼給島嶼的萬物，自然也就必須帶走什麼給其他地方需要的人。一種自然法則影響下屬於人共享的文化均衡，日日不間斷地在島嶼各處上演。這也成就島國人民的時空觀念與生命記憶裡，交互作用的必然分享。

蹭水，原本就是無人不愛又帶點天真爛漫氣氛的事。史遑論是當水會約略高於地面時的瀰漫狀況：表面上像是汪洋一片的樣子。只要能夠避免可預期的危險，那麼「做大水」正是小孩子們瞎玩的最佳項目之一，特別是每年夏秋季的颱風來臨之際，總會是空氣中充滿著過度濕潤的濕氣，泡洗著空氣中所有的真實，以至於一切都可能從乾澀的高溫中瞬間變得沉甸甸的濕冷厚重，有時甚至讓人不由覺得該藉此機會脫離一下現實，深深地呼喘口季節轉換的時令之氣。

更何況水的浸潤，無論如何是不會受到任何人輕忽與排斥的，儘管只是弄濕了一點腳掌、褲管。記憶中的八七水災，是以當時作為農產品主要生產基地城市外圍的農業災害為主，就那個年代的重要性而論，確實損失極為慘重，影響也夠全面，但那永遠不會是年幼小孩子的日常關注啊！

註釋

67 十九世紀英國浪漫派風景畫作大師威廉·透納（Joseph Mallord William Turner）以油畫聞名，也是公認最偉大的英國水彩畫大師之一，透納喜歡描繪自然現象和自然災害：沉船、陽光、風暴、大雨和霧霾。他能真實地掌握大自然的脈搏創造出驚心動魄的戲劇張力，描繪出光線和大氣的一瞬即逝效果。

偶然與必然。相互之間儘管是姻親或者饒富曲折血緣的遠房親戚，他們也並非真的是一群有著緊密互動來往關係的人，從來也沒見到過這些人在一起同時出現過，哪怕只是老舊影像裡的刻意勉強，至少在所有家族照片中，從未有過。

擁有六個阿媽與三個阿公。不論作為名銜或者倫理上的對應，他們就是從血緣的叢集到關係的分屬之間，但是必須排除作為影像自身的絕對印證，才能稍稍貫穿為一種可以被承接的虛線連結。

它經常都會帶著點難以避免虛無的無目的性，一如萬事萬物的簡單起落浮沉，真實地承接著現實並且概括一切。

哈古棯：「家長會長張展榮，是個篤信因緣輪迴天定命理的熱心企業家，只要是他直覺碰到對的人事物，都會非常的熱心幫忙。因此之故，對於為人敦厚的美玉在小學教學熱忱與認真投入極為欣賞，便主動善意地四處幫她介紹作媒，什麼醫生啦、企業家、鋼鐵公司老闆、老師……都是些工作正當、體魄高尚的人士，不一而足。不過，每次只要介紹對象相親，弟弟阿駿仔就會忽然生病發燒身體不適，這種現象幾次下來就越是明顯，於是我後來的岳母周快就決定暫時不再答應隨便幫美玉相親，直到一次偶然機緣下引介了我。」

張會長與周快曾經輾轉由熟朋友介紹，互相也認識，不好意思直接拒絕。

難以放下忐忑不安情緒的周快就決定私下帶著阿駿仔去了一趟學校，不避諱地想親自先有些「明確地」掌握，也順便看看到底是介紹了什麼樣的人選。這一次，阿駿仔竟然很神奇地毫無異狀一切如常，人選的外表看起來也算相貌堂堂又有正當工作，這才讓周快初步放了心，願意讓女兒接受這個相親的安排。

相親之後一切如常，阿駿仔也再次毫無異狀！怎麼樣周快都算是個直觀很強的人，再三反覆確認哈古椬這個人選的種種來歷出身之後，還是很有禮數的先去了美玉的原生家庭告訴林淵源、蕭豆夫妻，說她想讓美玉與北門口陳通的孫仔哈古椬講親戚一事，想先徵得他們的同意與祝福。

林淵源一聽完，毫不遲疑隨口就直接反問周快：「是陳通的哪一廂子嗣？是明智仔還是阿陣仔？那是明智仔那邊我就不答應。那個父親是個十足的阿舍子，吃喝嫖賭樣樣都來好逸惡勞，有樣看樣，他的兒子應該也好不到哪裡去。我女兒嫁過去以後會很辛苦，不行，我不答應！」一口氣講完他難得的流暢評論之餘，併和著犀利的批評與明確回答。

哈古椬：「唉！嘉義市內真小！從小若有人問起，我都不太敢直接說我父親是誰，他的阿舍名在地方上可是很出名的。所以認真說起來，後來能與美玉結婚，阿駿仔小舅應該才算是我真正的媒人吧。」

西格的六個阿嬤與三個阿公，的確很不同於一般家庭的組成。或親或疏、或即或遠，西格從小特別與每一個阿嬤之間就有著不等距的情感互動。為了好分辨六個阿嬤、三個阿公，小孩子之間自動發展出一些特定的稱呼方式，好方便大家有默契地指稱，「山仔頂公園邊的大媽是綁腳阿嬤」、「美玉的生母則是買菜阿嬤」或者「公園阿嬤」，後來又變成「台北阿嬤」、哈古椬的母親是「北門口阿娘仔阿嬤」、「姨阿嬤」則是寶治仔（何卜）在大宅院裡的通俗稱呼；博愛路北港車頭大媽是「阿母阿嬤」，周快則是「阿舅阿嬤」；這些被小孩們私自暗語化的各異稱呼流動在與跨代女長輩的情感交替之間，更是個別生活關係強度的細緻測度。

至於，封建世風底下重男輕女嚴肅世代的阿公們，反而一律都只是「阿公」！真的無法分辨時，就都只是被加上了地區名稱所描述的阿公們，依序是「公園阿公」、「北門口阿公」以及「博愛路北港車頭阿公」，也就都只是些乾扁的地名稱呼，著實是少了許多情感交流體悟的切身感。

哈古梒的母親黃素柳在西格出生之前就已經往生。因此有關於她的一切，都只有四處聽來的默然殘片，既飄忽破碎也很不完整，哈古梒對此更是難解地保持一貫的低調冷靜，不過總也能隱約感覺到他與母親之間獨特的深沉聯繫，只是不改對她一貫的靜默，沉默不語成了他自己思念母親最好的方式。

但是對西格而言，那就顯得陌生又饒富故事意味了。雖然是自己父親的母親，卻也是歸屬絕對距離之外的他人記憶，聽到了只能理解成過往的傳聞，情感上也就沒有什麼特別的罣礙。雖然幾個姑姑們與她們的素柳母親長相都有幾分神似，但是完全無法直接感知便不可能有任何具體的評價；對於父親的母親，西格只能以偶然碎裂描述的回響來盡量拼湊，透過歷來聆聽姑姑們的說法來進行有距離的臆想，只是終究還是個謎樣人物。

儘管對於一位理當有親密關係的長輩，難免懷想著她遞演在自己身上的諸般細膩，特別是與敏銳感受有關的一切內在連結。

何卜（寶治仔）來自島嶼北部台北最早發達的艋舺地區——唯一的親生兒子阿狗仔就住在大稻埕開鐵工廠，哈古桧的弟弟柏衡曾經在那裡短暫工作過——她原來是個舊時代的台北酒店女侍，機緣之間捨棄已逐漸成長的兒子而與陳明智在一起，曾經同去北京、日本遊歷，最後遷移至嘉義陳家大宅院，成為哈古桧家小孩們口中的姨阿嬤。

美玉親生父親林淵源的元配大媳婦陳氏良，在連續生了四個女兒經歷過十餘年稱得上富裕、平靜又和樂的家庭生活之餘，雖然萬事興旺，家業也逐日完善，卻因為無法再生育，勾起她自溺於時代氛圍下深沉的歉疚與遺憾，總是覺得自己對不起夫家沒能生下男丁，加上公婆擔心林家無後，日後家業將無以為繼。於是，在私下徵得公公的同意後，便暗地裡主動四處物色合宜的年輕女人來成為她先生的姨太太。陳氏良的娘家後頭厝也是做米店生意的商家，因此總有許多鄉下產區熟識的佃農幫傭，可以私下紹介一些年輕庄下姑娘來作為考慮的人選。

大媳婦陳氏良出生在清帝國年代影響下的環境，自幼即被迫依著封建習俗縛綁小腳，儘管出生在商賈人家，生活寬裕卻沒有上過漢學堂，但是禮俗習性上還是難以迴避父權社會百般的禁制干擾，時代不可逆轉的壓迫處境，她心理上卻總能坦然面對來化解生命遭逢不堪的性別對待，女紅有關的操作顯然最符合她成長心境上的全心投注，以致日常三寸金蓮的鞋子與日常衣物大都由她自己親手裁剪縫製——由日後留下的黑白照片裡便能輕易發現——特別喜好偏清淡與白色的各式衣裳；小巧精緻又相當大氣。

很難聯想到她還是個每天喜歡嚼食點自製無灰檳榔的城市大娘，而且一輩子從來沒見她去看過牙醫。

陳氏良完全呼應著時代底下農業社會的普遍認知——若想要找到生育能力較強、較勇的細姨人選該要往山裡面去，生命力肯定就會比較強旺的迷思——讓鹿麻產鄉下女孩蕭豆，最終以年僅十七歲的姨太太名義進入了林家。那時候，她的年紀只比林淵源最大的女兒麗玉多四歲。

舊曆年期間，安排的時日迫近，家人在不動聲色前提下提醒林淵源，大年頭初幾的什麼時段一定要回到家裡，不能待在外地！那時陣他經常會去北台南的白河、後壁、新營等地接洽米糧生意兼巡視自己的田產。淵源的父親也依著大媳婦的請求，命囑兒子當天家裡有需要一起敬拜的大事，並再三叮嚀，一切務必要遵從照辦。

擇定時辰的嫁娶當天，淵源果然依父親囑咐，午前一刻踏進家門，才驚覺家裡前院怎麼會有一頂婚嫁用的新娘轎子，儘管沒有鑼鼓喧天的嘈雜，門簷上掛著喜幛，家族裡的人來人往仍然有著辦喜事的滿室歡騰氣氛，還一臉無辜的問著家人，大年頭怎麼家裡忽然間辦起了喜事，不知道是誰要嫁娶啊，滿頭霧水。經過自己父親的親口告知、老婆的羞澀表達後，才知道了這個緣由的始末。

顯然他很難在瞬間表達什麼意見，也就照著父親與老婆的意志來迎取蕭豆進門。古時候的強力婚姻方式，可以簡單、隆重既又被濃厚的社會封建父權所宰制，當然還要有個同時也被封建遺蔭深度綁架「明事理」的大媳婦才行！

蕭豆這個來自鹿麻產鄉下女孩的生命也就這樣偶然地進到了城市裡頭，正式成為家業豐厚林家的姨太太。當年底，頭胎便生了當時還極為罕見的雙胞男胎，全家族都非常振奮，也覺得大媽陳氏良的度量與胸襟，果然獲得老天的獨特庇佑，一如所願地被加倍應許。隔年的第二胎還是男胎，蕭豆在家族裡的重要地位也因此被再次確認，其實論年紀，她更像是大媽最年長的女兒。蕭豆是個很知道分寸而且個性堅毅謙和的鄉下女孩，加上小時候是苦過來的，因此，只要能善待她的人事物，她都能毫無罣礙的真心回報。這也就完全獲得了大媽的支持，生活上兩人相處極為融洽，算是毫無芥蒂；說是大媽與細姨的不同身分，其實更像是非親生的母女。

大媽喜歡看歌仔戲，蕭豆經常在黃昏時刻攙扶著她去興中戲園裡選好座位準備看戲，等到散場前戲尾仔時陣再去戲園等著扶領她，好陪著漫步一路碎嘴聊天回家。感情融洽的程度，連老邁的戲園服務生都羨慕不已呢。

晚上小孩們睡著後的空閒時間，還經常能見到淵源與大媽、（蕭）豆仔三個人一起打著紙牌，豆仔還會刻意放槍、想些計謀幫著大媽，步步為營的靠邊挺，讓淵源吃味、嫉妒不已。

無論是否能夠在富裕家族裡取得一定的身分認可，或者就只是一般人家的情況其實都差不多，就一句俗諺：「只要生男胎絕對讓你呷到叫不敢；一旦生女胎，那就免呷！」

不過，林家經營商貿有成家業相當穩固，生男生女其實餵養都不成問題，隨著時代改變，對生養女孩也並不至於會有過度的鄙視。儘管，蕭豆第三胎生了可愛的女孩美玉，還是獲得全家人的歡喜疼愛，呵護備至。

適時，好嬸仔夫妻也就是王走與周快，婚後一直無法順利生育，剛好與林淵源家族遠房親戚的關係加上多少有點米糧生意上的調度往來而更為熟識，經常來家裡走動。眼見這個可愛女嬰的誕生，情感投射下自然也羨慕不已。

運命的起伏波折原來就是生命微觀積累的倏然，每一道湧現都是無法預期的突然發生。莫名地就是會有那樣的一天！快仔竟然有感而發潸然淚下地央求起蕭豆，可否讓她帶美玉回家幫忙照顧，睏一眠，隔天再抱回來？母性大爆發的她很想體會身邊有小孩的感覺！蕭豆心想家裡這麼多個小孩同時需要照顧，熟識親友好意想幫忙照顧一晚，應該沒有什麼不妥才對……問過淵源也不反對。

不過，她殊不知道這個無意間的爽快決定，卻可能開啟自己小孩命運很難再回頭的未來變化。也完全無法預知，女兒的生命歸屬竟然會因為她這樣的爽快應允而有不可逆的結果。造化弄人也不過就是如此的無法捉摸。

滿心歡喜的周快隔天依著約定抱還蕭豆的小女兒美玉！心裡卻是極度失落。回程腳踏車上一路含忍著淚水，回家後哭得異常傷心情緒崩潰，屢屢無法平復，這讓王走一時之間不知道該如何是好。

似乎周快與美玉在瞬時之間相互激發出了純粹似如「母」與「子」的超絕情愫，是以作為人之間關係不可言說的宿命方式來顯現！這實在完全無法以任何道理來解釋。

另外一頭，在林家的小嬰兒美玉雖然已經回到自己母親蕭豆懷裡，卻不知何故地開始哭鬧不止，整日下來一直無法平靜，林家人都不明就裡也不知所措，除了依例收驚外，還差人去問過周快，也並無特別異狀！消息傳開後，林家若有需要，周快也都樂於連日來林家幫忙看顧這個小孩；一試再試，幾乎前後接連數十天不斷反覆都是差不多的情況，只要周快來厝內幫忙美玉就會安定許多，讓林家人相當困窘。

真所謂人世間一旦緣起就只能順勢靜待緣滅，人為的干預經常都難以有實質的轉化！

周快正是所謂愛到欠一個跪的央求著豆仔與其夫婿林淵源，可否將小孩乾脆讓她帶回家幫忙帶養一陣子？等滿「度晬」（週歲）平靜後再做打算。

但是，這種要求可是苦了為人母的豆仔，儘管不是自己的第一個小孩，但那可是她親生的第一個女兒，林家又不是養不起，怎麼可能這麼輕易的就這樣把小孩託給朋友帶養，儘管是相當熟識的親友，終究還是自己的骨肉，怎麼樣都是非常困難的決定，內心既是矛盾也很掙扎膠著。

成為林淵源的細姨之後，年輕蕭豆學著開始面對截然不同的生活現實，處境上儘管是被林家所接納，但是許多屬於自己生命裡該要思量的事物，對她來講都是生命至極的嶄新考驗！同時，這也不意味著她憑自己的意志就真能做出什麼重大決定，所有事情總得一一問過家裡的長輩、淵源、大娘、大家的意見，最後才能順柔地轉變成自己的看法。這種最後的決定經常還是被家族集體關注的，無法恣意隨性。她個性裡來自鄉野土地的謙和與堅忍，讓她承受了結婚後十餘年不間斷的生養小孩——美玉除外，還有前後接連的生下五男、五女——以及每日例行處理龐雜的家務瑣事，都讓她對於割捨美玉這個女兒，感受到前所未有的椎心痛苦，但是整個家庭生活庶務的重擔都在她身上，這種兩難到底能怎麼辦？

很多年以後，每次她與美玉相聚，一些她中老年以後的黑白照片裡的眼神，總是有著難以遮掩的懊惱與歉疚，儘管同時也存在難以形容交雜著的快樂所盈滿，在那裡面她們母女臉上的笑容卻是極其一致。

人類有歷史紀錄數千年之後，便到處充斥著難以細數不斷離的災難與怨靈。人類全面的殘孽不仁更導引著近代工業革命之後加速的慘絕人寰，形成跨人類、物種的世界爭戰，生靈塗炭、人界倒錯、物種混亂——所有的反覆滅絕正在人為地強取豪奪的暴力造化之中增生、蔓延——但是，人的世界卻經常被命名為「人間樂園」[68]。

特別近代百年來超靈界的自然轉化無以為繼，一切呈現不可理解的非經驗、超驗的末世氛圍，將人類的有限操持拋擲在宇宙法則之外。人類能夠真正澄明地活在地球上的歷史並不長久。因此，與生命力道強度攸關超越人所知變動因素的自然切換，卻是無時無刻不在運行。

十數個世紀以來的混亂、戰爭、疫病……消逝了數以千萬計、億計的寶貴生命；一切人為的徹底倒錯正導引著世界的徹底滅絕。

屬於性靈輪迴的說法：「千百年來，特別是二十世紀先後兩次世界大戰——至極負面的詛咒——荼毒舉世生靈，攪亂輪迴的生命之輪所致，一切的姻緣布局都已經被重置，所有的人都勢必重新降生，因為時間將是可以改變的。」

不過，到底每個人的確自有天命，命運也奇妙地會有它自己的出口。前後持續幾個月的折騰，小孩子哭鬧不安的狀況依舊沒有太大改善，長輩同意下，蕭豆與夫婿才勉為其難無奈地答應了周快暫時幫忙帶養美玉的苦苦哀求。不論如何，這對蕭豆來說都是個既痛苦又難堪的決定。但是，在那種農業時代氛圍裡的人事物整體，命運的確鑿之說的確總能讓事情顯得更為合理、順當，並且毫無選擇地叫人無奈接受。

接下來幾年之間，蕭豆又陸續生了二女兒、四兒子……周快與王走暫時幫忙帶養美玉的承諾之後相當時日，雙方都依口頭約定互動如常，來往於家庭間的生活步調與節奏也都相當令人快慰，美玉竟然就是這樣神奇地順著周快無微不至的照養安穩地成長。

此外，美玉還真的是個具有高超「招弟妹」能耐的小孩！不出幾年，周快終於陸續先後懷上了自己的三個小孩，與美玉有關的一切也都如常地進行著，還是非常歡娛地延續著雙方的來往，周快與王走也依然視如己出的疼惜著美玉。

時間上還要再過個幾年，互相之間的關係才開始有了不可預期的劇烈變化。

淵源的父親林天賜過世，因為家業龐大，淵源的叔父嬸嬸在財產分配上的許多堅持與使弄，導致其他長輩不同意讓美玉比照家裡其他小孩——拒絕分配財產給已經讓周快幫忙帶養若干年的美玉——因而引發王走、周快與淵源、豆仔之間極不同調的誤解。此後，很長一段時間就暫停了常態、高頻率的互動來往。

……那時美玉已經在念小學了。

周快與王走並沒有與年幼的美玉提起這些大人之間的不快。心裡面就只想著美玉從一開始就是自己的女兒，等以後長大再來補償她；別人家族內的爭端，他們也無力回天，替美玉抱不平之餘也只得被迫接受。

全家大小從來未曾聽聞美玉自己對於她幼小時候就被迫離開親生父母轉而與王走一家人生活的心境表白。有誰曾經關注過她內心的真實感受？年輕時候或者結婚之後的哈古梌嗎？或者是其他的後輩家人？她家族排行第八的原生妹妹Kumi，到了年屆八十餘歲都還忿忿地屢屢提起：「小時候不知道為什麼，忽然之間經常會與好嬸仔回來看我們的五姊就不見了？從來都沒有人告訴我到底發生了什麼事，我就只是一直覺得很奇怪，家裡的人也都不說。」

「美玉姊怎麼會變成別人家的女兒？我從來都沒聽過啊。」

與原生父母暫停來往前後竟然超過十餘年，直到美玉二十出頭歲與哈古梌論及婚嫁之時，周快才出面邀請了淵源、蕭豆的參與商量。終究，他們是美玉的親生父母，當時也沒有正式的把女兒過繼給王走他們，人情世故總是在的。

結婚之後，哈古梌與美玉除了北港車頭娘家外，自然也經常會與原生家庭父母親林淵源、蕭豆以及眾親手足重新來往。哈古梌與美玉的小孩子與兩邊的阿公阿嬤、姨舅們也都有著綿密的親近互動。

日後，蕭豆更從西格家的嘉義公園阿嬤到後來變成台北阿嬤。她是來自舊名鹿麻產的鹿滿盧厝挖地方盧姓人家的女兒。因為古時候家族間的相互約定，讓她與姊妹們都隨母親姓蕭，兄弟們則都從父親姓盧。此乃窮困年代家族保本的常態協議。

那是一個傳統上漢原閩客交錯的地理區域，正在逐步開墾，滿是野生島嶼水鹿之處；近代才逐步成為農作糧倉，菸葉、橙橘盛產的故鄉。屬於靠近牛稠溪比較中、上游的區域，二戰時期曾是嘉義市區居民疏開躲避空襲的主要區域。鄰近山區幾個世紀以前原生水鹿繁多；歷代從荷蘭人、原住民到晚近在地族群都還有很多的狩獵活動。十九世紀初期閩、客、原民族群相繼開墾，狩獵的商品大量銷往中國廈門。幾百年間野鹿數量快速耗竭，農獵產業消失後僅遺留虛空的文化地名，近代則陸續成為種植菸葉、柑橘、柳橙以及少量水柿餅的主要產區。

菸樓裡菸葉的乾焦薰香、門廊前立式陀螺造型的穀倉、滿屋子的套袋柑橘……都已然模糊錯綜過往的脈絡，除了極具時代性外，更讓時間成為世代之間的絕對斷點。這些意象顯然都是鹿麻產一定會被記誦的古時特徵。

西格：「歷經半個世紀之後已經不容易再尋獲舊時代裡被時間擱置的憨厚——不論生命型態與物之間的共融平和——迫使只能像是個時空怪客般地闖入老人家午後的寂靜日常，乾扁空洞地追問了極其片段的家族源流，匆促間又快速地脫離現場。」你將永遠都會浮現如何介入既有脈絡的現實難題，伴隨的也將是徹底的陌生隱晦，甚至還要帶上無法避免既尷尬又生疏的問候談話。

博愛路北港車頭的米店大姊頭周快，她真正出生所在的故鄉其實是在島嶼東北角的黃金礦區金瓜石，來自簡姓貧苦人家。千禧年後，發展成觀光熱區的金瓜石九份地方上知名簸仔店頭家國井仔正是她的外甥仔。因為當時家庭貧困雙親相繼過世無法生活，手足們被迫只能四散、四界依託求生存。年幼時即跟隨著疼她的親阿姑來到嘉義博愛路附近成長，成為人家的養女改姓周。

小地方人容易親近，十八歲便嫁給王走，當了他的二房太太。

阿駿：「我少年時陣都會開玩笑的鬧我爸，問他是如何『趴』到我媽的，我媽那麼年輕就嫁給他。但是每次的嬉鬧提問，得到的都是他三字經式長串地羞澀回答。」

「美玉大姊出生來到我們家幾年之後，我媽才生了第一個小孩！啟鏞正是我媽所生的大兒子，全家族排行第二，不幸六歲多時便因病夭折去世。」

阿駿仔的說法好像他是一直陪伴在場的？

西格可以意識得到：「一定程度能理解的不尋常關係卻成為家族構成的常態。一個人會有六個阿嬤與三個阿公，很顯然是值得被當作個案研究的，它似乎隱含著某些特例，要嘛異於普通人家庭的經濟實力、社會階層，要嘛家庭組成倫理異於凡響。否則，大概就僅能推論為具有特出、不易說出口的其他需求。畢竟，那是一個社會普遍貧窮的年代啊！」

「不過，若是時代遺緒也要能全面地回應當下社會結構性的實況，則這種跨時代的蘊意在理解方式上，肯定是需要從脈絡上多少能被細緻轉譯，否則將不容易了解——簡單講每個阿公都因為家庭的不同際遇，主動或被動地先後娶了兩房老婆——如此六個阿嬤與三個阿公的故事就比較容易掌握得多。」年紀關係，西格真正能保有濃烈印象與熟悉互動的，基本上都是第二房的阿嬤們。所以，其實也可以說就是只有三個阿公與三個阿嬤是與他有著較為親近的關係，另外一半則僅止於人生紀錄簿上的親屬云云。

「寶治仔本名何卜是台北艋舺人，並不清楚寶治仔之名的真正由來，只聽聞是她早年工作時人客給她的暱名。雖然還有一個很少聯絡的兄長，但是已經沒有後頭厝娘家可以回了。倒是與明智仔在一起之前，因為酒店女侍工作場所的關係，就已經有了一個非婚生的小孩。最容易得出的印象就是，她好像總是在考慮著些什麼，但是都不會輕易就說出口！她相對袖珍靈活的身材與宅院裡這種全面被壓抑的沉悶安靜，的確不是太容易連結起來。」

「但是也因此而不容易太顯眼地事事項項就成為被探問、追索的對象。畢竟大宅院裡的複雜不只是人多的問題，它會有的欲求與意志之間經常落差很大，似乎凡事都很困難協調啊！」西格若有所感的跨越回溯，並且忽然迸出這不太能馬上理解的判斷。

小時候他總是陪著姨阿嬤到處去，天生的好奇讓他幾乎不會預帶判斷的拒絕任何機會到訪還未曾在他眼前出現過的事物！

那一次：「陪著姨阿嬤從嘉義搭六個多小時對號快火車，來探訪她在台北唯一兒子阿狗叔仔的家裡住過幾天，那是習俗上稱為大兒子住的所在，撿俗的說法也就等同是她的後頭厝。彷彿是個車水馬龍靠近延平北路、大稻埕附近[69]的鐵工廠店家，繁忙雜亂的環境裡充斥著無法隨意往前的凹摺老邁氣息，漫布著油膩與金屬生鏽粉塵攪拌後帶點酸的凝重味道；幾日之間只能伴著姨阿嬤在阿狗仔叔家四處發愣閒晃，聽聽他們母子講一些毫無頭緒的私密事情之外，幾乎什麼也做不了！步出店門口拄在人行道邊上帶點凝視感的左右張望、看向遠處，是少數比較習慣能做的事。事實上，並沒有任何人的眼光有空落在我這個由島嶼南部鄉下偶然來訪老台北城區的無名小孩身上。」

顯然，這與西格在鄉下小城經常就會被莫名注意是人不相同的。還沒有上小學的西格只能趁機迷濛著眼，試著刻畫起這些有限的畫面，好完整記錄比嘉義更高度發展都會的台北意象；那些日後或許還要再相遇的場景，他當然無法預知這個大都會與他日後平生之間到底將會有著如何的深刻連結。

寶治仔是個身型非常嬌小而且個性甚不起眼的人，或許這正是一種天生的刻意，好藉此掩飾一切她人生以來遭逢現實的不堪。她出生在封建逐漸被收斂的日治年代，光緒的戊申年即西元一九〇八年也是明治四十一年。原來已經被家裡綁上小腳的第三天，台北總督府又傳來所有家庭的新生女娃禁止再強制綁小腳的年度政令宣傳！身體行動的徹底解放讓她日後來到北門口大宅院得以暢快地領著西格到處探訪。

似乎是哈古棯的母親素柳還未去世前，父親明智仔在台北的風月場合認識了寶治仔，輾轉到嘉義生活一段時間之後，才帶進陳家成為姨太太，以她的身分與際遇，在那樣的大家族裡自顧的低調，才能至少確保她起碼的生存無礙。

「我以前會在無意間看見姨阿嬤偶爾私下化妝的樣子，以粉餅打底的方式挽面，讓整個臉龐脫去一層低調，顏面帶著不一樣亮光的自信是會讓人雀躍的，哪怕只是為了讓自己高興！」西格以為只有他小時候看過，其實，哈古楾家的人應該都見過！

王走，原來是市郊湖仔內的人，從小跟著內嬤來到嘉義市區成長。王走、周快夫妻與林淵源、蕭豆在青年時陣原來即因為遠房親戚之故而相當熟識，那個年代緣分似乎總會以某種濃重的關聯性跨越在幾代人之間，更是很難只以理智來描述，一切總是任由特別的因緣決定著一切的動向。

至於周快，毫無疑問是個女中豪傑型的人物，來自島嶼東北部礦鄉金瓜石的堅忍鄉下人，個性熱情開朗、海派大方、樂善好施且助人無礙；常態的面帶笑容配上一雙靈動大眼是她與人互動最佳的親切門面。

彼時陣，王走的元配還在，周快就已經是王走的第二房太太了。最早的起因是王走與住他屋後的親兄長兩人娶了一對親姊妹，這種被長輩匹配的特出因緣——兩個家族之間更為緊密地捆縛在一起，夾置著更為交錯繁複不易釐清的生活文化因襲——卻並沒有因此讓他的婚姻生活更親近歡娛，顯然也沒有更為幸福。

日後，王走憑著自己內心糾結的生活意念，當然也是一種機緣，認識了博愛路附近由金瓜石來嘉義成長的周快；因為家庭生活條件得當便迅速結為夫妻。

西格：「念小學之前，這個心地善良、待人和藹，特別喜歡小孩，我們都叫她阿母阿媽的元配大媽還經常臥病在床，身體狀況一直不是很好。大媽與自己兒子啟宗全家就住在王走自建三連棟居中那間。」

成為正式二房後的快仔，海派又富有溫度的個性讓她更像是真正主持整個家業的核心人物，對住在前後周遭的親族們她總能大度地裡外兼顧，四處與人為善，鄰里間很少有人會不買她的帳。反而家裡頭也沒有什麼人能夠實質地在生活上幫助她。特別是一九六〇年代晚期幾年間，王走連續經歷幾次嚴重的中風。之後，生活裡外的所有重擔更是由快仔一人照料著來獨撐。憑藉著早年多少累積起來做碾米的地方生意，日子是要比一般人過得優渥，所以她待人特別大方而且一點都不畏麻煩。

因此，到處都能結交有如親戚般的朋友，儼然是嘉義後驛博愛路附近最具影響力的里長大姊頭，連地方上在案流氓「康賓仔」[70]有事要喬，穿著日式木屐，把著武士刀到處囉哩囉唆，見到快仔都要敬畏三分，彬彬有禮的跟大姊頭尋求指教，也好爭取實質的奧援。那個年代是這樣，儘管逞凶鬥狠江湖必要刀光劍影，但是盜亦有道都還是有個起碼的規矩。

二戰期間躲避連續空襲經常都要到鄉間疏開，周快在牛稠溪鄉下因此認了一個大哥，他的田庄所在有著遺世獨立自給自足的單純美妙，西格幼時也曾經去過很多次，小孩們都稱呼他是「牛稠溪舅公」。因為是更不同於小城市的僻靜鄉下生活型態，除了農耕相關的浩繁細碎之外，還是一切都籠罩在與農事有關的土味節奏上，似乎完全沒有什麼是城市熟悉的生活內容。不過，這裡所有的一切，在西格眼中卻超乎只是單純認識經驗的樂趣——更有種無法跟他人分享對地景空間層次的感知成像，就像拍照一樣全進了他深層的印記之中——這一切似乎只會在他的眼裡無盡閃耀，他也清楚那是父母親給他的天賦，就自己順著敏銳感受盡情享用吧！

「牛稠溪舅公」的家屋，屬於很常見的鄉下木造平房，四周沒有圍牆也不見任何阻隔，周邊樹林若隱若現的遮掩著這一大片的化外安全。但光是屋前一分多地的魚塘，就能承載偌大無窮盡的釣魚歡樂。每一次地隨手抛竿，任憑誰都能輕易釣上幾隻比巴掌還大的南洋鯽仔吳郭魚——完全超乎大宅院日常的停滯、枯乾與重複——對於生性喜水的西格來講，還真是個夠特別、樂趣無窮的自然遊戲場。

在外面狹窄破碎柏油馬路邊下了公車，還得先順著已被牛車輪壓出隆起、凹陷的硬土泥路，伴著四處的各式農作田脈，走上二十餘分鐘，才能看見這個荒山綠野之中的人煙寶地，的確有種難掩安全感的興奮，心情就像回到某個被庇佑的堡壘一樣。

至於，市區中央噴水池旁，「牛稠溪舅公」弟弟開設的嘉松高級西服訂製公司、往後的文化路世恆西點麵包店、醫院認識的布袋漁船哈露米阿嬸等，這每一個現實因緣起落都在偶然中讓西格被帶領著瀏覽過不同職人的生涯細節。無形中讓他對於後來諸多人生百態的領略，開啟了理解多樣性的一定影響。

沒辦法，周快天生貼地氣的方式就是與人不同，這正淺淺地影響著還年幼的西格！

一眼就能穿透顯然是仿英國式木頭門面的大片玻璃櫥窗，可以看見店內中央擺置著一幢實木的工作長桌、周邊三面展示櫃以斜置的歐式驕傲姿態展呈著上百種不同花色、適合不同季節的西裝布匹……桌旁幾個人型立台上正各自展示著每一道精確透過人體量測而得以成形——由平面轉換到立體、高不可攀正式禮服的繁複隆重——儘管距離了解具體製作相當遙遠，卻知道有著高度細緻的質感就等在那裡準備著高雅的風華，一如整個緩慢製作過程所展現的上流新奇！連皮尺的量測、打版、粉餅與裁切、針線的手工細膩操作，西格也全看進眼裡。特別是那種針對身體的空間塑造感，總會令他著迷。

莫名知道吐司麵包是用金屬模子套烤出來再裁切成等厚的片狀，先是對這樣規格樣式的文化感到不解，所有麵粉類的製作物不就該是超越文化差異每一個都長不一樣嗎？如何化解為什麼幾乎都一樣大？它們不是發酵的化學變化嗎？材料重量與溫度對應的時間長度最終決定了它們該要有的樣子。

原來，終究都是時間在主導著任何事物生成關鍵的核心型態。

時間能長出空間的道理，在島嶼四處沒有人不懂，那只能算是島民的原生智慧——一棵小樹苗終能在時間之後長成遮蔽屋宇的大樹——但是「切分」從整體斷離為同一樣式的局部，到底會是什麼樣的思慮？善感的西格並不知道該如何理解這個他經常當作早餐的食品？

夏日傍晚天還亮著，周快領著美玉西格等一群人，一下客運站便往海邊的漁村方向走，看得到遠處幾排隨著海風與擴音喇叭放送的老派日式唱腔歌謠一起搖曳燈泡串起來的鬧熱與熙攘人流。還不到宴會場地沿途便散發著濃重的魚腥味，終日曝曬過的村子更是瀰漫著散不去的粗獷海派，貼著移動中的所有人事物而行的溫熱醇郁海味，漁村獨有的黏膩熱情更是簇擁著到訪每一個客人的笑容——只見哈露米阿嬸家門外馬路中間已經隔起了一道臨時的布牆，區隔一半宴會區域與另一半僅容單線通車的車道空間——不對！那整列宴會桌上為什麼都滿布著不均勻會移動的黑色斑點？被帶領過去小孩桌的西格，這才親眼目睹了迎風起飛的群蠅從宴席桌上的前菜冷盤裡集體飛舞的驚心動魄！要享用婚宴料理的賓客們都曉得要先以手掌搧動黏附在餐盤上的不受歡迎小黑物們，請它們暫時離開，才能讓大家大快朵頤！

「不會怎樣，用手先搧一搧，就可以夾菜了！阮海邊漁村都是這樣。」哈露米阿嬸的小姪子阿彬仔熱情地這麼示範、招呼著我們！

宴席上西格只喝了品牌為『漂淞』的汽水搭配純正熱魚丸湯裡的在地魚丸。

布袋海邊的宴席成為一種道地的極致，騰空整片曲線飛舞的黑點伴隨嗡嗡作響的搧羽起降聲與只喝到人情過甜的不純正汽水。

儘管不是親生的第一個小孩，快仔卻真能視美玉如己出地付出最多的疼愛，何況她總是真心認為美玉的天命前後幫忙招來了幾個弟妹，一切的周到對待甚至超過她自己後來親生的幾個小孩；這樣堅持的程度更是讓周圍很多親戚都很吃味！一九三〇至四〇年代，還培養美玉念到當時最好的公立虎尾女子高等學校，幾乎就是捧在手心上地在照顧著，氣度之大很難言說成是人世間的必然。美玉與快仔之間的感情，自然就比親生母女一點不遜色，甚至更有一種難以替代的親密。這當然也很直接、深刻地影響著往後西格的成長感受；長大後左手無名指上，一輩子掛戴著快嬤私下打給他成年禮的白金戒指。

生活襯裡一直就有著來自王走與周快愛屋及烏的不時奧援。從對美玉個人生活經濟上的實質幫助，擔心女兒在陳家大宅院裡被欺負；到對美玉與哈古桧全家大小無微不至的呵護，這是持續陪伴西格成長非常有感的一道溫暖。許多越過季節性的轉換、分享與更替總會不時升起；相較北門口大宅院內紛雜渙散的大家族氛圍就真的是兩樣情。這種會自然順著個性塑造而起的世代傳遞，有時候就是會有種難以預料的時空穿越與跳躍。

坐落在博愛路上，屬於王走、周快外祖父母的木造房子似乎對西格來講更具有難以名狀的無形吸引力。那是一幢日治時代後期——王走還在擔任糖廠北港線嘉義後驛副驛長，後來晉升為驛長時自己出資所蓋——一排三連棟的二層樓磚造木結構、斜頂日式灰瓦建築。令西格深感興趣的是它所顯現跨越島嶼不同時期生活簡樸的純淨活力與質地美感，那是只能感覺而說不出口的一脈自在；每個細節的為什麼如此，都能讓西格的好奇心投以無限關注，總是可以難解地端詳許久，熟悉與陌生感同時俱在更是令他心儀。

房子興建當時應該是周邊地方上還不多見的連棟民用建築。整個空間擘構的規畫配置，功能物件與材料質感的使用，每個細節的局部變化都深深地吸引著西格，建築本身並沒有什麼特出驚人之處，簡樸形式上卻反而有一種日治時代晚期好人家沉甸實在的穩定感。外牆覆蓋上刷過透黑咖啡色柏油的杉木材質連續雨淋板，昂揚的交疊方式好看又實用，內斂的低調氣味散發著特定年代裡的簡約內蘊，算是那個年代典型有騎樓的店面建築。加上立面配置了必要而局部灰階的洗細石子色調結構方柱，因此簡單大方又不易特別引人注目，完全符合王走、周快夫妻生活態度上一貫的低調。

大部分都是以自然材質手作的方式來設置房子內部的細碎部件，輕易都能感受得到有著製作者與材料之間交融出來的寬厚感，也使得它們在實際使用上易生圓潤，連積累的塵垢撫觸起來都好似空間逐漸熟成的韻味裡，正被投注著嗅聞不盡的幸福濃度一般。

哈古梌每次載美玉回娘家前的口頭邀約都讓西格非常樂意相陪。坐在腳踏車前橫桿的手編藤椅上，一車飽滿地三個人一起去周快外婆家，好能夠有機會在樓梯間爬上爬下、前後溜蹭、到處觸聞、東摸西看的。因為有這個更貼近現代綜合式遠處空間建築的吸引、召喚著他，相較於吳鳳北路大宅院氣質的老成，這個三連棟房子可算是平民人家的務實變化，是他出生以來有限人生裡，外部空間能具有實際體驗感的極大誘惑之一吧。

房子是自己蓋的，使用配置上就能有很多異於一般人家的規畫設置：一進門的大廳既是米店、親友交誼所在，也是神桌祖先牌位廳堂的多功能空間。門旁一座三呎高原木製兩個斜面開口，容量雖然不大的儲米櫃背靠牆橫置地面——好似牢靠的倉庫衛兵固守著糧草——量體穩當地好似一副隨時都能鎮得住外來任意侵擾的姿態，這可是周快嬤最重要的生財家當！實際上的功能則是，好不時可以有新進的各式糧米提供給周遭附近家庭式的老客戶，同時也避免讓糧米過量堆置會有溫度過高變質的疑慮。

順著往內，緊接著進去就是廳堂空間另一側的神祇祖先神明桌，正對著神明桌的側牆就是幾次中風之後王走生活棲居的竹躺椅床的準確位置。這種各自固守兩牆側面的定位方式，是周快期盼能因此銜接兩個世界的力量，好似如此就更能得著於眾神與先祖對王走病情的深度庇佑，日夜幫忙看顧著他。超過七年以上的時間，王走就是一個人日日獨眠於此，與先祖神祇一起固守著他一手辛苦創建的三連棟家園。

這廳堂空間的最內側，是一座被檜木完整包覆修飾成黑咖啡色調感覺非常溫潤的樓梯，摺個九十度的彎才上得了二樓，靠廳堂側是格柵式木質造型扶手，另一側邊則是一道區隔廚房與廳堂間的兩扇六格式玻璃窗。廚房裡設置的雙口燒柴爐灶，讓善於烹煮傳統膳食料理的周快能夠得心應手地處理家人每日飲食——達到雙管齊下的快速火力——好爭取更多時間處理米店營銷送貨、照顧王走以及家人細小的生活瑣碎。穿越廚房邊的通道，繼續往裡頭進去就是單一樓層加蓋的延伸部分。這是家人專用的起居空間，裡面主要擺放著圓桌椅的飯廳、周快平常休息的榻榻米通鋪、各式櫥櫃以及側翼廁所與循著廚房後側進去有著兩門相通的泡湯木桶半日式澡間；最後則是一扇很少有機會開啟，通往後巷榨油工廠的緊閉後門。

由於自己開米店，取得米糧材料更為便給。周快還是個製作傳統蘿蔔糕、年糕、發糕、潤餅、粽子……各種年節應景食物的超級能手。特別是每一年的舊曆年前一週，她就會啟動年度最重要的生產活動。按照古法逐批製作這些不同種類傳統的甘美食物，供全家族的人來分食享用，全都不假他人之手，一流食材配上她純手工嚴謹製作。可謂是每年家人最期待周快自製傳統食物的隆重時刻。

製作這些傳統食物的各種工具本身就是獨特的文化器物——蘿蔔糕、年糕的製作器具是個直徑約兩呎半、高七吋的手編竹蒸籠，可依著蒸煮的需要逐次疊加、刪減，最多可以加到六、七層高——雖可隨意增減高度，但是永遠都需要與溫度達成高度的默契，才可能每次都能成功。

周快熟悉傳統爐灶的火候控制，總是能讓做出來的蘿蔔糕、年糕，老遠就讓人聞到滿室飄逸食物撲鼻的香氣，加上竹蒸籠的清香味道內蘊其中，豐富層次的味覺更是令人垂涎，很難忘懷！

很顯然西格所有鮮活記憶都停格在三連棟裡最右側的那一棟，儘管很後期接連它旁邊的畸零地上又加蓋一個有著低層閣樓的斜頂空間側翼，但這完全無損於記憶裡，三連棟無可替代關鍵感受的重要性。因為美玉就是在這一棟裡度過了人生最珍貴的極幼年時期，許多地方都有著她的生活痕跡。聽聞美玉重述幼時情景，西格難免就會試著以這樣描述的掌握來細細感覺空間。

三連棟屋前出去不遠處有一條對五歲小孩來講有點寬大、無蓋的排水溝渠，溝渠旁栽植著一棵像是洋紫荊類不太能確定名稱的獨立喬木，樹形甚不起眼，枝幹稀疏，感覺似乎長得非常孤寂——應該沒有什麼人理會它——葉子不多也不甚青綠，葉片的形式有點像是南瓜狀，只在偶然時令季節裡曾經看過它綻開數朵大黃花，適時向眾人聲稱著它持續存在的價值。

樹旁正是外婆用來圈養雞、鴨、鵝、火雞等的家畜樂園，這自然就成為能對著西格說話的另外一種生命世界。他不時會學著大人兄姊們、阿駿舅進入雞圈圍籬內，撿拾每日即時生下的各式新鮮蛋品——被各種禽類圍繞當下的即時樂趣——到手的溫熱雞蛋簡易擦淨之後即可敲破小洞整顆來就口吸食，但是這樣奇特的經驗並沒有讓西格感受到特別的喜歡或者像其他人那樣的上癮；不過，西格的確非常喜歡雞蛋以及各式品味的熟蛋。

說起這個雞圈旁，正是日後西格十歲時王走阿公去世出殯前，他那口自己預先下訂且寄藏在棺木製作店家已經一段相當時日，極為厚重閩式棺木的最後置放之處。

那是他參與國小棒球隊最後那年的某個傍晚練球時刻，哈古棯匆忙來到球場邊呼喚他跟教練請假離開，好來得及直接前往博愛路北港車頭外婆家跟王走阿公告別，見上最後一面。那將會是他開始知道人的消失所意味著的真實狀態吧？穿著全套白皙、美玉例行在前一日所漿燙硬挺的棒球服去跟阿公告別，也稱得上是個別致的莊重之禮，給予王走阿公對母親養育之恩的最真誠致敬。

西格一直都知道外婆很捨得幫王走阿公張羅準備很多精緻專屬的點心。少不了美國大兵的各式福利品，易開罐汽水、日本小零嘴、珍貴的進口水果……必要能在場的時候，西格經常都會成為那個額外幸運的受惠者，這可不是每個小孩都能有的待遇啊！

周快總是自己騎著偌大的載貨用腳踏車分送米糧給商家、客人。她從小未進過學校也不識字，但是商家們開給她的支票，她卻都能分毫不差掌握得條理分明，收帳也從未有過任何閃失。不過凡事都必要付出不同代價的，不是嗎？因為是一九五〇年代中期才開始賣米的小型米店，也養過豬、雞……除了照顧中風長年臥床的王走，周快每日必須處理的事情太過繁雜，因此規模無法做大，當時的碾米技術也還不精良，一些過程細碎的瑣事就必須仰賴盡可能多餘的人力來幫忙進行，比如瞪大眼睛撿拾竹編米篩盤裡，夾雜在米堆中的小石子與雜物，以確保每一位來店裡訂米的人家都能吃到不含雜質的潔淨白米，才不會壞了既有的生意；哈古棯只要去了岳母家大概都會主動幫忙做起這些細碎的事，不厭其煩的一把一把挑剔的篩過，像是雞在挑土裡的可食的東西一般，來回數次才算安心。

從小西格也就有樣看樣經常地幫忙做了起來，算是練眼力嗎？還是淬煉一顆有著同理心的熱情心靈？還是前時代的療癒感還未成熟而提早出現的可能磨練？或許都有吧，也因為是這樣，愛屋及烏的周快疼愛孫子輩中小孩們，西格應該是排名很前面的。至少，西格無疑一直是這麼自認的。

不管是否會真的說出口？周快歷來的信念：「咱攏是為對欲完成命中注定的什麼代誌，才會鬥陣出世佇同一個所在。」……這肯定會是她本心的認命！

註釋

68 這不禁令人想起收藏於馬德里普拉多美術館的知名三聯畫《人間樂園》（The Garden of Earthly Delights）一作。是十五世紀尼德蘭畫家耶羅尼米斯·波希（Hieronymus Bosch）的作品，可以窺見五百年前西方人對於世界的想像。從創世紀到人類毀滅，波希將地球畫成魚缸般的透明球體，亞當夏娃遠走耶穌的往事在天堂上演，人間數百位裸身男女在狂放原野放縱肉欲，朝拜象徵欲望與陳腐的香甜水果，珍禽走獸與詭譎幻境交纏其間，甚至擔任地獄審判者的角色，大口吃掉墜入地獄的人類。

69 其實是西格記錯了地方，那個店家的確實位置是在靠近台北的雙連街附近。

70 康賓仔，是地方上愛惹事生非的流氓，每天總是無所事事地蹭著日式高木屐溜達，四處惹些小事來度日。他除了是個製作日式木屐的能手，同時也是一個很疼愛小孩的奇人……曾經因為言語不通拿武士刀去砍殺了一個賣饅頭的中國外省人，卻因為不善操拿武士刀而幾乎砍下了自己的數根手指，幸有賴周快嬤數個月的接濟照顧，才得以保全手掌的完整康復。

博愛路上這一家。

沒有例外地也依著古時代共同求存所盛行的混成方式組合家庭——還好這不是另外一個大宅院，沒有那種需要因襲的傳統陋規——以合乎出外人打拚就只能共同面對的道理過活，或許這也是三連棟同一坐向的本意。

如果一切稟性都得自於母親的豪邁，那麼，來自遙遠北海山丘的開朗匯聚，落盡平原之後依然秉承自性，開枝散葉式的無意鬥陣、遊動相遇、連結鋪陳成為可能的日常部署；許多的枯萎、斷裂、終止與結束也都相應伴隨著發生，回歸陸地與海洋交換並且成為城鎮裡務實的牧育者。

積極經營家人與親友之間的關係，並不是西格從小就被刻意引導的大宅院文化。相反地，「一家人」的概念，只有潛隱在密度與強度都甚為集中的少數家人之間，才有可能。家族傳遞關係的不穩定何以招致迷糊性格的無奈交錯，的確很不容易深切地便掌握超出原生範圍以外親族成員間的實際動向。

「一咧是真笑詼嘻皮笑臉老愛作弄人，一咧是真緣投一貫不苟言笑的冷酷。」勤快熱情喜愛與人交陪的小阿舅阿駿與酷愛打獵的摩登大阿舅阿宗，是西格從小對這兩位長輩親戚混成的印象。儘管對比很強烈卻都充滿了各異的表演個性！他們是同父異母的兄弟，年紀歲差頗大，都住在父親王走所蓋的三連棟房子比鄰而居，感覺上卻不怎麼特別處得來，有一搭沒一搭的，互動上也並不像特別緊密的家人。

阿駿是周快的小兒子，美玉的弟弟，他的年紀比西格大姊阿華長了一歲多，阿華從小便很不服氣地依著輩分仍然要叫他阿舅。因為出生的時間沒有差太多，周快、美玉母女先後懷孕，加上阿駿斷奶很晚，以至於有段時間阿駿要吸老奶脯，外婆就會以自己特出的前後左右開弓方式的母乳餵食兩個小孩，一個是兒子、一個是孫女，一個抱前面一個背後面，前後方一邊各一個。難怪及長後，有時阿華也常會撒嬌地戲稱自己是周快阿嬤的女兒。

阿駿的個性某方面與母親周快非常相似，特別是與人交陪的能耐，不畏人，很喜歡與人互動。調皮中總是帶著點臭屁、膨風兼嬉鬧，人緣算是不錯的，在鋪排與張羅親戚之間的連結，他多少總也能幫上緩解一些人際上的忙碌。他是周快親生唯一存活的兒子，因此某方面也是眾家人的期盼依託啦。與美玉雖然異父異母，卻因為從小在家人的親密感中一起成長，美玉看著他出生，一路都會幫忙母親周快照應阿駿，因此他與美玉大姊的感情就如同他母親周快與美玉之間一樣，自然相當親近。

日後，儘管美玉與哈古稔結婚，阿駿還是三天兩頭就會往姊夫哈古稔家遛，找姊姊與外甥們瞎混，爭得許多被叫舅舅的機會，幾無罣礙的他也會適時以長輩之姿回應男女外甥們的熱烈呼喊。這也是為什麼阿駿與哈古稔一家小孩一直都非常熟稔、親近的緣故。比親的還親，本來就不只是種比喻。

甚至，明智仔排行第七，行竊、侵占……前科累累的兒子柏蒼，在宅院裡總會趁著哈古稔不在，百般找美玉阿嫂麻煩、勒索錢財，想盡辦法想從宅院裡多少拿些額外的好處。

青少年的阿駿年輕氣盛，知道了都要與他輸贏一番，護姊心切。

「你叫是拿支小刀我就驚你囉……囉嗎？」一次，阿駿踉蹌地質問著柏蒼。

「你好膽莫走，等我叫康賓仔款武士刀來！」

阿駿戰慄地連續高聲嗆喝著柏蒼，以一種勇氣很足的口吻，嚇退哈古桳的匪類七弟。

顯然承襲了母親周快的勤奮特質，阿駿樂於與人做事、四界盤撋。儘管未必都能成事，卻是熱切感十足地做著所有他覺得能有機會幫上忙的事情。喜歡玩鬧開玩笑，也是個性上另外一種風趣寫照。

阿宗是阿駿仔的同父異母兄長，個性內斂，外表看起來難免嚴肅，平時沉默話不多，遇事則振振有詞頗有見地。年輕時考上台南商專並以第一名畢業，得到日本總督政府的特狀褒揚，年輕時就在稅務（稅捐處）工作。二戰後的民生復原期——其實就是一九五四年——曾參與嘉義市電影戲院聞人曾仔本新都戲院的投資經營，生意算是頗為出色。

那個戰後重建年代西格還未出世。很多城裡的發展面貌都是壯年之後才無意間聽哈古桳提起的！特別是哈古桳也曾參與曾仔本的遠東戲院的借貸與投資經營，不過也早已經是跨世紀塵埃。

阿駿與阿宗兄弟兩人的年歲差跨了兩個世代有餘，因此儘管比鄰都住在父親王走早年所蓋的三連棟房子，卻仍然有著不只是一道牆的距離感——若即若離、有著沒事就難以互動地生疏——連不識字的西格大概都看在眼裡，這種差異是容易有些感覺的。更何況在阿宗眼中，可能美玉就純然是「外口人」，任何事情並不會特別地關注。

說起阿宗，的確真有著那個年代裡既另異又時髦、摩登老大哥的樣子。他個人所有的家用物品，在那個物資極度匱乏的年代裡堪稱上流。西格並不清楚他真正的職業情況，像是稅務方面的工作之外，便一無所知。但是生活細軟的闊卓優渥程度，各種超過一般質感品質要求的東西，更是任誰都能辨認的，也很難不讓一般人額外側目。

西格：「只要季節對了，我經常都能看到他換穿上打獵專用的深卡其色襯衫，外面再套上一件可以排掛大顆雙管獵槍[71]子彈的獵人專用背心，頭戴呢絨格子紋打鳥帽仔，當然眼耳也要掛上Rayban太陽眼鏡，以阻絕外面世俗眼光的干擾，後背上則斜背著由帆布與皮料雙材質縫製，可以精緻地保護那柄雙管獵槍的槍袋。」一種文化的上層精緻替代了必然的現實招搖。不過，一般人頂多也就是直看吧！

「毫無猶豫、熟練地整裝完畢，再小心翼翼地發動他那台乳白色純正義大利進口偉士牌（Vespa）——最奢華的一九六二年式的Vespa 150 S——檔車出外去打獵；在那個隨處都還是郊區山野的年代，還能夠如此摩登的去打獵，在現實上似乎是相當非現實的超能。」

動盪年代，社會面臨外來政權交替時空轉換的複雜歷史層次，由戰敗的日本殖民帝國變成美國為首盟國扶植的殘敗中國軍政權。有些事情儘管一時之間不清楚它的可能變動，卻暫時還可以照著以前帝國時期的方式來進行，有些帶有政治控制上急迫象徵性的意識型態，則必須立即由日本式改成中國式。除了這種分別，每個地方的規矩也都不太一樣，一般人很難了解所有細節，經常是很困難一下子就能全面掌握。

照著日本時代的生活方式，儘管阿宗日子過得非常瀟灑，但終究四十九歲即得肝病，英年早逝。

二二八事件發生過後，也要個十餘年的一九六〇年代末期，才透過專制的法律條例，完全禁止人民可以自由擁有獵槍。在此之前只要合法申請，就能到獵槍店憑證買槍，也算是某種日治時代仕紳富貴社會階層的華麗文化影響，這種電影裡的生活形象與模式，在一般人家庭著實並不常見。

不過，終究「緣投」與「鑠奅」是很難被忘懷的——任誰都一定會多看幾眼，生怕漏失了難得的機會——特別是對好奇心強烈的小孩西格來講更是如此。

註釋

71 日治時代官方提供予原住民族狩獵的「村田銃の銃」（Murata Shotgun），一般為栓動式（Bolt Action）的單發霰彈槍，無儲存彈藥與自動上彈機構，一次僅得裝填一發；分為二．八公分與三公分口徑。二戰後初期才有美製的雙管摺疊式獵槍流通。一九七〇年代槍砲彈藥管制條例頒布後，全部廢止一般獵槍的擁有與流通。

華麗的蘋果滋味。其實就是帝國移轉象徵的真實味道。這種異國的品味，無論它的蜜甜是異質或者它可能的清脆，這是人的尺度也是異域的本然。

它的香氣飽含超脫時間洗練的成長之心，它的美好想望，如果有的話，也就會是帝國一切美好的想像究竟：讓島民們不斷前往日本、前往美國，甚至前往古老的歐洲。

蘋果先是以充滿驚奇的高檔禮物方式進入島嶼。它不是此地原生的物種，地理緯度、物種根源與培育技術的關係，島嶼自古以來並不能栽種蘋果。百多年來，它卻幾乎毫無疑慮又全面地代表著俗世霸權的文化意象，特別是通俗文字概念的擴張，使得無物不是它的合體或者演繹。那正是霸權文化的單一化，與島嶼天生的物種多樣性，非常地不同。不過有朝一日，二十世紀八〇年代島嶼高山上也將出現它的馴化蹤跡，只是型態與個頭一如島嶼自身的尺度，含蓄、堅韌、嬌小、清脆香甜、帶上包心多股的透明蜜腺，並且也開始順著季節落土爛。

怎麼說都算是曾經風光過的西格家族，終究自有其家庭脈絡，因此蘋果的滋味這檔子事情對他們來講並不會真的太過於陌生。只不過，都在非常特定的時機裡才能看得到它們的蹤影，那個時代只要是類似的家庭，應該都不至於會有太大的落差。

平實寡欲日子裡的稀罕，終究是會被高度關注的！儘管蘋果的滋味在一九八〇年代就曾經被台灣新浪潮電影隱喻式的入戲了，但是在五、六〇年代的現實生活裡，表面上它是社會純然味覺的集體空缺，卻是許多拔絲相連內在欲望乖張的糾葛關聯。因為那個時候蘋果並沒有全面開放自由進口，它的滋味顯然成為生活裡頭困難取得的異國想像，特別是先進的白人世界，以及雖然戰敗卻很摩登的上一個殖民宗主日本帝國。

蘋果這種完整代表西方一切強勢文明的水果，至此成為現實裡最強勢的政治符碼、蘋果成為軍事政權、蘋果成為社會、蘋果成為經濟、蘋果成為文化裡不可替代的象徵；但是沒有人能夠預知，有朝一日「蘋果」更將成為未來式超脫一切的至高統攝。

社會普遍的貧困根本不可能有什麼廣大市場，只能少量辦理從日本、美國的專案進口，數量不多加上當時保鮮與運輸技術落後，因此市面上的進口蘋果都是俗稱五爪[72]的品種居多。一旦到了嘴邊，口感上幾乎都是過熟的軟砂感，並不易讓人真的留下吃異國珍稀水果的美妙經驗。或許偶爾是有機會能吃到又甜又脆的，不過無論怎麼樣，果味與香氣本身的確頗令人難忘。

經驗之餘，西格似乎在很小的時候就清楚地知道一個道理：在地的就是最好的，特別是水果這種東西。因此，他喜歡台灣在地價廉、香甜清脆中帶點輕澀味的大顆粗梨子，遠勝過進口高價帶軟砂感的五爪蘋果。

因為這種緣故，只要碰到稍微感冒發燒，他就知道病情必須嚴重到某個程度，才可能會聽母親說周快阿嬤要騎車來看他，並且帶著他最喜愛島嶼本地產的大顆粗梨子。

周快嬤總會說：「梨子可以幫忙退燒！」

原來小孩子的病情演技與幸福感可以是這樣慢慢積累出來的一點交互作用：「以梨子的數量作為幸福感的基本計量單位。」

註釋

72 五爪蘋果（red delicious）原產美國，是世界主要栽培品種之一。「五爪仔蘋果」的名字為台灣所專用，名稱來自於由美國進口此品種蘋果的底部呈現明顯的五點狀，樣子有如五個爪子。

關於感知演繹的單純驅力。家庭生活遊戲場。怎麼樣的不定向思考，都會往特定的方向飄移而去。

按照時代的說法：觀念的流動、變異與最大力矩的跨越發展、極度的擴張如果可行的話，那麼它就肯定會在某個路徑上相遇，先行的外部激勵將是必要條件。不斷發散之餘，總會回歸既有的出發定向。

在烘熱與冷凝空氣交互溢流的四合院公廳裡常會有前後院廳不同季節的對流氣旋，那是很容易就能感覺到的低調流動，成股無序地有時候同時夾藏著不同溫度併和的一脈移動。晨間固定姨阿嬤燒香給神祇祖先們朝拜氣息的香煙裊裊，有平日就是小孩子群聚遊戲呼息的年幼氣味綜合而成的熱烈之氣。無論神祇無關祖先牌位，只因為這個空間夠高、夠大而且夠流暢得足以容納幾組不同年紀的小孩子盡情嬉鬧，更何況家族間的大人並沒有人會投注過多無謂的心力在這個公用的場所裡，它於是從來都沒有被聲稱是個嚴肅的地方，反而就只是宅院裡任人穿越、隨意停駐的半開置狀態。神龕與祖先牌位甚至是被刻意迴避的非必要遭遇——大家應該是覺得面對這樣的先祖，很難再期待什麼——沒事能不來看見該是最好！

於是，這個所在便經常成為小孩子恣意玩耍嬉鬧的起點，乳臭與神聖齊在的宅院公廳，交互熱烈總是每日生活裡不可或缺的常態。

阿娟一次無意間說著最小的弟弟：「西格從小就是個孩子王，在孩子群裡總會帶領大家玩一些他自己想出來的遊戲，也因為想法經常很奇特超乎其他小孩子的有限經驗，所以也很少有小孩會真的反對他；只是，大家也常會因此而弄不清楚他到底想玩、做些什麼新把戲。」

不過，對西格而言這個空間就在他家廂房隔壁，算得上是他最熟悉的地方。熟悉之外就是遊刃有餘的憑空想像，所有需要穿鑿附會一下的，對他來講並不至於太困難；他的確每天都一定會流連穿梭在這裡。

稍具傳統色彩的民俗童玩，不論新舊儘管也無關基本生活要緊，不過每戶人家似乎多少都會傳承一些：尪仔標、彈珠、釘干樂、鳥擗仔、放風吹……雋永又不膩人的民藝內容，在那個普遍窮困年代裡還是很受小孩子青睞。一旦加上節氣的不同，社會的一點奇觀波動，所有的內容也就跟著升起了一些試圖越過時代限制的奇遇變化，就跟世下人心一樣。

像是利用過期舊課本頁面再製為變體紙鈔玩起家家酒裡的作莊銀行家，滿溢的鈔票分享給參與的小孩子——困苦時代境遇裡的滑稽諧擬——從小就可能是小孩子試著擺脫貧窮的有效練習。

大富翁與象棋盤局的自刻自製棋子，總是異想著更動遊戲規則，讓它能更直白的化解輸贏。

手工削竹棒子做起——結構造型複雜有致，功能單一——打蒼蠅的橡皮筋槍。

不斷改良的各種摺疊造型紙船，好順應各種有水的時節與颱風天候。

以過期報紙製作乘風而起各式尺寸的風箏——試著到底能把貧弱又有限的生活資訊帶向何方——那些種種起因於困窘世代卻難以窺見天空盡頭云云的奇特念頭。

以及西格最喜歡的北門車站阿里山鐵道機場火車機關車修理現場的無聊駐足與觀看。

囝仔群四處不時能夠出現頻率最高的宅院外探察活動，都是些圍繞在宅院周邊場所的高低不平整層次起落：穿梭防空洞上下裡外、跳越排水溝渠……狂想出一些有的沒的不知該怎麼命名稱呼的耍鬧，每次玩鬧的舒爽都強烈極了！但是，也時時刻刻都必須秉著被大人臨時喚回家的情緒危險，大人們可沒在管你們小孩子的心情處境啊。

這一切，幾乎沒有任何部分是均一同調的！

走跳在「林商號合板公司」進口柳安原木的儲木水池周邊——不夠高壯的水中成列小孩倒影——擬仿著無法預見的深淵能夠匯聚出一種理解飄洋過海而來的艱辛……一整個大池子原木成長在東南亞各處、印尼故鄉原來森林裡的身影；總想像著池子如果就是蟲洞，便可以通向無盡浩瀚海洋，那種跨越時空的迴旋面貌將是如何的波瀾壯闊。

原木堆置場內隨機出現剝除木皮來充當柴燒的游移家庭，使得一切往未來時間推進的步調快速退卻成往過去的逐步靠攏。其實，那都已經無關緬懷，而是時間在空間裡的不經意遞延。對一般人來說，它們可能是某種產業的最前端，或者是生活的極底層，很難企及也勢必更為陌生，甚至都可能變成充滿著難解緣由的社會傳奇。

儲木池的作用是為了確保進口原木不會因為裡外過度不均勻乾燥而讓巨大樹幹在進入加工步驟之前便過早產生龜裂，增加製程上的成本，也失去後端可運用的商業價值。先預置池中讓整根原木浸潤均勻後，以人為可控制的方式進行乾燥再送進工廠的生產鏈，進行後端完整的加工製作程序。工業化的生產邏輯正以非常不大眾化的方式無聲地密集展開著。

西格曾經無端莫名地羨慕起那些需要經常背著竹簍子帶著自製長柄剝樹皮柴刀，進到原木堆置場去撿取、刮除樹皮的游移家庭。或許是他們服裝恣意質感的表演性吸引了西格的目光，男女老少一群人每個都穿著容易活動，寬鬆又帶點髒汙顏色暗沉相近的布衫，部分頭戴斗笠，一律打著赤腳，無形中更增添了整個過程的藝術性出演，像極了一群即將上場表演的各異角色。

有得揀就揀，沒得揀的時候有些狀況下堆置場的原木任誰都可以主動幫忙剝除樹皮；但是釘上小馬口鐵片註明編號的特殊木種，可是任何人為操作都不被允許的，想要免費得到一點生活上的好處，務必要有足夠的現場敏感度而且要能適時又識相！

當中的要領就是必須擁有在地人透徹的判斷常識，才可能維繫生活的無礙推進。西格潛心觀看過——他們每一位的臉龐的確都充滿風霜、帶點困難定奪的灰暗，可是卻不是有著不滿的悲傷或者憤怒——那一抹抹踏實的嘴唇表情正是底層生活的現實；這些撿拾、刮除，既是廢物盡其用，更是時代生活能源需求的替代來源。

後來才能了解，這正是農牧時代典型的游移生活方式，努力節制地向環境取用所需。從最微弱的環境保護角度來看，這或許就是最早期簡單有效的「熵」轉化形式。那個世代燃燒實體的自然物與半成品燃料是生活依賴的主要能源方式；社會因此普遍對於拾取產業殘餘物作為生活能源的某種可能極富容忍力，也總能在不特別鼓勵的情況下，滿足很多社會低下階層者的生活需求。

日久之後，這種惜物的生活文化自然就內斂成為島嶼環境保護意識脈絡的某個價值內裡，並且無處不在。

至於，阿里山鐵道機場的機關車修理，則是這些日常空間場景轉換、生活踏查過程中屬於最專業的部分。西格是怎麼樣都搆不到想像中能夠進入的年紀，只能趴在工廠邊的圍籬後方，目不轉睛地盯著看，完全不清楚他到底在看些什麼，但就是不可能有任何入場接觸的機會。

儘管如此，西格總幻想著自己就是其中的一員，可以相當長的時間杵在那裡，動也不動地盯著看、想像著置身機械之中。唯一能與場中人員共同享用的，就只有機關車排出的油漬與煤煙的撲鼻臭味了。

試著理解年代當下整體社會的運作，透過各種繁複對應時代發展——社會的系統化架構、論證思辨族群的認同與對立以及從未停止過的潛在階級化——這樣能否真的更有助於融入那個時代之中？

這種原因，似乎說明童年遊藝的環境在哪裡就意味著他家庭階級的某種興味。那麼，西格的兩難正是他的家庭到他那一代，並沒有任何堅強的宗教信仰，更沒有與社會緊密鏈結的政治性網絡。大概只能懷抱著透過被傳述的形制而有的既有溝通方式與祖先產生崇敬上的連結。離無神論者也甚為遙遠，既不是佛道也不是基督，不是天主也不是阿拉；卻又與這些都有著游絲般的認知關聯。更多的就只是人的純粹信念本身；因此，與感知有關的哲學性、藝術性或許都只是些毫無連貫又偶然的社會性傳衍。

因此，無論是否真是孩子王，必然的廟埕前、各種戲台下有距離的觀察、沒有特定文本的常民生活演繹、捏麵人無形的民俗技藝、常民的零錢經濟，對西格而言都潛在地成為開啟式的社會與生活學習方案，每一種內容在感性認識上對他日後而言，顯然都受用無窮。

透過直觀，試著動用極不熟練的身體。

刻意滑稽模仿著對植物想像的極致伸展，分解著動作、緩慢凝想、揣測、模擬，校準往復晃動手勢、身形、蹲膝，保持動作的常態反覆，心裡也必要思忖著讓自己成為正在發著嫩芽的茂盛枝葉、成為連續展葉待放的花苞、成為滿布紋脈的聞風飄動粗幹、成為即可採摘的無名果實，成為植物性思維本身，最終再試著回返為動物，完成整全的必要交替。

透過既重疊也重複的交錯校正著該要變動的每一種姿態，讓身體可以逐漸適應植物性思考，恍惚裡的穩固地面，隨風雨飄動、滋潤、向陽、垂直神聖。

人不再只是人，但人終究不會是樹，是人透過變異成為植物的可能性，彰顯了人與樹之間的宇宙自然關係。

無論是如何的遭遇，人在樹上常常就能夠安然地度過一切。何況是西格的蕊莉[73]樹仔欉。

已經不太能確認這款莓樹除了熟悉的「蕊莉」之名，還能怎麼稱呼。它成熟的枝幹並不會生長得過於粗壯，長得再高也就是兩到三層樓高左右吧？葉子的最前緣為尖銳狀，葉脈兩側帶有連續性的反覆折角，葉子表面有種紡織品的精緻溫潤感覺，葉背則長了綿密的淺色灰白亮金細毛，天生就能夠反射光線，摸起來的絲絨感相當有溫度而且不乏人性。樹皮是有著像是單層千層麵的乾脆厚度，初生幼苗時表皮像小牛犢般的灰白帶點銀亮，長成一定粗細樹幹之後才慢慢轉變為深灰褐色帶點墨綠，乾脆地容易整個被剝除，非常具有動物性的生成特質。

蕊莉樹欉下的活力氛圍俱足，動植物興旺之餘，連貓都想爬上去一窺究竟，溫潤的感覺一如加勒比海溫度對生命應允的凝聚。

「儘管沒事不會有人想這樣故意傷害它，但這一定是某種具有天啟般緯度意義的存在，讓它足以成為亞熱帶生活裡的什麼。至於，表皮內面則充滿著滑潤半透明的樹汁，帶點黏稠、無味，可以發現樹幹的內裡，顏色就像是去殼後的鮮竹筍一般，乳白中微帶淡黃，成分中富含鐵質；因此，樹皮剝除後樹幹很快就會變成淡咖啡色調偏向鐵血色，初見此狀會令人有點困擾，但是與真正的血液還是大不相同。所以只要樹皮有夠深的傷口，之後就會結成依傷口形狀塑成的樹瘕，每一個都成為獨特故事的自然印記。」西格極其強力地描繪著他小時候的啟蒙巢穴；天空之樹，蕊莉欉。

「特別的是：當它死去枯乾之後，厚皮削落到竟然可以平整得像是沒有紋路、善意溫馴、無毒的蛇。植物與動物的輪迴轉換，一種植物試圖成為動物的自然終極救贖。」

當盛夏季節來臨，藉由濕熱天候的醞釀，蕊莉逐漸長出細碎的滿樹小白花，不待注意瞬間，依序結成色如綠豆狀橢長、然後轉成生咖啡豆般大小圓肥、再形變成茂谷柑狀圓扁形的小綠果；滿樹的樹莓再次第地由綠逐漸地改變色彩，轉微黃、橘紅、橙紅、鮮紅甚至暗酒紅色，喜歡它的各種動物一般都不吃皮，僅吸食它果囊內帶有沙沙甜味口感細小顆粒狀黏稠漿果的內容物。如果細細輕嚼它沒有過熟程度的果皮，甚至還能發出多種像是蟲鳥鳴叫質地的聲響：純然就是原生復歸的動植物合體鳴響。熟成後每一粒都有相當高的甜度，除非剛好颱風降臨沖刷大量雨水，否則它就像島嶼原生香蕉一樣，幾乎沒有不甜的。

它的蒂梗相當有型，約有一寸長，綠色微彎，有機富活力，不存在任何一柄是如患病般的僵直，整體的型態相當具有童話特質，摘下後梗蒂顏色就會隨時間自然由綠轉褐逐漸黯淡、乾縮，益趨圓弧。當然，一小坨熟成透紅漿果配上一柄微彎褐綠的梗，整體造型煞是特別有戲，精巧好看。

這株蕊莉欉是哈古棯親自種下的，位置就落在廚房後門邊與隔壁由柴房改製為畜養禽畜的大雞寮之間。樹欉長大後果然籠罩著這兩處家人最常活動的生活區域，帶來沁涼與甜美歡樂是它被預期的絕佳角色。

哈古棯家小孩每一個從小就都是爬樹高手，西格與哥哥們經常都是在蕊莉樹上逍遙度過熱氣漫溢的盛夏，甚至是四季裡的不時寂寞，總愛上樹漫度、口言自語，只要能稍稍離開地面幻想些什麼都好。

「幾個猴囝仔，一年到頭總該有幾百個小時是在蕊莉欉上度過的吧？意思是，每天無由地總要爬上去一下才能安心度日啦！」

只要樹莓盛產期一到，幾個兄弟就會協議著爬上蕊莉欉採摘盈滿的鋁製臉盆好待價而沽。但是這都僅止於想法上的共同行動，害羞到根本不敢拎著上街去兜售呢！只是瑟瑟地擺置在木籬圍牆邊完全不會有人經過的高處，等著人來買。

當然，這都只是幾個小孩子的臆想與幻覺，根本就沒有所謂的市場與買家！只有哈古棯已經打了十幾年侵占官司，蕊莉欉所在廚房外院子圍牆後方「嘉義林商號合板公司」的一些零星工人的好奇心，竟臨時成為實際的客戶。

自然也只是少數的生意演練罷，人生的真實很難是這樣的景況。

幾個小兄弟哪懂得什麼是做生意——卻又要多少演練一下，不時從哈古檢聽來陳通古早時代善於營商的故事——好讓盆中的樹莓能夠順利售出，多少增添一點乏悶生活裡的快慰，也好回報老天每年努力長出樹莓的恩惠。

不過，倒是與「嘉義林商號合板公司」接鄰的那塊面積數百坪的土地，是陳通留給哈古檢，他過世後卻被占用了十數年，這又是另外一個充滿磨難冗長的事故。

真正無可替代的體會反倒是停留在蕊莉欉樹上的獨處時刻！西格經常會一個人爬到蕊莉欉樹上漫度時間，不帶目標地直觀著可以與想像意志、直覺為伴，只要能短暫離開既有的事物，能做點新穎的什麼都好，甚至是發呆出神——說蕊莉欉樹上就是他轉換奇異感覺的個人空間也不為過——他一直都清楚獨自一個人是什麼意思。連要怎麼爬上蕊莉欉，他都能發展出幾套不同的上樹踩點，每一次依著心情試著不一樣難度的組合可能。

哈古檢與美玉哪找未到一陣猴囝仔，就有可能是在蕊莉樹仔頂頭，也是合理。

西格也經常乾脆順著蕊莉欉長成的樹勢爬到廚房、飯廳屋頂上，更會帶著一定的膽戰心情走在那銜接後廂房屋頂不到半呎寬的脊梁上，直接朝著宅院公廳臥室廂房的門口上方處前進、抵達後再行折返；兩邊掉下去可都是四、五米的高度，絕對稱得上是一股人生絕對平衡的自我鍛鍊。如此，便可以看得見整個宅院後方的空間梗概，這也是西格自己發明特有的人體空間視野掃描——不接地的西格人體空中探索——這都是小學時候的自我冒險了，當時是不可能隨意跟家人分享的！

註釋

73 關於蕊莉（Zélee）樹，事實上它的學名叫牙買加小櫻桃，屬田麻科（Tiliaceae），多為喬木或灌木，單葉，互生，通常為掌脈具托葉。漿果、核果或蒴果。它的名稱眾多非常有趣，例如：Jamaica Cherry、Panama Berry、南美假櫻桃、巴拿馬莓、勒李，在台灣也有人叫它美利亞，原產中美洲與加勒比海諸島，在台灣已經野化成中部以南的國民院子裡的天然零嘴，南部曾經有過一番榮景，於低海拔向陽處到處可見。

屎沆仔。

逐樣日常事態的強力描述，勢必造成新的生活斷裂點。機會尋得露出，任意強度的蓄勢彰顯，無論再如何的細微、多麼的不被重視，簡單講，與生命完整歷程同構，卻盡可能多了點漫無目的的延伸。

講到「屎沆仔」，就的確是個很難以啟齒、不易言說的物事。

在島嶼南部平原上農植四處遍布，生活裡植物的生發與成長幾乎都是以生命湧現的意外方式作為開始——其實人與各種生物何嘗不也都是如此——理解上，並不需要特別確認到底是誰有意的種了什麼，經常就只是偶然、隨意一擲的機率便足以形成具體的生命樣態。全都被濕潮的島嶼環境溫暖包覆、巡繞的洋流交替滋潤孵育；動植物、土地、天候是這樣，人自然也不例外。生意盎然是那個地域緯度裡的常態，不斷湧現的正是亞熱帶島嶼特出的生命模式。

不論是在島嶼的何處，木瓜與香蕉樹正是這類植物中最為普遍的地層代表，它們總是黏膩地伴隨著人的四處遷徙移動，在某個不起眼的家居角落裡自然沉靜地逐漸浮現青綠，藉以有意無意地填滿時代生活裡難以言說的被迫空洞與困難艱苦，還長年提供任意陌生臉龐上的甜美笑容以及充滿溫度的碩大果實。

近代以來，島嶼的本土老派畫家們經常喜歡以它們作為島國意象來入畫。

會把木瓜、香蕉樹、花崗岩石階空氣步槍試射場與兩座有使用選擇性的糞坑拿來一起說嘴，純粹只是它們偶然在宅院後院空間配置上的群聚並置使然，根本沒有什麼特殊的邏輯關係可言，也就沒有什麼合宜與否的論辯，這是少年西格式的無厘頭！

大宅院的屎沆仔在老四合院建築裡都是共用的配置，很少是給特定的個人使用，這算是大家長式封建舊文化的矛盾避免？還是說，只要是穢物就該與任何人都保持必要足夠遠的距離才好？因此，設置的地方儘管是在宅院範圍內，卻都會是離居家空間最遠的無畏角落，大宅院後院的最後一道隔鄰的圍牆邊，才能避免讓宅院內輕易嗅聞到——一如宅院封建遺緒本身——陳年蓄積的濃重難堪氣味。

一九六〇年代生活進化的步調其實非常緩慢，化糞池系統還沒有能在日常生活裡普及使用，針對小城區裡數量龐大老舊建築群的日常需求，地方市公所便設有城市專屬的水肥大隊。

定期就會有一組六到十人的隊伍，以大型載貨腳踏車騎載著扁擔、大木桶，跟隨在水肥槽大卡車後面，來定點挨家挨戶的收取水肥；既幫市民家戶的屎沆仔爭取更多的空間容量，水肥大隊因此也能獲得天然的有機肥料來源。是舊時代基礎市政的核心服務與便民措施，在老舊街區裡普遍很受歡迎；只不過每次水肥槽車一出來巡迴，大街小巷左右鄰居便四處走避，不見人影。

那些水肥大隊隊員的工作身影是不可能被忘懷的。每一位工作者都擔著兩個大約兩呎高、直徑一呎半的傳統手工大木桶，以扁擔逐次挑移，氣味一路尾隨，穢水也沿路滲滴著；因此，他們幾乎都只著七分半長褲加上汗衫、要嘛赤裸上身，配上布衫紮腰、毛巾捆頭或者垂掛脖子上好隨時擦去不停的混臭汗水。腳上的裝束就有著很多的可能，好像這是挑糞者真正具有鋩角工夫的所在。如果是打赤腳的人，腳掌看起來一律就是積年累月的鍛鍊，帶點髒汙的龜裂厚度，與鞋子並無二致。如果是穿木屐的人，那麼大概都是薄木屐居多，依然可以保有俐落行動，一方面製造些鏗鏘聲響驅散不明動線就裡的人流障礙，另方面像在告誡著世人不偷不搶的工作勇氣；雖是老式的嗆世，但是挑擔屎桶需要的技巧門檻可不低。要不就只能是傳統輕薄抓地力較好的手工布鞋，方便移動、容易清洗，最花錢但最是安靜低調。還好從事這種工作的，向來都只會是中青壯年的男性，標準的逐臭之夫。

只不過每次水肥隊來過，宅院裡總會飄散夾雜著噴過消毒水，味道難以驟聞的混合氣味好一陣子。「擔屎仔」也就成了那個年代教訓小孩慣用的恐嚇詞：「那無路用、未出脫，就去擔屎！」

宅院裡要使用屎沆仔的人就得走上一小段路，也不遠就幾分鐘。白天還好，到了一定深度的夜裡，遇上身體緊急情況，那就需要攜帶手電筒有人作伴一同前往，否則基本上是不會有人去使用，特別是小孩子。嚇都嚇死了，烏漆墨黑的，只有一盞為了起碼能看得見石板路、台階位置而不得不開著的五燭光微弱燈泡，隨風搖曳，相信無端害怕生懼的，應該不是只有小孩子才對。

舊時代的風土，大宅院裡的下人每日清晨第一件事，就是處理前一天夜裡主人的遺穢桶。宅院內一定程度都承襲著這種生活習慣的空間配置，特別在生活設施完全沒有跟上時代的前進跡象之前，生活上的基本需求並無不同，它幾乎就還是宅院裡生活的必備私密物件，是大家心照不宣不需要直接提起的穢事。各式各樣的痰盂、可攜型便器，總有它們在宅院裡的隱晦位置，材質從最早的木桶逐漸變成幾種金屬製的、搪瓷珐瑯……甚至後來初期塑膠製品的出現，也正是這種文化的最後階段。

儘管一直以來宅院內都有改造廁所的談論，但是卻因為設置的位置不容易匯聚大家的意見與共識而遲遲未見動靜。

西格：「當然，應付小孩子的需求反而是更為容易。大概都是鋪個幾層過期報紙讓小孩子直接在上面方便，結束後再小心包起來丟進屎沆仔處理掉。」

「舊時代的思考與變通，原來就是農業時代的永續做法。從來沒有人會排除以最貼近鄉下自然的方式過活！」

因為宅院地形的關係，後院左側廂房直走到底最後面的圍牆邊，就是整個宅院的公用便所，不分性別的兩個獨立小空間，外加一個置於側邊男用的立式小便斗。這間公用廁所與大宅院一樣是傳統木結構建築，屋頂也是閩南式馬背，木質結構的部分也並不馬虎，一樣是上好的堅實杉木所製，只不過夠久的時間讓木頭褪為暗鐵灰色的深刻紋路，牆壁的最上層與屋頂之間保持鏤空，讓空氣流動自動驅散不雅異味，便器本身則採蹲式仿青花紋，老舊帶點斑黃、古樸中看起來還是有幾分藏青紋理的典雅，圍繞著便器的地面則是老式紅色方形地磚，讓便所斗室更顯老派貴氣。

考慮到宅院裡家族人數，使用者眾。因此，果真是個超級大屎沆仔。既大且深，由便器下去的深度足足超過半個樓層、一丈高以上、寬度則宛若一個小房間，看下去非常駭人！更不用說裡頭極其多元可見的內容物，白色萬頭攢動的屎沆仔蟲，更是叫人驚悚不已，對於完全沒有使用經驗的人來講，驚聲尖叫奪門而出是絕對免不了的。

宅院另一側廂房後方的便所，就只有一個獨立空間外加男用的立式小便斗。事實上，那是位在隔壁鄰居華格家後院的生活設施，因為與哈古检家非常熟識、交情又好，兩戶之間沒有設置區隔的圍牆，因此都開放給兩家人隨意使用。這單獨的一間，它的底部深度就要人性一些；但顯然也是深度的問題，上完這種廁所，身上容易附著糞坑的奇特氣味，倒不是臭，而是一種濃重悶濁感的不散氣息，必得一陣子之後才能慢慢消散。

極為巧合，宅院後方的公用廁所旁，很肥沃地都長出了數量不等的木瓜樹與香蕉樹，當然也都長滿累累的果實。感覺因為木瓜樹、香蕉樹圍繞的青綠與它們果實的香甜而驅散了不少令人不悅的氣息。

另外，宅院公用廁所的側邊更憑空長出一棵高聳遮蔽公廁的土蓮霧樹，應該也是緊鄰肥沃之地的關係，長滿了果實。只不過，可能是品種的緣故，果實的酸澀程度卻很難受到任何人的青睞。除了是作為大人考慮安全與小孩尋找爬樹摘果樂趣——明智仔阿公曾拿著竹竿作勢要一丈高有餘的樹上小孫子們下來——的對峙衝突場地外，反倒都成了青笛仔[74]的美食來源。

怎麼樣都應該是因為這些肥美香甜的木瓜、香蕉、蓮霧，招來一群又一群的麻雀與青笛仔；親戚中的堂兄長們不知從何處弄來一柄填充小鉛彈的長管空氣步槍，這也是年代裡經常公然能夠接觸到的陽剛物件。於是在不會有大人願意久待的公廁旁，有時候就會巧妙地變身成為小男生的臨時小型靶場。輪流練習著實射飛移中的各式小鳥，但是幾乎從來沒有能夠真的打中過。

最特別的應該是開槍時所站立的四個不等高度的不尋常寬幅階梯，只知道這些材料是舊時代陳通蓋大宅院時從中國福州購買而來，一方面本身就是建材，另一方面則是與其他建材當作壓艙石渡海而來，碎白花中帶點黑斑微黃的厚實花崗岩板，每一片約有兩呎寬、十呎長、厚度約五吋，異常穩固的靶場站台，低調中華麗不已。

但終究還是不清楚這些剩餘材料所構築的階梯到底原來是要作為什麼用途，怎麼會最終置放在屎沆仔坑邊，成為看台式的階梯。難道是家族人口眾多、賓客雲集，大家都等著上廁所時的排隊座椅概念？

幾年間生活型態的大趨勢——市公所預告三年後將徹底廢除水肥大隊的日程——哈古楾在自家廚房外邊，宅院後庭右側，靠近水泥池小菜圃旁已經頹壞的雞寮位置，蓋起兩間有拉繩系統的蹲式沖水公用廁所，藉由新式化糞池沖水廁所的啟用，算是一次性地徹底告別了落伍時代的屎沆仔人生。

那株陳年的蕊莉欉也在這個改造計畫中，退下陪伴哈古楾家小孩成長的階段角色，那可是多彩記憶裡充滿異國海洋風情的粒粒醇甜。

註釋

74 青笛仔就是所謂「台灣都市三俠」麻雀中的綠繡眼。

跟上時代翻轉人生？

哪怕只是為了新時代的老派人生加成，甚至也可能想要藉由補習來試圖翻轉、改變人生的什麼。

在系統性建置剛萌發的年代，一切相同的步驟、路徑、歷程，通過凹凸不一的標準化，得出的結果卻是完全難以預期的，總是會有所刪減、偏移。基礎教育現場的一連串成果，正是如此的錯綜而緊繃，不時夾雜著難以擺平又生怕錯看未來人生規畫的必要賭注。

一切都在過量人為的操作系統裡運作，以至於很困難能夠被透明地因應，只能盡量往理智靠攏一點的方向邁進。過了大半世紀之後才猛然發現，逆著這種生活窘境，竟然也跟在時間軸裡，完全巧妙又不動聲色的在逐步加速，目的性的觀念徹底改變了型態，成為試探性的多元商品，亦步亦趨著無底限的比較欲望，在理論式加劇的無聲中繼續蔓延擴大。

各處窮鄉僻壤儘管有著普同的需求卻無法同樣生成！倒是存在著傳統仕紳們的各種小型漢式私塾、學堂，以他們個別命定聲稱的「傳統」來增補非系統性人生在生活智能上的時代傳衍。

每個月只能有區區不到新台幣五百元的薪水要養活一家將近十口人，自然是非常辛苦的日子！二戰後十餘年間冷戰的地緣政治變動，島嶼社會因為戒嚴管制步伐緩慢，民間卻醞釀著回應西方市場的生產基地轉移，決策開始積極培養不同專業的精英人才。往後的持續感覺也就是忽然之間，冒出一堆不明就裡家庭式的小型公司以及滿足市場需求的各種生產工廠，也正是商品化資本系統快速開啟的年代，很多教育資源在機會的競爭上逐步趨於可感的白熱化，儘管剛開始的時候總量還是非常有限。

作為國小教員，儘管承襲了日治時代以來當老師的崇高地位與社會榮譽，但實際上要顧全家庭的生活經濟卻是壓力無窮。哈古棯因此在累積了相當閱歷口碑之後，憑藉著他的積極態度、工作認真以及對學生的至極用心，很快地就被視為是校內的名師，指導升學班的專業聲名也就不脛而走。

學校校長室因而經常高朋滿座，排滿了轉讀知名畢業班的關說、請託協調行程，這些是當事人都不甚知情的複雜！哈古棯當然也不例外。

何況家道中落後，他一直就是秉持著陳通努力做事的傳承，善盡自己工作上該要有的責任，其他非關的細節他也很難過問！

哈古棯便是私下家長們經常透過關係甚至直接關說指定班級老師的這一件事情，很顯然是被傳布在學校裡外，因此要不就是透過地方上的公私高層來處理，要不就是有力人士直接找校長調班，常常搞得一個班級快要破百個學生一起上課，學生滿溢教室的狀況已經成為極度困擾的教學常態。

怎麼說哈古棯都只是個教育體系裡的工作者，並無法清楚所有的細節，只知道必須要在自己的工作上認真付出！在沒有利害關係的情況下，家裡偶而是會有學生家長特地送來的精美水果禮盒，表達對他盡心教導學生的至忱謝意。

整個教育環境氛圍因為升學的壓力而極端緊繃——義務教育的發展僅止於小學畢業的六年國教——因此，想要透過教育翻轉人生的家庭，幾乎是無路可退地拚了命動用一切有限的經濟資源。

這多少也就扭曲地提供了學校體制教育外更多的另異機會：在法律的灰色地帶開設私人補習班。

說是另異，只因為這些都還不是一般國民教育的正常狀態，還沒有正式商品化的補習教育卻已經承擔了許多人補充未來人生的希望寄託。許多必須冒著違反規定或者自行找尋生存縫隙以求安保生活的低薪教師們，積極的日常開拓，多少都奠立了日後補習教育商品化的某些經驗參照。

這些途徑只要是被家長認可的，學生來源一般來說問題都不大。於是，大宅院後廂房大灶所在的空間，便因此順勢成為家長們勸說哈古棯開辦臨時補習班的唯一可能場地。

有點超乎想像，沒有間斷地來自四面八方諸多家長的親臨遊說、請託，哈古棯只得硬著頭皮考慮開辦補習班。儘管這是現實裡「被認可」的灰色地帶。

讓他難以驟下決定的真正膠著或許是在於教育部門的規定，他的日式成長教育讓他很猶豫是否該「灰色地」不遵照規定來嚴格做事！

幾經生計考慮的痛苦掙扎，哈古棯最終還是拗不過地方人情的再三請託——請人製作整面牆壁的黑板，半租半買了一堆足夠數量的二手摺疊式課桌椅——好滿足每次使用時每個來補習學生都可以自由入座的需求。

因此，沒有人會有固定的位置，每次都只能依照先後到場次序由前方入場坐定來爭取較好位置，下課後再將椅子摺疊起來歸回原處。一切的收攏都必須一如哈古棯在進行其他事情一樣地井然有序才行——也就是，如何的態度便決定了要怎麼收割——怎麼樣他都想藉機會讓學生了解如何成為一個讓人敬重的人；他的日式生命哲學表露無遺！

對西格的心智而言，這種場所狀態更像是一套奇異平面性的空間機器，能夠展開、還能摺疊、又能排列成陣列式的起伏，不停的空間變動持續在岔開一些他所不清楚的可能內容，這讓他有種文不對題又說不上來的奇怪著迷；經常性地拄在補習空間裡的角落裡靜靜地聆聽。

這種幾乎是每次都必然會變動的事態，對還沒有念小學的西格來講，所能理解的程度其實還相當有限，能真正進入他直觀之中的反而不是補習這件事，而是整個過程裡相關的人、身體與空間內發生的事物。因為哈古椮補習的內容他根本就完全聽不懂！

此外，他自然不怎麼清楚，他人生成長過程裡的這一段演變，現實地幫助了他的家庭度過艱困時期。不過，畢竟那個時候他真的年紀還太小。

當然，有人賺了額外的錢，就會有人眼紅。一段時間之後，地方教育單位也被迫義正辭嚴地公開宣示，要老師們不得私下開設補習班收學生授課云云，怕會造成社會大眾受教育的不公平。教育局的督學們也銜著行政命令，開始在地方上進行大搜捕。哈古椮的補習兼職事業，就在這樣的情勢變動下，業外收入瞬間歸零。幾年間的課外補習活動就跟著突然結束，徒留跨牆面五米長大黑板與一堆摺疊式小學生課桌椅。

日治後期一九四三年開始的六年國民義務教育，在一九六八年改為九年，初中的升學考試也隨即廢止。

阿娟：「爸爸剛開始補習的時候，經常補習課後都會把我託給陳通阿祖照顧，然後騎腳踏車載媽媽去看夜場的電影。」

「曾經有過，因為哄騙不止我的臨時哭鬧。阿祖只好勉強一手抱著我、一手拄著他的拐杖來到戲院外面，透過貼賽璐珞片的插片通告『哈古楢家有急事，外找！』來尋求最後的實際奧援。」

「緊貼著補習廂房空間黑板後方的左側所在，早期是哈古楢家裡陳設已久卻幾乎被徹底遺忘的物料堆置處，裡面雜亂的疊置著許多雜項物品，主要都是些塵封已久的舊木料。隱約在很早的時期，這個完全無窗的隱蔽地方，曾經有過因為宅院裡家人的生活空間不足，暫時騰出來權充臨時的過渡寢室。側著靠內牆一邊擺置了一個白皙的單人床，緊貼著床後側配搭著一張極小的深棕色方桌，以及一盞從天花板垂降泛著黃光的鎢絲燈泡，此外沒有任何設備，入口處臨時的布簾除外，連門都沒有！儘管沒有門，它多少像是個臨時的精神禁制場所，不由得有些令人害怕！但是卻怎麼樣都記不起來，到底是誰曾經使用過這個地方？」西格像是以一種深度夢魘的方式在試著回復半世紀之後一張白皙單人床所引發的跨國夢境。他竟然完全說不出任何可能的人名。

後來因為黑板的設置，這個密室更幾乎變成封閉狀態，教室閒置前還未上學的西格就曾經進去搜尋。相隔幾年，補習事業結束後封閉性更是強烈，西格又再次爬進去勘查過；碰到的曾經數次是新誕生的一家子幼貓、一窩的幼鼠以及更大量塵封已久的不知名物件。

害怕的盯著看、搬弄著這兩種不同物種的幼獸，竟然能夠立即回應已然被意識型態化的無由情緒。就是開始輸入島嶼的迪士尼形象所挾帶生產倫理與商品文化邏輯背後的扭曲：發現幼貓時產生奇怪的憐惜感，給予紙箱、報紙保暖，看見幼鼠時卻生成莫名的憎惡反應。

「或者因為聽聞有成年人專門生吞未長毛、開眼的乳鼠，讓一切變得更是不知所措。又或者是完全顛倒相反的邏輯反應：貓與鼠[75]的位置及情感投射互換，開始被刻意置入狹小善惡的分屬。」西格自己的表情也很難理解，喃喃自嘲反覆地說著。

其實他真正心裡會生起的波動，特別經歷過長時間區隔之後，有時候的極端體認：小城鎮的生活層理或許還是與大都會生活的常態很類似吧，所有的人都不等程度擁擠地像是住在各自的封閉地洞裡，鑽進去自己的布置之中好與人保持距離、與世界徹底隔絕。

宅院後廂房與華格家後院之間的交接處夾藏著一段早年的地景遺構——一道足以容納人身體橫斜移動的碎石子通道，兩呎寬，前後不到二十米長——功能不詳地區隔著兩戶人家之間年久失修的木板圍籬，整體已呈現出明顯的脫釘、傾斜、缺片……全然失色又失序的棄置狀態。

因為鄰居間的好關係讓木板圍籬沒了任何具體功能，根本不會有任何兩家的人介意這個物件的破敗存在。不過依然具有零星的隔絕裝飾效果，緊鄰小溝渠旁邊長著幾株很容易結出澀果的島嶼土芭樂樹，更襯托出周遭空間過於感性的不合理。圍籬內隱祕溝渠穿過哈古梌家廂房最後段浴室外側，最終流向獨立廁所旁再與木瓜樹相遇。不可見的輕微系統總是確保著許多狀似不重要事物的運行不輟。

這裡經常也是西格獨自游移、自我徘徊的祕密處所，鮮少有人會進到狹窄通道，小孩子們偶而玩捉迷藏是有可能。不知道什麼緣由的激發，西格有過幾次刻意地進到窄巷裡面大解，便後隨即以地面滿布的磚瓦碎石逐次堆疊覆蓋滅跡，像是北美洲原住民族的疊石為記，也像是小動物在學習著宣告自己的新領域一般。幾次之後，不難發現它們竟成為不起眼窄巷裡的突出地景，標誌著什麼祕密內容的獨特進展。那也是在公廁還未改變為沖水馬桶之前，終究能發生的小生物在領域化宣告事件。

註釋

75 即一九四〇年代《湯姆貓與傑利鼠》（*Tom and Jerry*）。原為米高梅公司的製作，一九九〇年代才轉為華納兄弟影業發行。與迪士尼其實沒有什麼直接關係。

一股熱的呼息將我染紅，寒慄的激烈令我不知所措
不可能逃脫此種辯證：對燃燒擁有意識熱情的喪失與減退
感受一種強度就是縮減：必須不知強度為何物而成為強度（être intensité）
對於活躍而積極的人這正是苦澀的法則
此種模糊不清的曖昧性正是用來體會熱情的猶豫自身
所有與火的複合都是痛苦的複合，它具神經質的同時也饒富詩意
這些複合是可以逆轉的
我們得以在它的運動、休止中發現樂園，在火焰中或在灰燼裡

（節錄自《關於TCHENOGRAMME》[76] 一書頁三三九）

76 《關於 TCHENOGRAMME》一書為一九九五年出版，關於「文化測量」始源的系列創作——為島嶼首見當代藝術的創作文件書。

火的文明起點。

從一開始就同時是微觀與巨觀的混成展演。人類具有地球主宰的謬誤緣起卻是根植於使用工具，特別是足以成為武器的偶然濫觴。

點火發生頻率最高峰是在十三歲參加童軍團時期，堆疊營火晚會專用的相思樹[77]薪柴，總能預想著即將嗅聞到的地方氣息，整個過程都像是在進行某種殊密的神祕建構儀式。

儘管結果大同小異，但每次的過程卻都還是很不一樣，特別是料想不到的各種天候狀況：陰晴雨、側偏風、殊異季節的濕度特性，任一情況都足以改變既有的確定形式。

任誰都該找到相對的位置圍坐下來。因此，必須先要能讓它們的逐層疊置有序不紊，也要各具美感姿態，既要一邊交錯出高度，也要同時能讓空氣通透呼吸，才有條件召喚營火接下來幾個小時熱情不輟的降臨展演，造型組構就在時間裡持續思索、調整變動著，那是需要大半天的前置準確工作。形構完成後，火苗將會是由下爆開、表演進場、從天而降或者以各種耀眼奇觀的方式，點燃每一場盛宴。

無疑的，從人類誕生開始，就需要火的精神分析，正是這種絕美浩瀚感的真正重要源頭：加斯東—巴舍拉[78]已經早一步鑄造出它思想上的絕對強度。

過於日常的每日演示，足以讓我們徹底遺忘它已經出現百萬年，儘管我們也一直相隨陪伴著。

關於世界等級規模原木之火的偶發表演，這是在地人口中林場周邊林森路上沿線擁有大型木結構跨距屋頂的製材工廠、木材堆置場、露天原木集散場等，與木材相關場所的非預期性火燒厝的賞勢講法。需要特別鄭重地描述完全是基於它們非凡的巨觀尺度，絕非一般經驗所能隨意指認，先是木建築空間長度至少數十至百米起跳、高度則不下十餘米，面積大小以數十、數百坪、上千坪，或者幾甲到數十甲的堆置空地。至於年代總和——指的是樹齡——那應該就可能是上千年到萬年的加總，這絕不是一般人的生長理解所能輕易想像。

人為環境能引發與人有關的事態，在小城裡的次序幾乎都是由生活才擴充到文化。西格觀看經驗視域上的幸運，能夠經常有機會看見許多外部的奇觀化巨觀景致，地域環境裡的特性能夠與偶然絕對契合，憑藉著那難以被替代的絕少機率。這種屬於意外性質的演示；因為超絕的成本，根本不可能讓它隨意發生！

西格因而發展出一定程度直觀意志的善於不斷觀察、他者意識的逐漸演化、顯現以及體認有限認知的觀看位置以至於改變所能引發的新事態。簡單講，所有這類事物的激發，正悄悄地為西格日後的藝術視野整備成具有整合能力，開啟持續改變的微觀能動性。

因此，不論是他睡在雙層鐵床窗戶旁、爬在蕊莉樹上、廚房屋頂凌空行走馬背的細扁磚道、姊姊們閣樓裡日式透氣窗的內外啟閉、大宅院中庭花台的植物栽植、後院花崗岩板台階的靶場開轟……跨時空印記裡，空間位置不斷移轉變動，都使得時間不再僅以固定的連動景框來延續。所有的浮現對西格來講，連可能的時間化影像一直就是蒙太奇式的湧現與跳接，即便包括那波瀾壯闊轉成像是電影畫面般群火的演示，也並不是他單一的觀看經驗，而是每次大火就像是著了魔般地撲向它意圖複合的任何世界局部。

這種現象背後的確充盈著耐人尋味的難解道理，西格老是感覺得到卻完全無法說出！

先是給予逐步的加溫與漫霧的濕潤籠罩，再給予生成逆轉所必然會有的絕對過程。時序上，只有始源民族對萬物神靈的崇敬與交纏會是如此——獲致時空奧狄賽[79]式的重新開啟——我們才可能見識到火的心理精神層次濃重出場，這種可逆與不可逆歷程的交錯，肯定是觀念與過程連結上的基準開啟。否則，為何西格對火這個元素，從小就那麼地鍾情，他又不是島嶼的原住民。

一九三〇年代日殖皇民化後期，嘉義成為全東亞最重要的原木採集、集散、出口的農林城市。殖民帝國對於島嶼原生物資毫無節制的採伐與掠奪，在極度被壓抑的原住民與後繼住民的無力抵抗中更顯殘酷地劇烈，全島人跡能到之處，上百、數千年的上等神木群幾被搜括殆盡。透過高山鐵道的建立，更加劇時代殖民現實對生態摧殘的暴虐不堪。

能夠生成僅有的消極反思，就是必要對於溯源的強烈追索！事實上，西格所看見的大型木結構跨距屋頂的製材工廠、木材堆置場、露天原木集散場等，與木材相關場所的非預期性火燒厝出演，不只來自島嶼本身內部悠遠之處的哀嚎，同時更多是來自亞洲東南部各處遠古森林中撼人心神的驚聲慟泣，跨世紀以來不只巨木遭殃應聲倒地，也牽動數量驚人珍稀動物的終極生存。

成年以後他應該就能逐漸理解——近代跨越的兩百年——正是從帝國主義掠奪到資本主義殺戮所延伸的無盡暴力。

透過這種可逆轉的啟示，西格深知也確信，關於植物性的教養，對於每一次的有機循環，都必須完整從植物性的時延裡成長、生成、轉換，最後演繹成空間存有意義的植物誌脈絡，才有機會在人的歷史裡面被不斷思考、批判、修正，邁向建設性的循環視野。

唯獨那些大規模火燒厝意象：持續被迫感受一種絕對強度就是縮減、再縮減，必須不知強度為何物而成為強度。這竟是日後數十年藝術降臨西格身上，從童年時期以來心靈的前置部署，種種關於「尺度」與「強度」的潛在教養。

註釋

77 又名相思仔、香絲樹，原產於台灣南部恆春一帶，於日治時期被日本人廣泛種植至全島各地，是台灣早期知名的造林樹種之一。全島低海拔九百米以下山區丘陵地普遍可見。屬向陽的先驅植物，適應潮濕到乾旱肥沃到貧瘠的所有環境，耐貧瘠、根深材韌、抗風力強、生長迅速。相思樹的壽命與人相當，甚至可達一百二十歲。

78 加斯東・巴舍拉（Gaston Bachelard, 1884-1962），法國哲學家。其最重要的著作是關於詩學及科學哲學，《火的精神分析》即是他一九三八年的著作。

79 《奧德賽》（Odyssey）又譯《奧狄賽》、《奧德修記》或《奧德賽飄流記》，是古希臘最重要的兩部史詩之一（另一部是《伊利亞德》）。在英文及其他很多語言中，單詞「奧德賽」（odyssey）現在用來指稱一段史詩般的征程。

經由任意微系統開始啟動的生活觀察基礎，多少都能貼緊本能。

系統性的揭示，是有可能可以全面開放不同細節的直接與間接關聯，不管是不是專業研究者，所有細節觀察也都因此進入了貼近研究的初級狀態，特定與不特定揀選固然是基於意志、基於喜好、基於文化也基於判斷，載體的選擇一定程度更標誌了作為領域運用的有效性與獨特性。系統對應的實然也不斷更新，逐階被有意無意的轉向著。

這已經是島嶼很久以前四處流動的時間畫面：它們總是出現在或可預期某個動線上的車站、廣場、紛雜的公共場所角落裡，似純真地想幫助人們從有限的皮革曲面裡博取絕美耀眼的光彩，或者掩飾著那一切不可告人的隱晦祕密，好回應人們期待相遇的內心欲念，或者製造可以不期然遭遇的場景。提起擦皮鞋作為一種普世性的職業工作，一時之間似乎就會自動快速退回去半個世紀以前，好像跟未來整全的科技時代距離非常遙遠，遠到足以霧化模糊，輕易地就拉開世代的時空區隔。

執此行業的大部分都是小男女童、中年以上男人或者穿著非常中性化的人為主，似乎不容易遇見任何年輕的女性以及過於青壯的男性。好像這個工作有著什麼特出的禁忌一樣，或者害怕身分缺乏必要的隱晦而顯得過於低下。到底是什麼原因，這個曾經養活非常多個世代、不同世界角落人們的景致，可也沒有完全引退、消逝不見。它似乎順應時代轉了很多個彎折，換了許多的時空修飾細節，仍然延異著它能夠繼續對應世界的現實處境。

那種時代氛圍裡最引人注意的，應該會是每一位擦鞋者所擁有都長得不太一樣，由各種式樣材質所製作而成的擦鞋箱。以實木板自己釘製的或許是一般的大宗，也因為匠人自製才更能貼近工作的細膩需求與想法，沉甸甸的木箱重量才撐得住每一種客人局部身體的重心與體重，最終才能因為每個擦鞋者的堅持讓造型各異的箱子們，滿足他們在專業工夫上各不相同的報酬。這當中並且都隱含著它們不為人知，具有像是生活曲折與欲望情報搜集能耐的細緻組裝。

「先生您需要擦鞋嗎？」是一般的前問句或潛問句，並且以此開啟各自人生遭遇的開放性對話。

不、不……原來它就是個生命歷程的開啟裝置——贏取短暫性的耀人光彩從來都不是它的唯一目的——擦皮鞋永遠只會是個純粹外部化的瑣碎幌子，擦鞋箱也只是它為了保有私密而不得不的現實喬裝。

因為擦鞋能夠開啟的對話才是這個交易能否成功的真正核心！除了讓自己的情緒愉悅，並沒有太多人真的在意皮鞋到底有沒有光彩，儘管我們都了解各種生成光的重要。

就作為各異生命的個體史述說平台：「這種機器很少會有什麼品牌，都是純然的各自手工組裝！必要的低調甚至還是它某部分的專業考慮，否則將難以掩人耳目。」

它要能蓄積多樣的各式差異、具衝突性的，甚至是跨語境的內容，就能真的見到互相語言不通的擦鞋者與客人之間冗長的私密獨白，原來它同時也就是可以四處移動撫慰人性內心的療癒抒發之器。但是，任誰都必須能以誠摯的腳倚靠著它——那種連通就像宗教性的告白一樣——才能與內心對接，超越語言障礙完成縝密的傾聽與交談。

如果碰上無語互動的草草結束，只得見暫時皮鞋的亮光，也將只會是短暫的閃耀！那肯定就會是相互的腦波頻率不對盤、沒對準鐵架鞋盤上的絕對形狀。

它最強大的功能就是無限巨量的容量，源源不絕永遠都填不滿也不需要為此而做出任何升級。

一般人對這個裝置外表的熟悉，不外乎就是個略呈長方體的木頭箱子當作結構本體。客人那一端先是高起的鐵製骨架——光這個物件，世界上就有數不盡的種類與形式——架上有個以手工鍛造略微縮小的鞋子簡約原型，彎折出特定迎合顧客腳踝的舒適角度，更要讓它可以適應所有款式的皮鞋。因此，它盡可能必須是個符合工作準確的極致原型，才能夠接納所有的客人。擦鞋者這一側則是一個像是裡面潛藏著什麼獨特祕笈或材料的抽屜式缺口，讓擦鞋者不時可以掏出些厲害的小物或是不想讓客戶瞧見的獨特工具、私密家私物品。不管是用的、吃的、賺的……甚至是不可思議熟客人託付之物，都能讓它即時轉換功能，隱祕地變身移動保險櫃的保全功能。

總之，它的極致效能極為吸引人而且超乎想像。特別是當櫃子已經使用一段時間之後，那摩挲的感人紋理與各種被刻畫痕跡巧妙偽裝，更讓它著實成為一部奇妙的內容高能機器，一部生活情報的系統轉換節點，它的所有生成其實早就超過一般基本生活工具所需。

還經常性地，能夠被影像化成為訊息欲望深處的某種神祕出口，充滿了簡練、豐富的生活層次。

西格小學時候，就曾自己憑著想像，有樣學樣地製作了一只不怎麼牢靠的擦鞋箱！

特別提起擦鞋，因為這也曾是西格小時候幻想過的工作之一。重點不是當擦鞋匠，而是觀察一種善於喬裝的特殊人物典型。能夠近身看透所有接觸者的情緒、表情與他們無意間能夠分享對人生的各種奇異評價。只要願意，他就能憑藉需要而任意改變外觀，瞬間從反射的鞋面光芒裡遁逃、求生。可別小看，現代世界到處角落裡的擦鞋攤都能輕易發現人去樓空、苦等無人的窘境。

其實，它們只是因應著世界的急速變動而匿身轉型罷了，或許數量驟減，但它們一直都還在必要的角落裡！

西格從小的生活習性與這種觀察之間或許還真有某種學習關係呢。他喜歡動手去淤、理序、排汙……都能令他掌握快慰。一切的觀念實踐與身體的勞動關係，似乎也在很早的時期就是他一部分的生活實質內容。所以每次擦自己的皮鞋，他就總會順手把全家人能擦的皮鞋全部收攏依著分類，清理、擦拭過一遍。毫無疑問，這當然總是能受到全家人極大的謝意與贊許。

「他對世界的初步想像：那些不再當擦鞋匠的人，就能有機會成為起碼的書寫者？」

「一定不能斷離」與「斷了就斷了」兩種系統的關係模式。除了既是結果的確認，同時也是兩種不容易在文化體性上有任何直接妥協的判斷結果。但是，一旦作為對社會特定系統的認命描述，曲巧的橫亙在日治殖民與國黨獨裁兩個島嶼不同歷史時代之間，則差異立判。這並非針對某個政治性或特定意識型態的歷史評價、爬梳，反而只是直接對於城市系統性在不同時空裡，帶點分析性的社會觀察。社會系統若缺乏自主發展能力便只能粗陋的因襲，而且非常困難在各種微系統之中能夠有所增生或者擴充。

自從島嶼在歷史脈絡巧妙間進位成全球民生基礎製造業的生產鏈基地之後，大宅院右後側廂房由哈古棆家浴室、廚房……排出的生活廢水，在排汙的小水溝排接到更外圍的公共溝渠前，就被隔鄰新落成製作加工出口產品的永豐被服廠房給硬生生地截斷了。

所有後續的突發狀況，就像無故緣由的任意伏流隱沒一般，完全無法預期；更是一段時間之後才猛然發現水溝無法排汙的窘境！地方市公所幾乎沒有對應的環保單位有能力回應，因此真實的原因也完全不詳，不知道該找誰處理，最終只能自力救濟，成為例行生活的根本無解。

排汙水溝被截斷的可能位置，似乎就在華格家廁所後方，距離那棵木瓜樹大約五米遠處的下方，一個弧形轉折之後就變成一個大約有半人深、兩呎多寬、約七呎長形狀不規則略呈狹長的小水塘。它的旁邊卻緊鄰著一條看起來是隔壁永豐被服廠興建時才砌好的磚牆構造新水溝，兩者並列著但是卻互不相通。略位於小水塘上方的排水溝顯得異常高拔，試圖甩脫所有舊系統的干擾自顧地流動，沒有人知道為什麼會變成這樣，只是所有權開始統攝一切。並置的關聯一旦模糊，相互的機能便會自動消失。

不過無論如何，為了讓生活汙水能夠順暢進入城市正常排放系統，因此，只得暫時在排放連結系統之外的小水塘集中汙水；儘管小水塘本身自然也能吸收沉降一些有限的容量，待水位高度接近回流滿溢屋內時，哈古棆就必須要即刻啟動人工模式，辛苦地將水從小水塘舀過去隔鄰的水溝中，才能順利排汙。這可是一個完全沒什麼創造力、缺乏道理、例行又無畏的純粹徒勞，徹底的遠離想像連結，實在令人困擾而且頗為吃力。

不論「一定不能斷離」或者「斷了就斷了」的文化型態，都是一套被選擇循環概念底下的迴路。人的品質首先決定了它可不可能會生成具有永續的回歸思考，也就決定了同樣邏輯的運作機制可能。這種兩極型態看似極為迂迴又矛盾地隱喻著與身體攸關的模式；真實是它就是一體兩面的存立裡外，而不是外在化的對立選項。

這個無法迴避卻又極其徒勞的雜務，後續自動變成了家中幾個小兄弟男丁們每週要輪流的日常苦差事。一方面死水擾動之後穢氣沖天，一方面需要跨腳在小水塘周邊兩側使盡手臂與腰椎的力量，沒有一點必要的技巧，容易惹來即刻的腰痠背痛，肯定會變得相當辛苦、氣餒而且令人厭惡。

哈古楾羞赧地考慮到自己是小地方上的資深老師，並不想讓隔壁被服工廠中的女工看見他的工作狀況，或許當中也可能有他過去的學生或家長呢。

當然，一定程度三個男丁也都樂於能夠實際幫上哈古楾的忙！當中，西格算是最常主動會來操作這個例行庶務的小孩，他總能挖掘自我療癒的樂趣，挖空心思地將舀起的汙水像晾曬一面舊布匹一樣的隨著長柄水瓢灑布展開，好濕透高拔水泥的隔鄰水溝，讓無關的小水塘與水溝之間，視覺上完全融通又能顯現出很豐富有差異的濕潤層次、色調，每一次重複的舀起灑布面積都不太一致，確能完善自創的視覺取樂！

西格的確是最能樂在其中的小孩，反正只要是任何能夠幫上家裡的忙，多少都能激起他天生的成就感，來者不拒。或許，是他在舀水的過程裡潛意識地啟動本能，意外發現不少吸引他的環境細微特性吧？他至少都是依著稟性讓自己的感性理解可以進到有限的生活範圍裡頭，沉浸在汙水倒影裡的都只會是他一貫明亮的同理心，根本不需要太過於困擾。

一次舀水無意間，他竟然在那汙濁的水中發現了小魚蛙的蹤跡，生命驚奇的詫異出口，機遇上確實讓他別有體會！

更何況，一邊舀著汙水一邊還真能有機會可以從整排洞開的鐵欄窗戶，看見被服廠內上百女工們正整齊畫一的局部動作，不間斷地重複著，而且工作者一律都是女性。難道真實的工作狀態與性別有什麼特殊關聯？當然也生出更多的疑惑。為什麼在如此碩大的被服廠空間裡，人們會被置放在排列整齊裁縫車陣中工作著？迅捷與不中斷的持續操作生產線上不斷重複而且看起來完全一樣的動作？這是他的懵懂直觀掌握社會漸趨物化狀態的最早梗概：人為什麼需要這樣的工作方式，的確很令他好奇又不解。

被服廠內正在製作的高檔外銷成衣——北美款式紅、藍格子尼龍布鋪棉內襯的長袖襯衣——廠外鄰居家的客廳裡，一群人也正在剪著同樣款式衣服的線尾呢。

能夠有更近距離的觀察與理解機會，作為一種與現實觀看距離之外系統連結的真實社會，似乎都能激起西格莫名的高度興致。

不退老派的「決定性瞬間」。

必須清楚的是，透過決定性時間的影像鋪陳未必就會指向連續性必然，個別內容都有著截然不同的時間曲度以及構成這種曲度的直接影響。有時候是溫度，就只是溫度，有時候是場所條件，有時候則是微細的陣陣輕風、雨滴、小滾石；大尺度天候裡是由難以逐項測度的變動因素所使然。

基於零度[80]，所有影像裡的家庭演示，都成為時空關係締結裡直接地絕對宣示。環境與家庭身體間的「趨近零度」活動。

哈古棯天生記性就非常敏捷，輕易就能連結上時空錯綜的理路——記述事情的細膩深刻更是叫曾經閃現的場合都能有機會重新迸現在眼前——從他拍攝過大量膠卷底片所沖洗的黑白照片，便不難發現他身上似乎具有一種潛在的特別狂熱，就是領著家人拍攝在四處野地裡閒散坐著的群聚野餐影像。那似乎是一種隱約「在場」的寫真精神，使得人與物、人與時空能在某個相遇的奇異點上共同存在的證據！

這種大膽的先驅型拍攝方式，應該連他自己都不清楚，每次按下快門時美學世界正在發生什麼事。終究也不是攝影師，完全不會有人在意。

這個時期剛好也是攝影術在島嶼出現超過半個世紀的基準年代；常民生活裡的所有事物，婚喪、喜慶、生老病死，全都成了被拍攝的對象。這種庶民關注其實是相對新穎的，只不過除了紀錄性質的再現功能，其他美學層次的深度並無人能置喙。認識上，影像卻還不是一種具有閱讀性而且是非必要的視覺語言。

所有具體形式風格的確都是有所屬的，一路伴隨著攝影術的發明，從歐洲中心進到亞洲早期的生活日常當中。這方面島嶼跟隨著殖民帝國腳步，的確是屬於前進的先驅世界。

就影像本質而論，這算得上是一種分散式的聚焦！意思是高度手工式的攝影機具，讓所有進入景框內的被拍攝者，都有著任意性而非強制一致性地對應著鏡頭的原始召喚。反而只能是被拍攝者的各自回應，聽命於拍攝者說出的口頭指令，以至於完全脫離了鏡頭語言的基本關係而成為瞬時間的影像域外，多軸的時間其實正流竄在同一個畫面當中，影像的清晰與模糊夾雜著完整呼應哈古梌情緒上的起伏運氣。不過也正是這種嶄新界域之外的凸顯，使得這些影像全都充滿了不可預期的高度決定性瞬間！

但是這些顯然都不是哈古梌自己的理解，「決定性瞬間」的概念根本不在他既有的視野之中。這種純然後設的說法，應該是成長後西格世代才會有的影像世界熟悉。

當空間沒有能力自動凸顯出自身會有的不確定性時，被拍攝者們無意間，似乎更能對著時間的流逝來輕鬆回應，除了陽光刺眼產生的眉頭深鎖、瞇眼之外，從容的一派自在是哈古梌全家人的一致神情。

從日常熟悉的生活場所，經由很不便利交通方式的全家移動來到某個戶外景點，經常是沒有確定名稱的野地裡。一定程度地就能先被理解為某種非常在地又勇壯的家庭風格；反倒年幼的西格都只能狐疑著這些場所與地方移轉的必要。

但是，成年之後的西格顯然就不再是這樣理解了！

感覺就像是一種對於拍攝影像作為潛在目的的家庭集體搬演。儘管只是種低自明性的掌握，卻無意間給了這樣的家庭活動更多的參與環境與身體的冒險性趣味，因為島嶼上到處都有著不等尺度的眾多不知名野地與溪流，這種對應人的活動軌跡所能展示的身形，讓它們既保藏了島嶼最直接的身體經驗，也就直接提供與環境建立各種綿延關係的潛在可能。這樣的說法或許比較是哈古棯內心真正的生存意念。

從島嶼到日本的四處流落、逃竄戰爭過程，的確給了哈古棯很多的生存啟發，按下快門只是過程裡面最不起眼的最後動作。

會養成親近大自然的生活習性，應該是與父母親來源家庭生活的田園底蘊有著極為直接的關聯。才會有這種非常喜歡帶著全家人在不特定的週末、假日裡，搭著當時並不怎麼方便的公共汽車甚至火車，輾轉徒步、健行涉水，去到城鎮近郊的不同溪邊野餐、踏青，拍照紀念。

這種行動唯一能解釋的用意，大概就是提供家人從小讓身體與生態環境的關係得以有所締結，並且讓哈古棯可以趁機拍下瞬間家人之間互動的絕對影像。

當頻率很高的時候，就能觸使某種內化質素提早融入身體之中，或是預先保存進未來即將享用的生活內容裡頭。

不只是哈古棯自己的興趣，好像也是衝著小孩子們、西格而來的鍛鍊：無論是溪裡進行的家庭跳石或生態觀察練習，的確是都潛藏著一種與體驗有關，未來身體健康上的奇妙。

註釋

80 提防氾濫的情感淹沒了心靈、淹沒了視野、淹沒了裝置；僅有零度可能，或許正是一種無法實現的影像烏托邦。

繡英尾姑仔的緣故，西格無意間成為臨時宣教隊一分子。過於單一的經驗是非常困難被言說演繹成具體的一般性參照。但是，作為個體性的局部卻又總是需要冒著點獵奇式的差異經驗來表達，藉以深化自己的有限記憶。

期待它可能會因為某種不可名狀的艱澀存有——揭露預期之外的強度岔出——這一切只是為了避免成為生活的局外人。

嘉義福音堂教會裡的異教徒。

五歲多的西格第一次隨著尾姑仔繡英去到美國白人家庭，近距離感受著跟電影裡面一樣的生活方式。不過，地點並不在美國境內地理上的任何地方，而是在嘉義山仔頂紅毛埤日後蘭潭國中校園後方的平緩紅土山坡上，一棟雇工自建的仿美國南方式全木造房舍；其實是混雜著新英格蘭與法式殖民風格的美式建築，整個緩坡上透著白灰色的碩大獨立屋，看似從林子裡長出來的一幢驚奇，周邊除了稀疏樹林與空曠田野，看不到有任何鄰居。

「原來這種長相的房屋是與上帝很親近的人會住的地方！」西格腦袋裡難免不現實地閃過這樣難解的猜測念頭，他對美國民間的傳統建築完全陌生，關於無形上帝之事則更是毫無所知。

這裡住著吳鳳北路基督教台灣宣道福音會嘉義福音堂（Chiayi Mission Gospel Church）的約翰．馬德生（John Matson）牧師一家三代人。馬牧師是來自美國南方民風保守阿拉巴馬州的自由宣教士，一九四〇年代初期在中國四川傳福音，後來陸續因為中國內戰、二次大戰全面爆發，終至共產黨掌權而被迫返回美國。

二戰結束後中國轉制成為共產國家。幾經評估，馬牧師攜家帶眷，領著兒子馬大衛（David Matson）也是名青年宣教士來到島嶼繼續傳道的志業，輾轉落腳嘉義，繼續在亞洲的家庭式傳福音工作。那個年代的確有許多歐美各國不同類型的傳道者都與馬牧師家族的傳布福音來歷很接近，基於政治世界的地緣性系統，跟隨著中華民國流亡政權的輾轉漂移過程；許多錯綜的歷史曲折脈絡交雜其中，傳布福音的熱情與精神，的確讓人有種超乎理解的難以名狀[81]。

一如十九世紀末馬雅各、馬偕醫生跨世代地投注在島嶼四處傳道，基督教正積累著社會普遍的影響力。

白人在島嶼歷來的象徵就是社會化外的特殊階層，不論他的工作是什麼。特別歷經大航海時代以來——一六二〇年代起荷西、明鄭、清領、日治、中華民國託管獨占等時期；諸多事件、協定、條約的衝突、對抗、占領、交流、奉獻……繼而進入社群生活，數百年間擺盪的互為交融，幾乎都與西方基督宗教信仰有著密切關聯！

一九九〇年代後期，馬大衛牧師接替了馬德生牧師過世後的傳教任務。比鄰著原有陳家大宅院的教會也在二十世紀末改建為十二層的福音大樓，並且聘請台灣人陳篤信牧師與之後陸續的年輕牧師們分擔常態的傳教工作。因為教會所屬的許多樓層都是馬大衛牧師的繼承，每半年他才會從加拿大僑居地來到嘉義，待上一陣子例行性的處理教會綜合事務。

馬大衛牧師於二〇二〇年底意外感染中國武漢肺炎過世。

繡英：「姨太寶治仔已經鳩占鵲巢入住陳家與阮老爸作夥，彼時陳我未滿十八歲。阮阿娘仔與我兩人只能同住在大宅院前右側的中間廂房。就傳統婚姻來說，那正是令人鬱卒而不平的封建父權餘孽，阮阿娘得不到宅院內家族其他長輩的任何同情與支持，儘管子女眾多卻也無力改變什麼，她自己的娘家也全然中落頹敗，毫無依靠也無退路！」

「宅院內同情的真實聲音總是難鳴，阿娘仔的苦心難敵這種鬱悶生活加上長時間破病，不出幾年阿娘仔便撒手人寰！」

「過身時，依習俗棺材必須停駐在大宅院公廳裡，等做完透整的『做七』[82]才會當出山。我從小與阿娘仔的感情就一直很親近，連長相五官也與她長得很像，她的驟逝讓我異常傷痛。那一段時期，我仍然每天去稅務所兼做會計論件計酬的工作，我一直以來可說是稅務所裡做這一類兼職工作速度最快、收入最多的年輕女孩，心裡總想著多賺一點錢，好讓我母親可以盡情的有些零星花用。」

「那一陣子，下班回家後總會待在自己廂房裡，一邊哭、一邊大聲唱著一些惻人心扉令人傷悲的日本昭和歌謠，像是〈放棄吧！〉（Akiramemasho／あきらめましょ）、〈清美媽媽〉（Haha kiyomi／ははきよみ）……內心有種徹底看破世界的絕望酸楚，藉由歌聲來宣泄我失去母親的悲痛與孤寂感。父親對我母親的無情無義移情別戀，更是叫我傷痛不平！有時我會刻意對著他唱，竟然也能令他頻頻拭淚；連姨太寶治仔總要來央求我不要再終日唱歌了，免得讓父親一直跟著掉眼淚！」

「自己覺得需要透過這樣的抒發來平復糾結難忍的情緒，完全不理會宅院裡的人要如何看待！我的淒美嘹亮歌聲在廂房裡持續了好一段時間。顯然這樣深沉淒清的歌聲傳遞，被隔壁鄰居喬木仔嬸家再過去由老蚊帳工廠改造的臨時教會裡的馬牧師所聽見；了解聽聞我們家的事故後，便差了他太太安娜（Anna）與蔡牧師娘一起過來探視安慰我母親的過世。之後，再來第二次時，便主動熱情地幫我取了一個以斯帖（Esther）的基督教名字，溫柔地勸我運用天賦的美好歌聲加入傳布基督福音的行列，讚美主、讚美我的阿娘仔。知道我因為喪母才這樣，還很悲戚溫柔的邀請我當她的美國人乾女兒，因為她自己的女兒只大我兩歲。」

「但是，我都只是惦惦地聽著沒有出聲；心裡面儘管感覺很溫暖，卻有著說不出口的困難！」繡英的回憶異常清晰，還瀰漫著當時的起伏情愫。

「我剛痛失摯愛的母親，棺材都還停駐在大宅院公廳裡，做七還沒結束，你卻來叫我改信耶穌？我怎麼可能會理她呢！」

不過人生終究還是會有奇妙的宿命式轉折，因為一段時間歌聲的療癒以及人際間飽含溫度的互動關心與撫慰，也可能會讓意志徹底地改變。最終繡英與身心出問題的最小弟弟阿川，都走進那時還很簡陋由老蚊帳工廠改造充當的嘉義福音堂教會，成為忠心的信眾。

「受洗後，馬牧師牽成我唱領聖歌、在幼稚園教學、幫忙一大堆教會的代誌，甚至是更後來的婚姻！」

繡英終究成為基督一輩子的虔誠信徒。教會馬牧師也曾試著拯救阿川後來已經瘋癲的狂亂心智，卻也無力回天，只能以美國牧師的身分出面幫忙引介到山仔頂附近林森路上的公辦博愛安老所去妥善安置。

西格陪著身為教友的綉英尾姑仔去馬牧師家，算是見識了某種既陌生又有距離感的熟悉場景。當然，這也是綉英姑帶他參與教會福音唱詩班之後一次新奇的生活經驗擴充。

夜暮迅速低垂替代了退下山來的初冬太陽，唱詩班跟著天色漸黑的緩暗節奏，與福音教堂其他人一起魚貫擠進馬牧師那台老式圓潤福斯廂型車的後座，一車大小十餘個人，車子底盤咿呀咿呀一路和著顛簸聲音的此起彼落，來到靠海邊不知名偏鄉的教會傳布福音。那感覺就像世紀早期年代裡被販運的人口一般，一路上少有路燈，一群人互相擠壓著，烏闇程度就像是被蒙著眼的無辜人質，完全不知道是要前往什麼地方。車一啟動西格便瞪大眼睛注視著窗外移動中的世界，卻經不起車子規律的搖晃以及完全無意消失的節奏雜音，眼皮和著同伴們的溫熱氣息，迷糊中很快便融入黑色晃動如夢似幻的綺麗世界裡。有時候不刻意的不省人事，竟能促成最快速的抵達目的地。

西格從小並非教徒，只是福音堂教會剛好曾經先後設立在大宅院的左右兩側隔壁，而哈古棯最小的妹妹綉英，的確是個因為某種性格上的叛逆與個人堅持，進而離開家族歷來傳習的普遍佛道信仰，轉而成為基督的虔誠信徒。儘管大宅院裡也沒有人是對特定宗教有過任何忠誠或狂熱的投注，其實，宅院裡的宗教信仰更多的也只是呼應封建形制上的家承必然，是人性的糾結而不是神性的嚮往。

綉英倒是會直接就把這樣的事情理解成就是上帝的旨意或意志在保護著大宅院，她能有的善牧角色更是自覺責無旁貸！

綉英自然也就成為西格與教會之間的最佳媒介，不過每年大概只有聖誕節到來前的一段時間，當唱詩班小孩子人數不足時，才會透過教友們左鄰右舍去兜集小孩子來練習唱聖歌，於是西格才有機會臨時客串上帝的天降使徒，跟著去做表演、下鄉傳唱福音。

在那僅有一次的鄉下傳福音經驗，場地是個幾乎塞不進唱詩班所有將近十個孩子的極小場地，牆壁真的就是破爛不堪的土角厝泥巴牆，沒有窗戶或者任何印象中該要有、會有的教堂樣子。除了兩個不到一呎高拼接在一起像是充作舞台的木製棧板外，就只看見那不可或缺掛置在中間斑剝牆壁上木製深咖啡色覆著厚甸甸已然蒙塵的十字架，以及屈居一旁表面老舊掉漆的風琴。

「至少，應該要像馬牧師吳鳳北路基督教福音教堂那樣，才能叫作教堂。」這是西格去過的第二個教堂也是他當下的反應。

「北門口嘉義福音教堂是一個室內空間大約六十來坪，兩面斜屋頂至中高聳仿哥德式的極簡建築形式，由兩側三米餘遞增至中間頂部挑高六米餘，配上兩側牆壁都是可開啟圓弧頂的素面玻璃窗，光線總能夠在適當的時機便自動灑落進來成排原木製的禱告座椅區。整個教堂的內壁牆面除了必要的宗教元素外，都是素雅安靜的雪白，更顯莊嚴。」

福音堂最內側有著高起約兩呎半的原木製佈道舞台、講台，舞台背後白色牆壁上莊嚴深咖啡色澤、平光沉練大十字架配上兩側暗紅色的呢絨布幕，對應著入口大門上方高處直徑一米有餘涵蘊著聖經故事的圓形彩色鑲嵌玻璃，隨時都能灑下變動中的萬彩光束，讓整個教會空間更顯宗教性的光炫神聖，肅穆中充滿著崇高的歡喜。

教會房子的外觀是年代裡洗細灰石子素樸無華的現代化西式建築形式，除了不同塊狀區域的防裂凹沉隔線外，近乎一體成型的量體完整昭告著它的信仰專一與不可替代，真摯的程度自然令人信服。戶外環境還有前院紅色鐵製大門內的小院子兼停車區，斜側腳踏車棚邊長著一棵兩層樓高不甚豐腴的鳳凰樹，隨時枝葉扶疏地與教友們寒暄著精神上的一切妥當，以及教堂側面通道直達後面的教會活動準備小木屋。

至此，西格才約略清楚知道，原來馬牧師的嘉義福音教堂，不止至為莊嚴，規模也甚為宏大！

相較之下，前往傳福音不知名海邊狹小緊迫的鄉下教堂空間，大概只有十坪不到，感覺原來像是個在關養牲畜的地方——這倒是更為貼近聖經裡基督降臨伯利恆的神跡啟示——侷促感中的擁擠自不在話下，使得小表演者們都只能將動作簡單帶過，生怕動作太大會打到一起挨著身體表演的同伴，轟室嘹亮的聖歌取代了必要簡化的木訥肢體。鄉下地方極為有限的基督信眾與看熱鬧的廣大村民，大家還是熱情地把教堂擠得水泄不通。

至深的神聖，感覺已經是露水很濃厚的夜裡。回程時，西格與整車的小孩子都疲累地帶著笑容，平安睡著。阿們！

註釋

81 二戰後由中國各地先後移入島嶼的傳教人數估計有上千人之多，除了系統性宗教團體外，更有為數不少的自由傳教單位、家庭、個人。基督宗教直接對於台灣的宣教，開始於大航海時代，由荷蘭、西班牙的先後占據台灣啟其端，隨荷、西的撤離而沉寂，直到清帝咸豐八年天津條約後重啟門戶，以迄於今。

82 「做七」，是亞洲特有的佛道教民間習俗，一般來說做七中的「頭七」又更為重要。相傳親人去世後的第六天子時會返家察看，牛頭馬面陰差鬼兵來護送又稱「回魂日」。經過完整「做七」才能輪迴。

屢敗屢戰的家庭投資履歷。

著實令人揪心，一系列的生活遺址建構就在不可預期的過程裡，以不等程度的碎裂性被意外地保留了下來，它被給予的第一層判斷都是與物質強度的考慮有關，與經濟性殘值的可能性自然也會被不斷的反覆檢視。

作為「生活遺址」的要件，就是：基於生活文化的無法前行、戛然而止的瞬間斷裂。逐次的熵化能趨疲，終至人去樓空。

謀求賺外快的副業既然做不成，哈古檜閒置已久的九宮格牛蛙池就能巧妙地轉換成小孩子的夏日家庭戲水池。池子上方遮陽的鐵絲棚架轉身成為季節時令的絲瓜棚，下方也曾經變成西格與貓的沙堆遊戲場，徹底晉身為擺脫有限實際功能的散漫遊戲區。

在許多不同時間點上，相近事物的不經意疊加就自然讓原來看似不相干的事物瞬間有了奇特的連環相遇。感性認識的多樣性尺度中最困難確認的，就是它一直在生命型態裡不規律而且非線性的移轉著改變。這能動生成更多細微連結的助益，如果針對西格而言，的確會是一系列成長過程裡極富強度的心境描述。

「當傳統農業社會沉落在政治的獨裁境況裡，那種高度制約下的普遍窮困，所能讓人起心動念設想生活裡的機會創造，大概也都只會繼續停留在與農業生產有關，極其孤立、破碎又有限的想像範圍裡，很難具有超脫環境現實的實質跨越！」這樣的說法好像是成長之後的西格，後設地在幫哈古檜開脫早年副業不成功的主要原因，對於哈古檜當時遭逢的困境給出了支持性的評價，儘管時間落差已經超過記憶所能回溯的清晰。

哈古楡的確到訪過一些非專業飼養者的地方，當然更多的是四處聽聞而來既簡易又克難副業經營的成功開拓。這些都會因為環境的封閉性而有所渲染，聽聞來的細碎與事情實況總有著不小落差！但是，考慮全家能夠實質地過上不虞匱乏的生活，至少他與美玉都一直這樣教導小孩子，希望能有機會落實家裡小康的經濟狀況。

哈古楡當然也就必須想盡辦法跟著社會氛圍有樣學樣，而且為了能早日實現這個多少還帶點膨脹說法的現實想像，不時惕厲著自己的兼職鬥志！

最早，哈古楡是盤算著要飼養生蛋雞、火雞，好跟人家不太一樣，看能否有機會形成具體的副業改善家計。一開始，既沒有資本也沒有什麼膽量，更缺乏專業知識，只是先在大廳外的屋簷下，以幾個竹編雞籠仔圈圍著少量的仔雞試養著到底是否可行，連串純業餘的低效能試驗結果當然是沒能有什麼突出的進展。預想之外的，倒是製造了讓家裡小孩能夠就近每日觀察這些小禽類的生長情況，增長些額外富教育性的生活實境常識。

這種生活事件的確具有隨機的凝聚力，家裡大小都會提供各種異想天開的看法，該如何餵食、給水、禦寒……一堆餿主意都成了共同摸索的自創指南。不過，遇到例行清理它們的生活環境，則又是另外一個惱人的負擔。

相當時日後一連串的不知何故，非預期的除了沒有生出什麼雞蛋外，倒是幾隻後來偶然加入的火雞孵出了一整窩嘈雜惱人的小火雞。終日咕咯、咕咯、咕咯的高低強弱鳴叫，全家一陣子慌亂照顧後，怕影響到宅院前廂親眾們的生活安寧，只能移至後宅院廚房邊舊柴房前的空曠處，搭弄起簡易雞舍，讓它們繼續慢慢長大。

「生活食用的肉類傳統上還是以豬肉的販售為大宗，但是喜歡吃雞肉的人顯然也逐漸增多，慢慢成為農業社會其他肉類來源之一。更普遍的是雞隻的自養自食，補充各式魚、肉類的不足；不過，卻只有例行年節、重要活動之際才可能有機會吃到！而且一律是全雞的買賣，還沒有雞胸肉、雞腿、雞翅、雞腳、雞脖子、內臟等局部分拆的產業系統化生意。」農業社會的保守觀念總認為大家挑好的部位吃，剩下的要賣給誰？

早在西格出生之前，哈古棯至少有將近十年時間，歷來就會多方注意外面大環境的細微波動，社會上一些集體的風氣、庶民經濟的發展動向，都不例外地成為他國小教職外殷切關注的起伏。

哈古棯陸續運用過一些有限的積蓄，在自家宅院的後院蓋了雞舍飼養烏骨雞，每日與美玉都要耗費許多心力照顧。不過，一群幾十隻雞養大了卻不知道要怎麼處理，該賣給誰，完全沒有營商的經驗，既沒有訊息情報，也沒有人的管道或通路，數量多了，反覆地在照顧上也不時面臨許多專業養殖的雞瘟問題而無法繼續。

後來只得打消販賣增加收入改善家計的想法，退而縮小飼養的規模，僅供自己家人食用補給營養，也算是降低家裡的生活開銷。以至於大概十來坪大，同一個禽舍裡也就陸續出現幾種不同品種的雞、鴨、火雞，儘管數量都不多，卻成了偌大的家禽動物園，一時間好不熱鬧。

每日的撿拾各種蛋品，從此成為日常的重頭戲；多年之後，這個禽舍的例行巡查才多少成為孩子們喜歡陪著美玉去做的親子活動。

自產、自製、自食，更是那個年代最具代表性的國民生活美食，是很實惠的品味教育。美玉經常會在每日撿拾新鮮雞蛋後，將蛋打在剛煮好熱騰騰的白飯上、淋上些許自煉豬油、醬油來提供小孩子快速成長的營養補充；對於成長中的一大群小孩來說，經常會是傍晚餐前先行上演的一碗開胃點心。

至於大鳥籠養十姊妹鳥也是另一個經驗的轉換；只不過，面臨的都是差不多的養殖困境而無法持續太久，依然是失敗收場，只能默認出賠、作罷。

對於正在進化中商業化型態與市場需求的全然不了解，證明了哈古榿所深植農業社會轉換上的實際困難。不過這些都還是小本的經營試驗，不至於有過大的壓力！沒有辦法變賣，就自己食用或者分享親友，日子倒也都還過得去！只是接連幾次的小額投資，每每敗下陣來，的確很傷自尊又磨志氣。

彼時陣，市場上的美國水雞（牛蛙）價錢非常好，哈古榿便認真地再三考慮著試做「正式」一點的投資。不過沒有經驗的他，還是只能閱覽一些專章書籍、雜誌的介紹，加上籠統地請教過一些聲稱有不等飼養經驗的朋友，就決定開始認真地試養了起來。甚至，最終還是下定決心砸了更多美玉的私房錢，蓋起大約兩丈六米見方、池身高於地面近一米、池子四個角柱總高約兩米半——池頂藉由種植絲瓜來遮陰——貼近九宮格式的牛蛙飼養池。儘管規模不大，但是正式的程度這一次卻是頗為嚇人地驚動了大宅院裡的所有親眾！

總是不時想像著可以藉此多少幫助家計貼補家用，在那個薪資微薄又物資極度匱乏的年代，有這種想法的人非常普遍，但真能因而成功的人，顯然需要更為全面的天時、地利、人和方為可能。對於一個完全不懂各種禽畜動植物養殖的人來講，天真也就促成了這些事件屢次的挫敗落幕。這種缺乏規畫也沒有正式學習就貿然開始的副業，最後當然都只能以快速失敗收場。幾次之後，的確也更徹底地讓哈古梒不再重複同樣莽撞的事！

阿娟：「彼當時，爸養的牛蛙鳴叫的聲量，不止每天吵死人，夜裡根本很困難睡覺！最後，牛蛙們還真的是死的死、逃的逃呢。」

天生對於地理方位、節氣天候總有異於一般人掌握的哈古梒大概怎麼樣也沒有想到水泥池——特別經過島嶼的盛夏季節——曝曬在炙熱的豔陽下，整天下來水泥池水簡直就是一池熱湯呢！

最終的失敗，他也只能默默承受大宅院裡必然的訕笑與冷漠。但終究是花了不少錢請泥作師傅費工製作，裡外都是粉光水泥的細膩池子，雖然頓失功能且已經蕩蕩清空，心思上總想著有朝一日說不定還能夠轉換成其他功能，就先放著等罷！

往後閒置幾年間，池子上棚架依然照著節令植栽滿布的絲瓜，一旦季節對了，宅院裡每天總有吃不完老嫩不一的絲瓜以及準備採收後晾乾洗澡專用的絲瓜絡，這些額外的天賜小惠，多少就能降低先前投資計畫失敗所帶來宅院內不可見的持續訕笑強度。

之後，挪移一些小區堆置半高的沙子，貓與小孩都常來隨性遊逛；另一些小區散布著各式雜物木柱等多餘的構築材料，作為露天物資集散場；屢屢調整著使用功能，更成為小孩子滿足翻找樂趣的奇特區域。

幾年後等小孩逐漸增長，牛蛙池的功能也跟隨著顯著轉變；特別是夏日午後，隨時便轉身成古井水與牛蛙池翻身相聚的歡樂時光。一段時間內季節性的隆重角色，戲水池消暑引發小孩子的嬉鬧聲量，總算超越過往訕笑的無價回報。

局部實木配上局部膠合的雕花柚木方盒子。

權充式現成品的概念才剛問世，擬仿物一概還無名。燈管——只見微弱泛光，看不見確實光的來源。面板——兩到三層的裡層，帶點燙金的老式印刷。遠離飽滿量體——稍帶扁平的威權立方。擬像深度——音響的回音與真空管聲道。若即若離——但絕非不可視見。

意味著科學不斷增生的超日常應用已經明確的進入了最一般的生活裡面，大量的刪減、去除、拋棄對比，逐量的購置、加層、增添。全面性的替代、更換、轉置，開始被塑造成未來世代的人。

在觀看電視的時代之前，各式喇吉誘（Radio）的華麗形式，已經藉由電波給過了聲音摹仿巴洛克風格的驚喜，像數個可以拼在一起也可以分開置放的裝飾性立方木櫃家具。中間一落最主要的裝置則是上層唱片播放盤，下層才是可以左右平移調頻伴著微弱光線的飄浮指針，那根可動的刻度，決定了最終聲音得以降落，發出音樂、匯聚各種人類聲響的最後線索。

立方體柚木盒子——由四支約一呎兩吋長、十一點五度斜撐的細木雕腳柱來架高——整個物件就像是個能跟聲音起伏呼應的可移動物體，難怪那個極端年代歐洲會出現ARCHIGRAM[83]超能動建築空間的乖張想像；它遙遠的影響也兀自活絡了島嶼鬱悶生活裡的有緣人。

念小學之前的日子，就只有日常的到林場（林務局範圍內的在地俗稱）內外周邊閒逛、街頭街尾漫遊、蕊莉樹上瞎混、四界賴賴趖……要不就是緊跟在母親身旁既發散又集中的生活隨性觀察與學習，足夠強度的好奇心對西格而言應該什麼時候都是學習的好時機，誰叫他生來就有過動思緒的心智。

嚴格來說，西格應該算是島嶼歷來看電視成長的第一個世代。那是開始大量出現類比式真空管的年代，世界的逐步電子化正在大張旗鼓地加速建置系統、擴增數量，並且不擇手段地快速侵吞著簡樸農業生活的既有領域。

工業區開始出現在島嶼的一九六〇年代早期，區裡逐漸有許多專門生產各式電子用品的加工代工廠，教育系統開始廣設電子科系，日後才可能會有那麼多專門生產電子產品的品牌公司。但整體工業化的系統環節還是以相當農業社會的認知心態與腳步在面對、處理所有的進程，處處也都還充滿著非常人性化的不準確痕跡。因此，初階工業產品的品質也還非常不穩定。

一般小康家庭的經濟條件並不太可能會有額外的能力，可以隨意添購極為昂貴的黑白真空管電視機。不過當小孩子夠小，有時候是可以輕易就克服家族間關係上的世代難題。因此，偶爾有機會，西格便會忍不住地吆喝一些小孩子一起竄到大宅院的左前廂房店面，也就是大宅院另一邊陳陣家族，算是排行第二伯系親戚米店裡去看電視。

米店親戚家終究也不太好那麼尖酸刻薄地就拒絕一堆聰穎的小孩。不過，要看電視還是要有規矩的。儘管是在室內，但是一群小孩並不被允許直接進到電視機所在的起居室空間內的沙發椅上坐著看，只能被列成一排的踮著腳尖、站在起居室外的紗窗後，觀看著裡面帶點未來感網格電視螢幕的無限晃動。的確，為了看準螢幕上的動態影像，身體必須要能稍稍左右來回輕微晃動，才能閃避紗網格子的視覺干擾，但是也不能動得太厲害而讓整個影像失焦、模糊成一片——去米店看電視，成了一場需要格外辛勤的眼球與身體運動！

因此，當劇情情節吸引人、看到忘我的時候，為了視覺上要能夠連續，所有小孩的臉都是乾脆直接貼在紗窗上看電視，免去了身體左右晃動之間的時間差！等看完鳥獸散回到後右側宅院家裡，母親提醒的紗窗灰塵格子臉，才知道我們跑去不甚合拍的親戚家，看了人家的電視。

「你們多看點書就好，不要再去人家米店裡看電視了！」美玉語帶無奈又沒有能明講苦楚地警示著小孩子。畢竟大人之間的一些曲情糾葛，小孩子是困難理解的。當然，幾次之後就被母親明令禁止這樣的額外娛樂節目。只是，事情並沒有就此結束。

住在中山公園邊的「公園阿嬤」也就是後來的「台北阿嬤」，對於無法在她生了自己的首胎女兒後，能夠親自平順地帶大，一直感到極大的愧疚與挫折。成為人家的二房姨太太後，儘管連續生了被夫家認可的許多個男丁，在家族中的地位也很穩固，但終究在種種原因下，首胎的女兒卻被迫給周快帶養長大一事，依然內疚不已，終生都在試著彌補些什麼。

幾個世代的轉折，從「嘉義公園買菜阿嬤」變成「台北阿嬤」，意味著她喪夫之後一段時間除了處理中山公園旁的房產，繼而搬到台北跟兒女們輪流一起生活外，生活條件也有了更富都會感的流動轉變。兒女們在工作上也都算是相當成功，樂於資助她晚年生活的所需。

不過，年老後這樣的不時移動，有時候卻會是某種內心難言的困擾。每一個子女總會認為母親正住在其他兄弟姊妹家受著照顧，不用太擔心。她來自鄉下天生的質樸，很多時候也讓她不願意太麻煩子女們。

在哈古檍與美玉結婚時很早就已經回復的母女互動關係中，蕭豆不定期都會刻意抽空老遠一趟路來到嘉義走走，既探望女兒美玉全家，也能與鹿麻產鄉下她自己故鄉僅存的親戚互動，適時的給予大家多少一些生活上的實質幫助。

蕭豆某次來嘉義與美玉的私密交談：「我現在需要常常回到幼時陣、年輕時候熟悉的地方，讓自己心裡可以試著保持平靜。台北並不是我自己要去的地方！年紀越大，這樣的心理感覺就越是強烈，有時候在台北過生活根本不知道能做什麼。」西格似乎從小就不懂事地聽聞著這些。蕭豆有種與生俱來的謙和個性似乎也在美玉、西格身上綿延孳生著，這個跨了世代的呼應關係自然異常低調。

不論家裡生活再怎麼樣的節儉平實甚至偶而帶點拮据，只要有「台北阿嬤」家的人要來訪作客，哈古梌都一定有辦法與美玉合力熱情的在自家宅院廚房裡擺上一桌來接待大家相聚歡。美玉更是有著鍛鍊出來的靈活看家本領，能夠將家裡有限的各式儲糧變成豐盛的家常宴席，歡樂的吃酒配菜聊天聯絡感情，因此總博得美玉原生家庭兄弟姊妹們的喜愛與好評。

這多少帶點儀式性地家族聚會，更快速地讓所有的眾親之間都有更緊密的互動，難免有些刻意卻是最容易集中大家的好方法！

「一旦事先約定好的家常宴，我媽當日一大早就會開始忙碌著準備食材。神奇的是一般都要天黑入夜之後，這些阿姨、舅舅、親戚細小、朋友們才會好像循著什麼給定的暗語似地陸續出現；只要是遇到這樣的特殊情況，那一天幾乎就等於是有了兩頓晚餐。的確是頗令小孩子雀躍的家庭聚會，一年四季總會有個幾次如此的舉家熱情歡騰。」西格吞嚥著配搭記憶裡美膳佳餚的湛香口水、眼神發亮暢快地說著。

「聚會當天，一般都是傍晚全家先簡單吃過晚餐長輩離開後，便等待著這些親友們特殊晚場的隨後到臨！」明明是鄉下城市，每次卻都有著說不上來的奇異都會感。

沒有因應任何傳統節日也沒有特殊家庭事件，一群不同來歷的親戚朋友，從不同的城市透過很農業社會不便的交通方式，來到一個小地方群聚聯絡感情，這種形式的確就是都會文化的前驅，只是目的卻經常是超乎時代浮華的家族凝聚！

蕭豆私下有意無意就會跟美玉之外的所有兒女們講，希望他們都能主動多與美玉的家庭聯絡互動，幫她彌補一些人生的缺憾！這絕對是美玉所不知道生母對沒能親自照顧她成長深度虧欠的跨代補償。

因此，「台北阿嬤」有次來訪，無意間聽聞美玉轉述小孩子的看電視遭遇後——這可是半個多世紀前的事，南部一棟房子也不過十幾萬元——她竟然掏了將近萬元給美玉，要她去買一台當時最夯、能關上木簾屏、可以上鎖的日本勝利牌大型黑白電視機給家人看，不要讓她的小孫子們再被人凌虐了。

西格家廂房客廳因此成為大宅院內小孩子的週間電視院。經常只要默契的卡通影集時間一到，客廳草蓆自動一鋪，便坐滿大宅院裡的所有小孩，沒有人不被邀請；「All Lives Matter，其實很早就有了！」

註釋

83 ARCHIGRAM，為六〇年代英國的實驗性建築團體，醞釀了當時最具影響力的建築運動。

「崎腳變電所」。

半個世紀的日治時代建置了眾多現代化民生系統，裡面最重要的核心項目也是最具時代性的設施，莫過於就是各地區變電所的設置。那代表著大眾生活裡的用電需求與生活方式的全面改觀；有了電，對於各種可能的電器需求也就跟著出籠，生活的舒適度與便利性正在逐步改變、擴充。

俗稱的「崎腳變電所」坐落在當時嘉義市區的東邊郊外，前往阿里山沿線竹崎地方半路上的隱蔽山坳。基於機密年代保密防諜的嚴格規定，特定機密場所機構內的任意細節，未經層層單位核可，一概都不准對外揭露。

「可大可小」是關乎事態嚴重與否的意識型態修辭，能輕輕地放過、也能打入大牢、甚至要賠上人命。當一切都已經冒著「非虛構－擬構」的實體罪名；令人再情不自禁，也毫無選擇的不敢到處公開洩漏甚至亂講。

美玉的妹妹阿嵐也就是阿駿仔的二姊，她的先生村木仔，是來自虎尾大庄鄉的人，高工念的是機電相關專科，年輕出業時就考上了俗稱鐵飯碗台灣電力公司的職務，並且終其一生都在台電吃頭路沒有換過其他工作。

供應嘉義市區用電的主要變電傳輸系統節點——基於安全考量絕大部分都不設置在市區內——反而都坐落在富有更高安全戰略思考的周邊市郊。「崎腳變電所」即是其中主要的一個，具有相當規模而且是個屬於高階的一次變電所。它就位在一個由緩坡側邊樹掩竹圍，刻意不起眼僻靜的田邊進入的大範圍獨立區域內。只在臨大馬路那一側入口旁，設置一個由原寸變電器巨大絕緣體，深咖啡色的陶瓷零件——像極了西藏密宗的佛塔般，一圈一圈由上而下、尺度則由小而大疊置而成的造型——極其隱晦地來作為區域進出的神祕識別。如果不是專業相關的人士大概也不會知道，聳立在路邊配上洗碎石子台座的這個約莫七呎高狀似紀念碑物件，到底是什麼用途。日本文化一貫的低調，戰後卻持續成為島嶼被噤聲的生活沉默。

變電所外圍這條通往阿里山方向的公路——已經真正開通的只到番路鄉進入高山地區之前——一直都是由嘉義市區前往竹崎的必經道路，距離市內也只有十餘公里之遙。感覺那是一條沒有盡頭的鄉間公路，西格只到過路線上的幾個小地方，每次看著道路邊坡破碎的柏油路面，後面的山區路段竟然就會自動切換成無止境的奇幻想像細碎方塊聚攏著又分開地往復，隨性動員著日夢確實一直都是他用來補足生活經驗匱乏的自主方式，而他也還未曾去過傳聞中高山民族固有的阿里山上！

物資匱乏是年代裡生活的常態，大眾普遍習慣互通有無盡可能分享的文化。哈古梌家似乎因此有著很多替代週末居屋與度週末的去處；這顯然是不同年代裡，人們如何讓自己獲得基本幸福生活的一堆取巧方法，可未必需要成為什麼大富大貴人家才可能達成的事情。

週末時日，美玉與哈古梌經常會帶著小孩前去「崎腳變電所」拜訪美嵐一家人，那可是一種老派時代裡獨有的緩慢節奏，不疾不徐地讓該會適時出現的事情，以它們該要有的到場方式逐一地依其順序自然浮現，躓在環境裡面的人都因此接收到了個別能夠感受的時間頻率，也是那個年代真實生活裡才可能遇見的純粹。讓人不由得意識到：文明進化的代價有一部分是我們距離這種根本性的生活樣態其實越來越遠；我們不僅不知道，還誤以為我們正在全面單向地朝著更具前瞻性的未來進化當中。

不論過夜與否，這每一次的到訪，對西格來講可都是個極為外部化又帶點神祕感的家庭活動。因為目的地是個高度禁制的管制區域，一般人是沒有機會可以進到變電所園區內一窺究竟，更遑論過夜！

變電所的整個園區本身就有一個電力專業的工作禁區——這稱得上是獨裁年代裡最為核心等級的區域：高壓變電設施——極為嚴格地配置了卡賓槍總是荷在胸前的武裝警察衛隊，終日管制著門禁。除了台電工作者外，是連眷屬也不許靠近、進入的。我們能去的地方僅有員工與眷屬的宿舍區，而且依規定也是不可隨意進出的範圍。不過，在「崎腳變電所」的工作人數僅約略二十餘個終年輪值的專業員工，家庭之間任誰都互相認識熟悉，因此臨時多了誰的親戚朋友來訪，自然也都再清楚不過。更何況，不相干的閒雜人等是沒有交通能夠進到這裡的。

感覺這個與外界隔絕孤立的地方，對西格而言多少已經是個國外。他的年紀小到對於陌生異國都還是全然無知的，什麼是個國，他根本沒有意識，就只是覺得跟大宅院的風貌完全不同，而且徹底的有趣，他總是感受得到哈古榿與美玉對那種日式生活型態的真實喜好，衍生著奇特的羡慕之情！這個變電所建置於日治時代的中期，因此整個變電所宿舍都是以日本式改良的架高福州杉木與台灣檜木結構建築所混成，感覺真像是到了說不出口的異域一般，而一切的細節都指向了一定時間之前，二十世紀初日本的某個地方。

這個讓人不斷回復到日式生活的空間，最令人印象深刻的，或許不只是建築空間的物質形式與內部的生活物件；而是連它所在電力園區內的運作機制也被大致完整的傳遞了下來。意思是，不論專業禁區的工作者或住在宿舍區內的眷屬，生活節奏裡一定程度都還是照著日治時代延續下來的規定在過著帶點隔離感、專業又安靜的日子。變電所的管理系統也仍然參照著使用原有的日式系統設置說明內容所翻譯過來的奇怪中文，甚至是包括專業工作上的操作步驟也一樣。

哈古稔從出生到二戰結束之前是殖民地日本人，這是西格完全無法理解的心境：從出生到青年，四分之一生命長度的浸潤；在那二十幾年的時間裡，哈古稔被迫必要正統地認識有關日本的一切，並且盡力內化成自己的認同。相較戰後才出生的世代，就未必每個人都能有這種親身進入帝國遺留下來日式空間生活的經驗。因此，說它是異域也並不為過。

因為，等到西格真正人生第一次出國遠行，那必須是要延遲到一九八〇年代中期前往歐洲念書的事了。

所以，經常有機會與這樣空間場景的文化語境相遇還要住上幾天，應該稱得上是西格擬仿異域生活的童年初啟蒙。

內置化場景

與變電所宿舍裡一群年約三、四十歲媽媽們，一起在日式大眾浴池的女賓部洗浴。那自然是西格念小學以前的年紀，四、五歲小毛頭面對一群全然陌生成熟女人的裸露身體，眼睛顯然不知道該往哪裡放，令他非常的難為情甚至帶點張著眼的難堪。儘管平常母親偶而也就是以這種日式文化帶他這樣洗澡的，因此也並非完全沒有經驗——只是與一群完全陌生成熟女人一起洗浴那就真的是第一次——澡堂的男女賓部浴室是隔著高聳木牆各自開放式的一大間，每間內部都只有貼著白色五吋見方瓷磚大浴池與洗浴必要的基本設施、開放式置物實木櫃、幾座入池前的洗滌槽與水龍頭，整個空間看起來素雅簡單乾淨。嬉鬧談話間臉色愉悅溫潤的媽媽們，也主動地關心議論著這個小男生的年紀，是否適合與媽媽們一起沐浴云云。

事實上，會令西格真正感興趣的更是浴室最內側蓄滿水的大浴池，不停地注視著池面水位的即將盈滿溢流。經母親沖洗一番後便爬入池裡盡情地浸泡，一群成熟女性的裸露身體，對這個年紀的西格來講似乎還激不起什麼實質的關注。作為觀看經驗而言，的確是沒有看過，但也只能暫時拋諸腦後，或許必須要等到數十年之後，進入藝術創作世界的脈絡，才有辦法理解某種早期現代主義大浴女圖的真實美術意涵，特別是在某種能夠融入生活文化與歷史發展的美學欲望境遇之中。

員工宿舍區內的生活，的確是與外部環境有著極為強烈的不同，這裡更像是因為某種具有不可逆的日常重要性，而被特別管制的極簡單純生活。但是，必要孤立的生活環境裡怎麼樣還是需要一些與外界現實質素的互動，以避免與外面環境真的斷了線，兜不回社會性的真實關係與基本連結。

因此，變電所的福利會都定期在春夏季舉辦以巨型布幔作為大銀幕的宿舍露天康樂活動：蚊子電影院。露天電影放映師都會是全場最受矚目的焦點人物，他怎麼讓大盤膠卷變成影像流暢地投向布幔——正是評價一位放映師技術好壞的良機——大家分秒都緊盯著看，生怕連串的斷片毀掉了難得的興致……！每當布幔裡連續迎風飄動的不穩定影像交疊，都使得這所內的一切更顯不真實。曲褶布幔裡不斷被風攪動翻滾著的劇情，像是無意間又添加了嶄新的另異版本；好似一旦風與布幔停了時間裡的節奏，這一切也將會隨著灰飛煙滅一般。

經常影終人散，都被布幔像是催眠般地弄到愉快出神，高興與一群變電所居民看電影，西格卻也經常搞不清楚到底看了什麼。忘形神迷感，就在時間裡不斷捲曲翻滾，一如旁邊幼稚園教室側牆上罕見高山族翼豆[84]藤蔓的攀延曲繞，很容易就幻了知覺。

倒是永遠不會忘記的應該就只有那部音樂劇電影《真善美》[85]吧！在一大群兄弟姊妹間傳唱的〈Do-Re-Mi〉、〈小白花〉，歌聲既動人、綿密的感情又令人歆羨！

夏季舉辦年度例行蚊子電影院，都會選在變電所內有足夠空間的戶外地方，像是幼稚園教室外面的小活動場。圍繞著這個場地的是左側的單槓、吊桿、爬竹竿等體能設施；右側是進來這個區域的混泥土步道，步道後方則是一排三個單位的日式木造宿舍。面對教室數十米外的則是一座頗具規模園區最主要的防空壕，掩體的確是在幾棵高大老榕樹的蔽蔭之下，由空中鳥瞰肯定很難察覺。掩體的容量足夠提供整個變電所的員工與眷屬居民使用，每年幾次例行的防空演習，所有變電所人員及眷屬，都會被要求如實地進入壕內依照規定確實演練一番。圍繞這中間，餘下約網球場大的空間，正是特別選來放映電影的好所在。它有種非封閉空間的封閉性，感覺更容易讓影像隨著變動的溫度持續散發著影音的召喚魅力，隨著風的搖曳被好好地款款接收。

碩大的防空壕後方就臨著進入變電所禁區的另一道掛著鏽斑的厚重鐵門，門上裹著綿密的刺網鐵絲，固定著一塊看得出來已經用油漆複寫過很多次「能源管制區域，不得隨意進入，違者依法究辦」的斑剝木牌，這道鐵門除了年度演習外幾乎不曾全面開啟過。鐵門旁圍牆邊有片甚不起眼的窪地，定睛一看似有泉水不斷的汩汩湧出，水量不大卻源源不絕地流瀉著，流向防空壕正後方草叢裡的半掩陰溝，排向填不滿的無名遠方。這一切，看起來所方是知情的，早就以人為方式將窪地的底部加固成像是一口半沉在水裡的地底水井一樣，泉水水質清澈；不知由何而來出水口邊竟然飄蕩著數叢青綠的水蘭草，隨著水流擺動搖曳。水中沉井的更深處卻是反差地一抹暗黑、深不見底。

看到這個畫面，不由得就會讓人自動勾連起黑澤明[86]晚年的電影《夢》（ゆめ，Yume。Dreams）裡面的第八個夢境：水車村。映偃著清澈小河裡隨著水流搖曳的細長漫動水草，一旁老人與年輕黑澤的生命對話，老人一邊望向河對岸遠處移動中初戀情人的出殯隊伍，一邊盛裝採摘著花要前去致意，他的眼神呼應著對話游移著卻充滿不容質疑的釋懷與知足。不，這個時候還不可能知道會有這一幕動人心扉的景象！非得要再過個幾十年之後，夢的孕育才可能在時間裡流動，安靜地經過覺知的投射，哪怕會是連續的噩夢一場。

一次週末看完蚊子電影院，隔天早上前來防空壕遊蕩時的偶遇，西格無意間從防空壕上方土堤，親眼目睹防空壕後下方窪地水井邊來了一組幾個變電所的人員，著裝潛水衣後背著水肺依序步下水井，看似正在進行著什麼水下的機密探勘。一群小孩目瞪口呆盯著看上了大半天之後，潛水人員才緩緩又陸續浮出水面，隨著上來的還有一箱黑盒子狀的不明物體。上來之後潛水員告誡著圍觀的西格與其他幾個小孩子，厲聲嚴格地要求他們：基於國家機密，你們每個人千萬必須謹守看見的這次祕密行動，守口如瓶不得對任何人提起這個事情。並且，此後不得隨意獨自靠近此水源重地──因為它直通地心、直達美國！

前一晚的電影餘音殘影，空想與日夢連袂讓西格還獨自坐在阿嵐姨家前庭的芭樂樹上，便深沉地臆想著他偶遇的另異地心特攻隊！

一旁列的教室空間，包含著變電所幾種不同需求的功能配置。帶點日式風格的衛生所位置，就夾在幼稚園、大眾浴池、蚊子電影院場地中間的學校旁；日治時代變電所內是有小學校的。特別提它是因為它袖珍規模的異國情調，事實上當時變電所內的醫務室也都是強烈的日本風貌，連醫務人員的氣質，感覺都很貼近那樣的文化質地呢。

至於，非定期的秋冬季康樂隊舞台表演，因為需要較大的場地，也會開放分享附近農家的民眾同樂，一向都選在宿舍區外的空地來舉辦，可免去安全管制的疑慮。時候一到攜家帶眷拎著板凳的異常熱鬧，節目也會夾帶著世下社會俗事的各色風采，七情六欲小道故事的諧擬演義，唱作俱佳地搔首弄姿，擺弄演技好收攏特殊觀眾的熱情反應。

儘管藝術性從來都不會是他們聲張的重點，卻無論怎樣在娛樂之餘，也都是具有戲劇表演與生活美學前進的開啟作用。當時社會大眾所能理解的表演藝術，就只有在不同廟會活動裡所能接觸到的地方戲曲與常民技藝；具有現代意味與直接生活幽默、普羅樂趣、時事插科打諢的舞台康樂隊表演，一般儘管還不普及，在變電所卻是大受歡迎的。

位在鄉下地方的「崎腳變電所」範圍，大致上是被水稻田所完整圍繞，藉以隔開與外界必要的安全管制距離，周邊並沒有也不允許緊鄰有農人的家屋。僅有最外圍出入口處旁邊是一家雜貨店兼公車站以及它馬路對面幾間稀落散置的農舍。轉過雜貨店旁變電所的咖啡色大絕緣零件標誌物，循著兩側植滿高大龍柏樹、略微隆起的柏油路緩坡而下，才能進到變電所最外側的宿舍生活區，那裡是變電所交通車每日進出市區固定班次的停靠處，算是連結變電所內外的真實起點。

六〇年代後期，因為老舊的日式木結構建築修繕維護成本過高，台電公司決定另闢新宿舍區。於是，很快就分成所內道路兩側的新舊兩區宿舍，進入所內道路的左側是舊有的日式木造區，右側則是全新開闢的紅毛土洋房新區。兩區最大的差別不只在於設施的新與舊，舊區的每一個單位都是日式高架磚造的木結構建築，每戶都有庭院環繞與幾棵和房舍歷史同年代、比房子還高出一大截的高聳老樹，一般都是島嶼原生的香樟、茄苳、龍眼或土芒果樹。新區則是由早年徵收的田地開闢而來，貼地而建的單層雙拼水泥原色洋房，只有門窗是木質材料，塗布上淡粉綠電力公司的一貫用色。屋前、屋後則有各自單向的小院子，如果碰到不喜愛植物或園藝栽植的員工住戶，那麼房子本身周邊，便可能會是光禿一片、空無一物。

「李仔博」是美嵐給村木仔的讚美綽號，他是虎尾鄉下出身的人，酷愛養殖禽畜類、播植各種農作物都是他本業外的濃厚興趣，他老家還真的有田可以回去種呢。美嵐一家遷至新宿舍區後，工作閒暇之餘，必然的栽種自然帶來生活裡豐盛的回饋。飼養雞、鵝、兔子……都有各別的生活運用考慮；種植芭樂、釋迦、楊桃……則又是另外一番生活樂趣的規畫。

除了整體建築形制、空間配置、使用素材……都與舊區不同外，新舊生活設施的最明顯差別在於舊區是日式茅坑，新區已經設置成拉繩式的抽水馬桶與一間獨立的澡盆浴室，新舊兩邊西格都曾暫住、使用過，各自巧妙深有所感。這種領略油生了內心對屬於自己未來生活空間的最初步想像。在這兩種之間，到底又會是什麼？若再加上他的大宅院經驗，該會是更困難的選擇。一時間，感覺整個園區內唯一沒有跟著改變的，就是變電所最裡面的禁制區域，那也是變電所的關鍵核心，所有生人勿近也勿進。

搬過去新宿舍區後，最另類的日常生活樂趣：宿舍前面步道的右側底部配置著園區圍牆側邊一扇不起眼的小門，一開出去就是環變電所的功能便道，平時幾乎無車通行，成了小孩們的環區大遊戲場，再過去就是一望無際的周邊水田。因為環境的安全管制，反而讓變電所周邊田埂間的生態活動變得更環保也更容易進行，毫無阻礙。在農藥不發達的年代，小孩相招成群去附近水田旁大陰溝裡隨性釣捕些青蛙、魚鰡、鱔魚、吳郭魚、撿田螺……回家加菜，都是常有的例行節目。

這一切都無關曠時日後的多啦A夢！

「不過，那一扇小門的確一直都存在！」

外擴式場景

規世人到這時陣，吃過最多兔肉[87]的兩個時期；一個就是幼時去「崎腳變電所」李仔博姨丈家，另外一個則是後來留學法國巴黎的階段。

「李仔博」姨丈所飼養傳統白色毛皮的紐西蘭兔，他一向都是自己處理這些小動物的所有生命過程，連生命最後整個宰殺處理的細節都由他親自操刀，甚至連烹煮的方式他也都全程陪伴熱情指導。彼時陣的年紀顯然是培育生命看法的黃金階段，透過另異參照小動物的生死交替而發現人類生命裡難解的矛盾奧義。另外一個就是成長後步上藝術創作學習之路，獲得法國外交部獎學金，留學期間在巴黎市區各處大學食堂裡經常的美味主食之一。

這跨了將近半個世紀的兩個原本無甚關聯的時間點，除了兔子物種作為食材的相關連結之外，西格似乎意有所指的想讓跨文化的內容，也能有機會透過他而盡可能地直接相遇。

那個串起生命終結最強烈印記的是村木仔姨丈親手宰殺兔子的過程，兔子竟然完全沒有發出任何人可聽得見的哀嚎聲音。或許，它們知道生命的第一道借貸關係就是如此；生性的嬌柔讓那苦楚的聲音遞減成脆弱本身。而且人耳的善於被慫恿實在也不宜聽聞；人類從來難以理解脆弱與強度實為一體的裡外。

憑空揣測著任何稍具專業的姿勢都將牽動小動物的受難程度。先以左手掌托著兔子頭的下顎處，幾隻手指往後夾直耳朵，一腳輕踩住它的雙後腳，再以尖刀熟練地從頸動脈挑切血管放血，生命脈動便不由自主地掙扎著身體的瞬間激烈蠕動。前面稍短的雙腳恰如兩隻無聲求救孱弱而恣意揮動的手，倏間激烈抽彈了幾下之後很快就似慢動作般的靜止了下來。雪白的皮毛總會沾染上比它眼睛更為鮮紅的血漬，來證明生命獻祭的隆重與價值並以此作為意義的純淨昇華；純粹白毫中的寧靜嫣紅，成就生命的至極幻動。

剝除兔子毛皮的狀態，該是最令人無法忘懷的另一重驚悚！完整放完血後，在小心切開頭頸部位與四肢底部毛皮與骨頭間的凹凸連結，便能驚訝發現，竟然輕易地就可以一次性的脫下那像是與老天謀議好的第二道溫度借貸。毫無油膩地讓毛皮與肉身即刻分離，瞬間能夠由手掌心感受到動物毛皮對人類的直接恩澤，那種生命形式俐落清潔與乾淨的純淨感覺，程度絕對撼人！

真正開始對這種由日常生活經驗進行精神性擴張的關注，是西格前往法國留學的前一年——儘管那時候根本不知道有朝一日會前往歐洲進修——接觸德國當代觀念行為藝術家約瑟夫．波伊斯早年的一個計畫[88]：「如何向一隻死兔子解釋繪畫」時的直觀撼動。那是基於宗教性隱喻的生命鏈救贖，藉由兔子的犧牲生命、藉由金箔、蜜與銅拐杖的能量指引、經由身體中介的演繹傳導，更透過時間的遞延讓所有蕯滿化的物質與行動部署，共同指向對於人類深層欲念的想望與反轉；最終讓生命的轉化試圖呈顯旋騰而起的精神性型態，以此進入藝術歷史的脈絡對話，重建對於繪畫本體的歷史性肯認。這種具有藝術精神性高度的企圖，對來源於歷史脈絡錯亂空缺島嶼的西格而言，一開始是極其困難理解，甚至有著心理上無法言說的挫折與難堪。那時候一種還在試著被描述徹頭徹尾幽微不明的島嶼集體尷尬總不時地籠罩全身；不過這數十年前的人生際遇，如今實質的內在變動卻是相當明顯的。更何況，精神世界裡終究是沒有無償的生命借貸。

變電所兩個宿舍區域的並置就直像是兩種不同島嶼歷史時期美學的潛勢較勁，儘管尺度格局上難以逐一展開比對，但是能吸引人的地方，總是分明的：舊時代氛圍因為擁有具體遺留的數量與時間銘刻，總是在情境上較能夠讓建築本身更貼近實體以及之外的影像化世界資訊，成為可以不斷被重複召喚顯現的內化對象。新式的建置則因為社會集體的政治正確、因為前途未卜，正忙著試圖擺脫一切形而上的束縛，只容留家屋該要有的實用功能，一整套被刻意的簡單化正試著回應當時社會的管控機制，在看似很困難有整體美學想像上的選擇，卻在所有不經意的夾縫中透露了它仍然無法被圍堵的帝國影響，這完全是始料未及的！並且就以一種貼近簡約的素色紅毛土美學型態強化了建築的基本屬性，這正是它的另外一種素樸。

在西格心目中，那或許就已經是島嶼最早衍生階段的一種趨近清水模形式的雛形。到處都有，雖然只是水泥粉光，但是美學概念上卻從未真的被人注意。

半個世紀前人類的二氧化碳排放量、世界環境的惡化程度，都才剛開始成為嚴重被關注的全球性議題，卻不知道下一個世紀將要因此而引發世界性的常態能源爭戰，所有類型的鬥爭都被自動轉譯成為全面性的立體虛實超度對立！邁向毀滅的不可逆時空倒序感覺，將不再遙遠。

無論是新舊宿舍區，四季如常地到了夜裡的溫度都會因為平野的輻射效應而普遍偏低，一則是平而遠的空曠毫無遮攔，一則是幾乎還沒有任何高樓足以阻絕季節風的自流通透。風脈很容易就能隨性夾帶著戶外紛雜植物的香氣、涼意由窗戶進到屋裡，香氛式地梳理著白天終日陽光照射的燠熱。因此，不分季節地晚上睡覺總是棉被、毯子不離身以免著涼。若是在冬季，那厚重的老式手工棉被則免不了層疊罩身，也更是叫人翻不了身，金鐘罩似的令人一動也難動。

偶然一次在新宿舍區的冬季半夜裡，西格難得的半夜翻了身、睜開了不太對焦迷濛的眼睛，似乎是因為不習慣棉被重量在他身上的擠壓所喚醒，偌大的榻榻米通鋪橫豎睡滿了大人小孩，霎時間似乎只有他醒著。那完全與失眠無關！那樣年紀的人離難眠還很遙遠——不足以成為成長中的遭遇——試著闔起眼睛繼續睡眠，卻在無意間因此撇見阿姨、姨丈兩人身體的相擁疊置蠕動，寒夜蚊帳裡的空氣於是隱祕地多起了點浪漫，儘管是棉被下的緩慢過程，難免的往復動作與極輕微的聲音，對西格的年紀來說，的確是一個夜半裡意外襲來的人生難忘偶遇，他當然是無法理解這一切，只直覺那可能是人生的某種愛戀與超脫。超過半個世紀以來他從未跟人提起過，就只是把這記憶片段縝密地置放在人生童年的美好角落裡。

哈古桧打贏陳通被「林商號合板公司」侵占十餘年的土地官司後，經過一年多的反覆考慮，最終決定與人起分仔，在那塊地上蓋起一整排連棟的「販厝」。那是一種民間合作的雙贏策略：一邊出地，另一邊提供資金與技術，完工後再依協議好的比例分配房屋數量，能讓雙方都是贏家。

房子蓋好後，阿嵐因為考慮小孩的就學方便，購買巷子內的第一間，也搬離前後住超過十年的「崎腳變電所」。

哈古桧一家則住進第五間，同時也讓最小的妹妹綉英以極低價錢購置了第八間。當大家都搬遷進去後，油然跟上時代的感覺，生活型態似乎也跨了一大步。好像瞬間便快速地告別了過去所有的一切；從此，西格也再沒有機會到訪「崎腳變電所」。

還會不時勾起他的記憶，該是去林外科醫院後方，變電所交通車的等車處吧。那個地方實際上並沒有任何站牌，那只是變電所居民們大家長年來的協議與默契，既方便小孩去附近幾個國小上學，也方便大人去東市場繞街購物，卻又都保持著一點巧妙的距離，搭乘那台由大卡車改裝的交通車，既是客車也是買菜車，下車後，儘管都還是需要走個五分、十分鐘的，漫步在那個年代的嘉義市街區，路程再怎麼樣都是令人愉悅的。

之後，西格真的曾經幾次無意識地靠近那個不再能前往「崎腳變電所」交通車接駁的地方。

下一次再去「崎腳變電所」，已經是二十一世紀疫病蔓延時夏季的刻意探訪了。

註釋

84　原來以為是台灣原住民的原生植物。其實，翼豆也叫四棱豆、楊桃豆、四角豆、香豆、羊角豆、龍豆、翅豆、豆菜，為豆科四棱豆屬下的一個種。原產於東南亞，日治時期一九一〇年代引進台灣、琉球群島、小笠原群島。後來僅在許多台灣的原鄉被種植食用才有此誤認。

85　《真善美》（*The Sound of Music*）是一九六五年的美國電影，改編自同名音樂劇。一九六〇年六月，二十世紀福斯以一百二十五萬美元購得電影版版權。但條約中規定二十世紀福斯公司必須等同名音樂劇下檔後，一九六四年以後才能開拍；上映後取得超乎預期全世界市場的賣座歡迎，解除福斯公司面臨倒閉的困境。

86　黑澤明（Akira Kurosawa，一九一〇年三月二十三日—一九九八年九月六日），日本著名導演。一生共執導了三十部電影，其中許多具有世界知名與影響力，如《羅生門》、《七武士》、《大鏢客》、《天國與地獄》、《德蘇烏扎拉》、《影武者》、《亂》、《夢》等代表作。是使日本電影走向國際化的重要導演，也是日本近代電影史的重要人物，被譽為「電影界的莎士比亞」。法號為「映明院殿紘國慈愛大居士」。

87　除了原住民狩獵文化裡善巧的處理與野菜配搭，近代島嶼的跨族群傳統並不將兔肉視為常態的食材……兔肉綜合症（Rabbit starvation）：兔肉儘管是易於取得的食物，但它缺乏人體所必需的脂肪和維生素。曾有報導，哈德孫海灣公司的捕獵者們儘管有充足的兔肉食用，許多人卻悲慘地死於兔肉綜合症。該症狀起因是因為人體消化兔肉時需要消耗自身的維生素和礦物質，其中有許多最終隨著糞便被排出體外，因此必須不斷補充這些營養素，否則人體就會越來越虛弱，並出現另外一些缺陷綜合症。

88　約瑟夫．波伊斯（Joseph Beuys, 1921-1986）是著名的德國觀念行動藝術家。作品包括各種雕塑、行為藝術，宣示「人人都是藝術家」的觀點。代表作如《如何向一隻死兔子解釋繪畫》《油脂椅》等回應他的「社會雕塑」觀念創作。也是將魯道夫．史坦納人智學藉由當代藝術做了極大的實踐與擴充。是二十世紀中葉以來，總體藝術、觀念與行為藝術……具世界性重要的代表藝術家。其中，《如何向一隻死兔子解釋繪畫》（wie man dem toten Hasen die Bilder erklärt）是波伊斯於一九六五年十一月二十六日在杜塞道夫的什美拉畫廊所演繹的一齣行為藝術作品個展。雖然這還只是波伊斯第一次在私人的畫廊舉辦個展，但已被認為是他最為著名的行為藝術作品。

百多年前，化學知識隨著日本帝國緩步進入島嶼。自承傳統的生活文化無力承接也還沒有形成工業化的環境汙染，水土仍然能夠輕易就流俗地擺脫帝國的干擾；唯獨執拗的水土才能占有長久以來在文化、宗教信仰、心理、生理甚至精神上各種裂縫傷口的直接良方與實際解藥。

土的不土味道，特別就是該如何遠離鄉愁？能擺脫的無非是沉浸在對地方的徹底無知裡，然後假裝哪裡都不用去！

哈古槍：「決定前往東京遊學，阮阿娘仔擔心我水土不服，要我在皮箱襯裡準備一個信封包裹著來自島嶼故鄉的泥土……甚至小時候只要不小心受傷，身上的小傷口都是隨意敷土痊癒的。」不過，那已經是將近百年前的日常了。

延續殘存的古代生活，的確開始意味著某種工業化進逼的爭戰與哀愁。

整個大宅院裡，僅有公廳後面古井周邊院子以及更後面的後院空地，才會有泥土層的地面，其他地方都早已經覆蓋了各式各樣厚實的灰泥與石板材。從大宅院內還能找到有泥土的地面，就意味著它們是最不被看好的區域卻是僅有可能隨意長出東西的所在！或許，從最稀鬆平常的植物栽種、改善生活而起造的設施、到大人狂想意念的試驗產物甚至是小孩的無聊嬉鬧……不一而足！但是這些裸露的泥土地面，幾乎都是在長時間綿延中無意識地就成了被宅院眾人給不斷夯實的硬土地——疲累一如宅院裡諸事的難堪歷程，只會越來越硬而且難以化解——事實上若不透過人的主動介入，除了長長青苔，已經很難看見微細動植物的自然湧現！

倒是，不論宅院前後裡外，任何需要快速群聚小孩子的凝聚力或是交換一些距離感的時候，那麼二話不說豪氣地從口袋裡掏出各式雜色玻璃彈珠，以幾隻手指在地上熟練地立即開始刨挖出五到七個似手掌碗大小的洞！刨挖過程萬一受挫遇阻土層過硬，也都能適時以隨手的樹枝、竹片，立即就能成為排除困難的救兵！這一切，似乎就足以開啟關係成為結交朋友的第一步，當然這些遊戲步驟，的確也關係到年紀的大小。基本上這是屬於最幼年紀的人際圈，大人勿近！

與成年人食之無味的社交禮儀傳承相比，打彈珠活動可是舊時代裡不遑多讓幼年生活裡的重要交友方式，特別是在不到十歲的小孩子之間，成為人生開拓人際網絡的重要梗概；更是與不可測度甚至是不可見的土地構連生命拔絲關係的關鍵起點。難以替代的是，這種活動總是需要略微側著身體——像是一則誠摯的衷心邀請——伏貼著土地的氣息在遊走、在移位、在滾動、在捲取難忘大器的泥土氣息記憶。

就因為這種緣故，西格曾嗅聞過伴隨多少層次各異的記憶，徒手挖洞時泥土蒸騰而出的各種氣息、味道，它們分別帶著與自然不同的親密關係：有的還很野、活力充沛，有的帶點老氣不動聲色，有的又是精力旺盛橫衝直撞的，叫人不攙點水和起泥巴來玩，是會沒完沒了的。

當然，已經被人類過度蹂躪壞掉的地方也就會散發不同的腐臭，西格只能抱著同情的遺憾離開；留下某個無形的印記是他與這些場域的靈犀約定，有機會大家再相遇了！

人會自然喜愛上一個地方，都需要有類似的成長過程，才有可能顯得難以忘懷、不可替代吧？

半個世紀後，西格說了他的鐵律：「其實，小時候的一點精明靈通正是只要手掌開挖第一道撲鼻而來的泥土氣息，自然就知道注定了那個地方人的氣質與氣度，這沒辦法騙小孩！」難怪他經常說自己很土，完全沒有辦法長期住在踩不到任意芬芳的所在！

《勇士們》。

變奏宅院生活促使童年就能有的深刻體認：遠親不如近鄰的快樂生活。大家族間由於出身引發關係的全面膠著，的確讓家族之名經常在相互的關聯上撲了個空！它的確是名存實亡已經無法逆轉的虛假世代因緣，終結就會是必然。

如果生活的瑣碎就足以成就關係之間的確立，那麼與劃時代的電視影集《勇士們》[89]同框同床而眠；從五分仔車鐵輪的陪伴成長到冬季裡分享的家庭檜木泡澡盆。當人際的交陪誠摯渾厚、強而有力，或者說就是各種強壯所能激起的吸引力，總會是無時關注的所在，親近的關係也於焉確立。

儘管是不可見的聲音感受，是懷中抱擁寵物身體肌力回蹭撫觸的瞬間爆發，是脆弱草叢中發覺一抹罕見種類的韌力生長，是舞台上爆烈戲劇性的藝術賦權，是每一則輕聲細語句子裡的無底想像深度。

一切都顯得很細緻、到位，所有的強度也都被天生的認真所吸收。

媒體傳播與日常娛樂選項開始落在以聽收音機為主流的年代，鎮日地聲音流瀉便足以輕易跨越潛在的社會階級與族群；電視機的影音同步更順勢以具吸引力又有效的媒體宣傳途徑，覆蓋了社會普遍的反抗意志！同時，它幾乎就是在軍權獨裁領政時期潛在用來測試家庭存款的隱祕機制；看似普遍貧窮的社會，卻有很多家庭飛快地就都跟上時代購買了黑白電視機，這絕對是超乎預知令人詫異的社會全面激烈改變。

因此，每週觀看《勇士們》黑白電視劇集，竟然是無形間西格與鄰居兄姊們例行的重要學習活動——他們並不知道這竟然是當時擁有電視機的家戶常態，執政者透過娛樂播散政治意識的巧妙——《勇士們》是第二次世界大戰及其後，好萊塢販賣戰時美德對抗意識型態的代表性電視劇集。由同盟國與軸心國之間的對抗來比擬正邪的雙方，這種具有特定政治隱喻作用的媒體灌輸，大戰之後逐漸轉移為美蘇冷戰邏輯的延伸。

二戰後被盟軍默許占管島嶼的中國軍權獨裁者，自然快速導入《勇士們》影集，藉以持續灌輸正確意識型態，獲取更穩固的統治繼承合法性，並作為對島嶼內部宣傳的媒體運作積極擁戴者。

至於，轉換五分仔車鐵輪的功能作為舉重器的緣由，則更激烈地連結了兩家鄰居間不同年齡男孩子間的交流媒介。與其說是一起鍛鍊體格，卻是十足的土法煉鋼也沒什麼章法，有一搭沒一搭的，最後畢竟還是看的人居多，大概只有夠青壯的少數小孩才可能有這樣的體魄去使用這樣的擺設！

時代的社會教化——管束與依賴關係的確立——極容易讓其他小孩似乎都只是圍繞著這個存在物，好獲取某種共同額外的安全感吧。大家倒是極有默契地一起讓五分仔車火車鐵輪更像是兩家共同的鎮煞之物。

這種鄰居間日常的家庭活動都是華格家吸引西格參與兄姊們群聚的主要原因，看起來似乎都跟某種潛在力量的成因有著微妙的關聯。農業社會狀態下普遍的素樸身體，對於腦力的激發、肌力的鍛鍊、身體簡單直接的逐日變化，全都充滿著莫名高昂的接受度。當純真力量一旦被轉置，它們都能以任意的可能形式展呈它們具有昇華效果的迷人作用，也正是那不斷變異的型態吸引著西格的小腦袋。

其實，幾乎每一次群聚觀賞電視的週末電影院，西格到最後差不多都是睡到天亮，隔天一早大通鋪已經沒有人了，才睡眼惺忪地以回家吃早餐作為活動的結束。而且，重點是一群人的群聚交錯並排坐在通鋪床上看電視，所會生成的熱鬧親近感，讓西格有了更強烈一同觀看的興趣。影集的故事劇情固然會吸引他，但是與一群年紀稍長於他的人一起看電視，則成為真正參與的重點，因為他總是能夠一邊聽到一些他不甚了解的看法或想法、甚至是鄰居間的一些怪奇八卦，以非正規的方式認知、接觸這些生活瑣事，對誰來講都饒富趣味，對西格而言更具有著域外的感性吸引力。

沒有人知道對於幼年個體超絕敏感度的開啟，落在什麼樣的事態上才稱得上是合乎現實，甚而能夠成為終究的人生真實。

華格家後院裡擺置的「火車鐵輪舉重器」，雖然不清楚它的真實來歷，一說是北港線五分仔火車的淘汰輪子，卻看不出它有任何的缺陷或瑕疵；一說是阿里山線的火車所使用的款式，但顯然尺寸似乎又有些太小？幾經私下的曲折查證，最後才知道原來那就是糖廠載運甘蔗五分仔車被外流盜賣的正常輪子！這可是華格的哥哥武雄（日文名Takesi，為台灣人對Takeo的日常誤用）一番波折之後尋來當作健身操練的主要器材之一；西格雖然還無法像武雄哥那樣整個舉起越過頭頂，卻已經能夠小心翼翼地舉到要接近腹部下沿，看著武雄鍛鍊的胸腹肌與臂力，總讓西格羨慕不已。因此，有事沒事都會去偷舉一下，但又生怕會被武雄哥發現，在所有兄姊中好像只有東格知道這個略帶隱祕的私事。

已經徹底忘記到底是誰的主意。特定冬令季節，天微亮陽光還沒出現的清晨濃厚迷霧裡，當五分仔車鐵輪變成小孩們約定讀書背誦課文內容的聚集地點時——一個個穿著厚重的外套，爭相哈吐著白霧的口氣——它就能即時轉換成大家爭相搶占的臨時座椅，成為支撐吸收知識的身體台座；相信那些時候它的冰涼沁骨轉換而來的刻苦能量，所匯聚成的效果是截然不同的，讓人提振精神元氣之餘，也讓人惕厲體魄的強健，更會留下一種記憶中的超然強度。

那種隱微的高度自然有別於它平日在華格家後院裡，無人關注漫無目的的生鏽、變色、無處滾動。

西格：「有時候還真的會無意識地逛到華格家後院裡無趣地踢它幾下，注視著它實際的無序滾動呢。」到底事物的有用與無用是何區別？

能夠自在地分享生活動態裡的諸般瑣碎，可能添增的必然會是互相的認識深度與信任感，而不只是外在的生活物質交換。生活上的不便給能共享的事物卻也可能更為廣泛，如果不是土地能自然湧現或者自主栽植長出來的東西，就可能是自家製作充滿誠意溫度的手作物，要不就是大家都極容易取得的民生必需品，隨時都能互通有無。能夠與親愛的鄰居們分享的物資——或許更是非物質性的來往感受——一種無法隨意尋得的互相依存感吧！

一直貫穿在哈古棯、美玉與旺枝伯、菜嬸仔這一輩的兩戶鄰居之間——歐吉桑、歐巴桑一直是哈古棯家小孩們對於華格父母尊敬的親切稱呼——是有著古意又能惜緣的好鄰居關係，這甚至能讓年齡相仿同念女校的阿娟與華格都成了莫逆之交，好到能邀請一起泡湯的鄰居，就成了冬季裡的特殊風景。

西格家儘管是老宅院，哈古棆與美玉的日本時代成長背景，總是會讓他們試著想辦法讓自己的家庭生活盡可能舒適一些，而且是一種貼近日本文化下的生活舒適感覺。其實，他們也真的不懂什麼是中國式的舒適。一輩子能遭遇到的都盡是些移植而來中國式的封建遺緒，只會更深沉地讓人陷入不必要的難堪與遺憾！因此生活上，在單純洗浴功能的舊浴室裡，哈古棆與美玉很早就設置了一座冬季專屬改良日式的檜木泡湯池，它還連結了一套簡易的燒柴鍋爐好用來不斷添加柴火，保持檜木湯池裡的必要舒適滾燙溫度。

它在季節裡的使用方式，其實也是個人與裝置物之間有趣的互動性表演呢，哈古棆的反覆叮嚀聲總是不厭其煩地伴隨著季節熱氣的飄蕩著：「為了湯池內用水的乾淨，不論是誰，每一位泡湯的人都必須先在池外將身體以香皂清洗乾淨才可以入池哦！」

池水的溫度隨時都在變化著，因此當水溫過熱時，便需要先關上鍋爐的小鐵閘門以減少空氣流入，讓柴火緩慢悶燒即可。其次，從旁邊的大水缸舀起冷水，憑感覺喜好隨機選定池內的位置倒下幾瓢冷水，池外微顫的身體才得以從加了冷水的地方溜進池內，好適應周邊不斷升高溫度的包圍，接著便不敢隨意亂動的享受熱氣的全面蒸騰、放鬆舒適。當溫度不足時，則只好逆著次序盡速離開池子，自行趕緊變身為鍋爐添加燃料的顧火者，重新開啟小鐵閘門自行斟酌著趕緊增添柴火，好確保自己下一輪的通體舒暢。

也就是所謂：自己要泡的湯，自己顧！

儘管浴池的量體不大，成年人舒服寬敞地入池只能一次泡一人，幼年小孩子擠個幾人應該不成問題，但它的確是一座非常有表情變化的島嶼檜木泡湯池。小孩子們很顯然是喜歡幾個人一起擠著泡的，雖然泡湯本來就不是他們的日常文化，卻是冬天例行帶來一起泡在熱水中吱吱啊啊嬉鬧的無限樂趣。多少還是會被這種文化的舒適所感染。

冬季一到，兩家人總會很有默契的互相招呼來依序輪流泡湯，這成了每逢冷冽季節天候裡的敦親睦鄰儀式，大人小孩都歡迎，更是熟識鄰居間的最佳交誼活動。當然，還有屋外那一柄永遠快樂陪伴著所有人一邊泡湯一邊冒吐著輕快白煙的歪斜泡湯池煙囪呢，真舒適！

註釋

89 《勇士們》（*Combat!*）是一九六二年美國電視影集，Selmur Productions製作。同一年，《勇士們》成為台灣電視公司播出的第一部國外影集。

其來有自的古早生存學。持存的漸進強度是生成存有的基本要件，如此便得以驅動生命全體在向度上的擴張並且獲致最終撐持生命的韌性。

幾乎沒有例外，它們都是從細碎的生命底層開始起伏昂揚，慢慢顛簸攀爬出一切的可能途徑，盡可能都讓它們成為現實。儘管，背後是完全難以等待的未來。

二〇一九年底，貝爾納．斯蒂格勒90來關渡「妖山」訪問的時候，曾經提到：「人類與其他動物的不同，在於人類是沒有質量的生物。人類必須要不斷地去尋找質量，也就是他們的命運，他們的時間，他們的生成。」

這一切無非都是基於存有的理解：「是強的，並且成為強度」（être intensive, et devenir intensité）。

蔡井是井姑仔的本名——出生在島嶼西部海峽邊上靠近海口地方的貧苦人家女兒——與哈古棯並沒有實際上的血緣關係，命運的因緣際會，純粹只是那個艱困年代裡社會生存的常民寫照。透過柳仔林地方上姻親的輾轉引介，陪嫁哈古棯的母親素柳夫人來到陳家的十歲隨嫁婢，依約十年後屆齡雙十年華時，便可以自行決定回去原生家庭或者由素柳夫人幫忙婚嫁。

當時，與井仔一起陪嫁來到陳家的隨嫁婢其實還有另外一位叫作喚仔，則是來自東邊番路山區的小孩，可能是小時候長時間營養不良，來不及長大，十六歲就因病過世。

這樣的人生因緣使得井仔與哈古棯成為關係頗為親近的家人——終究哈古棯出生後，井仔在相當時日內也正像是個姊姊一樣幫著素柳阿娘一起照顧過、一路看著他長大——井仔於是成為哈古棯的姊妹當中最年長的一位。不過，姊妹之間個別的巧曲私密，哈古棯並不會跟自己小孩們特別強調，甚至從來都刻意不提。他總是知道人世間每個人各自的出身與際遇都無法由自己決定；很多的人生都被客觀環境驅迫著而成為什麼，實在沒什麼好比較。無論如何，人生遭逢的曲折運命，某些方面他自己是極其慶幸的！因此，一直以來厝內人互動之間，大小細隙也就都是很自然的叫著井姑仔長、井姑仔短的，反正就是自己的家人，相待上完全沒有什麼分別。井仔對待所有的弟妹以及後輩也都非常的周到甚至帶點老實的客氣，一如她早年服侍素柳夫人，那多少都更像是母女之間的關係。

至於，小孩們能夠知道理解更多過去的來龍去脈，都是成長階段以後的事了。

井仔隨素柳阿娘嫁來陳家待到二十歲時，素柳依約詢問她是否想要返回原生家庭，還是要由她來安排她的婚嫁未來？

十年來因為寄人籬下基於必要的信守承諾，井仔鮮少與原生家庭有太多聯繫，這被迫的生疏其實她也深知那根本是回不去的哀怨，一切就都只是命運——適當時離開海邊的故鄉，她老母交代過她要開始打拚走自己的人生路——她更擔心忽然回去原生家庭，會為他們帶來不可預知的沉重負擔！加上素柳阿娘待她一如自己家裡的小孩，一路帶著她接觸很多人生虛實、看盡起伏百態，讓她儘管未曾受過教育卻還是能因此有著自己對於事物道理的定見。

的確如此，井仔自然希望可以留在陳家，由素柳阿娘安排她的後續人生。

經由家族多方四處的打聽，素柳的娘家柳仔林三妹家裡，有個忠厚老實黃姓的遠房依親長工樹仔，工作認真品行又好，也算是自己人，後來便結成了這門親家內的傳統姻緣。

交往期間，兩人都經常會相約去maru鐵運轉店附近的國民座看歌仔戲表演，這種相同的生活文化喜好讓兩人更加確定終身的互許。

井姑丈與井姑仔為人都飽含著十足鄉下人的率真與質樸，毫無城市儈氣，與人互動相處也都極為謙和、融洽。那種至真的氣度有種根深於土地很踏實生活疊層的重量感，是能對西格有實質召喚力的，一步一腳印的扎實一點不虛誇。生活裡的壓力也總是夫妻兩人努力默默承擔，印象中似乎從未回來大宅院老家公開求援、訴苦過，生活的苦痛總由自己面對、處理，非常堅韌。

在後來的日子裡，哈古棯能力許可的情況下也盡量善待井仔的小孩子，作為大舅，他能關注的事情總希望多少也能有一些實質的幫助。遇到家裡有難解的重大事情時，井仔儘管年紀稍長，多少也都會回來找哈古棯參詳、聽聽他的看法、意見，畢竟輩分上哈古棯是這一廂的大哥。

井仔與夫婿阿樹仔也總會在不同季節農作收成之餘或是節日鬧熱，邀請哈古棯一家到溪仔底鄉下走走，共聚一堂。或者，偶而零星收成些水果蔬菜什麼的，帶回來大宅院與哈古棯家人分享！因為從年輕時，哈古棯就是以自己家人對待她，及長並無二致，就是一種自己厝內人的方式，這讓井仔很是感念。但整個大宅院家族內可就不見得一定是這樣的看待，多少都會帶點鄙視的把她看成下人、甚至是外人，這顯然也是令她更懷感於心，強烈對照著大宅院內諸多現實的不堪。

「印象裡頭深刻難忘與井姑家的互動，完全是因為他們的家就坐落在果園裡頭，那跟幼時經驗或者說某些非現實的想像若合符節。從小一直認為人就應該像動物一樣生活在長滿各種食物的林子裡頭，讓自己自由而且寬裕，就算自己不吃，別的動物也能夠得到滿足！」這是西格的大氣想望。

「我就經常像是回到一個熟悉地方那樣自在，睜大眼睛便能觀看著所有未曾認識的農鄉事物。實質上吸引我注意力的，莫過於小時候每年盛產時節去井姑仔家採摘釋迦、楊桃，特別環繞屋子周邊的都是些不同種類的果樹，而且都是台灣的在地原生品種。個頭雖然都不大，但是每一種水果的獨特香氣卻都異常飽滿，嗅聞起來沁神開脾，清爽宜人，濃郁香氣自動夾帶成記憶的封包。自己採摘的吃起來味道更是令人難忘，愉快直嵌心扉。」

井姑丈農務退休多年後，在一次熱心幫助年紀老邁九十有餘的獨居老鄰烹煮粽子所引發的意外火災事件中無辜喪命，一輩子善良待人且熱心助人，卻在如此的志工事務上結束生命，的確有種乖張難言的戲劇性結局，那年他也已經八十五歲了！

註釋

90 貝爾納．斯蒂格勒（Bernard Stiegler, 1952-2020），法國當代哲學家，解構主義大師德希達的得意門生。二〇一九年十一月曾受邀至北藝大妖山大師論壇。二〇二〇年八月六日，突然間心因性疾病去世。

以拋擲作為湧現。根本就是從小循著自己都無法進入的理解才臨時發明出來「地景管理員」的就地想像。一系列的工作職稱都因為在地的地緣關係所致，特別是對於俗稱「巡山員」的「高山巡守員」有著工作上非分的浪漫奇想，那無非就只是對於人際交往之餘的寬鬆妄想。當然，百餘年來島嶼山林相繼歷經被殖民帝國及外來政權荼毒掠奪與人為盜賣的真實慘況，年幼的西格幾無所知！

想起年輕時，曾經閱讀海德格[91]《林中路》（*Holzwege*）裡「林中多歧路，而殊途同歸」的奇特異想：返回到遮蔽和遺忘已久的存在本身，那些內容就是走在返回之途，那條人跡罕至之路上的某些記號：「存在於藝術之中來呈現，存在被遺忘，世界沉入作為對象結構的圖像裡。在路徑上不時能夠指認：藝術的本質是詩，而詩的本質就是真理的創建。」

西格與出生地環境之間，是否真實存在著什麼特異超能的科學關聯，確實不得而知；或者需要經由更玄奧的地磁導引、宗教輪迴、神祕色彩沉降，才足以文化地召喚它們的內在連結？所有形上世界的可能牽扯，並不容易在大宅院裡找到什麼具體的痕跡或證據，有的恐怕就盡是直觀裡的通透吧！

洞察事態的天賦未必就一定能推導出任何穩定喜好的發展方向，但的確是足以讓人從小就非常喜歡植物、各種品種以及不論層等的植物——儘管沒有特別的學習也無家人從事農務工作——倒是有機會能夠長成大樹的任何種類，都能打從心裡感到欣喜莫名。好像它們都是他的同類一樣，家裡在他小時候就已經有了一棵碩大的蕊莉欉，以及一堆盤踞在牛蛙池上繁複雜亂的絲瓜棚，池邊的菜畦以及宅院裡四處散置橫生的木瓜、香蕉、蓮霧欉……日後各種包括家人與他所拋擲栽種出來，意外湧現的雜樣植物們。常態上，宅院裡只要是閒置得空之處，便處處都能有著不同風情的些許綠意。

會以「拋擲」這麼隨性又散漫的描述為名，或許正是宅院裡受擠壓生活環境另一番閒逸解放的鬆散回應，不過也就是傳統生活空間場域裡的縮張特性，是直覺驅動的根本反應。生命型態的許多湧現都計較在微觀或巨觀的縫隙裡恣意蔓延，它們被拋擲的各自飛行弧線全都在機率的錯綜之中，才足以生成各式的變動曲率，任意迎向隨時揚起的風沙成為回應可能萌芽的機遇落點，緊接著還要蓄勢待發的接取足夠露水或雨水的浸潤孵育以及熾熱陽光的適時照臨，生命才得以真實燦爛地開啟。

大宅院裡有著非常多細碎小區塊土地與畸零角落都生成著各式的植物，當中許多的它們，其實都只是被隨手無意間拋擲迸發出來的生命現實。這一切的無意拋擲難免讓人有種權力範圍內諸物皆從的大宅院式的氣粗風俗。

至於圍繞生活環境周邊的林管處、農業試驗所，順著林森路沿線的木材集散場、鋸木工廠與木材行……甚至往東邊稍遠一點的植物公園，在童年的認識陪伴過程中，都曾經帶給西格心智上極大的自然植物療慰與激發。

他一直是清楚的感覺著，人該如何回應植物性生成並且知道那種來自大自然點滴的知性陪伴，永遠都將受用也會陪伴他一輩子。

日後西格才要漸漸發現，原來自己的父母親都是善於栽植植物的綠手指，特別是美玉！

「阿里山線—北門火車站」也就是日治時代的「北門驛」，是阿里山森林高山鐵路一九六〇年代在沿線上的正式名稱。儘管在宅院裡經常就能聽見半公里外或者更遠處火車經過的悠揚聲音，那可是真的燒著生煤炭、冒出濃臭黑煙的蒸汽火車。雖然西格也常在北門鐵道維修機場周邊閒逛、漫遊，那股與火車必然會同步出現的氣味他是非常熟悉的。但是西格六、七歲以來，卻還從未真的搭上前往阿里山上的燃煤蒸汽火車，只曾與遊伴們偷偷登上停滯在機場外成列的待修列車上，一起想像胡謅著阿里山上的美好，因此他總是夢想著或許有朝一日能夠去到那裡的山上，一窺高山族[92]的究竟傳奇。

只要與阿里山有關的事物，怎麼樣就總會自然地與植物扯上邊。因此，這些周邊場所對他來講就成為巨大尺度的遊戲場一樣，每天都能自由自在的進行著各種無謂的觀察與無盡寬心的感覺，面對不同植物場域的轉換，一切的無目的性卻都可能成為日後決定生活路徑的重要因素，儘管沒有人說得準那將會是什麼。

對西格而言，這些支撐深度記憶的場所雖然各有不同切入點的深層衝擊，卻有著極為一致的植物垂直性生命強度核心以及層次百發的水平舒張、橫雜生成。

其中，屬於農務單位的農業試驗所園區，位在民權路底、林森路上、忠孝路的中段兩側沿線以及與植物園接壤的中山公園，應該都是西格在緩慢空間裡消磨並且度過最多時間的地方；那種步調是極為舒緩的，不會明確地感受到時間的即時在場，因為心裡並沒有任何能夠成為催促的緊迫力量，只有無知的越界心情足以時刻地驅動自己。

進去農業試驗所範圍內可要非常小心，基本上它並不是對公眾開放的區域。只不過因為並沒有太過於機密的實驗室，也因為庄腳都市人的一貫純樸，時間一久也就沒有了準確的門禁；除了主要建築物進不去之外，這樣的戶外遊戲場對西格來講，的確真的夠大。

連試驗所位置很裡面的不知名野溪——肯定是輾轉聽來的小道消息——讓西格也曾騎著腳踏車與玩伴們前往探險。停藏好腳踏車後，循著遮蔽樹蔭下高反差的泛光徒步進入隧道般的樹廊裡，像是刻意小心翼翼冒險正在進行著獨享的程序，不需要被容許但也必須敏感謹慎地睜大眼睛，以免被所內巡查的管理員發現，招惹不必要的麻煩。

那次探險最大的收穫，西格這才知道，原來山上的野溪裡頭不只會有魚、蝦，也生長著許多的螃蟹——其實是毛蟹——而驚訝不已。會有這樣的反應顯然與美玉因為擔心會有寄生蟲，從未讓毛蟹出現在家裡的餐桌上有關，不論來源如何！

農業試驗所的區域內，事實上與很多相關單位都接鄰在一起，因此很容易會有種單位占地遼闊的錯覺，這對小孩子來說反而沒有什麼值得計較的，越寬闊雜沓越是有趣好玩。特別是民權路底，農業試驗所隔著馬路對面就是日治時代即設置的城市植物園，區內盡是參天古樹——是島嶼上大小城市之中僅有最壯闊高聳的森林公園——每株大樹旁邊都立了塊實木說明牌，像是個超大型的戶外自然教室。季節變換時，公園內的色彩就會跟著有很大的變動起伏，每天的光線投射自然也即時地扣和著極大差別的不同角度，就像有人時時刻刻在調度著燈光的細微變化，好盛情歡迎每位到訪的遊歷者。

如果感性教育的全面啟迪該要能夠親臨某種現場甚至綿延在某種場域之中，那麼如何懂得選擇生活在一個尺幅規模適中的城鎮，肯定是感性人生的重要起點。

嘉義公園占地遼闊園內的林相多樣、色彩變化萬千，很容易便令人心生奔放想像萬千，是逸離現實生活不愉快的散步首選地方，在地人日夜都愛往這裡來。因此，這個地方自古以來就是藝文愛好者寫生作畫的夯熱地點，像是知名的台灣第一代油畫家陳澄波、郭柏川、廖繼春[93]……以來，都曾留下多幅膾炙人口的經典表現性作品。百年公園年代久遠讓林樹更顯不尋常的高聳——錯覺裡像是阿里山下到了平地，趁機搖擺著它的森綠神氣——動輒數丈、十數丈高度的林樹，陽光不易直接照射進來，林中總是非常清涼舒爽、溫度宜人，氣度與氣味同時讓人頓生崇敬又心曠神怡。但是，到了傍晚時間就必須盡快離開，否則等天色暗了下來，不止溫度驟降，除了黯黑，也就什麼都看不見了。交替的另一重世界也會跟著隨即上場，只剩幽暗氣息中與萬眾生物共同吞吐雜多反覆的起伏蟲鳴。

西格曾經參與過幾次小學前來集體戶外寫生，心情竟然是緊張不已，可真是內心澎湃又充滿幸福感的難忘活動。感覺對了選定地方，或許自然就會知道該在哪裡坐下，待一坐定就會有股無形不斷催促著讓人憑著直觀、呼應著感覺落下線條、添賦色彩，熱切融入情感的森林氛圍；配上林下的蟲鳴鳥叫聲、幼孩們的嬉鬧……人與自然的混成都能即刻轉化成聲色扣人心弦的繽紛；四季的溫度變化更見證了這一脈以來整個鄉下城市公園的眾款風情。

數十公頃的樹林裡面，存在著既可感又不可見跨時代沉潛的諸般生氣，型態各異的林木已然交會成層次複雜的綠脈，配合著季節輪替可以被感知的亞熱帶特有溫熱，籠罩每一位到臨的有緣人。

「阿里山線—北門火車站」離西格家宅院大概十分鐘不到的腳程，是所謂隨時都到得了的周邊。一九一〇年代，北門驛的日式檜木建築被凝固在它過去共和路底的輝煌裡。一九七〇年代末替代的鋼筋混泥土新北門火車站，則換到了鐵軌另外一側的方位上，出入大門移置至忠孝路上。時至今日，兩個車站都還健在，分守著阿里山線鐵道的兩側，連結成一道歷史璀璨的時間軸線對照拱門，鄰近分布著許多林務局不同部門的單位，整體的變動不大，特別是靠近林管處端北門街上日式木造的高階公務員宿舍區。

社會開始思辨本土主體性認同的轉換時期，北門火車站、宿舍區旁忠孝路圓環中心，突然矗立了乾扁的岳飛銅像，但也就在社會激烈轉型發展之後，像是難以回絕意識型態之亂的從圓環中心又以一種從未存在過似的窘境，被移置到了馬路旁邊。本身單薄的塑造表現技法，看起來就狀似難以再守護那經常變動、缺乏忠誠如台灣社會的政治性起落，岳飛那無關嘉義地方的忠孝隱喻一旦貼牆而立，從此便很難再被看見。

彌堅不摧的入山之門，老北門火車站是座日式風華的純島嶼檜木建築，超過一世紀固守著共和路底的空曠，這一片廣場曾經是十數個世代人潮沉靜停留的轉換空間——從這裡出發才稱得上是正式前往阿里山，一切都留影為憑——出了車站往右手邊，循著一路的開闊穿越忠孝路，接著往南直走一小段遇林森路右轉，到吳鳳北路再左轉，幾分鐘內就能抵達西格家的大宅院，走路全程大約不到十分鐘。恰如一般人理解的狀況，最接近家裡的地方可不見得最為熟悉，西格也不例外，只是他的熟悉方式與人不太一致，他總會岔出經驗之外，一股腦躲進自己的異想世界裡面。或許不只是安全上的顧慮，哈古楡年輕時對家庭的允諾，讓他對小孩總是照管得很嚴格，但是西格也總有辦法，運用自己有限的靈巧，盡力地擴展著他能夠從想像而出的世界尺度。

在西格心目中，他的大宅院範圍其實是超出建築物本身許多倍的，不存在真實界線的問題，而是在到達每一個角落裡，哪邊能夠形成最大關聯感的極致，那個地方才可能是他尺度裡的隱在界線，這是他天生的靈敏，自然包括了所有他所能及的遊戲區域，無形中虛擬了一面極其壯闊又乖張的腦內地圖，他總是知道每一次該要怎麼走動、如何巡行！不過，他當然也不會隨意就跨越那道不可視見被禁制的虛擬界線，特別是哈古楡曾經提過的地方。

只是北門驛站前廣場中心古時候的那一棵台灣欒樹，不知何故，早已經不知去向。

二〇二〇庚子年初秋，西格透過大姊阿華央人特別從台東朝日之處取來一株約莫一米高，稚嫩的蕊莉欉，希望有朝一日它能在島嶼北海岸，長成向陽的夢中之樹。

註釋

91 馬丁．海德格（Martin Heidegger，一八八九年九月二十六日—一九七六年五月二十六日），德國哲學家，在現象學、存在主義、解構主義、詮釋學、後現代主義、政治理論、心理學及神學有舉足輕重的影響。

92 大航海時代開始，島嶼歷經數百年荷西、明鄭、清領、日治、國黨等異族統治，原住民的族群名稱被狹隘地簡化成清朝時期的「番」：被政府統治同化者稱為「熟番」，未被統治同化者稱為「生番」。日治時期，稱原住民為「蕃」或「高砂」。國黨政府則稱為「山胞」。這些不同時期的名稱均帶有濃厚的歧視含義，是被刻意汙名化的符號，而且，都是由統治者自行決定的稱呼，原住民族完全沒有決定自己族名的權利。直到一九八四年，台灣原住民族權利促進會發起正名運動，至此「山胞」才正式更名為「原住民族」。

93 郭柏川與廖繼春都是與陳澄波齊享聲名，具代表性的台灣第一代油畫家。

終於到來的阿里山首遊。原住民非志願的現實隔離感開始納進西格的認識視野之中——儘管還不甚清楚那是被刻意簡化過的誤讀甚至是有意、無意的嘲弄——但是，西格從來也不覺得原住民的種種是外在於他，充其量就只是整體被刻意有距離孤立著的山上存有。

不是因為口音腔調，完全不是！也不介意因此會有的嘲弄或者鄙視，甚至帶點惡意的冷酷批評。在那個時間裡的眼睛更大、皮膚更為黝黑，但是也可能更蒼白，因為結果必須要能夠自然回應祖靈的光，以免夜裡看不見了路，白天裡也將困難發現Kawas[94]的身形。

更多的是一種固在的歆羨，它的規模就只是不斷回到人的尺度，試圖重新回應存在萬物的永續。

這個首遊阿里山的完整過程與細節，都因為山上之後的小突發事件而稍稍自動褪了色彩，變成冰冷略帶黑白的不連貫成像。阿里山的整體印記於是顯得有些飄渺甚至虛幻起來，只剩下搭乘蒸汽火車上下山徐緩的慢速、繁複曲折與極富變化的過程是相對有所銘刻的，而且還充盈著物理海拔層次亂錯感的非線性記憶，非常神奇。上山後，還能有真正清晰內容的片段，也就都自動轉成了圍繞著小事件的網格狀碎片。

應該是西格剛念小學二年級的寒假。那年冬天的溫度一如年末季節的常態，並沒有任何氣候異常之象。哈古椬與美玉領著大女兒阿華、東格、西格一行五個人，結伴搭乘阿里山火車上山小度寒假。不甚熟悉的寒涼溫度，每個人的心情卻都是高亢地熱烈與雀躍，特別是西格，總算可以一圓從小夢想前往阿里山的願望，前一天夜裡是很難安穩入眠的；一想到是搭乘招牌燃煤蒸汽火車上阿里山，更是興奮莫名，連熟悉的濃臭煤煙味都自動溜進了當夜崎嶇的夢境裡。

大正元年（西元一九一二年）嘉義至二萬坪鐵道正式完工通車，全長六十六・六公里——十一年後哈古棯出生，直到一九八〇年代初期，前往阿里山森林遊憩區唯一的交通方式，就只能搭乘阿里山森林鐵道的兩款客用火車：阿里山號與中興號。當時的公路系統只能抵達番路鄉觸口附近，再往山裡面去，就只有在地內山人開墾專用俗稱產業道路的羊腸山徑，一般人很困難進入，整個山區的系統也還相當破碎，沒有對外開放，根本無法有所謂公共交通上的聯通運用。

上山的動力火車設備都還是日本時代遺留下來，屬於美國製的 LIMA 牌 Shay 式直立燃煤汽缸，就是真正道地冒著濃稠黑煙的蒸汽火車頭[95]。那的確是一種怪異且不尋常的獨特氣味反應：燃燒遠古化石所飄散的濃臭窒息味道，卻充滿陣陣襲來厚重又化不開地好聞幸福感！

金屬摩擦的吱嘎聲顛簸著火車車體的明顯節奏，一路上左右不停地規律搖擺，偶而還要加點不可預期的前後凹凸感震動。略微打開上下閥式車窗紓解還不存在空調車廂內木頭質地的氤悶，路程裡的氣味也隨著火車逐漸移動而有了細緻又明顯的激烈變化。從北門車站小市街很快便穿過郊區，屬於鄉下分明獨特的動植物分子都一併快速地打開味蕾的試探。

先是通過各種涵洞、平交道、扁平橫斜或立體交叉，一段明顯數十分鐘長度的線性爬升，便直白地擺脫了塵世的喧囂，旋即掠過翠綠的樹青味以及水氣的緩動瀰漫。穿越木造鐵路橋，復又像是頭野地裡剛甦醒的巨獸竄梭滲滴著泉水的山洞、往復、循著森林的氣味逐次改變高度，溫暖的陽光忽而穿透樹梢忽而隱匿無蹤。火車開始依著舊時Z字型鐵道設計，來來回回極為猛烈地交錯往復，感覺像是在某種沒有盡頭的鐘擺裡一直不斷的來回擺盪穿梭，想要藉由這種往復運動溢出既有的地理輻輳空間，好似有種曲徑外的時間就會在另外一層的海拔高度上因而顯現——這差不多就跟同樣是在這個年代末期出生，日後將成為好萊塢國際知名的英國導演克里斯多福．諾蘭[96]在千禧年後拍攝的系列科幻電影著實相近——時間被扭曲迴旋，方向也跟著逆轉，空間因而生成嶄新的時間皺褶視域，整個人的過徑跟著進入既熟悉又全然陌生的異質空間之中。

阿里山森林鐵道乖張的乘坐體驗與想像並無二致，整體感受更是令人咋舌——難忘它最早是帝國用來掠奪島嶼珍貴林木物資的重要管道，搖晃與不舒適完全不在規畫的考慮之中——伴隨著一路上外部林相與氣候隨著海拔的翻轉改變：熱帶、亞熱帶、溫帶、寒帶。像是跨進一個巨觀的植物生態系統的開放博物館一樣，情緒溫度更是隨著高度改變一直旋轉記憶裡有限的認識內容，令人動容的劇烈程度，著實從未有過。

這樣的搭火車經驗令西格震撼之餘，心裡埋下的影響所能擴延的程度，應該連他自己都將難以預知！

班車透早出發，火車上享用過奮起湖的月台鐵路便當，待午後一整列火車的人最終抵達阿里山火車站時，明顯看得出來每個充滿期待的喜悅臉龐都已經敷上了一層阿里山鐵道獨有的煤灰彩色綠，搭配著整山的深綠層次，確實有種難以言說成為未來式山頂人的超脫感受。

不論那個後撤時代——根本都無法想像——自然也不曾有人會知道阿凡達（Avatar）[97]史詩般的科幻故事，將在數十年後的未來二一五四森態世界裡擬真蹦現！

上山時，兩個小兄弟身上穿的衣服，是美玉從幾年前親自編織現在卻已經穿不下的舊毛線衣，拆卸後經過繁複的浸泡、洗滌、陰處晾乾，等徹底乾透後再重新以手工毛線編織機雙工交互再次編織出來的新毛線衣。它們前後經過幾次綿密的清洗、梳理，每一條重新編織的舊毛線都經由美玉的手心輕觸捻揉過，因此依然輕盈蓬鬆，完全看不出來它們竟然是一再翻新的舊毛線。

先是憑藉著對聲音的直覺反應——不惱人的連續左右唰涮、唰涮機器往復咬合，次第收放的密合敞開悶脆摩擦聲，身體依偎站在日本製兄弟牌手動橫織毛線機旁的西格，目不轉睛地盯著美玉手部的細膩動作以及配合機器左右刷存進織每一針的節奏。整個橫列的金屬鉤針與另一排列對應襯著硬質塑膠包覆金屬鉤針之間，對峙的排列卻能共同生成綿延增生的織理，這讓西格若有所思，只是終究還是看不出個所以然來！

那一連串的連動機制都顯得非常的細小瑣碎，難以即刻看出整個編整的方式與機器構造之間的關係，的確有種複雜性是超過西格的年紀所能理解。他感受到的疑惑反而是機器作動的準確——規律地運作卻完全不脫針也不會重複，織出來的平面質感厚實中帶點Q彈蓬鬆的強韌，純羊毛的毛線外圍似乎都還透著色彩毛尾低調閃爍的亮澤，細微的光暈很令他著迷！

儘管純技術的繁複操作多少讓西格頓時失去了研究的耐性——什麼針法都看不懂，卻約略知道編織出來的毛衣會是有著立體溫度的人性——仍然覺得這是一台怪奇的機器，怎麼能光靠手部的左右節奏往復刷動就能生成毛衣？不論如何，他還是不時就會竄到閣樓裡陪伴著獨自忙碌的美玉身旁來幫忙，甚至是想要能看透一點什麼，或許哪天他自己也能織個毛衣！他很清楚母親終日忙碌家務還要趁空檔來幫他們編織毛衣，實在辛苦！

屬於毛衣平版的部分還可以仰賴橫織機，其他的不規則部位就都必須完全仰賴手工逐針才能勾連出預期的形狀，耗時費勁的程度的確很有文化的藝術感！

美玉花了大半年時間，手工重新織造好的毛衣，穿在兩個小兄弟身上可是一點都不突兀，配上較為合身的深色冬季運動長褲以及藍黑色帶點線鬚的圍巾點綴，那寶藍色舊毛線衣卻也顯得一如阿里山上的姊妹湖泊，含蓄澄透地高雅了起來。

儘管是只有兩天一夜的小旅行，一路上也由哈古椧拍下許多珍貴的黑白紀念照片，該看的景點也都按圖索驥地照著作為觀光客該有的節奏逐一到訪、拍照留念，花景以及來不及下雪的霜景全都入了鏡，好不快意；因為絕少有機會與家人一起成為觀光客，這種身分的切換畢竟也是哈古椧一家人少有的稀罕。

但是，作為自助旅行觀光客的經驗才剛起步，山上的交通與電訊原本就非常傳統——疲累繞圈的手搖式電話設備，訊號裡夾雜著不知道哪邊冒出來斷續歡騰、乍響的音量，像是首不連貫的山頂歌謠——加上不很清楚事前的聯絡與準備需要再三確認，因此一家人並沒有能在各種銜接環節的安排上有足夠細膩的處理，以至於到達山上當晚，住宿的問題便出了預期外的狀況。

哈古椧很是懊惱，事先預訂的阿里山賓館，竟然沒能如預期的可以有足夠的房間分配給每一個家人。

難道是阿里山賓館的生意太好有所疏漏而被善意的放了鴿子，心情上除了無謂的猜測，真相還是不得而知。

已經預訂，卻沒有足夠的房間可以提供給哈古檍全家人過夜？在冬季寒夜裡氣溫已經低於零度的冷冽國度阿里山上，極度陌生的鄒族祖靈更會令人膽戰心驚。幾經哈古檍周旋折衝，最後賓館經理自知理虧，騰出賓館員工預備的通鋪空間，讓給哈古檍一家人擠上一晚，他自己再去另想辦法度過淒冷寒夜。

印象中那是位在賓館後側的另外一個增建空間，並不直接與賓館空間相通，倒是比較接近飯店側面的廚房。但是，想著出門在外，戶外溫度又低於零度，好歹有個溫暖的室內空間可以過夜，任誰都應該不會再有任何抱怨才對。更何況隔天早上天未亮就要趕搭凌晨火車上去祝山站看日出，根本也沒有太多時間可以睡眠！將就著心裡起伏，期望即將相遇美麗盛名的天光景致，應該才是觀光客在旅遊中必要的難忘心情，其他過多的紛雜意見都很容易便得到妥協。

山上與平地的時間襯裡感覺有個不明差池的虛隙——或者無限掉落又或者持續短路——哪裡知道會有這些不可預知的事情連串開始！

隔天凌晨天還是昏暗的四點鐘不到，一家大小便呼應著整個賓館建築裡擾攘的人聲，起床準備觀看阿里山日出的現場大戲。西格竟然因為腳趾凍到發痛不斷間歇地嚎哭著；家人趕緊跟伙房經理要來一鍋熱水泡腳，才初步解決了這個突如其來的難題。忙亂中匆匆整理過後，大家便趕緊出門搭火車上祝山，好趕上最重要看日出的大自然匯演行程。

日出的太陽果然是依著季節表定的時程便出演了，可惜卻有大片烏雲罩頂，只能看見雲後灑布的橙亮光芒與積雲連續快速動態的閃現與局部幻化，含羞著好一陣子卻見不到太陽平日的縱情綻放，瞬間有種迅捷不能等待的生命永恆感即刻流瀉。就是那一個瞬間未能看見太陽的直接身影，只聽到山頭在場眾人細碎不斷的惋惜聲，以及西格在整個過程中不斷發出的腳痛抱怨、告警與低鳴。後來才弄清楚原來是前一晚睡前洗澡後，西格並沒有確實把腳趾頭擦乾，便累得上床睡覺並且腳掌習慣性地一直露在棉被外，一整夜下來使得腳趾有些輕微凍傷所致。就這樣哀號了大半天，等白天陽光確實出來後才逐漸平靜下來。對山上陌生的生活細節所引發的小事件與沒有能夠看見阿里山的第一道曙光分明就是無關的兩件事，後來卻怎麼樣都會變成西格心裡頭主要疙瘩的怪異因果。

這個造訪阿里山的難忘首遊完全沒有落在任何與山上鄒族直接攸關的內容上——反而是特出的溫度變化、是人移動之後伴隨著讓人要能坦然面對當下的生活處境——是以如此幽微婉轉的文化現實顯現它的不時在場。不過，此時顯然還不是時候為西格完整網羅一切關於鄒族傳奇的恢宏以及高山上冷峻純粹的生活美好；倒是先以一著令所有家人難忘的凍腳插曲揭開日後再次到訪的序幕。

他總是還小，山上有許多不堪歷史的過去，儘管原住民族也蓄勢待發地等待覺醒時刻，他們不會離開，會等著西格長大回來探索。

他還需要時間等待！慢慢開啟對於原住民緣起的熱切關注與對鄒族廣袤悠遠山巔步伐的歷史追

隨，這都還需要等待時間的到臨。

下一次的探奇，等西格再上阿里山時，已經是十幾年後他在陸戰隊服役的休假日子——只因為聽聞阿里山公路已經開通，心裡驅使著必須找個機會上山確認一切的森綠神靈是否安在。搭著縣營公車行駛阿里山公路上山，他唯一啟動的感官一如高山族的斥候偵察，一日來回的超微旅行並沒有要挽回什麼幼年記憶裡的阿里山壯闊，也沒有要彌補無法看見日出的失落！只是為了確認有朝一日還能有機會再回到這裡。儘管阿里山上並不屬於Kawasan的故鄉，但是他可能更想啟動的好奇心，卻是對阿里山上鄒族恆久的陌生想像：Koju-si[98]！

註釋

94 台東卡卡瓦山石山部落「Ka-Ka-Wa-San」就是「Kawas」的由來，意即「遇到鬼或出現鬼的地方」。卡瓦斯（Kawas）是阿美族對超自然生命體的總稱。儘管大部分的阿美族人已經信仰基督教，雖然他們的信仰和基督教已經巧妙的融為一體，但是卡瓦斯一詞對傳統的阿美族人，飽含不同的意義。卡瓦斯也是一個詞根，Kawaskawas 指的是一組精神信仰，例如宗教信仰。Cikawasay 是指精神修煉者／治療者／薩滿。Kawasan（kawas + an）指的是任何神祕的東西，尤其在當阿美族與外部接觸後，卡瓦斯也可以用來指涉外來民族，如漢人及日本人的神明、祖靈，及人的靈魂或是動植物的精靈。實際上，卡瓦斯這個名詞的意思是印度尼西亞／馬來語和菲律賓語中的一個神聖的地方，作為卡瓦斯的所在地可能具有更深的含義，並且這些可能都是同源的。

95 後來也加入一輛日本川崎（Kawasaki）造船製造以及兩輛英國的 Barclay 牌蒸汽火車頭。柴油式火車頭則要到八〇年代才會完整出現。分批逐年在一九六〇年代中期開始引進日本三菱（Mistubishi）重工的柴油機關車。一九八〇年代，從西德引進 O&K 牌柴油機關車。完整汰換成柴油機關車之後，蒸汽火車頭徹底走入歷史，不再做常態性的營運使用。

96：克里斯多福．諾蘭（Christopher Nolan），一九七〇年出生英國倫敦西敏，是英國導演、編劇及監製。

97 是一部二〇〇九年上映的美國史詩式科幻電影，為《阿凡達》系列的第一部電影。由詹姆斯．卡麥隆（James Cameron）撰寫劇本並執導。電影設定於二一五四年，當時人類正在南門二恆星系生態茂盛的潘朵拉衛星上開採珍稀礦產難得素。

98：鄒族語，意思是「他的心思」。

周仔與茂林仔。

那應該是已然模糊畫面裡該要有的分明時空刻度才對。不過，說起來就成了一堆或者一系列時間封包的膠囊狀事態，它並沒有辦法真的像時間膠囊那樣在沉浸長時間之後重新被打開，逐一審視、再閱讀、重新來點新的詮釋。唯一的可能就是逆反的持存：它能迴旋的就只是錯誤記憶被不斷打開時的試圖迴避尷尬，好面對即將到來而且可能會有失智危機逐次遞減的趨疲實態。

但這絕不是一道能被合法聲稱的正確記憶保存術，因為裡面已經完全沒有任何正確與否可言，只剩下「是」或者「不是」的僥倖；某種貼近法蘭西搞屎式（Çest oui ou merde!）的決斷，那更將是西格成年後要輾轉反覆比對島嶼命運的跨國現實。

戰爭過後必然留下的慘烈印記以及後續跟著不斷反覆襲來的強大後遺症，從來都不會是戰爭一結束，作用與影響就會自動跟著即刻終止。在戰後蕭條年代，空間地景裡不論是社會系統或運作機制，都需要具有足以生成有機解構的要件，才可能會有辦法開始逐步汰除戰爭帶來難以承擔的沉重陰影與實際的連鎖消極效應。要徹底排除這些既負面又空洞的生存干擾，時間的需求極為冗長難測——無論時間是如何的被空間向度所突穿並且加速——依著不同的事態可能是幾年甚至是幾個世代之久。

隔著吳鳳北路位在大宅院對面的防空壕或許就是這種時代意涵下的典型產物。這是島嶼在二戰高峰時期所建置的數千個防空壕當中的一座。直到一九八〇年代後期吳鳳北路拓寬時，它才隨著馬路同側的拆除工程，悄聲黯然地步下近代戰爭的歷史舞台！

倒是同一條馬路上大宅院那一側的房子，幾乎全部被時間原樣凝結並沒有太多變動。

時序勢必要不斷地退回去半個多世紀前的一九六〇年代，這種退卻僅僅是為了能夠盡可能清晰地看見戰後枯槁的生活氛圍，或者就是某種已經被徹底管制、封閉又無從比較，苦中作樂的知足日常。

大宅院所在的街區，就夾躓在北門街與長榮街之間的吳鳳北路上，兩側零落的店鋪位置，稀疏間似乎也沒有什麼空間脈絡可言！隨機地由自成一格的民居與商家散置交錯組成，沒有什麼現實需要驅迫著去理出它們相互之間質性上該要有的呼應關聯。不論新舊灰成一片是時代必然的氛圍，也沒有什麼耀眼突出的色彩，或許就都只是些生活必需的不起眼商家，依著遠近次序屬性比較醒目的分別是最遠處街尾角落的斜屋頂童玩攤子、跨兩戶之後的豆腐間製作所、販賣日常柴燒用雜木的小木材廠、防空壕、製藥廠以及販仔間旅社們，這之間自然就夾雜著少數幾間無名的單純民宅，但是並無法確知他們真實的營生之道。有時候伴隨人生存有周遭，時序中總是並存著難以釐清的感知黑洞，而且根本無從詢問起！

沿著宅院對面這些店鋪的同一側街區，再跨個馬路過去才是西格最常去幫母親買東西賺零用錢的「街角仔」那間老闆姓周的簳仔店雜貨鋪子，街區裡的人都習慣稱呼這個店為「周仔」，她女兒寶珠仔還生了極為罕見的三胞胎呢，轟動整個街坊！經常都是去應急購買些日常的家用小物，特別是與廚房工作有關的物品：醬油、鹽、醋、麻油……還要再隔更多間民宅的下一個街區，才是西格偶爾在前一個街角「周仔」雜貨店買不到，轉而會去的另一家位在「街頭仔」，店名叫茂林的雜貨店，「茂林仔」就成了對應的暱稱，店招下掛著一個臉盆大小醒目黑松汽水瓶蓋的扁平鐵皮琺瑯大商標。

這兩家雜貨店的價錢可是明顯地略有不同，街角仔「周仔」因為是美玉經常的首選，幾個世代間大家都熟識也經常帶著西格去，因此就算忘記帶錢還是能讓西格先拿東西回家；至於，街頭仔那家「茂林仔」儘管也認識但偶而順路光顧自然互動較少，美玉除非必要也很少刻意前去，作為哈古棯的老師娘太太，多跨了一個街區，有時候的考慮就是不太方便離家太遠過於露臉，怕影響了哈古棯在外面的清高正面形象。於是，家裡的小孩子幾乎都能扮演運送救急物資的走路工，特別是好教又勤快的西格！

舊時代裡的簳仔店雜貨鋪子，無論是坐落在島嶼的哪個地方，每家店都一定要備有各自私下祕製的「老主顧賒帳簿」，好方便大家手頭上的抽退。這種習俗只論親疏不管貧富貴賤都適用，藉以寬貸在地的衣食父母，給有需要時日寬限的主顧們最大的金錢調度便利。賒帳之後，有人按隔日、按週、初一十五的、按月定時結還的，也有不定時有錢再依著帳簿還錢的，當然也有少數是需要不斷催帳的老主顧；這些全都算是經營地方簳仔店雜貨鋪所要面臨的風險與額外壓力，耐得住人情世故的細微拗折甚至是拖磨，無奈轉嫁的酸苦，攏總就都只能頭家自己吞了！

不論去到哪一家鋪子，美玉都還是習慣一概不賒帳，她很清楚每個家庭的生活重擔都非常不容易，何況她身為老師娘更應該要有同理心。

時間一久，被美玉叮嚀著去採買什麼東西，西格去之前都還要精打細算想像一番；價錢的比較，能有什麼親民的折扣完全關係到他身為走路工的最終福利！

沿著馬路繼續往南的路徑便是籤仔店「茂林仔」雜貨鋪子，它的街區景致與前一個街區便有所不同，可能是因為它就位在縣政府後方不遠處，臨著隔壁頗具規模的西藥房，附近的氣氛整體都顯得嚴肅了起來，另一方面也是因為市街一時不可能會有激烈改變反而顯得更為靜態。

就是會有些分量其重無比的事物以它不可見又狀似不起眼的實存，不斷反覆地催促著可見的生成；屢屢回頭檢視生活最是容易看見這樣奇異的瑣碎景況。

由北邊街尾角落老夫妻童玩攤子往南過來幾戶就是俗稱「豆腐間」的豆腐製作所，它是街區裡至為重要的店鋪。總是不時地滿足街坊鄰居家戶生活裡各種豆製品的日常需求。豆腐製作所其實更像是型態上可被觀看製程的互動工廠，只是年代裡還沒有出現這樣的概念與市場機制，運作中的工作區終日豆香飄逸，水氣瀰漫中不難察覺，它其實是有一定規模的。

開放式的生產線上幾乎所有的器具都是由台灣檜木以及必要的白鐵材質所製成，因此還有著濃厚含蓄的日式風格，每個木頭器具似乎都被刷洗得異常乾淨、紋理清澄，買起來很令人放心。

不過，多少也難免因為日積月累持續運作而有了些嵌在場所與器具縫隙的豆渣垢，帶起像是豆類發酵的清淡凝酸氣息。還好只在特定的隱祕地點才嗅聞得到，並不至於無法忍受，反而更容易固化不介意者對這種獨特傳統氣味的追逐，要不就會是逐臭酸者的善意謊言了！

感覺起來它應該就是個家庭事業，整個工坊總是處在全家總動員的忙碌不已狀態，每日天未亮丑時一過即開始一天的製作程序，持續到中午過後下半天大約兩點左右，才會停止製作。完整製程都是可見的，蒸氣繚繞、亂中有序。整體空間感覺就是開放式工廠的雛形，只不過觀眾幾乎都是周邊街坊的熟悉鄰居。生活所需的各種豆腐製品這裡都能製作生產，時間一久，街坊們自然就養成直接到工坊選購豆腐、豆干、豆腐炸、豆腐皮、豆奶……的習慣；因此，每天特定的某幾個時刻，眾鄰居就會拿著自家鍋碗瓢盆來承裝富有日常幸福溫度的甘甜美味，毫不意外的排隊人龍竟成為每日例行的鬧熱景致。

營業時間內整天都能買到各式的豆腐製品，只是大家都愛剛出爐的新鮮香氣！當然，這個所在也是西格經常會光臨的地方，除了幫母親跑腿購買必要的豆腐製品外，就經常會在一時性起無端的興致下，跑過來觀看豆腐製品都是如何被製作出來；而且，一看就是好一陣子，裊裊煙霧中怎麼也看不膩似的。

當然，喜愛豆腐以及難忘黃豆的香氣，肯定是讓西格反覆愉悅梭巡的主要原因。

重力因素在動力不發達的工業初期，肯定是一切階段的關鍵運用程序與技術；並且巧妙地迴盪在與身體的互動關係之間。這種因素早已經維繫了人類幾千年的縝密關聯，只是時代的偏移發展讓這種關係顯得既是必然也越來越趨淡薄！

圍繞著西格家前後，除了大宅院後方與哈古梌打官司的「嘉義林商號合板公司」日常製造的十小時有感地震外，就屬大宅院馬路對面這個小型的木材廠，也能引發近距離才會有感或早或晚間歇性擬仿的微型地震。前者是已經進入工業化系統的輸出入口大資本製造，後者則還是滯留在農業生活相關的日日起火營生，這併同一起發生的現實落差全都進入了西格能被撼動身體的基礎認識之中。

這併同著人造地震程度的比對更是木材種類的認識過程：前者主要是來自南洋叢林的柳安參天巨木；後者則以島嶼自產的相思仔、龍眼與各式雜木為主。

這一前一後不同程度的地震擬仿，甚至都讓西格帶了點驕傲地每天與之抗衡，毫無畏懼！對這種現實年幼如他的無意識批判：地球震動本身除外，其餘不論什麼，都只是人弄出來的把戲。這恰如島嶼上的人——對於震動、搖擺與不時移動的深度熟悉——對於一成不變的事物反而普遍沒有太大的興趣！

年代裡還沒有太多專業的運輸與工作機具可以使用，從高雄港運到這些定點工廠的巨大進口原木或是周邊山區下到平地的經濟性雜項木材都是由一般的大型卡車載運——並且直接就由大卡車上以人力的方式，配上一柄帶有可動式撐桿鐵鉤的工具，幾個人一組，將木頭逐一撐滾下車——原木由卡車側邊滑落撞擊地面廢輪胎瞬間，一定距離內地動山搖確實頗有地震演習的具體效果。

熱愛觀看各種動態演示的觀眾西格，總會在開始震動的第二瞬間盡可能地貼近這些地方好看個究竟，感受那種能夠被他預期的特殊日常撼動。這種人造地震對他來說也可能是日常會出現的一種敏感的演練！呼應著打從心裡面的汩汩觸動，於是獲致了更具實證的體認。

倒是從小宅院前後的這種天天撼動，有時難免激起西格的衷心憂慮，到底會不會不小心就把大宅院房子給震垮？小木材廠邊的防空壕能抵抗這種撼動嗎？吳鳳北路會不會因此裂開？阿里山會不會滑流、離開？

是意念生成器、感知生成器、觀念生成器、策略生成器更是總體性創造的生成器。一九九〇年代，西格出版的人生第一本創作文件書裡，就有著抽象、粗略關於記憶中他幼年專屬「防空壕策略」的具體描述：

漸行漸遠的昨天以前與忘卻當下一起留置的黑暗，完全漆黑，
散布關於投注策略氣味的呼吸，經常刻意感覺成是人類考古學現場的最後選擇，
但它卻不是死亡的羅織。
於觀念上的聲稱，
它狀似被囚禁並試著與自身對話作為起點，
物理本能令它不知所措地浸泡在及膝的乾澀雨水之中，
留置一道線狀水漬刻痕在它的動物痕跡裡，
恐懼戰爭的挖掘轉成懵懂無知的躲藏：從小便是無名個體保持靜止的主要場所，冥想則是後來的通俗。
成為固定的身影插置在水深及膝的雨後防空壕裡沒有絲毫動靜，
高舉的雙手因為走動的姿態而略微向前，
狀似投降可是卻沒有任何後續舉動？
屬於人的軀幹整個沒入在滿布逆光的深邃黝黑，如發光體般。

如此固著著保持如此的安靜，
防空壕裡只有稀疏微弱光線遮掩了水中的封閉映影，
那樣的三維不再是理論架構中能夠陳述的物理驗證，
曲伏著接續了視覺無可描述缺乏光線的空間，
面臨第一次絕對化的人生空洞。

它能被開展的正如它的外觀造型般隱祕，
就著所有動作凝結可能，
在每一個下一瞬間，便觸動了超過認知或理智的波動，
靜默著、逐漸發出聲音，掩住不明就裡的無助和恐懼，最終倉皇而逃。
清楚的是壕外現實世界也同樣的烏黑一片，沒有太多真實光線，
我將因為年紀太小沒能跨越過在洞外樹旁的大水溝，
踩空跌坐在以木板釘合的克難覆板上。
安靜始終是被察覺著伴隨每一個動作，
而且全部都是黑白式的靜止影像，
壕中的回聲激起了黝黑空洞中幾絲不怎麼明亮的彩色。
雖然色調不若與防空壕接壤的製藥廠藥罐子上標籤顏色的鮮豔，

卻是最直接而真實的即刻顯現並且依然沒有讓冥靜感消失。
意念的反覆迴圈更加速空氣裡一切的停頓。
這其實無關乎任何一種傷口（blessure），
期間縱然真有某些流瀉的黏液，
頂多浸濕了衣服，並不會驚動安靜的延續。

年齡與記憶都緊密地跟著冥靜而成為六〇年代策略的一部分。
如果記憶猶新；那麼，在我們的那個六〇年代，
普遍的策略：漫步回家，不語。

防空壕大量出現的年代，它們的形式外觀多少都必須要考慮每一個設置地點的特殊需求，才能回應它被賦予的消極功能。大宅院隔著吳鳳北路正對面的防空壕是個形狀略長、四邊帶點傾斜角度、圓稜角的長方掩體——多少像是個巨型饅頭的型態考慮卻沒有人知道為什麼。前後兩側各有一個油漆成深墨綠色，長寬一米左右的鐵皮材質厚重出入門，掩體大概有六米長、三米寬、凸出地面的高度約一米半，外表看起來就是以鵝卵石、水泥疊製敷塑而成，是戰爭年代裡典型的輕型碉堡結構物，等級非常的一般。

掩體上方莫名地長出了一些常見牛筋草、糯米草、鼠尾栗、狗牙根以及不知名的島嶼原生雜草，像是刻意混亂地偽裝著時代的集體焦慮與總體的荒誕不堪，混雜一旁的小石頭、碎磚塊也帶點

局部裝飾性地呼應著參與了這模擬的戰爭場景。這個光怪陸離的所在，早已經是街坊小孩子主動據為己有的另一個渾然天成的「天台遊戲場」；生活在苦悶年代裡很少會有狀況外的大人去干擾他們。

緊鄰著位在防空壕後方規模不大的製藥廠，門禁卻似乎比起閒置的防空壕還要更為森嚴不堪，始終讓人不得其門而入。感覺總是刻意與周遭鄰居保持距離，只有在防空壕入口側邊隔著車輛通道旁的藥廠辦公室，似乎才感覺得出來，這個小藥廠有種隱蔽式的神祕，儘管的低調但是生意應該也做得不錯吧？有個算是相當正式的辦公區，越正式才會這麼地排外，完全不理會街區的小孩子，也完全不能接受小孩子的任何好奇窺探。

防空壕的斜後方就是藥廠紅磚正門的位置。隔著防空壕與藥廠辦公室相對的另外一側，就是小木材工廠的露天堆置區。在這之間竟也圈圍出了一片像是中庭院子的開放區域，地面是土質的自然鋪面，這又讓小孩子多了一處可以遊戲的地方。在它們之間靠馬路一側倒是長了株高大的雀榕，還能適時地給予遮蔭，因此頗受孩子們歡迎；只是樹蔭也多少照臨在藥廠的入口處旁邊，讓藥廠更顯得不張揚的低調。

自然地，只要有一方土地，上面就能出現很多輪流在此玩耍的小孩彈珠孔，而且那些泥地面上的小洞構作，竟然有種被琢磨出來的光滑堅實感，感覺似乎可以永久地使用下去。

緊鄰著神祕藥廠辦公室的另外一側，就是連著兩間看起來非常古拙老派的販仔間廉價旅社。為什麼會連著兩間？可能都只是外表不甚起眼但是生意卻是有實際需求的，因此至少要有兩家競爭好滿足市場需求上的理解。要不，它們也可能根本就是同一個老闆的經營策略，思索著藉以隱蔽所有人的平實判斷。這裡也正是早年陳通經常會越過馬路來與人泡茶交際、搭訕聊天的處所，的確也做成了些機巧的生意，多少幫忙養活了一整個宅院大家族。

這兩間販仔間，一間叫作「嘉賓館」，隔壁一間則沒有正式名稱也看不到招牌，只知道老闆娘叫阿靠姨（靠仔）。聽說大部分都是內山人，也就是住在很山裡面的鄉下人，來臨時租宿的。「嘉賓館」如果客滿了，自然就會住過去阿靠姨那邊，薄利多銷經常都是客滿，生意並不難做！

絕大部分的房間租客，都是從阿里山鐵道沿線車站下山來到市區採購生活所需，辦理些日常貨品回去山裡面託售、轉賣賺些差價，或者把自己的山產與市區商家以物易物做交換、買賣，不一而足。總是大包小包的成堆、成捆物品，但又都不至於大量到需要特別的載具或卡車運送。於是，有一段期間販仔間前面就經常停靠了許多老式的野雞仔計程車，各種美國大型四門轎式旅行車，前來數人頭叫客，看似普通計程車，卻全部一律都是無牌非法營業的私家車。異常醒目的一九五〇年代美國大車，造型霸氣有致、圓頭翹尾的還帶點討喜的銳角、色彩俏麗層次繁多。但是一加上開它、坐它的人，感覺又充滿難以形容的華麗衝突感。說真的，塞進一堆皮膚黝黑山上的鄉下人與一堆色彩各異的生活雜物，只往特定的上山路線開，的確是一種非常令人驚訝、讚嘆的日常奇觀。

城區馬路上一般自動車輛寥寥可數，在鄉下一般可也沒有在嚴格限制乘載人數的，也不管人或物一直往裡頭塞、塞到不能再塞為止。或許，其中許多人還因此結為親戚呢！只是這些車，應該都是韓戰後期、越戰美軍協防台灣先後輾轉的遺留物，所以當然也都不是特別的新穎，亮麗中總是帶點老舊氣息，但是卻仍然能輕易的吸引每一個人的目光。不論誰看了，有機會總也想搭乘看看。

西格竟然說他與美玉搭過一次去竹崎拜訪大姨，是真的嗎？還是他又在神遊日夢？

至於那兩間販仔間雖然是傳統廉價旅社，許多的老舊內裝卻都是由在地的檜木材質修造、製作而成，年代雖然久遠，空間的擘構其實還是相當迷人，簡單味道中有種老去不掉的熟成氣息。

櫃台就設在最前面外圍的側邊，一般都是開放式的，所謂的旅社門口其實也就是以六片前後疊置續接的木製軌道橫移式拉門的門片來區隔內外作為啟閉的象徵。每天凌晨，一大透早都要以人工方式將它們一片一片按次序拆卸，深夜打烊前再顛倒次序逐一安放回原位，將它們以直式立鎖連結在一起。但是，總也會留下最後的半扇門片是半掩的，以備任何半夜裡不速之客的入住需求，直接搖醒櫃台內躺椅上守夜的值班老闆好隨即登記入住。

那時，入住旅社一定要詳細登記個人戶籍資料與身分證件，好隨時提供檢警調等政府單位的巡查與事後核備。

六扇門片，白天放置在側邊牆壁的巧妙夾縫裡，以至於平常除了一片洞開，根本看不到什麼真正的固定大門，意味著它們不大的大廳總是每日都完全敞開，對著所有人的到來，表達完整熱情的歡迎光臨。

比較令人猶豫的，或許是它的常民美感吧？地面磨石子的淡綠配上淺紅花色與必要內部的簡易裝飾性，終究都還是有著鄉下人可愛的俗豔。房間內部空間，因為需求也因為民風緣故，尺寸都不大而且只有簡易的床與小桌子，光線也不甚明亮，燈具一律都是由天花板電線垂下的燈泡座，配上瓦數不高的鎢絲燈泡，搖曳中的確是有幾分返古的客棧態勢。

主要的房間都設置在二樓，上去的樓梯就落在櫃台的左側方便進出，形式與西格外婆家的那一座很接近，但是尺寸加倍，全檜木包覆寬幅的扶手階梯，走起來還要發出木材特有唏响、唏响的舒活聲音，很有感也容易即刻沉入普遍的熟悉之中，免去了客人住宿陌生空間的不安。

一樓，當然也設有少量仿日本高架開放式的通鋪，提供給願意更廉價隨意一眠過夜的人來租用，價錢自然更為實惠。不過，無論獨立房間或是通鋪，浴室都位在一樓後方的共用澡堂，只分為男女賓部外，完全沒有隱私可言。

如果直接住進北門車站附近的旅社，價錢肯定就會比半公里外的這裡再高一些，因此「嘉賓館」的生意相當受歡迎，算是盈滿興隆；阿靠姨接鄰的販仔間生意也不遑多讓，幾乎日日客滿。

與宅院同一側的整個街區門面排列就要更為稀落平靜了！與對街童玩攤相對的幾間不甚起眼的連棟民居之後，接著就是福音教會、橫跨了五個店面的大宅院立面，再來是前身曾為蚊帳工廠與短暫教會的永福被服廠，最後再連著幾間的民房。感覺這一側就是以日常生活常態為主的齊聚，早年並不被青睞作為店面的設置。不過以道路的風水來看，儘管是吳鳳北路尾段，卻也是屬於龍邊的吉地啊！

大宅院對面這一段參差不齊的連續聚落，總會讓西格念念不忘，不只因為是實際距離的靠近，更可能是它們有著極為特別質性記憶的差異配置，那有點超過一般理智能有的判斷，就只能理解成情感投射的一廂情願。

也可能就是幼年西格站在大宅院門口，不到一米身高看向外面時標準視角的可能全景，幫忙他立下人生第一道視野的尺度意義。整個街區忽然之間就能連成一大片，而且是以一種略帶咖啡色調的黑白影像連續浮現；時而個別旋轉而出，展示了它一直以來徹底被忽略的細節，時而又加快映影的速度，讓這一切更顯得有距離感，像是怕被看透什麼。

隨著光影的變換閃爍，提供某種幼年成長的開啟方式組裝西格腦袋裡未來的獨有格式。盡可能試著讓它們遠離只是視覺的錯位記憶！西格不確定預先這麼講是否會讓這個事情在時間之後產生不可逆轉的延遲或者無法再修正。

顯然它們是以一種趨近於空間化群集羅列的持存影像，進入了西格幼年的記憶庫之中，一直影響著，而在後來的生活歷程裡似乎不再容易發現有這樣異質性記憶勾連的空間群集配置，並且具體回應著幼年有限尺度的多樣性與感性密度。

或許，西格並不是哈古檜家唯一飽受這種影響的人，但是，他們相互之間的確從未討論過。

B to C 的緣起。僅止於個體移動的微型經濟，資本的概念也仍然處於萌發階段。沒有相應系統建置，沒有供應鏈結，還沒有黃頁，更沒有自由開放媒體也沒有傳播途徑，沒有虛擬的絲毫連結，更沒有網路的即時互動批鬥、叫囂訐罵；任何觀念形式、樣態的機器都還沒有被發明、組裝起來。原來半個世紀前意識型態的整體空洞替代了一切現實的荒蕪。

所有的初階生成，都還只能是透過大量時間交疊轉嫁成為勞動力，然後再提呈，成為可以被生活認識的內容，它才可能開始貼近商品化的初階起點。反倒是生活的物化概念，根本就已經悄悄地預見資本化將會走成後來的樣子。

該是沿街叫賣行色匆匆的各式小販要輪流出場了，從陳通跨越三個世代到哈古棯甚至是西格的生活現實。商品化與資本的概念都是日治帝國資本遺緒的廣泛沿用，加上後來黨國的國家型計畫經濟，一切受管控的機制都還非常初階，並且併同著傳統慣習在生活裡混成著推進。

對於從事資源回收小販來說，勞動力只是天生的成本實在難以計列，但是藉由資源回收而來的每一分毫卻都是外加的盈餘。因此，原本就是個資源極其匱乏的年代，許多資材更是島嶼無法自己生產，回收生意的來源大概就成為途徑之一。或者，怎麼樣它最終都只會是文化問題！

「一開始，就是流動著兩種分明又截然不同聲音表現的文化風尚在引領著生活底層的準確回應。一種是所謂『台灣、本土式』，藉由廢棄罐頭、回收腳踏車內胎、粗鐵線、竹片、細木頭或竹柄等材料製作成的手動搖響器。發出的聲響提醒所有的人只要聽到這種連續咧咧咧噠噠噠、咧咧咧噠噠噠的鏗鏘聲音，不需要特別叫喊，就能知道是買賣破銅爛鐵、收購書報紙張廢字物、各式可回收生活資材的小販與人力車（Liaka / Rear Car）[99]來了，大部分都還能換點銅板、零錢花用。」西格像是有無數經驗地快速補充著說明。

「若有成交的話，很多時候也都只能獲得一坨小販憑心情從隨車鐵桶裡現場圈轉出來大小不等的麥芽糖棒，來作為以物易物交換的基本慰藉。這便是另外一種所謂的『中國、外省式』，也就是以各種不同中國鄉音叫喊著破、銅、爛鐵節奏的資源回收方式。」有些叫賣得很好聽抑揚頓挫、充滿表演性，極容易引人注意招來客人，有的則鄉音濃重到非常奇怪的聽不懂他到底在買賣些什麼，只覺得那樣如何能夠謀生。但總會夾帶一種因為距離聲調被刻意拉長的悠揚穿越感覺，甚至帶點無畏悲戚的遙遠陌生，聽到了總不免會讓人徒生想探個頭出來看看的衝動；這種的話，經常都沒有金錢交易，或者很多時候根本都成不了真正的生意。

「但是，為什麼從來都沒看過原住民或者其他族群的人做這種行業？」西格不改心裡面一貫的好奇。

「應該是生活文化跟習性都不一樣吧？生活上如果需要大量仰賴人造物質程度越深的族群，這種回收問題當然就會越多！」哈古検只能盡量以老師的口吻謹慎地模糊回答著西格質疑的表情。其實，他也並不清楚原住民或其他族群文化間的實際差異。

倒是改裝後車架的載貨用腳踏車，綁載著木頭桶或箱子，裡面看起來是鋪蓋著小棉被、被套與外罩——它們顯然都是由美援麵粉袋所縫製的各式套件——獨特地四處兜售純手工自製饅頭與大餅的攤車。間歇饅頭、饅頭的叫賣聲伴隨著腳踏車沉悶的鈴鐺，多了一道生硬的陌生層次！還沒有太多人知道什麼是山東饅頭與大餅，所有的扎實感與小麥香氣都需要品嘗過後才能體會，一時之間肯定還不屬於島嶼的真實存在。

「較早日本時代是無這種攤車！攏是二戰之後才開始出現。」作為老師的哈古楹似乎從未交關過任何攤車，他的沒有太大興趣是因為這樣的雜務，宅院裡就是會有人主動處理，難怪他不清楚！一開始西格是不敢買的，只因為整體的感覺都非常陌生，甚至帶點說不上來的害怕，語言不通也不知道要如何跟小販打交道。需要等觀察的時間夠久，邊看邊學，知道也聽習慣是什麼東西之後，才敢開始試著買來吃。才逐漸知道了外省人生活的基本小物，似乎也是另外一種庶民的美味！後來西格還特別心儀那種扎實有嚼勁的山東大餅。

常態的物資缺乏也就意味著時代現實處境的極其不堪，獨裁封閉化的社會系統諸種建置也還停留在相對單一甚至帶點簡陋、遲滯的發展狀態。因此仰賴各種人力支持的生活文化就顯得特別直接、憨厚又豐富有趣，所謂生活越艱苦人就越熱情！攸關政治的戒心除外，人的真誠交往互動於是便成為完全無法被化約的基本形式，各種落差時有所聞，儘管吵吵鬧鬧，卻是無人能迴避的生活現實。

那位靜默簡約的日系木屐豆花伯，其實是個青壯年紀體魄算是很不錯的中年人。喊他「伯」，是因為他具有高程度職人的氣度，頗令人敬重。他總是大約在傍晚時分日頭剛落下的時候，便會來到吳鳳北路與長榮街角之間，停頓駐足在不影響交通又容易被看見的轉角處，季節性地每次出現的時間都不至於有太大差異，這是為了給各種年齡層老客人方便的一種不言自明、自在相遇與打招呼的做生意方式。體貼靜默地自動傳遞著足以一代傳一代的交易默契，也就會是那種能夠成為文化內容的生活質地。

豆花伯的長相，根本就是那種三船敏郎式[100]的摩登風格，有序短髮配上臉頰兩邊也留有髮鬚鬢角，刮除滿臉鬍子後帶點綠鬍碴的潔淨臉龐更顯眉清目秀，總是穿著白色的乾淨汗衫配上某種類似日式的深色寬鬆褲子、腳上蹬著軟襯底的深棕色木屐，低沉清脆不擾人的木屐撞地聲替代了屢屢重複叫賣的辛勞，輕快中讓他精神抖擻，像極了戲劇或電影裡面走出來的主角人物，但是難免也令人揣測著他是否武功高強。年輕帥氣的木屐豆花伯。

其實，西格從來就一直懷疑著他到底是不是日本武士還是忍者所喬裝？難道他會是戰後留在島嶼的日本人？

他的攤車是檜木製雙大輪推車，充氣的橡膠輪胎走起路來輕悄無聲，木質的部分都洗刷得乾淨異常，以至於木紋清晰可見，還帶點洗刷過度的毛刺感。最有意思的該是他隨車推載把手上的兩大桶水了，右邊那一桶是第一道洗滌，左邊那一桶則是第二道洗滌，兩桶水中都各置入一片厚木板漂浮桶中，以避免桶中的水因為推車的移動、路的崎嶇讓水噴濺而出。生意上與老顧客們和善的互動，適時地都還能在街坊間隨處補充乾淨的用水呢。

豆花伯賣的豆花，完全出自他自己循古法手工製作，用料實在、白皙綿密、豆香濃郁、滑順Q彈，很是耐人尋味，非常輕易便能讓人上癮。一般都要加上幾瓢白鐵製盒子裡的焦黃糖水、煨爛花生……提味增香，夏日時節甚至還可以選擇加點粗冰。一概自製自售，沿街販賣，算是西格最喜愛的一個流動攤販，因為它也是唯一一攤沒有叫賣聲，而是以特別的時間感以及默契場域來凝聚各式主顧的流動人力攤車，更像是一群沒有年齡、性別限制的跨社群聚會，這點倒是很先進。只要時間一到、感覺對了，大家自動都會輪流出現聚集相遇，買家賣家不費一語，微笑相見歡！不過，主要都還是不等年齡世代的男性才會圍繞著攤車一起配嘴享用。

此外，還有賣雜細、寄藥包……如果法國最具代表性的觀念藝術家馬歇爾・杜象[101]在一九三五至四一年的「手提箱盒子」（La Boîte-en-valise）作品，是值得近代藝術世界的歷史關注。那麼，在差不多同一時間島嶼的日常生活裡，正演繹著一種從觀念到生活日常實踐的行動百貨車：賣雜細。那或許也就是現代化先驅巴黎華麗前衛莎瑪西坦百貨公司[102]行動轉制的微型化比擬了。

可千萬不能低估，清領時代後期出生綁小腳的女性，不論二戰前後依然還是非常困難出門購物，難以滿足生活上的個別需求。賣雜細這種時代的產物，顯然極盡創意地彌補了封建宰制生活的不便！

基本上，那就是一種配備有腳踏車輪子的可移動玻璃櫃裝置，本體是由木結構與玻璃所構成。簡單講，就是把一個玻璃櫥櫃裝上一雙大輪子推上街、到府服務顧客的概念。玻璃櫃內擺置了基本生活最需要的百貨用品，可以是女用的胭脂、粉餅、針線、鈕扣、拉鍊、甚至是日常的明星花露水、香皂、身體清潔用品。一般生活的基本以及細膩需求大概都能被關照到，特別是女性喜歡的小物與私密用品。這種服務到府的選購，避免了很多性別有關的時代歧視、尷尬與難為情，因此很受一般家庭女性的歡迎。

當然，還有更微型的小販，則是以扁擔肩挑的流動方式販賣著送貨到府的體貼，用心謹慎地填補著購買者的不便與不時缺憾。那是透過一支扁擔來連結左右兩個單元，每一個單元的立體玻璃木櫥櫃都有約半人高、一呎半見方來盛裝展示這個激進的補遺功能，隨時現身非常便捷，它就是：微型人力行動百貨站；完全就是每次一對一饒富人性創意的流動生意。

說穿了，也就是微型、極小型百貨商店移動到你家，任你方便、舒適選購的概念。所謂「雜細」之意實在不難理解。而這種販售者，也一樣配置了一種可以發出獨特聲響的樂器，好適時低調地召喚它的客戶們出門光顧。它是由小面皮鼓來擔綱這樣的號召作用，「咚咚—咚咚、咚咚—咚咚、咚咚—咚咚」似乎都是雙面雙數連續敲擊，控制著時而連續時而間歇、時而加速時而緩擊的節奏。鼓面的喑悶響聲，讓人得以既不引起騷動也不受干擾地輕聲出門選購，帶點含蓄內斂的呼喊韻味，功能卻是十足地顯著。

倒是各種聲音的直接辨識，在在替代了那個苦悶年代生活中的精神性說出，話語暫時沒了自由的角色，只餘下時代被迫的肅靜與木訥。

至於寄藥包，則純粹是醫藥保健衛生系統建置還未普及、交通運輸系統也還不發達之前的社會梗概。既是一種生活文化的必要權宜，也同時是一種方便身體生理照護的有機配置。彼時陣，人力當然是最經濟划算的成本，因此總會有藥廠整合的最基層業務員，不分城鄉遠近，每日走訪分區的街坊人家苦口婆心地來推銷。將內置各種調配好且針對身體不同生理狀況、基本疾病可能會需要的成藥藥包，依序羅列成文字或圖案，圖文並茂地標示說明。比如畫一隻大蝦咬著一隻烏龜就叫「蝦咬龜」；「蝦龜」也就是俗稱的哮（氣）喘。發燒：冷水袋下印著一把火，退燒之用。至於，拉肚子：則是一人彎腰雙手捧腹，解肚子痛。諸如此類，以免誤食；來提供給任何地方可能需要的人。

它創發的善意幾乎跨越階級、族群、語言、文化與教育程度……唯一相近的就是對待故恙的身體無法及時就醫的困境。待一段例行的巡迴檢核時間之後，再分別來補充或更替藥包，當然使用者就得依實際的使用情況，按時支付一點低廉的費用來贊助持續這個系統。稱得上是島嶼最早期民間自主版醫藥保健系統的雛形。

若說半個多世紀前，島嶼就已經是個宅急便生活全面行動化的年代其實也不為過，差別只在於它是非電子或虛擬式，而是人力實體的到府服務；透過每一種到場的親切服務來即時解決現實生活的困境。生活中的細微需求似乎都可以直接來到你的生活場域跟前，像是魚販、肉販、菜販、水果販、補鼎的（指鍋碗瓢盆補釘）、移動式小吃攤、點心車、百貨行……只要有一定的基本生活需求，每一種行業的在地流動都是可能的，而且一律都是實體到臨的客製化服務；潛在地同時建置著現實底層的生活互動，那也正是準確標誌著獨特年代裡，人的尺度所意味著對社會系統的理解與價值。

特別是魚販、肉販的車裝設置，型態上既務實又簡練，並且先一步地完全吻合半個世紀後世界將要追求的環保永續。不清楚這種先鋒式的影響也是從日本文化而來，還是原本就在島嶼原住民的文化傳演之中。小城鎮礙於保鮮技術的傳統，也沒有什麼科技應用可言，只能仰賴縮短距離與加快速度的整合方式來確保魚貨或豬肉的必要新鮮。因此魚、肉販大概都是生活在附近街區的人，以木製的扁櫃：長約八十公分、寬約五十公分、高約二十公分的保存櫃來暫時保鮮。存放水產類需要在扁櫃內底層先放入一層鋪上米白色素胚布的大冰塊藉以降溫；肉類則置放在櫃內芋頭葉裡避免剾風。具有暫存功能的木櫃，一律橫向裝置於載貨腳踏車後方貨架上來妥善固定，成型車裝。

木櫃的使用方式頗為精巧，需要先提起上半部後方木盒開口，往前翻轉成水平展開成為臨時墊板，好方便切割處理客人購買的魚貨或者豬肉。秤重時則是使用相當傳統、古老的桿狀錘秤，靠著移動校準平衡桿狀物上的秤錘來確認購買物的重量。因此購買時都還三不五時要加演一些買賣雙方對於秤錘位置落點的爭論戲碼，不過無論買賣雙方演技如何地爾虞我詐，歡喜收場是經常也是必然的結局——真所謂歌仔戲照演之餘生意還是要照做，西格經常陪著美玉參與了這種充滿愉悅、具有日常平衡感的人生展演。

宅院大門外對面製藥廠辦公室旁的停駐點，就是美玉購買這類食物的固定地方。經常有著她一貫老主顧的挑剔：只管新鮮。因此，不甚新鮮的，攤車主一般都不敢隨意跟她推銷，甚至就只敢讓她選買那些夠新鮮的品項！

常常陪伴美玉攤車購物的西格，肯定就是這樣學會買魚的。美玉常常會用手翻看一下魚的鰓紅、眼色、外觀觸感，便碎念著放回原處，還會順勢數落一下「不夠新鮮」的老闆！

這種型態的攤車，腳踏車前面龍頭處，兩邊把手內側都會各置放一個草編提袋，一邊放著去梗切好的鮮綠色芋頭葉，另一邊則是鞣製過的靚鵝黃色細草繩，這兩樣自然物就是拿來包裝各式水產或豬肉的基礎材料，非常質樸地好看，也讓食物增添了犧牲生命的無盡光彩。當然，那是一個塑膠製品還非常稀有的年代，或者也必然會是如此。一般車裝大木盒內的魚貨或豬肉都不會放置太多，以免不好保存影響鮮度。每一趟出來沿街巡賣差不多快完售，再趕緊回去總鋪補貨出來繼續賣。因此儘管時代科技不發達，生活卻是迅捷方便，食物既新鮮、環保又令人愜意。在在都反覆確認著人尺度的侷限與生活品質的得以確保。

不過，到底該如何分辨是賣海鮮魚貨或賣豬肉的車呢？車裝會滴水的是賣魚貨，不會滴水的當然就是肉販了。

提起流動肉販提供的生活便利，便很難不連結經久擅場的傳統重頭大戲「牽豬哥」。它的裝備變遷就顯得非常快速，由傳統的簡單到追尖時代的繁複，甚至飛快一溜煙就消失在街區馬路上的展演，永遠不復再現。二戰結束後的相當時日內，吃肉並不是每天都能有的日常內容，最貼近大眾文化的豬肉，珍稀價高顯然還是具有它現實上的市場價值！

在時間充滿呆滯感的環境裡——好像什麼事都在等待著誰先去按壓啟動的開始鍵，並沒有任何事情會在公眾的範圍內有憑藉地自由出現——個別場景化空間卻全都隨機四散地逸出能聚眾的絕佳氛圍，讓西格從有距離觀看的觀眾變成屢次跟隨在街區小孩子嬉鬧隊伍裡的一員，領著種豬的牽豬哥仔生怕豬哥的驅趕被外力干擾，壞了他生意的進度，總是對尾隨嬉鬧的小孩厲聲驅趕不假辭色。有時候一哄即散，有時卻還會引發豬哥亂跑的突發狀況！

一開始，牽豬哥仔都是與豬哥一樣用走的，一前一後搭檔默契十足，牽的人手執細藤鞭條的一路在後面吆喝地唱趕著，有時抽打了一下歪斜不專心走路的豬哥，豬哥也會嗆聲的回應牽豬哥仔！一搭一唱就像是馬路上即時開演的一夥馬戲表演。技術好的牽豬哥仔甚至一次可以趕上好幾隻，但豬哥可不一定聽人的，一路四處嗅聞搖頭晃腦，讓牽豬哥仔的一路辛苦更顯得專業。

一般豬哥的體型都非常碩大，作為種豬這是必要的。在那個連人要吃顆雞蛋都得要遇上生病、坐月子、過生日特別的情況才能吃得到的時代，雞蛋卻早已是豬哥們平日的正常食物，如此才能確保它們的精力旺盛，口碑一出，它的主人才能生意滾滾。因此，儘管人們對它充滿戲謔揶揄，生活的優渥卻還是非常令人稱羨。

當牽豬哥仔開始騎上載貨腳踏車，腳踏車後面又拖著一台Liaka板車，板車上載著鐵籠子，籠中自然是一頭碩壯無比的豬哥。如此才得以加快工作速度跟上時代步伐，增加工作效能！這樣的改變也正是「牽豬哥」街頭大戲告終的預告。

一九七〇年代島嶼興起的加工出口經濟萌發為全球重要生產系統——合乎地緣政治邏輯下成為民生與基礎工業用品生產鏈的核心基地，台灣的養豬技術與工業化也異常快速地取得進展，繁殖技術的突飛猛進加速滿足市場的強力需求，也因為獲利頗豐，到處廣設各型養豬場。這樣極快速又全面的社會變動，哈古桖與美玉的世代肯定是始料未及，驚愕連連。

真的就是忽然不注意之間，便再也見不到那馬路上一夥「人豬」戲團的浩浩蕩蕩，獨留有趣難忘的歷史興味，一派好看的徹底殘念。

99 此為和（日）製英文，由金屬管與充氣輪胎組成之手推車，一開始是由歐洲傳入的サイドカー（Side + Car）改製，使用時常是人力在前拉車前行，或者安裝在腳踏車後，因此思考命名就以位置發想，放在「後部（Rear）」的車，以「Rear Car」作為假名表記與發音。

100 三船敏郎（一九二〇—一九九七），出生於日本租借時期的中國青島，是具有世界知名度的日本電影演員。

101 亨利—勞勃—馬塞爾．杜象（Henri-Robert-Marcel Duchamp, 1887-1968），美籍法裔畫家、雕塑家、西洋棋玩家與作家，二十世紀實驗藝術的先驅，被譽為「現代藝術的守護神」。其作品對於第二次世界大戰前的西方藝術有著重要影響，達達主義及超現實主義的代表人物之一，受立體主義、觀念藝術影響較大。作品多顯示反戰、反傳統、反美學。一九四一年，杜象整理他的三百多件作品並重製後，創作了《手提箱盒子》。

102 La Samaritaine 開業於一八六九年，由歐內斯特．科尼亞克和瑪麗—露易絲．熱夫婦創辦，到一九〇〇年夫婦倆決定擴大企業，於是誕生今日所見的莎瑪西坦大廈。目前為奢侈品製造商路易威登擁有。二十世紀七〇年代以來經營虧損，終於在二〇〇五年因為建築物不符合安全標準而關閉。

大同牌。通泛的感覺的確是經歷好長的一段期間，大同牌電冰箱就代表了島嶼生活與溫度之間的直接聯繫。在亞熱帶島嶼的溫度裡，它的普遍出現成為帶動生活方式突變的重大起點。

一九二〇年代哈古梲的世代正迷戀於熱力學急遽蓬勃生活實用的熱情，他們的所有進化全都傾向單一向度的發展方向：看誰有能力使用得更多、更全面。需要「降低溫度」顯然還是一個遙遠富距離感又有限之外未來他者的世代概念。

一九六〇年代西格的世界則依然忙於處理二戰引發的一切漣漪後果，普遍是面臨充滿動亂、跌撞、衝突與對立，更多的是無法形容、連續不斷的人類浩劫與人為災難，動盪的全球能源系統政治化、官僚細緻複雜化、機制擴充與逐步修正、退卻迂迴、轉向跨界……的轟亂世代。

冷戰與後冷戰貫穿了他們的世代，更把未解的「升溫」遺留給尚未被命名的以後。

從此，不論是更早或更晚的世代，都急切探索著如何解決降低溫度、全面降溫需求的暴虐現實。只是，這些顯然都具有超過大家瞬間所能理解的悠遠脈絡。

當過熱開始成為被討論的生活內容主題，進而成為生活核心議題本身，甚至成為要被審慎處理的一環科學的認識論、技術論、決定論議題。

彼時陣的這種對話，感覺上，根本都還塵封在遠古時代的想望裡，猶未及逮。

也就是一九六〇年代後期，西格家裡有了第一台電冰箱，而且就是當時市面上最受青睞的國產大同牌電冰箱。

那時候只要是購買大同牌的這一款頂級電冰箱，就隨冰箱贈送一大整套有著大同專屬商標的大同瓷器餐具組：裡面包括有，大盤子六個、中型盤子六個、小盤子一盒十個，配上大湯碗三個、中湯碗三個、大同瓷飯碗十個、瓷湯匙十支，再加上塑膠彩繪大同寶寶存錢筒一個，數量一大堆，讓人有種不確定自己到底是買了什麼的極致歡樂錯覺。

冰箱送來時，大宅院南廂房西格家裡感覺很像正在進行著什麼慶祝活動鬧熱滾滾，拆封開箱的時候，除了西格全家人連隔壁鄰居都像在參與什麼喜事而歡欣不已。一時間眾人的奇異興奮感覺，大家卻不知道接下去的生活會怎麼樣、該怎樣、能怎樣。冰箱帶來的感覺，竟然有種一時歡樂過頭的茫然，叫人不知所措！

在此之前，家裡就只有一個樟木製染黑漆的網面拉門菜櫥，一遇飯後未吃完的菜尾，就只會放進菜櫥裡，等著隔頓飯或隔天再行食用，如此善後也絕少出什麼問題。這個約略成人高的雙層木菜櫥很顯然匹配了一旁四呎圓徑黑鐵木材質可拆式的四腳圓餐桌，以及八張同色、同材質的圓板凳。當然，剩菜放進去菜櫥之前，的確是需要有些祖傳祕方的處理撇步，好確保食物不會因為放置過久出問題。菜櫥的四隻下腳，還蹬著四個深咖啡色，以陶土燒製中平凸、周圓凹的盛水碗腳，好一方面阻絕螞蟻等昆蟲的覬覦好料，一方面保持與櫥櫃整體搭配上的完整，頗為實用稱頭。

有了大同電冰箱之後，樟木製刷黑漆網面拉門的菜櫥很快就變身成為完整的碗盤餐具櫃，不再放入任何煮熟的飯後剩餘物。生活方式頓時的劇變，許多的細節與習慣的確也需要試著跟上變化的腳步，快速且全面地調整著。最強烈明顯的是：各種市場上販賣的食物內容與處理、展示方式似乎也回應著電冰箱的逐漸增多，讓人有種需要努力填滿冰箱的欲望衝動也就此開始懸盪在心裡；並且伴隨著學習如何在現代生活裡，一系列「降低溫度」的節奏與鋩角。

西格那時候的身高大概只有冰箱的一半高，常會無意地去打開冰箱門把自己夾在裡面，儘管門還是半掩著，卻是獲取異於現實溫度的絕佳取巧，那是一種短暫脫離現實極為有感的方式，置自己於異境的陌生呼息之中，有時的確帶點不期然的混合菜味，但終究還算是某種不需騰空的真實異境！只有那種例行的鍛鍊才有可能讓不可預期的百般念頭來到可預期的想像裡面。或許家裡每個人都有一套跟冰箱互動的獨特方式吧！但是這些各異的作為很難被認真看待，當然也不會成為話題，每個人都還是在索求著溫度的降低，與冰箱之間的互動模式都變得私密起來。

小孩子真能關心的，從此隨時都會有事沒事就去開一下冰箱納個涼、隨時有冰水可喝，夏季一到，基本上也不用再去街尾冰庫買剉冰了。冰鎮之餘的遐想似乎更是容留自己可以輕易跨越不同生活懵懂無知的良方，儘管就都只是些不著邊際的想像。

美玉一直沒有明講，但是西格心裡面總是惦記著：「很感謝博愛路北港車頭周快阿嬤對母親一貫的體貼！」

豪賭運氣。

像個技術不良運氣也不佳的賭徒，一直反覆的敗下陣來，這還真是糟糕！所有的賭局在開始前不都已經明白的宣告，輸家是每一個賭徒可能要面臨的最終結局嗎？現實的殘酷莫過於缺乏萬全的準備就敢上陣的豪賭運氣。

事實上，只有一種可能性才足以堪稱「賭徒」。它必須具備的基本要件：自我強力規訓、完善周全的心理準備與精神質素，以及反應靈活的智慧磨練。

此外，一切瑣碎都不再與賭注有關；注定成為屢敗屢戰恆心不輟的生活投資者。

哈古榕的個性，溫吞中其實是充滿了對各種事情都能投入高潛藏能量與嘗試精神的人。只要不至於會傾家蕩產的而且是令他感興趣的事物，再加上他也能有點餘裕的，就會想要在微薄的國小教職收入壓力之餘，盡量增補一點家庭的進帳。不過，過去的種種經歷幾乎是很難再讓他能有投注有限資源進行創業嘗試的勇氣了。重重疊疊失敗幻影的籠罩，倒是令他憶起在東京生活的獨特偶遇。二戰前遊學東京期間，緊鄰學寮宿舍巷口的隔壁鄰居是個同世代年紀相仿的九州人攝影師山本先生（Yamamoto 桑），與一般日本年輕人不太一樣的非常具有特立個性，他竟然去過島嶼也住過台北將近一年，還有一個叔父就在總督府裡擔任中階的公務員。因一次錯拿郵件包裹而互相認識交往，這種緣故讓開始緊迫的戰爭氛圍中有了些人際互動上的緩解，身處時代動亂之際，多少都還能跟他請教學習拍照與談論看電影的興趣。影像這檔子事情便這樣悄悄上了哈古榕的身，成為終其一生的生活陪伴。

有時候無法預期的際遇就是會依序發生——既非天啟也無關宿命——卻完全不知道緣由地，它就是這樣生成。

「剛開始是熟識的民族國小校友牙醫師李桑，偶然間知道我非常喜愛看電影與拍照的興趣，遞了張他的患者朋友遠東電影院曾老闆來跟他調頭寸的支票，問我能否出手幫忙？因為他對電影一無所知也沒什麼興趣，實在不知道該怎麼發落後續。在了解借貸情況之後，因為興趣加上金額不高，哈古梌覺得或許也是個不錯的嘗試投資機會！幫忙之後，不多久便輾轉收到一張由戲院老闆曾本親筆署名免費進出電影院的貴賓卡，多少算是沖抵借貸利息之外的禮貌餽贈。就這樣，那一陣子我經常在教完補習班的課後，騎腳踏車載著美玉去看晚場電影，也就這樣才逐漸熟識了嘉義電影戲院界的聞人曾仔本。」哈古梌述說著與電影院結下淵源的原委。

李醫師的這個偶然引介，在與曾仔本實際互動一段時間之後，哈古梌才決定參與原名國際大戲院的遠東大戲院一部分實際營運。遠東大戲院可說是當時嘉義市區深具規模的大型戲院之一，光放映大廳就有四個樓層，近千座位數的規模相當驚人。農商的封閉年代，根本沒有什麼多樣性的生活娛樂可選擇！看電影成了最普遍的大眾化娛樂途徑，島嶼四處城鄉都有著相當數量的電影院經營，也有著激烈的市場競爭！

電影院老闆曾仔本在嘉義市區同時經營著很多個戲院，因為種種營運脈絡資金調度的關係，接下來又陸續跟哈古梌調借了些錢；不過，之後卻無法如約定時間還錢，於是就認定哈古梌等同是投了錢作為遠東戲院的實際投資。幾經協調，雙方都同意日後「以票償債」的方式來處理後續的債務。

在此之前，哈古梌大概只有不具規模地飼養過烏骨雞、十姊妹鳥、牛蛙等農畜投資試驗吧。但最終總是幾無回報地回歸家庭的日常所用。這次他參與的副業工作則完全不同於以往——領域很不一樣，除了要有點錢之外，也更不需要專業——感覺上除了是參與別人的事業外，更不需要有自己冗長又辛苦繁瑣的生產過程！而是商品落地之前，將一定數量戲票進行票證加工、定期前往台北新聞局看選新片——這直接攸關市場喜好的影像劇情與美學選擇也實際牽動著戲院的業務營運——既是庶務也與他自己的興趣有著深度關聯，當然樂此不疲。而能否有更多實際戲票的販賣所得，好逐步來折減曾仔本積欠的債款，也是他熱切投入的實際考慮。

不過很顯然，這一切的努力嘗試都由不得哈古梌，市場的變化難料而觀眾的喜好也起落無常，他終究只能盡力而為。

那時候電影院能有的市場行銷宣傳，就只有電影院建築的幾個不同立面大看板、刊登報紙電影欄位的小方塊資訊以及由人力 Liaka 後座改裝成四面縮小版的電影畫報，配上電影音樂以擴音機遊走大街小巷，吸引好奇的觀眾上門觀影。

哈古梌：「我總是要多少考慮美玉的感受，家裡經濟狀況的調控經常都需要靠她！我那麼多次的業外小額投資，從來都沒有過具體的回收啊，這一次新的嘗試當然抱著不一樣的期待！」

彼時陣設有嚴格的電影檢查制度，去台北新聞局看新片都是一刀未剪的原始進口片，看過能正式成為在各地方戲院放映的院線片，才會由電檢處將不符合政治意識型態與善良風俗規定的內容予以剪除，也才准予公開上映播放。有的內容甚至因為牽扯過於複雜就直接禁止上映！整個看試映新片的過程與地點都令人有著威權管制的系統性驚悚。

累積下來的經驗更讓哈古棯老是想不透，這不過就是生活中的單純娛樂，為什麼要與政治牽扯如此的糾纏？

「幾年前的一部好萊塢電影《聖保羅砲艇》[103]，聽說大部分的場景都是在島嶼北部淡水河邊、基隆港取景、搭景拍攝的，大半年的時間裡許多一級好萊塢演員都住在淡水拍片，許多在地人也都去當過臨時演員，結果就因為出演的故事背景是中國內戰年代，內容不符獨裁政權的政治標準，最終全世界上片的時候，在島嶼內部竟然是禁止公開播映的。當時整個島嶼沒有人曾經看過這齣電影！」哈古棯像是報導小道消息般地說著這件古怪的事。

哈古棯一旦與曾仔本談妥償債的具體方案，分配到票證之後的人力加工很自然地就變成了哈古棯全家人需要協助的新事端，這個工作自然也只能在大宅院內的廂房裡來克難進行。

那一陣子先是遠東戲院運來一個大型雙門可上鎖的事務型鼠灰色鐵櫃，接著而來的是印刷廠送來一落落印製好疊置成捆的戲票半成品。票券分為兩種款式，每一種都是以本為單位，五十張膠合成一小冊；一種是普通票券，當然還要細分為成人票、兒童票、學生軍警票，依政府規定票價各不相同，另外一種則是完全免費的貴賓招待券。

鐵櫃裡早就預先放置了一個可以上鎖的灰色方形小鐵盒，裡面有著幾種遠東戲院的橡皮戳章與簡易工具：圓店章、日期數字章、印泥、尺、剪刀，以及票券的作廢章。霎時間，廂房客廳靠近通鋪那個角落陳列著大鐵櫃也就變成了臨時的電影院票券加工的所在，需要工作的時候，雙拉開鐵門鋪上一片木板即可隨時上工。西格也開始被邀請參與所謂的家庭代工事業，當然是擔任無薪童工的角色，那時候他是小學二年級，對於家裡新增的生活內容，還不知道可以如何回應也沒有什麼特別的想法，純粹只是覺得好玩又能幫上家裡一點忙，熱衷參與是他的本性。

那緊湊的過渡時期，放學回到家後都會趕緊做完功課，以便開始幫忙在票券上蓋戳章，每一張都需要準確無誤地蓋在規定的位置上生怕蓋錯，也才能體會會蓋不同的票券竟然會生出不同的心情；那是西格幫忙之後才不由自主發現的事情，儘管只是朦朧的感受，但是對他而言卻是種有點奇特、既驕傲又極度難解交錯的抽象。

西格倒是一直想不透，為什麼需要印製那麼多貴賓招待票券，戲院不是要賣票賺錢嗎？但是這絲毫不影響他繼續幫忙的熱情。因為在此之前，他的經驗都只有從戲院過高的售票口窺見票務小房裡的空間樣子、售票人員及內部擺設，於今他竟然有能力獨立完成票券本身的最根本製作，心裡有種說不出口既怪異又完備的正當性；甚至感受上，竟然有種小小的權威感似乎是這樣子油然生起的。

自此，好一陣子無論是天氣晴雨、搖地震、做風颱、季節轉換，跟隨著替換新片，哈古检一家人就都非常有節奏地看遍每一個檔次的好萊塢電影，那可是這個戲院主力的影片來源。儘管戲院就是個緊密貼合年代地緣政治裡冷戰意識型態宣傳的媒體孵化器，但這種道理對於哈古棯全家來講或許過於艱澀，而且也不是他們能領略或者日常會主動關心的內容。倒是這樣高密度的觀影經驗，二戰以降的近代好萊塢電影，全家大小都有一定的掌握，算是頗為另類喜愛看電影的家庭。

颱風天裡全家人穿上雨衣，騎上幾輛腳踏車互載著去遠東大戲院看電影的瘋狂行徑，讓整間四個樓層的偌大電影院瞬間變成家庭電影院的絕倫經驗；哪怕全院都只是老式的木頭摺疊座椅，四下無人充盈幸福感之餘，該也是絕無僅有的奢華家庭紀錄吧！

那年春天，阿華嘉商第一名畢業確定可以直接保送升上大專，準備著在暑假過後要去台北實踐家專念家政科；她可是哈古棯家第一個要念大專的小孩，假期間正努力在遠東戲院門口的票櫃賣戲票賺取學費，連阿娟都輪流排滿時間去幫忙。這個忽然之間成為全家參與的「事業」，持續了約跨年有餘，等票券問題處理到一個段落後，便也一如之前的其他小投資一樣地戛然而止無疾而終！

哈古棯也不曾對家人多做說明，到底是何原因結束了戲院的參與投資。

作為影像所能對應的內心存有，經常是有著說不出口的一連串巧合關聯。它們蟄伏在每一個被無意忽略、忘懷或者擱置的記憶陰影之中伺機而動，最終再現為超過它原有強度的實存。

「我常感覺得到各種意念都是可以變成可見的各種形象：它們常常先是以某種類似影像的忽明忽暗閃爍著多層次的灰階在黑暗裡跳動著，然後才逐漸明朗成像，才可能辨認它們到底與我有著什麼樣的呼應關係。否則便無法形成最後足以被確認的內容！它們就只會是飄蕩而過的任意念頭，與世界的任何存有都將難以構築實質的相互關聯，這可是生成具體影像的必要前提。」成長之後的西格曾經這樣地與哈古檜分享過他與影像的關聯，雖然哈古檜不一定能夠完全理解。

一天晚上哈古檜微醺地騎著腳踏車悄悄帶回了一把全木頭製的日本 Kawasaki 川崎牌軟式網球拍，鄭重地跟家人宣稱：「這是我結束遠東大戲院投資的紀念物，戲院老闆曾仔本特別送給我的。」

在他們的世代，大部分的社會中堅分子都是承襲了日式社交的文化遺緒以打軟式網球來交誼，而不是高爾夫球。

結束合作關係贈送軟式網球拍也頗為合理，只是一把軟式網球拍頂多再貴也就是幾百上千元，家裡也就沒有人再多過問些什麼，連美玉都沒有！的確，一柄全木質的軟式網球拍，並不會特別的引人注目。這把全木質軟式網球拍日後也真的一直陪伴著西格到高中畢業之前，改打硬式網球才停用。

那把木質軟式網球拍的價值，幾乎等值於哈古檜當時投資曾仔本電影院還餘欠的萬元新台幣，那可是一九六八年。

註釋

103 《聖保羅砲艇》（The Sand Pebbles）是一九六六年美國二十世紀福斯出品的電影，描述一九二〇年代美國海軍砲艇聖保羅（USS San Pablo）在中國長江的故事，改編自李察・麥金納的同名小說。主要演員有：史提夫・麥昆（Steve McQueen）、甘蒂絲・派翠西亞・柏根（Candice Patricia Bergen）等人。據聞大半年期間，拍片空檔，淡水有限的街道上經常可見史提夫・麥昆騎著重型機車四處兜風、遊蕩。

社會化的演練路徑。

怎麼看，上學都可能會成為很好的轉移藉口。原本就是對於陌生生物的純粹觀看，裡面有著許多宇宙紋路：不論是蟑螂還是鬣魚。遠古以來並沒有什麼進化上太大的變異。那不是特定時代才有的，那也不需要成年人特別的教誨；更多是直觀認識底下的必然。

適合西格的教育模式：整全開啟、形成個體性的鍛鍊方式、朝向思辨驅力的具體。或許這種樣態也適合很多沒有能好好在體制教育系統裡有效學習的人。

更多的微觀實踐：身體的、人化的、人造物、所有在地的混合、倫理與陌生萬物之間。

當念小學開始成為國民應盡的義務，便意味著島嶼的世代將能以完全不同於以往世代人的方式來理解島嶼從過去到未來的一切脈絡可能，包括自己身家的所有相關以及外在世界的各種差異樣貌：正確的、不正確的，正常的、變態的，一般的、特殊的……體制教育開始介入普遍人生的開啟——透過平權教育翻轉人生——不斷且全面地開展認知將成為生活的新常態。

西格只有剛開始十來天的時間是哥哥們領著走路去上學，以便知道怎麼去學校以及回家的路途狀況，小城市的尺度一趟路來回大概就五、六公里吧，難度並不高，而且走路上學就是對整個身體很好的全面性開啟。

「路是人走出來的！」比擬從陳通身上家承而來的訓誨，跨代到哈古梒或者更晚的西格，依然就是人生路的殷鑑。無論是在二戰前的亞洲、二十世紀末的歐洲、二十一世紀的北美洲又或者不時鄉愁式地回到島嶼，家族成員四處生活；隔代之間一路自主邁步依然是延續這個傳承不需要言明的內在聯繫，因為勇健的邁開步伐便足以看盡人生！

幾週之後，很快地西格就都是靠著自己的雙腳加上搖頭晃腦的一雙眼珠子，四處觀看地一路來回邁進學校了。偶而，哈古棯會主動地說他當天下班時可以載西格回家，那其實是他的不忍心一年級小兒子西格的真實心情，但是他絕對不會公開這樣子承認。那其實是以大腿後上緣腿肚、腳撐下緣的部位，雙腿橫斜同一側地坐在自由牌腳踏車的前車身鐵桿上——一路上總可能會有非預期的顛簸，坐久了其實並不舒服——不過，卻是少數機會可以嗅聞到父親成熟嚴肅身體氣味的直接時刻。

「沒有辦法，我們的世代與父母親之間就還是會有長後輩的距離！怎麼樣都要有些迂迴的方式，才能連到真正實質的事情上。」只因為我們都還不是我們自己。

歷來走路上學的習慣路徑，到底是怎麼被確立出來？一出大宅院右轉往街仔頭朝南走，這是大宅院人對街道方位的默契說法也是正確的地理方位。穿越長榮街口經過擔仔麵店、藥草鋪子伯魁家，再過去就是遠房親戚畫家張義雄[104]當醫生兄長張嘉英的診所，再過去沒幾戶就是令小孩子們害怕的街角仔北門派出所。派出所之所以令人害怕，應該是街仔人從小就被灌輸的潛在殖民文化、獨裁政權的不良暴虐紀錄，以及警政與人民之間嫌惡關聯的種種傳聞所致，加以它的大門階梯旁有條無蓋大水溝，不時有人不小心便掉落其中，風水不好則又是另外一番被說嘴的奇怪原因。

穿越民權路，派出所正對面就是個烏暗的半露天打鐵小鋪，這種生活性的表演都極為吸引西格的注意力，停頓駐足觀看都已經是每次的常態，隨行同伴的催促也就經常上演。看那新打的鐵件呈現的藍灰與生鏽老鐵器的青褐顏色之間的變動，搞不清楚原因都還能定睛地疑惑上大半天，或許是被材料的質地與色彩所迷惑，心神全被捲走了。穿過民權路這一段，大概都會盡量跨過吳鳳北路靠左側前進，因為銜接縣府後方有著比較寬敞人行的空間腹地，感覺能夠心不在焉又安全地閒逛著上學。

吳鳳北路另一側穿越民權路前靠近茂林仔雜貨店的路頭，有一小片香蕉樹林與多種植物形成的園子，不時招來各式昆蟲、小動物的交融營生。一大畦不規則形狀大概有幾疊榻榻米那麼大，典型年代裡一般人家都會讓植物直接的種在地裡，讓它們可以盡情恣意蔓延，自在的博取無盡生機，這正是島嶼庶民的生活至真。在整個城市區里間，像這樣的小角落大概就有上千幾百個吧？處處的生機盎然過境在熱帶與亞熱帶之間的自然交替，是更為激烈的自在；時不時的轉換到傾斜的、搖晃的、可逆的環境裡頭，豐富與飽滿徹底擺脫現實生活裡人為的暴烈管控。萬物適應環境的能力或許都能夠更強健一些地給人帶來希望，自然容易讓人知足且無人例外。

西格不太確定那時候他到底有沒有背書包？還是什麼袋子、背包？或者就只是一條包袱巾包捆住書本圍在腰際就去上學？總覺得每天就只是頂著顆小腦袋去學校玩，特別是上學與放學的沿途光景。

一切天生的觀察、學習，很自然就在這整個步行走路過程裡了。

躊躇在路口不為什麼地愣住凝望，有時候就是會忽然間離開視覺地想起似有關聯的什麼，才能放心地經過蔓生小園圃穿越馬路。

一待回神後，立即就會經過整排低矮僻靜顏色近乎停滯平板灰的縣府工友宿舍，接著就是縣政府大樓後方繁雜的總務單位，節奏性地人聲雜沓配著零星停等著一些工作中的無動力Liaka人力三輪車，像是熱切地準備著迎領每日例行的公務運補與傳輸。往更前面則是縣長辦公的縣政府大樓——是棟氣派猶存的日式紅毛土加強磚造木結構三層樓建築，外觀有種大器的勻稱比例，配上年代特有的淡褐灰色調——低調中的沉穩感覺更容易引人注目。大廳內部空間的高聳配置，充滿層次變化，處處都是舊時代才有的質實工藝質感。一進大廳兩側就是上下樓層間的寬大木製扶手公用階梯，沿著牆壁配上簡約的邊框修飾圖騰、淺雕，時間的低調裡更添日式的官方風華。

整棟建築樓層鋪設的長條狀在地檜木地板，陳年復沉陷的不平整走起路來格外有聲、有味、有情又有感。內部所有的木框玻璃窗一律都是時代裡典型的上下拉推式，以及進出每個空間一定會有的厚重木門。甚至，還有隱藏在三樓主梯旁，通往四樓夾層閣樓那一道悄為人知的連壁暗門，門後附生著單人迴旋木梯，好似多了個前往不同向度空間的神祕入口，西格對於不小心發現這個連結空間的通道，印象深刻地據為自己的祕密。

「或許他不全然知道這個通道正是爬上建築屋頂升上代表國族旗幟掛上旗杆升空的隱祕路徑！」儘管那種年紀根本不可能知道什麼異質空間，但有種異質性的啟蒙似乎是已經埋下種子。

地點就在縣政府大樓前的主車道玄關廊下。十三歲那年加入蘭潭國中童子軍團，一次全國中等學校運動大會因為連續季節颱風延期舉辦的聖火傳遞來到地方，西格也報名參與維守聖火的工作。徹夜不能睡眠，只能圍守那個刻意被放大成金屬盆火爐，臨時設置在縣府大廳門廊隨風搖曳著的火種，蹭著秋夜裡炙熱火光的溫度來護衛，硬撐著眼皮，想像著所有能夠被想像以及無法再被思考的念頭們，來度過比過年守歲還要艱難的人生僅有維守聖火的任務，以免聖火熄滅，壞了大事。

這可也是西格除了舊曆年依習俗守夜以外，首次因為某種公共事務而徹夜未眠。所有的嶄新遭遇都勢必帶出不一樣的理解與想像。不過，徹夜不睡覺熬夜畢竟不是他天生的喜好。一直都不是！

那是個已臨秋季東北季風起吹的夜裡，小城市在這個季節總會開始與島嶼北海岸，齊名地輪流著開始偏冷的低溫。可能是夠空曠的輻射效應比較明顯吧？否則，諸羅山所在緯度不高，自古以來就是燠熱濕潤之地，適合各種農作物栽植。不若島嶼最高緯度的北海岸，真正的冬季酷寒，少數年份七星山、大屯山區的背陽面可是能下雪的！

西格穿著一整套標準的童軍制服，卡其色短袖上衣配上一件深藍色長袖外套、藍黑短褲、卡其色半筒長襪、黑皮鞋。儘管像樣的童子軍正式裝扮，可耐不住過大的寒意。

一夥小孩子也只能群聚在火爐邊，守著聖火當暖爐，好好地一起取暖。野地裡的露營除外，的確是少有機會能夠與童軍夥伴們這樣在城區馬路邊縣府大樓前徹夜聊天。

由其他城鎮傳遞而來的聖火當然不如平常營火的盛大，但維守聖火意義卻總是不凡，他們不畏寒、不由自主地唱起了「營火興旺、營火興旺，快快來、快快來，我們高歌、我們高歌……」的童軍營火曲來自我振奮。

很快就聚攏了熾熱的氣氛，飄忽的火焰熱流併同著抵抗夜裡直打哆嗦的冷冽。

有時候象徵力量不斷的自我暗示就能夠順時安定不夠暖和的心情，讓必要妥當的感覺可以獲得安頓，的確也足以改變現實難耐的不堪。這一切新奇經歷的激發，已經足以溫暖大家的心一起等待天亮！

由縣政府大樓這一頭越過全嘉義市區最寬的中山路對面，就是縣議會所在位置。議會建築立面感覺有點類似台北中山堂的局部形式，除了尺度較小，當然也沒有那般精實、嚴謹，僅有立面外觀的幾分巧似。儘管也是差不多年代日式混泥土磚造木結構三層建築，不過像是被截斷過的整個建築立面，就像是鬆散的中山堂，怎麼看都有著說不出口的怪異笨拙。

很難不讓人質疑，怎麼會是能出現在那個地方的事物？真的是日治時代的建築嗎？為什麼像是個臨時性搭建的布景？甚至是刻意的捏造？難道又是倆為了呼應官方推動地方自治臨時需求的擬仿產物？或者，只是拍電影的道具？

的確，九〇年代中期西格將會在這個舊址周邊人行道上搭建一個洞開的斜頂原形屋，以藝術的空間裝置作為對於消逝時空召喚的中介場所。它將被命名：「穿越北緯二十三度二十八分」。有時候不免就會覺得，它其實就是對於記憶裡建築的復仇式場域回應！

緊接著縣議會後面，循著吳鳳北路再繼續往南走，就會碰到林外科病院，這個醫院是市區規模最大的民間外科主治醫院，整個長條狀前後幾落的建築都是日式的木造單層結構；依著每日的門庭若市就能知道時代裡每天的生活意外何其的多，據說絕大部分都是人為的疏失！醫院的右後側外圍稍遠處就是停等著前往「崎腳變電所」的專用交通車，沒有站牌，卻是所有關係人都知道祕而不宣的相遇地點。

一如所有的人事物，必然會在不停歇的流變中動態調度預期外的細微因應，與等待著搭車的每一個變電所相關的人一樣，他們都清楚的知道，明天不一定會一樣。因為變電所裡很多的管控數據，每天也都在巧妙地調控變動著，穩定與變動之間永遠存在著不規則卻極為關鍵的平衡關係。他們早已經習慣如何承受所有抽象變動數據裡的穩定掌握，卻不會執意一成不變的事實。

經常也會有些突如其來、不明就裡的路人過來探問這班車是要開往哪裡的？並沒有太多變電所的人會認真地去回應這種怪異好奇心的詢問，大概都是隨意打發以避免麻煩。

那台車其實是標準的非法改裝大卡車。加裝了鐵皮頂棚，以免讓搭車的人直接暴露日曬、吹風淋雨，但又不是全封閉式的，因為它不是大客車所以不能如此改造，車尾卻又加裝了鐵製防滑的樓梯，以供方便上下車；如此而成為台灣電力公司「崎腳變電所」專屬的眷屬生活公務車。

既然是公務車，當然載人也載貨物，東市場購買的雞、鴨、魚、菜，隨行的寵物們，各種採購品、心愛物，來者不拒，只要跟變電所生活有關的任何東西，基本上搬得動、進得去的都能搬上車。變電所裡甚至還調度一名總務員阿賓，專門幫所內居民代為採購各種需求的生活物資呢。駕駛室與車艙間留有一堵可隨時開啟對話的玻璃小窗，有任何需要都可以打開交談。

這種富有強烈生活感、所有的東西物品擠成一團的景象似曾相識，好像在愛琴海聖托里尼島

（Santorini）上也很容易碰到。難道地球上，只有在類似的區域之間，才會有雷同的隨性島嶼景致嗎？

「大家坐予好、抓好，車欲開了哦！」駕駛室裡慣性地大聲吼著。

再過去幾個街區，一過公明路就慢慢進入光彩街城隍廟所在「東市場」的範圍內，籠統說來足足有幾甲地那麼大。市區內，另外一個足以與它匹敵的知名大市場，當然就是靠近嘉義火車頭，也是另外一邊公明路的「西市場」了，面積也不遑多讓的越擴越大。

沿著東市場外圍吳鳳北路上的店家騎樓，臨橫向中正路前大概第五或第六家店面，感覺是個建築立面已經稍微有點內傾的低矮木造房子，店內的木構梁柱也一併地帶著歪斜、水泥地面龜裂且帶點凹凸不平，甚至局部露出了泥地的土層味道。店內空間中央擺置一座半人高的透明玻璃陳列櫃，裡面展示著許多不同種類的子彈、套件，也充當工作櫃台使用，此外就是沿著店內三側牆壁的連續老舊透明玻璃槍櫃，櫃內整齊有序的陳列著許多款空氣鉛彈獵槍、輕型獵槍、散彈獵槍、單雙管獵槍等，全都俱足。不過，一律都只有獵槍，並且每個槍櫃都上了重複的鎖頭。

日本人已經離開島嶼二十年以上，諧擬皇室貴族式的狩獵文化還是沒辦法徹底在台灣仕紳與精英的歷史傷痛事件裡完全消失，能夠繼續被傳衍、堅持的當然也只是少數人，不過自然也是一群軍事掌權當局不太願意隨便得罪的人，反而只能暫時保持沉默，伺機而動。島嶼歷來有眾多的原住民族更是無法在保有他們數千年來文化尊嚴的生活裡合法擁有獵槍，只能延續日治時代的規定——自行製造槍械——歷史脈絡的不可測，便是令當權者不敢過度快速處理的原因。

印象中未曾真的看過有人來買獵槍，店面總是異常冷清、空蕩蕩的，感覺就是聊備一格的文化生意極端，只徒留存有式權充的絕對化商品象徵，此外空無一人。

似乎，它更多的社會功能是從教育展示來滿足年幼小孩的好奇心，一如街道上的博物展示該要有的功能。

「但是，生意應該真的非常差吧？房子看起來都快要倒了！」

只要能有被家裡允許可以自己運用的多餘時間，西格一定會刻意在市場裡兜個圈子，繞道過來這裡的店外看個夠。也不真的在看些什麼，觀看一種寄於迷離之外的陌生感，總是不解人類發明用來對付其他物種或者甚至就是同類的工具，讓他小腦袋很是困擾。可是那些機械器物的構造、型態卻又都充滿著各種迷人的想像威力，這很難不讓他想要多看上幾眼，胡思亂想一番。

或者他就只是在看著，以便蓄積一些以後能恣意運用的視覺經驗，也沒有什麼特別的意思。這樣重複駐足的純粹觀看前後持續幾年之久，直到頒布「動員戡亂時期槍砲彈藥管制條例」通過、法令修改，獵槍店才忽然一夕之間徹底從島嶼的市井上消失。

這是西格獨自走路上學經常會刻意穿越駐足的地方，停頓在心裡試著想要進入某個想像之中卻又無從達成的懸置狀態，文化脈絡的理解早已被迫中斷，難怪感覺每次都是被無名、無前又無後的碎裂時間給覆蓋並徹底截斷！

小孩子們不敢進店參觀，但總會站在店外騎樓下看個不停，好奇不已，這種情狀，店老闆應該也早已經見怪不怪。

或許，店老闆內心最為感慨的現實感受，會是：「唉，該來的不來！」

「儘管沒有太多人知道，這家夾雜在市場邊的獵槍店是市區僅存的唯一，店老闆是個有日本槍匠執照的槍械癡迷者，他根本只是在盡力試著維護他某種殘存的時代尊嚴而不是為了賺錢！」西格在東市場附近的街坊間聽聞過，光彩街路口販賣蔬菜水果、茹素的婦人，正是槍店的老闆娘。

繼續往前走，就會是嘉義城隍廟轉進廟埕前的主要入口石鑄牌樓，有時路過剛好想到什麼，在一定距離外的西格便會雙手合十誠心地禮拜一番，但是他可不知道要說些什麼才好，無法學著一堆大人的念念有詞！不過，這總也是一種路過人家門口的基本禮貌啦。

轉過城隍廟路口，就慢慢打斜往光華街走，百米之後再略微右轉繞過延平街口，每日總能看到藥鋪師傅們分坐幾條傳統的長凳式刀具椅條在騎樓下切著各式藥材的斌德中醫診所，隨後才又回到忠孝路上。在這之前一定會經過紅毛井（蘭井）街口，這已經是在吳鳳北路另外一頭的忠孝路上，再左轉最後一個彎角，就會是民族路上的民族小學。一旁緊鄰的圓環就是另外一頭共和路上古諸羅縣城南門（崇陽門）的遺址。

就在穿過這個斑馬線後的轉彎處學校紅磚圍牆邊下，有陣子，曾經有過一位滿臉花白長鬍子老人跑著糜爛深可見骨的腳、僂著身體斜躺在國小圍牆下乞討著，他神態若定的愁容既驚嚇了很多路過的小孩，也獲得很多小孩的零錢奧援。西格也曾含著傷感的眼淚給過幾次銅板呢！

一段時間之後，這位滿臉花白長鬍子老人便不知去向，顯然是有人發現了這個不幸。到底，有誰知道他去了哪裡？

或許，每天都可能需要自己變動一些行走移動的細節好增添不同的生活樂趣，肯定也就能生成另外一種可以直搗黃龍的替代捷徑；透過陌生感形成對差異的發現，也開始引發一些生活裡頭的不同敏感！

那每一次的路徑乍看都是不連續的，可是，當有機會每隔幾天就能夠停下來審視一番，只要有足夠時間的觀察，便能知道那是因為小孩子身材尺度上的不足，體能上的不堪而必須分段進行。其實它們的內在關聯是連續性的，有著極難察覺的實質連結，而且正在醞釀著各式微型的連貫強度。

原來小孩子再小就可以本能地便掌握住強度的任意可能，只是普遍地無力說出。同時，帶著細微差異又往復著重複性，正在每日、每週、足月交錯路徑裡被無意識地貫穿著展開。因此，所有的行走路線都構成了日後能夠被不斷回溯的參考點與轉折機會。

靠著直覺走，只是一種相對比較輕鬆的方式。而那樣的每日過程，也就慢慢成為一門具有內化動力純屬巧妙個體的課外觀察活動。

絕大部分都算是放學後的身體探索路線。小學低、中年級一般都是上半天學，另外半天回家打混。回家前的可停頓時間，感覺就沒有這麼的匆忙、急迫，可以讓自己從容地慢慢晃、仔細看，反正回家不缺故事囉！

圍繞在吳鳳北路、蘭井街、共和路、光彩街甚至中正路這些街區內，就是一般俗稱的「嘉義東市場」。

放學後若不趕時間，西格就會順著感覺自動改道直接溜進東市場範圍內，隨心情隨意閒逛，目不暇給地逐攤觀察小販們販賣的內容，而最容易讓他駐足觀看的，無非就是種類、型態各異的生命活物莫屬。大部分就像烏龜、鱉、鮎鮘[105]、魚溜、鱔魚，家禽類的雞、鴨、鵝等。它們並非全部都拿來食用，比如烏龜最為特別，一般民間就只會買去當作宗教放生之用，以救贖自己前世今生的罪孽藉以回向給來生；那個年代也還不太有寵物的概念，更絕少有人會真把烏龜當寵物養，頂多就成為魚池裡無名陪襯生物的另一道風景吧！因為用途與信仰關係很緊密而且關鍵，生意自然也會很好。鱉魚與其他的物種，則剛好相反，算是益善增氣的大補帖、食補老饕們的珍品美味，此外也就很難有其他的超然用途。

說起烏龜，二十幾年後西格的當代藝術創作裡也曾出現過，而且還直接就象徵特定生命的關鍵文化角色。那是一九九二年「關於藝術，我們還有什麼？」的藝術計畫。位在台北鬧區的百坪商業畫廊裡，只依著一端牆面放進垂直水平交錯各兩片以礦物顏料染成棕色的百號大畫布，以及對面數十米外牆壁上高掛的吸光黑絨布圓弧立體梯形物等幾個主要的造型元素；與一隻購自關渡宮廣場前庭的放生用大烏龜，那是體長超過一呎以上的中大型烏龜，年紀刻意與西格相仿，他想藉由它來諧擬自己是個縮頭烏龜。這算是當代藝術創作策略裡，自我戲謔解嘲的（Parodic）基本套路；藉以作為主體性思辨具能動性的裝置元素，隱喻地回應著年代裡歷史主體批判的延遲與全面空缺。

烏龜的隱喻早在他赴法留學期間，就已經開始執行不同的藝術任務，所以這也不是頭一次的生命相遇。除了烏龜，西格也不確定還有什麼動物是在島嶼的生活文化裡頭能與藝術生成深沉的歷史對應關係。

他曾經關注過歐洲藝術家如何運用人智學[106]中提到的動物徵象！不過，大概都已經全面的被過量西化、專屬而難以轉向。

西格只願意關注台灣草龜、活的現宰雞鴨攤、各式的淡水活魚鱉龜攤以及一些經常會變動攤位的各種奇特物件，對他來講或許這些多少奇觀化的內容，真的就都自動成為課外教學極重要的一環，總會令他駐足觀察許久，並且非常融入。

註釋

104 張義雄（一九一四—二〇一六），是台灣知名的畫家，出生於嘉義市。張義雄曾跟隨陳澄波習油畫，也曾旅居日本、法國。

105 台灣原生種淡水龜，共有五種，斑龜、食蛇龜、柴棺龜、金龜及中華鱉。一般可以俗稱草龜。至於，鱧魚（學名：*Channa maculata*）又稱斑鱧、南鱧、台灣鱧魚，俗稱雷魚、鮦魚、烏魚、（南方）蛇頭魚，鮎鮘則是老一輩世代的說法。

106 人智學（Anthroposophy）是由魯道夫．斯坦納所創立的一派哲學，他認為人智學是一種靈性科學，希望扭轉這個世界過度朝向唯物主義的發展；基於人智學的理念已經發展出許多實際的應用，包括體制外教育的華德福教育、人智學醫學；有機農業當中的生物動力與自然動力農法（Biodynamic Farming，簡稱ＢＤ農法）以及藝術當中的優律思美、形線畫和人智學建築。

民族國小大禮堂。

老是有個奇異洞穴感在這個空間意象上。但是，這樣很顯然是既突兀又不切實際的描述。

任何一個史前洞穴，不都必要的飽含著人類璀璨、無可替代的起源式創造內容，才能夠得到它該有的文明位階？而且作為絕對的文明跡證，是不允許隨意碰觸的，都只能被嚴格要求保持距離外的觀看。

很顯然，大禮堂後側陳列的所有內容物，時間最久遠的應該只有數十年、或者百年不到的誇大宣稱。想要成為一個能夠被後代人以身體匍匐爬行、探索足夠宏偉的洞穴，標本與教學道具們，除了必須具備堅毅的耐力之外，或許還要能等待冰河期之後的千萬年。

如果說，有什麼外在衝擊是對西格更具開啟性的事物，那麼博物空間或者類似博物館場所裡的各式珍奇內容物——儘管島嶼的實體環境裡這樣的場所還很少見——似乎最能激發他的持續專注。這種把總體異質性並置排列的巧妙布局，透露著不同來源、演化關聯、類型分布甚至是最終匯聚成某種具有模擬世界觀的人類網絡，這肯定能夠透過空間所在的條件以及它的展示方式，讓懵懂小孩的視野引發不可預期的想像，特別是對小孩子認知上的微型啟蒙，效益無窮呢。

作為教育場所，開啟認知心靈與心智均衡發展，可是這個小學校最特出的傳承方向；雖然，它還處在威權籠罩的時代之中，但是，教育開啟最難預料的正是它能對應上無法預期的價值實踐。

「事實上，主要都還是透過與溫度相關所能引發的效益而有著超絕敏感又細膩的內在關係才生成這種印象。」如此的武斷結論並不需要特別透過任何可支撐的理論來驗證，它終究就是流竄在所有覺知的自然流動與交換當中，總在必要的時候便自然流露而且自動閃現。

承襲日治時代以來學校的管理機制，國小男老師們每個學期都要被逐一的列進「值更輪值表」裡頭。特別是在這種有規模的市區小學，唯獨校長除外，更是無男能幸免、無男能迴避，每一位都必須藉此表現對學校單位盡責忠誠的勇武機會，但是女性老師們則依慣例回歸家庭的照顧，而免除這項過於陽剛的額外負擔。

哈古檍還未出生前一九二〇年代就已經創立的東門公學校戰後輾轉成為民族小學。校園裡主要的建築物都是日治時代遺留下來的磚造木桁架結構，整體擁有相當完善的建築聚落。戰後發展成數千學生人數規模，早已經超過它創校設置時候的規畫。其中，老師們的聯合辦公廳便是一個由罕見大尺度，高度將近十米的雙斜屋頂木桁架大禮堂空間所轉用，要平順地塞進全校所有專任老師，空間綽綽有餘，完全沒有問題。

試著把視線移到禮堂外的局部牆上以及聳立一旁成列大王椰子的樹幹高處，不難發現一定高度以上都滿布著二戰時期美軍轟炸時的砲彈削切與戰鬥機機槍彈孔，鮮明地銘誌著過去的曾經慘烈，形成一種難以被遺忘戰爭警示的教育作用。內外空間延續連結的劇烈對照，這些痕跡就像是時刻都在承受著歷史塵封動態影像的無盡召喚。

這個階段全校已經有數千個學生，因此唯一能集合全校師生聚在一起的地方，大概只剩下開放式的大操場。大禮堂的功能轉換卻成為最具奇特生氣的地方，如此讓它能夠容納百多位老師們的聯合辦公。偌大空間依低、中、高年級導師排列，桌子們就比鄰地相對一個挨著一個，沒有太多分隔浪費空間，但是相互之間還是分布有許多必要聯通的小走道，極其罕見又壯觀地百多人一起辦著公！

同時，竟也能成為潛在的博物儲藏所，儘管沒有被正式命名卻擁有數量可觀的日治時代收藏，是非常難得的教學資產。

哈古棯有時候答應載西格回家，卻因為身兼導師工作的繁複需要等待，曾經讓西格在老師們的辦公大廳裡他的位置上，一邊寫著功課一邊很不專心的注視著在這個區域內發生的所有偶遇插曲。校園裡預想不到的瑣碎事情，在這裡隨時都有可能可以隨機聽聞。難得超大尺度的室內開放式空間，的確自動就承載了細碎又另類的眾聲喧嘩，嗡嗡咋響終日。唯一的意外享受是，一百多座不同時期島嶼檜木、各式實木所製作的辦公桌，正在不時地發散著它們蓄積的芬多精香氛；氣氛上既特別又頗為怪異，滿室大空間長時間都襯顯得既低調又奢華。

偌大的辦公廳，也因為這樣的機緣，讓一些小孩子相互之間知道了他們彼此的父母親原來都是學校裡的同事。雖然無關緊要，不過也就是增加對整體校園環境的掌握度，似乎也沒有什麼不好。

對任何小學孩子來說，那個大辦公廳空間顯然是過於巨大的，尺度有點嚇人。又擠進那麼多的老師一起工作，很難不讓小孩子視為畏途，並沒有很多小學生喜歡去辦公廳找老師。除非是全校廣播系統中公開宣告的當事人，那就是硬著頭皮都無法擺脫的困擾。而且，只要是透過公開廣播，基本上都不太會有什麼好事！

好的事情依例應該都要在每日早上升旗台前的朝會上才會公開表揚吧？成為某種眾人的優異表率，已然被教育體制內化成絕佳的人生方向與宣傳典範。

很難想像學生人數的高峰時期，每天都有六千多個小孩，同時在一個小學校園裡面活動著。因此，光運動場的設施就可以擁有四百米一圈的標準跑道，儘管只是紅土的材質，運動圈內還有棒球場，外圍還有成列的各種露天體適能設施：單槓、爬竹竿、籃排球雙用球場、網球場、腳踏車停車區……這一切配備以一個國小校園來講，規模的確相當令人驚豔。每日早晨露天朝會時，光六千多人一起跳動做體操的畫面就不敢多想，肯定是會帶來難以預期的震撼啊！

因此，辦公廳裡哪個老師為了什麼事情正在處罰學生，處理上都能變得比較合宜又合理，否則其他老師也會出手干預！政治敏感議題除外的所有公共議題也都很容易就能傳到每位老師的耳根裡；不論公共的、私密的都可能會被關注、更被私密地傳移，生成的任意性次第就混成一團地瀰漫在偌大空間的烘熱氛圍裡，一目了然外所有細節更是無所遁形。

有時候是會心一笑也就過了，有時是貽笑大方大家無礙地高興，有時卻會讓相關的當事人馬上就成為眾目的焦點，無處可躲，尷尬到無以復加。

大禮堂空間分成幾個主要部分：占最大比例的應該是舞台下老師們的聯合辦公區。西格一直很喜歡那個地方的陣列布置，空曠坦蕩的一大片，卻又凹凸有致地流動著老師們的進進出出，百多張島嶼實木辦公桌擺出的非凡陣勢，調皮地撼動人心非常有趣。

一百多套學校不同發展時期逐次增添的各式實木辦公桌椅，款式與色澤都略微相近卻又層次萬千、無聲喧嘩，桌上不時變動著擺置的各種與教學相關的物件，非常輕易就能看出每位老師的習慣與個性。某些特定時候它們甚至也會變成像賈德所創造一百多個桌上都空無一物的純粹平台裝置——儘管還沒有人懂得這已經是某種未來時代裡藝術世界的觀念性事態[107]，以及超越性精神的絕對判準——不過總有少數老師的桌面比其他人硬是多了一層青綠厚度的透明玻璃，裡面夾置著重要的文書、與學生的合照獎狀、一些個別的特殊物件，零星地揭露著這個大空間曾經經歷過的更多能耐！

最前方的舊舞台已經轉作既是臨時雜物堆置場，也可以是演練、舉辦些小活動的準備以及空間轉換區，校長直接站在這裡對著台下百多位老師談話、訓誡更是例行性的排程。

至於，辦公區後段與舞台騰空遙對的最後配置就非常可觀了！大概有著背背相靠成十幾排、高度比成年人略高，成列成排的大型玻璃木櫃，櫃體都是由島嶼檜木材料製作而成，配上立面的八大格清透玻璃，是標準日本時代正規儲存展覽製作物的制式專用木櫃。

哈古棯曾經私下領著剛入學的西格來探訪過一次，這個地方就已經悄悄嵌進西格記憶的時空脈絡之中，某種跨越性的認識正開始在他心裡醞釀著萌發。

一九六〇年代末期的市區國華街尾轉角，就有著一間市公所非正式匯辦的「嘉義市立博物館」。場地屬於日治後期單層的斜頂木瓦建築，規模非常迷你，大約三十來坪左右——原來是個日治時代的行政長官宿舍，由左右對稱的扺石子柱雙扇木門生成低調的入口氣派，進去後院子大概只有幾坪大小——館內常態展示的內容有種略帶不安的紛亂，感覺什麼都有一點，但顯然都不是什麼能有地方代表性的特異物件。館裡並沒有任何針對常態展覽演示內容的說明或者鋪排，頂多就只能算是某種偶然又刻意的搜集堆置吧。唯獨展場空間正中央，卻極富戲劇性地以一個過於巨大並不合尺寸的玻璃木櫃，展示著一隻身形超過三米長的大鱷魚標本；以及緊鄰併排的一缸福馬林，裡面封裝著可能製作不夠精良而且已經略微發出歷史腐臭味，不再能望遠的霧化眼球小鯨魚標本，以這兩樣毫無地緣關係的動物標本來作為整個空間展示的核心焦點。

雖然那時候還沒有成為世界代表性的重要導演，卻不知何故便投射出貝拉・塔爾[108]遠遠地還未出現於電影世界的「鯨魚馬戲團」（Werckmeister Harmóniák）海市蜃樓般魔幻詩意的跨時空幻影。

他肯定完全不知道在遙遠亞洲島嶼上，早年就曾發生過的這一幕偶然貼近的跨文化隱喻！

「靠在博物館入口內側的大門邊上，還有一輪厚度超過兩呎、圓徑兩米以上靜止著卻不確知來源的神木橫切年輪，這一圈無目的的橫切多少可以算是個想要成為恐龍級在地展示品的企圖吧！那個獨裁年代高壓社會的確迫切地需要大量獵奇氛圍藉以提供生活的鬆懈解方——雖然市民入場都不需要購票，小孩子卻需要成年人的陪伴才能入場。我曾經與不認識的成年人混進去過唯一的一次，開了童年裡極不一樣的眼界。」西格心裡面嘀咕著應該不只這樣。

這十幾排收藏櫃本身就已經是跨越歲月的歷史物證，更是承載著跨時代教育內容的展呈重任，不論意義或價值都彌足珍貴。

玻璃木櫃內儲藏著上百種各式標本——已經叫不出俗名的本土鳥禽與各式小型哺乳類動物——或許歷史的坎坷早一步湮滅流暢的自然生命留存。只見它們姿態各異：拍翅、啄物、作勢鬥爭、驚嚇敵物、靜謐、吞食、潔羽、護幼、蜷縮在生命的驚嚇縫隙之中，屢屢抵抗著生存的挑戰與不堪。

各式標本整體彰顯的層次異常繁複而生動，叫人讚嘆！

已經無法知道，這些型態到底都經歷了怎麼樣的艱辛過程才能被再現出來，栩栩如生地昭告了它們既有強韌生命裡的原初樣態。甚至，也有少量的植物標本，依然亮綠地持續閃耀著它們抵抗時間的千萬能耐。以及那些最令人驚心動魄、動人心弦福馬林生物玻璃缸裡的多樣內容物，偶而無意間在液體中的移動錯覺，像是暫時中止了成為被固著的復活，奇特地晃動著。年代久遠的，更讓每一個展示品顯得乾扁、扭曲變形而且有了徹底去除時間的極度蒼白，甚至開始帶點新時代預告式的恐怖，透明微黃的浸泡液體，似乎都凝結了生命對於過去不同遭遇的無名悔恨！每一個物件上標貼有一個在不同年代裡所手寫的簡易內容介紹，地域、年代，有時學名與俗名都還俱在，但是部分已經隨著時間褪色、被啃食、碎解……而不知去向；這多少已經有點博物館的味道，只是並沒有真正專業的嚴謹分類或展示方式，這一切都成了隨機裡的各種偶然與必然。

非常多樣的象徵意涵，都被巧妙地注入了這些從不同年代生態裡取得自然印記的宣示，那種美學已然斷裂於時間塵封的皺褶裡。冥動之間，它們顯然還是低度工業化時代裡的精緻手工產物，才可能全面呼應製作者的情感與想像；以生命奉獻給往後長時延的教育目的來作為報償的代價。

儘管只是標本，比較容易發現的真實：如真似活物般的定格再現，終究是種超越性對應於本體性理解下的製作工藝極致。

只有在標本台座的底部貼有黑色印痕分明標誌著「明治標本製作所」斑黃透白的日文標籤，此外再也無法知道得更多，它們的製作者到底是誰？製作所還存在嗎？在哪裡？

那裡頭原有的生命鏈結一如萬物的緣起緣滅，確實是因為時間斷裂成為一系列的安靜死物（la nature morte）而獲得轉化；教育的作用連帶極可能因此獲得生命的終極禮讚以及不可見的潛移昇華。

櫃內確實有一顆來路不明、擁有千奇百怪傳言、狀似年幼女性尺度的人類頭部骨骸。那是超過五十年前作弄年幼膽小者的知識性試煉之物，讓他們從小便能多少具備迎向人生終究的清明與豁達。

西格每一次去看察，都會將這顆頭骨恭敬地捧拿在雙手掌上仔細端詳、審視一番，好像每次都可以因此多看透一點人類來源與死亡的什麼關聯，並且試著測度一下自己面對死亡時的膽量。

說也奇怪，西格並不是生性特別有膽量的人，但是每次他捧拿這顆人類頭骨，卻從未有過任何驚駭的感覺，甚至有種說不上來的親切感！具體地說是種溢於言表的溫熱感。

不僅如此，生命的博物誌總是夾帶著脈絡的各種凝視，那正是一道道的多重視野；它們無意間便可能開啟了校園內新生命的未來想像，它們絕對稱得上是某種持續中的嶄新起點。

「穿越半個世紀之後，的確讓木櫃裡收藏的物件種類變得異常繁複；沒有人真正清點過數量，但是，收藏總數應該有上千件才對。」

西格就像是塊被磁鐵持續感應著的粗糙鐵片一般，不時不自覺地就會往那個角落信步走去，怎麼樣都想多看上幾眼！

跨越式碎裂的人類學熱情，顯然已經不規則地在他身上醞釀滋長；需要連結的就只是對的時間以及與生俱來特有的博物迷戀欲望。

諸多生物的犧牲奉獻生命而有了知性的可能悠遊，難怪在那一區特別容易有種博物館的陰森感。分秒全都瀰漫著被凍結凝固的驚心動魄時間片刻！原來時間必須要能自然順暢地流動，生命才能繼續——空間裡的立體鋪面像是被什麼東西籠罩著拉長一樣，後來才發現應該是屋頂桁架上日光燈投射位置與光線角度的關係。大型檜木玻璃櫃裡面，盡是些跨越時空間生命縐褶的殘餘展示，從日本帝國殖民時代翻轉到國黨軍事統政的意識疊加，氣氛難免冷凝沉重。

「學校所收集的各式教學標本、器物、雜項教案物件……木櫃內放不下了，還陸續堆放到木櫃頂上。二戰後期美軍的密集空襲，剛好都沒有直接炸在校園建築摧毀房舍，只在校門周邊與大禮堂旁成列的高聳大王椰子樹上，留下累累的戰鬥機機槍彈孔。博物儲藏區的物件數量才得以安然累積下來，因此多到根本就已經是個小型博物館的規模。」這裡很顯然才是最令西格流連忘返的區域，只要爭取到機會就會自告奮勇地幫老師們去探找標本、模型或借出教學器材與教具。

辦公廳裡的後側區，再出去就是窗外緊貼著校內可以停車的一列空地。但是，實際上並沒有人有什麼車會來停駐，那裡正是不同角度逆過來觀看整個大禮堂建築的最佳變換位置——可能也就是當時戰鬥機前來炸射時的同樣路徑——這個室內側區也是全校作為乒乓球桌場地與壁報、海報製作的多用途動態區域。經常被老師指派繪製每個學期壁報的任務，自然也是西格不陌生的地方，連地板哪裡不平整需要幫桌子襯個紙墊他都知道！

因為還是國小低年級個子不夠高、手也還搆不到桌子的內沿，站在桌邊不易進行被分配的壁報繪製工作，西格總是乾脆爬上桌，或坐或趴的在桌上不打草稿，便拿著顏料直接與紙打交道地繪製起來，其他小孩也就有樣學樣。

「這多少還是需要點天分的，否則這樣的直繪方式，一般人還是畫不出東西的！」西格也沒有多想，憑著感覺就做了，從小似乎就是這樣。

哈古棯值更過夜的房間，其實就是由大禮堂舞台邊原有的準備室所改裝，裡面有個小型的通鋪，應該能睡上幾個人。但是，一般就只有值更者會使用這個空間，平常根本沒有其他用途，也不得外借，一律上鎖管制。值更室內，不論棉被或枕頭，寢具的內容物一概都是傳統棉花料的材質，久了又硬又重；通鋪的木板床就更不用講了，只是一大床的草蓆鋪面。或許真的已經使用太久，寢具除定期換洗被套枕套外，棉被內裡似乎一直都是那一床，從來沒有更新過。因此，蓋著棉被就像抱著一個厚實的責任在睡覺那般地沉重，還真令人喘不過氣來呢。一旦入住那個小空間，相信不管何種夢境裡，應該都不可能會有任何一絲笑容的降臨！

「每次西格陪著哈古棯來值更，睡前總要穿越空蕩蕩的辦公區，漫步到玻璃櫃區來巡弋探察一番。不是道晚安，而是在無人干擾的深夜裡得以盡情地多看上幾眼，好為他稍後的夢境裡說不定就能有更多的靈動能夠感通，能夠成為他汲取嶄新感受的一部分，也好讓一切夢囈都能順道變得豐富輕盈、合理起來。」

「或許，西格從小也就是個萬靈信仰[109]者？」難怪長大後會從事跨領域的總體藝術創作。

當然沒有人會問這種事——在那個年代裡沒有人會這樣問——他自己還小也不懂、也不知道為什麼需要追問，該如何追問自己。

看足了感覺，有點睡意後才會拖著極度拉長的變形影子跨過辦公區回到值更室。

每次西格陪著哈古棯值更，要與那麼沉重的棉被、枕頭對抗，總覺得一點都不輕鬆啊！可是……那是哈古棯的例行工作！

幾次陪著哈古棯去值更的印象，應該都是在寒冷的冬季，因為幾乎都看得到非常硬挺的枕頭與厚重棉被出現在通鋪上。哈古棯也笑稱有西格去陪伴值更，棉被會變得比較暖。但其實真正讓西格願意點頭去陪伴的原因，是那十餘列玻璃櫥櫃裡既叫人驚駭又令人迷惑的標本，以及令人易生遐想的雜多舊時代物件，對他來講那是百看不膩的東西。並且總是帶著一點恐懼又害怕的心情在觀看，對他有著莫名的無限吸引力。

107 唐納·賈德（Donald Judd, 1928-1994）是美國的極簡主義藝術家。作品探索物體和其創造的空間的自主權和本質，追求沒有層次的極自然展現。雖然他的某些作品看似激昂而挑戰了極簡主義，但仍被視為極簡主義最重要的代表者。他曾說：「我總以為我的作品是另一種形式的運動。」他不認為自己做的是雕塑創作，這話竟是出自這位當代最重要的雕塑家之一。賈德拒絕別人把他的作品貼上雕塑的標籤。他試著顛覆形式、材料、技法，並在他的創作時代打破主流藝術的展演方式。賈德的作品改變了現代雕塑語言。從他早期從事繪畫、研究藝術史以及撰寫藝術評論的時期，直到他此後一生皆致力以工業原料為素材，藉由「盒子」與「堆疊」的形式來實踐他對色彩和表象之探究。

108 貝拉·塔爾（Béla Tarr），一九五五年生於匈牙利。為匈牙利當代最重要的電影導演。早期作品以手持攝影的社會紀實為主，八〇年代後轉而關注哲學、信仰的形而上思索，風格化的長鏡頭展現獨特的電影美學，長達七小時的《撒旦的探戈》，更被視為他長鏡頭美學的經典代表。《鯨魚馬戲團》（Werckmeister harmóniák）一片是由貝拉·塔爾和阿涅斯·赫拉尼茨基（Ágnes Hranitzky）二〇〇〇年聯合執導的電影，改編自一九八九年小說《反抗的憂鬱》。

109 泛靈論（Animism），又稱萬物有靈論，是一種認為天地萬物——動物、植物、環境、天氣，乃至言詞、畫像、建築或其他人工產物——都是有靈魂、能夠思考和獲取經驗的主體，並且能夠操縱或影響其他自然現象乃至人類社會的世界觀。它亦是目前已知最古老的信仰系統，在世界各地的傳統文化中都能找到其蹤影。但是，泛靈論並不等同泛心論（Panpsychism）、泛神論（Pantheism）、多神論（Polytheism）。

以認同流變為師。怎麼樣能夠不會害怕得更多、更全面甚至避免波及無關，應該滿值得努力，當所有的歷程都是概念演繹下的產物時，終究是沒有能力足以說明世界的任何苦難。

相反的出世浸泡，一開始就在凝態裡面。不論是觀看上的遭遇經驗，或者在場的身體震盪，都將銘記在細胞的遺傳密碼裡。「國中之國」才是島嶼人真正基進的現實策略，整體三百七十一個行政區，應該都要各自以不同島嶼名稱來為自己個別命名。

它們將會是一個有著三百七十一個獨立島嶼生命所連結而成的想像共同體。彼此共榮共存，因為差異是它們相互的黏著劑，比起世界最大規模的跨國聯盟組織還要來得更為壯闊。

千萬不要害怕任何震顫，因為島嶼早已經習慣世界生成板塊傾軋時的震動過程，也用不著再度疑慮生存其上人類來源早已經被看破的外來國族人類學謊言。

它們就正在這裡，三百七十一個島嶼上順時過活。三百七十一種世界的變貌，「三七一」成為此刻絕對化的島嶼生命叢集。

M41華克猛犬式輕型坦克車[110]配著四處亂噴濃臭難聞的柴油排廢，引擎似肝腸欲裂地不規律轟隆作響，履帶壓磨柏油路面時發出的間歇摩擦震動，除了更形緊張的心情慌亂之外，空氣中瞬間捲揚起的肅殺之氣並沒有任何輕鬆的聯想可能。行進車隊前後交錯著各式協同演練的砲車、吉普車、各式運載軍車、甚至軍用救護車……以及成列移防演習中疾走在路肩兩側數量相當多的無名官士兵。因為身上有著塗繪迷彩與植物枝葉的軍事偽裝，所以每個人除了高矮胖瘦外，看聞起來的味道與感覺都差不多是一個樣，五官沒有了臉孔，全套的基本裝束外又背負著看起來非常吃力的各種武器，讓這些不等年齡軍人看起來都異常緊繃，並不真覺得有人樂在其中。

每個行進中迅捷移動的存在物都在悄悄地釋放著它的獨特氣味，包括那一堆老舊二戰殘存的過時武器，每一種都因為曲折時間而鎖住了它們足以過渡給空間來轉換迎接下一輪戰役的老邁氣勢。不論喜歡與否，它們就是如此呼息、見證世局起伏數十年。

不知道曾經換過多少批使用它們的人，木質槍托透徹地吸了飽滿、氣味各異的跨年代騷鹹汗水甚至血液；這些都成了靜默裡的生命層理，每個把持過它的士兵都心知肚明那是溢於言表的被迫艱難。

連那最不易被浸潤的槍砲鋼鐵也已經附著著再也去不掉的重疊式紋花多層次鏽斑，並成為它永遠僵固沉澱的時間刻度，以此銘誌戰爭歷來的殘暴。

「那些內斂過時的武器，於是看起來都顯露著某種不等程度的厭世感，連續的敗戰卻去不掉它們試圖一舉的徹底毀壞，能趨疲成了僅有自處的不堪寫照。」西格完全無從理解起這一切，只能有感卻無知地微皺眉頭盯著隊伍的行進，愣站在人群裡跟著觀看。

士兵們剛好走在與馬路兩側路肩最靠近民眾的旁邊，很容易就能感受到那種移動中身體所伴隨的哀嘆與艱辛之氣。

移動中隊伍的僅有關注，甚至充滿了疲累又極度無奈的眼神。近乎已經閉上眼的士兵們跟著前面聲音無意識地前進著，根本無從理會馬路兩旁到底聚集了多少圍觀的民眾。西格聽說他們這一集團軍，除了幾次的中途片刻停頓，已經連續走了三天兩夜，還未曾停下來休息睡眠。

沿途就是飄散著酸的、帶點汗臭的年輕生命溫熱氣味，夾雜迴盪著戰亂的老派，沒有民眾會抱怨這種氣息！反而，都只有同情與敬畏。每一個行動中的墨綠、草綠、花綠身軀，都穿拖著布膠鞋的摩擦聲、軍用水壺、小圓鍬的不甚規律地撞擊聲逐波地越過眼前飄向遠處，有種直想讓人抓住什麼安慰的衝動，一擁而上！

「我看到路旁有人震抖著肩膀一直在啜泣，儘管聽不到哭聲，卻不知道為什麼跟著傷悲了起來。」西格一時的喟嘆夾帶著不知其所以的悵然。

在年代裡面，由島嶼南端行軍往北方進攻百來公里，這種演習只能算是年度裡正常操練的例行項目之一，還不是最高強度的單位對抗演練。

這種無法預期的軍事演示，每年幾回路過西格家的宅院門口，總會持續至少半個小時以上。軍隊的島內移防、演習不斷，馬路上最常見到的車輛大概都與軍警有關。

日常處處充滿政治性管控的生活裡，平添了高強度動態現場展演的汩汩觸動，生活裡怎麼樣都還是盈滿著這樣的時代質素，儘管充滿害怕，但任誰都不想錯過，不可能不愛駐足觀看！

一切都是逐日進行中的真實演練，隨時都籠罩在面臨被世界拋棄的軍政恐嚇之中；不安世局滾滾塵埃之下，一點都不光鮮亮麗也毫不稱頭，只感覺到阿兵哥們有著難免的深沉哀怨與無盡辛酸。

反正，那個年代很容易就會被政治意識型態引導成社會一整片的哀戚，無知與濫情也就經常成為回應政治意識型態綁架的最終具體！

注視著所有這一切代表國族統攝的移動過程，路旁的民眾其實都是在屏住聲息的情況下，矛盾靜穆地繼續著不帶任何遠景的就地觀看，既看不出未來的絲毫攸關更見不著遙不可及的人生希望。

碰到這種非例行卻高頻率出現的動態場景，西格一定是飛奔至大宅院門口擠在人群中安靜地看著——所有那些不再屈從現實的小道聽聞都在充滿離散的氛圍中自動消散——儘管那些軍事裝備中有不少是來自二戰、韓戰時期之後的戰爭遺物，但是對一般人來講，那些物件所隱含的可能不只是時代的軍事象徵而已，而是有著每個不同族群、家庭複雜，個人或群體的難忘意象所黏覆、轉換在每一個戰爭相關物件的集體暴虐記憶上。

時代的關係，哈古梌家就只有他排行第二的柏嵩、第七的柏蒼與第八的阿衡當過不同國屬的士兵；此外，並沒有人知道當日本兵、國黨兵到底是什麼情況、有什麼差別。相信軍事相關的力量對跨時代的每個人來講，直接的就會是指向戰爭的殘酷！

這應該是哈古梌世代以上的人，內心潛在的傷痛與恐懼吧。他們注定一輩子裡面，毫無選擇地要當上好幾種被給定不同國籍的人甚至是士兵。哈古梌陰錯陽差的移動而沒有當過任何國族的軍人，但面對所有的輾轉與流變事實上都不若他在東京空襲時，爬過屍體堆之間逃命的災難性體會來得更令人震撼。

相形之下，後來島嶼更為恐怖的真實遭遇：「一個拿著武器擅自闖進你家的人，竟然強迫要你與家人跟他說著你們是同一種人，不徹底服從的話就會取走你的性命！並且不斷地告誡著你，要你與他一起找回他失去的家！」

與哈古梌差兩歲排行第二的弟弟柏嵩——是所有兄弟中長相與哈古梌最像、感情最好的，才華特出又英挺帥氣，承襲了母親素柳沉著穩重的特質——幼年同樣受過完整的日式教育。成長歷程中宅院家族的擾攘讓他青年時期便決定從軍，當時亞洲戰況已經開始吃緊。一旦決定，很快便接受徵召入伍接受基礎軍事訓練；完訓後一個月，就從基隆港搭著日本的軍艦出海準備為帝國征戰——當時哈古稔還特地前去基隆港送行，卻不知道那就是兄弟相見的最後一面——運兵軍艦出港後很短時間內便遭到美國潛艇魚雷攻擊而音訊全無[111]。戰艦被擊沉失蹤事件發生之後，只有官方制式曉以帝國大義的通知文件外，便不再有任何後續！家人的殷殷期盼都只能置入時間的凝結之中，宅院內少有人會再提起。

一九九〇年代的一次南洋度假旅遊，哈古稔在新加坡的魚尾獅（Merlion）觀光景點附近不期然的距離外，忽然間撇見了某個熟悉側面身影像是他久未謀面的弟弟柏嵩。

瞬時間的強烈震撼，整個臉脹紅了還喘不過氣來！

哈古稔心裡面狂想著：「該不會弟弟柏嵩還活在人間，已經超過五十年未見了，真的可能嗎？」

那種情況的確讓他驚嚇失措，直覺地悄悄跟了上去——卻不敢太快的動作，怕一時弄錯了什麼——記憶裡過長空缺還來不及回溯的親密就此不可收拾……慢慢的試著移動到那個人略微正面的角度，心中期盼著那會正是他失散多年的弟弟！除了因為年紀增長可能會有的可預期改變外，長相與體態都極為神似。

哈古稔：「我只能以一種生怕再次丟失什麼尋回的迷惘，異常緩步地移至正面時，才徹底領略自己內心對於親密家人的難以忘懷，以及我對戰爭的恐懼深度，竟然是如此的久遠而且巨大。」

柏嵩所屬的戰艦，老早就被推斷已經沉入東海臨太平洋的某個深處，永遠都不可能被打撈！

哈古樁一直都沒有真的釋懷他那個長得非常特出的弟弟，才華出眾卻英年早逝。如果兄弟還能再真的碰上一面，那也會是他能思念素柳母親的最好方式。

不過這一切，顯然他都只能自己繼續的保持沉默！

因為柏嵩從軍而喪命，讓哈古樁內心相當排斥與軍隊有關的一切事物，能遠則盡量保持必要的距離。在他的期盼中應該也不會希望他的三個兒子當中，以後有人去當職業軍人。

哈古樁自己跨越了兩個國籍，曾經擁有也已經脫離，但是他對著這樣的事情總是保持一貫的低調。他從未當過任何國族的兵。他也不清楚那會是如何的一番人生景致。他的個性從來就不是一個能合法運用暴力的人，與武力有關的各種成因，自然跟他一輩子保持相當距離。

「國族」這種概念對他來講，已經不只是個人的意志問題。他也無法知道，下個世紀他是否又將要再次面臨過渡到另外一種認同。終究，他只記得深植的土地與父母親。國族應該不是他理解這種事情的方式，也不是他認知經驗裡所能掌握的複雜，他的態度一如矗立著過活的島嶼般沉默。

不論現實如何改變，他都還是沉默的站立著、拄著、坐著甚至躺著，但從未任何一次，曾經為了生存而跪下！

110 M41 華克猛犬（M41 Walker Bulldog）是美國發展以取代 M24 霞飛戰車的一種輕型戰車。此戰車得名於在韓戰期間因車禍身亡的美國名將沃爾頓．華克。

111 一說：疑為一九四四年十一月七日，運送台灣第一批海軍志願兵由基隆港航向廣島途中，在九州外海遭美軍潛艇攻擊沉沒的「護國丸」，還未出征即全員三百二十四人罹難；該艦係由日軍徵用商船改裝而成的特設巡洋艦……但更可能是另外一說，柏崙隨日軍南進印尼，正是南進之後「時雨丸」最後一次的出擊，它的運氣在一九四五年一月二十四日耗盡了，在新加坡以北海域被美軍潛艇擊沉。

基樺師木作工坊。它天然地就會擁有具體領域的氣味範圍，如果不是在密閉空間，大概它的量體、尺度與氣味的濃度是以十倍數的反轉來作為它實際的領域半徑。凝聚在此氛圍裡的正是它得以與時間化解歧見，與空間建立起型態溝通、互動的具體過程。

凝聚森林濃郁的諸種香涼，比起空間，它釋放的速度很慢、異常的緩慢又極為立體，甚至會使得歧異多元的氣度進行團塊間不可見的交會與融通，儘管需要夠充足的時間。

或許也是這樣的成長環境，長大後的藝術創作生涯裡，只要遇到需要使用木頭材質的時候，幾乎都會選擇島嶼的舊檜木。只因為在感受而起的系列相關理解上，那是一種貼近土地的永續氣味；不由自主地，就會想起基樺師的台灣檜木（Taiwan Cypress／Hinoki「ヒノキ」）純手作家具。

緊鄰嘉義北門城外，四合院還沒有出現之前的這裡，原來就只是一條寬度只容兩輛牛車交會通行容易泥濘的硬泥石板道路——日治時代早期改造成兩側開始有排水系統十米寬的柏油路面——之後才變成大宅院立面鄰接的雙向吳鳳北路。

彼時陣，四合院立面的整排店面形式都是迎合著古早年代城市發展市街商賈的需求來擘構。以大宅院的設置來看，由右至左依序是基樺師細木家具工坊、永豐被服廠腳踏車停車間——它的前身是陳通經營粗紙與傳統棕蓑生意的所在、居中的空間則是出入大宅院的公用廊道，一進去就是四合院前落的緩衝空間，由兩側的邊門入內就是公廳與廂房圍繞的石板中庭，再來是陳陣二兒子的碾米廠以及豆枝製作所等五個各自獨立靠馬路的店面空間。

最早階段這一整排五間門面經歷過更為全面的農商經營，不同階段陸續有過用途上的轉置以及局部變動才成為後來的面貌。

再往四合院左邊過去的隔壁，就是後來「基督教嘉義福音教堂」馬牧師的獨立斜頂教會坐落的位置；往大宅院右邊再過去的則是後來專門生產外銷成衣的「永豐被服廠」址。

整排店鋪空間的原始建制，都有著大小不一、內建預藏的高閣樓空間。早年規畫的用途便是拿來放置各種雜物、乾糧、甚至就是各式生活貨物的倉儲之用，端看空間使用者的實際需求，再個別做功能上的調度調整。因為比較不是正規功能考慮，所以也就沒有固定的樓梯設置，僅以傳統沒有扶手的木頭斜梯作為臨時上下閣樓的簡易工具，也可以有效防止各種不速之客的干擾。這種空間的建制儘管帶著粗獷卻算是很早就浮現的某種空間模組上具有能動性的運用，概念上算是相當先進。

這裡正是接續著基樺師木作工坊隔壁的店面空間，一度是租人當作儲物倉庫，囤放些初級農產品加工的雜項物資，因此不時惹來了一些各異小獸們的興風作亂。因為這樣的運用，只要沒有租出去私下自動就會變成小孩子臨時的遊戲場所——特別是捉迷藏的最佳地點——隱蔽多變的層次，充滿老房子的各異氣味，非常受歡迎的好玩！

在立站成堆稻草編織的草繩圈之間，小獸們是可以有更多的私密樂趣。不管是小孩子還是鼠輩，那經常是難分軒輊的交雜在同一個空間裡，乳臭氣味總也是暢快地交替著鼠騷味進行。

不過要擁有這樣的即時樂趣可也有著挑戰。首先，要有足夠的勇氣先能夠爬上那座原木樓梯才行！它的每一根階板都接近不規則形狀，表面像是被手工刻意削製出來的不平整圓柱狀，而不是一般的板型。搬移貨物上下樓梯時是沒有手能扶著樓梯，只能靠赤腳的感覺來平衡身體——顏色黝黑帶點經過長年摩擦的灰亮光澤，每一階的間隔距離明顯都是以大人的身體尺度來製作，超過一呎以上拉得非常開。

因為沒有扶手，不熟悉的人只能以動物攀爬的方式撐開手腳並用的往上逐格一路上攀，或者倒退攄的逐階小心往下降。無法規則地上下樓梯攀爬的每一階，對小獸們來講的確就已經非常刺激。

那陣子，的確堆置著先前被遺留下來凌亂的草繩圈柱。散落的除外，完整的每一落大約都有一米多、半人高，此起彼落似裝置般的矗立著，低矮的有點像是軟座圈，堆置高聳的則每一落都像是來了個衛兵似的，這裡那裡的意圖製造視覺喧囂，實際上安靜閣樓裡還瀰漫著濃重乾稻草夾帶點泥土的陣陣幽微香氣，播散著超越草繩兵戎氛圍的奇幻準確：意味著不能再多也不能更少，完全要看實際的空間條件來決定相對的位置如何可以回應感性概念裡的絕對。

草繩圈的玩法的確千奇百怪，甚至可以直接拿來套在腰上，鬆開固定繩頭開始像搖呼拉圈一樣地晃動身體，整個草繩圈便會跟著離心力轉圈散成一地蓬鬆的草繩堆，然後小獸們一哄而散！

有時候透過異域生活的跨越時空對照，會讓人更容易貼近共相之中的普遍實存。西格要二十餘年之後去了法國才能理解，為什麼丹尼爾．布罕[112]會以八點七公分間距黑白柱狀體在巴黎的皇宮地景設置中如此操作極限觀念。儘管在西格幼年時候的身體就曾經歷過類似的粗糙經驗。如何希望每一個情境都能意義具足，後續增補的差異證成才可能讓遊戲戲碼轉成具體實存的價值事態。

小孩子們只會憑藉直觀的衝動，爬上爬下的搜尋著所有可以被玩樂的潛在可能，其他的都一概不會是他們本能的關注。

下了稻草圈堆的瘋狂搖擺，一群小獸們自然也就會搖頭晃腦循著味道更濃郁的隔壁基樺師木作工坊，過來店門口探瞧一番。

基樺師是島嶼細木作的典型師傅，年輕時經歷過不止三年四個月極其艱辛的養成鍛鍊才熬成師傅。逐步開始自己細木作師傅的職業生涯，因為工夫（日文「匠心精神」）的準確細緻，加上有著融會貫通的本事，製作物件的形式簡約中總是內斂耐看又富修飾技巧上的創意，地方上的同業都對他敬畏有加。他很早就租用了哈古棯家大宅院前落連排店鋪靠馬路最右側的邊間，來作為他的木作工坊。工坊本身並沒有設置任何招牌，靠的就是眾人極佳的口碑以及濃郁到化不開每日開店隨處飄散的陣陣檜木香氣。

那個年代的家具製作，基本上都被歸類在細木作的範圍，而且一定都是實木製作，好作為安身立命一輩子的陪伴。材料與工錢儘管不便宜也都還能被大眾接受，對於日常來說卻也是筆可觀的支出；一般人家裡要嘛根本沒什麼家具，要嘛就是少數幾件是今天看來所謂的經典，足以家傳。除非大富大貴，否則平常人家還真不容易讓家裡訂製一堆各式各樣不同功能款式的家具呢。

自從基樺師來大宅院開業之後，哈古棯家的確有幾件家具正是這樣逐年分次下訂跨年製作出來的。只能每隔一段時間審慎考慮功能並且儲備必要預算，才有辦法依著滿足需求次序進行家私的製作。

哈古棯家最具代表性的家具，應該就是那幢總是擺放在客廳裡最顯眼位置有著總數九個抽屜的事務桌吧？它桌身的左右兩側上下各排列著四個看似一致卻有著細緻容量差別，適合不同收藏物的深度設計。最上層位置居中的第九個抽屜空間最大，而且抽屜面板上都附有銅製五金鎖孔，好穩穩鎖住哈古榿與家人僅有的所有私密。沒錯，廂房大門除外，這裡可是家中唯一一個能夠上鎖的地方！事務桌的尺寸大約是四呎寬、兩呎半深、高度約兩呎半，完全是以陳年的島嶼檜木板材作為製作材料，因此穩定性很好而且不易變形。

外表曾經上過羊干漆的深沉顏色竟然變得有如原生的素樸質材那般收斂，每次開啟抽屜無華的身影依然伴隨著濃郁到化不開的檜木清香；儘管超過半個世紀功能依然完好如初！

它巧妙地繼續留在西格日常生活與藝術的活動中使用著，承載著由哈古榿跨世紀以來的影像流穿一切記憶的脈動，哪怕它已經被重新賦予了新世紀裡更為從容的展演能耐！

事務桌形式上更像是一種早期白領家庭權力主宰的象徵性裝置，代表著教育水準與社會階層的符號暗示。哈古榿的台灣檜木事務桌，配上標準樣式俗稱的醫師椅——檜木身、繃上牛皮面內置彈簧鋼圈、沙發式的旋轉實木椅子；的確是非常稱頭「有範」的時代客廳擺飾。

任何時候只要哈古榿待在客廳，家裡就沒有任何人敢隨意去占用事務桌的椅子；這不需要任何人提醒，就自成一種家長式的制約默契！只不過，那把椅面破了個小洞的醫師椅，在後來第一次的大宅院搬家遷移中不知了下落。

每件基樺師手作家具物件，自然黏附時代裡的斑剝感與歲月痕跡外，Hinoki 悠然的味道始終非常濃烈——像是當它被砍伐製作成材料時便為時間所固著而不再四處消散；遇上好事它自然無華的身影一直都會在，遭逢不好的事情它也能即時幫忙轉換氣息——總是在無意間令人驚訝又振奮它的時刻陪伴。

接續哈古棯的事務桌——阿華、阿娟陸續出生之後——就有家庭號大衣櫃的訂製。做工上有著可以分離的上下兩個櫃體，櫃體間由活動卡榫來疊置固定，設計精準又方便搬動。上櫃左側有兩扇對開的門片，內置幾層內櫃可存放輕柔細緻衣物，最右邊的單一門片內側鑲嵌著一片含蓄實用的半身著衣鏡，空間則是一個可以吊掛長型衣服與外套的立櫃。在早期，這個有限的隱祕空間不大不小——適中地成了西格躲迷藏的寶地之一，也是西格幼時發呆的可能場所——躲在裡面的經驗就好比將自己悶置在一個森林深處的樹穴裡一般，充滿樹的精神元氣散逸的香涼，有種冒險又不至於窒息的溫熱臨界感受。下櫃則是幾層跨櫃體的大抽屜，可依層次平放全家人的各式厚重衣物，妥當地避免了蠹蟲們的無時覬覦。

大衣櫃內斂優雅的外觀可說是工藝年代的代表性製作。時間摩挲下的極簡幾何圖紋，檜木上再貼覆紋花優雅特出的檜木紋皮。看的是選材的功力，挑戰的是選紋的美感，看的更是最終呈現出來整櫃立面的修飾性設計氣質；百看不膩的雅致在被殖民後的年代裡仍很難擺脫日治維新的美感形式影響。

純手工細木製作家具的時代——隨著生活逐步系統化，時間節奏格式化加速度的環境劇烈變動——轉進到文化價值系統之中尋得續存的隱匿場域，儘管規模極速縮減卻保有本體式的低限對話演義，但它們從未真正退出生活與時代場景。

其次，就是量體最不起眼、無形功能卻最強大的榻榻米通鋪上的檜木方桌。櫃體有著兩吋最淺深度的單層抽屜——總是需要再三斟酌適合放入的東西，才能輕量又遊刃有餘地讓它更符合方桌的機制，一般大概都只會放進些還沒有使用過哈古梒印製考卷剩餘的白紙與零星鉛筆——整座的尺寸剛好是一般榻榻米的三分之一大小，大小適中，桌面四個側邊與桌腳都有著秀麗雅致的修飾雕鑿，細節上還是能感受得到大和美學的持續威力，深褐顏色很是典雅好看。每日晚餐後圍坐在榻榻米通鋪上的桌邊緊密互動，是古早時代凝聚家人情感具有超級黏密吸引力的方桌平台。它能逐日引發家人之間深化關係的綿延效果，徹底遠離了小方桌極其有限的實用功能。

在平淡日常裡都是由自己先產生美感的欲念或者清楚展現教養意味的需要，才會長出這樣的物件，也可能純粹只是哈古梒對美玉的一番體貼。時間一久，它確實的製作時間已經有些模糊！不過，這可曾經是哈古梒私下跟基樺師訂製送給美玉的生日禮物：精緻桌上型梳妝檯。一樣是以島嶼檜木製作，檯座加上鏡框約莫三呎三吋高、寬兩呎一吋、一呎的檯座厚度與高度。形式的設計右側是弧線彎角精巧細膩，左側則是略微昂揚含蓄大方。底部的左側排式側腳則是略微圓弧外擴，沉穩中略帶霸氣；右側座腳則是圓球狀的雕鑿，帶點耐人尋味的俏皮。檯座中間上方配置一幀訂製倒邊角鑲檜木框，框內玻璃沿邊又有二十六個小圓凸鏡環繞的梳妝鏡。底部檯座立面以三角形的檜木紋皮修飾，更添早期的摩登風格！整體的層次配搭，不會過於奢華的精緻卻又有著庶民含蓄的耐看美感。

所有的製作物，每一件的本體都還精細地選擇重點部位黏貼上不同紋路的檜木皮來作為修飾圖案。不同時期的幾個作品，不只美觀、實用，自然也都是先後出自基樺師在不同工坊階段的台灣檜木作品。

這些羅列的檜木手作家具——每一件都盈滿著家人相互的身體感通，有時候甚至是越過舒適之外的印記而是營造著讓身體接觸的習慣感受得以均衡，當然更是宅院廂房生活解放壓抑氣息的重要裝置——的確就會有生活質地的美感，也就是在那樣的環境裡被孕育出來的關聯！只是這些影響需要的經常不止是漫長的時間，但是那般心思的溫度也可能永遠都難以被理解。

西格從小就會跑去基樺師工坊前東看西看——只要能不動手亂碰，也不知道什麼緣故，似乎他是被基樺師特許入內觀看的少數小孩。應該，屋主是他阿祖陳通的緣故吧？不，還是他觀看眼神的獨特底定說服了基樺師？看師傅們如何刨木頭、如何磨刨刀片、如何用傳統爐火烹煮動物性膠粥作為接合板材的材質、如何鑿孔接隼……許多磨人耐性的工夫底蘊，西格看得津津有味盡收眼裡。小孩子當然不可能在有限時間的觀看經驗裡就能夠學會什麼，不過這些專業製作工法的具體性，相信都已經自動嵌進西格日後藝術人生的演繹印記之中。他也的確從小熱愛木頭材質，總愛拼湊些剩餘雜木，做些看起來就是沒什麼「路用」的東西。

最令西格著迷的該是基樺師手工刨削木頭時，刨刀運行的速度掌握，呼息輕盈，不疾不徐地讓每一次被刨刀捲起薄如紙張的檜木卷，捲曲清透中還充滿紋路的層次與陣陣襲鼻而來的檜木馨香，一卷一卷節奏地將工坊的空間地面逐漸鋪滿，轉換成為一大片奇幻木紋盈滿的異質空間。

不過，這樣的工序間奏與氣息變化都會在每日的工作告一段落後被一掃而淨，隔天從頭來過，日復一日無甚差別；日式職人修為在那個年代裡卻只是一種專業的基本操作。

迎領的在場感受，是幼小年紀西格還無能說出什麼內容的幸福美感，他也不善言詞，卻總會是回自己家裡廂房一個人無意靜默而感動不已！他也不知道這樣的感覺，能怎麼跟家裡的誰說些什麼。

基樺師每天早晨開始工作前的序曲，都是以研磨刨刀與各式刀具來慢慢啟動，儘管他有許多個徒弟助手可以使喚、幫忙，但是有些自己使用的專屬刀具是不隨意給人碰觸的，只會由他自己依著數十年的經驗法則，有耐性的「照起工」來細細品味，像是個修練老道的私密儀式，也像是每日開工前活絡的專業身段。沒有明確聲息指向、熟稔的手掌間來回往復，澆滴些水後便生成滑細輕順的刀與石研磨聲音，悶窒中帶點尖銳地藉以回到現實裡人與物的根本對應，那裡面完全沒有輸贏，而只有絕對關係的互為鋪陳與欣賞；說穿了就是一種價值的個人享用，難怪每天工坊結束後基樺師看起來都是心滿意足的回家！當學徒的年輕人從來沒有人敢問這個回事。

每個工作日午飯後休息時間，每位師傅半人高的工作檯即刻變身成富彈性、帶香氣的檜木屑床，這是何其高級的每日例行幸福時刻啊！學徒們則只能稍稍鋪排檜木屑卷，臥坐著踞在師傅們的桌檯旁地上休息，享受伴隨飄散的撲鼻氣味，心裡期盼著有朝一日能夠得到師傅的認可，趕快出師，好擁有屬於自己的午休檜木屑床工作檯。

二十幾坪的工坊裡，經常都是填滿製作中的各種需求功能的木製品，非常吸引西格好奇好勝又毫不疲累的關注力。

後來家裡的幾件家具，也都是使用島嶼 Hinoki 材質製作，而且一樣都是出自基樺師的精巧手藝。

直到一九七〇年代末期，因為全球市場需求的擴大，加工出口區與外銷生產系統的建立，連帶影響島嶼生活家具使用習性的改變。一時間大量出現夾板貼塑料仿木紋皮的拙劣廉價產品充斥；手工訂製家具快速乏人問津，基樺師才不得不退休，結束將近半世紀的細木工坊，搬離開大宅院的店面。

不知何故這個店面的所有權一直都掛在東格名下，直到一九八〇年代大宅院拆除。原因是什麼，哈古梌似乎從未明講過！他倒是強調並且覺得與基樺師的緣分完全是融合在全家人的成長生活之中，有種超乎偶然的跨世代相遇珍惜；他努力地把每一件基樺師的製作物都保存了下來！

數十年後西格在巴黎高等美術學院工作室的學習狀態，應該還是持續著某種內在飛越的精神聯繫吧。雖然沒有刨削檜木的工作檯，也沒有盈滿的島嶼檜木馨香，但是屬於精湛工藝與藝術創造之間必然會有的超凡對應關係，則是有種不可見的節奏對位，至少心裡頭的次序感是這樣在藝術精神裡漫溢滋生。

工坊裡面還有另一層迷人之處，就是沒有時間感的時間進度。所有的工作節奏多少也會被陪伴的喇裡誘廣播聲音所干擾，不過具決斷性的流動操作其實都是直觀工序上極具耐性的緩慢步驟與動作，種種細緻反應肯定早已經內化進了每一個出師匠人的心緒之中，對於外在的風吹草動則完全不為所動。

時間綿延裡蓄積的終究，的確是看不到也聽不見，卻會不斷地被細細感覺著。

緊鄰木工坊左側隔壁空間，就是早年陳通經營粗紙與傳統棕蓑生意所在的倉庫，柏衡全家剛從台北搬遷回嘉義宅院定居時，曾水土不服地暫居此處一小段時間。這個地方不像基樺師專業木工坊長時間的經營照理，空間用途相對顯得多樣不一，經常性的變動使得進到裡面容易有種空洞的不安定感覺，缺乏生活感的所在是無法久留的！

乏人聞問的地方，一旦小孩子也都相繼離開，後期比較長時間的功能竟然淪為木工坊右側永豐被服廠女工們停放腳踏車的室內停車場，加上大宅院中間出入的共用廊道，總數可以停上百餘台。為了能夠停好停得更滿，哈古梌經常性地不時還要扮演調度者的角色，以人力方式將腳踏車逐一緊靠；好挪移出更多的空間給後來者停駐腳踏車，而這也是西格偶而學樣想幫忙的事！似乎這是這個地方剩下僅有的角色！不過在陳通年代裡，它曾經是維持整個大宅院家族生計最重要的農物產銷場所。

感覺補習年代曾經有過的事情正以另外的脈絡重新來過，僅存的腳踏車停駐功能依舊行進，緩轉著伴隨宅院的可能變動！

在這個只剩下腳踏車雜亂層次鐵鏽油漬氣味的空間，已經感覺不到任何檜木蹤跡的存在。更不用說隔著中間宅院廊道再過去的碾米廠與豆枝間，應該會是完全不同氣息與味道才對。那也是陳通另一個小孩陳陣後代們分配到的大宅院另一側空間；那一邊的脈絡故事，對西格而言其實是另外的陌生。

註釋

112 法國當代藝術家丹尼爾．布罕（Daniel Buren），出生於一九三八年，是法國最具國際性的藝術家及理論家之一，提出極簡的八．七公分的垂直線條而著名，他稱這為「視覺工具」。巴黎 Palais Royal 地標，有一個公共藝術計畫正是他的代表性觀念作品設置。新北市捷運環狀線板橋站公共藝術的主計畫，即為他在台灣創作的代表作品，二〇一九年落成；而成年後的西格剛好就是這個計畫主導的徵選委員之一。

鋪上草蓆靜躺在石板中庭裡，仰望星空的高爽快意。

這一切卻不是為了滿足心裡的什麼宇宙遐想，也不是宅院家族傳統裡頭的任何生活閒適舉措！只是為了躲避突發大地震的連續驚恐而臨時移置零散露天床位裡的揪心偶然。另外，則是哈古棯的二弟柏洲過世後夜祭禮儀時，堆置冥紙燒盡時在地面石板上留下它奇蹟般的陰黑鞋跡，它們都曾經在同一個地方停駐著先後攀爬進西格的記憶皺褶當中。

時間催化石板地面歷來的凹凸同步校正了視覺遠近的褊狹，一種悄然成形的寬厚視界。清晰亮麗的滿天星斗襯在黯黑深邃的蒼穹深處，每一道無盡閃爍都綿延著已然穿越光年的恆久意味，確保每一瞬間到臨的死亡之後都能絕處逢生。

遭逢大地震時候的星空式避難所與作為少年囝仔的象徵式棒球場，兩者都成為老式中庭空間關係最佳的現實替代方案，它們的交錯並置成了宅院生活的過去進行式。

這個中庭，成年人互相不再使用它來不期然相遇，或者相約談天、親近互動；反而轉成潛在有意無意的相互窺探，竟然成為去除親族關係過程中伴生的「懼怕廣場」；只留下小孩子階段裡徒亂的元氣聲響。

感覺再沒有足夠善意或者好的事物會再降臨此處。除了程度夠嚴重的天然災難、家族成員的死亡與小孩子的球局外，這裡肯定不會再有任何大宅院的聚會，終究是個已然失能的多功能中庭。

大宅院的中庭空間，若依照傳統建築空間分布概念的等比例配置，應該會在四個關鍵風水點上有著一樣混合仿巴洛克閩南式洗細石子形式所塑造的五角花台才對。但是，事實上西格從小就一直只看到其中的三座，第四座似乎已經因為陳陣二兒子前廂碾米廠早年往中庭增建廚房、浴室而拆除，那應該是西格出生之前很久的事。

只能試著想像畫面的足夠老邁，那該會是古秀老宅裡中庭花台花團錦簇的絢麗榮景。不過，連哈古榿都沒有那樣的影像紀錄呢！

實際上，每座中庭花台大概有將近三呎高，徑寬約四呎的五邊造形，上略寬、下略窄，底部還襯了個稍具層次像是腳狀的模擬台座。在五個邊的曲斜側面上，有種恣意放大版涵化花瓶的誇張味道。分別都有著一些灰白色浮雕般的圖騰化意象固守著原來的純白，完整地轉移了歷史的塵埃；它們像是漂浮葫蘆、細身長花瓶、盛開與含苞的菊花、飛舞彩帶等，應該都是些傳統裡頭可以招致富貴、長壽……轉置的象徵性代表元素，用來祝禱以及對家族的時刻祈福。

花台基本上是沒有人在負責做例行的整理吧。不過偶爾卻又會無意間發現被誰隨性地種了什麼，長出一盞盞無謂的綠意、一抹無用的孤傲、一片無物的荒誕……因此，有過石榴欉卻沒有能長成結果就枯乾而終，年節前後也曾看過忽然被移置整束的鵝黃色菊花、嫣紅的孤挺花；幾次春夏交替時節，美玉的確種過草莓也確實長出了一堆果實，但是甜度與口感並不是特別的好。荒蕪時段就只會看到酢漿草的不時爭寵了，貓跑上去拉屎沒有土可以蓋好，也曾瞥見。

一九六〇年代，當少棒運動開始成為島嶼的全民運動熱潮後，隨處都能看到小孩子學著打棒球。等到西格念小學三年級時，也參加了學校棒球隊的二軍。因此，一時間花台便有了新的時代角色與用途：等同中庭花台棒球場的小孩專用壘包柱。儘管體積相對過於碩大卻無礙小孩子熱情的投注。因為幾個壘包柱距離不等的關係，位在公廳外中庭中心點的本壘也就是個歪斜扭曲的角度，不過在小孩子眼中隨時可變的形狀根本不會是問題，沒有什麼好怕！

距離終究是一種可變的美學象徵，無論是正規的立方體或是變形的歪斜，甚至是全然不等距的空間關係，依然漸慢的隨著參與者情緒轉化而得以在感覺上修正、生成自主遊戲的共識，不該那麼容易就被大人的干涉或場地所侷限。

西格大方地提供了家裡的軟式棒球、網球來當作打棒球必要的演練工具，也在後廂房儲物間裡選了幾根可以權充球棒的木棍，還拿柴刀對它們做了點塑型、手持的部位則巧手地纏繞繃帶並固定好最外層的電火布膠帶，讓它們看起來更真實、好用一些。

「不管打不打得到球，我每次都很用力的在參與這些活動，因為整個感覺讓人覺得很有氣力！」西格心裡的真言。

「……Play ball！」看多了，小孩子們也都很會喊，儘管不太知道這個句子是什麼意思。中庭花台的球賽幾乎都是無時無刻、不定時的便隨機上演。只要能隨意兜集幾個小孩足以變成對抗的雙方，比賽就能自動開始。

裁判也就只能是自己兼著當了：球員兼裁判一直就只會是現實的常態；一如時下世代的現實。所有的狀態都是一幕一幕的深刻進程，每個畫面才可能帶向可預見的未來。叢集的年幼生命衝動、活力，總在鑽營著來日的出路。雖然常常也會帶來點不可預期的爭端與淚水。

大人與小孩之間怎麼樣終究都是不一樣的尺度，那時候的中庭花台棒球場就常常被各家的大人們抱怨、喝止，說是中庭空間太小、太危險容易打破玻璃窗云云，應該去外面某處的空曠地方打球才對。但是小孩子還是謹守作為大宅院一分子的本分，嬉鬧中帶點冒險的勇敢精神。

西格從來也不會說什麼，一群小孩也都很堅持沒在怕的，儘管一路打好、打滿。

極權總是在靜默裡伺機變化並且藉著異端轉向。轉型正義的沒有終結與不堪回首，若有機會就該在不義遺址裡喝喝咖啡，除了無法預期歷史纏祟的聲音外，咖啡本身的味道其實與一般地方並不真有什麼不同。

在它的正對面馬路不遠處，常常隱約傳來日本兵的原地踏步高唱軍歌聲，儘管聽不懂，含糊的日語依然高亢、赳昂，平白空洞中卻也夾雜著沒有名義的陣陣哀嚎，據說這是停頓飄移在島嶼各處都有的浮空掠影，必須要能以聽覺來替代視覺，否則它就會徹底地消失而不可見。

島嶼本身就具有一種潛在自力更生又強大的能量驅力，是地球實體的一連串結晶轉化與有機突起，與世界的總體生成更是一體聯繫。島嶼歷來的乖舛命運並沒有因此讓它在宇宙法則前面有過任何的退卻。它就是潛隱著繼續它的宇宙宿命來回應島嶼的形上價值，並且超越人化的過度干擾。

島嶼就只是持續的靜默；至少數百、千萬年來它一直都是這樣，逆來順受。

雖然這並不完全是西格自己參與的切身經驗，但確實是他小時候每年親眼目睹的例行活動過程。只要是碰到獨裁者的生日，那時候稱為「華誕」，幾乎全國各縣市中等以上學校的學生，都必須要在規定的機制裡，表現出每個人對領袖最熱情的崇敬與祝福。學生也都要配合著在整週、整個月裡面，集體以不等規模且數次地上街提燈籠遊行慶賀，動作一致地高舉獨裁者半身肖像看板，字報旗、國黨旗海滿街都是。藉由不斷重複的熱情展現才足以表達年輕世代對領袖最高的崇敬與祝福。

「……你們是國家未來的主人翁，一定要想盡辦法表達對領袖最高的崇敬與祝福才行！」整個社會系統就是這樣被政治意識型態的洗腦所宰制。

島嶼各處必然也會由城市裡的國黨組織發動民間團體、單位贊助，在最重要路口搭建祝壽牌樓，滿坑滿谷吊掛的大紅燈籠以及壽桃造型花燈。萬頭攢動地擴大慶祝，全民歌頌偉人！

人類文明在差異化鬥爭、人民賦權、國族治理……的進化上步調依然非常緩慢——很難想像半個世紀前的獨裁政權與二十一世紀仍然存在位在亞洲共產世界裡的中國、北韓、俄羅斯、中南美洲、非洲的獨裁者們，實在完整地毫無二致——跨世紀獨裁的威權意象超絕一致地繼續荼毒著大部分的人類世界。

島嶼的人權進化伴隨民族主義認同復振卻是加速又全面化地對抗著極權的恣意擴張。

一九八六年初秋，意外獲得法國外交部獎學金的西格——那時候他已經改了名字——赴法念書；這純屬偶然的人生際遇，後來卻發展成與歐洲思潮在創作上的時代必然！

中秋節過後九月底剛抵達巴黎，空氣裡極度陌生的沁涼溫度伴隨著波動的凝厚生活氣息，說不上來確實是什麼味道，卻似匿蹤般地一路跟隨，只能猜測是某種極不熟悉的日常餘韻。

開學不久就碰上由全法國高中學生聯合會所發起的反漲學費罷課運動。這個由法國中學全學聯發起並引來少數大學學生會關注的活動，讓西格的認知先是起了一陣強烈的撼動。

以島嶼的社會發展或個人經驗來講——繼續實施著舉世最久遠的軍事戒嚴法——根本還無法理解法國系統脈絡操作的邏輯次序。那是西格完全沒有辦法懂的公民社會裡的常態：法律賦予公民個人權利的基本伸張，與年齡、性別、族群……都無所差別，以至於這個中學生抗議活動後來持續蔓延成全法國大學學生會的聯合參與連署，接著是各種相關的教育工會，再演變成各種勞動團體、民間非營利組織也都陸續加入的全國性罷課、罷工……由反對調漲學費開啟社會議題，攸關全國錯綜脈絡的盤整、辯論，最終導致系統全面癱瘓的全國性社會公眾議題抗議運動。

持續數個月的醞釀、串聯、擾動、組織、擴大效應，加上善用公共輿論平台、各種媒體推波助瀾之下，不斷地針對主要訴求進行歷史性的分析與回顧，綿密的社群評論與對話形成合乎現實要件的新一輪社會共識。規模堪稱一九六八年五月學運[113]以來的紀錄。

這個由中學生提出議題醞釀發動到成為全法國的社會運動，根本是驚天動地給了初到巴黎的西格一課公民社會的震撼教育。

最激烈的時候，大部分活動都是發生在塞納河左岸的聖米歇爾噴泉（La Fontaine Saint Michel）附近，以及人文薈萃的周邊拉丁街區；西格一時還搞不清楚原來這個所在就是巴黎各種社運的傳統場域之一。

這個區域正是幾個世代以來法國年輕精英知識分子最重要的匯集地，一九六〇年代即聲稱是地球上智慧密度最高的榆勒姆街（Rue d'Ulm）也包括在其中。各種激烈意識型態主張團體、基進思潮的書店、百藝類型的電影院、咖啡館餐廳、索邦大學校區、博物館、美術館……林立其間，裝置著法蘭西諸階神靈的萬神殿（Panthéon）也就在不遠處散發著智慧與勇健之光，盧森堡公園寬闊的歐蝶翁（Odéon）區域，當然也是運動者們群聚私下謀議策略的重要地方。

主要的連串、偶發事件都無間差地發生在這個區域裡也就更顯合理；每天都會有許多不同的小議題，在不同的街區角落裡被一圈一圈不同世代、來自不同城市的人潮圍繞著公開研議、辯論著，公民化的社會治理過程與細節一覽無遺，與周遭環境流動中的所有事物也都沒有絲毫違和感，激進中同時伴隨著一股極易感、富熱情的公眾性理智安全！這是進化的社會才能有的氛圍嗎？西格困惑著。

運動過程川流不息的公眾討論持續了幾個月，並且流竄伴隨著熱鬧喧囂的各式藝文活動，身體實踐與腦袋的併合運用感覺都非常激烈又極富熱情；讓人真正見識到巴黎為何代表歐洲的核心視野以及屬於近代人類智識的能量與高度。連一九六八年學運在巴黎大學建築外牆的傳統左派圖像也被圖騰化象徵式地復刻，再次懸掛在市區大學的整個建築外牆，昭告著世人「我們仍然在這裡鬥爭！」既代表當下批判立場也遙映著法蘭西歷來的世代傳承。

西格的理解當中顯然還沒有一九六八年的革命性運動身影，他仍然只是異常的震驚，屢屢目瞪口呆而不知所措。因為這一切，在島嶼歷來都不可能這樣發生。他能有的第一個稚嫩強烈印象：「這樣的城市才有條件代表豐富繽紛的法國，甚至是跨時代的歐洲！」

「法國萬歲！（Vivre la France!）」的口號呼喊聲也隨處震天響，一種貼近過往歷史的革命情感，依然在他們年輕世代身上延續、沸騰著不斷關注社會的公平正義。這令西格非常羨慕，但是也僅止於此，島嶼能夠變動進化的所有路徑還很漫長，甚至遙遙無期。

剛到巴黎不久就碰上這個波瀾壯闊的宏大社會事件，幾個月間，西格除了極度地驚魂未定外，還搞不清楚許多狀況的緣由與前後脈絡；但總還是保持著距離學習，觀看著所有事情的細緻變化。唯一能臆想的，大概就是這些事態與藝術抽象思考之間到底能建立起怎麼樣的關聯。

或許這就是一種無可替代的獎學金幸運？總體異質性社會學習的全面開啟，顯然成為西格在法蘭西藝術創造學習的難忘禮物，飽含著近當代相對與絕對價值深具思辨性的第一課：當代法國現實社會的歷史教程。

這種一開始就發生的無盡開啟，提供西格得以試著融入法蘭西，透過巴黎的種種風情，學習「什麼是法國？」（Qu'est-ce que la France?）。

事件最後，因為巴黎警察在市中心拉丁區意外開槍擊斃一名參與社會運動的北非裔學生馬立克（Maliq），急轉直下的運動境況逼迫政府的主管單位只得迅速出面，承受社會整體的激烈批判與基進意見來逐一善後。出事現場的街角，當時被社會各界人士置放了滿溢整條街區對於這個犧牲者的致敬與哀悼花束，一種非經驗中強大的社文藝術驅力確實打開了西格的現實眼界，不只壯闊，也極富歐洲式的革命性浪漫美感。

一九六〇年代經歷過島嶼白色恐怖的世代，或許想藉由年輕世代所能替代的年度例行全面出動遊街，籠絡獨裁政權，來化解並迴避他們集體該要面對的時代恐懼。

這些對照不只是三十年的時間落差，排除文化差異後，直接就是很多個世代社會的不斷退卻，也正是民主社會與虛妄國族獨裁的對決。

資本自由市場與國家計畫經濟的比較，社會福利與階級改造的不同調。幾十年之後西格才能清楚，他的家族是怎麼走到這一步的，但是永遠都不會太晚。

世界觀與根源性的斷離就更是離奇了！只有被極端窄化成符合黨國意識型態的政治正確是被寬容的，其他不分族群的異議都必然遭逢殺無赦的白色劫難。

這一切發展，終究是需要跨越世代的充足時間來自然過渡。那也是年代裡世代們走投無路時的決定，儘管終究就是一種時代選擇。或許也是成年人面對白色恐怖的集體記憶焦慮，刻意設計這種全國性的遊行來推讓給少年人去承受，以巧妙回應獨裁者的妄自尊大。

註釋

113 五月風暴（Mai 68），也稱五月運動、五月革命和五月事件（Évènements de mai-juin 1968），是一九六八年春夏之交法國發生的持續約七週的學生運動，影響非常全面、劇烈而深遠。

關於人種的新視野。

非洲，一百八十萬年前。六萬年前，智人。喬治亞的「格魯吉亞人」。人種差異只是遺傳的偶然與必然。

眼睛是看不進去的，沒有辦法在絕對深邃眼神裡分辨深度。除了科技，人境之外的距離無法視覺，所有的層次集結成了無界限團塊，亦無邊際，它脫離物理深度，只能理解：是寬泛世界中的真實倒影，就只是環境驅迫著讓它外部長成這樣，在裡面看起來其實都一樣，關於人種新視野的增添可能。

與西格家廂房門口相對的另一側宅院公廳廂房，忽然一日裡搬來了幾個中年的美國人，看起來就像是電視、電影裡面會出現的一樣。只是搬來後，他們一些美國黑人朋友也跟著經常會出現在這個白人租客的大宅院生活裡，來走動、聚餐，不過出現的時間感覺似乎都是幾個小時那般的短暫；所有出沒的美國人碰到了大宅院裡的鄰居也都會很客氣地寒暄、打招呼。

雖然，一時之間有了這樣的美國鄰居，大宅院裡還是很難認為是生活中的真實；不只人種大不相同，語言也不通，連比手畫腳都還是令人害羞，點頭打招呼成為唯一可行的交流互動方式！

那段期間，西格總愛喬裝頻繁進出自家廂房門口，看看會不會剛好碰到對面的廂房門打開，好一窺「阿啄仔」生活的究竟。

這是西格六歲人生以來第一次，近距離相鄰住著並看見黑人、白人一起。不論是不是美國人，特別這可是在大宅院裡的真實生活！

的確，有過一次也就那麼唯一的一次，門真的打開了！因為剛好搬來些新的生活物件，碰到宅院裡的鄰居打招呼寒暄了一陣子而持續開著；西格的眼神看見的縫隙裡儘管裡面家具不多，可是怎麼整個廂房空間感覺起來所有的擺置都變得很美國呢？其實是很異國，西格根本不知道什麼是國，美國是什麼就更陌生模糊了。特別是客廳前面地板上鋪了一大塊有著仿阿拉伯世界風格圖案的地毯，牆壁上掛的幾張歐美風景的油畫，以及幾個看起來很簡單的木架皮椅家具，以及宅院裡很少見到一面被粉刷成淡粉橘色的牆！

並不清楚確實是什麼原因，是因為沒有馬桶的生活設施，或者是不習慣大宅院裡日常人擠人的氛圍？黑、白人一起聚餐的畫面，大概半年不到吧，很快地忽然之間就消失在大宅院裡了。

那時候，美國第七艦隊、美軍顧問團已經開始在島嶼各處協防。嘉義市也有一個美軍顧問團的團管區本部。

西格根本不知道人種到底意味著什麼，他當時能理解到的就是：「在島嶼的本地人、番仔山地人、客家人、中國外省人之外，儘管還有熟悉的日本人，再來就是世界上的美國人了，但不一定是白種人！」

在美國人搬進來大宅院之後，這個廂房也曾租給一對年輕許姓夫妻。阿娟常說那位年輕太太非常時髦，總是穿得很時尚漂亮，是一位很難不令人注目的年輕媽媽。她的小兒子乃文還經常與西格、東格兄弟玩在一起。

許太太非常喜歡東格這個小孩，經常說要生個女兒給他當太太。

她與先生因為美軍協防島嶼的關係而有了他們相關的事業，內容都與美國士兵在島嶼生活的周邊物資有關；或許他們也認識前面住過的美國人吧？

幾年後，美軍協防島嶼調整了戰略方向，他們也跟著搬去了高雄。

東格：「我在高雄大樹鄉服預官役時候，還曾經去市區拜訪過許太太一次。但是，到底是怎麼聯絡上的，我也不記得了。」

「當時她曾跟我說她在教授日文，全家正在等著移民美國呢。」

「而且，在此之前她真的已經生了一個女兒！」

「老母雞」。

原來，那多少還可能是個極富浪漫意涵所容許拷貝的生活場景：美式軍事社區群集之地。「圍牆」卻徹底成為在島嶼「眷村」擬化生活的政治醜聞：在那牆內閉鎖了百萬個心靈，導致日後只會是民族的退卻與鈍化。

十九世紀末年，帝國原就設有日制皇軍與軍國同體的官舍與兵眷社區。特別在二戰之後，島嶼才轉而設置以國族意識型態為政治基底的隔離式群聚社區，它幾乎徹底的排除了與島嶼在地人的現實接觸。統治的階級化並沒有帶來更全面的占領合法性。

實質上是藉由獨裁黨政的群集，迴避了該要推動生成新一代的國族認同。更直接透過國際地緣政治容許下，外來政權對於未竟國族合法的全面性占領與清洗。刻意謬誤地扭曲將民族血統論轉置為國族本體論的族群同一化場域。它的不斷被切分、圈圍、固守：形成打不開的社會牢籠，更撕裂加深了島嶼超過半個多世紀繁複難解的國族認同困境。

時代驅力下生成的手工聖誕燈製造鏈，曾經是世界第一的光芒，極不起眼，卻曾多少修補了這一部分的裂隙；特別是跨越在眷村裡外四處社會共同的生產記憶之中。那的確是島嶼獨特時代小確幸的重要緣起。

那還是 C-119[114] 運輸機蓬發的年代，許多軍事任務的人員輸運、軍需品補給、救災……都需要靠它來做全面性的整備與運補支援。當時台北、新竹、屏東三個軍用機場都是它的重要連結點，而最後階段的重點基地則落在屏東，直到一九九〇年代末期除役，退出國內外軍事相關的運補系統為止。

西格知道俗稱老母雞的這種運輸機是從新竹的空軍眷村開始的，那裡是綉英尾姑與姑丈劉信階段生活的家，也是西格人生唯一一小段時間的眷村生活體驗。

劉信，是二戰前後投入軍旅才來到島嶼的中國湖南人，個性頗為敦厚，待人謙和，或許是常與美軍、跨國軍種接觸，反倒不太像是一般島嶼印象裡國黨軍人的呆板、執拗氣勢。帶點他故鄉湖南的鄉音外，英文琅琅上口，總是以一種國際軍種的美式風格現身：飛行夾克、船形帽、Rayban 深墨綠色太陽眼鏡，刮得很乾淨的落腮鬍子，塗抹了氣味很濃厚的美式古龍水，服裝儀表都是個專業人士的準確，連軍用黑皮鞋的雪亮也光可鑑人。可能長年都在軍旅之故，皮膚帶點健康的棕黝黑。

他在空軍飛行中隊擔任資深士官長的工作，讓他成為一個只能在空中盡情向基督祈禱卻無法規律上教堂的虔誠基督徒。

最早他是在嘉義的水上空軍基地服務，一遇假日，總會與飛行員同袍前往市區嘉義病院附近「嘉義牧道會」參與教會活動。因為空軍文化完全承襲自美軍系統的文化培植緣故——基督信仰既是西方的傳統，也提供不可預知的任務更為安定的精神依靠——教會活動對飛行員來講，也就是個實際上認識年輕異性的妥當地方。

劉信耿直的個性並不像其他人，參與教會除了是個人信仰的慰藉外，也一直沒有什麼特定目的；反而因為擔任教會青年團契團長的職務，必須在不同教會團契之間建立連結關係，也因為各個教會佈道方式的不同，而被引介到吳鳳北路上的福音堂去參與見習團契活動。

「不同教會互動一段時間之後，劉信從原來的牧道教會聽到我要在福音堂佈道領唱，就帶了一批人過來福音堂參加聚會、交流考察，當然也算是教會間的互相捧場。他第一次來教會時，就有教友熱情地介紹他讓我認識，但是家庭緣故，那時候我對外省人印象非常惡劣，我都躲在馬師母後面不太想理他。」綉英回想著與劉信最早認識的情景。

馬師母總是說：「你就聽聽看他怎麼說，大家好互相多認識，上帝自然會有安排。」

繡英：「其實我膽子很小，雖然敢嗆阮老爸與細姨仔，卻不太願意直接面對外省人。連去看電影，只要座位附近有外省人，我就不看直接走人！」

「幼年以來經歷二二八事件，對外省人有著很壞的印象。唉！但是老天注定，最後卻還是要我嫁給外省人。」

「劉信於是就開始在福音堂教會做禮拜，他並不像一般飛行員在教會認識女孩子那樣子地追著我。一段時間之後，教會事務之外，當然私人情誼也沒有什麼特別進展，他便因為任務需求自動請調去新竹基地。」

「劉信在新竹偶然間聽聞島嶼中南部人的風土民情，很多事情若毋照起工很難會有進展。考慮相當時日之後，輾轉透過在阿里山林場工作的嘉義教會教友打聽了我的近況。知道我還沒嫁人，便鼓起勇氣正式央人來說媒，看能否爭取我的首肯。」繡英用著劉信曾經轉述她的口吻在講著與自己年輕時有關的過往，這些都已經是塵封已久的遙遠過去，對她卻是歷歷在目，劉信也已經去世十餘年。

「劉信這樣的傳話央求，一時之間我自己也心思紛亂不知如何是好。才與我兄哥哈古棯、兄嫂美玉、大姊繡雲參詳，邀請他們一起出來看覓大家聊一聊，幫我做做主意。」

「哈古棯原本很排斥我要與外省人相親甚至談及婚嫁，他總認為妹妹又沒怎樣，什麼人不好嫁呢，要嫁給外省人。」

「我只好學著馬師母的方法，努力央求哈古棯去談談、看覓再說吧。劉信是個很老實、真誠又敦厚的人。」綉英強調著說。

「相親當天，連我個性溫柔的嫂嫂美玉都覺得的確是個古意人，講話輕聲細說，感覺是個個性頗為謙和的人。劉信安靜又充滿元氣的真摯連哈古棯也一改態度，握手招呼相當熱絡。綉雲倒是沒說什麼，她就一直都是護著我的大姊。」

「的確，那時候一堆飛行員追女孩子可不是這樣！如果追不到就趾高氣揚的走了。我在教會擔任領唱聖歌，經常穿個全身白、腳搭黑色高跟鞋，雖然長得不夠美，身材與整體氣勢應該都是不錯的。劉信就這樣前後算是追了我七年。」

「職業軍人不常在家，也經常弄不清楚什麼時候他會出現在家門口。」綉英語帶堅毅地抱怨。這種被命名為國家機密的工作節奏，卻成了日常職業的絕對神祕，綉英絕少過問干涉。

「每一次的休假返家，似乎都是突然出現的一個情節，完全無法預先準確知道。甚至，有時還會臨時從休假中被召回部隊出任務呢！有過聯絡不上，收到緊急電報外，也曾有過部隊還聯絡管區派出所派警察來家裡通報，要他趕快跟部隊聯繫的事件。」

的確，二戰後的冷戰年代裡的確很容易便有著刻板印象，多少像是好萊塢電影中才可能會有的人物描寫。

那其實是會改變一般人對軍人的看法，也是西格所能理解最早的一種成年人的帥氣。體態總是抖擻有精神，人也很容易講話，沒有什麼令人不快的既定軍人脅迫感。可惜的是，卻從來沒有真的見識過姑丈在部隊裡的神氣模樣。

長年擔任 C-119 運輸機上的通訊技術資深士官長，派隨老母雞出遍了國內外跨亞洲的許多機密運補任務，特別是與後期越戰有關的後勤補給，因為是機密行動，所以都只知其一不知其二，但是透過一些梗概也還容易知道一點有趣的什麼。但是，更多的是令人咋舌的悲劇。

「運輸機飛行的頻率過高，每次飛機例行拆卸保養修理完成之後，放置螺絲的鐵桶子裡面的剩餘螺絲總會變得越來越多。」

「在現實物資極度缺乏的常態狀況下，也會試著將幾架嚴重故障的飛機拆解重組成一架更完整堪用的飛機來汰除越來越困難取得的主要零組件，但是擔任重新組裝後試飛的飛行員就要有很大的膽量了；飛上天整個解體是曾經有過的事！」

「儘管知道，我們也莫可奈何。」

「雖然擔心，但是任務在身，總要飛上天的……老天保佑，阿們！」

西格人生首次使用的座式美規抽水馬桶，就是在眷村姑丈家裡，害怕中帶點欣喜的心情坐了上去，感覺完全揮別老家那種恐怖窟窿的屎沆仔陰霾，才知道原來上廁所可以是沒有太多什麼不好的氣味，使用後好看的深藍色漩渦水流還會處理掉一切的汙穢，甚至會留下盈滿消毒水的薄荷清香，方便與舒適的程度更是令人心曠神怡！但是穢物都沖到哪裡去了？這種生活質感完全是西格未曾接觸過的嶄新陌生。

「你們會想去新竹找姑姑玩嗎？」暑假到臨前，哈古榿突發奇想地以這樣的提議問起西格與東格。當燠熱溫度開始頂著日子，暑假一到，如期地國小二年級的西格與四年級的東格便一起搭著台鐵對號快火車來新竹綉英姑家過暑假。也是兩兄弟在沒有大人陪伴下獨立出遠門的第一次。大概四個多小時之後，由嘉義抵達新竹火車站再由綉英姑接回拔子林附近空軍眷村的家；因此出門前，哈古榿就先給了一些必要的行前教育，好讓他們能平安順利地到達目的地。

哈古榿心裡盤算著：「縱貫鐵路就是一條到底，讓他們有個機會鍛鍊一下，只要記得新竹站提行李下車，應該很安全才對！」

步調緩慢時代最普遍的氣質就是對時間感的需求薄弱，整體的時空間連結系統也還沒有推進到自動化的階段，因而生成缺乏效能的全面魯鈍，機制上還在拼拼湊湊，沒有能如實地跟上過去日治時代打下的現代化基礎。

儘管已經有一定比例的柴油動力車頭，但並非每一班次都是，對號快以下等級的車輛常態都還是以燃燒煤炭的蒸汽火車頭為主。啟動的程序繁複，每一次的進動，似乎都預示著某種難得謀靜而動的即時獨特表演一般，動力啟動的工業化痕跡也處處意味著科學技術該要開始被運用的巨量需求。不過，看起來一切都還是被意識型態的判斷延遲著，很多事都只能將就著因陋就簡。

火車班次整點時間一到，噪音過量的響鈴一陣破碎喧鬧後，機關車就必須迅捷吃力地先試著掙開靜止的物理應力，蒸汽機關車用力地蹭、蹭、蹭——蹭、蹭、蹭——蹭蹭蹭——蹭蹭蹭連番由鬆而密清嗓式地開始作動起來，試著盡快擺脫那被圈磨著的一長列沉甸。霎時噴發出的水霧白煙籠罩著啟動前的長列黝黑身影，的確充滿戲劇張力；甚至還經常都會先帶著難以預期的電光石火地在鐵軌上噴濺火花，原地打滑個幾圈之後，才能接上摩擦後齒輪的正常運轉，加上速度慢慢地便能開始向前滾動起來。

搭乘對號快以上等級的火車，車輛啟動之後的第一輪出演也迫不及待地就接續著上場。突然之間，不知從何處就冒出幾位白罩衫黑長褲服裝明顯是服務生的人物，依例由火車頭尾雙向交會著來服務每個座位。每到定位便開始逐一以大容量的鋁製熱水壺沖茶，那包覆著墨綠色帆布防燙衣著的大鋁壺因為滾燙的上升煙霧，很容易便引起所有乘客的注意力。一節車廂裡上百隻眼睛盯著持壺者一手拿著高深的空玻璃杯，姿勢與某種夾置處罰人其實沒有什麼兩樣的狠勁，兩指夾掀開玻璃杯蓋凸起的部位，另外一手提就著杯口快速沖倒入熱水，讓預置在杯內揉捻成球狀的茶葉開始了透著玻璃杯裡芭蕾般的演示翻滾，迴旋繚繞，葉脈緩緩伸展再慢慢沉入杯底。一趟車程下來可以有好幾趟的重複來回，很難不讓人有感覺！不論男女，技術熟練的服務生還要故意把這個距離拉得很開，展現出一種其實只是物理學小伎倆的力學拋物線美感，滴水不漏地給接住！煞是好看的背後其實是有著相當的難度，因為火車難以預期的搖晃、停頓都會帶來不可預期的後果；無論如何，自然都會博得暗暗的贊許。茶水除了原有茶葉的香氣之外，也因此的確變得更有滋味、迅捷地好喝起來。

小孩子對於窗外一路上多變的鮮綠，還沒能有太多的在意。層次之外的各種距離所預示的生活差異，對他們來說也都還逐步在混沌地萌生著，別人世界裡會有的各種苦難，對他們而言也還難以有什麼具體的感受。

環境發展速度與距離的關係，鐵路過境城鎮的變化其實並不明顯，到處都還是田，不由地綠成一整片。不過，城鎮與鄉村之間倒是斷離得相當分明。那背後關聯正是城鄉的差異所在！的確，存在著一種難以界定的無形界線，從鄉下人到城市人，卻是不可逆地很難再度成為如假包換的鄉下人！發展中的社會攪揉了許多的初心，怎麼樣都想要再尋回那一點原初真誠。否則，社會何以為繼？

「唉，你們兩個坐過去一點！」一個四十開外陌生男子吆喝著，示意要西格、東格兩個小兄弟擠一個座位，好讓出一個位置給他。

東格：「我們有買兩張票，這是我們的位置！」一句童語，便徹底凝結了後續可能會有的爭論。那可是哈古梌用心考慮讓兩個小兄弟可以一路安穩抵達姑姑家的苦心啊，每個人勢必都要有自己的位子！

那「見笑轉生氣」的男子竟然開始說起教來，連周遭的乘客都看不下去，覺得莫名其妙。西格與東格動都文風不動地手勾著手緊抓著座椅的扶手作勢不讓。依著哈古梌提示過的一些事先的演練狀況，巴得緊緊的杵在座位上，完全不予理會這位白目先生妄想的以大欺小！

一路上，除了遭遇這個奇怪中年人無理想來搶位子又沒能得逞事件外，一切也都平安無事。

出生以來從未發生過如此駭人的景象。不知何故，抵達新竹空軍眷村後一個多星期，東格竟然接連幾天晚上睡覺時都無端地大量流鼻血，整顆白枕頭幾乎都染成了紅色，嚇壞了姑姑一家人！

「會不會是新竹天氣太熱了？還是前幾天搭了太久火車的緣故？」綉英猜測著原因。輾轉電話聯絡哈古楤後才知道，原來東格的兄姊們每一個都曾經是這樣長大的。它似乎遠離真實疾病的困擾，而是家庭遺傳上私密的文化儀式罷了，這可就有些巧妙。哈古楤語帶幽默地回著綉英：「沒代誌啦，紅色吉祥！你阿嫂美玉年輕的時候就是這樣，聽說她的生母也是！」

原來這只是家傳的淵源，幾個孩子小時候似乎都經歷過這樣的一陣驚嚇，幾次之後也就習以為常，並沒有誰真的害怕過，也都能平安長大。

後來才知道美玉小時候也的確就是如此，頻率還更高。或許，與她的地中海型貧血有著遺傳上的隱密連結，又或者真的只是因為不常搭這麼久火車的關係。

應該是從小家裡飲食文化的習慣吧，總以為麵食只能是午餐或消夜，而且吃的都是台式油麵所做的擔仔麵、炒米粉之類，從來沒吃過外省麵，也不知道一大早、整天都能吃麵？更不知道有陽春麵、水餃、大餅、蔥油餅、烙餅、麵疙瘩……這些中國北方的麵點食物。其實，都是些陌生的地方美食！在眷村的小菜市場裡頭才恍然大悟，原來一大早就有很多攤子在賣著各種中國北方麵食類的地方小吃，原來一大早就可以有麵吃，大開眼界也大快朵頤。

屬於村子裡的菜場、美食角落，位置就落在巷弄裡稍微後段一點的地方。那應該是低階軍人的眷區處開始的，因為是臨時擺攤而不是固定設置，看起來完全不像是軍隊的地方。而且，也真的沒看到什麼穿制服的軍人出沒。只是，所有進出人流的談話口音，幾乎都是聽不懂的中國各地方言；

這對西格來說的確是個異質性很強的異域，一路靦腆地跟著姑姑，但是卻完全不知道該如何應對。

倒是在那個地方出現的人，相互之間似乎都是互相認識熟悉的。吆喝、嬉鬧著打招呼，只是方式卻都與西格知道的大不相同。

而且，聽得懂的交談幾乎都是生活裡各式事物的小道消息，此外似乎一概聽不到什麼是與軍隊、機場有關的內容。

一整列的低矮木造房舍，面積都不大，內裝卻都已經各不相同。據說，他們都是從中國不同的地方遷移來島嶼的。同一個村子裡，每個家庭都有自己的說話方式，氣味也各不相同，很是熱鬧！

但是，所有這些事情根本都超過西格的理解能力，他只知道這裡的一切與他島嶼世界的宅院實在大不相同。

眷村裡頭——近乎家家戶戶都在做外銷聖誕燈的家庭代工——好像這才是唯一真正跨越了眷村與外面世界的差異而具有同質的生活內容。沒有人能預先知道，這一切將會為日後更精密的電子光電科技產業砸下永續的庶民基礎。

因為地緣政治與早期全球化生產基地的落實，那時候島嶼經濟開始起飛，Made in Taiwan 的各種生活百工製造業產品開始名聞於世。但是，為什麼整個空軍眷村裡幾乎每一戶都在忙著做家庭代工？雖然是名為空軍眷村，但因為空間上並不在機場裡面或者與機場直接連通在一起，也根本聽不到什麼飛機的聲音。所以會有一種錯覺就是：這到底是一個該要被如何想像的空軍眷村？

眷村的名字是「大鵬二村」，顯然是一種標準的空軍制式命名方式；它就位在新竹機場邊不遠處的拔子林附近，可能是因為跑道坐落方位的關係，並不容易聽到任何飛機起降的直接聲響。

「『大鵬二村』我們先是住了四年，接著被調去台北住了兩年，後來又被調回去新竹四年，前後在大鵬二村住過兩個房子，有八年之久。」綉英姑訴說著往日的遷移次序。

那個時候新竹、台北都還是 C-119 這種款式運輸機的大本營。一九八〇年代中後期，法國的幻象兩千（Mirage 2000）戰機要進駐新竹，整個 C-119 基地才遷移到屏東。

「現在村子還在嗎？還是改建國宅了？」西格也不確定這半世紀後的追問，到底能再勾起些什麼。

「早就沒有了！後來整個村子的用地都被併入機場擴建用地而廢村。」

「永遠都不會在了。」綉英姑帶著回憶悵然的眼神說著。

在那次與東格去新竹的假期裡，西格也開眼界地與姑姑去遊歷了規模很小的「新竹市立動物園」，園內可被觀賞的動物種類並不多，大部分都是有著地緣性的在地物種；最特別的發現竟然是園內動物們看起來都不會有絲毫傷心的感覺，只看見一種與外面環境很不一樣的不尋常平靜！

綉英姑也領著大家搭火車往竹南方向，做了跨境的在地探訪。火車穿過一大片香山濕地，去了一趟崎頂海邊。印象是個前不著村後不著店的海水浴場，儘管是盛夏季節，海灘上卻只有稀落的人煙，熱浪與勁風中極容易令人暈頭轉向地帶點踉蹌。望遠周邊都是有著高聳斜坡的沙灘地景，應該是季節性的風過大栽樹不易也不夠多，感覺人會很輕易地就被颳衝進海裡面。但也可能只是地域性的季節風，讓每一道海湧都進浪花白，立刻就能意識到這裡的海灘與島嶼邊緣猛烈接觸後留下的獨特感觸。

海水的顏色的確沒有那麼湛藍，帶點樸拙的灰迎著節節到岸的白浪，在場的氣氛依然有著觀浪的歡騰。

熱浪恍惚間，倒是有個畫面是從小就一致擁有、一直延續的：以大澡盆承裝自來水讓太陽曝曬終日。傍晚再用溫熱太陽水洗澡更是夏季去痱子的良方，在新竹夏天的陽光底下，儘管風吹動的方式很不一樣，但那種陽光的味道與嘉義幾乎是沒有太大差別的刺熱！

註釋

114 費爾柴德 C-119 飛行車廂（Fairchild C-119 Flying Boxcar，美國海軍命名為 R4Q）是美軍在二戰後研發的一種運輸機，為費爾柴德 C-82 運輸機設計衍生而成。主要用於運送物資、人員及空投傘兵等任務。當時在台灣俗稱老母雞。

周太太。感覺就是直接平白地再現一種陌生「中國」南方印記的個體縮影。特別令人驚豔的是：並不需要過多言語，光憑活生生的個體就能承載巨量的文化訊息，便能適時的在日子裡自動超展開。只要有適當距離，就一定會有某種美好涵括其中。「陌生、「距離」、「美好」：一直以來，都是純粹美學的根本產物。這件事情就只是揭露了素材與本質之間的差別，而那就幾乎已經是差異的總和。

在每次的不同時間點上，周太太、周媽媽兩種稱呼總是交替著被使用、被聽見。這些稱呼都不是島嶼在地的撿俗叫法；整個意象的浮現，依然具有強烈的異族感。不過，她的確是位丰姿綽約的中年婦人，身形豐腴中帶點乾淨的富貴氣，經常是穿著整潔典雅稍微寬鬆的改良素旗袍在身，髮式總是俐落有型，不會過於誇大也不至於輕忽隨便，腳蹬素雅的軟質布鞋，配上顏面的淡雅粉妝，可說是那種「漢式」書冊中會有所寫照的近代有教養女性的優雅典型啦！帶著具有溫熱感的眼神，臉上經常堆滿愉悅的淺微笑容，不會太多顯得輕蔑，也沒有太少不足以與人親近，行為舉止端莊中有種開朗、落落大方，是很容易會讓人注意類型的成熟女性。

這顯然與島嶼在同樣年代，被日本殖民文化教化出來具有嚴格日式含蓄美感、嫻熟女性的標準是完全不同的類型。因為凡是受過嚴格日式教育的人，所有細節都必須被內化成某種特定文化形式上的日式準確才行！形成的身體感也必須是文化身體的一部分，而比較不是個人化的身體，這是最直接的不同。群體化的日式絕美與文化殘酷性一直有著深沉的內在連結，更是完全無法任人馬虎隨性看待。

這大概是幼年西格少數有過強烈感覺能遇見所謂有教養外省人典型的機會。在他小時候極其有限的生活環境裡，其實根本離這類型的人是非常有距離的，應該也沒見過幾個。

不過，作為一種關於二次大戰之後台灣社會新族群融合的實際遭遇來說，能與那樣的人家比鄰而居，的確算是有了點生活經驗上的真實感。特別，周媽媽是戰時從中國陪伴著家人前來島嶼，那可不是一個能夠輕鬆以對的年代。逃難的沿途、跨越黑水溝船上也有著它的風霜與困難遭遇，前途未卜。你永遠不知道在身處危難的當下，人的欲念還能剩下什麼。或許能有的盤算，就只是如何繼續活著的極端欲望，其他或許都顯得毫無必要的多餘。

就生命動盪的曲折程度來講，這些說法無非是高度自明的。只是那種低調華麗外表之下，或者就只有著脆弱的殘存意念。那也會讓它撐起足夠的意志好取得更多的生存優勢。

並沒有人知道他們的真實來歷，或許是無從了解起那些難以再被啟齒又難以置信的故事細節罷，又或者是不被允許。所有關於他們的來歷都是他們主動分享的過去，所有一切也就成為島嶼日後可能積累的新現實。只知道他們從基隆港下船之後，便一路輾轉地來到嘉義落腳。

關於逃難，在這裡已經不是概念，而是他們真實經歷過的家庭遭遇，不曾落在那個脈絡裡的人就只能選擇沉默聆聽那絲絲入扣的人生血淚。意識型態對抗所引爆的災難在這裡面被提列的發酵程度，近乎令人難以置信的曲折、驚悚：穿越萬人被屠殺血流成河的現場而倖存下來！只約略知道他們曾一路輾轉在中國的華南地區四處跟著躲藏流竄，以逃避戰事的直接降臨。

人生難逃百般的磨難，但是持續逃難終究算不得是人生，而且你必須想盡辦法不斷遠離死亡的威脅。

只記得周媽媽說過：「沒有任何一件能夠說得出口的事情，是能被理解為真實的，連用演的都沒辦法！」

所有的難以相信都成了真實的連續展開，這一切往往足以替代差異所牽引出的沉默，而且直接真實地便開啟生命內在的自我戰端，牽扯不清地糾纏上一輩子。

人生如果只剩下無法迴避、不斷的、連續且長時間的被迫，那麼自然就會讓那個人生為所有的被迫付出必然代價，並同時取回必然的報償。不都是這樣嗎？

或者是他們逃離死難的沿途也見多了中國的名山大川以及再也難以覆滅的慘烈戰爭遭遇，才能有這般的從容精神得以清朗大度的在島嶼過日？

那兩位姊姊與哥哥西格都曾見過，但是年紀差太多而不曾真有什麼互動，而且時間也都久遠了。

終究，能夠透過當事人親身的述說，聆聽遙遠又陌生故事就是種難得的際遇，依然令人難以忘懷。

西格很顯然從來就只願意不斷地回到以小孩子的心思，試著猜測別人內心的變貌。對他而言，成年世界還是一道遙遠的未來路。

倒是經常都能聽見他們的餐桌轉換成了方城之戰的另種戰區，那大剌剌的麻將牌撞擊聲浪迴盪在空氣裡，或許正是一種大宅院的奇怪應允吧。老周與明智阿公也常常都是座上的牌咖。那個實木麻將桌竟然是個四面可以上下摺疊的大圓桌；西格也曾經圍坐在桌邊吃過幾次飯，只是他眼光的注意力一直是停駐在桌沿及下方的摺疊機關，而不是桌上任何周媽媽的美食料理或者誰的誘人話語。

周媽媽的幾個小孩都是先後在島嶼出生——兒子永明、兩個女兒永真與永蓉——永明是最小的孩子，個性內向，與宅院內的互動不多，倒是與周媽媽感情很好，永真的大姊個性帶點男孩子氣概，總喜歡聽收音機裡的籃球廣播，阿娟也都到他們家湊著聽到入迷。因為是單親家庭，幾個小孩個性都非常獨立。感覺得出來移居島嶼之前在中國，周媽媽的家庭應該算是不錯的人家才對。

小孩們看起來雖然都接近十幾歲，除了生活文化大不相同外，都算是中規中矩的人。她的小女兒永蓉與阿娟剛好是嘉義女中同班同學，互動很不錯，因此常常會一起參與些年輕人間的家庭活動，也就有了不只是隔壁鄰居的親近感。

她們一家租下了大宅院靠華格家那一頭的最外側廂房後半邊，也就是緊鄰著哈古桧家的宅院右側，含二樓閣樓共三房兩廳的空間，一半在前廂房、一半在主屋的最右側，空間連結的曲折方式完全是懂得老派宅院的幽情才有可能習慣。

經常來側廂房拜訪他們一家人兼打牌的老周並不是周媽媽的親戚，而是男朋友，是個台灣的殷實商人，對他們一家人極為照顧。老周常常與其他朋友一起來周媽媽家打麻將，特別是週末裡的牌局聲音經常徹夜響亮呢。

其實，那應該算得上是一種異族文化的幽微挑釁吧。至少超過半個世紀以來，島嶼上很少有人包括殖民統治者，竟然可以在日常生活裡發出如此任意的聲響，特別是在封閉性的宅院裡。恰似在日常生活中測試著其他人的反應。——這總是引起西格極大的好奇，探頭探腦的想弄清楚到底那都是些什麼牌局與大人遊戲，卻一輩子從未弄懂過——老周遇到宅院裡的任何人總是低調、謙和，一副不想惹事的感覺，也總是面帶笑容，不論大人小孩都會點頭打招呼，卻不輕易開口多說些什麼。

前後租房在大宅院裡大概有幾年之久吧。後來因為自己買了房子，才搬離開大宅院的最外側廂房。新屋落成喬遷時，西格都還曾陪著美玉像是去告別似的，拜訪過他們在民雄郊區的新屋，但顯然那是第一次也是最後一次。

「周媽媽應該是個廚藝很好的人吧，經常都會做些不同的外省料理，拿過來哈古桧家分享；似乎更是個做紅糟料理的能手呢！」

那些年的私微節奏。

顛倒的次序應該是由水裡面開始的，每一次的低頭悶水都只是在回應人的必要；但是每一個仰頭呼吸卻都是如假包換生命救贖的深沉體驗，當張不開嘴巴或者閉不了鼻息時，所有的節奏勢必都將立即停止。從小那正是最尋常夏季裡游泳節奏所鍛鍊的準時熱情。

儘管絕少人能像馬歇爾・杜象在藝術概念的鍛鍊上能夠有著「八年游泳課」的專注譬喻。西格的確曾有過一段幾年之間真實與自然節氣同奏的夏季童年游泳練習；儘管無法與任何藝術譬喻直接對照，卻是一道節奏超克象徵距離屬於通透水脈裡的人生嶄新風景。

二戰後工商產業興起前的島嶼，人與自然性相呼應的規律對應程度經常是混沌中充滿著有序的內在關係。甚至，帶點艱辛生活裡文化形式上的不時準確，總是能夠輕易地被預期而且都很有默契地準時發生。

不過這些都已經不復再見！在過渡到另一個世紀極端氣候裡，大自然出現了總體的繁複破口。環境裡的老節奏已經演變到似乎不可能與人再以過往的節奏方式再次相遇，一切都只剩下大自然靜默與不可預期的暴烈反撲；而人類所能面臨的經常都只會是巨大災難的突然降臨。那些大氣節奏不再回應人類，轉而以回溯大自然自身平衡的方式顯現；但在人的視野中，它們的確就只會是不可逆的滔天浩劫。

人工水脈裡交替呼吸的從容鍛鍊——水裡的嬉鬧取代一切的目的——成了西格童年裡最關鍵的

游泳課程。它不甚起眼的背後卻自動承載了島嶼化與大陸化的無聲國族思辨。山林海的總體管制迫使人們逐次離開自然；不識山林海成為跨世代島民具體又極端的文化徵候。

在這一切轉向之前，進退消長節奏是自然法則裡天候記憶的潛默運行——非人屬的脈絡亦完全不受制於人，卻會因為人類的巨量干擾而有所起伏——每日的綿密波動仍然照著時序到臨而且逐次揭露。夏季裡的每一天似乎都透過差不多的時間流瀉推動著節氣的循序制動、漸進運行，感覺上無以復加的準確成了季節裡令人心動的演示前奏。

午餐過後，不管西格是否真能夠在被規定的午覺時間裡睡著，他大部分都是醒著遐想生活裡能夠相遇的所有偶然——襯著美玉自製的細長稻殼枕頭瞇著眼躺在洞開檜木格柵門片的榻榻米上，那時刻廂房的後門必定一樣側開著，後院飄流進來溫熱的風裡有種活力蓄積的醞釀水氣——經過大概兩刻間的午休之後，低空對流層的溫度一旦對了，西北雨就會毫不保留地直直落下來。每兩滴之間都像是接了起來似地成為一道道平行交錯的溫熱水柱，適時洗滌滋潤島嶼的萬物——以狀似動漫畫裡才會有的粗獷線條般不真實地訴說著現實溫度的變化，西格會讓手掌心試著去承接看看這樣的異質相遇——那也是道道溫暖的投射，很夠力也很有質感，只有接觸地面一切事物的瞬間才會生成具體的連結型態，然後便迸開四散化為無形，滲進地底杳無蹤跡。

這種例行的重複過程，每一次都飽含著易感的強度，特別是一種快速演繹「從等待到完成」的歷程。

頃刻間驟降陣雨紓解了空氣裡感覺上的酷熱，蒸騰的雷雨煙霧繚繞是每日定情上演的鬧熱，好似一種季節性例行的節奏約定，更全面地貼近地方生活的順適呼吸。

每個人天生的身體記憶核心是永遠難以被文化全面取代的——它的逆變能力總能讓它最終以本能直觀的反射來回應內外世界——透過暫時無法逆反的強制或者現實導致的刻意遺忘，都只會是暫時。只有生物病變的襲擊或許忘卻才有可能生成徹底的質變，這需要很久以後或者很偶然才會發生吧。那種年紀的西格，連這樣的念頭都還不可能會有。

地面吸附著傾盆的雨水很快便會將熱氣驅散，氤氳中濕潤的空氣誘發著緩和溽暑的難耐。瞬間急速飆高的濕度，毫不客氣地凝結了四竄水脈的具體；兩刻間雨一乍停太陽立即復現，接著依序一定是轟然巨響的四處蟬鳴，高低音階各異的此起彼落，蟲音人聲嘈雜與莫名歡樂沒有時間差的同步出演著夏日嘉年華，所有角色分毫不失地就像是套好了招一樣既熟練又準確！

緊接著上場的，就會是由哈古棯騎腳踏車載著西格、東格領著其他家人，幾輛腳踏車浩蕩前往位在吳鳳北路民族路口，連著民族國小左側的市立吳鳳游泳池的戶外泳池練習。這與哈古棯從小學習游泳的冒險歷程顯然完全不一樣，唯一相同的是炙熱陽光的無限照臨。

一直就都只是看著水裡面的人掙扎著成為各種晃動中的分解動作或是不連續的重疊殘影，不懂那些重複性的動作是為了什麼，是因為人與水的互為浸潤、淹沒融合，還是作為人必然要對不可預期困境預作演練的抵抗掙脫。

毫無疑問，它們都是持續晃動的。一直是沒有目的的激烈運動著，所以更像是一堆人在水中的集體求生。

「但是，它們不都能踩得到泳池的底部嗎，為什麼還需要這些模擬式的無謂動作？」

「這樣是要博得那更多不可見世界的寬恕嗎？或者只是無奈迎領額外的詛咒？」西格心裡面無意識的竟是這樣胡亂地臆想著。他的視覺敏銳有點太多、過量了，以至於無法好好地專心練習換氣。

在水中為何練習，如何練習，他似乎是有心理疑慮的。

的確也知道成長後的西格一直試想著要加壓給幼年的西格，讓他得以試著說出一種他自己曾經經歷過的怨嘆。但是，人生終究不會只是無間差的重複，童年的終究純真不論任何信仰的神祇應該都能懂得！

那種視域都是帶點膨脹的錯視感，伴隨著淡藍反光水波蕩漾的物理色彩，或許跟泳池裡的漂白水不無關係，沒有人真能確定。終究生活在那個年代裡的人，很多時候注定就只能被無辜地宰殺，無由地被廣袤的液體淹沒。藉由水中膨脹轉置的關係裡，開始隱約看見了許多從長輩們聽來模糊的歷史細節。不過，很多也就是人的各種生活瑣碎，實在不足以再多說些什麼。

「我們每個人畢竟都曾不小心地吞過幾口游泳池裡漂白水的嗆味，也沒怎樣的都活了過來。」

所以有沒有漂白水根本不會是問題，有沒有融入那池水裡或許才是真正的關鍵！

西格總是如實地泡著那夾雜著一堆小屁孩的刻意尿水，而必須學著自得其樂。

他多少是能理解，泳池練習也不過是人生的一個微小階段，終究是要離開池子的。

說是游泳練習，不過就只是泡在一池充滿陽光水波粼粼的泳池裡玩水消暑，經常的水中發呆、出神、水面上打水仗與沉入水裡觀看泳客們身體的全景緩步動態，似乎才是泳池時間的樂趣所在，反正夏天就是必須如此，一池冰涼散漫消磨酷熱溫度，完成夏季刻度裡的例行游泳約定。

地景裝置的本能起點，同時也正是藝術人生地景裡的始源想像。

西格曾經在這塊土地上實驗過如何「焢蕃薯」。那是一個充滿完整欲望動力學的純粹幼稚演練，結果卻是極為成功的：蕃薯都熟透了；湛黃裡，軟鬆帶Q和著泥土的難忘絕美香氣。

選定地層位置後，首先要略微刮除表面的雜土，稍微能入淺的深度之後，設法挖取含有水分比較具黏性、數量與型態都符合使用需求的土塊，再緩慢斟酌著疊置出來堪與馬里歐·梅茲[115]冰屋型態對話的造型。疊置及半後再以乾淨黏土逐一包覆蕃薯並放在造型底部；覆上拼置堆疊能透氣的充足木料，完整造型必須先預留個引火用的小穴讓空氣可以暢快流通。

連西格自己都無法預料數十年後，這樣的民俗樂趣竟能產製跨時代的當代藝術對話，將會被擴充為是跨文化的宇宙思考之流。

儘管材質與尺度各有不同，但是作為宇宙次序費波納契數列（Successione di Fibonacci）的一部分，不止在島嶼，而且還會在日後由歐洲的行進中重複回返。畢竟，那是宇宙回應給人類整體的恆久訊息。

它可是一點都不貧窮啊！地景裝置的本能起點同時也是藝術人生地景裡的終極想像，剛好就是一道無止盡盡的宇宙曲徑迴圈。

西格出生前幾年，這個土地侵占官司就已經在進行，哈古桧前後花了十餘年冗長的時間來面對這個祖父陳通遺留土地給他而衍生的現實難題，也因為這樣的遭遇而付出相當多法律程序上該支付的訴訟費用；家裡平日的生活支用也因而經常顯得拮据甚至時而困窘，很多時候都是美玉默默地獨力想辦法來度過。

「阿美，我來去法院出庭！」這是一句對家裡小孩子來講沒頭沒尾的口白。小時候常常莫名迴盪在宅院廂房裡，卻是哈古棯與美玉之間生活節奏裡的沉重暗語。

「小孩子不懂，幫不上什麼實際的忙，只覺得不需要全家大小都籠罩在為難之中，於事無補，乾脆都不說！」這是哈古棯與美玉相互承擔的一致默契。

對美玉而言，這種過程意味著有限的生活資源，就被迫必須讓給這個多年來持續不確定而且無盡冗長的繁複官司。但是對哈古棯來說，這卻是值得繼續努力的一線希望，不只試著討回祖父陳通傳遞給他的至大善意，土地登記在他名下，當然更是必須要靠自己勇敢的面對、積極爭取。此刻的判斷似乎是他唯一能有的理解——其他的想像暫時都不再是重點——而他也清楚真能設想的後續結果其實都是高度不確定的，因為他官司所面對的可是一家很有規模的事業集團，在島嶼南部從高雄到嘉義都有分公司與生產工廠。

「陳通說過的古諺：有錢買生，無錢授死。」對哈古棯而言不時都是深刻的警醒。

「車，騎較慢一點啊！——律師事前叮嚀應該是最後一次出庭——美玉送著準備出門的哈古棯到門口，卻很難說得出口什麼過分修飾的祝福字句，只能盡量回到生活節奏裡的平淡叮嚀。」她心裡面很清楚這一切很有可能就是十幾年來的白忙一場，一如哈古棯一直以來熱切的努力想幫家人找尋更好生活出路的心境。

「法院也不是咱開的，一切都只能聽天由命！」哈古棯點了頭，嘴裡叨念著……但沒有真的說出口。

官司訴訟的土地是陳通早年以哈古檍名義留下來的資產之一。生命的深沉寄託真是足以讓人把所有有限的物質都全數交付，如果它具備了信任為真實生命本身跨世代傳承意義的話；否則，怎麼樣遲早也有可能都只是滄海桑田，這塊位在城內北區的土地應該是頗具價值的資產才對。

經歷前後十幾年冗長官司的反覆波折——期間，法官甚至質問為何祖父陳通生前只把這塊土地單傳給隔代的哈古檍個人，而不是他都還健在的兩個兒子陳陣與陳明智？或者分給其他跨代子嗣後輩共有？要求哈古檍提供更詳細完備的證明，算是侵占官司案審判過程的弦外之音——餘波最終，總算勝訴定讞，依法要回了被「嘉義林商號合板公司」租用進而侵占多年，早在二十世紀初陳通即擁有緊鄰在大宅院後方的一分[116]大土地。

十多年的官司纏訟，哈古檍的心力交瘁總是讓他清楚家人也因為這個法律事件而陪著一路受苦。訴訟終結贏回必要的公道，一時之間他並沒有特別高興，而是安心地急著挑了個陽光普照的好日子，抱著很正式的心情帶了點祭拜禮數獨自去了一趟陳通的墳上，親自跟他細緻稟告了整個事情的始末以及最終結局。

哈古檍終究還是個很重禮數的人，特別是終生對他愛護有加的祖父陳通。

陳通應該是無法想像他與哈古檍之間潛在的不同，或許就是明日島嶼與過去舊時代之間的無形落差。不同的文化養成塑造了個別相應的情感投射，但是相互之間畢竟是跨了時代地難以完整的表達。官司的確是打贏了，卻也在宅院裡同步低鳴著許多不滿的雜音。接下來的一切哈古檍還是要獨力面對。

這塊有著一分多大的土地，原來就是合板公司的各式進口柳安原木——以巨大滾輪切削機削為成型木片之後——的木片日曬場。工人們將片狀的木片逐一立掛在棚柵上，讓太陽自然收取過多的水分後，再進高溫壓蒸氣室收取最後的水分並藉以定型。之後，才會送進合板的生產線，篩選分類、逐層錯向膠合、加壓、增溫烘烤、再次定型、裁切、包裝。

這些是合板生產線大概的製造流程，西格從小就約略知道的專業步驟，並沒有人特別調教他，而是他在圍牆邊縫隙、蕊莉欉頂上，幾年間一邊看一邊自學所記住的專業次序，但就只是知道。

設有地上物的侵占法律判決定讞後的執行，一般就是拆屋還地，因為這個個案的地上物就只有幾十排的木製棚柵，因此拆除棚柵還地，算是容易了林商號合板公司。

等待後續動向的跨年間——哈古稔苦思著這塊土地應該要有的可能發展，內心膠著著如何對陳通阿公的信任能夠有所回應——讓這塊暫時閒置土地得以有更不一樣的想像。能考慮更多的除了與家庭生活有關，當然也脫離不了嚴肅的家族延續議題。

無聲息的自然擺盪總是如影隨形地籠罩著不會有人進出的空地，荒蕪自動就延伸成西格一個人的巨大園藝遊戲場。先是試探著進入，探頭探腦地確認屬於自己一個人，便開始玩起來一堆稀奇古怪的自創把戲。三百坪可是好大一塊地啊！每大一有空閒他就一定會出現在這個地方，絞盡腦汁地讓想法四處亂竄！

雖然陸續有人來找哈古稔商談對這塊土地合作的各種可能性，但是似乎都沒有任何具體的後續。

西格那時候還是國小的中低年級生，只要是有種子的植物他說他什麼都能種；習慣性地把到手的種子往那塊地方的空間上拋而去，他有著自己拋擲的潛規則：讓它們分散著各取活路。甚至試驗性地丟了一把從美玉米甕裡偷來的米，天真地接水管往那個地方連續狂灑了幾天的水！幾個月後連稻子都能長出來，持續著甚至最終竟然還結了幾束稀疏金黃的垂稈稻穗。

「不、不、不是……這個意思！」

「只要是有種子的植物，不管哪一種，我都會想要試著讓它發芽，看它是否能夠茁壯成為真正的生命型態。」就是一種還原生命本分的念頭自然驅使著。

「生命自然會有光！所有的生命都要能試著找到光，不是嗎？」

原來就只是很直觀的生命衝動，後來卻逆轉成了興趣、喜好，甚至帶點針對性強迫的種子焦慮，看到各式種子不讓它們落到土裡有個開始萌發的機會，竟然會變成西格日常焦慮的來源。

不論是在幼時南部的大宅院裡，或者是中年後搬到島嶼北海岸過活，只要有一點空地，西格肯定都是植滿各種的生綠。他總是說：所有的種子都能生成各式各樣的緣緣，演化出生命的多彩繽紛，還能結成不同的果實！全部都是既具垂直成長又有水平布施的莫大因緣，偶然也就能成為必然。

如果多一點回溯能讓事情的理解更為容易，那麼這肯定都已經是具體結果的後設式描述；貼近的便是透過過去所連串引向的未來面貌。

西格終日就像是個盡職的土地管理員一般，無所事事地尋覓著頂上太陽光游移的四處巡查著。那不是在尋找光，而是生怕陽光陰影下被忽略的那一長串可能的生命開啟！他的確生而擁有著探查生綠的熱切心思。

官司結束後不多久便有工人前來拆除棚架淨空，木圍籬也往合板公司那一頭退了二十米以上。幾個月的法律程序後，土地一旦點交，西格便迫不及待的在距離馬路最遠的內側土地上某棵不確知名稱的樹旁——從葉形樹幹來看，應該是一棵舊時代的經濟樹種：烏桕——依著樹幹耗費很多天的時間，慢慢地蓋起了一間小樹屋作為自己的私密堡壘。他就像個胸有成竹的專家一樣，隨手尋撿了些可用材料，一個人開始兀自無厘頭地堆疊起來！

如何撐起宇宙星穹的結構概念，的確不是六、七歲小孩能理解的，卻是可能從無意識的手作組構活動裡，直觀地展現某種足以回應想像世界的原初狀態，並且力道極有可能越來越大，大到後來甚至足以成為藝術創造的極致張量。在一九九八年以海釣船不停歇的迴繞島嶼一圈，藉以生成超長時延的雙向影像：「周—海徑；月亮是太陽」[117]，達致一種哲學性主體的域外圈圍，多少都回應了童年裡那樣的強力實踐過程。

那種無意識又帶點狂熱而且完全攤展在陽光之下的熱度，連頭都曬昏也汗流浹背，卻澆不息他繼續完成小樹屋構造的動力。沒有人知道這天生的能耐是為什麼，從哪裡來。

連西格自己也不甚清楚，這樣到底會是什麼意思，能算什麼，能夠成為什麼。一無所知地進行著他感受到僅有的內在衝動。或許這足夠強度的自然驅力，就是最早與藝術生成關聯的初始狀態。

試著從空地裡四處找來現成的木條與枯乾的樹枝，從宅院裡沒有人要的廢料中盡量找出些可用之材。藉著廚房邊鐵桶裡，家人習慣順手留下來各式各色材質的繩子來固定結構，那肯定要連續磨上許多天來完成結構體。

整體看起來是非常有手感卻一點都不是專業的做法。算是有著粗糙質感的天生藝術性吧！生鏽成深棕色的鋸子與笨重大柴刀顯然都已經是他的基本工具了，但缺乏工具該要有的銳利也難以實際幫上忙地又回到手作的直操；徒手作操的開啟也就是如此奠下經驗的吧。

鋸下樹上的一些合適的帶幹枝葉好作為覆蓋結構體的外圍材料。這一輪的工作，多少需要有直觀的判斷力與帶有耐性的節奏。那不正是日後西格要窮盡畢生之力追索的美學能力？

忙碌地來回上下幾棵大宅院裡的大樹，取下可用的帶葉枝幹；當然必須要小心地不被大人們發現。

取下的帶葉枝條，還需要以柴刀逐一修飾調整長度。西格的左手食指上，至此都還留著一道屬於柴刀揮舞後細碎略微隆起的疤痕，一道絕對私密的印記。

本質上，這的確更貼近同個世紀早期，在地球另一端歐洲藝術大師馬里歐・梅茲反璞歸真的原初創造。但是這個小孩哪裡會知道那是誰啊！心靈上，還真是個老派的小野人！

這個「祕密」樹屋，既沒有人知道也無人看過，西格似乎也從來沒跟任何人提起。作為天性的直觀體現，很難刻意要說些什麼、能說些什麼。

成年之後，當有機會述說時，他大概都會回頭指認說那憑空記憶裡的空間擎構展呈，正是他人生裡的第一個空間地景裝置作品，雖然那時候還只是小學中低年級。這也著實吻合了他一九八〇年代在大屯山下首次參與雕塑工作營的第一個地景裝置作品的本體型態：如此的巧妙跨越回溯，發現原來在一九六〇年代即開始以一種「永恆復歸」（eternal return）的連續方式，不斷逐次揭露式地重複召喚著。

註釋

115 馬里歐・梅茲（Mario Merz）是一九六〇年代義大利貧窮藝術運動主要的代表藝術家之一，Igloo 冰屋造型是他最具典範的一種觀念實踐裝置形式，費波納奇數列正是它的核心內容，透過藝術觀念與空間裝置具體演繹了宇宙次序。

116 一分地＝大約是二九三・四坪。

117 此處權宜地借用「周—海徑；月亮是太陽」計畫型藝術創作的說法，為「文化測量」一九九八年的創作計畫。該藝術計畫為關於「周」（La Circonférence）的觀念。自宜蘭梗枋漁港搭船（大發號，長六十尺、寬十四尺、排水量二十八噸，船速十至二十五節）出海；船身兩側各架設一部 1.C.C.D. 之彩色監視器鏡頭，經由船隻不間斷／不停並且不靠岸／環繞島嶼且連續不斷拍攝並錄製成影像：內側 monitor 畫面為天空／島嶼邊緣／海洋三者構成，外側 monitor 畫面為海／天兩者構成，內外兩側各自連結成「週」。計畫航行過程中，依季節天候航向為一逆時鐘之環繞島嶼航行，船隻與陸岸依實際海象變化，約保持在一至五海里之間（航行時間共計約四十五小時）。

「香蘭」。

那是國小孩子們之間無端碰撞、自創出來的交往模式，交互傳遞的小小紙片們，自有其成年人化外的神奇作用，在學校幾個樓層上下以人力傳移、增添、改換、流竄，開啟了小城逸散生活裡活動的具體可行，在裡面並沒有任何被大人給定的關注。

無邪、晶瑩剔透的自在流動，所有的小孩子就是可愛，不只是「香蘭」。

只約略知道有兩群國小孩子，很顯然是由一群小男生與另一群小女生所組成，到底有多少人、有誰，因為斷了還沒有網路遙遠時代的聯絡音訊，往後的各自移動成長，已經不再有任何關於細節的詳實畫面。只記得男生裡有西格、女生裡有香蘭以及其他十來個小孩，這是一個確實重複著明確生活緩步節奏裡最為欣甜而且持續一段期間的溫馨活動；有種異時代刻苦生活的夢幻感交錯其間，兩群異性年幼小孩間的抒情互動，出現的地方就在中山公園的池塘划船區。

「香蘭是個長相清秀甜美、身材高䠷、皮膚白皙、五官姣好，留著一頭長度過腰的烏亮黑髮，充滿微笑的活潑中略帶點拘謹日式感覺的小女孩。」西格總是只能以害羞靦腆的紅臉以對。

「會只記得有他們兩個人，因為兩個人的哥哥是同班同學，而且互動關係很好。好到只要學校有大活動時，香蘭的哥哥偶而便會差遣他們家黑頭凱迪拉克車司機，在城內兜了個大圈子逆著方向來接了東格再一起去上學。她的兩個哥哥是孿生子，皮膚一黑一白，較黑的建志像爸爸、較白的建明像媽媽，偏黑的弟弟建志與東格才是同學。」

坐落在國華街、北榮街轉角，面朝國華街上略微呈L型立方的三層樓建築；外觀以島嶼俗稱

「十三溝」的「筋面瓷磚」修飾，簡練中略帶日式老派豪華的摩登現代感，是城內少數的地標高樓。僅在二樓左側牆上低調掛著一個長條狀直立但並不特別顯眼的招牌：「商工日報」。與周邊低矮的房子相襯，這簡潔明亮建築標誌著它地標式非凡的特出角色。

迴繞過北榮街一側就能看見報社建築外的大型玻璃立面，穿過建築前庭不時忙碌的停車場，一入門後，就能遇見整個陣列大型印報機台正在奮力地印製著報紙，迎面而來連續不停發出綿密啪達、啪達、啪達、啪達、咻—咻—咻、硿硿的機械式重複、紛亂但有序的節奏巨響；印製的報紙除了報紙名稱與幾個重要版面標頭外，一律都還是與島嶼生活情狀一致的無彩黑白印刷。大半天都是這樣轟隆震耳地終日忙碌著，特別是傍晚以後的下半天到深夜，燈火通明幾乎全年無休！

很具震撼力的傳播媒體工業化現場，型態低調與印刷機的巨大聲響反差總是十足令人意外：原來生成媒體會需要這些轉折，最終發出這麼劇烈的噪音之後才能成為日常訊息的具體。

「建築立面另一邊的右側後方被巧妙地區隔出一個有著實木框清透玻璃的獨立空間，內部是個感覺看起來頗為完整有著全套白鐵廚房設備的異質區域，桌椅齊全的像是個專用的餐廚區。我曾經看過同學孿生哥哥建明一個人坐在餐桌旁，獨自享用著他們家廚師現做的一大片我們家只有在特殊節日裡才可能偶而會出現的乾煎土魠魚當點心吃。一個人就吃著比臉還大的好大一片！」東格一臉驚訝語調地說著他的羨慕。

循著大樓中央的工作動線，順勢爬上寬敞的磨石子二樓，映入眼簾的正是報紙編輯的鉛字排版區域，整個開放式樓層一大片辦公空間裡許多人正分著幾個區域、分頁分版，忙碌著進行報紙編印前置的編輯排版工作——高聳天花板上懸掛下來等距的吊扇，不同步地吹拂著編輯過程文字搖晃的串串思慮，有種難以捉摸的速度感進退在時間之中——隔著玻璃柵欄不遠處的木櫃群應該就是斜面立櫃的鉛字庫吧？成排成列的斜面鉛字立櫃依筆畫、部首整齊排列，很多個工作中的排版師傅也正拿著字框在熟練地揀選鉛字，視覺游移間到處都充滿了樓下飄上來的陣陣厚實印刷油墨氣味，總是多了些與書冊有關的文字想像，感覺那個地方像是一台能夠將許多想法變成文字的大型機器般異常獨特。

如果是透過划著公園池塘裡的小木船、互相對唱著兒歌，應該是還無關成熟男女的情愫問題。特別是兩群乳臭未乾的小孩子，那股詩意想了都可愛啊，在那個無爭年紀的獨裁時代。

無目的性的互動氣氛顯然都是極為輕鬆的，能夠成為濃醇的記憶肯定是更為愜意而難忘。在池塘裡飄蕩著的小船都是使用厚重的實木所製作的木殼船，連船槳都異常笨重——就像是整體不願意讓時代過去的沉重拒絕一樣——非常不容易操控。它們久遠地已經連續使用了好幾個世代，船的內壁不時都還要滲進些純粹來攪和的青綠池水呢！

依著凝聚的默契大家都是齊力將小船划到池中央，乾脆讓船在池塘裡逐波漂流，不大的池塘水也不深，沒有什麼危險性，就是晃蕩著幾艘小船，對念輪流唱著兒歌、童謠，說唱一派情感上的純粹好玩。

公園裡這樣的製造事態是那個年代少見非常純粹的詩性抒發，感覺硬是切割了周圍大環境的生硬與利害糾結，自動排除極度難堪意識型態與獨裁政治的日常生活干擾，自然也是完全夾縫中超克生命政治極度真實的生活能量，而這種遊戲卻是小孩子主動又實際的互動方式，很具有現實對抗性的生成，著實婧又可愛。

「你們到底都哼唱了哪些歌謠啊？」

「念的、唱的，什麼都有啦……！一九六〇年代的兒歌、琅琅上口的歌謠，都幾乎輪流上場。」

有在學校裡學會的中國式歌謠。

「三輪車—跑得快—上面坐個老太太—要五毛—給一塊—你說奇怪不奇怪。」

「小皮球—香蕉油—滿地開花二十一—二五六—二五七—二八—二九—三十一。」

「城門城門幾丈高—三十六丈高—城門城門雞蛋糕—三十六把刀—騎白馬—帶寶刀—走進城門滑一跤。」

「小老鼠—上燈台—偷油吃—下不來—叫媽媽—媽不來—嘰哩咕嚕滾下來。」

「中國中國童子軍—美國美國橡皮筋—英國英國大老鷹—蘇俄共匪沒良心。」

「大頭大頭下雨不愁—人家有傘—你有大頭。」

也有很多台灣民間耳熟能詳的歌謠啊，從小就迴盪在環境裡、在耳邊，像是：

「大箍呆—炒韭菜—燒燒一碗來—冷冷阮毋愛。」

「ABC狗咬豬—阿公仔坐飛機—跋一下冷吱吱—叫醫生—來佮伊醫—醫一下跤骨大小支。」

「白鷺鷥—車畚箕—車到港仔墘—跋一倒—拾到兩仙錢—一錢買大餅送大姨—一錢留起來好過年。」

「點仔膠—黏到腳—叫阿爸—買豬腳—豬跤箍—滾爛爛—飫鬼囝仔流喙瀾。」

「羞羞羞提籃仔拾魚鰡—一尾煮來食—一尾糊目睭。」

「一的炒米香—二的炒韭菜—三的沖沖滾—四的炒米粉—五的五將軍—六的六子孫—七的七蝦米—八的信肚綰—九的倒个蠕—十的徛起來看—打你千—打你萬—打你一千空五萬—老鼠仔欲啁就緊啁—不啁給你打到啁。」

「初一早—初二早—初三睏到飽—初四接神—初五隔開—初六舀肥—初七七元—初八完全—初九天公生—初十有食席—十一請子婿—十二請查某子返來食泔糜配芥菜—十三關老爺生—十四月光—十五是上元暝。」

「火金姑—來食茶—茶燒燒—食香蕉—香蕉冷冷—食龍眼—龍眼無肉—食雞肉—雞肉油油—食醬油—醬油鹹鹹—食李鹹—李鹹酸酸—食尻川—尻川臭臭食一下死翹翹。」

還有很多，只會吟唱卻不知道名稱的……不過，每次都哄鬧得很開心啊。

「如今中山公園裡的池塘早已不見蹤影灰飛煙滅，木涼亭、小船也都不知了去向。」有超過半個世紀以上都沒有再聽聞任何香蘭的訊息，或許再也不會有任何消息。

「唯一能確定的是，從來都不用喬裝，林香蘭的母親與『李香蘭』[118]一樣都是純正日本人。」

「林香蘭的父親林福地擁有當時的嘉義客運公司、《商工日報》[119]以及其他眾多投資的農林產業，富甲嘉義。」

註釋

118 李香蘭（一九二〇—二〇一四），出生名山口淑子（やまぐち よしこ／Yamaguchi Yoshiko），生於中華民國奉天省奉天市北煙台（今遼寧省燈塔市），李香蘭是其義父取的中文名，沿用為藝名，也是華人較為熟知的名字。李香蘭受過正式西洋聲樂教育，是抒情女高音，擅長美聲唱法，是當時極為知名的歌手、電影演員。二戰後，擔任日本參議院參議員。二〇一四年九月七日，因心臟衰竭在家中去世，享年九十四歲。

119 以前老人家要去搭嘉義客運，都說要去坐「林仔抱」，是嘉義客運創辦人林抱在地方上的親暱別名，也是嘉義《商工日報》創辦人。林抱過世後，由兒子林福地繼承。

一璐冰。[120]

下著驟雪的紐約千禧年元旦，街頭到處瀰漫著無端恐懼——全球資訊系統跨世紀不確定災難的媒體預警——地球顯然不為所動，照著宇宙自然規律繼續運行，一切如常，察覺不出有什麼重大電子機制曾經因此而發生無法挽回的災情。

觀念藝術家謝德慶在紐約曼哈頓下城區，華盛頓廣場公園旁的哈德遜紀念教堂（Hudson Memorial Church）裡，以「Public Report」形式發表「一年表演」（One Year Performance）系列的最後一個計畫：「十三年不做藝術」[121]。

他以一張一般海報大小尺寸的黑色厚紙板，手工拼貼剪取自雜誌、報紙上所需要的英文字母，兜成他的創作聲明：「I kept myself alive. I passed the Dec. 31, 1999」。

每個字母字型不一、顏色不同、整篇帶點歪斜的觀念藝術聲明，句子外觀看起來既是充滿輕蔑的戲謔，也是精神絕對化的恐怖象徵，要脅著無以復加的概念強度，再次無聲地對世界文明提出終極性的控訴，最後附上一個地球的圖案。並且在句子的最後面像簽名一樣地親筆書寫上The Earth。

無庸置疑，這就是一道絕對的藝術態度與立場的跨世紀宣示，向著藝術世界首都的核心發出跨越性的永恆復歸聲音。

Public Report藝術事件發表過後隔兩天，西格獨自漫走在蒙特婁市西南郊外，聖安德貝勒裕（Sainte-Anne-de-Bellevue）小鎮的麥基爾大學麥克唐納校區（MacDonald Campus）。附近聖路易湖（Lac St-Louis）岸邊已經結上了厚重的冰層，溫度終日都在攝氏零下三十五度左右，冰面超級滑溜且寒風刺骨，鼻水直流身體僵硬，連舉步往前都困難不已，毫無吃冰的欲望。

不消幾分鐘便縮回了湖邊散步的過度愜意遐想，趕緊埋回屋裡接受務實烘熱暖氣的撫慰，試著讓自己能夠盡快退冰！轉而與阿娟二姊敘舊聊天。

夏天裡的冰塊店生意好到總是可以賣上一整季、吃上一整年哦。這是電冰箱還很不普遍年代裡的公開祕密。

俗諺：「第一賣冰，第二做醫生」，似乎道盡了某個年代裡的純樸以及對於生存問題務實的毫無遮掩。或者，就只是因為某種時代的延遲與被刻意不斷退卻而生成的落後所使然。日子確實是如此的推進著，季節會更迭，日子總能隨著改變而招引出更多的樂趣，當酷熱季節的溫度隨著雨水與颱風陸續降臨，許多家庭也都會跟著調整生活節奏裡的歡樂細節，因為那是個沒有什麼能再失去更多的時代，能夠生存溫飽之餘，幸福感終究最為要緊！

在街區裡能與夏天匹配的重點畫面之一，肯定就會是大太陽底下陰涼的冰店莫屬。不只做小生意的店家會跟冰店訂購冰塊來做剉冰，各種百業需要降溫的也都仰賴這樣季節性的獨特物資；冰店只是它的統稱，其實還可以細分為冷凍廠、冰塊店、剉冰店、枝仔冰店等，這可是島嶼活力最旺盛的季節，花樣多元不一而足。

降低溫度對島嶼而言，一直存在著文化視野上的尺度問題。特別熱浪季節裡的眼中世界全部都迅速轉換成以連續晃動失焦的飄動方式顯現著它們的存在——那是看不出去的遠處，在一定距離外視覺就會弔詭的如雪花般地終止墜落——但是，它們不再附帶真實的溫度，而是以晃動的擬造趨近模糊的現實。這就變成了困難本身：超高溫度四處蔓延，無處閃躲亦無法可施。島嶼的自成一格，此時暫時封存了冷靜，轉而迸裂成無窮生機。其實，這樣的地域特性也正是島嶼生存的根本之道。

於是，儘管島嶼造就了熱天不動腦筋的溫床！卻有很多人生的幼年，在夏天季節裡是需要四處兜售枝仔冰賺錢來幫忙家計。

一到冬季這一切就必然會收斂許多，多餘享樂除外；與降溫有關的日常生計依然繼續著物態的必要角色，不論能被看見與否！

冷凍廠的規模有可能所有的相關冰品都能生產，冰塊店則以生產大型冰塊為大宗——它們都是務實生活的冷卻要角——生成的工具是以鍍鋅金屬板塑型而成，約有五吋厚、一呎半寬、兩呎半高的六面立方體，開口端留在窄的一側，灌入可食用的沸水後便置入滷水冷凍池中，一般都是半人高的水泥櫃體，或者低嵌於半人深的地下，快速結凍成渾厚石板狀局部透明、部分盈滿氣泡生霧的大冰塊。

深池式的空間就像被施以冬季魔幻的哈古棯牛蛙池，不再有生命內容作為對應而是樣態的改變與生成——由液態成為固態——多了更複雜的機械與動力裝置在鼓動著樣態轉換的可能。

這多少都迷戀著西格還沒能進入藝術的心靈，他只是感覺著這些物理過程變貌引發的可能意義，雖然他什麼都還不懂。

取出這種大冰塊之後，再以人工手持日式鯊魚齒的銳利冰鋸，將之分切成標準的八個正立方體，再一璐、一璐的分賣。光看切鋸這種冰塊就是充滿技術門檻的學問，只看師傅屏氣凝神地分切，切完之後幾乎每一塊都一樣大，讓人不知道該挑哪一塊好。也就成了一般冰果室裡能看見夾在剉冰機上的初級產品。

最平常的這種物質樣態轉化卻經常足以無畏地便勾起西格具有強烈好奇心的感覺。那些系統裡的各式水流循環所幻變的樣態為什麼會讓他著迷？後來才弄清楚西格還不知道什麼是封閉式獨立系統與開放系統的不同——一如還沒有能力對客觀世界進行關係脈絡式的掌握——只是經常性地狐疑著所有的這些變化到底是怎麼發生的。

「不知道從哪裡道聽塗說：常吃冰可以延緩老化。」難怪西格這麼能吃冰，總能以牙齒直接嚼碎入口的冰塊而不是含著等它融化。

難以理解的應該是被切分後不穩定的物態持續變化，然後竟然可以普遍被接受成是一種充滿各式歡樂回憶的熱銷商品。

一般的冰塊店如果沒有冷凍設備不見得都能自己製冰，因此就只能以厚實木料製作大約人高的立方體來作為暫時保冷的儲存設備，立方體內壁則是以另一層包覆著厚布、橡膠墊的木材質來阻絕溫度的快速逸散。立方體的外部表面經常是有著油漆塗繪，圈上圓圈的日式書寫圓變體「冰」字，以及往復開闔木門發出獨特擠壓、摩擦聲音的生仔鐵製把手。

已經斑駁的圓字體「冰」字，在陽光熱浪下，不時都能閃爍著溫度的及時跳動。這種形式的套用該也是日治文化的某種延伸吧？在日本的古老城市裡持續都還能看得到這種地方傳統外觀的生活內容。

西格經常就會是那個被美玉差遣拿著大湯鍋去到街仔尾冰塊店買剉冰的人，因為他能沿途自己找樂趣，買完找的零錢又會是他的額外福利，這是他能樂此不疲的原因！

不過，那的確是個有點難挨的「專業」過程。在夏日豔陽高溫下，必須要能動作敏捷地盡快將剉好的碎冰搬回家與家人享用，而且融化在鍋底的水要越少越好。雖然冰店就在街仔尾不遠處——離大宅院直線距離大概就是幾十公尺吧？——有了點重量後又要能快步前進，就會需要用大腿肚幫忙間歇地頂著鍋子腹，雙手拎著鍋子雙耳略往上提，跨出一大步後就要記得用大腿肚頂一下才不會太冰，再提一下。還好，照著這樣的方式，重複個百來下也就到家了。美玉早已準備好攪拌剉冰用的糖水跟蒸煮好已經冷卻的美味芋頭與綠豆配料，這是夏日例行的右廂房美味。

一般冰塊店都會有加裝馬達的大型電動剉冰機，幫忙顧客將購買的冰塊剉成一大桶讓你直接帶回家，而且不另外收費。但是機器只能快速剉到冰塊剩下大約一到一點五公分的厚度就必須要停機，冰店師傅照例會問顧客要不要把這個剉冰的剩餘物帶走？平常大概就是直接插在整桶剉冰的最上面吧，帶它回家肯定會是最獨特又受歡迎的一板冰涼！

前往冰塊店購買剉冰在冰箱出現之前的夏天是不可能被任何事情替代的。

註釋

120 璐民間口語上大約是二十乘二十乘四十公分的立方體概念。

121 謝德慶（Tehching Hsieh, 1950—），出生於台灣屏東南州，美籍台裔藝術家，工作並居住於紐約。曾為非法移民十四年，直到一九八八年獲得大赦。於一九六七年高中肄業，由繪畫開始實踐藝術。在完成他的義務兵役之後（一九七〇年—一九七三年），在台灣的美國新聞處畫廊舉辦個人畫展。此後不久，謝德慶停止繪畫，隨後開始了一系列行為式的觀念性作品，包括《跳》，在其中傷折腳踝。之後接受船員訓練，並暗地裡以此身分作為進入美國的途徑。一九七四年七月，他在費城附近的德拉瓦河（Delaware River）跳船。在美國的最初四年，在追尋藝術實踐的同時，謝德慶以洗盤子和做清潔工維持生計。從一九七八年至一九八六年，謝德慶發表了五件一年表演；之後從一九八六年至一九九九年，他做了一件「十三年計畫」，期間他自藝術界的視野中退出。在二〇〇〇年一月一日，謝德慶在公開報告（Public Report）中宣布他使自己存活。他自那時起停止做藝術。最為人熟知的包括他的五件各為期一年的行為藝術以及十三年計畫。

《一年行為表演：一九七八—一九七九》，簡稱《籠子》（Cage Piece）

在其位於Tribeca工作室裡，建造了一個十一．六乘九乘八英尺（三．五四乘二．七四乘二．四四公尺）的木籠子，並將自己孤獨監禁於其中一年。這期間，藝術家不交談、閱讀、寫作、聽收音機、看電視。

《一年行為表演：一九八〇—一九八一》，簡稱《打卡》（Time Clock Piece）

在這件作品中每小時打一次卡，一天打二十四次，持續一年。結果合計共打了八千七百六十次卡，其中有一百三十三次失誤。

《一年行為表演：一九八一—一九八二》，簡稱《戶外》（Outdoor Piece）

於紐約市的室外一年，期間不進入任何建築物，地鐵，火車，汽車，飛機，輪船，洞穴，或帳篷。

《藝術／生活—一年行為表演：一九八三—一九八四》，簡稱《繩子》（Rope Piece）

謝德慶和藝術家琳達．莫塔諾在腰間用一條八英尺長的繩子綁在一起，卻相互不接觸一年。

《一年行為表演：一九八五—一九八六》，簡稱《不做藝術》（No Art）

不談、不看、不讀藝術、不進入畫廊或博物館，只是生活一年。

《謝德慶：一九八六—一九九九》，簡稱《十三年計畫》（Thirteen Year Plan）

在這十三年中，謝德慶做藝術而不發表。這件作品從他三十六歲生日（一九八六年十二月三十一日）開始，到一九九九年十二月三十一日結束。在千禧年的第一天，謝德慶在紐約的哈德遜紀念教堂（Hudson Memorial Church）做公開發布，宣布「我讓我自己活著，度過十三年」。

少棒隊。不清楚因何而起的意念就跟著社會脈動參加了國小少棒隊。那的確是封閉社會才可能出現的一股勢不可擋到處瀰漫著「出頭天」的強勢群眾氛圍；在社會熱度的風頭上，沒有人會否定任何一個喜愛打棒球的小孩！但它是如何被給定的地緣政治推進，其實背後卻有著極其複雜的生成脈絡。

對西格而言，只隱約感覺到人生不同鍛鍊的展開，一開始並不知道為什麼，個人意願上甚至是可有可無。

對哈古棯而言，這是善盡作為父親的傳承責任，也同時試著看時代正在改變是否還有什麼更大的發展可以幫助他最幼的孩子，尋求日後不一樣出路的可能，甚至是，代為圓了哈古棯自己不能想像的舊時夢想。

一九六八年，知識世界正萌發全球性「人的總體解放」風潮，那時候只要是具有自由批判意識的民主社會，思想與實踐的基進交鋒，莫不激昂沸騰，人權解放與再民主化一時響徹全球開放社會；也是二戰之後第一個世代年輕精英正在立下日後對世界深遠影響的交替時代。

同一時期的島嶼除了被迫反共外，占領者的獨裁世界依然管控著迴避這一切心智運動的直接影響，以一種全然不同調的側翼方案，忙碌著推進一個新時代的「紅葉少棒隊」。

哈古棯殊不知，當下的棒球已經不同於他心裡面的「野球年代」。它某方面是被霸權高度允諾下政治意識型態第一島鏈的再凝聚，只有在韓國、日本、台灣、關島、菲律賓這一縱隊才是新棒球文化的同質；連日本的野球傳統都必須重新試著與美式棒球進行文化主權內化上的鬥爭。但是，比起一連串精彩的棒球賽局，顯然沒有誰真的會在乎這些！

西格是上了國小三年級下學期才開始參加學校棒球隊。那是「少年棒球」在島嶼突然狂飆的年代，因為「台東紅葉少棒隊」偶然間在亞洲區的傑出表現，徹底振奮了這個二戰後隨即被迫退出世界舞台的島嶼重新踏進世界！哪怕只是小孩子的運動，卻是集體感受共同榮耀的僅有機會；在此之前的社會歷經連串政治整肅殺戮事件而枯槁死寂、族群對立，寒蟬之中了無生氣。因為少年棒球，島嶼重新有機會恢復連結的活力。

「你會想要打野球嗎？」哈古楡無意間突兀地問著，西格卻是眉頭深鎖滿頭霧水。

哈古楡：「野球就是棒球。像『台東紅葉少棒隊』啊！」

那完全是拜紅葉少棒隊一時盛起的名氣，正在全島各處場所、大街小巷四處蔓延、流竄的少棒運動熱潮，透過喇裡誘放送與電視傳播的推波助瀾更是令社會矚目；也是一時之間沒有任何人敢出面反對批評的社會主流氣息，偏頗到只要與棒球有關就是正確！

屬於島嶼過去野球歷史的脈絡西格幾乎未曾聽聞，都是些哈古楡心裡面埋藏的私密過往，不容易隨便與人分享。卻怎麼也料想不到，在這個時候能有機會讓父子一起看到它超越社會獨裁政治律令，輕易跨越族群差異便能形成如此全面的共同吸引力。

感覺哈古楡多少有種想試著透過西格的參與少棒隊——此刻社會境遇所容許的歷史反轉——來圓自己喜愛野球的年輕夢想。

「好啊！」西格沒頭沒腦地、也沒有什麼其他意見地回應著。

反正只要是跟運動有關的，似乎多少都能激起他嘗試的興趣，毫無嫌惡感地呼應著天生的運動細胞應該都難不倒他。更何況從小他就很少會反駁哈古楡的主動提議，特別當哈古楡是以一種父親威嚴口吻說話的時候。

「打棒球會是什麼？」西格毫無頭緒地隨意追問。

「去玩看看就知道了。」哈古棯沒有結論，一改嚴肅口吻輕鬆地說著，怕一時丟了個難題給西格，之後的一切可能都不好收拾。

「那要怎麼參加？」西格似乎打定了主意，延續著問話。

哈古棯問過西格確定意願後——因為是學校的老師很清楚校內消息的發布與後續程序——便私下主動幫忙報了名。一週之後經過例行甄選的體能測試，西格就成為民族國小少棒隊二軍的新進練習生，開始隨隊按表操課！

這個盈滿著時代熱切感的集體高亢情緒！一開始就是高強度的密集練習，一週五個半天，週末兩個整天，都將會是在棒球場上的激昂過渡，沒有異於平常人對棒球的熱情是很難繼續的。肯定無法只是玩票性質，對年幼的國小孩子來講，其實無形壓力之大莫可名狀，還好那個時代的人的確都很耐操又能吃苦，只要充滿興趣並不特別困難。

「穿上棒球隊制服練球的直接強烈感受，就是自己的熱情投注有了被大眾認可的機會，並且朝著能被集體價值指認的方向在前進。你可能還不清楚那到底是什麼卻能榮耀地感覺到那樣的事物，背後有股力量每天都在推進著你！」或許以後時間到了，將有機會領略這種初心的到臨。

那種牽引感覺像是既要不斷地回應社會的狂熱氛圍，也要導引一些不確知意味的欲望出口，但千萬不能因而引發難以收拾的非預期活動意外，否則任何一個國小都將難以承擔超出自身規模的社會責任。

這個事情也就非常快速地成為大宅院內的熱門焦點，連島嶼內各地還有互動聯絡的親友也都很快地便知道了訊息，一時之間像是親族內有了什麼值得大家緊密期盼，即將要發生的大事一樣！儘管只是小孩子的活動，卻也引發大人的無端贊許——當時少棒賽相關的事情具有社會最大聲量，有著不分族群的共同關注——宅院內家族大小若有人能多少占有某種現實感、搭上邊，總是令人沾光、稱羨，也的確引發某種超乎預期宅院內集體的虛無驕傲。

其實小男孩，只要符合年齡規定、四肢健全、身體無恙的基本要求，加上對棒球最好有著濃厚的興趣，是任誰都能自由報名參加甄選的；至於能否被教練團看上，那就得憑天生的運動潛力與天分了，很難勉強而且關說無用。

台灣的少年棒球運動那時候風起雲湧——正夯的誘因是能夠有機會離開島嶼，去到亞洲其他國家韓國、日本、關島、菲律賓各地比賽參訪——若有幸拿到亞洲區的年度冠軍，更能有機會前往美國參與在威廉波特舉辦的國際少棒賽複決賽，萬一還能進入決賽得獎，就會是光耀門楣的國家大事了！

原來是屬於美國國內棒球組織建制的少年階層培育系統之一——因為世界政治冷戰集團的周邊利益考量——開放給一些地緣政治上同盟國家的少年隊伍也可以來參與比賽，因此自然就變成國際比賽。藉此推銷美國的運動文化，更是多層次整合第一島鏈國家的重要體育活動，從小孩子的運動切入也能降低一些不必要的敏感政治干擾。

既然美國人說它是正式的國際比賽，儼然就成為當時已經沒有什麼國際政治聲量與位置的島嶼，唯一可以從小建立起國民自信心與國家威望的機會。因為實況轉播的時差關係，每年只要它適時開打，全島不分城鄉燈火通明、萬人空巷，總是徹夜不眠、舉國歡騰至為瘋狂，每個角落哪裡都有人願意分享電視機與你同樂而且保證絕無二心！

島嶼的隊伍——當時叫中華隊——一開始參加沒多久，就連續拿下亞洲區——島嶼與日、韓、菲、關島等——的分區冠軍，接著再與美國的各分區冠軍競逐世界總冠軍，振奮人心莫過於此！

不過，它真的不是什麼中華隊而是十足道地的「島嶼隊」！因為能獲勝的隊伍，隊上成員歷來絕大部分都是來自島嶼東部原鄉的原住民族小孩；千萬年來他們的故鄉就在這裡。

自從島嶼第一次拿下美國世界少棒賽冠軍之後，棒球運動在島嶼的未來就幾乎肯定沒完沒了了。

不但日治時代以來野球的歷史脈絡得以復振；一時之間，島嶼到處都有人在學著打棒球呢！濃重瀰漫的集體幻想——能否有些什麼不一樣的出路——西格也算是搭上了這一波的庶民熱潮。

打從心裡面熱愛棒球運動的應該是哈古棯吧。在他的日本時代裡，本來就有著嘉農野球隊（Kano）在東京甲子園的不朽傳奇[122]，那可是諸羅山嘉義人自發集結在中央噴水池萬人空巷、遊街喝采，共同難忘的城市歷史榮耀呢。不過，帝國殖民之下當然也就是夾雜著深沉紛亂的情結糾葛，既是島嶼隊又是嘉義人的榮光，既是殖民母國又是在異鄉首都東京的無盡驕傲。造化弄人，這般的心情能夠怎麼抒發呢？

如今哈古梌能面對的世界現實都已經全面徹底被消費所替代，文化「修養」的確是已經很難再被以一般意義來述說——舊時代普遍崇尚的超卓概念——在西格的世代之後，連「氣質」之說也已經不再是固著的主流。新的時代裡，一切就都只有憑藉擬造的技術來比拚現實裡得以立即兌現的高下。

哈古梌根本也不是真的在看什麼比賽吧，而是賽事裡面有著一種他從小就熟悉文化質地的涵養，跟相撲（sumo）一樣不時騷動著他生命意志裡的靈魂，支撐他的餘命。後來在他的晚年裡，儘管對所有的人事物都已經不復記憶，他依然會盯著電視機裡頭的日本職棒、相撲比賽出神；西格也不確定他是否真的在看，但至少就是清楚他的心智是在裡面的。此外，還真的難以確定他能夠看到什麼。

「有過一個人靜默地吃著飯，卻是以一種像是動物魯莽的姿態將食物扒著送進嘴裡，對於旁人的視若無睹最終意味著對世界的全盤抗拒！」不，哈古梌不是這樣本性的人！只是他的失智大膽的表達了意志反抗裡那些他再也無力圓滿的夢想。

幼時的西格，每次陪著哈古梌到野球場看比賽——總像是來到一個他熟悉又屬於自己的地方一樣顯得異常興奮——任何人都能輕易就發現這個小孩的眼神是能對棒球專注的。西格對紅土球場投以特出的好感，色彩與質感的奇遇更是讓他承受著無比深沉有感的場域反應，精神元氣顯然都對場所充滿熱情。

嘉義野球場是個位在山仔頂原生向陽、標準坐北朝南的紅土球場；戰後已經隨著政令更名為

「中山公園棒球場」。一九一八年（大正七年）就竣工啟用，據稱是島嶼上最好的公園棒球場。周邊濃密樹林的青綠與球場土壤的熾熱氣氛，冷熱溫度得以四時調和，因此總散發著濃厚紅土與植物的融合氣息，那是具有運動召喚力的精神元素——就是俗稱風水很好的元氣寶地——難怪經歷過那麼多世代的球隊也能孕育出轉戰東洋的高昂氣息，還能比比皆勝。

好不容易順著態勢而來的棒球風雲再起——重新召喚很多跟哈古桖一樣熱愛舊時野球者的Kano老靈魂——回應了真心修養的一代。

這個老邁球場記錄著島嶼跨世紀以來野球與棒球發展的綿密歷史，更是少棒年代最重要的孵育搖籃。

二戰之後的嬰兒潮世代，歷經物資極度匱乏的成長，他們深知當生命況味裡開始浮現寬裕，除了常態地做做善事、好事，還是需要有更為宏大的社會貢獻才足以感動自己、撼動人心！特別是少棒興發年代，若真想要協助國小推動棒球隊，竟然就可以立即擁有充滿幸福感的付出，肯定是個新時代的絕佳機會。

想趁著時勢興起籌組少棒球隊是當時社會普遍的想法，不過對任何學校來講都極富現實的挑戰——物資匱乏年代很困難會有多餘的經費可以培養自己的球隊——因此，勢必需要先號召學校的家長會成員來發動定期募款、捐輸，讓社會各界能有實質永續的支持，進而成立學校少棒球隊的後援會。

這關鍵的第一步經常決定著這樣的熱切感能夠持續多久、走得多遠，實質關係網絡能夠建立起來，後續的一切運作也才會有可能！最終能夠如願組成的隊伍少之又少。

藉由地方上脈絡豐沛的人士登高一呼，比較容易獲得校友名流、商賈、民代、有力之士蜂擁而出，爭相擔任後援會的每個職務，以確保球隊的例行開銷於不墜，同時又能彰顯他們熱心參與社群的榮譽，對地方學校的直接貢獻，並且適時還能藉以展現威赫不凡的身家。

儘管社會生活開始小康化，這肯定是普遍貧窮年代裡所能夠出顯的僅有雙贏！

不過，這些都還是僅止於在城市區域內才可能會有的做法！如果是山區或窮鄉僻壤的學校想組隊的話，那就只能因陋就簡地找出一切所有可行的替代方案，並且要有一顆赤誠熱烈的心，才足以跨越不可能的所有困難來完成夢想。

當什麼都沒有的時候，必要有足夠激烈熱情的學校與老師支持——他們可能連家長會也都只是聊備一格的組成，幾乎無力承擔。也難有具經濟力的社會團體能夠常態性的支持訓練經費——只能用盡在地微弱有限的社群力量，才有可能緩慢地逐步往前。

沒有球棒就用等長的木頭棍子權充，沒有棒球就打別種球甚至可以替代的石頭以及各式小物件，沒有壘包就以石膏粉象徵性來標示，沒有專有服裝那就先平常的破舊校服，沒有鞋子就打赤腳，沒有餐點就由老師與熱心家長想辦法各自由家裡帶來分享同樂。

城鄉的差異確實非常巨大，但是成為隊員的人意志卻同樣都聚焦在對於棒球的熱切感上呼應著時代共同的召喚，那種強度卻又是毫無落差的趨近一致！

球隊教練團先進行甄選有點天分加上對棒球擁有強烈熱情的小球員，後援會也跟著開始張羅每位獲選球員的基本裝備；從頭到腳，因為尺寸關係除了球鞋需要自備外，獨特又有代表性的隊帽、每人分配兩套隊服輪流替換、正式比賽專用撐腳底的棒球襪子以及釘鞋。球具方面：手套、球棒、硬式棒球……更是缺一不可。

周邊的基礎訓練設備目不暇給外，更不止是一般理解棒球運動只憑爆發力道那樣的魯莽無腦、反應乾脆就好，而是繁多由內而外掌握感覺、跟隨心智理解而生的直覺反應，處處可見其細緻鉅角；練習過程，從各種攻守相關標準基本動作的圖畫分解、連動式的隨機掌握也都要能準確到位。

每次練習都是依身高排序兩人一組，以丟接球熱身動作開始，一系列手指夾球、手肘運動、腰椎旋轉基本動作的講究與反覆練習，既是熟悉正確姿勢也試著體會動作引發身體能夠回應的改變，才能避免運動傷害並且擁有打棒球的體魄，準確到位與不疾不徐的步驟是相當必要的。進而什麼時候練習揮空棒、打輪胎、打鐵桿架撐球練習、到實際的投球練打都有著繁複的進階步驟，逐步重複性地一練再練，沒有任何部分可以自行省略也不能隨意更動跨越，憑藉的方法與工具還真是超乎理解的具有技術門檻而且無奇不有。

重要的是，後援會還要重金禮聘夠分量的教練來帶領所有專業項目的核心訓練。很多環節，弄到每天光是例行練習就已經是一場眾人圍觀品頭論足、人聲鼎沸的盛會了。因為關心的市民很多，每天中午過後時間一到，都會自動聚攏來運動場周邊觀賞一軍、二軍練習情況的每個部分，後援會的人則更是每天都在，負責處理球隊庶務外，更像是管理並固守著他們什麼重大資產似的，一點都不敢輕忽。練習流程裡頭有著日系傳衍而來的方法，以及在地既草莽又極高昂熱情所合鳴的節奏感，一開始的感覺就非常獨特。

特別是對一軍當中每個成員可能發展動向的關注，更是許多人碎嘴過日的生活重心。裡面最知名的左投手李宗源，後來更成為二戰之後第一位加入日本職棒聯盟羅德獵戶座隊的台籍選手。一九八一年依著養父知名球探三宅宅三（みやけ たくぞう／Miyake Takuzou）的姓氏歸化為日籍，更名為三宅宗源（みやけ そうげん／Miyake Sougen）。

每個練習日的中場休息後援會都會提供點心吃食，每天供應種類不同的內容，讓小隊員可以有變化地適時補充體力，成長中的小孩子幾乎來者不拒大快朵頤！不過，這一切的確是還滿燒錢的，多虧了財力雄厚的「民族國小少棒隊後援會」！

「媽，我們棒球隊後援會每天休息時間都會有我沒吃過的點心跟小吃！」西格興致很高的跟美玉分享著練棒球的額外心得。

「難怪你那麼喜歡打棒球？」美玉嬉鬧著回應。

「哪有，我是喜歡打棒球啊。」西格辯解著，但他並不善於稱讚自己練得很認真、成績很好。

升上四年級的上學期，西格在例行的月考中，國文、算術、自然、社會四科竟然史無前例地考了滿分四百分，他從未有過的分數。這倒讓哈古梌更加安心的覺得打棒球並沒有讓西格的課業成績變差。

因為西格還算是低年級的二軍，所以守備的位置並不固定，一直在游擊手與左外野手之間輪替，這其實都還滿適合他的個性可以擔任的守備位置，時而激進面對、時而海闊天空、時而以逸待勞、時而奮力追逐；必須成為有效的攔阻、擷取並且有能力固著，必須在速度與高度裡解決所有的弧線與起伏曲折路徑。這兩種守備位置與流動的風向似乎都互相扯得上關係，恰如西格善變的心思。不過快、狠、準的極致感，一直也是他個性裡的敏感喜好。

參加棒球隊的艱苦，並非只有各式球技的練習本身，還有許多姿勢、動作的重複再重複、體能的鍛鍊、速度的培養。其實，幾個月後教練就會有意無意開始講些具有戰術意味的內容，試著慢慢啟發他們，以免孩子們誤解了體育運動不需要靈活的腦部鍛鍊；整體性的掌握與了解其實更為關鍵，路才能走得夠遠。當然，有方法的凝聚團隊合作方式更是不能忽略，培養深層默契藉以激發小孩子對球隊精神上的向心力。

「Shokun！諸君」有時候是喊「皆さん——（minasan／隊友們！）」，所有的隊員都要呼應著教練、捕手或一壘手的召喚聲，發出同樣的回應呼喊，才能不時增強團隊的自信心，也就是互相打氣啦！

「元気を出せ！（Genkiwodase／大家提起精神！）」

「頑張れ！（Ganbare／加油！）」

「……」

「早就沒有在這樣喊了！而且不再全部都使用日文呼喊。現在每一個少棒隊伍都開始在發展自己的一套隊呼，都很特別也很有趣。」西格解釋著。

「哦，是這樣嗎？」哈古桧只能低聲回應，但是腦袋顯然還是停留在他記憶裡真正野球隊該要發出的聲音。

腦中嗡嗡作響的是對存在的徹底緬懷，已然改變的新樣式對哈古桧而言毫無意義。

簡單講，包括體能的重度鍛鍊、簡易物理原理介紹、運動項目的技術鋩角、團隊意識的灌輸以及心理素質的關注都成為綿密的訓練內容，還有那一直存在的日本野球文化裡更為高聳的精神凝聚。二戰之後已經超過二十年，但無論如何，那些文化傳承都還碎裂地在延續著對島嶼的全面影響。

為了讓少棒隊員鍛鍊身體，特別是四肢、肺活量、肌耐力、整體體適能的同時，腦袋也能跟著開始啟動。聽說那蘇總教練是從成人甲組台電棒球隊重金禮聘過來的知名球隊經理，與校內原有的本源仔教練配合，希望大家能改變陳舊的蠻力觀念，開始學會運用腦袋考慮戰術、善用身體精巧強壯的技術打漂亮的棒球。這樣的訓練方向得要先有非常好的底蘊、扎實基本工夫才行，並且要訓練得非常全面！感覺後援會裡面是有些民粹不專業雜音的，但都被教練團具體有成效的專業性給逐一壓制了下去。

每天辛苦的鍛鍊，或許不是只有在球場上參與球隊以及後援會幫忙的人、圍觀的支持群眾，還有每日訓練解散後要幫個別球員搓揉刷洗球衣的球員以及母親們吧。

「厚，土怎麼都這麼多。打棒球怎麼每天都會這樣？」美玉儘管都會幫忙打點一切，但是所有的工作全部都靠手工，相當辛苦，因此多少還是會有些咕噥式的小抱怨。

那時候尼龍材料剛問世，開始運用在生活層面也還很不普遍。大部分的球衣材質都還是由粗厚棉麻布車製，強度才足以讓滑壘不易磨破，所以每天練完球回到家一定是滿身的黃土汗漬讓美玉善後。在洗衣機還非常不普遍的年代，美玉的雙手真是萬能。用棕鑢仔辛苦刷除黃土髒汙清洗之後，還要經常性地漂白、漿燙！每日洗完都得要趕緊擰乾、晾起來，待隔天還沒有完全乾透之前，再用電熨斗熨乾燙平，因為易皺材質看起來是很沒有精神的，並不符合作為團隊一員的原則。

哈古棯體貼美玉幾個月來日日的手工辛勞，想盡辦法趕緊添購了一台國產三洋牌淺草綠色的初階小型洗衣機，既可減輕美玉勞作，也好讓西格每次上場練球看起來都是有紀律、有元氣而且充滿自信。顯然，哈古棯一輩子都很喜歡襯挺的白色衣服，純粹與紀律是他心儀的文化內容。

參加棒球隊一年半之後，西格也即將升上國小高年級。

「下學期……開始……你就不再打棒球了！」哈古棯帶點停頓很勉強地吐出這麼一個完整的命令句。

「為什麼？我不是打得很好嗎？」西格很不解的回問，語氣平緩。

「……」

「是打得很不錯，但是因為一直打棒球，怕以後長大會沒飯吃。」

未來的出路到底會如何，哈古棯根本也說不清楚，該怎麼跟西格解釋他對這種事情的考慮？

「……」一陣靜肅，西格也不知道該再追問些什麼，畢竟他才開始打棒球一年多，而一切感覺都很不錯呢。

畢竟哈古棯自己就是國小老師，總是擔心球員日後能有的發展出路，儘管學業成績很好，西格的少棒生涯卻因此在升上五年級後就正式「出局」了，一如哈古棯對各種小投資經驗的判斷。不確定有出路的話就趕緊結束，以免夜長夢多。

倒是西格竟然也沒有什麼反對意見，只是悻悻然地結束了這個話題。心裡想著能打的時候就盡力打好，不能繼續打就玩點別的了！或許他也還無法說出某種不可替代的必要性能夠讓自己盲目堅持。

差不多是同一個時期，已經習慣穿戴多年的日式學校制服，在沒有任何預告動作之間就忽然快速全面換裝——感覺就像臨時發生了重大變故，瞬間被剝奪一切的錯愕！到底什麼事情必須要把原來的全部拋棄？原來的海軍藏藍色黑邊大盤帽：帽子前面中央位置，繡縫固定有細三角錐菱形藍、白彩，金色邊框手工上色的銅製學校徽飾、短袖純白襯衣、與大盤帽一致的海軍藏深藍色短褲、半筒白長襪、黑色皮帶與皮鞋。換裝成新款的生黃色尼龍布棒球帽：帽子正中央縫上一塊三角形白色配藍線條模仿原來校徽的印刷塑膠膜、短袖純白襯衣，左胸前口袋上沿，車了一片與帽子一樣材質的長方形印刷塑膠膜學號牌，服裝變成只要是深色短褲就可以，各種鞋襪，只要有穿就行。

這種來不及理解的改變，第一瞬間的感受真要能被回溯的話，或許就只會覺得這一切的交替混亂，似乎都是嶄新的、解殖民的、虛假的、反日的、擬造的、錯亂的、抵抗帝國的、反美學的、文化掠奪的，一切國黨替代性強制轉變的臨時性與表象化。說穿了，就是隨著中國國族風潮恣意蔓延而開始的因陋就簡，也就是藉由對日式美學的鬥爭與恣意破壞達致全面取代。

西格心中充滿單純的疑惑：「為什麼學校要把原來好看的校服全部都換掉？」徹底無語，但他可能也慢慢意識到許多事情都正在快速轉換當中，但是卻不知道真正的原因。

年幼即遭遇的美感迷亂狀態——卻謎團似地有著說不出的糾結——一直反覆擱置延遲在西格成長的感知經驗判斷，從來未曾褪色。一九八〇年代末期開始的主體性測量藝術計畫以及一九九〇年代接觸一系列解殖民的批判思潮，才綜整出某些基進意識與價值觀在藝術創作上的出路。會持續改變的，就是針對外部世界的徹底實踐與因應。

幼年的這些細碎焦慮才足以聚攏轉化成對於現實多樣性與族群差異的理解——過量意識型態的政治正確進而被擺置在雜多文化語境之中——它們還在，只是以更具有積極性、共同體的思辨方式被不斷理解。

打棒球最大的受用：需要的爆發力度、準確，心理素質與心智判斷的敏捷，以及一種可反覆不斷生成的內化反饋——這些韌性所匯聚的強度——與西格日後成為藝術創作者的自我鍛練規訓，過程路徑或許不同，方式與結果卻是高度驚人的一致！

註釋

122 嘉農棒球隊，是日本時代台灣嘉義農林學校（今國立嘉義大學）的棒球代表隊。一九三一年，首次到台北參賽的嘉農棒球隊便奪得全台高校棒球冠軍，打破過去十二年由北部地區球隊壟斷，所謂「冠軍錦旗不過濁水溪」的傳統。隨後代表台灣赴日本參加第十七回夏季甲子園大會，以三勝一負的佳績獲得「準優勝」（亞軍），震驚日本棒壇，博得「英雄戰場，天下嘉農」的美譽。

有意識的告別，就足以向世界說出什麼。

臨時搭設在門外馬路邊進行法事專用的竹棚子裡，道教形制的重點掛飾開始跟著出籠，逐次連結成一整套的莊嚴，顯現在主壇棚子內的左右兩側，依序懸掛了《水陸全圖》，就是俗稱的「十八重地獄圖」。

這一切的準備都呼應著讓宗教還能正式宣告對於一個生命意義最後的定奪，滿壇形制狀似法庭極其鄭重的最終章，即將照著規矩次第布局展開。

西格的年紀還來不及知道這源自於古印度《十王圖》[123]的真正含義。日後他將在親臨歐洲生活中發現這種另異源頭。中古世紀的殘酷《地獄圖》[124]，原來在地球的不同時空裡都曾如出一轍跨文明地審判著人最終的存在價值。

所有畫面的根源性立即深刻地截住西格的出神關注——比起嘈雜哄亂的周遭祭儀本身——定睛的仔細凝視掃描，銳比未來的陣列記憶。

參加少棒隊的最後一個月，也是西格四年級接近學期結束前。梅雨季過後的仲夏六月萬物叢生欣欣向榮的溫熱濕度並不是結束事情的好時機，冒著芽綠的一切氣氛更不適合過躁地就與自己心裡某種經久的醞釀忽然斷離。

某個傍晚例行的練球時刻，西格一如往常的一身硬挺潔白前往球場報到。那天剛開始練球沒多久，便見哈古檢氣喘吁吁地來到球場邊輕喚他，示意要他趕緊跟教練請假離開，好來得及趕往北港車頭博愛路外婆家跟王走阿公做人生告別，見上最後一面。

這突如其來的噩耗，並非如聽聞已久棒球賽局最終可逆的變化莫測！應該要有的冷靜以對，讓他更能夠意識到人即將消失瞬間所意味的不可逆真實。

在事件到來之前，這種事情還是非常困難單憑想像。特別是所有無常的意味，對西格來講都還太過於抽象而且複雜，也還沒有足夠實質的激烈生命變動遭遇曾經在他有限的生活經驗裡孳生，都是一步一步地被自己陸續的參與給說服了，才開始有能力接納這善變的現實。

哄亂蟬鳴迎來夏季高亢的炎熱，讓一切更顯得隆重。穿著全套白皙美玉前一日所漿燙硬挺的棒球服去跟王走阿公告別，也稱得上是個別致的莊重之禮，給予外公對母親養育之恩的一種最為純粹的致敬。

王走接連著幾次大小中風導致長年臥床，生活變得千篇一律無甚變化，儘管周快毫無保留的貼心照護，身體狀況卻也難以有什麼實質的好轉。只是前後多年長時間磨難下來，並不可能會令誰感覺身心寬裕，特別是周快，她是個默默承受家庭所有重擔的樂天勇者！

西格最為熟悉的，其實是那張左邊永遠緊靠著牆壁、右側也老是張望著廳堂神明桌，前方連接著米鋪店口、門廊逐層次而至外面馬路，可以將靠背自由起落角度的竹製大摺疊椅。這正是王走中風以後每日身體的棲居之所，他總是躺在那裡瞇眼看著家人的穿梭來去，聆聽著所有人說話的聲音內容以及各種事情的點滴過程，裡外他都能知覺得到。

儘管只是心靈參與，這樣的他應該也不至於太無聊吧。

大部分的時間他都只能半睜著眼，愣看著身旁周遭，像是用他任職北港火車站驛長時的神態，在檢視著這一切的步步安然妥當！

周快天生有著一雙炯炯有神的大眼，那是她自出生以來回應冷酷世界的另外一種本事——眼神成了語言知會聲音的最佳沉默——如何安靜看盡世間冷暖的天賦。那種語法裡頭具有某種堅毅陰性形象是西格青年以後在南歐地中海周邊亦曾多次遇見的實存，印象強烈。

老年之後的她經常點著煙自顧自地靜坐著，不發一語只緩慢滾動著她的大眼珠子，見了人便帶上一抹無意又無傷的微笑；但若是看見西格，她就會改變她的姿態動作邀來西格的陪伴，說上一些父母親的好，以及對西格不帶壓力的人生鼓勵。

西格很清楚那正是她內心的話語方式，並沒有真的要對誰說話、說什麼！王走阿公先走了，周快的小孩們顯然也未必真的清楚她思緒裡的敏感；唯一能顧理的就是自己對於生存的堅韌意志，特別是透過那一雙大眼凝望式的關注生命的完成！

或許沒有人真的清楚快嬤年幼時在島嶼東北角故鄉金瓜石的生活是如何的艱辛困苦！

腳踏車上的哈古榏奮力騎載著西格趕去北港車頭博愛路外婆家，或許是心情上的起伏波折顯得整個身體需要特別的用力，以至於有點前後搖晃，好像一瞬之間雙腳變得吃力麻木而且不聽使喚，西格還要試著用腳尖幫忙蹭跺著前進。車子的速度硬是快不起來，甚至感覺還有些往後的拉扯力道，試著退回一種記憶裡的緩慢速度，好把舊日與王走阿公互動的一切過程都能夠在腦袋裡平順地播放過一遍。騎了很久都騎不出一種習慣中該有的暢快，反倒感覺是滑移在一個沒有確定感的平面上打滑著前行，試著煞車似乎也已經靜止不下來了。

西格坐在後座雙手緊拉著座椅後方避震器的螺旋凸出物，從不斷搖擺的恍惚中才猛然從狀似流瀉的殘影裡驚醒過來。

到了外婆家，只見阿駿舅、秀嵐姨與母親跪坐外公身旁，輪流念念有詞的低聲誦唱著佛號，一邊撚用棉花塊蘸著水持續的濕潤著外公的嘴唇，怕他口乾有著無法適時說出最後遺言的困難。許多家人大小依序跪坐在一旁草蓆上靜伺，親眾捎人帶來白幡布幔在店面門口慢慢地搭建了起來，用來降低燠熱天氣裡身體溫度的大冰塊也悄悄送抵——一璐冰涼的最後陪伴卻是充滿家人的至極溫暖——一切的哀怨過往都隨夏日傍晚的南風汩汩逸散，飄蕩屋外的光線有感地迅速幽暗下來，遮掩著家人失去至親的愁容哀泣。

穿著全身白皙硬挺棒球隊制服的西格，獨自枯站在眾親族的最後一排，成了幽暗中唯一能夠照應微弱光線的挺立靜謐。他只想遠遠靜靜地掉著眼淚揮別外公，不必要像周快嬤一樣直接出聲呼喊大哭；繼母親的生父公園阿公過世之後，這是他再次告別母親的養父！

註釋

123 十殿閻羅，也稱十殿閻王、十殿閻君、十宮冥君、十府冥君、十代冥王、冥宮十王、冥府十王、冥京十王、地府十王等，即十位閻羅王。據稱人死後前往的陰間，有閻羅王（閻魔王）等十個魔王要對死者罪孽進行審判。死者在頭七到七七每隔七日，以及於百日、一年及三年的忌日依次接受各魔王的審判，以決定轉世投胎至六道中的何處。

124 那是畫家波提切利將令人魂飛魄散的地獄繪製成一個上寬下窄的漏斗，直通地心，地獄深坑共有九層，稱為「地獄九圈」，令死去的罪人在此接受各種酷刑的折磨。

停不下來的空間異動。所有的之間都可能成為空間自身的潛在增生，卡夫卡不會只是個陌生的概念，它就總在別處的這裡或那裡持續流變著。所有的之間都黏附著時間流動並且虛擬新的空間生成，因為有機的聯通與貫穿並沒有人能夠真實的對空間進行個別命名，空間的層疊倒是適時就回應了個人化的時間曲折。

幾個世代下來宅院裡顯然已經入住了過量的人數，不再有足夠的客觀條件也沒有額外能力，可以重行分配給每個人更多屬於個別使用的私密空間。宅院的生活文化總是以集體替代個人，勢必擠壓著每個人對空間的滿足想像，除了家長陳通外，幾乎無人能擁有獨享的空間。

因此，無論如何有創意的空間分配——個人房間——都會是個永遠難以實現的奢侈渴望！

空間相關的種種內在奢求原本就是超越個別差異，卻可以理解成一種個體幸福感的極致抵達。它完全是能夠擺脫實體尺度侷限的一種虛實穿透與超越。所謂自由空間自在人心。

這樣的生活需求在大宅院裡其實一直都很難被實現，除了是不可抗拒的宿命外，也正是哈古棯所面臨最棘手的空間難題。小孩子的成長剛好與能夠進行分配的空間成反比。作為長子的哈古棯既不能違反家規搬離開大宅院生活，也沒有能力支應這麼多口人的基本需求出去租房子生活；說不上走投無路，卻是怎麼樣都得想辦法硬擠出多餘的空間不可！

空間的分配依然停留在父權式的家族制，而不是進化到家族成員數量的賦權分享與規畫——導致物理空間就是藉由宅院裡的傳統因襲慣例來運用而不是依照需求——完全無法考慮存在功能上足以回應時代的進化設計與規畫，既沒有權力也沒有人有能力關心這個，一個都沒有！當所有的進化都是不可能的時候，根本性地就會是與時間嚴重脫了節的空間處境而無處可往。

哈古棯唯一能動用的方式就是既有空間重新整合並且同步切分，也就是重整分類、重新組合，然後再行分配。

一九四〇年代二次大戰之前到跨了世紀之後，島嶼的人口總數歷經幾個發展階段——日後的高峰值將成長超過五倍——當時，一般家庭大概都有至少三到五個小孩的普遍數量。

無計可施之下，哈古棯於是被迫得要直接在這樣的階段裡做出更有機的可變調節。他想出來的解決方案：改造廂房樓下原有的五人檜木通鋪，拆卸掉近三分之二的面積，僅保留三分之一作為他與美玉的日式寬敞雙人榻榻米起居室範圍，大約是十二呎見方、八片榻榻米的大小——原有通鋪的最後方另闢夾層空間給三個兒子——這裡既是他與美玉晚上睡眠的地方，也同時是家人隨時一樣可以保有聚會的場所，他可不想因為空間的調整影響了家人每日晚間相聚一團互動的習慣！甚至，偶而台北阿嬤來訪，老人家也能與他們湊合著擠一下。

其實這都是哈古棯額外的細微用心，想要提供一點彌補美玉一輩子與母親過早斷離的遺憾！他從未明說，很清楚地他自己就是這樣度過極幼的童年——被體貼的二嬤商快帶大——母親近身呵護幼子感受上的缺席終究是他一輩子的遺憾，只是任誰都難以了解！

父權時代，越富有人家的小孩離父母親都是更有距離的，特別是母親！成長過程孤獨感知伴著莫名等待又難言的生命苦楚，你不知道能跟誰訴說。沒有人能聽你的這些苦楚正是封建年代裡父權的必然——所有巨量被忽略的童稚呼號就此全部被輕易略過——只能噤聲試著回應母性的被刻意物化。它並不是我們時代裡才獨有的產物，它其實是封建年代人類文明不堪的普遍現實。如果不能懂，那意思就是說身處那般的世界裡——不分性別地只能有一種父權化的動物——其他都只是伴隨性的附屬物，一種將實存完全剝離基本存在意義的人為扭曲。父權所庇蔭的對象無論人或物，之外的一切都只能如曇花之命，無關緊要。

這種大幅度的空間布局與變動，很顯然日後都成為西格年長後進行藝術空間裝置演練的一套直覺參照。接受任何改變的能力並不是每個人與生俱來的天賦，勢必需要透過開啟式的大量後天觀察、學習與實際演練，才成為可能。

空間的激烈調整，讓兄弟三人開始改睡在哈古楡雇請鐵工量身打造的黑鐵製雙人雙層床鋪。配上了時下粉綠漆色的雙層床鋪開始間歇擾動著兄弟三人原來夢境的聯繫通道。楊楊米的藺草香味沒有了！身體的嗅覺對位亦不復見，陌生的新夾層空間顯然挑戰著層疊感知的重新適應。

東格、西格兩兄弟因為年紀小一起睡在上鋪，原則上喜歡強烈流動感的西格睡在靠窗的那一側，能更靠近風對他而言便是讓內心徜徉的救贖！相對個性沉穩安靜的東格則睡在靠近走道端，讓家人都能在空間裡平靜安適以對是哈古楡平常心的想望。不過，兩個人還是會因為不時心情的改變協調互相交換睡眠的位置，那是他們不太需要溝通就能有的共床默契。

相較之下，阿嘉已經念高中也是大哥，基於長幼倫理，只能大氣的一個人睡著兩個人位置的下鋪，這個雙層鐵床於是開始成為廂房內的一個嶄新的階層風景，甚至就是一種擬仿社群的縮小化生活世界，儘管只有三個人！

對於雙層鐵床緊鄰著一扇左右雙向對拉，裝置著十二片不同紋路玻璃的木格子窗戶的床位來說，留個拳頭大小的縫隙隔著蚊帳吹風而眠的西格開始有了完全不一樣的窗外世界。他發現每個夜裡的睡眠都能伴隨著窗外院子裡植物們所散發直接傳遞的各種獨特馨香氣息，總是能夠因為這樣而讓夢囈去到更深遠，超乎他有限經驗裡奇異陌生的美好之處。

能夠擁有那種距離感的睡眠是極其享受的，遑論人生的未來路途！每晚睡前院子裡逕自而起的芬芳與窸窣婉韻的音聲，都令他能夠充滿元氣地進入夢鄉，夢境裡的舒活恬靜或許會是一連串能夠感受天生稟賦的意外機緣。

無論季節，深夜院子裡的沁涼也都會轉成白天萬物的滋潤源泉，他總是感覺著生機變化的不同面貌，許多視覺衝擊便是如此地潛入他遞歸來日的無意識之中。

那一大落有著十二片玻璃的木格窗，是以前後木框相互疊置的老式窗戶形式構成，每一扇的下部四片都是磨砂的霧面刻花玻璃——因為屢次更換變成不同年代紋路薈萃的集大成——只有最上面的左右兩片才是清透的透明玻璃——木頭框身的顏色已經因為時間而顯現了它的隨和與不計較，褪成不均勻的斑花層次——西格都看在眼裡，儘管他還不知道為什麼這些事物都要以這樣斑駁的型態來與他相遇。

「如此的配置視覺上才有個裡外，而不至於太直接讓裡外沒了必要的區隔。更何況那直接就會衝擊兩個小兄弟睡覺時的視覺高度；如果全部都是透明清玻璃，肯定會因為外面的暗黑與風吹草動害怕不已而無法入眠。」這樣的細節哈古桧一開始就都體貼的考慮在內。

屋簷下，緊貼著玻璃窗外下沿的是個驟然隆起緊貼著牆壁、寬厚形狀略微幾何的傾斜平台，高度大約三到四呎上下，寬度也有個一呎半左右。這其實是舊式木結構建築的防震結構支撐基座之一，因此量體非常厚實，也是整個大宅院建築能夠有效防震的關鍵所在，平淡無奇的材料根本不會有人特別注意到它，只有西格竟然敏感著喜歡往這裡去，他似乎感覺著某種既壯闊又超過理路的不可見實存強度，就充盈在那個無名的厚實裡面，他似乎真能感覺得到它！

與窗戶銜接的傾斜所在，常常會是西格熱情爬上去後，以赤裸的雙腳前趾略微頂住斜坡的最前沿，然後再以放鬆不太能平衡的身體感覺著自然擺動，再故意讓它往前縱傾跳下斜台、跳向古井邊他的彈珠遊戲場，好像這個過程是一個可以成為任何事情的可能起點：一種具有高度象徵的任意性起飛演練。

這種具任意性飛揚的高度，指的顯然不是物理性的確認，而是人格養成中的自顯開啟——試著釋放自在的感覺——絕對可以稱得上是某種形而上向遠投擲的自我鍛鍊。西格樂此不疲地在幼年的歲月裡，與這樣的場所保持了它們物我之間極為縝密的內在聯繫。幾乎沒有人注意到這個瘋癲的小孩到底每日都在忙著做些什麼。

潛在地，西格似乎從小就能夠直觀一種人生宣示的高度，所有尺度都是可能與世界銜接的脈動？那樣的態勢自然也能指向同世紀早期法國藝術家伊夫·克萊因[125]的空無對話可能：縱身一躍向空無，一種不落俗套身體性的宇宙思維零度。

十三歲，待北門街新房子蓋好搬移過去之後，偶而傍晚時刻天暗下來，他也會無意識地就爬上二樓的女兒牆上蹲坐遐想，藉以望向數十米外不會再有明亮燈光，已淪暗沉蕭瑟的老舊大宅院——那個有著十二片玻璃的木格窗——回憶小時候那個與窗戶銜接的傾斜地方，想像自己就是個等待振翅的鳥人一樣：自在地飛向絕對的空無。

註釋

125 伊夫．克萊因（Yves Klein），是戰後歐洲（法國）藝術界的重要代表人物。一九六〇年，藝術批評家皮埃爾．雷斯塔尼（Pierre Restany）提出新現實主義，克萊因就是該運動的先鋒人物之一。是行為藝術最早的推動者，同時也被視為極簡主義和普普藝術的先驅。以自創的國際克萊因藍（IKB）單色畫創作知名於世。

「美國」。

《一個消失的人》也就是《美國》——同一本書兩種不同隱喻的名稱——作者是法蘭茲．卡夫卡。令人忘形神迷的斜槓橫跨《美國》，作者是尚．布希亞[126]。更早在紐約出自德弗札克[127]的第十二號弦樂四重奏，就是《美國》。

關於一個島嶼小孩所能指認的「美國」：出自西格在嘉義無名的平淡童年。

二次大戰暨韓戰過後，美國國務卿杜勒斯[128]在美國政府決策中主導著審視世界與亞洲地緣政治局勢發展，主動發起協防島嶼的軍事倡議——涵括舊金山和約中的條文原則——簽訂由美國第七艦隊執行協防島嶼的島鏈防堵關鍵任務，確認了島嶼未來的自由民主發展可能。

協防期間，在島上幾個重點城市均設置軍事機構，且各有其任務編組、功能與名稱。在嘉義市的營區主要是由民權路、忠孝路、共和路、安樂街甚至中山路所圈圍出來的美軍顧問團團管區，作為他們運作的核心基地之一。除了提供必要的防衛武器訓練外，他們更重要的任務其實是戰略與戰術上的專業諮詢與訓練，以提供區域整合的兵力培育與機動調配，而比較不是直接的兵力支援戰鬥配置。

「這個區域內靠近民權路一側，就是日治時代的溫蕉厝[129] Maru 運轉鐵，曾經是民間遠途貨物運輸的集結處——柳仔林黃家三姊的住所、貨運店也在那附近呢！」不過西格的時代完全碰不到這位相距甚遠的姨婆，僅聽聞於哈古檢模糊的跨代傳述。

西格從小就都執拗地對著這個區域內進行直接的命名：「四界攏是美國人，這著美國啊……！」

團管區的建築，基本上都是日治後期留下來的磚造木結構建築，美軍協防後，將不同區域粉刷成不同代表性的美國式色彩，普遍都是帶點微綠的強灰色以及局部必要的深灰。配上流動其間各特殊軍種的代表性色彩：草綠、深藍與湛白，形塑出美國軍隊的整體意象。只有部分是因為新的任務需求下美援的增建或者擴建。區域內的幾個出入口，特別是大門一概都是由美國陸戰隊憲兵駐守——穿著卡其色筆直熨燙過的上衣，搭配著亮銅扣環的棕綠色帆布皮帶撐挺起深墨綠色挺拔長褲，腰間繫縛著白S腰帶與四五手槍[130]套，白色半長筒綁腿套上黑皮鞋，配上黑白分明的憲兵M.P.臂章，頭戴最經典的白色鋼盔。大門旁左側簡易沙包碉堡裡則是幾位身穿野戰服手持M1[131]半自動武器的士兵在聯合固守，軍威非常耀眼而且充滿壯盛的無畏感覺，陣仗頗容易震懾人。

進到這個區域內，立即可以感受到整體街區道路維護的乾淨無比、一塵不染，交通號誌一致分明，甚至有種特別明亮的光澤。儘管一般民眾還是可以自由通過、使用道路，但是實際上沒有相關事務的人並不會刻意進到這個「異域」來。印象中還真的沒有看過太多在地的閒雜人等會隨意在此出現。

區域範圍內的時間更像是可以任意迅速凝結似的，也不是不動，反而就是以一種隨時比一切要快上幾拍、慢上幾步的節奏感時快時慢的流動著，空氣裡的感覺是帶點因為流動速度更抽象而起的乾淨，說清新並不準確，而是貼近怪異的無垢。在那個產業化程度還很低的年代，每個日子的天空就只有湛藍、青藍、淺藍、嫣藍、寶藍、粉藍……基本上哪一種藍都可能輪流出現，也全都指向某種絕對性的宇宙色彩；它們就都只會有擺脫人世間逃離繁瑣的至極璀璨，一脈地漂亮好看。

馬路上常態來往的機動車輛非常稀少，以至於每一輛汽車經過所排放的廢氣味道，都讓汽油的燃燒顯得好聞的具體。

因為來往交通流量不高，馬路單邊的停車位一律都是少見橫斜的停車格，以爭取最多的停車數量，車輛則都是一九五〇年代以後的正宗美式大頭仔車，各種車型與顏色都有，更添美式的強悍風采。軍車相對的較少停駐在此開放場地。因為是軍事顧問團本部，各種專業工作人員眾多，所以各式軍服、便服出入都必須佩戴證件，黑的、白的、黃的什麼膚色的人種都有，就是會讓人直覺得這裡一定是美國的某個地方！

連在街區裡偶爾看見走動的貓、狗，走起路來的姿態都令人覺得似乎與區域外的寵物們不太一樣，總是多帶點什麼超乎經驗的「美國味」。

另外，在兩三公里外，往後湖的忠孝路上還有一個美軍各式車輛專屬的加油站，隔著通透的編織型鐵網與外圍淨空數十米的距離，更形威嚴，一樣有低調的少量美國制服人員駐守運作著。

事實上，協防剛開始——一九五五年在島嶼各處的美國軍職人員就有七千多人，幾年後更高達一萬九千多人——在嘉義也有相當數量的美國軍事雇員編制。當時既有軍事作戰的傳統戰略概念：空降與登陸作戰，都會選擇較為容易登岸與集結之處。除了接近澎湖、金門之外，嘉南平原到高屏之間更是當時島嶼最重要的戰略區域之一，周邊也駐守了規模最大量的各式部隊，高峰期就有數十萬人之多，隨時到處都能看見本國與美國軍人、軍事武器的調度移防，整體時代的感覺非常不安穩。

顧問團周邊鄰近就有幾個規模相當大的軍區：山仔頂陸軍營區、中埔營區、更遠一點的虎尾空軍營區等，這些大概都是他們能投注軍事專業諮詢與訓練的主要原因。

二戰後緊接著韓戰、八二三砲戰、越戰……美國扶植占領島嶼的國黨蔣軍的任務繁多，代價也著實不小。當然，前後幾波的美國戰略思考也讓島嶼面臨幾波「國家」被重複放棄的極度困頓。那正是某種國際現實層面上，百餘年來島嶼的歷史宿命。

當然，有時碰上一些較不敏感的事務，顧問團也都會有一定程度的社區參與，特別是教會相關的、慈善的、西方節日的等等，都讓這個區域的活動跟在美國本土並沒有太大差別。

註釋

126 尚・布希亞（Jean Baudrillard，1929-2007），生於法國漢斯，社會學家及哲學家。他被稱為「知識的恐怖主義者、後現代主義牧師、後現代大祭司」。

127 安東寧・利奧波德・德弗札克（Antonín Leopold Dvořák，一八四一年九月八日—一九〇四年五月一日）生於布拉格（當時屬於奧匈帝國，現屬於捷克）附近的內拉霍奇夫斯鎮伏爾塔瓦河旁的磨房內，卒於布拉格，是捷克民族樂派作曲家。

128 約翰・福斯特・杜勒斯（John Foster Dulles），美國共和黨政治人物、第五十二任美國國務卿。冷戰早期重要人物，主張強硬態度對抗蘇聯與中國共產黨。

129 「雲霄厝」坐落於古諸羅城（嘉義市）東北角，在北門城牆之外，先民來自中國福建漳州府雲霄廳，跟隨鄭成功來台散居於古道兩側，過著純樸刻苦的生活。台語稱為「溫蕉厝」。

130 四五手槍（M1911）是一九一一年開始生產的 .45 ACP 口徑半自動手槍，由約翰・勃朗寧設計，推出後立即成為美軍的制式手槍並一直維持達七十四年（一九一一至一九八五年，美國海軍陸戰隊至今仍有使用其衍生型）。M1911 曾經是美軍在戰場上常見的武器，經歷了一戰、二戰、韓戰、越戰以及波斯灣戰爭。

131 M1 加蘭德步槍（M1 Garand，官方命名：United States Rifle, Caliber .30, M1），是世上第一種大量服役的半自動步槍，一九三六年取代了美軍制式 M1903 春田步槍，亦是二戰中最著名的步槍之一。美軍的 M1 加蘭德步槍最終在一九五七年被 M14 自動步槍所取代。

軍緣二三事。只要與軍隊有關的所有事物，依慣例都會先被區隔、切分，既互相躲藏又相互炫耀，甚至要被對立為可以隨時互為替代的對象。最嚴重的，普遍都是從族群意識型態與系統階級開始的各種生存鬥爭。

從遠房親戚軍需舶來品販子錦順仔叔到擔任空軍 C-119 資深士官長的湖南姑丈，這些都是西格小時候就知道與軍隊有關耳熟能詳的代表人物。儘管哈古棯自己從未有過任何與軍旅有關的切身經驗，生活中倒是也經常都能碰到這個遠房親戚錦順仔的偶而現身；至於西格的湖南姑丈則當然是相對熟悉許多。

與錦順仔相關的所有曲折故事細節，連哈古棯也難斷真假，一直就都是茶餘飯後的遠親傳奇。大宅院右斜後方永豐被服廠的正後面就是古時候與大宅院相連的公厝；也是大宅院後方通向長榮街的另一個出入口。錦順仔正是家裡養雞、種菜卻中風不良於行的阿琴仔伯的後代，怎麼說，也算是大宅院的遠房親戚啦。

錦順仔從小沒念過什麼書，只有國小畢業。時代因緣際會，韓戰後美國在島嶼的協防讓他在市區尋求工作機會時，無意間搭上承攬採買系統的單位，幾年間協助公司負責採購交付給美軍顧問團的各種基本日常物品，因而結識美軍福利系統中下游的一些承辦人員與廠商。儘管書讀得不多，阿順仔的頭腦卻是拔尖的靈動，人算是很勤快又擱好嘴，總會主動幫人解決許多困難雜症博得不少人的好感，通暢的人脈自然盈滿生活之中，遇事都能遊刃有餘。

順勢搭上軍需配補系統後，他就轉做美軍福利品系統的外圍下線，直接接觸美國軍人；業務上便知道如何可以幫助眾多美國職員、大兵們轉賣各式定期分配的福利品牟利，他也因此有了令人稱羨的豐厚獲利！

這種緣故，偶而幾次哈古稔家裡也就會無由地冒出一點易開罐式的美國汽水、口香糖、巧克力、糖果盒、口糧餅乾、軍備點心……

都是些會令人羨慕的香甜美國奢侈小物，特別是對幼小孩子來講。

因為年輕學習力又不錯，錦順仔簡單的英文琅琅上口幾無罣礙，機靈中甚至他都弄到美軍團管區後勤單位的出入通行證，直接得以從福利部後端管制門口自由進出，大做他時代另類的跑單幫生意，這的確給了他開展嶄新人生的絕好機會。

當人有點年紀也開始有點錢，自然就會想要討個老婆。於是就有親戚朋友仗著他的好工作，開始幫忙介紹相親說媒。當中自然也是最後的結局：竟然娶到一位大專外文科系畢業的女孩！

據說，女孩的公務員父親也是個念到大專的讀書人。於是相親過程對方父親除了知道他在美軍顧問團工作，看過證件，不免還是非常懷疑的直接考驗起阿順仔的英文能力。

「Have you ever been to the United States of America?」（你去過美國嗎？）女孩的父親問著。

錦順仔：「No, Sir. Because of my business, I have no chance to visit , yet!」（因為工作，我還沒

機會去呢？先生。）

女孩的父親繼續追問著：「How long have you been on this job?」（你做現在的工作多久？）「About 5 years, Sir.」（大概有五年！先生。）阿順仔毫不猶豫，語帶熱情、簡潔俐落確實的回答。

「……」

那女孩的父親不斷圍繞在跟生活有關的細節上繼續委婉地試探著錦順仔，因為這可能會是關係到他女兒往後人生的幸福啊，不得不步步為營地謹慎提問。錦順仔表現得很得體也很貼切，既不浮誇也謹守本分地自然，給人不錯的務實感。錦順仔在多年間經歷了幾個美軍福利站相關供需工作的歷練，基本日常的英文能力根本不成問題，也累積生意經營上的變通經驗，順勢就編造了些故事來哄抬自己的才情，並且善意無害地誆騙對方，總是他的英文能力的確真的沒被識破，一切對答如流。

最後，錦順仔一如所願地娶到高學歷的美嬌娘，也替他的家庭帶來超乎眾人的傳統期望。

至於，在空軍當空勤資深士官長的劉信，則因為勤務上都是配合美軍在越戰後期的運補任務，因此對於取得美軍的軍需品難度很低，每隔定期也都會有固定的配給。因此，偶而西格家裡總能看得到相當特別的軍需補給品：像是墨綠色耐衝擊塑膠製的空軍專用野戰水壺、側面有銅拉鍊的空軍專用牛皮靴、空軍專用S腰帶、可摺疊式小圓鍬、美軍草綠 T-shirt，不一而足。重點是，這些獨特的物品竟然多少也都成為西格在大宅院內小孩子之間帶動社群活動很重要的特殊道具；這些物件也真的一路陪伴西格相當時間的成長。

其中特別是墨綠色耐衝擊塑膠製的空軍專用野戰水壺與側面有著銅製拉鍊的空軍飛行員專用牛皮靴，這兩樣特殊的配件怎麼樣都算是種炫耀吧？是西格最常使用又熟悉的陪伴物，那是一個不常能看見塑膠製品，而會把它們當成珍稀物資的年代，更何況是美國空軍專用的配備！因此，自從這個水壺出現之後，西格的小學生活裡幾乎每天都能見到這個物件的身影——經常試著讓它裝進各種不同的內容物、摔向牆壁、用小刀切、甚至灌進滾燙的熱水，讓壺身發燙到像是快要融化的樣子，編說出奇形怪狀與這水壺有關的故事，甚至試想著大概連子彈都穿不過這水壺吧。看它還能發生什麼變化，是一如往常的嬉鬧，異想的試驗，更是一種不易理解的探問方式。最終，並沒有能成功地發現什麼！只覺得那真是一個怎麼樣都不會壞掉的東西。

至於，銅製拉鍊牛皮靴則成了西格扮演小丑娛樂宅院內家人的重要道具之一。鼻子上必要的紙製紅圓球，襯衣肚子裡塞滿舊報紙，腳上自然就會需要蹬上圓頭大黑皮鞋，否則這小丑的裝扮，還真不容易引人發笑呢。搭著宅院內其他幾個小嘍囉的簡陋配樂，小丑隊就巡走在宅院裡博得一連串歡笑的眾聲回報。

那個時代的不堪正在於：任誰，一方面最好要有點與軍方相關事物的連結，更何況是美軍的系統，不論那是什麼層級都可以，好證明對於社會無疑的高度擁戴，確保自身生活的平順安全；另一方面卻又必要在細微敏感的尺度上，適可而止的避免讓任何軍事有關的事情攀上自身，好安靜度日。

自己的房子自己蓋。

自力造屋，怎麼說都應該與島嶼廣義、遠古的原民性有著本源的關係吧？回返整體當代文化生活的復振之路，怎麼說都與天性裡對於生存的意志有所關聯，甚至就是與生俱來的空間直觀：從洞穴到家屋。

島嶼上大部分不同族群的人都早已經失去自力蓋屋的天賦。快速商品化的利益，徹底斷裂文化傳承能力的維繫必要。系統化的轉置讓社會各種營利衝突更快速全面地關聯在這些連鎖事態上，餘下的，盡是盤旋不去所有權的巧取豪奪。

哈古棯在歷經前後十三年冗長又艱辛的侵占官司——一路深刻地感受著這門官司就是一樁極其繁複貫穿跨代的歷史對帳過程——陳通當時善意的口頭承諾借用，竟然就被後來的連串使用者給恣意地重複侵吞，並且進而據為己有！人都不在了，但是細碎的證據終究會在冗長緩慢的時間裡說出真相。

在生命求存跨越農商轉換時代，善意的與人為善已經因為資本化的商業利益誘因，迫使類似的案例在島嶼各處所在多有，成了倫常矛盾的實然轉向。

官司勝訴，哈古棯要回來在他名下連接大宅院後方將近一分大約三百坪的土地。既告慰了祖父陳通對他的用心與信任，也為自己耗費壯年時期的許多心力畫下休止符，好的結果讓他得以喘息，不再需要經常性地出入法庭，更讓家人從此徹底擺脫拮据度日的窘境。

一時之間，自然不宜倉卒就決定這塊土地可能的後續出路。哈古棯必須更審慎仔細地回想陳通阿公留這塊地給他的用意！前後也的確靜置了年餘，閒置期間便超然有機地成為西格的植物栽種遊戲場，除了綠意盎然外，也長出不少由各式廢料搭置的莫名造型物。

針對這塊價值連城的土地，大宅院內兩邊廂房的家族很多人都還是冷眼旁觀、心生不滿而且充滿極大的敵意，總是抱怨著死去的陳通，為什麼把家族最重要地產的所有權名字，全都留給了哈古棯一個人！

事實上，連哈古棯自己也不能完全確定，為什麼祖父陳通會把最值錢的地產都以他的名義保留下來。他能有的少許猜測，除了家族內不願意明講他父親明智仔與祖父陳通真正的親子關係外，或許就是自己凡事的認真與從小就被陳通信任的敦厚與正直吧。

正是這樣的人格特質，陳通從哈古棯小時候便看在眼裡，關注著並且盡力刻意地好好培育，希望哈古棯能成為家族的後繼依託。某方面當然也可能是陳通深知自己「唯一」的親生小孩明智仔好逸惡勞成性，不放心把家產直接留給他。

土地閒置的跨年間，總是不時有人前來詢問各種開發可能、合作方案，持續反覆著，卻沒聽聞有什麼好想法能夠吸引哈古棯做成最終的決定。畢竟這是陳通留下來僅存與大宅院最具連結關係的土地，情感上也很難隨便處理。

非預期出現的空間懸置狀態的確對應了某一部分家族祕而不宣的傳承。對西格來講，最大的好處就是讓他每天獨自摸索中的實驗遊戲得以繼續鬆散無限制地蔓延下去，儘管他並不清楚自己在探索的到底最後會是什麼結果，但就是憑著空間裡的直觀回應、隨著感覺前進玩耍，這倒是他天生的自信。

相當時日之後。一次配著晚飯，哈古梫才正式對著家人宣布：「我決定要與一位專門起造販厝的營建商林興泉董事長，在阿祖留下的後院土地上來合作『起分仔』。準備起造兩層樓連棟鋼筋加強磚造的販厝，大概攏總會有十一個單位，巷仔裡面有八連間，外面臨北門街有三連棟。由興泉營造廠那邊來負責法律申請、設計規畫、籌錢、出技術，咱厝內只出土地的合作方式；等厝起好了後，大家再按協議好的數量比例來分配房子。」

「照目前的協議，咱厝應該可以分到其中的五間！」

這個突如其來的重大宣示——完全超越大宅院歷來的任何變動——的確震撼了所有家人。既不是高興也說不上害怕，只是瞬間厝內細小都具體地意識到大宅院即將會有的激烈改變；消息一傳出去之後，整個大宅院倒是完全噤聲的，安靜中只流瀉著一股凝結難散又不滿的詭異氣氛。

宅院內開始流傳著一些惡意的說法，顯然都被哈古梫叮嚀美玉給截斷了，不讓這種事干擾孩子的日常。廂房內的生活基本上是沒有什麼太多變動！阿華已經嫁到台北，阿娟在山仔頂圖書館當編審忙著上班，其他三個兄弟則分別還在高中、國中、國小念書，所有能改變的都在持續不變之中擺盪著。

這是一種盛行於民間的投資合作方案——雙贏、多贏的民商棋局——或許只是個偶然但也可能是必然。對於這個家庭的巨大變動，真正感興趣又有參與度的，似乎除了當事者哈古梫之外，就是一路跟前跟後、細微旁觀的西格。以至於整個興建的過程，根本就像是在幫西格構作起厝文化「牽師仔」的建築基礎訓練，每個步驟都完整而確實；前後大概有將近一年多的時間吧，西格看起來是異常的投入在每個步驟的「看頭顧尾」式的觀察學習之中——儘管能實際參與的事情幾近於零——開始動工時是一九七二年，西格小學即將畢業。

哈古棯決定土地動向後幾個月，春夏交替藍天罩頂的透早，臨北門街那一側的整堵木圍籬便被工人迅速熟練地推倒、拆除……等西格知道騷動跑過來看，已經是個洞開的片野，原本熟悉的地方感覺徹底變了個樣子。雖然這年餘間西格也曾去開過那旁邊臨時的小木門進出過這塊土地，好確認裡外通道是什麼樣的連結關係。木圍籬拆除之後，空間視覺上立刻變得寬闊通透；土地上的雜物也開始有工人進來做初步的清理。

一種即將要發生什麼事情的氣氛越來越強烈，好像僅有的熟悉事物也正在同步全面遠離中。跨年之間西格所有的遊戲設置物、執拗的拋擲種植、奇異造型……就此全部都跟著清運卡車快速退場，即將成為工地的大後院只留下已深度浸潤銘刻腦中無人知曉的私密記憶。

這一切在大約一甲子之後——儘管是以逆反時間、退卻過時的倒敘——西格竟然都還能流暢地重述著所有「起販厝」建置的工序細節，就好像是正在進行中的事情一樣。

整個建屋工程大概分為前後兩個期程階段來進行，首先是巷道內的八間連棟要先進行到整個素胚都完成之後，接著才能啟動施作緊臨外圍北門街的三連棟。按呢內外才有腳路好抽退進出！

看起來，那個年代的開發工程還是運用著承襲自早年的簡便方式在進行。除了測角度用的經緯儀、竹尺、水準儀等幾項必要的基本工具外，似乎更完全仰賴測量者目視的基準點觀察與主觀判定，並沒有太多可運用的客觀輔助精密儀器。工程一開始還是會有所謂必要的假設工程、土地丈量的步驟：測量人員前來就著給定的土地範圍，直接丈量測繪、標位、拉線、碇木樁，確認蓋房子本身的所有相對基準點。

「只見到兩位測量員在土地四周移動比畫著經緯儀的三腳架，也不真的清楚它們到底是有準啊無，還是依著地籍圖兩機要啊準一咧？清彩量量咧。不多時便依序完成土地測量的工作。」

土地測量畢竟不是西格能懂的專業，依然停留在過往印象中的胡亂猜測，邊吞口水眼神閃爍的邊想著：「接著，一群工人兩人一組的攜帶圓鍬進場，依照標線木樁主結構地基位置進行小局部開挖。感覺的確是整個工程真實啟動的第一步！」不過，怎麼樣西格都記不起哈古檜或者承包的營造廠，曾經進行過任何正式的破土祭拜儀式。

真正奇妙的是去掉地面表層的雜物之後，人力逐鏟開挖的緩步過程，讓販厝開工一開始便像是人類學的考古現場而不是建築工程的工地！一路不難發現挖掘的土層帶有——與工程現實無甚關連，蓄積著一種說不出的昇華式乾淨——偏中間彩度明示著自然質地的漂亮色彩！是初生的勻稱沒有什麼雜質混雜其中，隨著圓鍬的每一鏟刨切下了地球的某個微妙角落，每一片都像是剛出爐的鬆脆烤派軟中帶Q呢！那裡面包含了千百萬年的時間化成，雖然都已經成為泥土，感覺卻保有一種絲絲健康的純粹，這種素樸色調看起來非常容易令人心曠神怡。

「第一個階段進場施作的正規程序就是地基的主結構以及連貫其間的地梁工程。地梁就是連結分布不同位置主結構地基之間的水平橫向鋼筋結構，一般販厝的地梁都是由大約一呎見方左右的鋼筋鐵籠連串來組成，依地層條件埋在地下大約二呎深的位置。主結構地基是按照建築物長度、高度的尺度比例所編配在主要位置的結構基座。因為數量關係到房子整體的結構強度，因此深度大約需要一米二（四呎）左右，好立起垂直的鋼筋鐵籠成為房子承重的主要支柱，才能穩固垂直向與橫向的連結拉力，這個部分需要先以俗稱紅毛土的水泥來澆注固定。」西格儼然是以類似專家的口吻在回溯著這些細節，感覺施作過程中最終在外觀上不可見的部分，他都掌握得非常細緻。

這些地平面下的結構，就好比人身體的主要支撐骨架——再加上必要位置上被視為肌肉的水泥之後將堅固異常——算是結構重點，若沒有處理得當也可能脆弱不堪！因此，這些人造的結構物都是屬於不可見的強度，按工序做好之後都會再以土方覆蓋、夯實做必要的簡易保護。

「基於它們可都是建築物真正與土地銜接的敏感部位呢，千萬輕忽不得。」西格再三強調！

彼時陣，起販厝建築所需的紅毛土，都是在工地透過小型的柴油攪拌器由現場人工依比例配上細砂、碎石、水泥包以及預置打通的地下水源所攪拌出來的，是一種非常農業社會跨越初階工業化的操作模式，因此每一次的攪拌物密度與濃稠度都只能十足地仰賴經驗，品質也就都是大概的拿捏，很難穩定。

鋼筋的成形則都是由不等粗細鋼筋原材，運到工地現場後才開始依圖樣所需進行製作。運來拗折鋼筋製作的笨重大木桌後，就是依著藍圖上的尺寸、形狀、數量，再行現地拗折製作必要的鋼筋組件。

來到現地製作的做鐵仔師傅們，每一位的皮膚就像是披上了一層鐵鏽斑彩衣一樣的呈現不等濃淡的咖啡色澤，元氣汗水裡滿布油亮。很特別的是當中很多人都還不約而同的縛綁著頭巾工作，好看之餘更是活力十足！原來是為了避免飛濺的鐵鏽粉塵落入頭髮根部很困難清理乾淨所致——換得了一種獨特有型的工作裝扮。這些鋼筋造型物套件成形後的連結方式，都是以鍍鋅細鐵線以獨特的手持勾鐵桿來捆綁；位置固定妥當後鐵線兩頭相疊，靈活的幾次旋轉相互圈繞加上最後反向彎曲內置的動作後，即可牢靠地固定住兩側斷點，讓它們成為具有實質物理強度的一體。

「我一直都覺得這樣細的鐵絲與那麼粗的鋼筋互綁，在物性的視覺上根本就不成比例，到底要如何獲致強度？很神奇但是也不免懷疑起這樣的勞作就真能獲致強度嗎？」西格自顧自地反覆問著。

建設兩層樓RC加強磚造的房子並沒有強制規定需要有地下室的空間設置，因此基礎的開挖大概都在比地面層略低的地下一米到四呎的深處便足夠穩固。這種開挖深度，讓西格確實看見地底自然的土層狀況，才知道神奇漫溢上來的地下水位深度與土地良莠是有著緊密的關聯；就像人體的皮膚，一旦破皮，體液與血都將自然湧流。

地質剖面裡的地梁結構體骨架完成之後，緊接著就是模板工進場的地梁塑型，盡可能讓它們都是呈立方體狀，藉以均衡拉力。這些底層工序操作於日後的不可見卻不影響一切必要的照起工。

緊接著的步驟就會是全面的灌漿澆注紅毛土，藉由人工連續攪拌，從透早到暗時，將是異常忙碌的一整天。同樣的工法必須一直重複到澆灌好完整八個建築單位地梁才能停止，絕對不能隔天施作，否則乾燥不均勻，日後將會容易產生不可預期且難以善後的大裂縫，影響結構安全。

所有這些關鍵性工序的步驟，依然都是仰賴密集的人工勞作攪拌，加上一台燃燒不怎麼完全、不斷冒吐著黑煙的柴油攪拌器來進行。還很少見到預拌混凝土場，有的話價錢成本也都很高，在鄉下城鎮還並不時興；或許成本最低的就是人力與時間！灌注紅毛土後，靜置乾涸個大約五天、一星期後，便可以拆除周邊圍繞的矮模板。此時就可以澆水在紅毛土地梁上，以保持內外的乾燥速度一致比較不易龜裂，聽說還能增加結構強度。

接續的是八連棟範圍內覆土、夯實與地坪整理的步驟——將工地全區雜亂小土堆處理到有整體感的大致平整後——就能發現八個間隔空間裡瞬間都長出相當數量的直立還未成形散開的鋼筋束。這時陣，模板工們再度進場定出一樓地板的全部範圍，以高度不足一呎的窄模板開始圈圍固定起來；同時鐵工們將早已製作好方格狀固定大小的鋼筋框構，逐一落置在所有直立的鋼筋束上來結構成格柵狀鋼籠，讓它們穩固地成為林立並置的垂直柱狀物，好真實撐出嶄新的空間。一樓的地坪鋼筋也同時動用大量人力進行大約五寸見方網狀格子狀分布的逐一墊高、水平定位與交叉點的鐵線固定，舉目望去完整的鐵格網狀物盡可能要讓全區的不同結構都能夠結合為一體，不只為了抵抗隔壁「林商號合板公司」巨木滾落人為擬造的微型地震影響，更要成為日後難以撼動的真實強度。

負責水電的工班也陸續進場，開始配置水電的灰色塑膠管線，板模師傅則針對該局部加強斜向支撐、稍微提高鋼筋增加灌漿縫隙、補綴小洞……逐一處理，無間差的幾日之後，接著就是一樓全區八個間隔地坪的紅毛土澆注。

因為是地面層施作相較省力，依慣例便是盡快挑選個風和日麗的良辰吉日，無獨有偶地以那一台沾黏厚重水泥渣的柴油攪拌器逐批攪拌，再以單人獨輪推車盛裝，和著人聲鼎沸的熱烈工作氛圍，奔馳在臨時鋪設的厚木板上，不停的運送、澆注；其間有人拿著竹竿戳實地坪鋼筋的縫隙，有人以寬厚的平面木製耙子拍打著澆注的紅毛土地面並且施展壓力盡力抹平，從早到晚不斷反覆全力衝刺一整天。

工作的內容開始有一些密集又持續的高度重複，人工攪雜紅毛土依然是個勞累沉重的負擔，差不多需要二十幾三十個人，從早到晚一整天才有辦法完成。還好，南台灣的陽光很容易地就加速了施作的步驟；才隔了幾天，板模師傅又魚貫進場開始針對直立鋼筋結構的部分，進行模板的搭架固定，以便之後要進行直立結構柱的澆灌。

在此之前的工項都還是屬於地面層的作業，因此還沒有能真實感受到逐漸擺脫地心引力的壓力與焦慮。接下來的每一個步驟就會是開始試著要離開地面的不同體驗了，每增加高度就意味著加深與重力抵抗的難度，也就具有更不一樣的複雜度與危險性。

西格不由得心裡反芻著自幼與兄哥們終日在蕊莉欉上度過時光的身體感受，人在臨高時內心的亢奮其實是遠大於恐懼的程度，甚至反而有些難得的謹慎平靜，因為動物的本性似乎都是望遠的、更是為了長遠的生存！

「這款直立鋼筋結構柱的澆灌紅毛土顯然就更為艱辛，除了必要例行的人工攪拌外，還得要以沉重的小鐵桶分裝，再以人力接龍的方式逐一提上工作梯，提交給梯上最頂端的人，再由上方缺口倒入固定成形的模板之中，一邊倒還得另一側的人拿根長木棍不斷戳實，往復的沉重登高，一桶接一桶直到滿溢至覆蓋樓層鋼筋的標準高度為止，完全還是相當原始的工作模式，幾無進化的工具也不見有任何輔助的技術伴隨，時代還只能停留在與所有物理法則的引力對抗。」真是勞力極端密集工序又無比重複的繁重勞動，有夠辛苦！

西格有種不捨表情與同理心的語氣，繼續說著：「這部分的工作必須是分成一組幾個人，一柱、一柱的仔細按照傳統步驟來做——輕易地就能理解趨向強度的緩步鑄造，原來就足以回應一切的基本生成，完全無法求快——儘管是連棟建築，還是可以說以每戶約三十建坪雙層建築來講，每戶有八根一呎半粗結構柱來看，應該是什麼等級的地震都擋得住吧。真妥當，有夠勇！」同樣的工序一個樓層要重複將近四十次，所有的結構柱才能完成。

帶點想像的數十根十餘呎高灰樸的立柱並置，很難不讓人遐想成古文明遺址的列柱景致，儘管只是微乎其微的地方性建築擘構，依然令人仰望。

「拆除地面層周圍的板模之後便不難發現，地板、柱子都於焉浮現，有著明確整體範圍的地坪也一體成型，但每一戶之間卻都還是敞開的通透。空間已然形成，這時卡車幾乎是毫無時間落差的運來燒製非常足夠時間與溫度的大紅色磚塊。首先，必須先仰賴手工肩挑的人力方式從大卡車上卸下貨來。再逐次分成一落大約是四塊磚的層層疊疊至半人高，分區點放在工地的不同位置上，好利便師傅後續砌牆的施作。這整個苦力式的搬運工作可是用著傳延百年以上挑磚的特殊扁擔，一擔一擔的人力所搬運的哦。」可是，為什麼都沒有人能更有效率地改善這樣的工作方式？

以至極的方式勞役他人藉以獲取最大利益，顯然是文明進化過程裡極端必要的苦痛解放！但這還不是年幼的西格能夠理解的事情。充滿疑惑似乎是他唯一能夠展現的作用。

經過幾個月工程的持續推展，工地師傅們的碎嘴以沫似乎都已經知道有個非常愛觀看各種工項施作的地主小兒子，每個階段步驟都會在工地周邊觀頭顧尾地無時不在。因此工頭特別囑咐西格過來工地時如果有興趣——他們並沒有人知道這個小孩的心思並不是落在任何與那工程相關的瑣碎上，而是生成所有這些新事物狀態的方式、工序、技藝、機制……或許才是他無心之中的真實關注。儘管他就只是安靜地觀看，既無撿俗回應師傅們的話語，也沒有任何實際參與工程的動作——不妨就來朝著紅磚大量的澆水吧！好讓新製磚塊吸飽水分，是很有幫助它們在後續施工時固著的黏性，可以增加牆壁潛在的強度。

其實，師傅們講的純粹只是經驗上的結果，他們並沒有能力再跟西格說明得更多。當水分可以在磚塊與紅毛土溶接之際提供足夠濕潤的機會，那麼它們之間組織縫隙互為固著的狀況自然是能夠更為自在的！這種交融人事物的推論其實與專業並沒有任何對應上的關係。

似懂非懂的西格在師傅們開始砌牆之前的那一段時間，不論早晚的空閒幾乎都能輕易地便看見這個小孩在給磚塊們認真地澆水。與水親近的好感原來就是他天生的特質，以手掌心感受著地下水冰沁令人甦醒的溫度，同時他竟也嗅聞到熟悉的宅院古井的水青味！不消說他自然也會做些他能主動的專注，看著磚塊多層次色彩的細緻變化，吸飽水時呈現紅潤的逐漸深沉，快速乾透的過程竟然有如失血般地成為妖豔的粉橘紅色，這種變化的分明與不可預期，的確讓他的臆想可以更為全面——他一次便看到了這麼多的紅色變化——澆注得更為起勁，快速習慣至少早晚各一次來進行這個色彩展望事件的繼續推進。

「與手工的均勻灑布不同，拉來水管以磚塊輕壓水管頭讓水由磚塊疊置的最上沿整個順勢流瀉，這是做土仔的師傅們砌紅磚牆前的習慣做法。還有很多其他的鋩角與技術罩門，必須光靠眼神的瞬間掃描，就能立體又準確的抓住厚度、寬度，紅毛土金屬抹刀與扁頭鐵鎚的交互運用俐落切削磚塊，遞給、畫抹、整形、填補……反覆相似的動作，確保了它們一定程度的同質，一邊還要快速調整垂直繩、水平，一邊決定該預留什麼樣的管線位置，免得之後全部都要用鑿子再來敲出管線空間多了一道工序。熟悉與否顯然與空間經驗判斷有著必然的關係。」西格似乎是在模擬師傅們校準磚牆縫隙般，比畫著手指、瞇著眼說。

當磚牆逐一疊砌成形，八個空間單元才慢慢有了些各別機能上可見的具體性。原來地坪只露出幾個預留灰色管狀物的塑膠頭，因為有了依附的牆面或空間便可以看見它們的相對位置所能指認的使用功能，這倒是很有趣：相互之間有了些關係上的依靠，功能便足以形成。許多原本無名的分隔空間，陸續就變成了臥室、成為浴室、變成它被賦予的各種可能用處；有種空間轉換生成上的新鮮感，這種透過人為的作操空間因而產生變異化成的狀態，自然更增添西格想知道什麼的好奇心來繼續關注。

當然，這樣一個完整工程施作的程序循環，基本上就能構築一個完整的樓層空間，或許對西格的家人來講無關緊要，既不需要清楚也無甚感覺；但是對西格來講，顯然每個步驟細節卻都是奇怪地充滿著生成空間的致命吸引力啊。

按照次序，接下來的當然就是板模師傅們的再次進場。只是，這次的板模搭接必須要審慎考慮所有垂直往上的承重問題，而且一次就會是八個空間單位的連動作用——必須各具完整又要能一氣呵成才行——一邊構釘板模回應結構需求凹凸外，的確更需要抓著水平又要一邊構成重力的平均支撐，最後再予以相互固定，形成一整個大平面尺度的合體；下方則必要一一照著上方模板的大小、尺寸形狀來給予不等粗細木柱的支撐，以確保灌漿時樓地板整體的穩固與平整定型。

這種建屋的現實操作與西格在哈古棯當時打官司剛要回來土地上的自力造型活動，整體的本質並無二致，只是規模大上許多而且是個完全實用的建築製作 。兩者也都在同一個場域裡頭前後時間接續著發生，這對西格來說，就像是經歷某種直覺式甚至是自體無意識的身體造型素描活動之後的具體物件呈現一樣——一種難以言說宏大存在感的確認——進而就被激烈地推進現實的存有之中。

透過這些繁複步驟，二樓的樓地板才可能慢慢浮現為有點高度的平台概念。當然也不能忘記要慢工打造登上二樓的樓梯，因為那可是傳統上每一階都要剛好十七公分高的準確技術——不止因為是個風水吉數，更是人體上下高度最為適中的平均數——一階接著一階才上得了二樓，而且考慮到節省空間以及增加空間迴旋交會的層次感，所以樓梯打了個九十度的小彎，分為兩個段落才能不疾不徐地從容上樓。這樣也多少增加了上下樓層過程，人身體移動可能會有的視覺對話與互動，的確是有種空間進化上的生活巧妙。

但是，攸關質感這個重大敏感的事情，純粹就是每個時代同時是世代之間的獨特，完全無法假造！磨石子地板將很快就會退出美感的搜羅之列。雖然這完全不是西格的喜好，但是卻不斷地在他的世代空間之中四處蔓延。如果美感在那個年代能夠被看待為基本人權，那麼西格顯然是被時代錯置美學霸凌著成長的人，缺乏人權也就只是現實的實然，他也沒得抱怨。

等到樓層模板都搭建就緒，負責落置鋼筋鐵作師傅與牽布管線的水電師傅們都又蜂擁而至，再一次地大規模搬演著異常的忙碌。難免有種錯覺就是他們都喜歡一大群人一起工作比拚，儘管都是些不同工項的內容。現場的氣息總能不時回應他們那種經由黝黑油亮身體激烈撐持下才能到位的交錯有序。構成一種不熟悉卻又富奇妙韻律的集體熱切感，一起期盼著什麼新事態的發生。這每一次都是非常生猛的生命活力集結！

當然，許多工序細部的密合度、各種銜接處的變巧補綴以及考慮後續「飾仔藝」最後表面修飾的安排，也都要先一併到位才夠力。感覺他們互相之間都很熟識，可能已經透過這樣的互動方式在城市內外四處蓋起跨世代的許多房子。

同時候，只見一些師傅開始在建築體立面一側的空地上，兩兩以粗鐵線捆紮著粗壯的竹竿 132 形成間隔兩米H字型的結構，好讓它們依附在建築體旁邊，依序成形後擺置固定，直立起來再將橫向結構做好必要的連結。之後每個不同高度段落都還要搭接起一段微斜的緩坡，好順暢地連接不同的樓層高度；斜緩坡上則重複地每隔約三十公分便固定一根橫桿作為踩踏的地方，也就是簡易竹鷹架以及斜面樓梯的概念。

整個竹結構體籠罩著紅毛土建築體周邊，形成的模糊輪廓氛圍裡有著藝術性素描的融鑄式準確；各式工匠穿梭其間工作，那些移動頻率隱微地預告了完整造型的誕生。

竹鷹架作為提供師傅們逐漸離開地面工作時走動穿梭工地以及與其他人交錯的空中專用小徑。想必那是感受上更為輕穎與自由的工作方式，既脫離地面也多少離開象徵意義上的辛苦現實！天黑工人收工離開後，西格曾幾次偷偷爬上去感覺著，試著了解為什麼師傅們看似喜歡在那樣的高處工作。

在落置好結網鋼筋灌漿澆注紅毛土之前的木模板上，已經可以開始恣意想像以後房間可能會有的樣貌，也能夠預見不同角度內所看到不同距離的視野內容。的確是個從根本上認識空間裸露配置的絕佳機會——從未有過的空間體會，更應驗了西格幼時想從大宅院外部看向馬背屋脊上通風小屋內部：「能夠有機會從外面看進來，肯定就會是完全不同的風貌了」的一味遐想——加上從來不曾與大宅院一起被關注的天際線，哪怕只是多了一個樓層幾米高，感覺卻是變得靠近天空許多，也開始有種與現實經驗岔開的距離感。

最大的不同也就在於已經真實離開地面，因此灌漿模式的基本配備就無法再僅僅使用那台嘈雜不堪的柴油攪拌器，而是更全面地需要仰賴大量人力。以小馬達吊桿配合著人力極辛苦地鋪上已經鎮咬著許多紅毛土渣厚重的幾大塊工作鐵皮，來當作人力攪拌紅毛土的臨時墊板。藉由四到六人分站鐵皮兩側幾批人的逐次移位，拿著平頭圓鍬，揮汗奮力吆喝著輪流當起了人力攪拌器，總數十餘人輪番上陣。

「接連兩個樓層都按照既定的工序完成之後，其實心裡面大概就會有個譜；完整的單一個樓層是這樣，那三個樓層不就是完整的、盡可能分毫不差地再複製兩次！」西格有點輕描淡寫的補充著。

儘管只是工序與工法的再次重複，西格還是很熱情地關注每個部分進展上可能會有的細微變化。特別是某種不在預期中的不同，也都開始會主動去瞧瞧看看，問東問西，完全是一副業主派來監工的樣子！不過，因為是完整的連續重複，關注力道的確已經沒有像工程剛開始時那麼濃重地在所有細節的次序上了。

當二樓頂的樓板大致底定，工程的其他細部施作工班師傅們也就很有韻律、毫無落差的陸續跟著進場接手，按部就班各自攤開不同工項藍圖極不同調鋙鋙鏘鏘地做了起來，每個空間也都多了不同廣播電台的喇裡誘音樂聲響，此起彼落張揚式地熱鬧到讓人有些錯愕。

巷子裡八連棟到這個階段已經大致完成紅毛土素胚的模樣，外表毫無修飾，只赤裸地展示著所有的原初質材，一目了然，有種粗獷也有種新事物缺乏細膩修飾的醜怪，但是這正是新生命誕生前的必然，最為樸拙真實。

臨外面靠馬路的三連棟這時也剛開挖地基，一種完整重新來過的索然無趣已經完全吸引不了西格！他幾乎從未踏足那三連棟的任何建構工序的階段。

全部八個單元空間區隔裡外最為關鍵的門窗，都是由運來的各種不同種類實木料，透過細木作師傅們手工打造出來的。這個過程該是西格最感興趣又熟悉的內容，只不過配合工程的施作必須加快速度，沒有辦法像基樺師在工坊裡慢慢弄上幾個月；畢竟做細木門窗與家具還是大不相同，必須懂得適可而止在功能完滿之處，不能無限制地琢磨下去！

西格不免有些失落，他執意地認為實木就該慢慢、細細地刨去每一層未達致型態需要的部分——也就是只消除不必要的時間刻痕讓渡給空間——才能顯露型態最終不可替代的具體。一切的塑造都該以如此的節奏達致準確，不是嗎？

「不只是他們的穿著、配備特別細緻與其他類型的工班頗為不同，每個匠人似乎都一定有個繫繩的米白色帆布工具背袋，正面是每個職人工具店的紅色店名標誌圖，看起來像是個立方體的造型物用來盛裝專門的細木用刀具、各式家私，連特別的專用磨刀石都不放過。身上的穿著也完全不同於其他工項師傅，他們一概不穿防水雨鞋，幾乎都是較為寬鬆的深藍、藏青色長褲，配上從後腳跟扣上銀色排扣的半長筒日式藍黑色夾腳式布製軟膠底鞋（足袋／たび／Tabi），好像唯有這樣才能一派輕鬆地逼近木材質地的各種精準，讓人不免有種近乎宿行忍者的輕盈飄搖錯覺。從刨掉木頭的表面粗皮開始、打磨、鑿洞、榫接、成形、倒角、細磨、固定、安裝；等於就是把基樺師的整個細木作工坊快速地搬到工地一樣！」那時候鋁門窗的大宗原物料以及成品都還是美日進口的，非常昂貴也還不普及，西格皺著眉說。

「很多其他工項的師傅多少也會被這種異國美感所影響，跟著木作師傅的帥氣穿著，因為輕盈、俐落又無端地容易吸引眾人的目光。一旦被問到是做細木作的師傅，還會因此感覺得細緻驕傲起來呢！」

在泥作還沒有進入最後修飾細節之前，所有的門窗框架就都必須先定位並且固定好，待「飾仔藝」階段工序的逐一展開——這是建築工程裡的另外一種搽脂抹粉的開朗，怎麼樣讓建築的裡外表面都能顯得足夠的漂亮好贏得眾人的讚賞，就必須透過夠細膩的傳統培育經驗到位的師傅——才不會有收尾不好的問題出現。當然，依著這樣的施工方法與程序，當樓層的高度越高，施作工人承受的體力消耗就更為劇烈而辛苦，不在現場的話勢必很難想像，將近半個世紀前鄉下小城市的民宅建築工地，到底會是個什麼樣艱苦又耗力的景致。

經歷跨年完整寒暑的新屋建設工程之後，西格人生第一次搬家：由大宅院吳鳳北路三百八十三號裡公廳的右廂房，搬到大宅院原來後院的連棟新蓋販厝——北門街六十七巷五號。前後相距不過數十米之遙——根本就是一脈銜接在一起的空間——這真的能算是搬家嗎？

情感上，西格覺得他一直都在那裡不曾離開過。身體儘管曾隨著成長階段移動，但是心念並不會；無論何處，能夠不時召喚他的也非大宅院莫屬！真正的離開或許就只有成年後離開島嶼去歐洲念書那幾年的時間，面對異域強大文化洗禮所無暇掛心的聯繫空窗。

正是那幾年，倏然之間大宅四合院房子便徹底消逝無蹤，在已然陌生的空間裡徒留難以復現的模糊印記。

註釋

132 就是孟宗竹。竹節長結構堅韌，生長時間短，經濟價值很高。它的竹筍可以食用。在冬季採收者味美，稱為「冬筍」。

到底要怎麼樣調整，才能跟得上時代？

所有的外部情況看似並沒有太大變動！可是，淺易的結果卻屢屢以極快的速度在逆反著過去的各種生活慣習，也就是根本性的問題沒有在時間的過渡裡有太大的進展，就被一連串飛快的外部效果給完全遮掩。

「一切都變了，對應著，一切到底都沒變。」這極具背反的思辨關係以日常的瑣碎不斷反覆，它從來都不可能會有任何定論；已經遠去的歌謠頌唱或許才是個絕佳的內化證據。

不需要什麼特殊原因，像是能化解些什麼一樣，每當碰上特殊的時刻，哈古棯就會哼唱起他連篇令人揪心、不知名的日本歌謠，說是抒發情緒更像是連篇的喟嘆。

最終哈古棯與人起造販厝協議中分配到的五間房屋，巷子內第一間賣給美玉的妹妹阿嵐一家，第八間則是賣給自己最小的六妹綉英，還好前後隔出必要的距離讓大家都能相安無事地過日子。當然也問過住在後湖已經有自己房子很年輕即出嫁的五妹綉雲，但她評估家庭的實況與需求，最後婉拒了哈古棯的善意！

一律都是特別關照女眷，應該就是哈古棯對自己與美玉姊妹們的一點照顧之意吧。哈古棯從小在大宅院裡的感受，深知封建文化對待女性的病虐與不人道，深有所感地讓自己承接起那樣的心理補償。

哈古棯自己一家則住在巷子內居中的第五間，彼時陣是匯聚的鬧熱也是另外一種生活風情——事實上，打從內心西格並沒有很喜歡這樣的安排，他真正期待的搬家或許是能帶著害怕感覺又徹底具有陌生感的嶄新生活——讓現實的困難有機會引發許多事物重新生成。他隱約意識得到距離或許會是某種良方，可以讓很多事情變得不那麼難過，至少不會是那麼地難堪度日！

不過，儘管他心裡總是有著說不出口的不自在，難免想到了卻還是會無意識地逛回到舊宅院裡，去四處感覺一點什麼；飄散的塵埃總能捲起熟悉的溫度，再三確認著自己是否已經準備好能夠真正的離開。

雖然距離宅院很近，但是從舊宅院搬出來住到大後院的新房子，結果又要與不同家族的親戚們住在同一條巷弄裡，並且幾乎無法同時跟兩邊的親戚一起互動，還必須無視於有些不變關係的疙瘩。不過，這是哈古棯對親戚的善意終究不是小孩子能參與安排的事。

新家也確實帶來新的生活型態。至少在空間的配置與機能上跟大宅院生活是有著截然不同的變化；新家的實質，對每個家人來講，就是一種逐漸城市化概念底下生活空間更形侷限的過渡產物，儘管自成一格，但是就真的只是格化單位生活空間的嶄新經驗。

搬過去北門街幾年之後，西格就很少再回到大宅院閒晃，一則年紀漸長、一則他覺得很快便徹底被新房子的空間所掐限——儘管只有幾步之遙——那或許是種新式生活的便利與溫柔所致吧。方正簡約尺度適中的水泥空間是會叫人陷溺進一種無法事先預料的封閉之中！由不得你，它會在封閉性裡滲透出讓人像是回返子宮階段的禁閉安全錯覺。這麼說無關好壞，卻會有難以再回望來處的矛盾！不過，的確離開大宅院也就意味著離開被無形家長制父權宰制的日子，應該沒有人希望再回去那種人的愚昧時代。

但是毫不意外，西格日後能惦記更多的，反倒都是住在宅院時期自己與空間獨有的細緻痕跡，那每一個當下的互動印刻。

西格倒是很清楚，這斷不會就是進化的極限！甚至等他年長後去到歐洲生活，就更深刻的確認小時候直覺的可信。每天在所有心儀的事物之間打混，使得創造性的事物有機會露臉來讓自己發現、與自己相遇！

這意思顯然並不意味著新的就一定能更好！物質上新或舊都只是一種時空兼具不同組合的過渡方式，它們未必都能據有綿延之外的絕對，只是在被拋棄的累舊與被迎接的新穎之中，轉換著足以重新開啟非物質性的循環，那才會是存有的進化可能而不是只有外表的樣子。

舊時候他隨時能在大宅院的裡外四界拋拋走、賴賴趖——無需憑藉什麼人的特別許可，靠著自己稚嫩心思的靈動，似乎就能隨心所欲不犯戒地來往進出許多每天時間所能夠容忍的悠閒——就是一種時代裡緩慢的自然不容易遭逢為難，所有權的界線普遍是含蓄隱在地被刻意遮掩，既怕給人帶來不便，又擔心過於招搖引來不必要的麻煩。而後的進化世界卻是將這種代表經濟力的界線極端的現實化——讓它們既可以快速地阻絕他人的自在，也能盡量擴大個體的實質影響力——這前後的生活文化的確大不相同。

西格不再能直接比較以前宅院生活的原因，除了空間場所的另異禁制開始陸續出現之外，時間也跟著自動亂了記憶裡的層套，相互比擬顯得錯亂！一般所謂的新式生活，就意味著必須開始遠離與空間質感直接細密的差異互動——間接的概念形式承接取代了這一切——也是更加自我封閉生活的起點：說是自處的時間變多，許多需要個別靜態推進的事情似乎也能跟著逐漸增加。

社會系統化引發各種所有權的欲望圍籬也依序慢慢浮現，人際間的互動方式正在發生顯著複雜的化學變化與因應；各種區隔與等級制也正悄悄無痕地跟上時代。

入厝時哈古梌的確因為賣房子多了些錢——不過大半都是賣給自己的親戚，並不是依著市場上的行情而是特殊折扣的親屬價——因此也並沒有一夕致富。

總是因為陳通的庇蔭——哈古梌才有能力確實改善家人的生活狀況——的確因此而有寬裕額外可運用的錢，哈古梌倒是毫不吝惜地幫全家人完整添購些當時頗為新穎的生活家電設備，特別是改善美玉操持家務的日常需求：包括最新一代的大同電冰箱、莊頭北牌雙爐座瓦斯爐與瓦斯熱水器系統、國際牌洗衣機，也添購了第一台SONY彩色電視機、沙發、床鋪……連增添生活調劑，不多見的ＪＶＣ電音機：就是集電唱機、四頻收音機、卡式錄放音機、唱片播放唱盤於一身，外加兩大兩小的十二聲道實木音箱喇叭的整合型時髦設備也赫然在列，甚至前後臥室都還裝設了箱型冷氣機！還有一些瑣碎的日常小物吧。

不過，屬於三個兄弟的訂製雙層黑鐵床，還是在拆解後搬過去新家重新組裝起來，因為新屋的房間總數還是只有三間，男女生還是個別需要有個獨立空間。

二樓後側套房外的方正小陽台有個上去三樓的鐵製樓梯位置；幾年之後因為加蓋三樓的隔熱屋頂，而多出了近乎整個樓層的閣樓空間；這裡也就成為西格青少年後期獨享的新私密場所，那時兄姊們都已經離開故鄉各自發展。這個新生成的異質空間多少回應了大宅院的廂房閣樓，像是個堆置雜物的宅院前廂，又像是個書房或者臥室，更像是個可以不斷被轉置的靈動空間；生活上唯一會操作的人就只有幾年後將要立志成為藝術家的西格。

哈古棯最後還去報考機車駕照，幫自己添購一台本田HONDA五十西西的小打檔機車，作為代步的工具，從此收起汗流浹背的上班困窘。

大宅院的黯然退場，感覺空間裡所有原來置放充滿光澤的木質器物、梁柱、牆壁，頓時全都快速地轉為灰暗枯槁，生活裡容易釋出的水分與油亮也都被乾澀的灰塵所徹底淹沒！寶治仔姨阿嬤生命最後的病榻時間正是這種寫照的連結，讓大宅院所有的一切感覺都在瞬時間凝結並且迅速無情地畫下終點，停頓的時間之中只餘下不知所往的空間孤寂。

那台本田機車適時的出現徹底改變了哈古棯一年四季行動的流暢，忽然之間他有能力加快速度跨越許多事情的步調，這是他不曾有過的節奏，徹底擺脫過去大宅院原地打轉的生活陋習。需要去更遠地方的時候，美玉也經常會側倚在後座，哪怕只是偶然的郊區吹吹風、拍照，也能讓距離有感地流動，生活開始能夠意識到一點舒適度上自在的具體變化。

「那是很真實的對照！以前我大專剛畢業開始工作，需要每天去番路鄉菜公店民和國中通車上班的情況。因為公車站牌有點路程，所以上班都是由父親騎著腳踏車載我去搭車，有時候快來不及，為了盡可能趕上固定班車，父親就會不停地快踩飛輪地騎到汗流浹背。」七十歲的阿華在年近百歲的哈古棯面前感動的說著，伴著手機螢幕裡在另外一個城市仔細聽著故事年近六十歲的西格。

一九八〇年初，東格一邊服預官役便同時私下準備著托福考試，沒有人事先知道他正打算離開島嶼赴外念書，開拓自己的人生路而移居美國——西格一直不知道為什麼去機場送行時，東格既沒有回頭也沒有跟家人道再見便逕自進入海關——徒留在海關外掉著眼淚的美玉。阿嘉也在台北工作生活準備律師考試。年代中期，西格因緣際會獲得獎學金前往歐洲念書創作。哈古棯與美玉因為三個兒子陸續離開身邊，幾經考慮年歲，決定接受女兒們的建議遷移到台中地區，好就近與兩個女兒生活上有個照應。

大宅院除了靠吳鳳北路一側的幾間店面還在使用外，其他的空間都已經荒蕪許久，乏人照料的宅院內著官服畫像、錫製燭台、樟木櫃老件、桌椅家具也接連在夜裡被盜走，洗劫一空！北門街六十七巷五號房子因為哈古棯與美玉遷移台中也暫時無人居住，整個大宅院的前後幾乎徹底的人去樓空，不再有絲毫人的氣息遊動其間，沒有了聲息的空蕩暗沉宅院只剩下乾澀的停滯時間：一種再也無法回頭也過渡不進未來的猛然斷裂。

哈古棯與美玉離開一段時間之後，宅院裡的諸親眾開始有人提議要盡快把大宅院共有土地做處分，免得哈古棯不在嘉義以後要處理會很困難！所有者眾，任誰都沒有能力把它完整保留下來——心裡能悸動的是那派生在宅院裡眾魂不散的跨世代身影，它們或許從來都不夠完美到會讓大家願意放棄自己現實的好處，一起留下老房子的種種思量！哈古棯在這個事情上只能被動因應，無法再多說什麼——卻有許多人只想從僅存的「祖公仔產」裡分到最後的一些好處！這是唯一能讓宅院裡親眾們對陳通歷來怨言稍微降低的方案；大家當然都清楚共同決定這樣的結局，就是時候樹倒猢猻散的關鍵面對，而且極可能也沒有以後，大家或許也難以再相見。

就此斷開大宅院歷來聲稱的虛妄脈絡，如今所有的關注都高度一致地被迫圍繞在如何獲利的唯一結果上！

當大家族的淵源不再，裂解、消失與離開成為必然，情何以堪的哈古椧也只能將北門街六十七巷五號房子，幾經輾轉之後，賣給一位阿里山鄒族的原住民 FaduSu；除了房子外，還附贈包括那口基樺師早年親手打造的台灣檜木大衣櫃，還有哈古椧訂製給三兄弟的特殊尺寸淺粉綠色雙人雙層鐵床。

庚子年後，西格經常夜裡的無限夢迴都會讓他不由自主地興起想去嘉義贖回檜木衣櫃的欲念。如果檜木衣櫃還在的話，那可是他小時候躲迷藏的私密地方，好再次嗅聞那永遠無法忘懷的無盡薰香，那種溫潤氣息經常就能轉致成母親懷抱的感覺。

青少年的不舒適性。未必是就著所有人的正常成長來講的。只是，為什麼所有的苦難從來就都只有女性與小孩在承擔？童年與母親之間、青少年與不舒適性之間，構成鏈結；每一個童年不都必須先是母親的孩子？

雖然，也聽聞透過在地上打滾的身軀，無謂地想要擺脫、驅散那說不出成長的難受，弓起像是被電擊抽搐著的靈魂一般，扭曲著、死命裡面對現實的徹底難堪。

童年成長期心理的跨越與身體變化完全無法同步，敏感與益趨壯碩原來就不是必然的對應，也不一定會有連結。

前者的時間是非線性的多股纏繞，無論何時來來回回往復著需要被更多梳理布置的因果緣由。如果未能超脫現實逸離障礙，那麼至少擁有前後分明能夠懇切迎上前去的人生關係總是必要，否則最終還是得要倒著時序回來從頭追索一切：童年就是人生的關鍵終究，其他都只會是俗謂的果業煙花！

至於身體的物理變化則是以一種極端細緻的轉換方式來回應成長。某種輕略不起眼的隆起、聲音開始變得粗厚、大量毛髮替代稚嫩……皮膚變得非常緊繃、身形尺度變化代表著所有器官距離生育的母親越來越遠，徹底的變異成為新生。它們物理地不可逆，順著內在遺傳與外在影響雙重的推波助瀾，迎向時間之箭單向而殘酷，但卻是經常被盈滿地懷抱歡迎。

所有的人成長不都是迎著那樣的遭遇而形成截然不同的青少年歷程？心裡面只知道充滿錯愕地感受到童年的即刻結束，無形的時間斷離，周遭的現實變化卻又異常清晰。幾乎就是一種無法後撤又不知道該要如何往前的生存窘境。

大宅院裡並沒有這種全面個體生活文化的傳承，都是各家自己揣測著度過，也沒有任何稱得上必要的教導提醒、叮嚀，甚至是心神上的安慰。成長的莫名害怕感覺倒是一直伴隨著！

忽然之間被迫必須生出徹底揮別什麼困難的能耐，但是，同時卻又被自己年幼的頑固執念抵抗著、意識著所有這些苦惱都將會在相當時日之後有所復歸。

因為九年義務教育已經開始實施，童年因此多少就能夠擁有更為完整的快意，西格照著被規定的學區成為蘭潭國中的第五屆國中生，捨去進入初中前就必須開始準備考試的激烈競爭。考試牽動的艱苦的確是延後出現，但也開始被迫要學習對相當多感興趣事物的擱置，哪怕只是暫時性的選擇。

會有這麼失意的說法完全是逆著時間的回顧！那種普遍困頓的年代，每個年輕生命都真是一如草芥，身旁完全沒有什麼系統性的支持機制能夠回應青少年紀心智上的開啟陪伴，什麼都只能靠著一如時代裡的所有空缺一般，自己獨力有限又怪異的閱讀、想像，加上一些沒什麼根據的道聽塗說來進行模擬與摸索。

「或者，鄉下小孩情感的憨厚還沒有來得及接受任何思想的敢於衝擊，也就只會單純是時間空泛裡的蒼白過渡。倒是結識了不少年紀相仿的良善同窗。」

忽然想起來，只是因為必須也被迫要更快的離開母親嗎？一枝草一點露，也就不會有任何道理可言。總是要試著對應什麼，但是很少被明白揭示，就都是人生的人云亦云。母親總是不敢說得更多，怕失了準頭挨父親的碎念；父親則是一貫的嚴肅、沉默，完全沒有什麼能夠參考的經驗性說法。

長輩們則總會說：「大漢呐，一切愛靠自己啦！」

「的確，我們家的小孩都算是很好命！在那個年代只要是窮鄉裡的小孩，十二、三歲之後的人生，自此便要自主轉作大人囉；離開家庭、故鄉出外打拚，成為世界新生命的獨立一員。」

倒是，無論大宅院的傳承怎麼樣的與教育有距離，哈古椗知道該努力的讓小孩子都能盡量多念點書，其他的事情以後再說。

似乎只有東格是屬於同一階段早一年的中學生——有限的尷尬經驗依然試圖成為西格轉制升學的參照——是可能稍微分享給西格心理上的空缺。或者他自己喜歡說成是貼近完全的空白！存在心裡的抗拒是無法被忽略的，國中生到底是什麼樣的一種人生學習階段啊？但是這種事情仍舊很難在每個人既有的性格裡互通、發酵。哪怕是睡在一起十二年的兩個小兄弟之間！

「眼看四界都漫溢著成長的沉默，別人都怎麼過的，就盡量四處多看一點吧！」西格帶點無奈，心裡安慰著自己。

西格倒是很崇拜東格是學校管樂隊行進鐵琴的擊樂手，經常都能看到他穿戴著學校制服深藍色的船形帽、白襯衣、深藍短褲與黑亮皮鞋，站在隊伍的最前面顯眼處引領著樂隊的前進，好個威風的二哥！

學校四處空間角落不時都會籠罩很濃重的腺體汗味氣息，一種比小動物還放肆的青春，無法遮攔的稚嫩與憋扭，所有的笑容都必然伴隨著幾絲靦腆，多股不成熟生命揉捻成的純真便成了不可替代的未來預言。

但是，所有的生成都必須是及物且富含觸感的到臨。一切的粗糙也就會是不等程度裡的真實粗細顆粒。此外，什麼都是可以隨機改變的趣味。

西格並不清楚該怎麼開始提問所有的困窘，因為感覺上兩個階段的落差相當激烈而難以隨性表達。終究，他從未問過任何與國中求學相關的事情，更多的就只是有意無意間的同儕學習。

只是，非常直接地就面臨了一個階段的結束與另一個階段的激烈開始。這真的是童年之後的痛苦嗎，還是只屬於少年維特煩惱的起點？懵懂之間，就是斷裂感不間斷的匯集、靠攏，加深了這種成長的不舒適感。

影像叢集生活。攝影像的彌足珍貴讓每一幀影像的觀看無法避免地都提早填滿日後島嶼的百年攝影史，凝視中的決定性瞬間依然健在，也同樣活躍。成像超過一百年，連心胸也寬大了起來：每一次按下快門就都已經是全球分享：Instagram 千百萬次的福爾摩沙鏈結。

延續二戰前在東京透過 Yamamoto 桑山本先生所學會的基本攝影技巧——如何操作相機的基本原理以及山本以自己心愛相機的連番操作示範講解、使用鋩角、如何保養……以及難度最高的暗房沖片——重複多次之後那種全然投入的沉浸感讓哈古棯很尊敬之餘也非常感動。

特別是他一路從日本拍到島嶼的一些攝影風土作品更是令哈古棯激動萬分。這個由來已久的隱匿想望是哈古棯想自己獨立完成存在感的個人心念，這些旅日時期的特別遭遇似乎連美玉都完全不知情。

每次猶豫再三之後迅速按下快門，他總能感覺到的是影像裡面似乎被他凝固的每一道表情以及不經意拍下的事物狀態都能讓他屢屢情緒翻騰——閃爍之間極輕易地就能重新看見陳通出殯時的浮光掠影，對陳通他畢竟是有種獨特的思念——儘管他早已經以連篇的相簿傳承給家裡的每個小孩，生怕他們無心之間便忘記了陳通這個人。

哈古棯自己明明就不是這樣容易激動的人，為何會這麼歇斯底里的反覆著這些念頭？

從自己一個人到與美玉組成家庭，他總想著有某種更為恆久的持存方式吧？經歷過二次大戰還能倖存對他來講，人生意義上終究有某個部分是早已經完成。經歷過戰爭與族群動亂還能存在的，一定有什麼方式可以更為妥當才是！生生不息終究是他人生一大部分的信念——也是他承襲陳通而來的家族應允——沒有辦法輕言放棄。

一開始哈古梌拍照的相機都是四處張羅著跟人家借來使用——一般都是反射投影式或者雙眼式相機——像是跟豆枝嬸家裡所擁有而且他們也樂於出借給一個技術像哈古梌這麼好的人來使用他們的相機。要不就是跟學校同事裡的同好們商借來用，不過這樣的借用就要戰戰兢兢地刻意小心，以免發生什麼閃失也是麻煩！甚至，事後都還要回送小禮物致謝，則又是另外一番困難與磨難，幾次之後除非必要哈古梌就很少這樣做！能忍就忍吧，早晚總要擁有自己的相機。

哈古梌最熟悉的是日本品牌 YASHICA 反射式黑白膠卷相機。它算是二戰之後最平價大眾化的商品，雖然這種構作的相機不論哪個品牌原理都一樣。由相機上方垂直往下看，觀景窗中的意象世界與實際上是上下左右都顛倒；長時間的使用經驗，微妙中正是這種更貼近大眾的品牌精神也就更全面地翻轉現實魅惑感的普遍程度，讓喜好拍照的哈古梌的熱情更形迷亂，歷久不衰。

每個人的生命不也都是顛倒著來到世界，上下左右難以分辨地進入被驅迫而降的繁花世界之中！黑白中能分辨的層次可以有著千變萬化，它藉由時間裡的光，以這般細密的語言緊貼著原初起源的根性。上下左右都顛倒的巧思更能與現實保持必要的距離，影像的忘形神迷感也能更貼近它的幻象本質。

搬到北門街新屋之後，哈古梌終於擁有了屬於自己的 Konica 雙眼式相機，配罩著黑色兩截式硬牛皮護套，古典中幾分獨特的小資優雅，每次使用都很難忽略它裡外內斂的光澤，簡約俐落又沒有回音的快門聲更貼近一種個別的低調親密。甚至退休遷移到台中之後，接續出現在他手裡的 Nikon FM 單眼相機——多了幾顆可以拆換的長短鏡頭——更是回應時代最具體的經典配備。當然，在這之後的許久也曾陸續擁有過 Leica 傻瓜相機等輕巧裝備，以應付不同的拍攝情況與場合需求，一路頗有幾分業餘達人的架式。似乎每搬一次家他就會購買一款與時俱進的新相機，用來留下他重新對應環境時空的方式，同時也是他試著讓自己逐漸融進世界的個人曲巧：一種哈古桧式的生活趣味。

真正能促使哈古桧熱切投入超過單純生活紀錄情懷的——有時候伴隨著超過正式工作的狂熱——大概就是透過不斷的大量拍照、沖洗相片、分送照片……的一種縝密又含蓄地分享心理所致。他總是逐筆的針對每次拍攝做詳實記錄，逐張貼上親筆書寫註記內容的說明標籤，再各別加洗免費地寄送給每一位被拍的不同親友。每位拿到照片的受贈者，大概不知道那些照片竟然有著這般的生產過程吧？一種關於影像完整生產過程強力實踐的無限魅惑——他總覺得這整個過程讓他可以保有親友之間常態的連結關係——可以想見地，總是博得眾親友的讚賞、致謝與喜愛。

哈古桧經常自語：「我著是愛旅行、愛攝像。」其實這也是他私密的「日式」生活養成之一。攝像成為修養的一種含蓄面對，同時也看顧著親友間的口常情誼。

千禧年初的時序智慧型手機陸續出現——容許溫潤、帶點不刻意模糊的類比世界逐步被高度格式化的數位話語所取代，傳統的影像生產系統產業也崩落式地全面銷聲匿跡，哈古桧才被迫逐漸不太再拍照。一方面既然是該面對的生活現實，也已經非常困難找得到沖洗膠卷的地方。儘管，大女兒阿華送給他一台數位傻瓜相機。不過，終究數位系統對他的時代來講，的確多了他困難了解邏輯工具的便利性，卻少了人真實相對位置與他能自主起起落落、必要緩慢、瑣碎但完整屬於人的情感溫度與步驟過程。

他的書櫃上早已經收藏著幾百本自拍的大相簿，裡面也已經匯集著數千卷底片、數百家人親友們生活周遊的確實印記。

「攝影就是秉承著生活氣息的步伐，迎接每一個時刻到場的死亡。」這對哈古捻而言，的確具有高度自明性。

被詛咒之域。在涉外的國際事務上將會在四年之後與美國徹底斷離，島嶼自身的政治性暴虐初步也暫停在一九七五年獨裁者的身亡。該會再有的都是些政治骨牌效應的地緣餘奏，一時間內現實不再有不知何以為繼的困難衝擊，引發的結果也都只會是獨裁者的必然下場。葡萄牙、菲律賓、泰國、太平洋的島國西薩摩亞，也就是沉寂沒落的老派歐洲強權、獨裁東南亞、暹羅帝國、荒蕪泛西太平洋。就在一年之內，先後相繼都與島嶼的外來政權斷絕外交關係。

一九七五年，已經十五歲的西格——啞然面對的仍是一言堂的社會，終戰三十年被外來政權腦洗的大眾依然瀰漫在時代矛盾情緒下虛妄的國族語境之中——顯然那些交錯複雜的歷史狀態都不是單獨任何個體就能輕易改變，現實的遭遇卻是十足政治正確過量之後所產生集體精神錯亂的社會反饋。但是身處其中的普羅大眾，卻還是只有少部分人能夠知道實情；難道因此他們的世代的話語才都變得特別稀少而貧弱？

獨裁者的死亡，因此被刻意宣傳成島嶼上每個人都應該如喪考妣，才是符合社會的主流價值與集體期待，不得違逆！

以西格的年紀而言，驚恐之中其實都不太確定他是如何能在社會集體政治正確的哭喪中，得以繼續著自己阿Q般精神性的安然存活。

整個社會氛圍裡的最後一道肅殺：至少將近百萬人，全島嶼中學以下的教職、學生、數十萬的軍隊、公務人員，依照規定都被迫必須要為獨裁者的臃腫木乃伊帶孝一整年。事實上，每個被迫帶孝者左胸前名牌上的那一槓黑，只能更絕對地被視為是社會國族認同的集體一次性塗銷；並且從此得出諸種潛在的主體差異認同可能！

這種具有前衛性的末世預言，在瀕臨千禧年之際以後設的美學形式被紐約藝術家約瑟夫・科蘇斯[133]率先發展的觀念藝術裡，透過對於空間場域中牆上系列概念陳詞視覺性的橫槓解構，便是對於綿延時間性信任的徹底解消，更是再建構與重構的新時代積極隱喻。

這種對於獨裁者強迫式的悼念，無意間透過每個人胸前小型均質裝置的連續次方放大，又加深了它具有開啟式批判的社會現實效應，也成為自動承擔化解時代對立的緩衝角色。

「如何解構」，儼然是在那個不容易年代裡，試圖重新建構新的什麼最為必要的前置動作。

註釋

133 約瑟夫・科蘇斯（Joseph Kosuth, 1945—），出生於美國俄亥俄州的托萊多，是著名的觀念藝術家，觀念藝術的祖師，觀念藝術和裝置藝術的先驅。一九七〇年他加入了藝術與語言藝術家團體，以團體的名義發表作品，並成為這個藝術團體發行雜誌《Art-Language》的編輯。

島嶼的第二次一道黑。

對比著，愛沙尼亞正在以歌唱進行革命[134]。西格的主體測量也正在巴黎開始醞釀。「我是誰？（Que suis-je?）」根本觀念的終究追問。

「這次換成衣袖上臂多了一圈麻黑。」也是島嶼近代歷史紀錄以來，第二次整個社會被慫恿脅迫著為獨裁者的全國帶孝（一九八八年）。

外來獨裁者的跨世代死亡，正式終結將近半個世紀的獨裁軍事政權。有過前一次的經驗，當它再次以國家機器之力的強制意義出現——因為解嚴不久，迫使獨裁統治快速自行空洞化、管制系統面臨潰解，合法性的薄弱也導致系統機制全面匱乏起來——民主化的浪潮更是快速地讓新世代年輕生命們，輕而易舉的就知道如何在表面上更具實效的抵抗當代暴政！

跨越將近半個世紀的軍事戒嚴、白色恐怖統治，島嶼才真正走上徹底結束暴虐的獨裁年代。聽說怕引起社會反彈，這次執政當局已經取消嚴格規定學校學生、軍人、公務人員帶孝一年的時間長度；一個月之後便迅速結束，若有實際需要，個別單位也能自行延長。

不過，基於島嶼歷史的邊緣意志，行動依然在處處籠罩接近革命式的社會抗爭之中體現著：「悼念耐隆仔與後來的阿樺」[135]。畢竟島嶼的民主之路才剛要正式重新開始！

同時間在異鄉的巴黎，一群人在Kay[136]的客廳裡看著幾天前鄭南榕自焚的影帶，眾人的一片肅靜裡充滿著淚水與憤恨的情緒。

「按呢也有代誌，那有可能是置這個時代擱再發生？」

Kay 是幾十年來島嶼政治黑名單上的常態人物——台大外文系的基進優異校友、合格晉用的高階外交人員、剝皮寮的聞人之後……她精通六國語言，終生未婚——以庶民之力迴旋在歐洲各地，穿梭著關係爭取島嶼的獨立建國，卻一直回不去夢中的故里。長住在巴黎北區 Rue Seveste 上，她的一生就是島嶼晦暗中的夙昔亮光，一如她懸壺濟世的醫生父親。

由光亮處推進到被深咖啡色空氣瀰漫牆面所包覆的時間銘刻裡，空間瞬間有了低沉的轉折——一種巴黎特有的戲劇性排場——那很顯然不是一條太明晰的老建築通道；蹬上逐階發出不同摩擦音階的木製樓梯，一路伴隨食物熟成飄動的氣味，爬上剖半圓式的迴旋樓梯，因為時間的挲摩而顯得有點清滑的扶手後，才能進到帶點重量的大門裡頭。門片上生鏽的鉸鍊摩擦聲一樣熱情的帶著「問候」（dit Bonjour）地輕聲優雅，入內後依然幽黯著不準備一次便讓人給全看見什麼，跟城市巴黎的情感思緒一樣。進到房裡，直面通道底的街廓景窗，所有的物件也才開始按照距離的遠近慢慢發出該要有的稀罕光線，這裡可不像南法 Aix-en-Provence 那般，有著與陽光競逐的繽紛色彩閃耀！這裡可是鄰近巴黎之心——Sacré-Coeur 聖心白教堂——的肅穆高深，儘管 Bateau Lavoir[137] 的嬉鬧聲也在不遠處；一如異域的夢中島嶼，這裡依然有著她的獨特神祕！

大巴黎區域內孕育著很多從亞洲大陸邊緣各處島嶼來到法國之島（Ile-de-France）[138] 的各種熱

愛藝術智慧之心。跨越世代之間，西格與 Kay 的際遇連結起共同的熱切感，滿屋充盈著一九六〇年代以來兩種島嶼的真實相遇。

彼時，西格的生活已經完全由太平洋島嶼轉移到歐洲的法國之島，巴黎。

「Kay 對我最大的影響就是，希望有朝一日能夠回到島嶼去擁有人生的完整奮鬥！」對西格而言，那將是一種難以預期人生至高的期望！他知道，最終回到島嶼只是永恆回歸的應允，也是他的真實運命。他終究清楚：超絕的藝術足以跨越國界，卻無法完全捨棄特定土地的源遠孕育。

134 一九八七年至一九九一年期間在波羅的海三國發生的政治事件，最終促使愛沙尼亞、拉脫維亞和立陶宛恢復獨立。愛沙尼亞激進主義者藝術家海因茨·沃克（Heinz Valk）在一九八八年六月十日至十一日發表的一篇文章中，在塔林歌曲節現場自發舉行群眾性的夜間演唱表演中，創造了這個名詞。

135 指鄭南榕與詹益樺。島嶼近代歷史上唯二兩位以激烈自焚殉道方式，爭取國家獨立、言論自由與社會民主的人。

136 可參閱 buzzorange.com 2017/03/10，《目睹二二八殺人現場的台獨女士》。

137 洗濯船（Bateau Lavoir）是位於巴黎蒙馬特區拉維尼昂十三街的一座骯髒的建築物。這個地方之所以有名，是因為在二十世紀之交有一批出色的藝術家在此生活，並將其租為自己的工作室。第一批藝術家於一八九〇年代居住於此，但一九一四年以後他們開始搬往其他地方（大部分去了蒙帕納斯）。這個地名的意思是洗衣船，因為它看上去像洗衣婦女們的船。這個地方最著名的居民之一是畢卡索（一九〇四—一九〇九），他曾與他的狗弗利卡（Frika）一同生活於此。據說他在此發明了立體主義並繪製了他最好的作品之一《亞維農的少女》（Les Demoiselles d'Avignon）。

138 法國之島（Ile-de-France）是巴黎所在的行政區名。

以迂迴作為進路。

當前方已經無路可進退，只能不斷迂迴自己腳踏車的細紋胎步，就著地面的起伏計較前行，盡量試著不要讓自己因此停頓下來，以免不慎倒了車子。

市區以外，僅有極少數的柏油路面是有劃定左右車道的。此外，都是雙向共用一個有限寬度而且邊緣早已破碎不堪的微拱路面，各種交通載具當然也都併行、通用。

愛慕速度的習癖還沒有真正在那時的在地裡誕生，高速公路也還遠未出現。鋸齒破碎的道路邊緣，播散成碎形繁衍一地的乾脆皎潔。一旦下雨，便成了臨時溪流般的通暢捷徑，經過沖刷，它的底部因而總是滿布堅硬的大小鵝卵石；能攔住各式種子的枯枝，就順勢成為植物依附萌發的好機會，艱困生活裡普遍熟悉的地景，常常就是人與最低階人力載具需要共同挑戰的前方，那很難會有什麼退路，也總是在最崎嶇的平面角落裡盡力試著轉動，避免讓自己陷入癱瘓停擺。

它生成的極致文化——跨越時間恆常的固守著一種島嶼共有的真實願望——環島，迴圈可逆式的終究環繞。

特別是以步行、騎腳踏車以及各種廣富創意的方式——不論是如何的心情遭遇——一定是成圈、盡可能完整地環繞島嶼。

即將開始國中的學習生涯——距離大宅院二十餘分鐘的路程——西格終於擁有屬於自己每日上學專用的移動工具，儘管是台名不見經傳的雜牌組裝腳踏車，哈古榿的用心調整卻是個立體全新視野的起點——每天穿越市街生活的豐富過徑，眼睛總是分秒不離地追跟著，直覺就是生怕遺漏什麼身旁周遭能夠自顯開啟的機會——這肯定是生活日常裡西格逐步開拓空間領域尺度的關鍵工具。

一九七〇年代特別盛行的拼裝腳踏車——是由大量批發店出來合組腳踏車廠如雨後春筍般的年

代——因為市場需求數量極快速的增加，隔年開始騎腳踏車的人便不再需要申請腳踏車牌照！

蘭潭國中坐落在山仔頂水源地再上去離蘭潭水庫不遠的平緩坡地上，是個歷史不算久的中學——卻是位在具有相當獨特歷史，三百多年前荷蘭水軍練兵的必經之處——除了鄰近的嘉華中學外少有什麼單位或機構，林區密布，周邊的土地如果不是屬於林務局、農業試驗所的，那就一定是管制區的水源用地或是名目繁多的特定國有地。一般的民家很少，算是城市周邊較為僻靜的外圍角落，很難理解當時是基於什麼樣的都市規畫構想，會在這樣的地方設立新制的市區國民中學。

想要來到這個學校的直接路線，經過市區東邊民權路上的一路平淡，經過白牆壁天主教聖馬爾定醫院（St. MARTIN DE PORRES HOSPITAL）豎立門口小圓環張開雙臂的白色聖母雕像後，沿著往山仔頂方向直行，迎面先是一道坡度約十幾、二十度，直列緩升百餘米的山坡道路。一路循著高聳樹林沁涼的蜿蜒綠意逐漸爬升，不到十餘分鐘腳踏車程，就能抵達一般中學少見洗七厘石三層樓高大牌樓式的巍峨校門。

搬到北門街新家同年夏末西格便開始他的中學生涯，每天騎腳踏車上學成為他核心愉悅的視覺與身心鍛鍊。一有機會他總要挑戰著直接騎上山坡與路旁兩側高聳樹林來一趟流動畫面的慢動作比拚——難道人生真的只能比快的？——而不是毫無意義地下來牽著車走上山，儘管學校是那麼規定學生，下坡時更是強制得用牽的，否則一旦被發現，記過處分！不過西格更喜歡去童軍社摸摸弄弄繞上一大圈自動延後放學的時間，錯開上千人的瞬間擁擠；等校園裡沒什麼人時，再騎上車一路衝著下山坡，好迎著挹翠山嵐療慰每日逐次加劇的升學壓力。

「這個百餘米的長斜坡，我從小與明智祖父、父親就曾多次來過這路旁的公墓裡祭拜曾祖父陳通。清楚地記得上了長斜坡頂之後，右手邊緊鄰著植物園上方的水源地，有一座低調典雅仿巴洛克樣式的水表室建築。由它旁側後方循著雜木矮樹籬迂迴的泥巴路進去，依著路面最光凸的小徑步行大概十來分鐘上下曲繞的腳程，就能在左側邊的高點找到曾祖父陳通的墳墓。循著附近右側往下更細的小徑再走不到十分鐘，也能看見素柳阿嬷的墳墓。」西格指著已經被不知名高大喬木樹蔭遮掩住的路口細說著。

但是他也一直不解：「曾經是嘉義城內第一大富豪、擔任過日治時代保正的陳通，過世之後他的子嗣們竟也只能把他安葬在植物園後方山仔頂這個甚不起眼屈居一角的大眾濫墾公墓裡。完全談不上有什麼特殊風水，也沒有什麼獨特的景致好能再庇蔭下一代。」

蘭潭國中念書三年期間，西格每天有點距離地經過那個所在，眼神總會自動注目掃描一下林子裡的幽深蒼鬱——有著曾祖父陳通與素柳阿嬷的恆常保佑——便能不由自主地覺得一股奇特的心安與平靜。斜坡下方的同一側，就是整座城市最濃密古木參天日治時代即啟用的百年樹木園。說是植物園也罷，多了點蒼綠陰鬱少了點陽光的森林氛圍，一直是他最豐沛的童年夢幻境域之地。

千禧年後那片大眾公墓連同蔓生的濫葬區已然消失——都市計畫與氣候暖化的轉制——重新回歸為林務局的農林試驗場區與水源用地。半個世紀後的嘉義市東區，儼然已經發展成為百式達官與社會顯要匯聚最為昂貴的新城區。這一切聽說都是拜西格小時候同學，後來發展網路國際博弈事業有成的影響所致；出人意表的生命蓬勃，顯然極富戲劇性但也有著距離感之外的地方八卦。

諧擬桃花源。感覺就如同切換不同載體的畫面般突兀：影像之間的互為交錯並置。像是一個家庭就在無意之間便自動循著時間軸線完成更替並且擴張既有的組成，完全沒能讓人亦步亦趨著意識變化的細微過程。

倒是，很容易便能回到大宅院祖譜上端詳著一大群家族遞演的樹狀圖——阿嘉曾從神龕裡樟木神主牌上抄錄過——卻幾乎絲毫無法啟動對於來源的隨性臆想。陳家六世祖以來，前大半部分幾為陌生的長輩與姓名，對著空洞的家族關係所能有的荒謬銘刻，怎麼樣都很困難成為可以令人思念的對象，甚至被思想的存有之物。

無論透過哪一條山徑往阿里山山脈移動，就一定能夠更貼近島嶼亙古的靈性核心。循著高山叢集方向上來到番路鄉菜公店——西格曾經造訪過大姊阿華教書的民和國中[139]——讓人具體感覺它的特異之處：地景裡頭近乎封閉性又自成一格的內山之區，時間在那個山脈洞坳裡分明就是個被凝結的隔絕狀態。

任誰都可以因此執拗地固守單純——近乎化外的一個桃花源角落——有種被遺忘的僻靜與清冷。

學校位在在嘉義市東邊頗為鄉下的山坳附近，因為是頭一次的到訪，小山村令人印象強烈到只記得站在教室外走廊上所能望向的四周盡是連綿山丘，儘管並不高聳，卻能清晰地意識到是在某個山巒起伏圍繞區域之中。剛好位在某個以「舊社」為名群山鞍部下的交界處，像是正好整以暇地謹慎固守、等待著什麼人、事、物的隨時到臨、迸現、發生。

那或許是真實的第一次，西格隱約意識到：「『人生等待之域』的可能情狀，油然一種野性強度：群山擷取自己命運裡該要有的恣意深綠自然，不待人類的給予種植。」

環境的僻靜荒蕪讓哈古榿直覺地不放心讓阿華因為工作關係而獨自搬去住在那裡。於是，要求阿華只好舟車勞頓每日天微亮即趕著通車上班，而且都是哈古榿親自騎著腳踏車載她去公車站搭車。

數十年後，阿華與她事業有成的先生還曾透過島嶼中部的扶輪社捐贈電子跑馬燈給這個她服務過的學校——試著以一種流動資訊的變化機制，稍稍緩解過於濃厚的地方封閉感——聊表回饋的心意。儘管她只教了兩年半的書，離開那年也才二十四歲。日後，卻曾在番路鄉菜公店街上購買柿子餅時，被看起來比阿華還老上許多的舊學生老闆所認出。

在大宅院廂房後方的穿廊裡初次見到後來的姊夫建志——當下只知道是與阿華大姊相親的人——念國一的西格正躺在過去哈古榿開辦補習空間後方的舊竹床架上，與東格一起讀著升學的教科書。

也不知道該回應些什麼，就是以硬躺著的身體尷尬地打過招呼。

相親之後的阿華交往一段不算太長的時間，便決定訂婚；整個場景就選在宅院右廂房的客廳裡進行，幾位姑姑、美玉的幾位經常來往的年輕姊妹阿姨們都來參與姪女的文定之禮，簡單隆重是唯一的實質。

隔年結婚時，事實上已經是大宅院裡很久未有的極正式典禮，規模雖然不大，雙方邀請的也都只有至親好友，但是喜事盈門的氛圍與難得家庭規模改變的嶄新經驗，仍然令全家人都深感新鮮又異常的雀躍——因為那可是哈古棆與美玉的小孩中——首次的婚宴！

註釋

139 其實「嘉義縣立民和初級中學」，是一九六七年從蘭潭國中的「番路分部」獨立出來的。

凝視陰極射線管螢幕，西格式的夜想畫（Nocturne）。

時代視網膜的嶄新運用以及超越經驗的直視深邃，像是從立方塊發出深潭般高深莫測的炫光。這到底跟盧米埃兄弟發明電影術，公開映演熱影像時的令人茫然與慌亂，要如何比擬？

這可是歷史上冷媒體的真實起點，挑動著迎面而來的灰階黑白光束。周邊相對顯得黯淡，聚焦的地方，會不時地覺得整個被兩側廂房實木牆面、深綠色布幔、條狀檜木天花板所包夾的空間——就是類比影像與資訊的空間進階過程，也可以說是電視頻幕的空間放大版，時代進化後的替代物。——不時伴隨著超出理解上的恐怖：它變得更為巨大、寬敞，瀰漫著電波的自由流動。場所本身倒像是個放大機、擴張器，有種潛在可以被強化的能量正在改變著什麼，而且就一直在那裡。

儘管回應的空間變得更大並不是它的根本目的，正當所有的電子裝備正在意識到要逐步趨小化！

心裡面有種溢出理智的明白，必須冒著被父母糾罵制止的可能，也要讓自己盡可能的浸淫在那個立方體空間之中，它或許會是十數年後僅有的依憑，也可能是一切無形來源的潛在進化。心裡面雖然這麼預期著，可是卻從來沒有發生哈古檍或者美玉的出面干涉。

超出時代裡一般人的認識，西格也無法理解，卻是他打從心裡無意識的直觀想望，總覺得那些訊息不斷地進入他的腦袋之中，終究有一天他將能證明它們根本上的務實效用。

經常在夜裡哈古檍與美玉就寢之後——西格便會一個人踮著腳，不發出聲響地穿過日式通鋪旁狹窄的走道——獨自埋身在深綠色布幔前的客廳裡。以他自認為不讓電視機發出聲音的方式——

像是個竊竊私語者擁著張狂執念地在對話著那台帶有鎖門木製格柵拉門的立方體——看著勝利牌JVC黑白電視機真空管發出陣陣跳動的三極光。

它們的對話內容不只是新世代的資訊催眠，而且是科技極度魅惑的無形對應。其實，真空管正不時的發出極細微的電波訊號散布在整個夾雜著哈古棯與美玉鼾聲的廂房裡，是那些不可見的波紋越過視覺阻礙，維繫著他繼續小時候翻看《今日世界》雜誌以來，足以擷取生活裡僅有未來靈動感的交互可能。

電視機體上方置放著一個裝飾性的擺設——看似與電視機無甚關聯——卻是連續的重複性畫面併同著湧現：「英國藝術家法蘭西斯．巴羅的油畫《它主人的聲音》（His Master's Voice）裡，那隻名叫 Nipper 的小狗[140]，Nipper 一臉好奇歪斜著頭，全神貫注地聽著愛迪生滾筒式留聲機的畫面。」它是勝利牌JVC隨機贈送的代表性飾物，一種劃時代生活的寓言投射。

透過身體姿態無聲勝有聲的強烈視覺暗示，正起著無限作用。不只西格，連東格也是，他們兄弟倆似乎從小就都會有歪斜著頭聆聽或者觀看的身體姿勢，哈古棯偶而也是如此，只是每個人角度各有不同，有時並不特別顯著。

那樣的姿態絕非只是天生感性的表徵，更直接的就是由外而內的感性分析與心智的耦合可能，儘管可能也同時隱含著美感上的連串疑惑，甚至就是對於任何事物成為問題時的無端焦慮。

根本的普世性思維——更像是西格出生以來就有的本能反應——他正在潛隱自學的一門功課。

屬於某種終極性的印象——宇宙概念或許還未曾真確地出現在他的感知世界裡面——強烈又清晰的人類第一次，美國阿波羅十一號太空船登月「鷹艇」號（the Eagle，亦稱ＬＭ），由太空人阿姆斯壯踏上月球表面時的衛星即時畫面：他音訊斷續地說著 That's one small step...for a man, one giant leap ...for mankind（我的一小步，人類一大步）。真的就在西格的眼前播映著，但是他還不曉得這樣事件的尺度完全能夠開拓出超過他所能理解的有限現實！

被舉世看待成人類首創的重大事件——仍是空闕主體的島嶼——除一般傳播外，並沒有任何關於美國太空人登陸月球的前瞻評論。有知覺的機體卻還不知道該如何表達當下的反應。

島嶼的農工時代完全無能想像那種世界的真實。只能是迴避智識系統的臆測式遐想，更只能是非常退卻的時代徵候：無知讚嘆。

其後，幾年之間戰況益趨激烈的越戰，電視幾乎每天晚上都會準時播映越南軍、美軍與越共交戰進度的新聞報導；接收那種種脈絡各異的音像播散過程，的確讓一種尚未成形的模糊世界圖像逐步浮現，儘管是遙不可及的國度！對西格的理解來講這一切哪怕還相當困難，儘管哈古桧也曾說過些化外的庶民看法，卻更經常似懂非懂地傾聽所謂的政論觀點。它們當然都是合乎冷戰邏輯的，也都是符合意識型態正確的，都是被政治完整編輯過的而且都是灰階黑白的……

特別因為有足夠的灰階黑白層次，讓這種自我學習能夠超越單純的再現，反倒更具有自體思辨性的嚴肅繽紛與必要多彩。

約莫一層樓高的深綠色隔間厚簾布——有效區隔著不同空間，也把它們厚植成感性認識的連續層疊——它的後方緊貼著日式格柵拉門榻榻米高架床，就是空間改裝後哈古棯與美玉的寢室。那一層厚簾布間歇擺動著忽而自動轉變成像是「釀造世界觀實驗室」的感知牆壁一樣。僅是十歲出頭的西格卻不見得具有足夠清晰的理解能力，好透出來不斷認識世界的真實。

那段期間，阿娟還在山仔頂野球場前斜坡上的縣立圖書館擔任編審工作，只有她約略知道西格經常會有獨自深夜爬起來看電視的習慣，也常催促著他別看太晚，早點去睡覺。

註釋

140　一八九〇年代，法蘭西斯・巴羅（Fancis Barraud）所繪製的一張油畫，原來是屬意要賣給愛迪生貝爾公司，卻遭到拒絕。Nipper曾是他兄弟馬克・亨利・巴羅（Mark Henry Barraud）的寵物，型態上是混種的英國狗。

清淤的自然反覆。秩序與節理況味之間的有機調度，很明顯是概念性參照的必要養成形式。簡單講，就是人格特質裡所能拗折出深廣程度的本能展呈，裡面涵容系統化以來對於準確的體貼想像與實踐，但總是也布施更多的無盡善意，無論它流瀉到何處。

直觀的邏輯化進程之一，可以成為常態的具體行動觀念，卻只能讓理性棲居在絕對感性之中；因為它能引發的，將只會是一種「實踐型的藝術」。

西格非常喜歡循著各種物件、器具，甚至事態的曲折、紋理、囤置來進行合乎個人儀式性的整頓與清理，但不是只為了外表的乾淨，而是讓它們生成某種徹底性的次序與潔淨。這在一般人眼中或許會覺得就是一種與疾病有關的病兆，是西格專屬的潔癖，還是不明原因的強迫症候？

會有這種印象，也是透過他人無心的傳述之後才被徹底確認。從小在學校就有意、無意都會不規律地在教室裡進行著清理的「表演」，或者，只是因為是擔任班長？他總是就會想出一個教室的清理計畫來實作一番。

不固定的每週次序，總是先以掃帚掃除黑板表面與粉筆溝渠內外的粉塵；再以濕抹布數次擦拭黑板四處，連所有高低嵌接的框溝、縫隙都一概不放過！而且粉筆盒必須先拆卸內盒倒除粉筆粉塵，洗滌盒身內外、擦拭、晾乾，最後再將所有長度不一的粉筆重新按長短排列成序，以方便老師們上課時的按序取用。

「每當我開始進行這些過程，就會有不明就裡的同學全場盯著看，好似是一場從未見過、獨特的表演正在私密地進行，瞪大眼珠子地盯著，直到終場粉筆們的有序排列以及發出乾淨光澤的黑板。不論是否真的有同學在看，我總是熱切忘我地沉浸在其中！不知何故，這種自發主動的實作行動總是為我帶來滿身的滌淨與踏實感。」西格依然帶點熱切地補充著感受上顯然已經遙遠的敏感細節，哪怕那是半個多世紀前的學校日常。

「緊接著要整理的排序，就是與黑板相對位置在教室後方的壁報欄。上面滿布著細碎的縫隙與脆弱的製作物，因此必須先以雞毛撢子輕盈地拂去灰塵，而且一定不能使用濕抹布，以免不小心化了這種年紀小孩子一切相關的水性材料，糊塌掉大家的創意就太可惜了！」西格倒是記得很清楚，他們的世代離化學式油性世界與混雜性的世界還有相當距離。

「再來，只要是歪斜的圖釘一概會被拔起重新釘正，脫膠的小物件以及同學們的作品都會被盡量地原樣復原！當然，那些隨處亂扎多餘、生鏽的圖釘，自然也必須被移除、分類、更新。很多怪奇龜毛的細微舉措，被他自己調理著也就去做囉！」但是，周邊的人知道、看見了嗎？不管如何的多餘，西格似乎一點都不介意地逕自做著。

整理事物次序的熱情不減似乎也貫穿在生活襯裡的其他面向上，尤其天生的個性被自己所不斷強化，所有的理序操作於是就自動地顯現出伴隨著對品質的認識與掌握——日後或許都還要無意地擴延至與藝術有關的美學評價上——像是保養所有家人皮鞋的方法，便全是從各處鞋攤子上偶遇機會看來技巧鋩角的如法炮製。

並沒有人真的教過西格該怎麼樣擦鞋，憑藉的直覺要領就是能夠快速地依不同顏色材質做成分類的判斷，才好找齊必要的維護材料及工具。黑的、咖啡的、淺色甚至是白的，大概是主要的幾個基本的色彩區隔。擦拭的工序，都是逐一先以刷子或濕抹布去除髒汙塵垢，然後才以不同顏色的牙刷均勻地塗上鞋油；鞋面帶點濕度並不影響效果，最後再以纖細織布第一道、棉花蘸水第二道有耐性地逐一局部研磨鞋頭的皮面，直到獲取必要的光澤為止。

各式皮鞋的基本工序都約略一樣並沒有太大差別，頂多是男女鞋型的不同，還有其他額外的小配件需要另外處理。不過，這主要還是針對深色皮鞋的步驟。如果遇到白皮鞋那就非常費工！除了鞋油不是油性的，還要用上小塊的海綿蘸水慢慢清理，逐部反覆地吸上色膏才能均勻染白，否則將無法爭取必要的純粹內斂以及亮眼又潔淨的高雅。

物質性發展落後的年代，人全面性地刻苦能耐真的就是凡事最關鍵的解方。

至於，清理家裡幾輛腳踏車，那更是每次都必須按捺性子先讓肥皂粉在水桶中溶解為底——玩水為先顯然就是這個工作的重要前提——靜置之後再以手掌拍打出細緻的泡沫來洗去車上的各種汙漬與雜物沾黏。以水沖淨後整車擦乾再次靜置，待其完全乾澀後，再以裁縫車油幫每台腳踏車金屬車身上油，做按摩式的全車擦拭。接著以回收的各式舊布料簡單吸乾多餘的車油再行局部拋光，車身的金屬部件如果還能迎接油的潤滑——反覆浸潤之後——光彩的後續閃現將是可以預期的；如果碰到已經開始生鏽的區域，那麼只能獲致深咖啡色沉甸甸的靜默，勢必也只能任由時間代為保存那既有的耀眼光彩！

這就是西格強調前後需要至少三次靜置程序才可能會有的成果，「靜置」要能成為幼年小孩的特定關注，的確無法教育，只能猜測著本性的自然回應才可能發生。

西格：「作為當事者或許並不那麼固定的一直停留在那種能被預期的狀況之中；因此，竟然也能反轉成為當事人能夠聆聽到的各異內容，並且還成為從小被稱頌的讚語。」

或許對西格來講，他就只是一個從小對深度手作療癒感知有著強烈內在需求的人吧！天生如此而已，大人們有時不免就會想太多。不過，無論是哪一種理序的內容盤整，必要的耐性在這裡面的確是完全一致地快活。

混合型力比多？

幾無任何快感可言，有的只是迎向自己心理上難以名狀的深度驚嚇：人生第一次射精。少年煩惱的生理反應不就只應該是身體的、生理的甚至極端動物性的因素嗎？至少，應該是回應自然深層的性力原欲才是吧。

一種猜測：開始重度社會化規訓的心理反應，強制著以本我欲望原質的釋放來回應最外在的通泛現實。

國一的一次月考。毫無聲息的教室空間裡，分秒消逝中的有限考試時間，所有的人精神都與考試的緊張直接縛綁在一起，沒有任何絲毫縫隙能夠反應個人的私密！排除有限時空，反倒像是直接就跳脫、切換到其他的感知頻道，一種突發奇想式的逸離狀態，而且，毫無理由的綿延成腦中暫時的一片空白，甚至出現短暫像是斷訊般不可思議極快速的發呆、停滯、隔絕；完全沒有辦法思考到底發生了什麼事情。滿室小孩子同學們考題書寫窸窸窣窣間，西格卻不由自主的驚覺兩腿褲襠間竟然莫名地忽然一陣發熱舒張成……超乎他經驗裡面的白然抖動，就在鐘響的前一刻，考題並沒有寫完！

他人生的第一次射精，並不是在欲望力比多[141]的春夢夜裡。

儘管作為父子，西格似乎從未與老派文化的哈古榿有過身體上的親密擁抱。情感的必要疏離是超乎性別問題的世代困境。純然就是在時代文化裡父母親除了夠幼的小孩子之外，是不太會以身體的互相擁抱來表達深層情感的！

這是潛在封建文化的殘缺陰影，也是時代末流下的極端缺憾。

一貫對身體的認識，都是刻意置放在結構鬆散被迫式的跨文化流動之中，從來沒有整全的機會是以主體的身分看待自己的身體——身體文化的他者化——因此經常淪為政治上絕佳的偏執託辭。

從小的身體養成就只能是處於未解放又帶點顢頇父權的支配關係之下。若是疊加上不同時代扭曲的國族結構，人治社會能反應的就都會是被規訓以及已經深度內化的帝國遺制。

島嶼連續數百年來被殖民宰制的不幸感與自卑性格，也就自然超越一切地遺傳了下來！暴戾霸權的影響無處不在，雜多扭曲的國族認同交錯傾軋。總之，就是另類大宅院式的封建，那最是被期待該要能夠徹底遠離與迴避的社會集體肆虐吧。

註釋

141 欲力（libido），音譯為力比多，由西格蒙德．佛洛伊德提出，欲力是身體內部的興奮狀態的本能，其欲念、動機的來源或力量。常指性欲、性衝動。心理學上泛指一切身體器官的感覺，與思想、本能相關聯；精神分析則認為是一種本能力量，是人心理現象發生的重要驅力。

童軍社團的經營。

跨球類運動的自體鍛鍊以及勤念英文成為生活輪流擺盪的無盡迴圈。如何選擇或者怎麼了解都不會因為它們外在的關係而自動被相提並論——任意、隨機的選擇組合——便足以回應在島嶼怎麼樣孤立的自體活動都可以繼續下去吧。

每一個歷史時期的外族們，儘管都遞給島嶼某種語言上直接的強勢壓制，但這些語言卻不會都只停留在外國語的功能位階，它們都曾相當程度地依序內化進歷史無名的層理之中而成為島嶼的一部分。

至於英文，則仍舊還是個屬於一直在快速內化成島嶼體質的外來語言。

算是喜歡英文吧——不論在哪裡——感覺西格總是在念著英文。

「長大了，打算要去美國？」不知道為什麼，哈古桧曾無厘頭地這樣問過西格幾次。

特權階級除外——那個封閉禁制年代的島嶼——只有念很多書的人才可能去美國！

到國中階段才開始會有英文課學習英文，經濟小康家庭大概都會提早在國小中高年級時就讓小孩子去參與外面的英文補習，好贏在起跑點什麼的，反正生意人如何編撰哄騙，就會有一堆家長願意怎麼相信。但是，大部分的家庭都無力負擔這樣的額外學習。

西格家並沒有這樣的文化，因此是在六年級快要升上國中的暑假吧，哈古桧才要求兄姊們應該要教會西格能念透二十六個英文字母以及書寫字母表上的大小寫。之後，也就放牛吃草，後續如何發展只能看他自己的造化！

哈古梲的年代，日本帝國殖民島嶼後期的語言皇民化運動產生深刻的歷史影響。反觀英文能被島嶼社會強烈關注的真實原因——與統治者政治意識所仰賴的美國霸權視野下的綜合性認識有關——歷史語境的被政治正確化、地緣政治的現實指示、冷戰結構下的聯盟機制與對抗系統、社會群體階層化過程中的階級利益、政治意識型態的全面清洗等——由上而下結構的等級部署；自然操弄出被迫親美的社會價值觀傾斜，這都有著直接或間接的強烈關聯。

簡單講，一切都是人為的政治操弄而不是島嶼自生的自主判斷！

歷史記錄以來，直白地說：「台灣至此都還不是台灣人的台灣！」

具體現實能呈現的應該僅止於政治上的被構陷以及被容許的杜撰——美國扶植中國國族主義的統治政權——這種影響使得英文作為一種極富象徵性的高度政治接納也就不足為奇。

小時候以來的林林總總遭遇，英文總是參與著某種政治性層理的鋪陳。因為，只要是與美國有關的那就一定是好的，與英文有關的就一定是有水準的、進步的，早就成為主流社會的基本價值，儘管它是既盲目又扭曲的政治斷言，甚至就是連篇謊話。

「島嶼學習英文的跨世代寶典——柯旗化[142]第一出版社的《新英文法》，半藍半白的封面，分為上下兩大冊——於一九六〇年出版。」西格滾瓜爛熟的記誦著這本陪伴成長——網路興起後才黯然身退——的跨世紀奇特工具書。

搬進北門街新房子之後，哈古桖持續體現著他長久以來想要改善家庭生活的意念，陸續添購了不少提升生活品質與舒適便利的電氣化設備。當中，包括過去認為非生活必要整套的音響電音機；雖然不容易看出它直接的功用，卻潛在地讓小孩子們感覺著一些預期外的變化，西格便從中發現聽唱片的新嗜好。

西格：「新房子的空間是由水泥為主要的建築材料所製作，它能有的就是不斷地吸取熱度，似乎沒有極限地讓夏季裡牆壁總是溫熱的暖和！跨了季節，它沒有的竟然也是溫度，冷天裡的牆壁則是冰冷到會冒水珠的寒！完全不像大宅院廂房能夠自主調適不同季節溫度的適中，並且發出令人心怡的檜木氣息。所以，我覺得它最需要的應該是透過不同的聲音來調節這樣的不舒適。」

憑藉著這種跳躍式的發散論調，西格開始會主動騎著腳踏車閒逛市區裡幾間比較有規模的黑膠唱片行去選購唱片，卡式錄音帶多少也是另外的選項，儘管他還是比較喜歡黑膠的質地與樣式。看著唱盤上密布不同粗細深淺的刻紋出神——經過唱針圈繞的走讀就能發出聲音——這的確讓人覺得既神奇又迷惑，在此之前並不清楚原來它感覺就是一種非常內化又有機的儲存，可比擬雋永式的活物。

起初西格也不知道自己該聽些什麼歌曲而有些苦惱，或者什麼聲音是能夠讓自己有所沉浸。最後因為英文的學習，真能吸引他注意力又似乎不脫離時代的氛圍，就是所謂的西洋流行歌曲了。

官方廣播電台節目裡知名主持人都不約而同的，在推波助瀾一種社會年輕階層化社群生活裡應該要聽的「國際—時代」音樂。於是，在島嶼人眼中美國就等同於國際，時代則更是非美國莫屬，那個年代似乎只能、只有也只願意把美國說成就是世界整體！一如民間的淺薄視野，只要看到白人就是美國人！

家裡會出現的西洋音樂，其實就是美國的流行音樂、鄉村音樂與一點旁支的歐美宗教樂曲。隨著經濟活動益趨熱絡，流行歌曲的盜版唱片也就跟著越來越多樣。英語、中文、台語、日文各種語言的唱片類型都有人在聽，西格倒是獨鍾英文歌曲。

不分語言只要是夠暢銷的唱片，一時之間市面上就都能買到盜製的版本。歐美日的原版唱片不止稀少、價錢昂貴或者根本沒有人在賣，除非自己輾轉從國外帶進島嶼！不過不管什麼語言的音樂，只要雙耳罩上大耳機就能暫時脫離現實——戴耳機聽黑膠唱片——一時間成了西格經常會有獨樂生活的隔離行動。很多六〇至七〇年代知名樂團的排行榜成名單曲，因此都略知一二。

無論如何，總是想辦法能跟著哼唱上幾句，讓自己可以轉進到更為全面超克複雜政治性干擾的非現實氛圍當中。

不出幾年民歌浪潮也跟著興起——長久與島嶼保持著文藝上的曖昧關係——依然唱和著「中國人唱中國歌」的意識型態謬誤。不過，在哈古梌家並沒有特別的受到青睞！

每個星期不尋常地高頻率打籃球與露營——直覺就是需要透過自我誘導轉移升學考試的莫名壓力，好容納心底褊狹的無奈，經常就只能在不踰越被規定的範圍內尋得縫隙。因為，時間顯然與等待從來都是合體的存在——這似乎是西格刻意動用很多時間與力氣面對的兩種生活內容。

不斷打籃球，剛開始只是哈古梌的無心提議，成長期可以藉此把身材拉高的考慮，卻讓西格發現同時可以成為迴避成長期很多尷尬面對的良方。儘管充滿著難以迴避的重複鍛鍊，總也是一種足夠鑽進個人世界的方式。不過，他卻真的從這種運動理解到一些凝聚強度的道理：既是個人的鍛鍊也是某種團隊合作的學習。

作為個人就必須要有非常足夠的反覆鍛鍊過程，內外兼備才有可能蓄積成身體向外延伸的能力，透過有專注力的耐性而且與球達成若即若離、若合符節的溝通方式，這的確非常微妙。西格首度發現人與物體之間可能發生的私密互動交流——好像有股力量從自己身上流進球的靈動之內——相當具有吸引力。

熟練與天分的確會促成這一切的加速！

對於作為一種與他人的合作默契而言，西格的確非常陌生，從小他就不是處在那樣的生活情境裡面。那更是需要持續的意志力培養，並且在掌握要領之後，由裡到外、由個體展現到與人建立相對關係進而分享，就能構成與人互動的基本模式，他正在試著學習。

這或許是西格從小不善與人交際的個性能夠稍微轉緩的有效替代吧。打籃球果然挺有用的！

打籃球這件事——怎麼樣都要被硬說成趁著青少年成長期是個可以拉高身材的運動——最早是哈古梌慫恿著阿嘉帶著東格、西格去忠孝路、林森路口角落旁的舊式露天籃球場開始的。儘管球場的設備相當陳舊簡陋，卻是離家最近走路或騎腳踏車來回都非常方便的地方；因此去的頻率非常高，幾乎每週幾次報到，也巧妙地認識一些互相不知道名字的鄰近同好。

所有在球場上出現的籃球——不論是什麼品牌、顏色、是誰帶來的——任何人都可以不需要特別徵得球主同意便隨意的介入參與練習、使用。就是，只要「球」或「人」進到練習場域，便自行啟動一種非常特殊默契的社群潛規則：自由分享，所以就叫「自由投球」練習。交會在與陌生人之間的隨機交流，西格很是安心這種互相信任的感覺。

另外，特別有額外吸引力的，應該就是球場邊挨著忠孝路上成列的小吃攤子吧！不同季節裡總會有不同的點心可以享用。夏天的手工檸檬愛玉冰到了秋冬季節就會自動換成熱紅豆湯圓、常態都會有的手切牛番茄沾薑末糖粉醬油的古早味，天氣轉涼也能以在地水果盤作為主力以及不分季節四季皆宜低溫油煮的肉圓地方美食；要不就是沿著忠孝路往南回走幾分鐘的傳統米糕配排骨酥老攤子。

每一種都會輪流著吃，但礙於零用錢有限無法經常光顧，只是這些球場外的吸引力果然是很難抗拒的現實因素。

一段時間規律練習，籃球的技藝自然是突飛猛進，不管平日傍晚時分半場不等人數的激烈鬥牛，或者週末人多力拚全場的勇健鍛鍊，已經是不定時都必然會上演的暢快戲碼。

不論是乾澀老舊的籃球場或者是這些成列攤子的所在——早就成為拓寬後忠孝路的一部分——要不然就是已經轉換融進到二十一世紀檜意生活村的新設範圍之中。

島嶼長時延處於無屬意志的歷史波瀾之中——循著人的尺度交互爭奪——卻連番被捲進國際

地緣政治的動盪浪潮——無妄地只能是沒有主體意識的浮海漂流。島上儘管存在不同族群間偶然性的生命群聚與爭鬥，卻沒有共同的集體能力足以抵抗任何遭逢的外部挑戰，更不具有跨越差異的自主連結意識，島嶼自然開顯的恆常多樣性，在跨越二十世紀之際僅停滯在非關理智的鬆散世界脈絡裡，依然沒有主體的架構形成，混沌中的關鍵位置卻被簇擁著步上世界歷史舞台。

直到窮兵黷武年代錯置島嶼的中國獨裁軍事政權——動輒以軍法反抗的暴戾要脅著扭曲的國族認同——延續二十世紀兩次世界性戰爭累積的冷戰思維，瀰漫生活裡的軍國教育便輕易地對小男孩產生潛移默化的軍事印象，儘管實質的影響難以得知。獨裁政權更是藉由這種巧立名目的幼年世代調教，無限擴張忠黨國、愛黨國的荒謬教育洗腦。

參與童軍團最早起因於校內的課外社團活動，雖然組織上是被刻意曲解成某種國族化兒童兵的意象在培育，名稱也就叫「中國童子軍」。西格卻誤打誤撞地發現許多無關政治管控的戶外活動——能讓自己有種回到幼時充滿自由自在的快活感受，與不同荒野環境的融入交往——還可以與自然環境保持著鄉下人原來就有的深度連結。

或許那正在生成與自己一生相處的額外方案，每個實作的部分都需要有難得的機會配合著來上一番自我鍛鍊吧。感覺擁有童子軍身分就同時擁有了一份更為自在的時空寬容，在校園後方籃球場邊的相思林地上或者前往鄰近周邊郊區露營，經常都能看見西格的激昂身影，週末時間騎上心怡的雜牌腳踏車去露營，更是樂此不疲！

曾一度獲選為全校童軍團的副聯隊長——與生俱來的強烈榮譽感順勢就被深度地召喚出來；更

甚的是與個體野外生活有關的所有瑣碎都巨細靡遺地一再被重複演練著——特別勾連起幼時獨自在大宅院後院空地的造型建構歷程、陪伴哈古梒蓋連棟販厝的串聯記憶，都一併全面地以極高的知性熱情，不斷回應著他對童軍活動的全身投入。

西格最喜歡的露營行旅方式，應該就是與幾個熟悉的童軍夥伴們騎上腳踏車，載著非常厚重的軍綠色老式帆布帳篷去到白河鹿寮溪水庫堤防邊的私密露營：那是跨越在嘉義市區南邊與台南之間——幾無外部干擾的農業灌溉專用小型水庫區域——少有人知道這個仍然充滿隱祕、風景秀麗宜人帶點柳暗花明式的純樸所在。進入區域內風景即刻順勢切換：阡陌交錯、野溪祕流貫穿其間，高低起伏充滿地勢變化的鄉間，很難不令人喜愛。水庫規模縱然不大，周邊的蒼綠密布幾無民家，也不容易特別引人注意，的確可以成為青少年貼近自然的地方樂園！

當上副聯隊長那年，由西格策動的學校童軍團年度大露營，就安排在這個地方舉辦，平添許多富創意與經驗域外的環境探索活動，牽引出讓人格外振奮的空間地景想像。就是會有某種看不見的奇妙實存感引領著往召喚之處前行！

西格總是想盡辦法一再去到那個有著複式台階堤岸的緩降地景裡，領受奇異召喚尋求稚幼的沉靜。並且不只一次說那是有著靈犀的心智場域——克里斯馬克[143]的「堤」（La Jetée）也在這個年代出現，卻還無由進入異國島嶼影像思緒之中——無人景致到底正是西格年幼以來的場域現實。也同時跨越世代回應著哈古梒的家庭荒野影像誌。他是打從心底惦記著絕對色彩的牢靠。

只要是童軍團活動時間——西格的右側腰際總會縛繫著一柄以黑色電木作為握把材料，特殊龍頭造型的蘭潭國中童軍團專用刀——以那樣的裝束現身明顯是一股青少年的領袖象徵；配上深藍色的短褲更富遊戲感中「跟著我來！」樣式無可替代的帶領活力。

那柄童軍刀型態上——龍的下顎與頭上短角高翹成刀柄的尾端——頗有承氣興勢的韻味。它不是一體成型的製作，而是透過包覆刀柄桿心兩側的上下螺絲來固定，才成為一顆凹凸有致且小巧烏亮的龍頭。因此，心理上每隔一段時間便要檢查一下它的鬆緊狀態，以免不小心分解成兩個半片的龍頭，毀了童軍團的榮耀象徵！

這是童軍團張老師的精心設計整合、尋廠代工製作，生產前還需要先取得警察單位的刀械管制核可證明——刀的總長度剛好是二十四公分，說是與二十四節氣起伏變化有關，好回應大地的靈氣生動生生不息，因此不論去哪個露營地的風水如何，這柄刀整年都很適用，總能逢凶化吉平安順利。配上深咖啡色車縫的牛皮刀套，每次露營活動時都會紮在腰間皮帶上，既實用也很威風。

深層記憶裡如果一直沒有被確實登錄，心裡的莫名焦慮也並不能自動給出所有事物的最終去處與如何終結；完全失去曾經是自己貼心物件的下落，那種模糊感只會加深讓人更為懊惱的感覺。

「但是我完全不清楚那柄童軍刀後來的真實下落。」只能當作它已經徹底地融鑄在少年西格的記憶皺褶裡！

「最讓人欣慰又有感的，顯然是在那幾年期間裡學業成績之外的雜多瑣碎生活歷練，每個部分都是具有疊加效益的，許多成長後的增添、生成，也都與這些感性經驗具有著無法預期的實踐視野與高度。」西格眼神盯看著褪色的童子軍露營照片裡的那柄刀，若有所思。

任何事情的頻率到達相當程度之後，不難發現所有這些具有高度重複性的操作，其實都是藉由不斷校正移動、轉置、變換、改道……的種種必要搭接、組合才成為可能。也唯有如此，才可能讓永續的持存擺脫那不可預期的斷裂；不斷念英文、勤打籃球、童子軍露營……在那個年代，或許與其他小孩的成長歷程顯得很不一致，卻在那個階段的岔出式學習中成為西格最重要個人存在感的核心鍛鍊內容。而且，終究在所有可預見的時間之後它們都生成各種不等的生命強度。

註釋

142 柯旗化（一九二九年一月一日－二〇〇二年一月十六日），筆名明哲，生於台灣高雄左營，台灣的文學家及英語教育家。白色恐怖時期的受難者，因被懷疑思想左傾，遭到刑求後被長期監禁。此外也是台灣獨立運動支持者。

143 《堤》（*La Jetée*）是一九六二年的法國科幻電影短片，由克里斯．馬克（Chris Marker）執導。全片幾乎完全由靜止的畫面構成，敘述關於某個在未來的後核戰世界時間旅行實驗的故事。影片為黑白，長度僅為二十八分鐘。該片曾獲讓．維果電影獎（Prix Jean Vigo）的短片獎。

受制於原來就不可見的存在波動。原本就屬平常的任意往復卻似著魔般地無端爆怒——偏執地像是心緒的全然歪斜。一時間西格的情緒本能完全沒能有任何反應，只覺得瞬間原地掉入人性所能夠到底的最深沉受挫感。

擱置一輩子才又忽然想起——基於教育的本質意義——有一天勢必要把這深具心靈創傷的受屈辱感打回來。更需要徹底轉換這個至深又極端撼動內在性靈的被霸凌遭遇。

「施暴者是個蘇姓的公民老師，中年，平常時候人還多少帶點戲謔式的文青風趣，卻在一個毫無前奏情況下，爆發了情緒失控的老師霸凌暴打學生事件，並且是以一種一次就要見底的暴烈方式發生。」西格無意識瞬間闖入那個空域裡，竟然就成為直接的受害者。

這個成長階段裡的超度負面遭遇，卻不知道畏伏停滯在心裡將會需要多久的時間之後，才有辦法再度啟口，心裡才能坦然面對。

那顯然是相當令人錯愕又全面震撼的身體超速感悟，帶點變態又不明就裡的教室窗戶內外的師生嬉鬧回應、全室哄堂，卻瞬間又立刻轉為「見笑轉受氣」爆發成鴉雀無聲、空氣凝結，接下來只有連續霸凌的耳光臭訐聲響。

「……你們覺得最不能忍受的人是……？」那蘇姓老師輕鬆狀地問著教室裡的所有學生。

剛好走過教室外走廊的西格像是聽見了什麼，竟即刻細聲脫口而出：「蘇XX！」

儘管與該師有點認識，但西格真的錯了，他完全不該回應、而且是這麼快速地發出空氣裡僅有的震動聲響，他根本沒有聽清楚什麼提問啊。

這個無心之過卻導致西格被霸權式的巴掌對待：連續不停地被重轟有十幾二十下的耳光！西格的反應，竟然出現從未有過在公眾前被極度羞辱、不明就裡的受挫感，而整個身體自然低垂久久不能自已而無法抬起頭來。

回家後明顯略微浮腫的左側臉頰。為了不讓哈古梌與美玉知道，那天晚上推說身體不舒服而沒有與家人一起晚餐。

被霸凌產生的後遺症除了深度心理受創、性格開展受阻外，還有日後一輩子經常在急迫瞬間左耳便會聽不清楚某些聲音的窘境。

黑色鋼筆桿。視覺上似乎就是鋼筆本該要有的顏色。如果配上銀灰色的筆蓋，則時間上它已經悄悄地溜進了未來！不過，它的身上滿布著刮擦不掉半個世紀以來的時間刻痕，每一道都在解釋充盈機會裡曾經到臨的意外書寫內容，更是成為記錄生命連串瑣碎證據的第一物證，印跡底下或許已經氧化成不透明輕快，卻脈絡著漸次模糊化的書寫歷程。

曾經遭遇過這樣的一位極年輕女孩——卻無法否定它不是夢境裡的事件——心裡投射的情感也真的是如此！

但是，卻怎麼樣都無法再想起任何她的五官細節，只留下一臉的正向溫存：就是個長相清秀、個性體貼大方、靈敏善感、眼神聰慧的女孩。

這種空洞記憶應該就是具有生死感的剝離狀態。唯一能擁抱的就是個破碎身形的深度殘念，外加一管已經不再能有任何書寫力的鋼筆身影。

斑白的時間自動讓那些深層白描的強度只剩下隱隱約約的糊灰淡彩——將近半個世紀之後才猛然湧現回顧過往的濃烈動機——基本上很難再有什麼妥當色彩的殊異細節，人間已然徹底失序更加失格。模糊的畫面只留存著：好像是在一個跨校團體露營活動，夜空下低矮升旗台的階梯附近，幾個人隨意癱坐著伴著滿天星斗談著升學相關的事情。或者，至少是與人生成長有關的某種夢想吧。的確是屬於一群十來歲國中生的聊天對話。

彼時陣的年幼生命非常不易開啟——能不時感覺到生命逐漸的激烈晃動，卻無法知道原由與關聯，總是處在底層被給定的斷裂之中——難免希望成長的結果，能夠符合自己對於未來的某種想像！

除了隨時還能看到在時間綿延裡曾經扮演過角色的那一支白金牌鋼筆：考上嘉義高中時意外得到的特殊賀禮。

她半長柔順頭髮配上標致清秀臉孔的凹凸起伏，甚至連名字都自然模糊成半個世紀以來一直滾動在西格集物櫃裡的隨機塵埃，身上早已凝結許多去不掉輕微刮痕，不再被使用的那一管白金牌 Platinum 卡式墨水銀黑雙色鋼筆。

難道，她就只是隨著時間過度安靜地置放著？

「傾斜、再傾斜、一直傾斜、不斷傾斜、直到傾斜」。

早已疊鑄成一種極致特出的環境文化，許多的事物都掛置在山脈上不同坡度的某處生息著，既迎接不同角度陽光的布施，也接集了水的自然蒸散與流動。

由地底冒上來一切氣度的隱祕生成，肯定會讓它像隻刺蝟般，背負著蒼蒼刺刺的兩百六十八座新舊高山，加上數以千計不等高度與斜率的次高山們的身形四處迴旋。

那個3D虛擬圖像，就都完滿了既是一隻刺蝟，也是一頭褊狹著身子站立的雲豹，更是一隻聲音宏闊低鳴拍翅側游的鯨豚，它的所有斜面其實都是碎形圖裡正邊的某個關鍵部分。

斜坡（Calisi），「真正住在斜坡上的子民」（Kacalisian），島嶼上排灣族、魯凱族人就是真正的斜坡人[144]。

不知道要如何回應那完全無法理解他人的障礙，特別是在那個人還未必就是人的時代裡，一切都必須先聲稱「我是人！」[145] 一如Caucau aen（排灣）、Umawmasaku（魯凱）的勇敢。

那種驚嚇可能只是島嶼千萬年來，對於差異不明就裡的全然無法言說。遭遇的狀況已經都在歷史交疊中全然覆滅而蕩然無存。除了無關緊要的歷史傳說與謠傳，不再有任何值得信任的真相；頹傾最終還是成為本質的總體核心。

完全無法想像，在大航海時代之前，當第一個來自域外的海渡客登上岸邊出現在島嶼原住民眼前時，他們是多麼的激烈驚嚇、無助害怕，或者憤怒嚎啕著以古老的傳統手製武器堅定地護衛著他們既有的傳統領域。

「那個是什麼？哪裡來的？」島嶼原住民的始源發問。

「千百年來，我們原本就是高度文化自覺的群體，為什麼他人要來侵擾我們自古就有的寧靜生命？或者就只能先聲稱『我是人！』才足以成為震懾的主體。」

「為什麼他們要取走我們原來的生活？」

「對！一定要嚇跑這些外來的東西！」

現在看來，「傾斜」已經成為西格生命歷程中難以被替代的關鍵詞彙。傾斜、傾斜、再傾斜、不斷傾斜、極限傾斜、絕對傾斜……已經積累成為他日後得以回顧這一切的少數具體依據吧。儘管西格既不是排灣族也不是魯凱族。

至少在某種尺度概念或者必然性的相對成因上，對西格來講，生命的曲褶從來都不是平順的線性走勢，這可不只是在推進方向上的理論式說法。拗折、顛簸、岔出、甚至是超乎意外的偶然性都變成稍稍可以說明非線性推論上發展的必要方向，否則將很困難了解在那種種不同斜率情況下得以出現的所有現實結果。

加速度，特別是學校成績垂降的加速度，完全是趨近於對應成長欲望中的谷底；有個叫作恭德的 Amis 原住民混血同學與西格頗為熟悉親近，都還要經常開玩笑地提醒著他！恭德後來好像念了西格最為心儀的建築系。他常訴說著他父親個人的傳統野性：在家裡是裸身不穿衣物的，並且經常以母語對著所有小孩口述著人的原初來由。儘管每日上班前，他還是會乖乖地穿上整齊的警察制服。

只是那種年紀的有限理解，依然沒有能夠洞察人生根本方向感的強度。或者，視野只能偏頗地停留在島嶼上，迎領著當中未曾消散的迷魅異國感，自然也還不具有足夠說出的能力，僅僅是閉鎖在一種氣息的固態裡，並試著盡快能夠生成某種氣質。

從蘭潭到山仔頂不過就是同一個平緩山丘的兩個相對方位、不同跨徑的緩坡面上；不過它們就真的都是持存在某個斜坡的崁頂上，各自迎向不同角度的陽光而有所生成。

持續下墜的可只是學業成績，但能夠堅毅地生存在每個斜坡上，絕對都會是勇猛的人生。

註釋

144 自古以來，大都居住於屏東境內的排灣、魯凱族人都自稱 kacalisian。這句排灣族語，直譯為「真正住在斜坡上的子民」，calisi為字根，是斜坡的意思。意味著從創始神話時期，族人們便世世代代真實的住在斜坡土地上，以南島嶼的大武山、大姆姆山、霧頭山為聖山，在斜坡土地上永續傳衍族群的人文藝術、命脈與文明故事。

145 島嶼其他原住民族語的「我是人」。分別是：阿美族是 pangcah kaka。泰雅族是 Tayal / Qnang ga squliq。賽德克—德路固族是 Seediq / Seejiq ka yaku。賽夏族是 Yako SaySiyat。太魯閣族是 Seejiq ku。布農—邵社族是 Bunun / Bunun sak（saikin）。鄒族是 Tsou。達悟族是 Tao。

「葡萄成熟時」。割掉扁桃腺的決定，竟然就漫溢成器官逐一脫離身軀的想像漣漪，甚且噩夢連連；但自始至終不若至極被砍頭的夢魘那般。只是腦袋裡胡亂地想著，少了發聲的迂迴阻擋，言說該會要如何謙遜。

幾週之間伴隨的味蕾回返；醫生：「怕傷口破得更大或者感染，你只能吃喝冰鮮奶與各種口味的冰淇淋，任何合格的品牌都可以。」前後十日之間，真的只能吞嚥傷口的腥羶血水與冰鎮的砂磨涼液——超越宗教隱喻的切身感——其實這是相當現實的：「無疑地只靠冰淇淋，就能維繫生命的基本延續」。

凡事完全沒有辦法說出口的存在，也只能試著自己吞嚥下去看看。割完扁桃腺後的心得：不論什麼，只要是身體不再需要的器官，都應該要徹底遠離生命機體！

無身體器官宿命：新奇枯乾概念的應世誕生。

能夠猜測的話，應該多一些是從美玉而來的遺傳吧？至少在人格特質與生理屬性上好像是如此；儘管長相上感覺西格是比較接近哈古檜的英挺，但總也能輕易就從外表看出一家人之間相互神似的端倪才對。

活蹦亂跳的青少年西格，卻有好一陣子密集的在看耳鼻喉科，前後時間應該有超過半年之久。幾經確認才知道原來美玉多少也有天生扁桃腺不好的遺傳問題，她的原生母親蕭豆也已經早早就處理過常出問題的口內器官。

這使得哈古檜猶豫著是否該下定決心接受吳醫生的建議——妥善徹底處理西格的器官遺傳問

題——好一勞永逸地遠離經常性重複發炎的生活困擾：割掉扁桃腺。經由吳百發醫師的病歷評估（paradise criteria）後，轉介了他在台北國泰醫院擔任耳鼻喉科主治醫師的名醫同學私人診所來進行這個手術。不清楚哈古椕為什麼要這樣的手術安排，跑個大老遠從嘉義北上，是考慮手術風險還是他到底聽到了什麼。

哈古椕的販厝當時一間至多大約就值二十萬元新台幣左右，卻花了數萬元幫西格做這個手術？幾十年後西格知道的實情卻是哈古椕並不清楚的杏林醜聞！

「一切的曲折神祕都發生在——離仁愛路國泰醫院不遠處的建築裡——行道樹錦簇隱祕大樓內的私人診間。上了電梯只見某某診所招牌，除外一切都尋常的低調。進了不透明玻璃帷幕，診間就是大都會的診所樣子——很清楚這不是在鄉下地方，可是這到底是什麼空間呢？——一塵不染是基本的必要，還讓人覺得所有的設施都很先進又科學，毫無疑慮地就會任憑醫護擺布！」

首先，循例做了必要的簡易會診確定西格的狀況後，程序裡接著進行胸腔以上的半身麻醉，西格被護士領進預約診所的專用手術房裡安坐。等著之後才知道，原來是斜坐著身體由簡易器械撐開嘴巴進行手術的——完全不知道可以這樣對身體進行某種切除的儀式，捨棄了一切必要昭告的繁文縟節——不到一刻鐘，上半身體忽然跟著開始變得遲鈍不聽使喚！

表定時間一到，從隔壁房間傳來迴盪在空氣裡，紅牌歌星陳蘭麗〈葡萄成熟時〉的流行樂曲，同時從側面牆壁後方迴旋出一位身材矮胖，全身綠色醫療連身套裝、手術帽、口罩蒙臉，鼻梁上架著一副金邊眼鏡卻腳蹭拖鞋的男性醫生，抬高的兩隻手已經套上消毒過的橡膠手套。醫療椅上斜躺著早已目瞪口呆、滿臉呆滯的西格！

整體不尋常的超脫氛圍，感覺起來更像是不可預期的一齣特殊娛樂表演，而不是一場平常的醫療手術。

前後大概只花了半小時進行手術，除了異常的痛覺外，腦袋剩餘的麻木敏銳也扎實地感覺到有個什麼東西正在嘴裡刮切著一陣。手術後割掉的腫脹扁桃腺，執刀的醫生還置放在手掌上的銀色不鏽鋼金屬盤裡讓西格確認。醫生熟悉流暢的動作帶點配合著音樂的節拍形式，這種動作他應該已經重複無數次了，配著同樣的音樂，就像是在炫耀他的戰利品，也好同步宣示著：「這再也不是你身體一部分的終場告別，請務必好好確認，並且盡力道別！」

哭笑都無法的西格就只能拄著即將爆發的痛覺，靜觀著這一幕所有細節的輪番上場與謝幕！

身體的某種器官或腺體一旦脫離身軀，人體便會試著啟動並轉移既有的功能到周邊其他組織上——繼續擬仿著它們與身體的親密關係，並且盡快協調補足缺漏的那一份機能，好融為重組過的一體——成為新型態的類器官。不論是免疫系統、淋巴組織、神經元……身體並不會輕易地就此投降、放棄。西格敏銳地感受著這種潛在的轉移，他從小便深知生命自有其出口的庶民道理。

「葡萄—成—熟時，我一定—回來！」音樂歌詞末了內容的聲音竟然不斷地重複著播放，像是配合著這樣手術的專屬背景而沒有停止；只是頓時的錯覺，西格竟成為短暫的無聲之人。

沉潛速度的極限。試著把某些能夠設想的空間張量以強度的形式重新展開。剛開始心情上都非常溫吞，甚至帶點猶豫不決。需要從概念轉向與身體實踐的直接藕合時，更能體會它強度上的實質巨大。

被大腦皮層吸引的深層細節無序、長時間地靜置沉潛，但是，對於記憶的深層翻攪就真能浮現明晰的過去？

能否真實召喚？意志與心智亦無從確認它複雜的選擇。倒是梗在心裡頭難以名狀的絕大部分層疊交錯印象——都還是如浮光掠影般地與幼年時若合符節的日本遺緒糾纏在一起——不時油然反覆的都會是些空間場所與環境裡不同功能的群落建築，像是著了魔似地幽幽浮現。

它們近似的特徵全都巧合地落在文化形式與調性上的一致，同時也都一定程度地考慮到島嶼現實所衍生的必要轉向，像是調整角度與高度、材料選用、改變次序與工法……一種根植於島嶼文化形制上的靈巧能動。相異之處則是系統發展與技術相關的細緻運用，每一個獨立部位都很容易令人耳目一新，湊想上大半天也不容易得出胡亂推斷的結論。

它們的細節都被提呈地極為簡單、清晰而且具體，加上相互間機能的內斂關係的確很難不被感受到。

西格一路以來的情緒糾結：島嶼式或日本式的迷亂？

反覆迴盪在他內心的真實：「我的嘉義高中校園空間動力線是屬於我自己的一門私有『個別

課』：從一開始『看得到的』到『看不見的』，都已經與身體連成一脈，一副走自己路的勇氣。」

這股潛在動力線的走法，約略就是身體直覺式游移在已經被西格列入心中造訪群落建築名單的私密路線裡——它會不規律地輪流以沒有伴奏的步伐穿越木結構與紅磚拱門廊式教室、柔道劍道館、大禮堂、食堂福利站，以及擬仿早期現代建築的紅土網球場邊學寮、體育館旁斜坡上的生物科學館……——這個亂序動態線上被遺留的事態內部，都早已生成為超越空間並且被標定為有限功能的時間突穿型態。

散布其間隱在的有機圖形未必都能成為可見之物，但是總能隱約感覺得到它們的動態路徑。所衍生出來的各式不規則狀態卻最是容易讓人進入想像的流連忘返：這些地方的時間跨越前後將近百年，承載著醞釀空間裡正在發酵的諸多人生事故。可惜的是，有太多的人事物已經隨著這些群落建築的消失而不可能會再被提起！最外圍靠舊時軍區馬路邊的學寮建築，該是唯一意外被留下的空間跡理。

「不是要刻意抵抗遺忘！」西格只是一再地試想著在生活裡找出記憶的活路。

劍道館就位在與拱門廊教室平行的正後方，屬於整體校園側面最後一列的斜頂木桁架紅磚建築群之一，完全是個隨著二戰結束逐步塵封的閉鎖性社群場所，雖然還是叫作「劍道館」——創校時首任校長三屋靜（Mitsuya Sei）以日式書道書寫的空間牌匾也還在原位——卻知道它的影響力已經遠遠不在一般主流課程之中，連選修課程都不是，而只是自費參加的課外社團活動。

這與它最輝煌時代參加者需要逐一繁複甄選、體態與品格審查、面談……甚至必要的身家調查，真是不可同日而語！好像只能以這種低聲下氣的方式，才得以貼近已然虛無的日本文化精神，屈辱地延續。

頭髮花白的老師，精神奕奕地帶領學生穿戴完整劍道服手持竹劍逐一動作比畫著練習——只聽見專注帶起低沉的呼息——空氣裡無聲喧嘩配上高聳屋頂的幾扇透光玻璃窗，時間灰燼漫溢成空間裡的碎裂光線，極緩慢的落降，但不論怎麼樣灑下來都是沉靜的修養！只有在眾竹劍互相擊打時此起彼落的連續清脆敲擊聲——異常的篤定具體，好邁向絕對的準確落點——呼喊聲之間，才猛然發覺回到歷史過後的現實。

西格一向都是站在劍道館廊道上，由十二片格柵玻璃窗向內注目著這一切的陌生而不知道該如何能夠真正靠近。

前往食堂福利社的水泥步道就跨置在學校山仔頂原生的紅土地面，平整隆起的高度不合理到像是鋪上一道不清楚是要給誰專用的純淨階梯橋。表面修飾得極為平整甚至還帶點滑亮，讓多數人不太願意走在上面，寧可踩著一旁紅土迅速通過，西格倒是喜歡那樣的不通俗還帶點莫名的炫耀！但是，卻沒有人不被步道旁斜坡不規則形狀原生紅土坵的顏色所吸引，它熖紅的非現實程度總會讓人覺得太過於濃烈妖豔，以至於讓所有同時出現在周邊的事物都顯得無可比擬地貧血、脆弱不堪！

另一邊的大福利社餐廳建築，寒酸的程度與它裡面少數幾個攤位販賣著聊備一格的餐食、零嘴如出一轍；內部是一大間的空曠，外殼則是個老態畢露的空洞大木棚子，一副如假包換的搖搖欲墜，地面則是薄如泥巴硬土地的破碎紅毛土鋪面，整體的感覺再也經不起太多人的踐踏以及例行季節性的震動搖曳！

那個地方其實更適合直接生活！高聳日式瓦片的雙斜屋頂，終日通透著翠綠的校園空氣與午後必然半斜的陽光——只因為戶外一棵十餘米高老鳳凰樹的角度遮掩——古舊紅磚拱門配上島嶼的陳年檜木門框，氣息裡總是壓著一股自動融合過的清淡馨香，感覺會很讓人安心！但是，這裡面卻沒有任何一絲一毫生活過的痕跡！倒是，一排排一個挨著一個的木製課桌椅、夠厚實的笨重講台，再配上一堵橫展整面牆的斑駁黑板，它顏色裡還真是夠老實的黑，滿布著不夠均質卻像是破碎蜘蛛網狀的坎坷細白裂紋。

總之，空間裡能辨認的所有物件都是跨了好幾個世代的產物。剛晉升為稚嫩青年的西格，高一便開始在有紅磚拱門的教室裡上課，但是卻完全沒有能力知道那樣的教室空間到底有著什麼樣的故事傳奇，似乎也沒有任何一位老師曾經對著這樣的空間進行過文化解說或者歷史教育。

當然不會有人講，那些老舊時代裡細緻態度所彰顯的精神，幾乎就是被避談的國族禁忌！

教室內的屋頂是敞開式斜頂結構的木桁梁——很容易便能看見木梁的組合方式，關係之間是如何的成為整體，直接感覺到某種空間次序的歷史感質地與時空沉澱的舊制狀態——沒有遮掩的低矮天花板，甚至很容易就會帶著想像看得出神，上課分了神，只要抬高視角就能望見高聳的內斜頂與可見的格狀網絡結構有序地排列支撐著，自然就足夠給予一些隨機又富創造力的想像可能，絕對稱得上是個理想型知識啟蒙的絕佳地點，潛移默化著許多年輕生命創造成長的機會！

「這正是小地方名校的珍貴！」西格當然知道，能夠生活的空間才會是真正適合人成長的地方。

一年之後，學校依照聯考報名的組別重新分配教室空間。西格因為選讀理工科甲組，與醫農的丙組都被遷移到後期新蓋教室上課——不清楚是什麼樣的思考邏輯才有這樣的分配結果——那是屬於一九七〇年代晚期國黨文化影響下的四層樓連棟盒子式生硬水泥建築，除了時間較近的因素外並沒有什麼特別感覺——配著一樓前排幾個不太有誠意的低矮花台，周圍沒有任何綠樹，倒是終日光線充足，傍晚的西曬尤其嚴重——又乾又澀的空間裡既無任何質感也沒有什麼故事，沒有人知道這些樓房到底是什麼樣的緣由開始會與系列舊式木建築出現在同一個校園。這很難生成弦外之音。人在裡面難免就會有種被禁閉的隔離感覺。

不同時代建築群落的並置讓校園內部空間的切斷感顯得極為直接而強烈——各異美學形式的建築自動區隔了人文氛圍的連結可能，文化上好像也就逐漸與學風單純、人格價值觀的啟迪培育保持距離——那樣的目的差異，似乎無意間就昭告著同儕們也被迫切換成更為激烈的升大學的競爭功能模式。

環境能夠生成潛移默化的文化，終究決定了生活其中人的氣度與動向！

不過這都沒有能夠成為西格當下的真實關注——那些空間脈絡打從入學開始就已經進入他的記憶網絡之中——儘管他也試著用功讀書，卻似乎只能比較多的回到過去的脈絡——花最多時間的經常都還是英文與人文的共同科目——但他念的可是理工科的甲組！那也被視為男生比較可能會有出息、有前途的組別之一。

沒有辦法，他的心思就是會自動往著更為貼近人類本源的地方而去。

真正的困難或許就是時間裡必要等待的磨難，等待一種時延之餘必然要揭顯的生命投注對於存有的超度展開。西格似乎與生俱來就與這樣的命題是離不開的——只是自己還不清楚人生方向到底怎麼回事。不斷延遲在成長歷程中的必要等待也就極為順當合理！這種狀態的持續的確是時間過渡裡的必然。

西格升上高二之後，阿嘉、東格都已經到島嶼北部念大學，一個念法律、一個念工業工程，各自懷抱的理想就此打開也更有距離。每個人所適用的認真都有著不一樣的組成定義，每個層面必然都會連動著趨近於個別化的具體。功課之餘，西格也試著有些規律的大量運動，就好像是回到某種青少年的自啟模式一般，藉此緩和家庭生活中只剩他一個小孩的實況。

阿華一家住在台北的民生社區，阿娟則剛嫁去台中東海大學對面的果園人家，也在市區圖書館工作；西格則面臨了必須在他能自主的有限現實裡，緩慢地試著爬梳某些人生的可能性或不可能性，儘管他自己也還沒有什麼確定的想法。

心裡無法穩定盤算的正是時間綿延裡難料的脫軌流動！

週末時間若不想留在家裡，西格經常都會待在學校裡試著讓自己安然度過。校園例行週六下午都會有大禮堂兩片連續播放類型電影的廉價放映活動——影音開啟世界觀與現世的想像，透過電影的確可以跟年輕人說得更為全面、更深遠——播映所在的大空間是個沒有支撐梁柱的舊式禮堂——因為學生眾多，經常可以感覺到散溢四處的飽滿能量而從未有過可見的空洞——屬於日治後期，二戰前鐵件與木結構的混合式跨距建築，高度將近十米，前方有個制式的高大舞台方便校園例行的演講訓話。禮堂天花板頂上的大型吊扇經常吃力地工作著，卻怎麼樣也搧不淨滿屋年輕人的在室方剛！空間左右兩側的連續落地木框玻璃門，為了讓室內空氣保持通暢經常一律洞開，僅以長度及地的紅黑色雙面絨布窗簾遮擋外面光線的穿透。顯然，陽光已經在那些布匹上吸走色彩的光輝而融成褪灰織理——季節微風也總會趁機適時來攪局、鬧場，增添觀影的鬧熱——飄蕩一地不同形狀與濃淡長度的碎落影像。

禮堂前廣場外左側小斜坡下落之後，一定會經過國文甯老師與父親的宿舍。再一路往下——交叉往復模擬著身體的動態姿勢就像是操作素描時眼力的前後進退，鍛鍊著某種足以截住準確的私密工夫——在音樂館旁邊的水泥地籃球場自己無間差地比擬著鬥牛；常常只有自己一個人、斜停一側的腳踏車、噗噗作響的 SPALDING 籃球，以及音樂館飄蕩而出從來未曾聽他講話只聞音樂老師習慣性不太連貫的風琴聲。

音樂館、籃球場接著紅土網球場後側就是屈居在學校圍牆邊連著兩整排的學寮建築——住著來自其他縣市的外地生，陌生感應該是多數市區學生所無從理解一切異域的起點。早期瓦片雙斜屋頂的兩層樓建築，幾近完全平整的外觀只留有少數鐵製百葉窗戶——造型幾乎就是日後西格成為藝術創作者最核心的本體創造之一，他完全不了解為什麼這個型態會持續地以各種歪斜的形式進入藝術創作視域之中，甚至成為主體測量原型的終究之屋！

與大禮堂遙對著校園椰林大道兩端相望的生物館，顯然是另外一個性向測試並決定人生方向的關鍵地點。那是個分明模仿著王大閎[146]建築語彙與設計形式的小館體——外部上下縱貫兩個樓層白色的隔柵狀結構作為立面入口的標誌元素，多少隱含著包浩斯[147]的現代簡練意象。這一切對西格而言還是徹底的無知，只是深深地直覺著它們的乾淨、好看。曾經停駐在兩個樓層幾間生物實驗教室的課程，讓西格更加確定自己畢竟是哈古梌的小孩，既無法直視敞開的動物組織、滿溢的血、抽動的神經，也就不適合跟隨著地方趨勢地往醫學的方向邁進！

規律的校園課程對應著西格生活裡的各種運動，被西格視為一個階段性的策略：緊跟在籃球場後面學寮前的軟硬式網球場、體育館拚打籃球、經常出現在游泳池試著學會游泳，也吃著游泳教練兼賣賺外快的冰綠豆湯、熱紅豆湯、乖張的在中山公園後山泥土球場自練羽毛球、對著嘉商球場的牆壁揮打練習網球，漫度了經常的一人週末，並試著如此安然度過這必要的中學生活。

「直覺地等待著某種必要性的到臨。但是完全不知道將會是與什麼有關。」

直到疫病發生的庚子年，偶然間的重逢，阿亮才談起他自從那時候偶然出現在球場上與西格的一場鬥牛球局之後，就因為種種因素轉學離開嘉義中學，兩人互相再見面已經是四十年之後。

「這段期間當然也參與了些被認為計畫升大學的人都該要有的課外補習。」西格自己清楚效益是相當有限的。

這種現實是直白的，他就被排置在所謂的升學後段班裡浮沉，家裡對這一切其實是毫無所悉的，兄姊們都已經不在身旁，自然也不再有人可以幫忙來說明，因此一切都盡可能必須要靠自己。

儘管如此，西格在某些科目上的成績還是相當亮眼。他持續有著高度興趣的英文科目，也曾在例行的全校月考中全班只有他考了及格的六十八分。算得上是一點小小的安慰吧！

留級制度已經被教育系統取消。因此，最後有些科目還是需要在老師重考、甚至帶點放水的情況下，才順利過關拿到高中名校[148]的畢業證書。

他的性格裡對於基本存有，總需要有某種本體式的引導。但是一直以來，那樣的期望總是落空而且並不順暢；現在看起來就是賺到了一個嶄新而無法預期的自主奮力人生。

註釋

146 英國劍橋大學建築系學士與美國哈佛大學建築碩士的背景，使他成為台灣第一位完整接受西方現代性建築教育的建築師。

147 國立包浩斯學校（Staatliches Bauhaus），通常簡稱包浩斯（Bauhaus），是一所德國的藝術和建築學校，講授並發展設計教育。由建築師沃爾特·格羅佩斯在一九一九年時創立於德國威瑪。

148 比哈古槍的出生早一年，嘉義高中創立於一九二四年（大正十三年），時值日治時代，校名為「台南州立嘉義中學校」。

想像著瞬間成為他人。

並不起因於對於自己過去的排除。成為他人，足以開始進入世界現實，成為異質的他人，幻變了差異化的具體想像，更甚的成為他人的一種壞軌形式：不斷成為他人的持續發散狀態。

上個世紀末他者的速度以極速換算，成為他人的必要與必然事實都已經是今天的直接日常。

小孩子成長過程的不同階段，哈古榿一向就只是關心價值觀的確立，除外就是沉默的陪伴，從來不干涉每個孩子的思想領域。

整體感覺的不順遂。高中甫一畢業，哈古榿便領著西格去了趟莿桐拜訪他的世交老友郭勁麟老師——一位避居鄉間低調營生、懂得日本命理的民間奇士——正式幫西格改換名字：西格從此成為「啟煌」。家人間的親密稱呼「西格」之名也就在日常裡頭被巧妙地終結擱置，瞬間就停止迴盪在十餘年的生活之中，取而代之的是個截然陌生的重新開始。

一開始的這個突然決定，很難相信是出自從不迷信的哈古榿對西格的主動提議！他到底感覺到什麼？看出了什麼？而西格似乎也沒有表達任何異議！不知道為什麼，但是事情就會自己變成它該要成為的樣子。儘管，西格從小就是個很有主見、個性頗強的小孩。

「西格」之名是出生時哈古榿自己憑感覺取的，沒有什麼超絕的考慮或是民間習俗生辰筆畫的盤算依據，頂多就是與其他家中小孩名字之間有些蘊意上的呼應關係，僅此而已，就這樣便使用了十餘年。不過，這個最小孩子從出生到成長的過程，確實有著連續不斷的各式磨難，總讓哈古榿心裡面嘀咕臆想著他是否弄錯了什麼。忐忑之餘，希望嚴肅地改個名字能夠為西格帶來更平順的未來人生。

完全沒有預料到：這樣的改變讓西格往後數十年的人際網絡全面改觀；與同齡世代一起成長的人徹底斷了線！

當成為一個人的現實才剛要起步，就必須同步開始試著面對而且成為另外一個人、成為徹底的他人。

這在當時是完全沒有能力回應的。一個人是如此，更遑論更大規模接踵而來的雜多事物。他大概更無法預期就在若干年後，將會在巴黎啟動對於島嶼國族認同觀念開啟時所要面臨的一切改變，可能是名稱相關細節變動所帶來價值觀的極度困惑與生活挑戰吧！而這個演變，到底是個現世報還是喜樂的未來，又或者就是個無法迴避多變的世代磨難，也都可能是未定之論。

「到底這樣的事情不過就只是關於一個人名義上的改變，以及之後的種種轉移，花點時間適應或許不是那麼困難吧。」哈古柂心裡兀自想著。

哈古柂其實從未碰過改名字的事情，家裡面也沒有人有過這種經驗。完全出自有限的臆想，改名已成事實於事無補。

萬萬沒想到這樣的舉措，竟然可能足以抹消、中斷一個人往後數十年的人生際遇！改完名字之後，西格從未跟哈古柂抱怨過這件事情——也無從預想到往後一連串可能會有的現實困難——他認為只要能有個代表自己的稱呼，一切總是開朗以對。

他倒是有著天生強烈直觀，懂得大部分時候無名就是實存的本來面貌，不就是一直以來人生慣常的真實。「我是誰？」的本體提問跟名字也未必有絕對關聯；更何況他有著哈古桧、美玉不善計較的謙和個性。

西格能再跟他熟悉的小時候同學重新聯絡上竟然是四十多年之後的事了，而且還必須藉由同學間擁有相當階層的社會地位之後，這個事情才可能如此發生！

有些人或許從小就長那個樣子不會改變，但是有些人終究是會面目全非的，人生的際遇的確會讓人徹底的易容，如果有必要的話，老天總是也考慮著讓你繼續在有限的人生裡，不要太過於苛責與困難吧。該徹底改變的時後就換了，好留點餘路給每個生命。

哈古桧已經有過兩次劇烈集體認同上的被迫轉移。他出生前不到二十年，島嶼就已經是日本帝國的核心屬地，這種外族統治的結束要到他三十幾歲成年之後；他身上的確已經植入無法改變屬於帝國的深層認同，那種文化深度不會自動消失也就不會輕易地被說出口，卻會在生活裡不斷孳生蔓延內化演繹成身體機能的重要部位，被看見甚至理解。

哈古桧終其一生總是不假思索就能說出一整年裡面，每個帝國重要的國定日子：日本的四大祝祭日[149]。殖民地台灣的二月十一日建國紀念日、六月十七日的始政紀念日、一九三五年十月十日台灣博覽會暨始政四十週年紀念……毫無窒礙地如數家珍。

他當然無法預知以後世代的人，還會不會再繼續面對政權的轉移，一如島嶼上的其他族群，一而再地不斷成為異文化裡的他者。

有時候「等待」竟然會非分地內化進本體的某個生成部分，持續著等待的跨世代膠著，一如難以違抗的遺傳DNA一樣。但是，這絕對不是認命！

哈古棯並不清楚伴隨著他生活的哲學性，其實也就是他生命的體現全貌，是否正操持著這樣逐漸遠離並且只是成為他者的命運在推進呢。

而且，哈古棯或許更不知道他無意中提供給西格青少年時期的一切，真正是一種動態思考島嶼四百年的整全鍛鍊。

註釋

149 昭和時期，祝日指新年（四方拜、歲旦祭，一月一日）、紀元節（二月十一日）、天長節（天皇生日）、明治節（十一月三日），稱「四大節」。其中紀元節（きげんせつ），第二次世界大戰結束後被廢除，其後改為日本建國紀念日。哈古念與西格都將無法預知，數十年後西格兩個兒子的出生日期，正巧就是二月十一日與六月十七日。

一年生活：二十四坪。這個歷程的最大煎熬，就是必須不能讓某種情感的互動深度只停留在單一的人身上，甚至就是要假裝能夠涵容所有家人情緒廣度的全部那樣自在才行；儘管身體能夠自由移動在內外的空間環境裡頭，但是這對有情感厚度喜好的人來講，的確就已經是某種精神上的禁閉了。這自動就成為一則日後關於藝術禁錮一年實驗的後設式理解基礎。此時，的確世界上還沒有出現以「一年生活表演」（One Year Performance）為名的藝術創作。

青少年時期的西格並沒有特別想要與建築有什麼關聯，儘管從小就善於空間建構與造型的自主遊戲。十二歲時倒是有機會隨著哈古梒與人起販厝經歷完整實務過程的細膩觀察——如果反轉大宅院的生活就是一種類型的建築形式，他的確就生活在其中——對建築專業則是一竅不通也毫無特殊接觸。

毫無疑問，有時候這便足以開啟生命投注的意志！因為出生在頗為繁複大尺度的四合院裡，生活周遭許多的接觸自然就會圍繞著這種類型、不同規模的建築形式；或者就是為數眾多但都顯得片段的仿日本式建築的生活經驗。透過這樣認知的疊加當然更能促發潛在對某種類型的閩式傳統與仿日式空間，產生相當具體而特別的掌握；的確是能帶來某些啟發，但總是也可能因為家族的人際關係以及事物不可預期的複雜因素，在意識上多少也會對於既有時空間特徵帶點批判式的背叛。

西格未必就是循著那般的傳統方式在理解到底與建築能產生什麼樣的特定關係，並沒有人能夠確定！只是因為另異現實接觸而誘發的偶然決定。

阿娟嫁到台中大肚山上東海大學對面的果園人家之後，西格幾次拜訪時看到的都是特定年代裡典型的台灣鄉間占地幾甲的新舊農舍——那是鄉野式生活的跨代家傳，與大宅院有著完全不同的宏大尺度；包圍生活的就是滿園的荔枝樹以及各種日常的生綠果樹，房子就坐落在樹林中的一片空曠，沒有特別豪華卻質實又舒適有感，著實令人愜意。

阿娟的先生阿銘本身就從事建築方面的工作，算是白手起家擁有一家正在發展中的建設公司。每次的到訪，阿娟都會善盡當姊姊的責任，巧妙地就近領著西格到東海校園去巡遊導覽一番，帶他感覺也看看大學的樣子，順道幫他釐清未來的人生方向！幾次場域接觸裡的唐風形式聚落建築群與路思義教堂（The Luce Chapel）的斜曲屋頂都讓西格特別對建築系興起巧妙的想像——他深知自己對於空間場所的敏銳感通完全是出於本性，又是報考理工甲組，反覆思考著自己的志趣與發展，後來聯考時建築系竟然就私密地成為他選填的唯一志願！

哈古棯與美玉總是尊重每個小孩的選擇，並沒有過問西格任何的升學決定，一如其他小孩！是否因為生活經驗以及身旁的這些遭遇才興起這樣的決定？報名聯考時總共也就只填了六個建築科系，但最終並沒有考進其中任何一個，名落孫山。

決定上台北補習似乎是當時能有的唯一選擇——啟煌只知道不能在原地等待，離開嘉義是他開始自己人生絕對的第一步——於是銜著哈古棯與美玉的意見，和表弟阿如一起住進阿駿舅位在台北市區師大附近的公寓。補習到底能夠怎麼樣都已經不是他最深切的關注了！懵懂之間，他感覺得到有種特別的等待需要越過某段不可逆的時間之後才有可能抵達。在此之前所能發生的一切事態都該順受並試著承擔，綿延的等待似乎已經悄悄啟動成他的必要宿命，硬著頭皮面對顯然也是他必然的磨練。

阿駿剛當上爸爸，出生的小女兒與北港車頭周快嬤、太太一起生活，加上啟煌與阿如，等於家裡原有的兩人公寓忽然間擠進老小六個人——公寓是位在沒有電梯五樓建築的二樓，標準一九八〇年代早期台北都會樣式的住宅產物——大中小房各一間加上一廳一衛一廚，整個地坪略呈長方形，前後設有半人高連四開的鋁窗。地坪居中的最小房間，是周快嬤的專用空間兼置物間——非常擁擠她卻甘之如飴，經常能看見她不語地臨著天井窗戶抽她的老人煙——她的人生是從島嶼東北角海岸金瓜石地方就開始的一連串南北勞碌認命。

那個棧小如斗室房間的窗外就是一個只能略微窺天的直筒狀小天井，記得那片視覺上約略榻榻米大總是在改變著色調的天空，形狀略呈不規則的梯形、外帶一條不知何以的古怪銜接縫隙。也不知道何故，有時候竟然會覺得它是個刻意被拗折過的虛擬立體，好喬裝成住戶們還有能夠分享的額外空間，狠狠地撐著一立方的足夠擁擠。

啟煌與表弟阿如一起共用客廳後方大概四坪大的房間，上下鋪兩人各執一床，兩個書桌，幾乎完全填滿空間。

事實上，這只是暫時換上另一種型態的空間環境罷了，意志上的核心狀態並沒因為這種環境轉換過程而衍生出真正新的可能性或者實質的改變。當時也不可能預知，這個延遲的等待在若干年後將會自動顯現出它必要的實質意義：建築、藝術或者其他選項。

至於，盡量能讓哈古桧與美玉放下一時的擔心，總也是啟煌必須考慮的，因為事實上他也還不清楚自己的人生將會往哪裡去。

那算得上是啟煌與周快阿嬤最緊密的一段時期——周快嬤還是習慣叫他西格——同住小公寓每天都看得到對方，也是祖孫從未有過的共同經歷。但畢竟是個二十來坪大小的公寓，住上大小六個人，因此儘管是熟悉的親戚，但是內心的感受，看得出來相互之間還是有著緊繃的壓力，只是沒有人願意隨便說出口。

節奏高度重複的日子裡，周快似乎看出什麼！經常偷偷燉了肉骨人參湯給啟煌一個人喝，怎麼樣都推說是美玉寄錢要她代辦的事！那樣愛屋及烏的無微照護，的確讓祖孫情感更為永固，但是卻並沒有因此就讓這個重考的計畫有更好的新動力——運命潛隱的強力意圖並不會自動擅露痕跡或者輕易改變——那是日後最讓啟煌深覺抱憾的事情。

沒有能夠先確認自己的志趣方向感便持續地做著一般人爭相在做的事。最終在台北的重考計畫，當然還是再次落榜。不過，最好的事情應該就是直接以一種更真實的重量，徹底結束再繼續重考的任何可能想法：這完全不是人生該浪費時間重複的事情！更重要的是，啟煌還是充滿自信，並且篤信人生總是自己會有出口。

對於擁有新名字啟煌一事，西格還是很不習慣，因為也還不清楚能怎麼面對接下來的人生。

啟煌當然無法預知若干年後周快阿嬤會評價他成為畫家之後的絕妙出路：「畫看板師傅。」

違建麵攤們正作勢展現不同的都會欲望。環境的流動性只能針對欲念的外部形勢做出回應都會生活的步調，它們都一如自身的快速承載一樣，每一瞬間都是乍現、每天都在莫測的進行著不能預期的流變。

不只是位置、更是欲望本身，令人不安的是它的快速形變越來越困難辨認。欲望只是如常如實地陸續流動交替著，經常就已經是巨量難以梳理的不可見持存。

準備重考的這段時間前後應該有超過十個月吧，怎麼說有了全新的名字、來到嶄新生活的首善台北都會，環境的簡單適應——島嶼北部經常性的淒冷溫度，如果只是建立在日常需求的部分調整——都只會是斷裂生活裡豐富節點與層次的習性轉換，相互之間並不會有任何實質上過於強制的銜接困難！

更何況，大致上也都只是依附在某種無意識生活習癖下的意外積累。

島嶼南北各處，這裡、那裡益趨豐沛生活感的撿俗因應，對於一個不到二十歲年紀的人來講，變化並不至於激烈到足以成為適應上的難題。

時間的連續過渡，新到來的所有不可能都將陸續成為可能；而且在可感的速度裡面都據有尺度上的具體變化。台北城市的環境對西格——不！是啟煌才對——來講終究還是非常陌生，只能反轉小時候暑假來台北旅行時局部的美化經驗，遭遇有限城市中關於人、關於種種事物的深沉質地，像是一種具有殊異節點相對線性的局部羅列，但是卻很難因此派生出什麼真實的都會生活脈絡。

特別有幾重日常層理，透過散布在大街巷弄裡的麵攤就能夠細緻地揭露都會的欲念縐褶層次——剛好就落在這個補習新生活動線的曲折上——如果能夠成為口耳相傳夯熱的攤子，那麼它們必然都會是特定街區內最能聚集人流的節點，因此不論要能偶遇、要能刻意碰面，都將非常容易！它們也就會是最佳交換資訊的地方。這樣的攤子老闆總是腦袋靈光地一致，該閉嘴的時候絕對聽不到任何干擾聲響，該要熱情招呼時也請多多關照了。儘管多數時間他們都忙碌於工作的瑣碎之中！

一攤是位在和平東路舊台電總管理處日治時代低矮木造建築後方的巷子裡，依著建築中段後側攔腰設在T字路口的違建外省牛肉麵攤，離阿駿家只有數十步之遙。

小攤子遠近馳名，它看似以獨特的風味讓名氣持續不墜，熙來攘往的原因也完全與違建無關——反倒是一種連老闆自己都還不明瞭的表演特徵所致。除了食材使用得當能擄獲顧客喜愛之外，老闆手掌上的大拇指因為不停重複的瀝水甩麵旋扭麵篩柄，已經徹底的變形彎曲——像是只有透過這樣苦心烹煮的繁複過程，加上運用牛大骨、幾種蔬菜與特殊的辛香料配方熬煮出的誘人湯頭口味，人們才得以被輪流重複召喚出現似的。

這種從早到晚不停的表演與身體違常形變之間所生成的絕美好味道，惹得大排長龍影響交通，是經常會有的事。但是，為了確保大家的口味美食，街區裡的居民卻很少有人會去投訴！

另外一攤剛好也是個外省麵攤，以炸醬、麻將、家常大滷麵為主，就坐落在信義路華南銀行旁的巷子口邊上——橫豎就直接占掉巷弄的一半寬度，只容車輛單線進出——確是個看起來不太像違建的違建。巧妙運用了一塊質地輕飄以竹竿撐住的素胚帆布來遮陽，頗有意境地經常隨風飄蕩，讓攤子感覺清幽簡單些、流動性強一點，甚至有種老文青會注意的具體細節，而且食材選用的獨特清爽口味的做法更容易擄獲跨年紀客人的忠心，也一如它空間布局俐落的魅力。

那位六十歲開外老闆說話的輕聲口吻、配上比實際年齡還年輕的穿著、俐落髮型加上靈活的動作，都在在想證明他並不是一開始就已經在做這個工作，而是某種特殊原因的使命感驅使。他製作的各種麵食口味倒是頗能符合都市人的大眾化需求，他的這一些鋩角都成了他的表演內容，甚至還包括對客人可能會有的額外邀請。

在麵攤老闆的住處——啟煌曾因此被磨蹭著脫下外面的長褲——在可能發生任何後續之前，都市的欲望已經徹底暴露了年代裡還不易了解的怪異性欲。

此後，啟煌絕少再去那個麵攤所在的街區！台北的陌生異質也並沒有因此就驅退鄉下來的他對城市總體時代演示的熱切與好奇。怎麼樣他也都會想起幼時第一次在新竹空軍眷村吃外省陽春麵的歡樂景象！

永誌之物。照理說應該是珍稀金屬才足以表達不可替代的重要性，但是這可並不絕對。真實難以被消解的珍貴，全部都已經不在既有的理解脈絡之中。那個時候，什麼都可能超過物質性的撐持甚至是被聲稱的永恆，而且只會是感情徒然的可逆象徵。

剩下能不被替代的，就只有深度強悍的情感記憶了。那一枚永遠被啟煌套在無名指上的白金戒指。

補習升學的打算，就在再次的挫敗之後，便自動停靜下來；沒有任何家人的壓力，也沒有外在的絲毫干擾，應對著時間脈動，它便徹底地結束退出啟煌的有限現實。

這種年歲能再往前邁開步伐的可能性都是社會給定的強制，一旦沒有繼續升學，就是服兵役開始工作沒得選擇！離開始終原地踏步的日子之前，北港車頭阿嬤私下塞給啟煌一枚白金戒指與一包切好的高麗人參片。她似乎已經聽聞啟煌即將入伍服兵役。

那是一個有著簡易淺割菱形紋的大眾款式白金戒指。縱然是一枚看起來並沒有特別起眼，卻因為是北港車頭阿嬤的餽贈而彌足珍貴，也滿足北港車頭阿嬤一貫的低調，能夠作為久長紀念的一番苦心。

問題是，幾近禁制的公寓生活，她怎麼能有時間去購買？知道去哪裡選購？

至於那包高麗人參片則是由上等的高麗六年期呈人形的天參，整隻購買後再請藥鋪師傅片切出來的——據說六年生人參正好吸滿一輪三陰三陽的天地之氣，補氣藥效才夠全備——也不真的清楚阿嬤的想法，但總是也深知這一切的真正意味。

那年西格十九歲，正等著以嶄新啟煌的身分入伍服兵役；北港車頭周快阿嬤僅知的軍隊都是日本時代的片段印象，只能虔誠祈求老天保佑。

看來：一個是生命永誌的定序之物，足以成為永世記憶以及世代間撿俗的私密傳承；另外一項則是讓每個當下氣動生血得以補充，也是日後存續養成依託的先一步預置。啟煌當然永遠都會記得阿嬤經常親炙高麗排骨湯的絕妙滋味，金黃色清透油花的濃郁人參湯。片片高麗的由縮至脹、由暗沉到明亮，多少也預告著未來人生的可能起落吧。不過，那種珍貴味道的特殊記憶終究會是一輩子！

但是，為什麼北港車頭阿嬤只送給他一個人這個永誌紀念的白金戒指，啟煌也無處探尋真正的答案。

只能當作那是人生關鍵轉換階段，長輩的信任與期盼所能夠傳遞的最大祝福吧。

四十年後，啟煌依然戴著那個不再圓襯適指已經嚴重變形、外觀紋路也被時間磨平的尋常白金戒指，除了陸戰隊服役期間必須摘下，它一直是陪伴著啟煌人生掙扎歷程的貼身物件，游移全世界寸步未離。甚至在配戴數十年之後因為指徑已經過小，啟煌將它剪出一道可以隨時調整尺寸的鬆緊暗縫，讓它能夠繼續在私密時空間裡自在游移；會留存的、能繼續的、人生莫忘的印記勢必也會越來越深沉；型態一如三十年後母親美玉留給啟煌戴在右手腕上也已經十餘年的銀手鐲一樣，能夠時刻親密相隨的情感徵象，很個人的身體絕對誌記，更是全然妥適屬於跨代母性的心理安慰。

偶遇的強度訓練。

很周全的運命就可能會是按部就班的全面性部署。從來人事物之間的直面關係裡，最終結果就是感受的力度、承接與選擇；各種日常與生命強度的演示都能開啟人生主動的實質轉換能力，但是形成的起點卻無法完整的被預期甚至安排，人為的強力介入並不直接就能確認足以生成結果的強度。

「從展開生活的直接工作，便容易察覺強度的一切可能。」一般而言，這種發現僅僅確保了基本生活的得以繼續。

應該是一九七九年的夏末秋初，天氣還是溽熱難耐、一如盛夏。隨處都能遇見汗水濕透的狼狽，濕度裡島嶼的季節風吹正跟著陣陣轉向，溫熱空氣中偶而透著幾絲奇異的沁涼，難以分辨到底是從季節而來的節奏驚喜還是商店洞開的迎客空調，情緒的步調很是膠著。不若由西南回向東北季風是例行必然的流動切換，人的移動反倒全然依憑著運命而不若自然的輕易。

哈古棯：「接到通知單三天後，就照著時間去嘉義兵役課代替西格盲抽兵種的籤。只知道當天現場滿溢著雜沓氣味的鬧熱，卻搞不清楚細碎聲中到底在持續進行著什麼議論。忽然間，驗籤官對著我抽到的兵種大聲宣讀：『海軍陸戰隊！』現場即刻喧起鼓譟甚至慶賀歡呼，我卻完全不知道到底發生什麼事情，好值得如此的歡騰。事後回神才會過意，原來我幫西格抽中三年的海軍陸戰隊，也等於就幫在場的其他排隊抽籤者減少一個『三年服役』的苦難機會。」哈古棯還是習慣叫啟煌的舊名字。

「阿嘉、東格都是服預官役完全沒有這些過程；家裡沒有人當過普通常備兵，更不知道是憑抽籤來決定軍種！」哈古稔的無奈可想而知，甚至懊惱至極地覺得有些對不起啟煌！

每種人生併隨的時間真的無法猶豫！如果會有等待那也不再單純只是時間的問題，而是機遇之中總要催促著讓不合宜的次序起伏有所轉折，依著憑藉才能對應上該要遭逢的人事。等待徵召入伍兵單來臨之前的尷尬時段，經大姊夫引介進入「新台灣基礎工程公司」工作。那是一個正在台北市區新生北路上興建市內高架道路系統工程現場的打雜工作；在工地裡頭幫忙顧頭看尾，可以說什麼事情都要能回應，儘管責任模糊，卻是個事事項項要能跟上工地所有工序節奏的工務班隊。

「一切環節都不能脫序，跟上就對了！」似乎是當下工業化產業裡運作的基本常軌。人開始接受制約與反饋機制的束縛，凡事絕非偶然！

這個工程基地是日治後期一九三〇年代興建「堀川」，也就是特一號排水溝渠系統的一部分，卻一直被誤認為是「瑠公圳」[150]。

對於專業特殊工程技術的認識，一時之間是不可能具備的！此外，足夠的年輕力氣、敏捷的反應以及與人合力工作的默契，應該都是專業打雜工人回應各種操作門檻該要齊備的基本需求，啟煌的成長歷程顯然確保了這一切都將不會含糊。這家日治時代就有的台北老牌基礎工程公司在二代經營轉型後，專門承攬重大公共工程中土木建設基礎工程的部分。啟煌的大姊夫建志是土木工程專業出身，正擔任這家公司的總經理——在此之前數年時間也曾在市政府工務局的養工處當過高階工程師——深諳土木工程的先進工法。

那是幾種剛引進台灣土木工程界不久，嶄新又重要的關鍵工法：預力基樁、連續壁……完全顛覆原來啟煌對擔任大型工程工人的貧瘠認識與輕蔑理解。

依照台北盆地的地質條件，每一根工程基樁的結構深度都需要至少十幾到二、三十米以上的不等深度，許多特殊區域甚至需要挖掘到五十、七十米，甚至更深——穿越台北盆地遠古底泥進行時空間的具體轉換——確實巧妙地回應著台北原來是個湖的史前事實！簡單講，就是基樁必須打到地層岩盤上才能穩固結構物的基礎——因此工序既繁複又富含工程科技的必要運用，許多先進設備的併合工序確實打開啟煌的眼界——重大基礎工程的實際量體與尺度都異常巨大，不可見部分的量體遠超乎一般人的理解與想像。

它們都必須是基於人的大地尺度，才能確保功能上的必要強度；因此一般來說，地底下的深層結構真似如履深淵。

整個工作期間，啟煌對於社會系統性面向的發展，有了完全不同於幼時跟隨哈古椧籌蓋連棟販厝時的認識與掌握，向度的理解上更是產業模式的專業狀態，兩者完全無法比擬。那是常態二十四小時的工作，一天兩班、一班十二小時強制輪班的超重荷工作，一種不分晝夜的高強度密集工作模式。因此，公司幫工班人員就近在工地附近租下六條通的老公寓樓層作為臨時宿舍，以方便輪班掌握工作進度。

啟煌雖然已經從和平東路阿駿舅家搬到民生社區大姊家暫住。不過，仍然是個年輕小夥子的他，經常在下工後都會先在工地臨時宿舍裡梳洗換裝完才搭公車回家，並不想隨意就洩漏他是個營建工地工人的身分。儘管外表怎麼看都不像！參與重大基礎工程的經驗，的確讓啟煌更直接就看見一般工人間不同社會階層文化的生活方式。

幾次印象特別深刻的工地生活事件；憑空交錯而出的許多念頭——跨地域到跨國、在地的、國際化、世俗生活的未來，全都考驗著啟煌所能理解的程度。他也不清楚為什麼會開始苦惱這些他完全不熟悉的事物，就是款款不斷回返生活初心的連續波動。

老練的工人們會鄭重其事地去租來外送的大型八釐米影片放映機，對著公寓內客廳老舊的灰白牆面，播放來自歐洲優雅的成人情色電影，作為工餘休閒的欲望排遣——印象特別深刻的，其中有過一部名為《維洛妮卡》（La Véronique）的法國片——不知何故，連續每個晚上播放了整個星期之久。那時，伴隨著放映影片內容的生活場景，同時間許多在宿舍空間裡不經心地進行著各自生活瑣事的人，因為影像碩大近乎等身，讓人有種就熔鑄在現場的錯覺，更像是在某種生活實驗的虛實融通場所之中，而不是在不知名工地的工寮裡！只不過全宿舍住的都是單一性別的男性。

從工寮公寓的玻璃窗戶臨條通方向出望——太陽下山後它燈紅酒綠的躁動才會跟著上場——經常輕易地便能在無意間看見對面大樓上演的欲望真人皮影秀，大都會的各種赤裸現實毫無遮掩的就在那裡，日日上演。對所有工人來講，每一幕都成為來都會工作之餘雜多的欲念宣泄，也是繞過一種在外地工作孤寂感的直接方案，那是與他們原來在偏鄉農務生活距離非常遙遠的奇幻世界。啟煌當然也更全面地跟隨著都會節奏而看見時代的實際推移。不同時代，台北都會風貌的另一重演化：

從新北投到條通街區。

前後大概九個月，啟煌參與了從台北市區長春路附近穿越南京東路到長安東路段新生北路高架橋的基礎工程，之後便入陸戰隊服役。

註釋

150 「堀川」，特一號排水溝，只有部分路段與「霧裡薛圳」的渠道相鄰，排廢與灌溉，兩者在用途上可是大相逕庭的。瑠公圳則是台北在清帝國早年的灌溉水圳系統，為乾隆年間由墾戶郭錫瑠（瑠公）興建，用於灌溉今台北市東側松山地區的農田。今日幾乎已經全部予以填平或荒廢，只在台北市東側、新北市新店區內仍殘留幾小段水道。

經常不由自主地就會浮現亂錯的離散想像。當時間開始被迫多股地扯離原來的軸線時，終究還是會因為尺度、規模的不同而存在著認知上的動態變異關係。迎上頭去面對正是無奈裡面最輕易能做到的，因為聽起來幾乎每個人都是如此。

說穿了，並不是只有距離擁有角色，而是那越來越輕易就能透露的斷離感：時間性的無限發散。

甚至，當距離的感覺縮短，關係卻變得更為疏離。各種時間上的強制切分、戰爭、海外派遣、流放、恐怖事件甚至是怪亂疫病，驟變世界下爆量資訊的超速移動，真正的困難在於所有坐實時間軸轉移或停止的想像，都會啟動像這樣的指間滑撥作用：輕易到無從再改變。

這次的實際距離遠得更為具體而徹底，並且就是島嶼地理上的端點極致。從台北都會區到屏東麟洛客庄，島嶼的南國之境除了環境陌生外，連溫度都是極不熟悉的刺痛式酷熱。事先經歷基礎工程公司九個月入伍前的身心鍛鍊，對啟煌來講反而是十足恰切的事，身體更能承受各種高強密度的無理要求與魔鬼訓練。

接下來幾年不明朗的時間流動，啟煌將被迫只能與既有的人事脈絡保持更形遙遠的距離虛化。這終究也是另類擬仿人生離散（diaspora）遭遇的務實演練，與有限的現實全面暫時隔離甚至自行趨淡、斷裂。由西格到啟煌改名之後的生活移轉，加上入伍服役都與原來生活圈的人事物完全區隔；它不只是空間距離上的阻絕，綿延的有限時間也必然不可預期地停頓，這一切都讓人更不一樣地了解「等待」的本意。

畢竟，島嶼南國的整體湧熱氛圍也確實是個合宜的人生等待之境；姑且不論要等待的是什麼！

很多人、事的遭遇互動，在此之後，竟然就是要半個世紀以後才會再以完全無法預期的面貌重新出現。儘管當時不可能知道。

冥冥之中的進路，啟煌根本不清楚他即將要進入一個近代歷史的國際性場域，並且在那個地方（au-delà）立下往後人生終究的藝術志向。

島嶼戰俘營[151]，是二次大戰一九四二年至一九四五年間日軍於島嶼各處設立用以關押同盟國軍人的戰俘營，對象包括從菲律賓俘虜的美國戰俘，以及從新加坡俘虜的大英國協各國戰俘，共設置有十六處；其中包括一處特殊營。戰俘來自包括美國、英國、加拿大、荷蘭、澳洲、紐西蘭及南非等國。由於生存條件甚差、管理嚴苛、水土不服、醫藥沒有著落等因素，不少戰俘命喪戰俘營。

151
這十六個戰俘拘禁營地分別是金瓜石戰俘營、新店戰俘營、三峽有木戰俘營、台北木柵戰俘營、台北大直戰俘營、台北臨時戰俘營（今民生國中）、台中戰俘營、斗六戰俘營、員林戰俘營、員林臨時戰俘營、白河戰俘營、花蓮港戰俘營、玉里戰俘營、屏東麟洛（隘寮）戰俘營、高雄戰俘營，和特殊營。其中，第三戰俘營（一九四二年七月十七日至一九四五年三月十五日）就是麟洛（隘寮）戰俘營（へいとう／Heidou 捕虜監視所）。一九四五年二月被美國海軍航空隊轟炸。

麟洛（隘寮）戰俘營的戰俘在河床中清除石頭以種植甘蔗，也被強迫在台灣製糖（株）的甘藷農場作業。原為隘寮溪的砂石場工寮，一九四二年被日軍改為戰俘營，為日本在台灣設立戰俘營的第三分所，同年七月十七日開設，占地約三公頃多。此戰俘營地處偏僻荒涼，位在布滿砂礫的河床地上，營內設施設備簡陋，屋頂披茅草，僅廁所與床鋪為木板，四周圍上竹籬笆。麟洛戰俘營配置三十名輪流看守的台籍監視員，一同看守來自太平洋戰爭戰場的英國人、加拿大人、澳大利亞人、紐西蘭人、美國人等五、六百名戰俘。也有黑人、還有兩位中國人。依茶園義男《大東亜戰下外地俘虜收容所》與俘虜情報局的紀録，此間戰俘營在一九四五年三月十五日關閉。

麟洛營區。二戰即將結束的第一時間島嶼內部所有戰俘營便全面關閉並啟動遣散俘虜返國——儘管那是一種國際政治廣泛系統的靈敏反應——後續戰俘處理的層層關卡卻都成為具有複雜性的國際議題；反倒是戰敗的殖民母國透過自己文化上的整合協力，化解了後續處理上非預期的許多困境。

有時候會覺得修養與文化的事情並不適合公開談論！因為它是相當個別的事物，難以有價值上的客觀分明。

沉寂一段相當長的時間，也落寞了戰爭殘酷難堪的僵持之後，這個地方才陸續轉作麟洛隘寮營區：供二戰後陸軍以及海軍陸戰隊先後使用。

疫病年代的世界生命風暴引發眾多意圖強烈的時間回溯，但是並沒有辦法只憑藉著已經有點年紀的有限記憶就能夠達成。

「……」當一切急迫地需要有所復歸。

「很清楚的是，當你徹底離開一個曾經多年朝夕與共的熟悉地方，闊別幾十年後忽然之間才再度回到現場，內心卻有著複雜難以表露的即刻情緒！」感覺上儘管有著難以言明的衝動讓自己翻越廢棄營區的圍牆，肆無忌憚地迎著貫穿斑駁記憶入內，好想發現什麼屬於被時代遺落的時空殘餘——那個翻越過去的身體卻是四十年以後的老態，它是再也沒有辦法與年輕時間裡的自己相遇了！

「其他的困難是，到底該如何回顧一個離開將近四十年的所在，是親臨現場弔念、拍攝影像，就能徹底復歸記憶裡的空缺？」沒有人能回答我們。只是，開始會有想重複去到那裡憑弔的衝動！

沒有擴音機的集合號角聲響！那些頹散已久殘影分子成形似地不斷聚攏湧現——右翼營區最裡面成列芒果樹旁集用場，跨越數個年代、不同戰場各式軍用車輛，車堡幻象般不太透明的跟著飄動，總在年度裝檢的時候搽脂抹粉的上妥油脂、重繪漆字、修補烤漆、拋亮所有的配件——影像開始逐漸清晰，讓它們得以延續逐年的光彩，勇敢地往人們的眼光靠近，盡力爭取年度裝檢的最大榮譽。

營區要求每個士兵每週都要輪流以小圓鍬把生長過快超過柏油路沿邊的草皮，削剁去它們的無序狂野，成為足以被稱為整齊紀律的虛線植物。因為，在上戰場前所有的無形鍛鍊都只能先以紀律虛線方式隱藏，一切都將能在日後的真實戰爭裡生成最具體的戰鬥實線！

迴盪在腦際的記憶體碎片並不真的是能那樣處理的。它們已經沒有能力完整封包為一次性的再現，而是在已被擰乾、萎縮記憶裡才逐次局部出演，甚至帶點模糊，有的部分甚至都還缺了角似的，已經沒有了紋路、痕跡，擰碎了、被人帶走或者被蟲吃掉，而且，這些都將不再是現實的問題。

曾經是前一個時代世界悲壯的地方。在疫病庚子年後，這裡將被嚴重錯誤地改置為流浪動物收容所。

隘寮戰俘營（へいとう Heidou，捕虜監視所），是日本在島嶼設立戰俘營的第三個分所。同時也是日治時期在東南亞所設置規模最大的戰俘營。

從二戰日本戰俘營的開設，戰後旋即關閉。到後來國黨成立的陸軍營區，接續陸戰隊營區五年之後又遭解編、閒置、轉用、廢棄……

時間一旦流逝——就會一直無畏地反覆在軸線之外的虛空裡等待著——直到被某種失而復得的衝動記憶所瞬間引回。

擋不住內心無法安眠的輾轉翻騰，啟煌真是懵懂誤打誤撞地就選在「天鵝」（Typhoon Goni）

強烈颱風路徑沒有登陸島嶼南部卻帶來豪雨不斷的日子——又是高鐵又是租車，一路由北海岸直奔左營、屏東——重新面對那置放超過四十年的幽微記憶，卻已經找不到回去麟洛隘寮營區的確實路線，更遑論準確位置！如此凝聚四十年爆烈的時間擾動，總是讓一口氣多了點感傷的戲劇性，卻少了很多可以安心緬懷的平緩情緒——蒼茫天空卻只顧著沒完沒了地不停滴滴答答——特別當記憶的面目全非已經難以取代這一切的煩心與失落。

數十年後麟洛鄉下的光景看起來多了些不平整的次序——不！是都會系統化的勉強驅迫——鄉下原本許多散漫的事物都被迫硬生生地嵌進城市周邊的進步規矩之中。當代所有權歸屬的商品化比起大都會區更是全面地在生活環境裡擴散蔓延，並且更執拗地以各種視覺方式都要讓這種主張能夠被人看見才甘罷休！於是毫無例外地，廢棄隘寮營區周邊視野所及，徒增滿目不友善又鄉愿的時代障礙物，每一件都像是不襯主題的布景或者臨時道具般多餘，正在兜集圍繞著排演一齣近代跨國歷史的大鬧劇！

「部隊駐紮年代，營區大門僅有的一條能夠間歇發出不可預期收放摩擦地面而發出聲響的生鏽粗壯鐵鍊，不知何故被置換成新式的鍍鋅鐵軌柵門。只容單線道通行的營區大門通道，左右區隔檳榔園的細密鐵絲網圍籬對照著時代裡的空曠片野以及區隔地界稀疏成排幼嫩的青綠植栽，處處都增顯著時間過境的時代生活焦慮。通道上改成鋪設由越南進口粗面花崗岩石板道路的不當修飾，應對著當時僅有的破碎柏油路甚至是更早來自舊河床的碎石子路面就顯得更形殘酷——所有對歷史的強暴，顯然都是無知又無心的文化愚昧所造成——乖張不合時宜且帶有殘暴裝飾感的成排鐵棕色路燈，到底要如何與全然昏暗匿蹤營生的苦難戰俘營以及克難軍旅的生命交錯有所回應？」啟煌的心情思緒滿溢著渾然被盜用的徹底不解與難堪，卻只能內心憤怒！

在隘寮營區生活，天黑之後一切都自動趨於鄉野的寧靜，只會餘下生命絕對遐想的幽冥月光。因此，感覺必須趕著天色全黑之前要讓所有事情都能回到定位，好讓軍旅生活的基本節奏更趨日常。有時難免覺得它更多的是一個精神與體魄修煉的地方而不是一座剽悍營區。

一股腦地陌生，營區周邊村子全面鋪排整齊畫一的柏油路面，四處並置著被水泥小徑圍繞的田地。不遠處的隔鄰長出像工廠般的鐵皮屋頂農舍，則只能無奈地試著召喚過往完全沒有圍牆的一大片蓮霧果園。新時代的太陽能源裝置嵌入沒有屋舍的森森綠園，水泥化的排水與灌溉溝渠說是進化了荒蕪自在的田邊水流。

如果說，所有的變化其實就是毀滅純樸記憶的暴亂過程，有誰會願意相信呢？啟煌徹底地愣住，內心的難受糾結無以復加到已經完全的無聲又無語！那些有限的美好記憶該怎麼辦？

其實，是啟煌離開島嶼普遍的鄉下太遠，數十年來整體的系統性開發，他完全沒有能跟上，自然看不懂所有的異質構作到底是因何而起、為何而生。

營區連通外圍馬路的單線車道上狹窄紅毛土小橋，被芒草遮掩著倒是還隱隱地健在，連上面啟煌以紅色油漆標註的阿拉伯數字21也還清晰可辨，只是不起眼地被刻意遺忘。馬路再出去的最外圍就是台糖大面積栽植一望無際的甘蔗田，蔗田間錯綜石子路都曾經是部隊晨間訓練活動的長跑路徑，高大甘蔗株配上陸戰隊迷彩服成了最佳的就地偽裝，足以擬仿著空間脈絡的匿蹤於世。顯然這一切已經被量體過於巨大的高架聳立福爾摩沙高速公路的東南路段橫貫其上，徹底截斷一切歷史走向未來的可能。這所有的一切在四十年前都還並不存在的啊！現實的發展輕易就淹沒無法回復的過去，並且徹底的讓那些不可見的實存永遠地就此憑空消逝。

這不就是數百年來島嶼不同世代，每一位社會無力者的個別歷史寫照！

「到底只是還沒有未來的歷史——現在該要如何想像啊——沒有歷史的未來？」

昔日的偏鄉正在快速人造公園化、甚至莫名的邊緣城市化——並且以此被認知成是跟上時代的進步——如今它們絲毫沒有以歷史的進化意義或文化視野占有歷史性超然的時空位階，固守它們自身傳承的倫常價值——島嶼的歷史從來就只能是被人為地連續失格、只會是無知底下的偏頗扭曲，徹底毀滅也只是必然。——難道，一切都只是個人情感上的不舒適，讓人無以為繼？滄海桑田到底還要更多的揭露些什麼？

啟煌似乎只能暫時擱置心裡難解的無畏憤怒，以及那難以彌補四十年造訪一次的嚴重失落感！

遞延將近半個世紀的時間到二〇二〇年夏天，正值中國武漢肺炎極其嚴酷地全球肆虐蔓延，劇烈無常的世界變異，超乎預期地開啟著生命歷程的意外回溯。這種氛圍也強烈驅動著啟煌重新對年幼時期的人、事、時、地、物進行四處的實地踏查，是他一九八〇年代初退伍之後再度造訪屏東麟洛的隘寮營區——並且第一次震驚地聽聞了這個營區關於近代歷史地緣政治細節的國際脈絡。

「可是，一個屬於東亞連動世界近代戰爭脈絡的重要象徵，竟然要改置為流浪動物收容所；以後到底是要如何的比擬，為什麼？」

啟煌：「只要與軍隊相關的所有訊息就自動會被冠上『重要軍機，不得洩漏！』哪怕是部隊裡的生活八卦。只能極其有限的回想著四十幾年前訊息管制年代入伍時候的瑣碎梗概；在這個地方竟然度過像是服著刑期一樣百無聊賴的苦悶三年時間。」

「但是，所有的苦悶卻也可能讓人長出難以預知的未來決定。」

畢竟，怎麼樣啟煌都很困難想像，在陸戰營區裡度過的將近三年，竟然是與國際戰俘們生命裡的苦難時空的時間長度相近。他以前在此服役的因緣漫度，卻無法得知戰俘們極其不幸時代遭遇的真正細節；那正是不受歡迎的帝國侵略內容，噤聲不准提起也是當時白恐年代的政治正確！

硬著頭皮在龍泉基地承受著「地 A261826」兵籍編碼帶來的系統性磨難，經歷兩個月陸戰隊嚴格新兵訓練過程，確實改變啟煌對於當兵這件事情的了解與感受；特別是耳聞中陸戰隊嚴苛超荷的體能訓練方式、收斂所有個人意志以及與思考攸關的心緒，特別對於意識型態黨國教育認知的政治箝制最是令他難受。

入伍前的高中階段，啟煌不時都能在閣樓書櫃抽屜裡，翻閱到念法律系的阿嘉趁休假從台北隱祕帶回嘉義，印著省議會郭雨新紅字的土黃色牛皮紙袋包覆的過期黨外雜誌，沒有言論自由的時代，家人成了僅有的可靠；對於島嶼主權的歷史曲折、世界民主與人權發展，以及社會當下面臨的國際困境，已經開始有著不同的鬆散理解，雖然還不夠全貌卻已經埋下對於外來強權的諸般警惕。

人在軍旅之際怎麼樣都只能噤聲閉嘴，也就是必須完全暫時地放棄表露個人意志，好平安度過役期順利退伍！

儘管無意間發現，被迫身處這個環境中的每個人，總會處心積慮地運用種種過去有限生活經驗裡的善巧，來計較迴旋藉以透析出可能的縫隙好獲取更多部隊生活的額外餘裕。但是，這些絕佳巧妙卻怎麼樣都激不起啟煌太大歆羨或模仿的興趣，他更避免著一切的節外生枝；他需要的就只是平順度過，往自己的夢想邁進。

相較於軍旅中的其他人，啟煌也的確意識到他從來就非常不熟悉，那更為全面的社會脈動與複雜大眾生活之間的關係所在，他也只是一般人，可是他卻發現自己並不太清楚一般人的真實生活狀態！

這時啟煌才猛然驚覺，原來過去大宅院封閉生活的影響到底有多麼的令人遺憾，完全沒有能敏感地跟上社會的變動腳步！

雖然稱不上寬裕生活，但是大宅院的成長經驗的確讓他被迫退卻了這些原來只是基本生活的關注卻轉而變成刻意的疏忽，甚至是無意識的脫離、延宕。也因為倏然發現所有人的差異都必須被刻意的趨同、並且盡可能的一致，才深沉地感覺到某種國家機器在背後的強制管控；那或許也需要遭遇一些更為深沉的處境，否則也難以細緻覺察。

當然，在那個全面管制的軍事戒嚴年代裡，任何事情一點也並不困難的就能巧妙地掌握到這些徵候。

兵役幾年間的同一個時期，阿嘉正在金門離島巖洞裡服著陸軍預官役接近尾聲的最後幾個月，東格也在高雄大樹鄉聯勤廠裡緊繃著出國計畫應對另一半的預官役期，啟煌則還有超過兩年以上的「義務」；一時之間三兄弟都在軍隊裡面履行著他們被規定的公民責任。

屏東龍泉廣袤的新訓中心就此成為啟煌軍旅生活的嶄新起點，那是一個感覺周圍勉強配置了些點綴式低矮芒果、椰子樹叢外到處是一大片光禿的黃土地，乾乾黃黃的硬土一點都不像是島嶼上四處隨意角落的青綠，好似非得弄得有點中國北方的氣味不行。各式戰鬥的基礎訓練場設施，倒是都異常巨碩，像是叫人必須尊重著如此力量的無情考驗，哪怕耗盡所有力氣都該迎頭抵抗。這種氣勢的確是有幾分陸戰隊的雄壯、威武！

所有的事物都被生硬地置放在屏東的豔陽底下讓人無處閃躲，只餘下敢於面對挑戰的剽悍訓練！可以確定的是，在那個年代未嘗看過任何一個人會因為無法迴避這樣自我勇健的鍛鍊而流下眼淚。

結束新兵訓練後的隨機分發，啟煌幸運地被移轉到附近麟洛客家村子偏靜角落的隘寮營區，展開他三年兵役剩餘無法預知卻充滿陽光的運命。下派到預備師屬團本部的通信單位——短期間內的不停移動，心裡面儘管焦慮但也無可奈何！——在知道這是個由前線烏坵離島的常備戰鬥單位，移防回島嶼準備幾個月內陸續退役與新進兵源所混合編組的預備單位，才稍稍放下心中的不安。

老兵們也還算照顧新兵，但是軍隊裡面霸凌的階層文化依然很難根除，啟煌卻幸運地完全擺脫這樣的被對待方式。凡是剛下部隊的陸戰隊新兵，半夜裡幾乎都會被服役年資過半的資深老兵胡亂地輪番不定時叫起來「晚點名」，磨練體能。幾近無理的額外操練、刻意的謾罵汙衊與折磨，老兵們想怎麼操弄就怎麼進行，只要確定不至於鬧出人命，並不會真的有人出面干涉！反正只要以訓練陸戰隊剽悍體能之名，總能獲得認可，因為那可也是成為陸戰隊隨時必要的最高假想原則：「反攻大陸」！

啟煌私下聽聞同梯的不平遭遇卻從未親身受到這樣的折磨過程，自己的私下猜測：因為相較於全連的士官兵身材，啟煌的長相看起來塊頭不小而且身體練得非常壯實，加上外表整體看起來總是緊繃著臉孔不苟言笑的嚴肅感覺，讓那些喜好逞勇的老兵們，下意識地便自動就放棄了所有對他的可能挑釁；外表長相有時候也能具有不可預期的潛在幸運。

單位主事的通信連首任連長，是個海軍官校畢業的資深尉官，有股標準眷村子弟的油滑與堅持，謹守原則之餘中規中矩地對人倒是不錯。話不多也經常看不到人，只有早晚的部隊集合點名他才會準時出現，並上場說說必要的話。僅約略從老兵聽聞，說他沉迷於營房外附近的一些私密空間：麻將房、撞球間、理髮店等；待過海軍、海軍陸戰隊的戰備單位，對軍隊文化了然於胸，低調沉穩。不到一個月，忽然之間啟煌就被這個連長選送陸戰隊士官學校通信士官班，接受專業通信訓練四個月。

這種輾轉、持續的波動——更是軍人體能之外最直接的心性挑戰：靜如處子，動如脫兔——似乎已經沒有剛入伍時那種極不穩定的焦躁，反倒多了點認命等待靜靜感受層次豐富的穩定生成感，身體勞動也已經完全適應，甚至快速就內化成為某種新的生活習性。

只是，一千多個日子的時間真的很久！足以縝密地想想未來人生的動向，這可是從未出現過的考慮。

陸戰隊士官學校受訓時的紀律規範，的確又是讓啟煌耳目一新的不同視界；也進一步對於職業軍人專業歷程有了更為深入的理解。

每個受訓者入校到班之後，都會怪異又驚喜地分配到一副類似泥水匠在使用的木製抹板——一套兩件，左右手各一——那是每日清晨起床後三分鐘內必須執行的第一件從雙手專注、心緒調整到完整腦眼手腳協調呈現的晨間功課：以兩塊抹板準確地生成十二個稜角、十六條稜線——木製抹板也就是用來抹平棉被與製造稜角的理想工具——就像是只有先能抹平睡眠中夢裡無盡超脫現實的皺褶，才會有能力面對白天眼見的一切凹凸鍛鍊與暫時不再需要的心緒起伏。或許，正符合某種次序與準確的修養鍛鍊吧——巧妙地加快了一點速度——否則為什麼陸戰隊士官班會發明出來這種完全看不出與軍事訓練有任何牽扯的奇特物件？的確非常有效率！

不同性情耐力的士兵，甚至寧願忍受夜裡季節溫度驟降的侵擾，穿著厚外套睡覺。將抹平摺好的被子直接移置身旁，隔天起床時就能立刻省去三分鐘整理的時間。

簡易梳洗後，接著就是晨間的體能鍛鍊操課：體操、拳術、伏地挺身……然後每天依著亂數次序由兩名受訓者一前一後共扛一支徑粗約一呎、五到六米長、將近百斤重的木質電線杆長跑三千公尺，不分晴雨的晨間基本體能操課才算完成。

幾個月間，通信相關的專業課程與軍隊裡必然會有的一堆意識型態政治課程輪番上陣，不過這些都慢慢構不成對於啟煌的實質影響。很快他就知道該如何調適、迴避這些非必要的外部干擾！

最難忘的還是體適能的整體鍛鍊，讓啟煌的體魄有了與入伍前極為明顯的差異。當然，也透過一些難得的場合，跨軍種交流與外交訪視、表演、節日活動、專業展示，更全面的掌握到海軍陸戰隊司令部的整體狀況，畢竟左營是台灣最大的軍區之一，這些細節的具體掌握對他必須三年待在陸戰隊裡，是有相當實質幫助的。

陸戰隊士官學校完訓畢業回到原來單位，幾個月之間又陸續換了幾批新入伍的人——逐漸熟悉軍旅生活的節奏感全面蓋過來去交替的陌生臉孔——連連長也已經換成一位身材瘦弱矮小但愛看書首次擔任連長的海軍官校菜鳥中尉。

完訓回到麟洛原隊部後，啟煌便很快地升上士官——意即以堪稱創連隊紀錄的前後歷時七個月——跨越四個軍階一路從二兵、一兵、上兵升到下士；軍餉也從義務役二兵的每個月三百五十元一下跳升到含下士加給的八百四十元。這種軍階的快速升遷讓身分有了進一步的確立，事實上也為啟煌帶來日後兩年多剩餘軍旅生活的極大便利。

隘寮營區原來是由陸軍移撥給陸戰隊的七十七預備師來使用。一九七九年成軍，隔年啟煌入伍，營區由六一一團本部與其下的迫砲、通信兩個專業連、營區左翼直屬師部的獨立通信營以及集用場相關補給單位所組成，因此全營區大約只有二百多個常備軍事人員進駐。

前後只經歷短短五年成軍組織期，啟煌退伍後，一九八四年七七預備師便隨著政策軍令解編；陸戰隊士官學校也跟著隸屬改制。

比起一般的軍隊，這個營區似乎是個最硬軍種、單位卻是個頗具修煉調性的地方，怎麼樣都不像是個強悍軍種的軍事單位。啟煌一直覺得自己服兵役的軍事歷程與結果——單位的出現、變動與消失——時間上完全巧合地就像是個難以預料的被預置安排！

整個營區的鳥瞰形狀就像是棲息在島嶼南部棕櫚樹葉叢中在地高頭蝙蝠的展翅一樣，左右狹長、前後淺短又帶點老河床地貌的圓弧不平整。與營外區隔的地界輪廓線則由就地採集的舊河床大鵝卵石所堆砌而成，粗細不一、高矮不等，時而寬厚時而沒入地表隆起的地貌之中，像極了營區與附近客庄農家的互動關係，時而親近時而保持距離。營區右翼通信連營房前側，早年有個約略呈長方形像是漁塭水池的不明設施，大概五十米長、二十五米寬、超過半個人深；原來是個舊河床滿布大小鵝卵石的單兵混合戰鬥訓練場，年久失能自然積水後便低調地被轉置為耀眼的生態魚池。每年總會在適當節氣，央請在地人購買地方上最負盛名的草魚、烏鰡、吳郭魚苗來放養，作為一整年提振乏味軍旅生活的必要調劑。

它的巧妙生成確實是整個營區裡，每天值班站崗後面對國境之南靜謐、過度黝黑又有時空洞生活的最佳陪伴，無法預期的魚躍淺聲也是思索未來人生很好的一種意念與空間的緩衝頓點，體能的鍛鍊完全陰錯陽差地變成了精神性的蓄積！

隨時都可以在不會有任何大浪的水面上，感覺著南國的徐徐暖風拂掃著池水與芒草，沒有勤務時在池塘邊釣魚是一般軍隊營區裡極為少見的特異風景，甚至有個經常被團長揶揄的無形跨單位釣魚班，很多非正式活動自然也就都會圍繞在與這個在地化魚池牽扯上緊密的關聯。

這個池子也就成了名副其實域外空間的轉換裝置，好似所有能聚焦營區眾人注意力、值得慶賀的事情都可以在那裡隨時發生，部隊裡所有的階段性榮譽、歡樂事件，不論升官、慶生、退伍、生子……甚至是義務役常備兵假期營外偷偷的結婚，全都可以與這個池子生成各種儀式性的連結，當事人都會被以各種方式拋飛入池，再自行泳爬著上岸，體現陸戰隊必要的勇猛，好為眾人乾扁軍旅生活帶來充滿歡樂的持續幸運！就連幾個單位間的露天洗身處，也都刻意地與水池有著巧妙的聯通。

由屏東瑪家鄉附近的龍泉新訓營區移轉到六堆客家聚落麟洛村子近鄰的隘寮營區，之後前往左營陸戰隊士官學校受訓四個多月才又回到麟洛，開始過上真正數饅頭的日子。塵埃落定感的日日清脆陪伴，就在二十歲之際，啟煌在麟洛隘寮營區決定了退伍之後將成為視覺藝術家的終極幻覺，說是幻覺只因為他對於成為畫家一事其實根本一無所知也毫無了解，除了他不熟悉的遠親畫家張義雄外，大宅院家族裡面根本沒有任何稱得上文人的組成，到底他是哪裡來的突發奇想？

或者，只是一段時間心裡反覆思忖著人生路時產生的這般直覺性的大膽盤算？屏東的太陽或許的確容易讓人產生迷離感，一旦進入它的輻轃範圍之內，沒有人能忘懷那樣的貼柔溫度——無時都帶著熱烈的生活關切與不可預知的生命想望——那是超越理性的絕對感性投注，也很困難再能回頭了！

終究啟煌自己也不確定這個決定到底是怎麼浮現出來的，只是依稀重複感受到具有強度、不可見地他者既難以言說又無法替代的頻頻催促，慫恿著要他這麼果敢地往藝術創造之路前進！不過，這樣的意志決定絲毫沒有帶來慌亂，反倒開始讓啟煌定向地慢慢試著看見與藝術世界有關的所有可能。

啟煌在部隊裡以他所能意會的強力白描方式，再現了哈古桧的第一張肖像畫，還趁著休假送去鄉間鏡框店裡極突兀地裝裱一個事後看起來美學並不太準確的帶俗畫框——木框內裡襯著暗紅、表面帶點仿金的淺浮雕華麗飾紋——卻完全無法襯托畫中哈古桧異國風情的逗趣穿著，頭戴印尼傳統宋谷帽（songkok）配上圍繞在脖子上印尼大蟒蛇傳奇式的黑白靜態畫面；無論如何，卻是很容易感覺到畫家態度的真摯。

一旦自啟藝術的摸索之後，曾經有過休假留營期間在士官房中描繪著僅著迷彩短褲的半裸自畫像，卻無意間被司令部到營臨檢服裝不整而送關禁閉；後來因為師部沒有空餘的禁閉室而被團長以情節輕微改服勞役簽結，初步逃過為了藝術而起的第一個劫難！

啟煌對於藝術的無知堅持，剛好幫助他平安順利度過陸戰隊兵役近乎三年的刻骨難關！

四十年前的終極決定，麟洛客家小鎮的質樸徹底模糊了晃動中的關鍵記憶，只徒留——曾經臥躺在蓮霧園樹下鋪滿報紙的迷濛身影，湛綠的拐拐機 152 間歇不停發出的斷續起落雜訊，總會讓人聯想起它大如磚塊的封包電池，黑溜包裝的防潮油布揭露了它時代的技術能量，但是卻很難與任何科技連結上邊——收假回營前的一魚多吃草魚攤子、零星的在地人際網絡，回想起來，仍然覺得神奇而不知其所以，到底是什麼莫名的野地神祇或者來世迷因（meme）[153]預先在上個世紀末即激發自小以來的哪根筋，幫忙確認了足以撐抵往後既不可測又曲折交錯的藝術人生路，這算得上是一路走來最超乎想像與預期的人生規畫吧。

海軍陸戰隊隘寮營區與麟洛小鎮，竟一脈成了啟煌永誌的深刻回憶。

有時候，啟煌不免後設地多感又跳躍式懷想著那些戰俘營年代的生靈們，可能潛在地影響了這一切的生成？或者，啟煌的同理心思潛在地打動了什麼？甚至，有時陣樂天地想像著可能只是命中注定，因為有人有所欠阮？

儘管日後的證成：人生是怎麼樣都過得去，唯有藝術的結節過不去，而藝術正是需要去得過生活才知分曉——開始領略以強度之名鍛鍊一切——退伍前一年，一九八二年有個新制獨立招生的「國立藝術學院」創校。在陸戰隊三年期間，頭一年或許都還能將一定的專注力放在部隊事務上；不過，一旦下定決心成為藝術家後，陸戰隊就自動轉變成啟煌前往藝術之路自我鍛鍊的剽悍根據地！

退伍當年努力了幾個月，啟煌並沒有能如願考上這個新型態的藝術學院。

四十年後隘寮營區右翼通信連前方的漂浪魚池已被填平成為不知用途的荒誕水泥廣場，一副呆滯；後方曬衣場裡也再無任何能夠隨風飄蕩的衣物、襪子、棉被……標誌著不同士兵名字固定衣物用的木頭夾子更是毫無蹤跡地一個都沒有，只餘下灰澄一地宇宙化成的見證鵝卵石，就像是又回到成為戰俘營之前的那一大片乾枯河床。

註釋

152 拐拐機指 AN/PRC-77，是越戰後最普遍的多用途軍用收發信機，一九六五年 AN/PRC-25 被大量送往越南前線後，一九六八年，升級版的 AN/PRC-77 開始服役。

153 轉譯自當代「網路迷因」（Internet meme），是指一夕間在網際網路上被大量宣傳及轉播，一舉成為備受注目的事物，亦可稱為網路爆紅事物（Internet phenomena）。

為什麼會在軍事基地裡生成擺脫紀律的異質場所？

接連有將近十棟坐落在同一個區域內，棋盤狀分布之間，棟距寬闊到足以並排停等大型軍用卡車。覆蓋著舊式鼠灰色鍍鋅鐵皮屋頂的大型木桁架庫存空間，每一棟面積大約兩百多坪、斜頂高聳十餘米，卻是個內部沒有支撐柱、四面沒有牆壁的開放大棚架，內置幾十座成排成列超大型的高聳置物櫃，亂中有序地囤置著從二次大戰、韓戰以及越戰以來，各種近代歷史階段通信戰備相關附屬器材、設備與單體式零組配件。

只不過，放眼所及幾乎無一是新品——或者根本無法辨認實際的狀況——它們都曾不等程度親歷過美國與盟軍在亞洲各處的戰役；這裡儼然成為它們功成身退，輾轉等待著再被開啟第二次軍事生命的希望之地。如果國際霸權下的地緣政治——真有所謂軍需垃圾——那麼這裡肯定會是機密中的首選。

整個空間就乾脆地沉浸在只有一大片墨綠的灰暗色調裡——像是帶著厚樸善意的西方中古世紀磨坊場景，鍛鍊著一道道難以復原的灰白——各種不同灰階的細緻變化徹底覆蓋了空間裡的所有物件，讓觀念甚至都要開始帶點部隊裡獨有的軍霉味，才有辦法被理解，為什麼會有這種系統之外的特異地方。

每個陸戰隊的需求單位經過通報申請後，都能前來自行探找還可以更換堪用的零組配件。但是，這個地方並不是一處正規的後勤廠房，從早期的美援到協防條約結束後台灣關係法的因應，逐批提供來自美國在亞洲補給系統的剩餘物：戰場使用過的部件、沒有使用過卻已經過時很久的零組件……一種既不在生產工廠也不是戰場後援補給系統的困頓游移之地。它的折衝與過渡都非常直接的就顯露島嶼在軍事上的絕處逢生之境，以及某種凡事都必須溯及既往的軍需困窘。

怎麼看，它就都像是一種混沌的極致也同時是更新美學人生的絕對可能；但卻更令人不安地回應著島嶼防衛的真實處境。

因為是個位在左營軍區內的機密角落，並不會有實際地址；每次前往都是藉由當日軍區值班的交錯口令來帶引，沒有人能夠有所記誦，甚至它根本就是個不被承認存在的地方！

「反正，就是必須相信一切都能自尋出口！」

啟煌在麟洛確定自己美學人生道路之後，一次意外被賦予公差任務，率隊前往左營軍事祕區搜尋可用的通信機修護零件。他從不理解為何通報前往的公用便箋上是寫「搜尋」而不是「領取」？抵達現場才恍然大悟！一時錯愕中還驚嚇得不知所措，規模之大根本不知從何找起！一大片灰濛的器物顯然自鎖在已然被時代遺落的時間塵埃之中。

最激烈的同步收穫竟然是巨觀的視覺美感啟蒙經歷：透過巨大空間尺度認識明度與彩度的千變萬化；原來所有色彩的底質都來自由黑到白的千萬灰階層次。

這種美感的認識經驗正式以空間裝置的形式降臨在他的視域之中。他從來不知道陸戰隊竟然會有他想望中社會身分轉職前的基進訓練。

這是當兵的常態嗎？難道這又是另外一個巧遇？

整體規模夠大也夠全面，空間裡所有看得見處於戰後失序又失格狀態的物體，沒有一件不是埋置在它既有時代所經歷過不同國度的灰階塵霾之中。疊加上移置島嶼後每日吸收滿布濕氣的凝滯塵埃。雖然整個場所的灰撲狀態根本就趨近於概念藝術裡的均質化理解。但是，那些瀰漫在空氣中更純厚的咖啡色調，遭遇陳年的異國墨綠灰階，竟也溫和了起來，像是各自在競合爭取著得以解開塵垢的枷鎖，再度獲得回歸軍隊的機會。對應著室外左營常態的藍天，那些強烈對比直讓灰階更顯得異常突兀，並且以一種集體困難的灰暗方式不斷地被挖掘、探尋、揀選、匹配、回歸……

日日流瀉的日常。

生活殘餘裡總是要可以撿取一些不能被預期的起伏吧，至少能暫時轉移眼前關注的事物也行。

如同那些個乖張暗置著多彩、型態各異填充物的擬仿，藉由外在的可親性來賄賂凝結住時間，好像裡面就能夠逸流出多少一點的虛擬幸福感。

武漢疫病年代，「沮喪而且徹底無助」純粹是此刻世界生活的基本節奏；連被迫收斂的生氣，幾年的壓縮已經恢復不了原樣。

新的心眼埋藏在不知不覺中，原來人類勢必將只會越來越細密的往地球始源的基進方向回歸。當它們只能從毫無意識可言到無法意識他者存在，到徹底遠離倫理演化的熟成，轉而直接撲殺他性，這樣的進程就完全只會快速的退化成原始人的世界現實：孤立自絕。

已經不再是任何一種上帝神的詛咒或者寬恕！它就只會是文化、藝術毀滅後的絕對性必然，因為「人」已經徹底的從世界滅跡，退出他們曾經動用千百萬年建構起來的文明歷史現實，現在卻只剩下不可逆的科學應用，那徹底是原本不該被掀開的潘朵拉盒子世界的下場。

儘管地球一時之間還不至於徹底消失，但是人決定是沒有了。要再次主導星球，再等個無淚的千萬年吧！

啟煌在當兵期間祖父明智仔因急性肺炎過世。回到大宅院公廳協助入殮的時候，他才猛然發覺原來人過世之後，少掉無可替代生命氣息的肉身竟然會變得如此輕盈的無足輕重。不可見的靈魂顯然何其重量啊！還是輕如鴻毛地便可隨易敗壞人生？讓人一旦過往之後，老天即刻就會現世無情地取回一切足堪的重量，並且叫人瞧見枯槁之餘無常的踏實空洞？明智仔阿公應該不知道西格已經改名字叫作啟煌，也不知道他在陸戰隊服兵役吧，特地請假回來幫忙他的入殮儀式。

哈古棯帶上毛筆與硯台、白紙等寫字工具，親自伏趴在公廳案桌上，磨著墨寫好正楷體「嚴制」兩個看似平靜的字，情感上一如生活裡一貫的工整，以他從未有過的緩步方式，拎著示喪紙穿過凹凸有致石板中庭，將它貼在店口門廊外的柱牆上，好依照習俗周告鄰里眾親宅院裡有所變故，近日若有招呼鄰居不周到之處請大家海涵包容。這個簡短過程，似乎可以倏間讓人感覺變得很長、很久又暫時凝滯——貼近回顧式的緩慢——連哈古棯的鬍碴似乎都忽然間冒了出來，一種無由閃躲面對生死可預見地蒼老。

在宅入殮這種事，依習俗慣例必須由家族直系不同世代的男性親屬依長幼序來承受擔綱。於是，哈古棯領著啟煌，柏衡以及他的長子慶瑜四個人來擔任必要的角色，宅院裡一時之間也再無其他男丁可以前來幫忙。

隨著法師一邊按照儀典前後誦念蓮池讚、三稱南無西方接引阿彌陀佛、往生咒、變食真言、讚佛偈之後就是念佛號入殮。一邊念念有詞地下令動作，四個男丁聽令一致抬高遺體，每個人位置棺木的一角好齊力均衡定位，接領著早由宅院裡女眷們幫忙換好壽衣的軀體；安放進事先已經疊置棺木內半高有序的庫錢上，並且以零散的成疊紙錢繼續塞進所有的縫隙來完全固定祖父明智仔的遺體，最後再覆蓋上陀羅尼經被，好完善蓋棺論定前所有必要的前置細節。

感覺就是為了一趟超速飛離現世的神聖無回旅程，千萬所有細節都必須牢靠的安置妥當才行。那整個狀態的確令啟煌相當驚訝，似乎所有人就只能順著一道不可視見的炁動，看著手中明智仔的遺體好似滑溜進一種即將被閉鎖的空間梭體裡頭，感覺再也不是誰能有任何不同的意見！極輕易地，生者就可以將死亡的逝親軀體置入必要且絕對的隔離世界之中。

法師三皈依之後，再來便是回向。

這道難以測度的性靈重量，潛在地提醒啟煌日後在感知藝術創造心思時的必要開放性：關注各種不可見的流變。從來外在型態上他所能具體掌握的，應該都僅止於物理樣式的理解，缺乏知識的引導也沒有任何機會能夠接觸到那般更不真實的想像但卻是人生直面的感性本質，形而上的存在或許還沒能夠真的對他生成認知上的迷離，甚至形成迷戀。

半年多的孤老——當時間抵達的時候——寶治仔姨阿嬤，家族裡沒有多麼被認可的最後一位長輩也跟著因為老年慢性病而去世。過世前除了哈古梣與美玉的生活基本照顧外，並沒有其他子嗣後輩相伴，晚年算是有著難料的蕭瑟淒涼。

這個事故的當頭——是時候大宅院的完整終結——這個已然破敗、帶點時代曲折怪異、徹底沒落、俗謂富不過三代的大家族。

揮別家族所有長輩，自然就會面對人生階段的轉換。這種生活節奏的全然改變，讓哈古梣與美玉意識到也差不多是時候，必要開始規畫搬離開這個世代居住的地方，到台中與兩個女兒就近生活好有個照應。儘管，徹底離開故鄉到底會是什麼樣的未來也不得而知。那個時候，哈古梣已經退休好幾年，並且試著與美玉遊歷世界各國，一圓他們廣遊世界的人生夢想。

可是卻不知道何故，當面對所有這些事情的過程似乎都嗅聞不到任何的停頓以及必然的感傷，反倒極其順暢地充滿了不同溫度的希望。難道這是一種心理的癒治方式？用來私密地告別那不堪的家族崩解、消逝或者不堪回首？

世界末日之後，我待在一個電話亭裡。我可以任意打一堆電話，沒有人會限制我。你不知道其他人是否還活著，或者我是不是就像一個瘋子在自言自語地打電話。有時候，通話很短，彷彿對方一下子就掛斷了；有時候，它則持續了一陣子，彷彿對方懷著一種罪惡的好奇心在聽我講。既沒有白天也沒有黑夜；那是一種沒完沒了的狀態。[154]

154 引自米樹·韋勒貝克小說《一座島嶼的可能性》。

關於反轉未來的預置脫鉤。

未來時間之箭的方向都是逆在過去粗細不均的向度弦上；都活著，不過都轉置為常態的靜音，只能容許它出現在個人裝置的無線世界裡，其他都交由影像做極速處理。

時間的倒轉是不可見的偶然，我們真的只會、只能這樣追問嗎？

現在的智慧型手機都已經捉襟見肘，無限通話、無限上網與無限拍照，都已經被逐步升級的智能妥當地處理，但是它們還能追問虛實之外的何種真實？

接下來的智慧手機必須也要能反趨疲地在實體的功能表現上，試著與它虛擬的強度達成協議，能夠實體地看顧與回應，哪怕只是日常的維繫：成為服務男性的刮鬍刀，成為能夠服務女性的去毛機，甚至是成為安靜的跨性別的按摩器，它必須成為強力多功跨越虛實的統整替代之物。

為了能夠成為繼續追問的本體，以後人的身上都要有這些基本裝置。因為再過不久，它就會依法成為一個完整人類必須要內建的器官條件。

這將會是世界集體關注的核心追問裝置，它核心運算晶片的確是島嶼的機密終極製造。但是它將不會停留在僅作為工具性的層次而罷休。一切都必須以更靈敏的部署來因應世界的急速變動，包括不常被提及的情緒即時切換。它根本不會在你我的睡眠期間就停止運作，一如地球對於海洋的觸動攀生島嶼，一如未來時代的全面毀壞之餘，它仍然能夠擁有智慧直接與不可知世界對話的途徑。

超過十年了，哈古楡在美玉離世之後幾乎就不太再主動談話，總是以微笑含糊帶過，除非是某種與深刻記憶有關的強力追問！這是他對於現時代的態度與因應，他出生在兩次世界大戰之間，那不是他能有的選擇，卻是人類爭戰密度最高的無妄世紀，但終究就是成為一種選擇！他的一輩子的確體會了跨時代、越過世紀最為激烈的全球變化過程。或許他內心也約略知道自己正在一定程度地被世界遠離，甚至拋棄。可是，那不都是每一個人生的必然面對嗎？

啟煌總是隱隱地能夠感受到這一切沉默所代表的意思，因為他原本就內建著來自哈古梌的可見與不可見傳承。

島嶼的可能性。

生存的自在需要是島嶼可能性的宿命——不若世界性島嶼的平整一致——它突穿在充滿生機感的島嶼欲望裡並以多股伏流開啟創造性的狂亂，拒絕繼續充當被動填置的存有物。

世界的尺度瞬間就足以在權宜之中生成具有能動性的開放。何況不斷翻滾的歷史教化島民翻轉生存的絕技，在島嶼早就內化成為島民生活裡的本事。

絕大多數的荒蕪存在亦如宇宙生成般繼續地孤立著，與一般島嶼命運最大的不同是宇宙並沒有真實孤立我們的島嶼，只是我們一時誤信了褊狹的政治欲望。

集體把生活感以超絕強度試著讓它淹沒一切，正在把美學的威力往世界無意識之處無限逸散，因為不自覺，也因為一直對於時間延異的無謂容忍，空間的歷史造化也正資本化地流變著。

這種意味的真實困境：島嶼上有著不同族群的國族認同。另異浮動的環境啟蒙都屬於文化上差異層次以及歷史過程的曲褶，這種獨特的內化揭露，的確是時代逆反的代表性。

島嶼的集體欲望是如何參與其中的，能有更全面的揭露、認識或者了解？不再能便宜行事地擷取任何聲稱與我們相近的案例來作為參照，因為島嶼的獨特，並沒有、也不會存在任何相同的範例。

當欲望未嘗滿溢是不可能具體化事態的，島嶼的可能之一也正是它的欲望爆裂而出的常態能量，正在成為島嶼的自然。

「……」

螺旋槳小飛機開始滑行著準備離開蘭嶼島，飛機卻忽然暫停在跑道盡頭上怠速著等待什麼。由機艙內小窗望向遠處，只見穿著達悟[155]族丁字褲的老邁原住民背著顯然是自製的漁具，非常緩步的直接橫越機場跑道前往他的海邊傳統漁場。

「我卻對阿里山上的鄒族一直有著遙遠不可及的地緣想像。」

啟煌在陸戰隊服役時的一次例行休假，也是生命中第一次離開本島去了蘭嶼這個極度陌生的異域小島，它唯一被廣知的「核廢儲存場」，竟然是它最響亮的現實別名。儘管小時候曾與家人到訪過屏東外海的小琉球。卻可能是因為文化的異質性，讓離開台灣去蘭嶼的感覺更像是出國，而且能夠更直接地直覺到，那個島嶼正在被某個外族的系統全面地控管著。

初夏時節，天氣開始轉趨燠熱，搭著連同機長、副機長八人座的螺旋槳小飛機，在憲兵炯炯有神眼光的注目下，像是做了什麼怕被發現般的態勢，滑出了台東機場跑道，騰空而起的那一瞬間就是回到原鄉的開始。原以為沒有了所有的現實干擾，一切回到人與自然的直接聯繫，可以暫時脫離系統性的過度控制。

小飛機上下顛簸，壓磨著雲端上無法計數的無數坑洞——激勵著可被目視高空的目的地之外——全速前進。啟煌逕自愜意地喝起了自備權充機上飲料的果汁，壓了壓自己全然陌生的感知，讓它得以敏銳又平順地下到達悟的原鄉。

啟煌的確是過於輕忽核廢料儲存場對於達悟人造成的文化危害！獨裁年代裡國家資本與世界霸權鏈結下的核電產物，高度同質地驗證了全球化犧牲體系底下，被邊緣化少數族裔的真實困境。那遠不止是國家機器對於系統政治的倫常態度，更展示了對文化環境的暴力禁制現實。半個世紀以來，除了金錢賠償機制的不同，毀滅性的行政步驟實質上並沒有太不一樣的進化。

啟煌習慣性地拿起傻瓜相機對著海面拍。毫無防備的瞬間卻跑過來一個背著槍的警總海防衛兵，遠處還有另外一個一邊急躁地吹著哨子一邊大聲嗶叫：「海邊不准拍照！」發出的聲音就好像是發生了什麼重大災難一般。可是，除了啟煌他們幾個人，整個海邊根本空無一人。

「這麼純美壯闊的太平洋島嶼，為什麼不能拍照？」啟煌腦袋裡想著也一股腦疑惑在心裡面，壓抑著沒有直接說出口！

感覺上更加懊惱著：警總兵叫陸戰隊員不可以幹什麼，這在當時實在是很難嚥得下去的一口氣！

「先生，這裡是海岸管制區！」士兵強烈口吻的示意著。

啟煌只得勉強動作，依著規定無奈地慢慢收起傻瓜相機。

「先生，相機拿來我幫你拍！」忽然背後傳來一個在地達悟人的聲音，大聲善意的對著啟煌講。

他剛好在啟煌背後另一側不遠處的海邊，處理著幾隻剛捕獲的魚[156]，一眼炯亮地看向啟煌的地方。

「真的可以嗎？」啟煌轉過頭懷疑地以眼神看著他回應！也回眸看了一定距離外還盯看著這邊的衛兵。

「當然可以啊，這裡是我家。」那位達悟人狀似四下無人地篤定大聲回答。

啟煌不疑有他的遞過相機，也讓這位在地達悟人幫忙拍了照。而那些衛兵再沒有任何動作，就好似這一切都不曾發生過一樣！

「哦，這是什麼道理？」啟煌似懂非懂。

啟煌在海邊管制區的無心遊蕩，引來當地人夏曼．札瓦爾——Dzawal 的意思是出海捕魚奮鬥到底的意思——幫忙化解了與警總衛兵間的拍照對峙，並熱情邀請啟煌到他家吃飛魚乾芋頭料理，聽他講述年輕時如何在島嶼到處流浪打零工的生活，直到小孩出生回到蘭嶼部落的故事。

這意外增加的獨特行程，前後聊了個把小時之久，好像是專程來做田調訪談似的！啟煌也真誠地獲得認可，買下夏曼．札瓦爾珍藏的一件傳統手工編織藍白條紋相間背心。之後，依了夏曼．札瓦爾的建議去到藍洞海邊浮潛，進入達悟之心的神祕海洋世界，那也是啟煌人生第一次的島嶼浮潛而且是在蘭嶼！

大洋海浪的衝擊中既看見了陌生世界也領略到與浩瀚冥想同在，巨大海洋能量的不可名狀，似乎開啟一個關於達悟族文化的窗；那一年是一九八一年。

註釋

155 達悟（Tao），人的意思。

156 達悟人一般將魚分成主要的三類。「男人魚」屬掠食性魚類，色澤較為暗淡，肉質較粗但較易捕獲，女人與小孩不能吃；「女人魚」性情溫和、鮮豔亮麗、鮮美細嫩，適合女人、小孩，也能分食給全家，但較難捕獲。至於「老人魚」多屬凶猛、外型怪異，有些亦具有毒性，只能是有經驗的老人加以處理並食用。

終究是個只能與地球同框的島嶼。

人際與國際的化成是它的本真前景，無論夾帶如何的強度與脆弱性，最終的選擇是否真能夠如願出現，都將是島嶼本體的終極命運。

一直有著它的生存潛規則，當島嶼人來到生命的關卡之際，一切的生機步調都會自然逐次開啟讓他們有所因應；意思是說，從未有人在島嶼上因為想活著而失去意志。

儘管每個人生故事大不相同，但同島一命卻一直是沒有差異的共同宿命。

快要一百歲生日了！好一陣子的哈古桍，眼睛看似睜不開卻又精神飽滿，總是坐在陽光斜照陰影裡的輪椅上，不時的、夜以繼日、經常整夜地說著含糊不清的話語，像是在爭取時間對誰說著長篇大論，又像極了自言自語著那些難以忘懷的往昔際遇，裡面已經難以分辨是如何的邏輯，只聽得懂約略幾個字，應該稱不上是哪一種忘情的演述！半睡半醒之間，他更同時咕噥著再無人能懂的韻律，像是他老邁回憶裡的日本調，又像是想從身體裡面盡情發出某種幼年頌唱的暢快卻又無法能夠做到，轉而以喉嚨的哼哼啦啦發聲作響來替代，旁人只能試著把這樣的持續狀態，理解為抒發好心情的終日歌唱。

後記

試著透過超長時延跨了世紀相關起落的虛實人物，書寫一本關於某種成年以前由少年到青年時期量測生活——可逆旅時空——的庶民備忘，讓五歲到任何成年歲數的人都得以重新進入生活歷史的差異比對與緬懷回顧。因為無論如何，那個時期都是每個人成年之後難以忘懷的高感度人生歷程，如果無法反覆面對將無以為繼；不論值得與否，它都曾經是密集成長的高強度過去。

兀自就把開放性書寫都納集了進來，對於一個非文學圈子的分子來說：真實世界自有其揭露深層非虛構欲念的乖張虛構；於是，它竟自動漫溢成了有小說感、帶點散文式、詩化的，一個跨文類的跨域書寫實驗——它自動找上了我，於是便成為刻意的跨年計畫——流瀉成千高台式的百花齊放，也自然匯聚成為一條書寫的曲折小徑，這對於試圖進入書寫世界的我來說，的確是個保存有限記憶、紛亂情愫與思緒的必然，幾乎沒有被迫要從過多的選項裡做出任何困難的選擇。

事實上，我也不清楚在書寫世界裡，到底能夠擁有如何的選擇性。一旦下定阿甘式書寫決心的第一時間，似乎所有直觀的感知便自動湧現將近上百個靈動畫面對於這個依戀的重重包圍。然後，感覺上只需要對著這些不等程度晃動的游移畫面進行縝密的對話，便得以自在地生成書寫；而這些靈動畫面的確流竄著濃厚如動畫分鏡般的非現實意味！

縱然如此，卻完全沒有任何一點預先的意圖想去碰觸所謂祖父悖論[157]或平行宇宙；也不是要處理或回應有時會被多人分享的虛假記憶：所謂的「曼德拉效應」[158]；儘管主流科學界認為此效應只是另異錯誤記憶的一種體現。

或許可以帶點無懼的聲稱：「這是一部跨域式小說的實驗書寫！」只因為它完全是承接自生命過程綿密起落的斷裂感造化——銜著不斷積累堆置的生命懸宕狀態，既是個體也是島嶼集體——生成聳動半透明關節化的書寫呈現，卻又害怕這樣的書寫足以引發從此便不再能以身體所能支配局部器官的自由行動而焦慮不已——於是開始了先是器官記憶的濃烈反覆、反噬，如噬尾蛇一樣貪婪不分頭尾地吞噬自身感受裡的魯莽——這個跨年的跨域書寫歷程也同時試煉著如何掙扎以預作垂死的準備，那是所有生命源頭必然伴隨的警示。如此宣示更多的是因為再不試著說服安頓自己，它將難以繼續往下一個未來時間邁進。

一旦意識到了，它就會變成一道不太容易越過的關卡。因此，無論如何這都足以讓人冒著與這名為「小說」的書寫一起死去的風險，來進行這個書寫的實驗之路。

試著同步展開透明159距離的理論性描述，純然是基於全球災難時代對世界的必要回應。多少有種救贖心態：因為世界性的武漢疫病——恆常的反覆慘烈形同文明生活的逐步滅絕，於今沒有人會再噤聲，隨時都該滑移進時間所掩護著已然凹陷的失落內裡——避免感染籠罩的擾動，卻在看似沒有距離的間離化阻隔中持續斷鏈。

所有似 Jelly 狀色彩的奇形物質，能見度或許還要能再好上許多才行，它從來都不是主動式的對著世界進行任何形式的阻絕，在看似空氣般的物態裡，卻無法直接接觸、連結、跨越，而是硬生生的、可見的斷裂成為無法滲透的分立——但是必須盡量排除關係的局部化——以保有常態的有機與持續可逆。

噢！你總還是能看見整個事件的生發過程甚至是結果的如何到來，卻無法嘗試著透過什麼物質介面而得以讓它們絕對化的連結為一體。可見與不可見在此都偏移為超過物理事態常軌所能解釋的辯證或對立關係。不論如何，我都想試著述說些什麼。「成為光、成為書寫的焦聚」，或許終究也會成為一種極度深切又具有島嶼在地庶民特徵的終極訴求。它不僅能穿透自身，還能折射明晰的圖像、伴隨不斷的隱隱音聲，驅動能量鎔鑄一切的偶然與必然。它看似虛擬，卻能緊緊追索著如雷射光的擊打般，連續地一擁而上，好更趨近成為光的終極可能。

一直有兩個不同年齡的西格以及改名後的啟煌交錯在與哈古楂之間進行著不甚同調的交互對話與談論。或者這整個事態就像是實體與虛擬之間的試圖跨接。但可以立即確認的這可不是數個鬼魅間的談話——卻更像是重現過往又酷似夢境交錯的幻覺一般——表象上看似無礙的現實已經全面脫軌，並且不再以現實的線性時空被認知。它們藉由完全不同的存有載體來示意並揭露它們實存上的必要。不斷地岔出、意外取代規律、交疊纏祟出逐漸逼向清朗透亮的可辨識符號——圖像——形體與回音：西格與其自身啟煌。因為西格從小家裡所有的事情，幾乎都只能是他自己片面單向理解到的，而且經常是各種外人對他的道聽塗說！

互為虛構且相互對應的持存時空：雜多歪斜、偏移、函化的疊置。得以不斷演繹、夾敘的時間與空間——想像著與宇宙論對位修正的當代負人類世本體隱喻——此刻能回應的，似乎就只是世界現實裡一切無止境紛雜實存的消耗性選項。如果這是需要被迫做出即時的選擇，它的確總是能在關鍵時刻裡被重新決定、改變路徑成為無法預期的生成。想想個體生命，絕處逢生、隨機又任意性的可能寓意便能了解。

聽著他人的生命歷程來轉置成為故事的起點。對我來說，小說書寫的某種潛隱定義似乎就已經在那裡萌發。

如果試著「回到母親……」永遠是一條活路：那麼回到哈古棯母親黃素柳水上鄉柳仔林的故居，勢必成為進擊頹敗家族必要的地方誌與庶民歷史的繞道之路。試著返回西格的母親美玉的獨特日治年代困窘，讓時代集體的生活曲折因而得以平復、得以成為生命的常態。即便那種時間越來越在感受上有著更為清淡的過往羈絆，也自然是滄海桑田後的殘破現實。是無人歡娛的時間軸線裡所牽動的消逝場域，獨留個人的唏噓與哀嘆。一切原來我們所不知道的變徵之貌，悵然之餘竟也開始充盈起古怪的絕對性格。

試著想像，或許所有的小說創作都必然是透過個別生命的微觀盡述，好沾染一點文學性的驅力強化，才足以傳遞深度感知上的巨觀鋪陳而藉以開拓人生、得以舒化生活，生成面對未來繼續生存的能力。這聽起來，十足就已經是個有點年紀的人才該會說的話！

試著透過這本被我名之為小說的書寫以及它從當代視覺藝術觀念上轉置的真實來消救虛構——非虛構間的無意義爭端，這一切也無非都只是自己的多慮。全文人物都是夾雜真實或虛構的姓名與歷程，但是卻未必都循著他們的現實人生作為書寫的底蘊。

如果詩正在遠離世界或者正在極端地透明化、黑化——未來的世界，以後會否突兀的將只剩下「小說家」？

二〇二一年五月中旬之後島嶼的武漢肺炎疫情狀況開始急遽惡化，它正試著反轉幾年之間的偶然平靜，趨向世界的絕對化不幸、或者那已經逝去生命的數千萬人的無辜？慘烈程度——跨了西班牙流感百年之後——只有二〇二二年「島上都死光了」的假設性概念推演，足堪比擬！

多少開始懷疑這部「小說」書寫，真能有機會出版問世？或者只能成為某種下一輪頹世人類考古的潛隱遺誌？說穿了，難免有種深沉難鳴的莫名感：跨年裡很多個天剛蒙亮的清晨，總能在非預期瞬間便看見窗外無聲息的遠處，光亮弧線裡滑溜過一列五節的騰空160輕軌車；窗外近處園子裡的蟲鳴似乎也都會切換距離般地配合著那樣的不真實感，好讓僅有的書寫能夠更全面地沉浸在非現實的世界之中！

本書的出版，除了兄姊、Jeanette、Didier……的鼎力支持，琇媛貼心的讀者角度。翊峰老師的專業提點……全都提供了莫大的幫助，謹此獻上衷心致謝。

註釋

157 祖父悖論又稱為「外祖母悖論」，是一種時間旅行的悖論，科幻故事中常見的主題。最先由法國科幻小說作家赫內・巴赫札維勒（René Barjavel）在他一九四三年的小說《不小心的旅遊者》（*Le Voyageur imprudent*）中提出。參考自科學百科。

158 虛假的記憶有時會被多人分享。被稱為曼德拉效應（英語：Mandela Effect），是一種都市傳說或陰謀論，指大眾的集體記憶與史實不符。支持這一論點的人認為我們的生活已經從原本的平行宇宙透過時空跳躍進入現在的平行宇宙，而反對者則認為這並不存在。

159 關於透明。在光學中，透明是允許光穿透的屬性。透明材料可以被透視；即它們允許明晰的圖像穿過。在日常使用中所指的「透明」是對可見光，但它也可以正確應用於指代任何種類的輻射。從電動力學的結論而言，嚴格意義上，僅有真空是真正透明的，任何物質都有一定的對電磁波的吸收能力。

160 並非是騰空列車。只因為遠距離外的高架軌道面與窗戶的下沿巧合的對齊，看似等高使然。輕軌就像宮崎駿的動畫列車一般，日日清晨靜巧地從遠處飄逸而去。

【附錄】

空間性靈的游絲若離：一個短舞作劇場

層疊一：大宅院的靈動空間誌

光線漸亮，顯現數個約略以飄浮虛線構成騰空的虛擬長立方體空間，模糊間像是失了焦的影像投射，嵌連了些無法即刻辨認的疊層——能由視覺立即分辨的大概唯獨接近底部三分之一的淺層空間範圍內，糊成一大片的朦朧——感覺是由稀落不規則的像是一小群，不！定睛之後是一大群製作中還不太成形的木製椅子（太師椅？古時的木床？），以原始粗獷材質的顯色所羅列填置而成。

它們略微不等高的在這個可辨識的空間中流連分布，相互之間以一種無名的軟性物質連結著——說是連結其實還是分離狀態，根本無法確認它們有何實質的結構貫穿其間——那種物質成分富有彈性卻又非常強韌，似烤起司般地牽起紛絲來！那些尚不成形淺土棕色的木椅製品有種剛被初步雕鑿出來的乾澀，隱約之間竟然有著許多也不太能辨認的肉身身體不斷交錯作動、滑移，好像在水裡蠕動著試圖掙脫什麼看不見的力量。它們上下左右無特定方式幾無距離地互相接近、緊密疊置，循著宛如事先演練過般的往復旋轉、再旋轉，最後瞬間卻又總是極快速地分離。

「感覺是與所有的存在物一樣帶點無描述距離可貼合的模糊感，只知道整體已經是處在某種難以區辨的封閉迴圈裡面。」依然緊閉著眼睛不敢睜開，只能反覆試著讓氣息屏住這新浮現的畫面一陣子，好等待天的微亮！光線漸明卻不敢稍稍移動身體起床方便，生怕一旦移動身軀便驚擾那個立方整體的持續成像，小心翼翼的反覆確認印象並試著快速錄進腦下記憶圈；不清楚它是否只是個夢境的殘餘，又或者是對著現實深度斷裂中的快速補遺。

層疊二：灰飛煙滅的教室場域靈現

依序先後展開相隔半個世紀的雙重場域靈動：一個是二〇一七年試圖召喚百年前不可復現台北西本願寺的當代ＬＥＤ結構錯綜線性，回應一直沒能有個實質出口卻被歷史掩埋的深沉靈性；另外一個是已然消失一九六六年嘉義民族小學一年級日式教室的精神靈動，島嶼社會倫理的超低感度迫使它們就此永久消失於世。

它們有著一致的當下現實，卻同樣都已經不在目前的時空之中——僅能以合乎存有概念的高密度反饋形式被重新召喚——前者，基於意識型態的偏見而被惡意焚燬，只餘下與不可見諸靈同存的基座磐石；以及，依然沒有能夠真正足夠妥善安置的無形世界。後者則是在民生發展階段中，個體文化記憶的被強迫刪除，那個世界持續淪落著一系列不間斷的被取代過程。

這雙重場域靈動，透過身體性的本體超驗形式來化解時間差裡面的無性凍結。前者是絕對空缺的迻譯再現，以突出存有於空間裡的重現；後者則必須先沉澱至無法被復現的有限歷史資源裡，再一次開挖一種廣泛被覆蓋的歷史沉積脈絡，讓它得以以新型態的沉浸方式替代著重現天日！

特別是後者——小學的教室建築——那是一整列長度百米很具氣勢的單層斜頂木結構建築，因為考慮地理緯度天候條件裡長年的高溫濕度，架構了一米二十公分高的中空基礎結構——使它有種貼近異國感強烈盎格魯薩克遜英國式一樓半的建築感覺——藉以去濕保暖。

局部鋼筋的紅磚基礎結構，配搭木頭地板的樓層輕盈舒適，完全沉浸在人與自然材質所能協同的氛圍裡，進行著生命奧義的基礎知識的開啟與傳遞。它的基礎底部後側，以紅磚塑造成圓拱形的連續複合單元開口，以作為自然進氣的交換通道，保持了上方檜木地板材料的乾燥與經久耐用。

整列木構建築的紅磚基礎結構，既像迷宮防空壕，又是地底迷藏樂園！

在某種象徵意義裡，開啟了幾重初級人類學的體悟路徑：一種是無物展開的踏查，特別是薄弱光線裡的無目的身體漫尋，純粹著身體與空間對應關係的擴張；一種是關於意外發現掉落諸多無主小物重新獲取的確幸欣喜，那是諸般的陌生相遇，的確能夠激發無端的想像連結。當身體一旦試圖進入，便需要趴近地面式的彎曲身體，某種接近匍匐、爬行之姿，自然陸續上場；不時還要注意上方樓層地板有無人的行走，帶落迎面而來的灰塵與蜘蛛網垢。

有時候，它便可能在人世的偶然境遇裡被無限跨越、擴充並且深刻地重複：一如早年島嶼土炭坑裡礦工身體的伏地工作。

建築外部：屋頂是瓦片式的兩側斜面；建築內部：是精簡樸實的架構式質地。它們共同凝鍊某種必須是跨了世代之後才有望成為被了解的陌生重現可能。是單樓層建築，高度卻有三米半。

兩種場域靈現，如果異質時空能再有不可見的存有之物，那麼將只會是諸眾精靈喜好的自由棲所。

文學叢書 724

至簡的備忘：哈古梌與少年西格的島嶼記憶

作　　者　陳愷璜
總 編 輯　初安民
責任編輯　林家鵬
美術編輯　黃昶憲
校　　對　呂佳真　陳愷璜　林家鵬

發 行 人　張書銘
出　　版　INK 印刻文學生活雜誌出版股份有限公司
　　　　　新北市中和區建一路249號8樓
電　　話　02-22281626
傳　　真　02-22281598
　　　　　e-mail : ink.book@msa.hinet.net
網　　址　舒讀網http://www.inksudu.com.tw

法律顧問　巨鼎博達法律事務所
　　　　　施竣中律師
總 經 銷　成陽出版股份有限公司
電　　話　03-3589000（代表號）
傳　　真　03-3556521
郵政劃撥　19785090 印刻文學生活雜誌出版股份有限公司
印　　刷　海王印刷事業股份有限公司

港澳總經銷　泛華發行代理有限公司
地　　址　香港新界將軍澳工業邨駿昌街7號2樓
電　　話　852-27982220
傳　　真　852-31813973
網　　址　www.gccd.com.hk

出版日期　2024年 1 月　初版
ISBN　978-986-387-690-8
定價　780元

國家圖書館出版品預行編目資料

至簡的備忘：
哈古梌與少年西格的島嶼記憶／陳愷璜 著；
--初版. –新北市中和區：INK印刻文學, 2024. 1
664面； 14.8 × 21公分. --（文學叢書；724）
ISBN 978-986-387-690-8（平裝）
863.57　　112017906

舒讀網

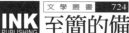